KB240182

소암 김영보 전집

蘇岩 金泳俌 全集

지은이

김영보(金泳俌, Kim Young-po, 1900~1962)_『매일신보(每日申報)』 통신부장, 지방부장, 오사카 지사장, 경북 지사장. 『영남일보』 편집국장, 사장. 저서 『황야(荒野)에서』(1922, 한국 최초의 창작 희곡집), 『싯싸운 선물』(1930, 악보 붙은 조선 동요 및 동화집).
블로그 : http://blog.naver.com/soam1943

엮은이

김동소(金東昭, Kim Dong-so)_1943년생. 대구가톨릭대 국어국문학과 명예교수. 저서 『女眞語·滿語硏究』(1992), 『한국어 변천사』(1998/2005), 『한국어 특질론』(2005), 『한국어의 역사』(2007/2011), 『만주어 마태오 복음 연구』(2011), 『만주어 에스델기』(2013) 등, 번역서 『막시밀리안 콜베』(1974/2014), 『알타이어 형태론 개설』(1985) 등.
메일 : jakobds@daum.net, jakob@chol.com

근대서지총서 10

소암 김영보 전집

초판 인쇄 2016년 3월 10일 초판 발행 2016년 3월 20일

지은이 김영보 엮은이 김동소 펴낸이 박성모 펴낸곳 소명출판 출판등록 제13-522호

주소 서울시 서초구 서초중앙로6길 15, 1층

전화 02-585-7840 팩스 02-585-7848 전자우편 somyungbooks@daum.net 홈페이지 www.somyong.co.kr

ISBN 979-11-5905-052-7 04810
         978-89-5626-442-4 (세트)

값 50,000원 ⓒ 김동소, 2016

사진 1 | 1960년대의 소암 김영보.

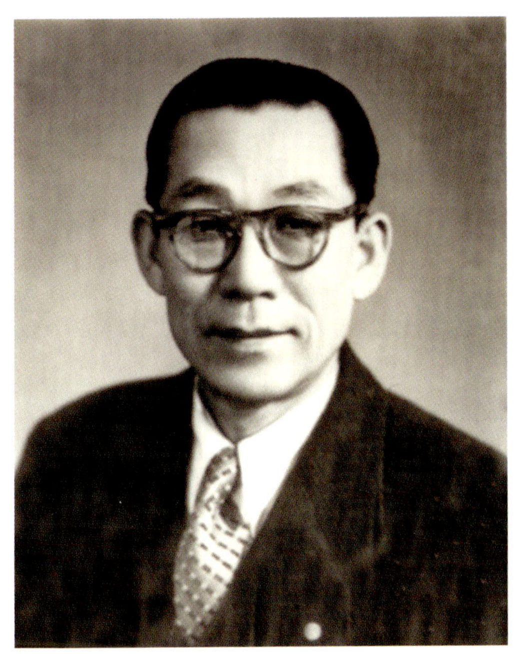

사진 2 | 한영서원 교사 및 학생들. 뒷줄 왼쪽에서 두 번째 서 있는 이가 소암 김영보(1918년 8월).

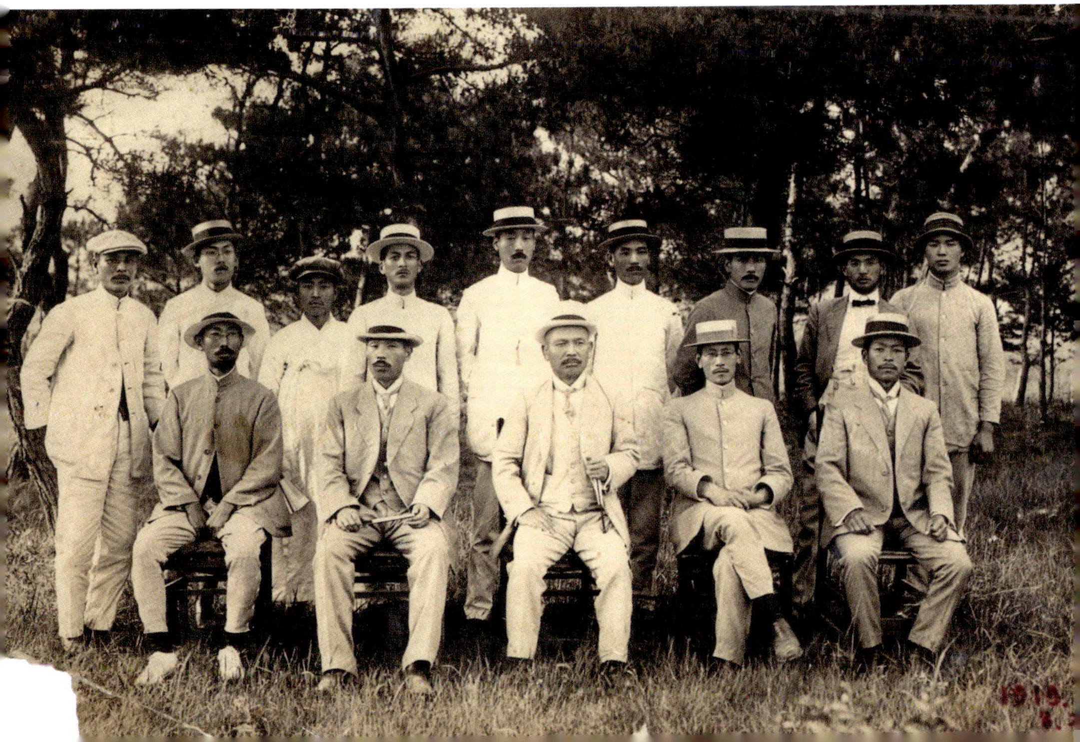

사진3 | 1926년 무렵 일본 도쿄의 조선 여자 동포원 가족 일동. 앞줄 오른쪽에서 두 번째가 소암 김영보의 당시 부인 구용업, 세 번째 서 있는 소녀가 장녀 김혜순. 맨 뒷줄 왼쪽에서 네 번째가 소암 김영보.

사진4 | 개성학당 동창회 기념. 맨 뒷줄 오른쪽에서 다섯 번째가 소암 김영보(1920년대 초).

사진5 | 개성학당 상업학교 교사들과 학생들. 앞줄 한가운데가 교장 마쓰오 신젠(승려). 그 왼쪽이 김영보.

사진6 | 1920년대 개성(開城). 맨 왼쪽이 김영보(당시 서울 수송유치원 원감).

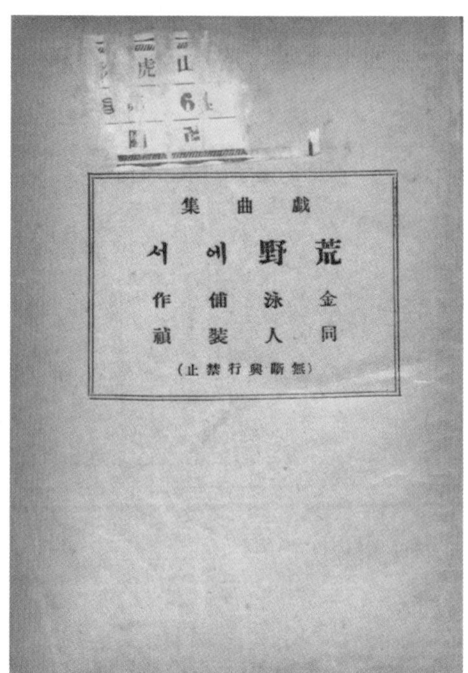

戲曲集

荒野에서

金泳備 作

同人 裝禎

(無斷與行禁止)

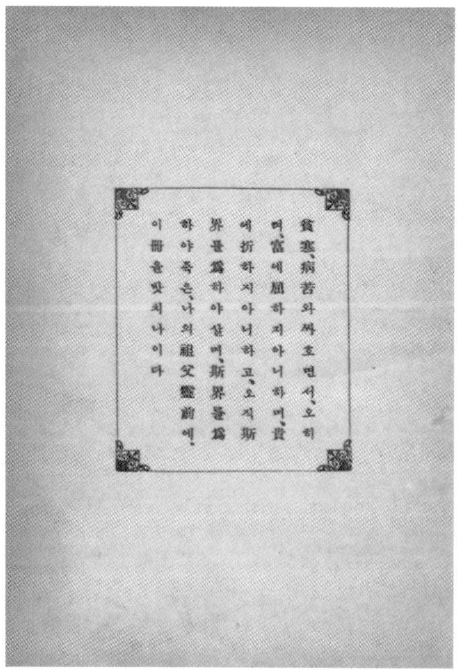

貧寒、病苦와 싸호면서오히
여富에屈하지아니하며、貴
에折하지아니하고、오직斯
界를爲하야살며、斯界를爲
하야죽은、나의祖父靈前에、
이冊을밧치나이다

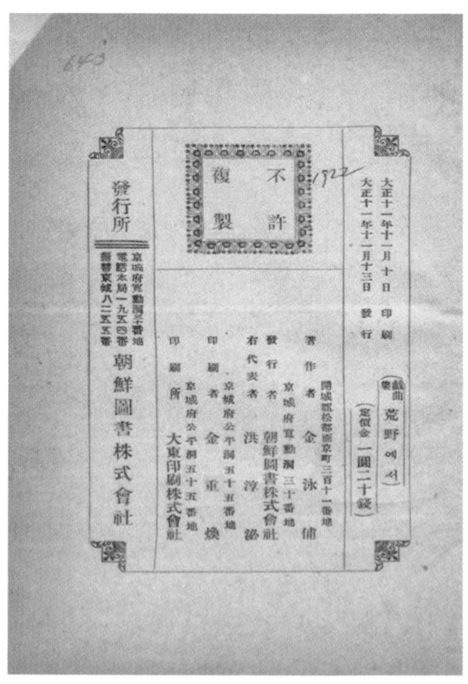

戲曲 荒野에서

大正十一年十一月十日 印刷
大正十一年十一月十三日 發行

(定價金 一圓二十錢)

不許複製

著作者　開城郡松都面京町三百十一番地　金泳備
發行者　京城府寬勳洞三十番地　朝鮮圖書株式會社
右代表者　洪淳泌
印刷者　京城府公平洞五十五番地　金重煥
印刷所　京城府公平洞五十五番地　大東印刷株式會社
發行所　京城府寬勳洞三十番地　朝鮮圖書株式會社
電話本局一九五四番
振替京城八二五五番

사진7 | 왼쪽 상단부터 시계 방향으로 『황야에서』 표지, 속표지, 판권란, 비문(扉文).

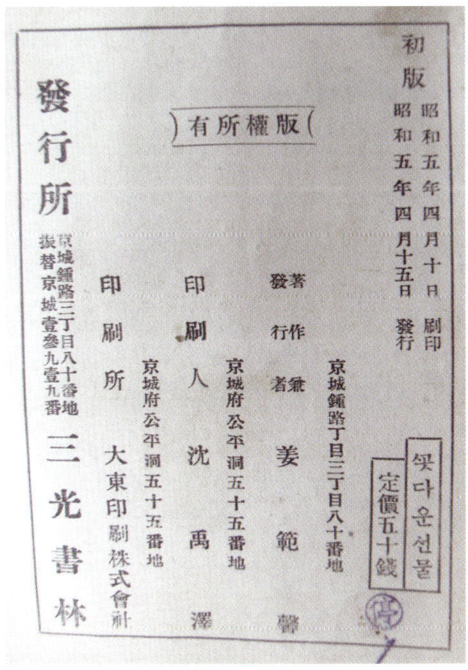

初版
昭和五年四月十日 印刷
昭和五年四月十五日 發行

꽃다운 선물
定價五十錢

有所權版

京城鍾路丁目三丁目八十番地
著作兼發行者　姜範馨
京城府公平洞五十五番地
印刷人　沈禹澤
京城府公平洞五十五番地
印刷所　大東印刷株式會社
發行所
京城鍾路三丁目八十番地
振替京城壹參九壹九番地
三光書林

사진8 │ 위는 『꽃다운 선물』 뒷표지와 속표지, 아래는 판권란.

사진9 | 1920년 9월 연극 '시인의 가정' 공연을 마치고 캐스트·스태프 들과 함께.
뒷줄 오른쪽 두 번째가 김영보.

사진10 | 1940년대 서울 덕수궁. 왼쪽으로부터 김영보,
?, 정비석.

사진11 | 1953년 대구 근교. 왼쪽으로부터 장덕조, 마해송, ?,
이효상, ?, 김영보(당시 영남일보사 사장).

사진 12 │ 『황야에서』의 비문(扉文)을 넣은 소암의 문학비.

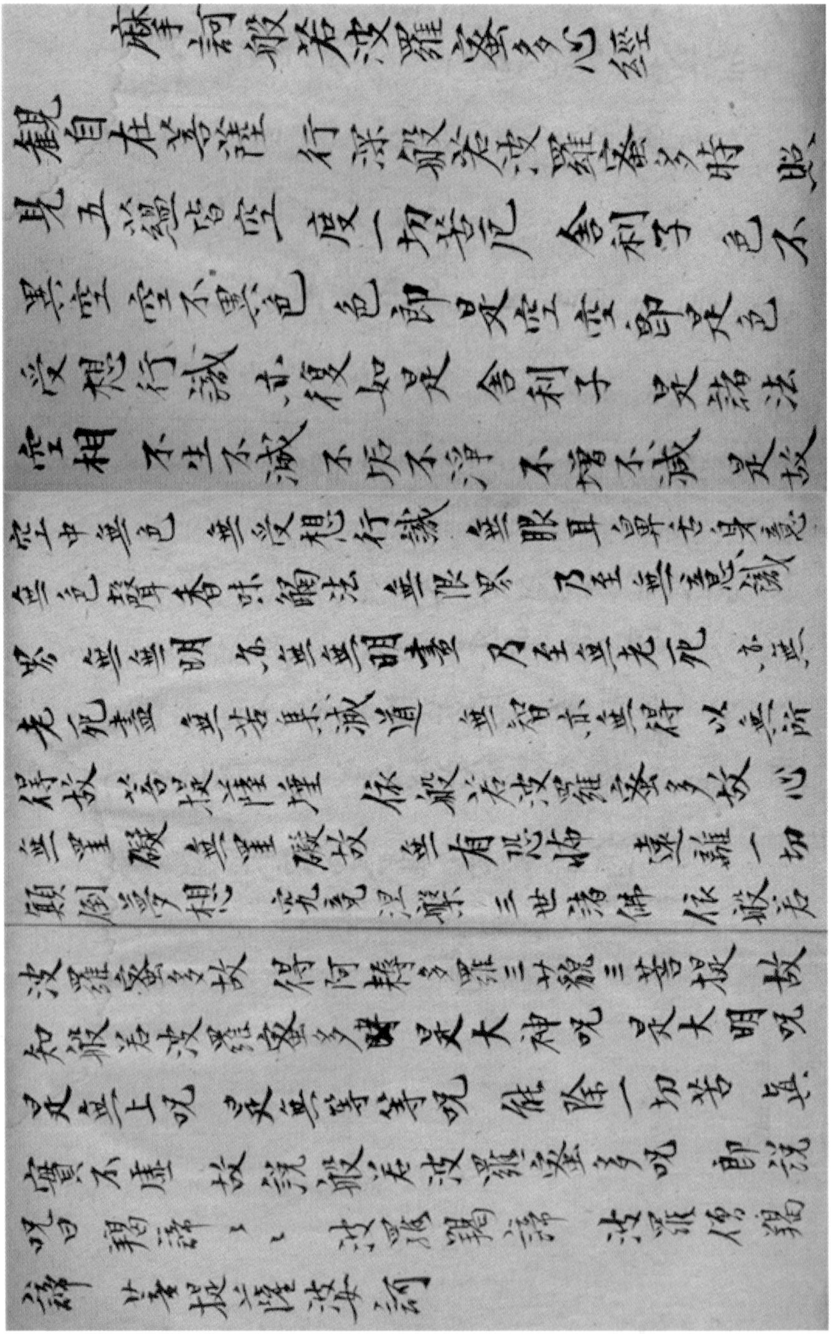

사진13 | 소암이 친필로 쓴 「반야심경」.

근대서지총서
10

소암

김영보

전집

蘇岩 金泳俌 全集

김동소 엮음

일러두기

1. 이 책은, 한국 최초의 창작 희곡집이자 그 장정가가 알려진 한국 최초의 단행본인 『황야(荒野)에서』의 저자 소암 김영보(蘇岩 金泳俌, 1900~1962)가 전 생애에 걸쳐 신문·잡지 등에 발표한 글들과, 발표하지 않은 글들을 가급적 전부 모아 엮은 책이다.

2. 소암 김영보는 1920년대 초부터 희곡작가로 알려졌다가, 1928년 이후 별세할 때까지는 언론인으로 살았다.

3. 모든 글들은 현대 맞춤법에 맞도록 고쳐 적는다. 현재 잘 쓰이지 않는 어려운 말은 되도록 쉬운 현대말로 고치거나, 그 의미를 해석해 둔다.

4. 문학적으로나 학문적으로 가치가 있고 없음을 분별하기에 앞서, 희곡 작가와 언론인인 김영보의 모습을 있는 그대로 드러내고자 노력하였다.

5. 이 책이 출판될 때까지 발견되지 않은 몇 편의 글들(희곡 〈가을〉, 〈황금의 무도〉, 소설 「어떤 부부」 등)은 발견되는 즉시 『근대서지』 등에 따로 발표하기로 한다.

아버님의 전기傳記, 또는 전집全集을 발간해야겠다는 생각은, 퍽 오래 전부터 저의 소망이었고 꿈이었으며, 동시에 감당할 수 있을까 고민하게 하는 짐이었습니다. 그러나 이 일이 이제야 이루어진 것은, 게으르고 재바르지 못한 저의 성격으로 아버님의 자료를 제대로 모아 정리하지 못한 탓도 있지만, 솔직히 고백하자면 자료 수집이 어느 정도 마무리된 후에도 계속 아버님의 친일親日 문제가 마음에 걸려 용단을 못 내렸던 것이라 할 수 있습니다.

아버님은 일본 강점 시기인 1928년부터 조선총독부 기관지인 『매일신보每日申報』에 입사하셔서 광복 때까지 그 신문사의 녹을 받고 계셨다는 사실 하나만으로 충분히 친일 인사라는 손가락질을 받으실 만했고, 또 저의 숙부님을 비롯하여 아버님을 아시는 주위의 여러 어르신들께서 아버님을 드러내는 일은 좀 더 세월이 흐른 후에야 하는 것이 좋겠다는 말씀들을 하셨기 때문입니다.

그러나 어렸을 때부터 제가 보아온 아버님의 모습에서 아버님은 권세에 아부하거나 민족을 배신하면시까지 당신의 영달榮達을 바라실 분이 결코 아니셨을 것이라는 생각은 지울 수 없었습니다. 아버님은 일본의 문학과 역사, 그리고 일본 사람, 일본 기질을 좋아하셨고, 동시에 한국의 문학과 역사를 좋아하셨습니다. 평소 아버님의 말씀이나 글에서 민족주의적인 면모를 끊임없이 느꼈고, 이런 분이 일본 강점기에 조선총독부 기관지인 매일신보사에서 어떻게 지내셨을까라는 의문마저 일기도 했습니다. 그러다가 2009년 『친일 인명 사전』이 나왔고, 마음 조리며 이 사전에 아버님의 성함이 나오는가 찾아보기까지 하였습니다. 아버님 직전과 직후에 매일신보사에서 통신부장·지방부장·학예부장을 지낸 분들이 친일 인사로 사전에 올라와 있음에도 아버님은 거기 들어 있지 않음을 보고 기뻐한 일도 있었습니다. 또 이 인명 사전 편찬에 관여했던 학자들을 만나 의견도 들어 보았습니다. 그리고 수집된 아버님의 행적과 아버님의 글들을 검토해 보고 마침내 나름대로 확신을 얻은 것은, 아버님은 결코 친일 인사가 아니셨다는 사실이었습니다.

그렇다면 이제 아버님의 전기나 전집을 출판 못할 이유가 없어졌을 뿐 아니라, 오히려 아버님을 더욱 널리 알려, 혹시나 있을 오해를 풀어 드려야 할 사명마저 생기게 된 것입니다. 제가 아버님을 친일 인사가 아니라고 믿는 가장 초보적이고 외형적인 이유는, 우선 아버님의 글, 그것도 문학적인 글이 아니라 신문 기자로서, 민감한 시기에 신문 지면에 발표하신 글, 그것도 또 일본 총독부 기관지에 발표하신 글에서, 객관적으로 눈곱만큼도 친일 아부의 느낌을 받지 못했다는 사실입니다. 또 한 때(1932년 11월)는 일본 총독을 열흘 가까이 수행하시면서 쓴 글에서도, 마음만 먹으면 더없이 아부하기 좋은 기회임에도 일제에 대한 조금마치의 찬양과 총독 개인에 대한 아첨의 말투가 없었고, 철저한 조선어 탄압 시기에는 일본어로 글을 발표하기 싫으셔서 아예 절필絶筆해 버리신 점도 기억할 일인 것입니다. 광복 후 『영남일보』를 발행할 때 그 창간사에서 "과거 일본 제국주의 압정 아래에 충식蟲息의 생명을 계속하려고, 협소한 자아에 몰각하여 '익찬 총독정치翼贊總督政治'에 주구적走狗的 행동과 함께 필첨筆尖으로써 동포 대중을 위만僞瞞하며, 아름다운 우리 동포의 민족성을 해독으로써 전파시킨, 미균黴菌 제조자의 일역을 감히 행한 우리 과거 신문인의 죄상은, 양심적으로 삼천만 동포 앞에 엎드려 어떠한 규탄과 질책이라도 받을 용의가 있음을 여기에서 참회의 눈물을 머금고 새삼스럽게 맹서하여 두는 바"라고 일제 시대 신문인의 한 사람으로서 참회하고 계심도 기억해 두고 싶습니다.

그러나 지금, 못난 아들의 공정하지 못한 시각으로 아버님이 친일 인사가 아니라고 강변하고 있을지 모릅니다. 그리하여 더욱더 아버님의 글들을 세상에 알려 정당한 심판을 받아 보려는 어리석은 생각으로 이 작업을 하게 된 것입니다. 이제 이 책이 문세問世되면 저는 아버님의 친일 문제에서 자유로워질 것을 믿습니다. 전공자도 아닌 제가 아버님의 문학사적, 그리고 언론사적 의의 등을 말하는 일은 주제넘은 짓이 되겠습니다만, 아버님의 『황야에서』가 한국 최초의 창작 희곡집이면서, 장정가가 알려진 최초의 단행본이라는 점, 그리고 또 다른 아버님의 편저서編著書 『꽃다운 선물』이 아직까지 한국 아동문학계에 거의 알려지지 않은 귀중서라는 말을 이 자리에서 해 두겠습니다.

이왕 출간하는 책이라면 아버님을 아시는 분들이 더 많이 살아 계실 때 이 책이 나와서 아버님을 추억해 주신다면 더 보람 있는 일이 되었을 터인데 그렇게 되지 못한 점 안타깝습니다. 아버님의 글들을 일제 시대의 신문에서 검색하는 데에 국사편찬위원회에서 구축한 한국역사정보 통합시스템이 더없는 도움을 주었습니다. 그 작업을 위해 수고하신 분들에게 깊은 감사를 드립니다.

3월은 아버님의 생애에서 획기적인 사건들이 있은 달입니다. 1928년 3월에 아버님은 희곡작가 생활을 청산하시고 매일신보사에 입사하시어 평생을 언론인으로 사시게 되었고, 1945년 3월 14일에 매일신보사 경북지사장에 임명되어 대구로 오심으로써 평생 대구 사람으로 사셨으며, 이 대구에서 전국 최초의 지방지인 『영남일보』를 창간하시어 대구 경북 지역의 언론인으로 사시게 되었습니다. 이런 3월에 아버님의 전집을 내게 되어 기쁜 마음 큽니다. 끝으로 이 책을 읽어 주실 많은 이들의 바로잡아 주심을 간곡히 기다리겠습니다.

2016년 3월
불초不肖 김동소 적음.

차례

제1부
희곡

나의 세계로

(전2막)

- 등장인물

  박승영朴勝英 : 남작男爵(63세)

  부인 : 59세

  설자雪子 : 장녀(28세)

  옥순玉順 : 차녀(23세)

  상호相鎬 : 설자의 아들(9세)

  이동순李東淳: 소학교 교원(26세)

  민면식閔冕植 : 자작子爵(29세)

  하녀

- 때　　　현대, 늦여름
- 곳　　　경성京城 교외

제1막
박 남작 저택 경내邸宅 境內, 송림松林 사이

무대는 하늘을 찌를 듯한 빽빽한 송림. 그 아래로, 풀에 덮인 희미한 한 가닥의 좁은 길이 통하여 있다. 그 좁은 길의 한 끝은, 무대 후편으로 멀리 송림 간에 은은히 보이는 민면식 자작의 별저와, 무대 좌편으로 겨우 보이는 박승영 남작의 저택으로 통하여 있는 모양. 때는 늦여름의 어느 날, 서로 엉킨 나뭇가지와 가지 사이로 여름 햇빛이 흘러 있다. 간간이 들리는 매미 소리와 멀리서 오는 한가로운 물 흐르는 소리가 같이, 일층 여름 낮의 한가함을 자랑하는 것 같다.

길옆의 자연목 의자에는, 소학교 교원 이동순과 옥순이가 같이 붙어 앉아 있다.

옥순   (동순의 손 위에 자기 손을 얹으며) 왜 어제는 우리 집에 오셨다가, 그리 속히 돌아가셔요?

동순   (무엇을 생각하는 모양으로) 더 앉았을래도, 옥순 씨 언니 된다는 이가 유심히 내 얼굴만 주목을 하여 보는 것 같으니까, 갑자기 불쾌한 생각이 나서 그만 나왔지요.

옥순   언니가? 왜 그랬을까요?

동순   아마, 나 같은 자가, 옥순 씨 같은 귀족 영양令孃과 친절히 이야기하는 것이 너무 상스러워 그런 것이겠지요.

옥순   (원망하는 듯이, 눈을 흘겨 동순을 보며) 또?!, 그런 말을 하셔요?

동순   무슨 말을?

옥순   귀족이니 영양이니, 하는 말씀말이야요.

동순   하지만 그것이 사실이니까 어쩔 수 없지 않아요.

옥순   (바로 앉으며) 내가 귀족의 집에 태어났다는 것은 사실이지요. 스스로 씻을 수 없는 무형의 표이겠지요. 그러나 그것을 듣기 싫어하는 사람에게 일부러 주석註釋하여 주실 필요는 없지 않아요. 더욱이 동순 씨 입으로 직접 그런 말씀을 들을 때마다, 나는 무슨 모욕이나 당한 것 같아요. 네, 동순 씨, 나를 조금이라도 사랑하시면 그런 말씀은 결코 마셔요. 만약 나의 현재의 신분이 동순 씨의 사랑을 받는 데에 장애가 된다 하시면, 나는 달게 나의 신분을 버리지요. 그러나 내가 스스로 버리지 않는다 하여도 두 사람의 사랑이 열성이 있는 것이고 보면, 구구區區한 신분의 여하는 문제될 것이 없을 줄 압니다.

동순 (차오르는 감개를 억지로 참으며) 옥순 씨, 나는 옥순 씨가 귀족의 영양인 것을 꺼리는 것이 아닙니다. 우리가 이 인생을 지나갈 때, 우리의 밟는 길이 정당한 것이 되지 않으면 안 될 것과 같이, 우리의 가족이나 우인友人도 역시 그러하지 않으면 안 될 것이올시다. 나는 옥순 씨를 믿습니다. 그러나 옥순 씨의 오직 하나인 언니를 존경할 수 없습니다. 어찜일까요?

옥순 …….

동순 (일층 더 소리를 높여) 옥순 씨, 옥순 씨의 언니에 대한 세상의 비난이 얼마나 심한지를 아십니까? 나는 그 말을 들을 때마다, 얼굴에 붉은 땀이 흐릅니다. 자기의 한 몸을 더럽힐 뿐 아니라, 자기의 가명家名에 흙칠을 하고 무단히 집을 떠난 자가, 아무리 부친의 병이 위독하다고 무슨 면목을 들고 돌아옵니까? 아비도 모르는 자식, 사생아에게 댁의 가명을 전코자 하는 영감께서도, 그 본의가 아니실 것은 짐작할 수가 있습니다마는, 사회에서 어찌 그것을 묵인할 리가 있겠습니까?

옥순 (얼굴을 붉히며) 동순 씨께서 내 언니에게 대하여 그와 같이 생각하실 것은 당연합니다마는, 내 언니도 근본부터, 그런 사람은 아닙니다. 무단히 집을 떠나 9년 동안이나 소식을 모르다가, 아버지 임종이나 할 생각으로 오래간만에 돌아온 자식을 정리상으로 어찌 거절할 수가 있습니까?

동순 …….

옥순 (다시 애교를 피며) 동순 씨는, 그 같은 형을 가진 내까지 더러워 싫으십니까?

동순 옥순 씨는 옥순 씨요, 옥순 씨의 언니는 언니이지요. 나의 사랑은 사

랑이요, 나의 주의主義는 주의이지요. 나는 정으로 옥순 씨를 사랑합
니다. 그러나 의意로써는 옥순 씨의 언니를 미워하지 않을 수 없습니
다. 그 같은 언니를 가진 옥순 씨를 원망합니다. 옥순 씨의 언니와
같이, 많은 직업 가운데 특히 남의 피와 눈물을 짜서 자기의 배를 불
리는 소위 요리업을 경영하면서, 스스로 그것이 죄악임을 깨닫지 못
하는, 부끄러운 줄을 모르는 사람은 보통 사람과 같이 생각할 수 없
습니다. 옥순 씨, 나는 이래도 교육가이올시다. 여러 사람에게, 사람
된 자의 나아갈 길을 가르치는 교육가이올시다. 그러한 자가 사랑하
는 사람이, 많은 여자로 하여금 절조節操를 팔아 남자의 짐승 같은 욕
망에 바치는 천하고 추한 직업을 가진 형제를 가졌다 함에 생각이
미칠 때에, 나는 나의 사명에 대하여, 일반 사회에 대하여 변명할 면
목이 없음을 슬퍼하는 자이올시다.

옥순   그러면 동순 씨는, 자기의 직책을 다하지 못할까 하여, 자기의 지위를
         잃을까 하여, 자기를 사랑하는 사람까지라도 버리시고자 하십니까?

동순   (일어서며) 사랑은 사랑이요, 주의는 주의이지요.

    동순은 잠잠히 고개를 숙이고 무대 우편 송림 사이로 올라간다. 옥순은 수건으로 눈
물을 훔치며 그대로 앉았다가 다시 일어나 동순의 뒤를 따라 퇴장. 이때 설자가 상호의
손목을 잡고, 무대 우편 송림 사이로부터 등장. 설자는 화려한 의복으로, 상호는 양복으
로, 경내를 산보하는 모습이다.

상호   저기 보이는 저 집은 누구 집이야? (하며 무대 뒤편으로 보이는 양옥을 가
         리킨다.)

설자   그 집이 …… 남의 집이란다.

상호   어머니, 지금 저 집에 가요?

설자   (감개가 깊은 듯이, 그 양옥을 바라보며) 아니, 저 집은 어머니도 모르는 사
         람의 집이야.

상호   그런데 왜 그곳만 자꾸 봐요?

설자	성가신 아이 다 보겠네. 너, 다리 아프지 않니?
상호	겨우 그만큼 오고서, 다리가 아파? 어머니는 아파요?
설자	그래, 여기서 좀 쉬어 가자. (하며 앉는다.)
상호	나는 다리 안 아파. …… 어머니, 여기 있어, 내 꽃 꺾어 올게.
설자	그래, 꺾어 오너라.

상호는 송림 사이로 사라진다. 설자는 홀로 무엇을 깊이 생각하는 모양. 이때 민면식 자작, 몸에 운동복을 입고 등장. 설자의 앞을 지나려다가, 설자를 보고 놀라는 모양이었으나 다시 그 앞으로 나아간다.

설자	(발자취 소리에 놀라, 비로소 고개를 들며) 아, 면식 씨!
민면식	아, 설자 씨가 아닙니까?
설자	(다시 침착한 태도로) 네, 설자올시다.
민면식	일전 오셨다는 말을 들었습니다마는 …… 오늘은 산보로 이까지 오셨습니까?
설자	산보가 아니라 일부러 왔습니다. 생각나십니까, 9년 전 이곳을?
민면식	네, 참 세월 빠릅니다. (하며 생각하는 듯이 눈을 감는다.)
설자	처음으로, 둘이 서로 만난 곳도 여기서지요. 나는 여기 와보고 싶었어요.
민면식	세월이 빠르군요, 벌써 9년이나 되었나요?
설자	이 송림만은 9년 전과 같이 남아 있습니다.
민면식	아―, 그때 맛보던 행복은 나의 일생 중에 또 다시 오지 않겠지요.
설자	진정으로 그렇게 생각하십니까?
민면식	네, 진정이올시다. (사이) 언제 댁으로 돌아오셨습니까?
설자	일주일쯤 전에 왔습니다.
민면식	아주 오셨습니까?
설자	왜 그것을 물으십니까? 내가 온 데 대하여 무슨 관계되시는 일이 있습니까?

민면식　　그런 까닭은 아니지마는.

설자　　아니지마는, 무어야요?

민면식　　하하하, 그 전 설자 씨가 아직도 남아 있습니다그려.

설자　　그 전 설자를 기억하십니까? 그러나 내가 온 데 대하여 너무 걱정하실 것 없겠지요. 얼마 안 되어서 또 없어질 터이니까.

민면식　　이상하게 말씀을 하십니다그려.

설자　　그 동안 어디 계셨습니까?

민면식　　외국 가서 있다가 작년에야 비로소 돌아왔습니다. 그때 편지를 올린 일이 있었지요?

설자　　네, 9년 전 편지는 받아 보았지요. 그 뒤에는 9년 동안 한 번도 편지하여 주시지 않았지요.

민면식　　편지를 드리고 싶어도 집 나가셨다는 말을 듣고 그만두었습니다. 주소도 모르지마는 서로 모르는 체하는 것이 무사할 듯해서.

설자　　처음서부터 몰랐으면 더 무사하였을 터인데.

민면식　　그런데, 그때는 왜 설자 씨가 집을 나왔습니까?

설자　　달리 할 길이 없으니까 그랬지요.

민면식　　왜요?

설자　　당신은 아무 말 없이 외국으로 가버리시고, 아버지는 우리 관계를 아신 듯하고 해서 그랬지요.

민면식　　그러면, 설자 씨 아버지께서는 나인 줄 아십니까?

설자　　아니요.

민면식　　그 말은 묻지 않으셔요?

설자　　물으시지마는 감추고 말을 하지 않았지요. 그래도 혹독히 자백을 시키시려고 하시니까, 감추다 못해서 도망한 것이에요.

민면식　　어디로?

설자　　평양으로.

민면식　　평양서 무엇을 했어요?

설자　　평양서 여교원을 잠깐 하다가, 그만두었어요.

민면식   왜요?

설자   평양 가서 6개월만에, 아비 없는 아이가 생겼어요.

민면식   네? 아이를?

설자   나는 그 말을 영원히 당신에게 알리지 않으려고 했습니다.

민면식   왜, 그 전에 아무 말도 안 했어요?

설자   그런 말을 하면 무엇합니까? 싫어서 차버리고 가는 사람에게. 남자
         라는 것이, 그러한 때에는 대개 믿지 못할 것입니다.

민면식   그래서, 어떻게 하셨어요?

설자   그래서, 어린 아이를 안고 몇 번이나 다리 난간을 만져 보았는지 모
         릅니다. 그러다가, 죽지도 못하고 다행히 요리점하는 부자 과부를
         만나서 그 집에 가서 있었지요.

민면식   어린 아이는 어찌하고?

설자   어린 아이는 9년 동안, 한시도 놓지 않고 길러왔습니다.

민면식   그러면 지금도 그 요리점에 있습니까?

설자   사람의 운이라는 것은 이상한 것입니다. 그 집에 들어간 지 3년 만에
         그 과부가 죽었습니다. 그리고 그 재산을 나에게 양여하여 주었습니
         다. 그래서 지금은 평양서도 제일 큰 요리점 주인이 되었지요.

민면식   세상에는 여러 가지 일도 많습니다. 그래서 그 후 혼자서 살아오셨
         습니까?

설자   혼자요? 과부로 지내왔지요. 아마 이후두 이대로 늙겠지요.

민면식   그러면 역시 나란 자에게 절조를 지키실 생각으로?

설자   호호, 면식 씨, 지금은 불행히 나는 면식 씨를 생각할 틈도 없나보외
         다. 지금까지와 같이.

민면식   영업에 바쁘셔서요?

설자   (냉소하며) 영업보담, 아이 생각하기가 바빠서요.

민면식   (잠잠히 생각하다가) 아―, 꿈에도 생각지 않은 아이! 지금 그 아이는 어
         디 있습니까?

설자   아비 없는 아이는 자유롭지요. 있고 싶은 데 있고 가고 싶은 데 가고.

지금도 저 솔밭에서 놀고 있습니다.

민면식   (설자의 손목을 잡으며) 설자 씨, 그 아이를 보여주실 수 없습니까?

설자   (민의 손을 공손히 물리치며) 보여드려도 상관 없겠지요, 마는, 억지로
      만나보실 필요는 없지 않아요?

민면식   설자 씨, 나의 자식을 내가 보는데, 무슨 관계할 바 있습니까?

설자   호호, 당신에게, 그 말하실 권리가 있습니까? 그 아이는 자기 아비가
      있고 없는 것을 생각도 아니 합니다. 아마, 그 필요가 없는 까닭이겠
      지요. 그러나 보시고 싶으면 보셔도 관계치 않습니다. 한 가지 조건
      만 지키시면.

민면식   무슨 조건?

설자   아비의 자격이 아니고, 타인의 태도로 보시겠다는 조건이면.

이때 상호가 송림 간에서 달음질로 나온다. 손에는 여러 가지 꽃못을 쥐고 있다.

상호   (어머니의 가슴에 뛰어 안기며) 엄마, 이것 보아, 아직도 많이 있는데, 손
      이 작아서 다 못 꺾었어요. 엄마, 이 꽃 곱지? (민 자작을 이상히 보다가)
      엄마, 나하고 같이 가서 마저 꺾어와, 응?

설자   그래, 많이 꺾어다 줄게. 저 양반에게 인사해라.

상호   나 모르는 사람인데? (하며, 다시 민 자작을 쳐다본다.)

민면식   (정신없이 서서 있다가) 너, 착한 아이, 이리 오너라? (하며, 상호를 끌어안
      고 한참 보다가, 못 참겠다는 듯이 입맞춤을 한다.) 너, 이름이 무어냐?

상호   (부끄러운 듯이) 상호.

민면식   너 몇 살 되었니?

상호   (한참 보다가 설자에게로 피하려고 한다.)

민면식   (다시 끌어안고 입맞춤을 한다. 상호는 몸을 한 번 틀어 민 자작의 손을 떨쳐버리
      고 무대 좌편으로 달아난다. 민 자작은 상호의 뒷모양을, 눈물 머금은 눈으로 보
      며 우뚝하니 서서 있다.)

설자   그 아이를 보고 어떻게 생각하십니까?

민면식   (수건으로 눈물을 씻으며) 아! 설자 씨, 용서하세요. 저 같은 아이까지 있
         는 이상, 설자 씨와 결혼하지 않은 것은 나의 잘못이올시다.

설자   (눈물을 머금고) 지금 그런 말씀 하셔야 늦지 않습니까? 그보담 지금
         부인이나, 사랑하여 드리세요.

민면식   아— 설자 씨, 용서하시오. 다— 나의 잘못이올시다. (하며, 설자의 손
         목을 감개무량한 듯이 잡는다.)

설자   (고요히, 민 자작의 손을 피하며) 면식 씨, 가까이 마십시오. 넘고자 넘지
         못할 9년이라는 시간이 당신과 나의 사이에 막혀 있습니다. 면식 씨,
         한 번 입 밖에 나온 말을 다시 거둘 수 없는 것같이, 지나간 옛날을
         다시 돌릴 수 없겠지요. 아비 없는 자는 없는 대로, 남편 모르는 자는
         모르는 대로, 버려 두는 것이 좋겠지요. 일부러 평화로운 그네들의
         공기를 움직이게 할 필요는 없지 않습니까? 과거는 과거대로, 현재
         는 현재대로, 그리고 다 각기 자기의 미래를 꿈꾸며 나아갈 뿐이 아
         닙니까?

   민 자작은 뒤로 2, 3보 물러나며, 고개를 숙이고 생각에 잠긴다. 설자는 잠잠히, 상호
의 간 곳을 향하여 퇴장. 매미 소리가 시원하게 들릴 뿐. 고요히 막이 내린다.

제2막
박 남작의 거실

   서양식으로 된 남작 저택의 한 방, 때는 1막 때보다 1일 후. 창밖으로 1막 때 보던 송림
이 멀리 보인다. 탁자, 의자, 실내용 전기 부채, 기타 장식이 적당히 갖추어 있다. 풍채가
준수한 주인 남작이 얼마간 병에 야윈 얼굴로 의자에 앉은 채, 상호를 무릎에 올라 앉히
고 희롱하고 있다. 남작 부인은 옆에 앉아서, 남작의 하는 거동과 상호의 천진스러운 문
답에 간간이 미소를 띠고, 대견한 듯이 보고 있다.

남작   내가, 누구야?

상호   할아버지.

남작   너, 할아버지 보고 싶지 않더냐?

상호   보고 싶지 않았어. 아니, 보고 싶었어. 그래서 엄마보고 할아버지한
       테 가자고 하면, 엄마가 할아버지 사는 데는 무섭기만 하고 심심하
       니까 가도 재미없다고.

부인   그래, 할아버지 보니까 무서우냐?

상호   무섭기는 무엇이 무서워? 엄마가 거짓말했어.

남작   그럼, 상호가 착한 아이니까 할아버지가 귀여워하지.

상호   할아버지 아픈 데는 나았어?

남작   상호가 왔으니까, 지금은 안 아프다.

상호   어째서?

남작   할아버지가 상호가 보고 싶어서 아팠었으나, 지금은 네가 이렇게 와
       있으니까 다 나았단다.

부인   그러니까 너도 지금은 엄마 따라 갈 생각 말고, 여기 있거라, 응? 상
       호야.

남작   그렇지, 너는 지금부터, 할아버지하고 할머니하고 또 너의 이모하고
       여기서 같이 살자.

상호   나는 싫어. 엄마하고 우리 집에 갈 테야.

남작   왜?

부인   상호가 가면, 할머니가 운단다. 평양 집은 남의 집인데. 여기가 너의
       집이야.

상호   아니야, 평양 있는 집이 우리 집이야.

남작   어째, 여기 있기가 싫으냐?

상호   여기는 심심해서 싫어. 나는 심심한 데 싫어.

남작   에이 녀석. 평양 같은 데 가서 있으면, 이 다음 커서 상놈이 되어.

부인   너, 상놈이 되어도 좋으냐? 여기 있으면 할아버지처럼 양반이 되지.

상호   할아버지, 조선에는 상놈하고 양반하고, 어느 편이 수가 많아요?

남작   그건, 양반은 귀하니까 적고 상놈들은 많지.

상호   어째서 양반은 귀해?

남작   양반은 저마다 못 되는 것이니까 그렇지. 또 너처럼 심심한 데가 싫
다는 아이는 이 다음에 상놈이 되니까, 그래서 더 많단다.

상호   그러면 양반하고 상놈하고 전쟁을 하면, 양반이 지지 않아? 나는 지
기도 싫으니까 상놈 노릇할 테야.

남작   ······.

부인   양반이 왜 진다더냐? 상놈이 지지.

상호   아니야. 양반은 몸도 작고 힘도 없어 보여도, 양반 아닌 사람은 키가
크고 힘도 많아서, 싸우기만 하면 양반이 지는 거야. 나는 양반 싫어.
(문을 향하여 뛰어나가며) 나는 양반 싫어. (하며, 문 밖으로 달아난다.)

남작   하하하.

부인   어떻게 생긴 아이가 그럴까? 어미가, 그런 천한 영업을 하니까, 어린
아이까지 그 모양이지.

남작   ······. 그런데 옥순이는 어디 갔소?

부인   아마 놀러나간 게지요.

남작   그 애는 늘 어디로 나돌아 다니오?

부인   아마, 또 선생네 집에 나간 게지요.

남작   선생이라니?

부인   저, 이동순이라는 사람 말에요.

남작   이동순?

이때 설자가 홀로 들어와, 부인의 곁에 앉는다.

남작   (설자를 보며) 상호는 어디 갔니?

설자   아마 뜰에서 노나 보아요.

남작   응. (사이) 설자에게 할 말이 좀 있는데.

설자   네, 무슨 말씀이야요?

남작	어젯밤에도 너의 어머니하고 너 장래 일에 대해서 의논한 일도 있으나.
설자	(모친의 얼굴을 보며) 무슨 의논이야요?
남작	의논한 결과, 네가 다시 평양에 가지 않는 것이 좋을 것으로 되었다.
설자	그러면 영업은 어떻게 하고요?
남작	물론 그런 천한 영업은 그만 두어야지.
설자	아버지께서는 천하다 천하다 하시지만, 나에게는 귀중한 직업이야요. 상호하고, 요리점하고는 무슨 일이 있든지 뗄 수 없어요.
남작	그런 향방 없는 소리가 어디 있나. 타지 타관에 가서 사는 것보다, 나의 고향에 와서 있는 것이 여러 가지로 편안한 점도 많고, 또…….
설자	그렇지마는 그것만은 복종할 수 없습니다.
부인	너도 자세히 생각을 해보아라. 아버지도 늙으시고, 또 남의 소문도 사납고 하니까, 지금은 집에 와서 있는 것이 피차에 좋지 않으냐?
남작	또 상호 생각을 해서라도, 여기 있는 것이 좋은 일이 아니냐?
설자	하지만 싫은 것을 어찌 하겠습니까?
남작	(엄히) 내가 이렇게 권하는 것도, 상호 때문에 하는 말이다. (다시 부드러운 어조로) 요리점 주인의 아들로서 기르는 것보담, 나의 곁에서 내 집 사람을 만들어 이후에 철 안 뒤에도 사회에 조금도 부끄럽지 않은 사람이 되게 하겠다는 생각이다.
설자	아버지 생각과 내 생각과는 아주 다릅니다. 나는 상호를 박씨집 사람으로 만들기는 싫어요. (냉소하며) 아버지는 가명家名과 지위를 크게 생각하시는 모양이외다마는, 그까짓 것이 무엇이 그다지 자랑할 만합니까. 조그마한 세계에서 뺑뺑 돌다가 죽는다는 외에, 무슨 큰 특색이 있습니까. 아버지! 나는 나의 사랑하는 아들로 하여금, 이런 굴 같은 속에서 썩히고 싶지 않아요. 적어도 될 수 있는 대로, 자유로운 공기 속에서 살리고 싶어요. 남작이라는 헛된 이름에, 육체와 마음의 구속을 받아가며 교만과 허위의 생활에 저의 모처럼 돋아 나오는 살고자 하는 싹을 무찌르고 싶지 않아요. 그 때문에는 사생아라는 이름도, 상놈이라는 지위도, 그다지 고통이 아닌 줄 압니다.

남작   (맹렬한 안광으로 설자를 흘겨보며) 이애! 너 같이 마음이 썩은 자와는 말
        하기도 싫다. 또 필요도 없다. 너는 지금서부터, 내 집 밖에 내보내
        지 않으면 그만이다. 단연코 평양은 가지 못할 줄 알아라.

설자   왜요?

남작   왜고 무엇이고, 그 따위 말은 소용없다.

    남작 부인은 잠잠히, 수건을 눈에 대고 울 뿐.

설자   (냉연冷然한 웃음과, 유순한 태도를 억지로 지으며) 아버지께, 그리하실 권
        리가 있습니까?

남작   권리? 응, 아비된 권리로 너를 복종시킬 터이다.

설자   아버지! 9년 전 일을 생각해 보셔요. 너 같은 가명을 더럽힌 자는 영
        구히 내 자식이 아니다, 하시고 6일 동안이나 나를 방안에 감금하셨
        던 일을 생각해 보셔요. 나는 그때, 나의 뱃속에는, 아비 없는 자식이
        생겨 있었습니다. (눈물을 흘리며) 그 몸을 가지고 몰래 도망할 때 나는
        할 고생, 못할 고생을 다 맛보았습니다. 그때 아버지는 시원하게 생
        각하셨겠지요. 그리하여 나를 찾으시려고도 아니 하셨지요. 그러하
        던 딸을 지금 와서는 돌아보고자 하시는 것이 너무 우스운 일이 아
        니어요? 아버지 말씀과 같이, 죄로서 생긴 나의 자식을 위하여 걱정
        하시던 것이, 이때까지 아버지께서 보아오시던 체면상으로 보아 너
        무 모순된 일이 아니어요? 아버지. 지금은 나도 근 삼십이나 되었습
        니다. 내가 할 일은 내가 자유로 할 수 있을 만큼 되었습니다. 또한
        그리할 권리도 있겠지요. 아버지께 복종할 것까지는 없어요.

남작   건방진 자식!

설자   실로 건방진 말이올시다마는, 계집이라는 자는 일평생 남자에게 쫓
        겨 다니다가만, 죽고 말 물건일까요?

남작   그렇다! 어려서는 아비를 따르고, 장성하여서는 남편을 따르는 것이
        여자의 본분이다. 남편 없는 자기 딸을 아비가 ……

설자　　(얼굴을 찡그리며) 그 따위 옛날 정신병자들이 자기 마음대로 지껄인 잠꼬대가 ……

남작　　무엇, 어째? (하며 노기에 타오르는 듯 하는 눈방울을 굴리어, 설자를 칠 듯이 내려본다.)

부인　　(비로소 얼굴을 들며) 영감, 참으시오. (설자를 보며) 너도 나이가 있거든, 좀 생각을 하고 말을 해라. 너는 아버지 병문안 온 것이 아니라, 아버지와 싸우러 온 것이냐? 아버지께서, 한 번 쫓은 너를 다시 붙들려고 하시는 뜻을 좀 생각해 보아라. 너는 아버지의 센 머리가 보이지 않느냐? 얼굴에 주름이 보이지 않느냐?

설자　　(잠잠히 울 뿐.)

남작　　못된 자식!

이때 돌연히 뜰에서 상호의 부르는 노래가 들린다. 여러 사람은, 일제히 귀를 기울인다.

상호　　저기 가는 저 까치야,
너의 집은 어디메뇨?
가벼운 날개 뿌리치고서
무엇 찾아 다녔길래
지금이야 돌아가니?

저기 가는 저 구름아,
너의 집은 어디메뇨?
자지 않고 먹지 않고

노래 소리는 점점 멀어진다.

무엇 하려 떠다니나?

저기 가는 저 기차야,

너의 갈 곳 어디메뇨?

검은 연기 토하면서

그다지도 바쁘더냐?

보내는 이 눈물지네.

노래는 차차 멀어, 마침내 들리지 않는다. 창밖의 저녁빛은 점점 깊어 오고, 일동은 숙연히 공상에 잠겼다.

남작　　(갑자기 들어온 전등의 불빛에 자기로 돌아오며) 설자야, 너로 말하든지, 상호로 말하든지, 내 집에 들어오는 것이 상책인 줄을 모르니? 만약 네가 이번에 내 집을 떠나면 영구히 내 집 문을 들어서지 못할 것이다. 영구히. 내가 죽을 때라도, 내가 죽은 후에라도.

설자　　아버지의 시키는 말씀은 물불이라도 가리지 않겠습니다마는, 이 일만은 듣지 못하겠어요.

남작　　그러면 너는 너 고집 하나 세우려고 부모도 모르고 자식의 장래까지 돌아보지 않는단 말이냐?

설자　　상호 장래를 생각해서라도, 복종치 못하겠습니다.

남작　　그는 왜?

설자　　아버지께서는, 천하니 어떠니 하셔도, 그래도 여기 있는 것보담은 자유롭고 편안합니다. 그런 곳을 버리고, 일부러 아비 없는 자식이니 음란한 계집이니 하고 남의 손가락질과 조소를 받아가며 이곳에 머물러 있고 싶지 않아요.

남작　　(미운 듯이) 하지만 그것은 제 탓이 아니냐?

설자　　내 탓이니까, 내 몸 조처는 내가 할 터이야요.

부인　　내 탓이고 네 탓이고, 그 따위 일을 아는 사람이 있니? 너는 아비가 싫어하든지 어미가 울든지, 조금도 불쌍한 생각은 없니?

설자　　어머니도 좀 생각을 해보세요. 내가 만약 사내 동생이나 있고 하면,

내 생각이나 상호 생각을 아니 하실 터이지요? 내가 빌어 먹더래도,
본 체하시지 않을 터이지요?

부인   이 애가 미쳤나 보다. 무슨 말을 그렇게 하니?

설자   무에 미쳤어요? 어머니도, 있기 싫은 사람에게 있거라 있거라 마시
고, 옥순이하고 이 선생하고 속히 혼사나 맺어 주시오. 그러면 상호
보담, 더 훌륭한 손자를 보실지 압니까?

부인   (어이없는 것같이 입만 벌리고 앉았다.)

남작   옥순이가? 손자를 보아?

설자   아버지는 모르시지마는, 옥순이는 지금, 사랑하는 남자가 생겼답니다.

남작   흥, 옥순이도, 너 같은 인물로 알아서는 잘못이지. 다른 사람이 다 어
떻다 할지라도, 옥순이만은 결코 없을 터이다.

설자   호호, 옥순이같이 졸망한 것이, 내같이 대담한 일이야 하지 않지요,
마는 속히 살도록 하여 주십시오.

부인   너도 좀 삼가서 말을 해라. 그 애가 무에 어떻다고 그러니?

남작   여하간, 이동순이와 혼인은 절대로 못한다.

설자   왜요?

남작   저의 집과 우리 집과는 신분이 틀린다.

설자   신분요? 아버지는 아직도 귀족 귀족 하십니다그려. 그러시는 동안
에, 옥순이도 나처럼 아이나 생기면 어떻게 하실 셈이야요?

남작   그런 일은 없다. 옥순이에게 한하여, 그런 일은 절대로 없다.

설자   그러나 여자가 아이를 낳는 것이, 무슨 흉될 것은 아니지요? 죄 될
것도 없지요.

부인   혼인도 안한 처녀가 무슨 아이를 낳는단 말이냐?

설자   혼례라는 것을 모르는 옛날에도 아이는 있었나 봐요.

남작   (설자의 얼굴을 멀그머니 보다가) 이 애 설자야, 네가 지금은 돈도 있고 나
이도 젊고 하니까, 네 생각나는 대로 지껄이나 보다마는, 너도 이 다
음 늙은 뒤에 네가 지금 하던 말을 상호의 입으로부터 듣는다 하면,
과연 너의 마음이 유쾌할 터일까?

설자   (남작의 얼굴만 쳐다본다.)

남작   (한숨을 길게 쉬며) 나도 10년 전에는, 이다지 늙지도 않았고 후사니 손
         자니 하는 생각도 없었다. 나는 네가 도망간 것을 노하였을지언정,
         불쌍히는 생각지 않았다. 그러나 지금은 나도 늙었다. 나는 다시 내
         집 문 안에 들이지 않으려고 하였던 너를 도리어 반가이 맞았다. 상
         호를 보고, 의외에 생긴 손자를 영영 잃지 않고자 하였다. 나는 외손
         봉사를 받고자 하는 생각이 아니라, 진정으로 상호를 남의 손자로
         만들고 싶지는 않다. 상호를 박가로 만들고 싶었다. 이것이 거짓 없
         는 친자의 정이 아니냐? 설자야, 내가 생각한 것이 결코 상호의 장래
         에 대하여도 손해될 것은 없을 터이다. 일생을 아비 없는 자식으로,
         평민의 자식으로, 파묻히게 하는 것보담 …… 하— 설자야, 나는, 너
         를 미워하려도, 미워하는 마음이 일어나지를 못한다. 어째서 그런지
         를 아니? 나는 선조에게 대하여는 불효의 죄인이다. 그러나 너희들
         에게 대하여는 아비로서의 할 것을 다 하였을 터이다. 너는 아비를
         아비같이 알지 않나 보다마는, 너도 후회할 날이 있을 터이다. 나는
         그때에 네가 후회할 것을 생각하면, 그것이 불쌍하다. 설자야! 옛날
         어릴 때 설자로 돌아 가다오. 잠깐 동안이라도. 그리고 나에게 한 번
         속은 셈 잡고, 내 말을 들어다오.

설자   (흑흑 느끼며, 탁자 위에 머리를 숙이고) 아버지, 용서하여 주세요. 내가,
         어, 없는 줄 ……

  만좌滿座가 눈물에 젖을 뿐. 남작의 고개는 깊이 숙여진다. 이때에, 옥순이가 근심스
레 들어와 문 옆에 서서 있다.

부인   (옥순이를 보고) 왜, 거기 서서 있니?

남작   (비로소, 고개를 들어, 옥순의 가까이 옴을 기다려) 어디 갔다가 지금이야 오니?

옥순   (얼굴을 찡그리며) …….

남작   어디 가 있었어?

부인	학교에서 이때껏 있었니?

옥순	가고 싶은 데 갔었지요.

남작	가고 싶은 데가, 어디야?

옥순	왜요?

남작	누구하고 갔었니?

옥순	말하기 싫어요.

남작	말하기 싫다니? 너도 갑자기 미쳤니?

설자	왜, 이 선생하고 싸웠니?

옥순	흥, 언니도 걱정 그만 하시오. 왜 걸핏하면 이 선생 이 선생 하시오 (감정이 극하여, 흑흑 느껴 울며) 이것도 언니 때문이야.

설자	(한참 동안 옥순의 우는 모양을 보다가) 이 애가 정말 미쳤나 보다. 울기는 왜 울어? 무엇이 내 때문이란 말이냐?

남작	가만있어, 옥순아.

옥순	(엎드려서 울 뿐)

남작	옥순아.

부인	옥순아, 왜 대답을 하지 않니?

옥순	왜 그러세요?

남작	너 오늘, 이동순이와 같이 있다가 왔니?

옥순	누가 그래요? 언니가 그럽디까? 흥, 언니 생각만 하고, 나도 그런 줄 아오? (하며 설자를 흘겨본다.)

남작	누가 하였든, 내 말 대답이나 해라. 동순이와 무슨 약속한 것 있니?

옥순	무슨 약속이야요?

남작	너희들의 장래에 대해서 말이다.

옥순	약속은커녕, 이 다음부터 교제도 말자고 여러 가지로 모욕을 받고 왔어요.

남작	응?

설자	절교?

부인	왜?

옥순   아비 없는 자식까지 낳은 자의 아우와는 교제하기도 싫다고. 장래의
     국민을 교육하는 신성한 자기의 면목을 보아서라도, 절교를 하여 달
     라고. 여간 아니야요. 나는 슬퍼서 이때껏 후원에서 울고 있었어요.
     (하며, 흑흑 느낀다. 남작의 얼굴에는 복잡한 감정의 빛이 흐른다. 일동은 잠시 침묵)

설자   (한참 동안, 고개를 숙이고, 잠잠히 있다가, 무엇을 결심한 것같이 일어서며) 아
     버지! 어머니! 지금 옥순의 말을 들으셨습니까? 아비 없는 자식을 둔
     자는, 간 곳마다 의외의 비극을 일으키게 합니다. 아버지! 나는 아마
     고향과는 인연이 없나 보아요. 나는 모처럼 아버지 말씀에, 얼마 동
     안이나마 모시고 있을까 하였더니, 운명의 신은 그것까지도 허락지
     않나 보외다. 나는 내 때문에, 나의 동생의 연애까지 깨뜨리고 싶지
     않아요. 나는 아버지께 맹서합니다. 또 다시 이 땅에 발을 들이지 않
     겠습니다. 아버지를 뵈올 날도 영영 없겠지요. 아버지께서도, 설자
     가 박씨 집에 생기기 전과 같이, 인연이 없는 줄로 아십시오. 관계를
     끊어 주셔요. 나는 이곳에 올 사람이 못 됩니다. 나의 갈 곳은 따로
     있습니다. 그러면 아버지, 나는 이 밤 차로 이곳을 떠나겠습니다. 용
     서하여요.

남작   안 돼, 안 돼, 이동순과는 절대로 결혼치 못해. 절교! 흥, 건방진 놈!

설자   아버지, 딸자식 둘 가운데, 하나만이라도 참사람이 되게 하여 주시
     오. 옥순이노 내 보양을 시키시지 않으실 생각이먼, 서들의 혼인을
     허락하여 주시오. (수건으로 눈물을 훔치며 옥순을 향하여) 옥순아, 너도
     과히 걱정마라. 아무리 엄격한 이 선생이라도, 동생의 연애를 성취
     시키고자 자기의 고향과 부모친척을 버리고 또 다시 오지 않을 결심
     으로 다른 곳으로 갔다 하면, 설마 너를 버리지 아니한다. 옥순아!
     용서하여 다오. 어린 너에게까지 이 못된 언니로 하여금 걱정을 하
     게 하였으니.

남작   (비통한 어조로) 그러면 아주 갈 셈이냐?

옥순   언니, 가시지 말아요. 그리까지 하고도, 내 뜻을 채우고 싶지는 않아
     요. 첫째 아버지와 어머니의…… (하며, 새로이 또 운다.)

설자   고맙다, 감사한 네 말은 영영 잊지 않으마. 그러나 내 갈 곳은 따로
          있다. 막는 곳을 버리고, 기다리는 곳으로 가는 것이 온당할 것이지.
          (억지로, 웃음을 지으며) 이 선생과 결혼한 뒤에는, 부디 잘 살아라.
옥순   언니!
설자   어머니! 부디 안녕히 계셔요.
부인   (잠잠히 울 뿐)
남작   (감정이 극하여, 고민하면서) 설자야! 이것이, 도무지 나의…?

하며, 뒤로 넘어진다. 일동이 놀라, 남작을 부축한다. 바람 소리, 우레 소리에 따라 소낙
비 소리가 요란히 들린다. 전등은 정전이 되어 실내는 암전暗轉. 창밖의 전광만이 구슬프
게 번쩍거릴 뿐. 막.

—1922.1.8.
—『황야에서』, 조선도서주식회사, 1922.

시인의 가정

(전1막)

- 등장인물

    오석강吳石江 : 문사文士, 청년 신사

    춘자春子 : 처, 신혼의 꿈이 아직 따뜻한 새아씨

    개똥어멈 : 하녀, 24~5세

    두부 장수 : 30세 전후의 홀아비

    옥섬玉蟾 : 두부 장수와 친숙한 이웃집 하녀

- 때　　　저녁밥 때
- 곳　　　오석강의 집

문사 오석강의 집. 무대 좌편 길로 향하여 대문과 비상구가 있고 대문을 들어서면 행랑방이 있다. 이 행랑방과 부엌을 사이하여 안방이 있는 모양. 길을 건너 이웃집 대문이 보인다.

사람은 보이지 않으나 안방으로부터 청아한 피아노 소리가 울려 나온다. 하녀 개똥어멈은 들리는 피아노 소리가 성가신 듯이, 가끔 그편을 돌아보며 상을 찡그리며, 행랑방에서 큰 봇자백(조각보)을 펴놓고 무엇을 꾸리며 중얼거리고 있다.

개똥어멈   사람을 업수이 여겨도 분수가 있지. 흥, 이 집이 아니면, 누가, 굶어 죽을 년 있나? 아니꼬운 것 다 보지, 뒷집 쉰둥이만도 못한 것이, 제 혼자 잘난 체만 하고 아침밥만 처먹으면 빼야논지 피아논지만 뿡뿡거린다지. 아유 참, 우스운 것 다 보지. 그나 그뿐인가? 세수 한 번만 하려도 몇 백 번씩 '개똥어멈' '쇠똥어멈'하고. 누가, 달구지 끄는 논 소새끼나 되는 줄 아나? 시켜 먹으려고만 하고. 흥, 그것 참, 그래도 나도, 근본을 캐고 보면 너만한 양반이란다. 그래도 부모도 있고, 호랭이 같은 서방님도 계시다네. (다시 분주히 꾸리며) 둘이 모이기만 하면, 찰떡처럼 달라붙어서 지랄들 하는 꼴이야, 차마 못 볼 노릇이지. 겨우 피아노 소리가 그칠까 하면, 신문이니 소설이니 하고, 왁자지껄하며 두 다리를 큰 대자로 쭉 뻗치고 자빠져서 아휴, 그 모양에다가, 누구다려 '이런 것을 알지 못하는 개똥어멈은 불쌍하지?'(주인 춘자의 흉내를 보며)는 다 뭐야. 호호호. 소설이나 신문을 볼 줄 알면, 어떤 못난 년이 한 달에 쉰 냥씩 받고 남의 집 몸종 노릇을 해? 흥, 하다 못해, 우편국 교환수가 못 되면, 재봉회사 외교원이라도 다니지. (개똥어멈은 중얼중얼하면서, 부엌으로 내려가 이리저리 무엇을 찾다가, 사기 그릇 같은 데서 고기 자백(조각) 같은 것을 집어먹으며) 이년네 집에는 몸치장할 줄만 알았지, 무엇 변변한 세간 하나 살 줄도 몰라. 가져 갈 것이라고는 아무것도 없네. (더러워 보이는 수건을 집어들며) 더러웠으나 이 수건이라도 집어넣어라. 이것도 내 물건이 되고 보면, 깨끗해진다나, 흥.

    (하며, 방에 놓인 보퉁이를 허리를 굽혀 집어서 옆에 끼고, 안방을 한 번 흘깃 건너

다보며, 피아노 소리를 뒤로 들으면서, 대문을 걸어 닫고 옆문으로 분주히 나간다.)

한참 있다가, 피아노 소리가 그치며 안방에서 춘자가 개똥어멈 부르는 소리가 들린다. 아무 대답이 없음에, 피아노 한 곡조가 다시 들린다. 얼마 있다가, 그도 그치며 춘자가 서양 머리 아래로 금테 안경을 번쩍거리며, 부엌으로 내려오면서

춘자   개똥어멈 어디 갔나. 벙어리처럼 어째 대답이 없어? (그래도 아무 대답이 없음에, 화를 벌컥 내며) 개똥어멈 있어? (하며 행랑방을 들여다보다가) 어째 사람 기척이 없어! 또 이웃집에 가서, 낮잠 자고 있는 것이로군? (하며 다시 방안을 휘휘 돌아보다가 깜짝 놀라며) 원! 이것이 웬일이야. 이렇게 헤쳐 놓고? (얼굴이 점점 노래지며) 오ㅡ. 기어코 도망을 하고 말았군. (비참한 빛을 얼굴에 나타내며) 가면 간다고나 하지, 그저 무식한 것은 할 수 없어. (행랑방 툇마루에 바로 힘없이 앉으며) 그러나 저녁밥 지을 때는 다 되었는데 어찌하나. 본가에서 누구든지 와 주었으면 좋겠지마는, 심부름 보낼 사람은 없고. 석강 씨는 곧 돌아오실 터인데 집 비우고 나갈 수는 없고. 아휴, 어쩌면 좋은가. 그 망할 년 때문에 겨우 이상적 가정이라고 하나 이루어 보게 된 것을…… 지금서부터는 단둘이만 살아볼까 보다. 어멈도 두지 말고.…… 그러나 밥 지을 사람은 있어야지. 반찬은 누가 만드나. 내가? 구성도 못한 내가 만들 줄을 알아야지. …… 무슨 반찬이 있누? (하며 부엌으로 내려가서 물동이와 냄비 같은 것을 열어 보면서) 무김치에, 오이에, 아유! 이게 무어야. 원, 도미가 살아서 펄펄 뛰네. 망할 생선, 왼통 치마에 물이 튀었네. 장만해 놓은 것, 먹기는 좋아도 그대로는 보기도 지긋지긋하더라.

이때 문 밖에 프록코트의 청년 신사 하나가 나타나며 문을 두드리다가 그래도 아무 기척이 없음에 초인종을 누른다.

춘자   (초인종 소리를 듣고 황망히 일어서며) 아이고, 석강 씨가 오셨나 보다. 오

늘은 왜 이리 일찍이 오실까. (연달아 들리는 초인종 소리에) 네, 나갑니다. (하며 명주 수건에 손을 씻으며 분주히 나간다.)

신사는 초인종을 두어 번 누르다가 그래도 아무 대답이 없음에 어디로 사라졌다가 부엌 뒷문으로 들어온다. 춘자는 문밖에 아무도 없는 것을 보고 도로 들어오면서

춘자   또 어떤 아이 년석이 장난을 한 것이로군. (하며 부엌으로 들어가려 하다가)

석강   장난꾼은 여기 있는걸. (하는 소리에 깜짝 놀랐으나 자기의 남편이 서서 있는 것을 보고)

춘자   원! 이를 어쩔까? 어느 틈에 들어오셨어요?

석강   (웃으면서) 종을 암만 눌러도 대답이 없으니까 뒷문으로 돌아 왔지. (마루에 주저앉으며) 그러나 춘자 씨, 내 축하하여 주실 일이 하나 생겼구료.

춘자   (석강의 앞에 서며) 왜요?

석강   이번에, 내 시집이 불과 수개월에 벌써 재판이 간행하게 되어서 책방에서도 매우 만족한 모양이야.

춘자   원, 그래요. 나도 환영은 받을 줄 알았지만 벌써 재판까지 될 줄은 뜻하지 못하였었어요. (허리를 굽실 하며) 축하합니다.

석강   하하. 그러나 이번 성공은 그 대부분이 춘자의 조력이니까, 그 성공에 대한 상당한 사례를 하여야 할 터인데, 부부간 물건 같은 것으로 그 뜻을 표한다는 것도 재미가 없을 듯하고 해서, 나는 이렇게 생각하였지요. 차라리, 나의 감사와 사랑에 엉긴 입술로써 춘자 씨의 옥수玉手에 놓아 드릴까 하고. 어떠합니까, 네, 춘자 씨? 하하하, 그러나 오늘은 좀 여기저기 다녔더니 배가 고픈걸. 어서 저녁을 먹게 하여 주시오. 무슨 맛있는 반찬이나 있소?

춘자   (황망히) 네?

석강   무슨 별 반찬이 있어요? (하며, 부엌을 들여다본다.)

춘자   (팔을 벌려, 석강의 앞을 가리며) 아이고, 그 편은 들여다 보지 마셔요.

석강   네, 네, 황송합니다. 그러면 나는 양복이나 벗어 볼까? (하며, 안방으로
        들어가려 한다.)

춘자   여보, 이것 좀 보셔요.

석강   무엇?

춘자   (애걸하는 듯이, 애교를 지으며) 저―, 성내지 마셔요, 네? 저― 어멈이 나
        가버렸어요.

석강   오―, 심부름 갔나요? 그러면 그때까지 기다리지요. 아무리 배가 고
        프더라도 그때까지야 못 참겠소?

춘자   아니요. 이를 어쩌나. 저― 어멈이 아주 나갔어요.

석강   응?

춘자   용서하셔요, 네?

석강   (춘자를 한참 보다가 다시 웃으며) 그야, 자기가 싫어서 나간 것이니까, 춘
        자 씨에게야 아무 책임도 없겠지요, 마는, 어떻든 잘 되었습니다. 그
        렇지 않아도 될 수만 있으면 자기의 가정에 아무 관계없는 타인을
        들이지 말고 우리만 모여서 이상적으로 시적詩的인 가정을 꾸며볼까
        하였더니, 이제야 그 기회가 왔나 보외다. (손을 춘자의 어깨에 얹으며)
        이론은 여하튼, 그러면, 춘자 씨가 밥을 지으시지요. 춘자 씨가 손수
        지은 밥이면 나에게는 더 맛나게 먹힐 터이니까. 내 어째 춘자 씨가
        부엌에 있더라니.

춘자   그렇지만 그런 것을 어떻게 히여요? 또 히여 보지도 못한 것을.

석강   (엄숙한 태도를 지으며) 그런 것이라고, 춘자 씨? 밥 짓는 것이 무엇이
        그리 천한가요? 더욱이 자기의 사랑하는 남편을 먹이려고 밥 짓는
        것이? 자― 어서 시작하시오. 배가 고파 못 견디겠소.

춘자   (애걸하는 듯이) 그렇지만 오늘만 어디 요리점이라도 가셔서 자시도록
        하여 주시오. 나는 안 먹어도 관계치 않으니.

   석강은 잠시 동안 멀그머니 춘자의 얼굴을 보다가 두 손을 들어 춘자의 두 어깨에 놓으며,

석강   춘자 씨!

춘자   네.

석강   내가, 그 전 혼인하기 전에 요리법이라는 책을 보낸 일이 있지요.

춘자   네, 참, 시인이라고 하는 이가, 그 따위 무취미한 것을……

석강   그 무취미한 것이 오늘은 실용이 됩니다. 문예에 취미를 두어 아름
         다운 시를 읊는 것도 좋으나, 여자인 이상 또한 여자의 본분을 잊어
         서는 안 됩니다. 정신상의 쾌락이 신성한 쾌락임에 틀림은 없으나,
         그러나 그렇다고 그 한 편에 현실의 생활이 있음을 돌아보지 않고는
         우리의 이상理想적인 완전한 가정을 이룰 수 없겠지요. 물론, 춘자
         씨의 취미는 어디까지든지 고상한 것이지요. 우리의 시적 가정을 원
         만케 함에 대하여는 전신全身의 노력을 아끼지 마시오. 그러나 우리
         의 먹고 입는 것이 우리의 생활 전부가 못 되는 것과 같이 우리의 취
         미만이 우리 생활의 전부가 아니올시다. 즉 현실적 생활, 육적 생활
         에도 결핍이 없어야 할 것이외다. 나는 여자이요, 남의 처이요, 한 집
         의 주부이라, 하는 책임이 있음을 잊어서는 안 될 줄 압니다.

춘자   그러면 당신은 나를 현실적 방면이라는, 밥이나 짓고 물이나 긷는
         데 부리려고 혼인하였던가요?

석강   그것은 시속時俗 교육 받은 여자의 항용하는 말이나 내가 부려 먹자
         고 처를 삼았는지 아닌지는 춘자 씨도 아는 것 아닙니까? 춘자 씨가
         나의 취미와 저술에 다대한 동정을 하여 주신 것이 원인이 되어, 금
         일의 경우를 이룬 것이지요. 그러나 그렇다고 집안에 규율이 없다든
         지 질서가 없다 하는 것은, 결코 춘자 씨도 바라는 바가 아닐 것이외
         다. 남자는 자기의 가족을 위하여 가정을 위하여 밖에서 일을 하며,
         여자는 집안일을 잘 처리하여 그 남편이 집안일까지 고려치 않으면
         안 될 근심이 없도록 할 필요가 크게 있겠지요. 고등교육을 받은 춘
         자 씨가 사랑하는 자기 남편을 위하여 밥을 짓는다 하는 것이, 무엇
         이 그리 치욕이 될까요? 결코 치욕은 아니올시다.

춘자   마치 수신 강의修身講義나 하시는 것 같습니다그려.

| 석강 | 수신 강의가 되든지 윤리 강의가 되든지 나의 관계할 바는 아니나, 나는 결코 춘자 씨에게 못할 일을 하라고 하는 것은 아니요, 또 나 혼자만 생각하고 하는 말도 아니오. |

석강　수신 강의가 되든지 윤리 강의가 되든지 나의 관계할 바는 아니나, 나는 결코 춘자 씨에게 못할 일을 하라고 하는 것은 아니요, 또 나 혼자만 생각하고 하는 말도 아니오.

춘자　네, 알아 들었습니다. 명령대로 하지요마는, 밥이 탔더라도 그것은 모릅니다. (하며, 장갑을 꺼내어 손에 끼려고 한다.)

석강　장갑은 왜?

춘자　손이 더러워지지요.

석강　하하. 부엌에 가기를 무슨 회석會席에나 참여하는 것과 같이 생각하여서는 잘못이지요. 장갑을 끼고 어떻게 쌀을 씻어요. 하하하. 자— 방에 들어가서 행주치마나 입고 나오시오.

춘자　쓸 데가 있었어야 행주치마도 하여 두었지요? (하며, 머뭇머뭇 하다가 무엇을 생각한 모양으로, 급히 방으로 들어가서 세탁하려고 벗어둔 듯한 남자 두루마기를 입고 나온다.) 이게, 어때요? (하며, 웃는다.)

석강　하하. 내 두루마기가 춘자 씨 행주치마 대리 노릇을 하게 되었구려. 피약유심彼若有心이면 금석지감今昔之感이 불소不少하겠군.

춘자　어찌 홀로 두루마기뿐일까요. 호호호. 자— 그러면, 무엇부터 먼저 하여야 하나요?

석강　내가 언제 요리 고문관이 되었나. 대관절 무엇무엇이 있소? (하며, 부엌을 둘러본다.)

춘자　무김치에 오이나 조금하고.

석강　그 물항아리에는 무엇이 있소?

춘자　오— 참, 펄펄 뛰는 도미야요.

석강　도미? 그것 참 좋군.

춘자　저대로 그냥 끓이나요?

석강　저대로 그냥 끓이다니? 먼저, 칼로 잡은 뒤에 비늘을 긁고 해야지.

춘자　하여 보셨어요?

석강　경험은 없으나 하면 되겠지요.

춘자　그러면 좀 하여 주셔요. 그 동안 나는 피아노나 타고 있지요. (하며, 안

방으로 들어가려는 것을 치맛자락을 붙들고)

석강 어―, 그렇게 만만히는 도망 못할걸. 자― 식칼을 이리 주시오. 도미
를 잡게.

춘자 칼로 그것을 어떻게 죽여요? 동물 학대도 분수가 있지. 더구나 무죄
한 것을 칼로 찌를 수 있도록 당신은 잔인성을 많이 가졌습니까?

석강 하하, 춘자 씨는 바로 군자로군. 내 역시 죽이기는 싫은데, 가 아니
라, 죽이는 법을 알지 못하는데. 오― 그러면, 오늘 저녁은 소고기로
합시다. 스끼야끼는 다소간 경험이 있으니까.

춘자 소고기는 없어요.

석강 그러면 사오지.

춘자 아이고, 당신이 어떻게 사오셔요?

석강 내가 사오는 것이 아니라, 미안하지만 춘자 씨가 사와야지요.

춘자 내가요? 남이 보면 어떻게 하게요? 그야말로 너무 무리합니다.

석강 (돌연히 엄숙하여지며) 무엇이 부끄러워요? 무엇이 심해요? 물론, 시킬
사람이 있는데 춘자 씨를 시킨다 하면 그야 심한 무리가 되는지 모
르나, 그 시킬 사람은 춘자 씨가 내보내지 않았어요?

춘자는 잠잠히 방으로 들어간다. 석강은 춘자의 뒷모양을 보며 혼잣말로

석강 귀골로 자라나서 무엇을 하여 보았어야지. 그러나 미안하지마는 한
번 수양을 하여 보아야지.

춘자 (새 옷을 갈아입고 새 양산을 들고 나오며) 갔다 오겠습니다.

석강 야― 어느 연회에 나가는 것 같구려. 그 대신 나는 불이나 피어 놓지요.

춘자 (웃으면서) 시인은 불 피우고, 시인의 처는 고기 사러 …….

석강 가는 모양은 꼭 시詩요그려.

춘자는 또 멈칫멈칫하다가 결심한 듯이 문 밖으로 나간다.

석강   나도 웃옷이나 벗고 하여 볼까. 불 피우는 데 프록코트도 너무 우습군.

하며, 안방으로 들어간다. 이때 문 밖에 두부 장수 하나가 나타나며, "두부 사료―" 하며
지나간다. 그 소리에 이웃집 대문이 열리며 그 집 하녀 춘섬이가 시첩을 들고 나오며,

춘섬   두부 장수. (하며, 부른다. 두부 장수는 지나간 길을 도로 오며 반가운 듯이)
두부 장수   어― 춘섬 아씨인가? 매일같이 이뻐지는구면. 허허허.
춘섬   망할 자식. 너는 매일같이 입버릇만 얌전해지는구나. 도망간 동네집
         개똥어멈, 주인 욕하듯이 너는 욕밖에 배운 것이 없니. 저것 요새 쥐
         통[콜레래에 죽지 않고, 왜 저래?
두부 장수   내가 죽으면 춘섬이는 독숙공방獨宿空房에 슬퍼서 어찌나 살게? 그런
         데 개똥어멈은 왜 쫓겨나갔나? (하며, 두부지게를 내려놓는다.)
춘섬   쫓겨나갔는지 제가 싫어서 나갔는지는 모르나 강짜 싸움이 났다나.
두부 장수   강짜? 야― 요것 보아라. 그래, 너하고 나하고 그렇고 그런 것이 부
         러워서?
춘섬   망할 것, 음충스러운 소리만. 그런 게 아니라. (손가락으로 부부라는 뜻
         을 표하면서) 저 집 이것하고 요것하고가 너―무 사이가 좋아서 볼 수
         가 없다나?
두부 상수   야― 요섯 기묘하군. 그래, 부부끼리 사이 좋은 섯이 흠이란 말이야?
         이 자식 저 자식 하며, 나만 보면 도망질치는 년보다는 매우 낫네.
춘섬   하지만 둘이 서로 빤대.
두부 장수   빨다니? 무얼 빨아. 너 같으면 밥주걱이나 빨겠지만.
춘섬   이런 못난이. 말귀조차 어찌 그리 둔해. 빤다니까 사탕이나 빠는 줄
         아니. 입하고 입하고 서로 맞대고 빨아요.
두부 장수   어―렵시요. 입하고 입하고 서로 붙이고 빤다. (고개를 끄덕끄덕하며)
         하아, 알기 쉽게 말하면 요새 여학생들 말로 키스를 한단 말일세그
         려. 더욱 더욱 기묘한 일이로군. 그래, 서로 맞붙어 빠는 것은 어떻
         게 되었든, 그리고 보면 코가 걸려대서 어찌노?

춘섬   허허, 자네 요사이 여학생을 다 알고 꽤일세그려. 너처럼 넓적코는
          걱정 없네.
두부 장수   그런가. 어디 너 뾰족한 코가 걸려 대이나 한 번 빨아볼까? (하며, 팔을
          벌려 춘섬이를 안으려 한다.)
춘섬   이런 망할, 저기 사람 오오. 저것이, 지금 말한 빠는 집 아씨야. 자―
          두부나 어서 주오.

　　이때 춘자가 신문지에 꾸린 것을 들고 오다가 얼굴이 붉어지며 두 사람을 피하여 숨
는 듯이 집으로 들어간다.

두부 장수   저것 같으면 나라도 빨고 싶은데? (하며, 두부를 떠놓는다.)
춘섬   이런 망할.

하며, 두부 장수의 등을 한 번 치고, 안으로 들어가 버린다. 두부 장수는 다시 "사료"를 외
우며 뒷골로 가버린다.

춘자   (옷을 벗고 나와 부엌에서 불을 피우고 있는 석강을 향하여) 사왔어요.
석강   속히 갔다 오셨구려. 누구 만나지나 않았소?
춘자   만나도 만나고 말고요. 동창 중에도, 하필 제일 잘 지껄이는 정자라
          고, 금년에 박 남작 노인 후실로 들어간 사람인데, 나다려 고기점 앞
          에서 무엇을 하고 있느냐 하기에 거짓말 할 수도 없어서 바로 말을
          했지요. 나는 어찌 부끄러운지.
석강   그것 통쾌하게 잘 대답했소.
춘자   무엇이 통쾌하여요? 이 사람 저 사람에게 말짓 할 생각을 하면 ……
석강   그와 같은 자에게는 제 마음껏 지껄이게 버려 두지요. 허영에 눈이
          어두워서 남의 후실에 몸을 파는 인물이니까 진정한 행복이 무엇인
          지 알 까닭이 있겠소. 그러나 세상은 참 이상한 것이야. 재물 냄새와
          귀족이라는 허명에 몸을 즐겨 파는 사람도 있고, 또 나와 같은 빈궁

한 시인의 처가 되는, 고결한 춘자 씨도 있는 것이야. 제가 아무리 화려한 집에서 살고 비단으로 몸을 감는 호사로운 생활을 한다 하더래도, 부부 사이에 사랑의 맺음이 없고 서로 속이고 서로 의심하는 곳에 무슨 기꺼움이 있으며 행복이 있겠소? 아내는 남편을 위하여 고기를 사러 가고 사나이는 처를 위하여 불을 피운다 할지라도, 그중에서 만족함을 얻고 유쾌함을 얻는다 하면, 이 위에 더하는 행복이 인간 생활에 또 있겠습니까?

춘자　(매우 깨달은 듯이) 나도 오늘부터 어멈 두지 않고 나 혼자 밥도 짓고, 물도 긷겠습니다.

석강　아―니, 춘자 씨만, 그 심정일 것 같으면 다시 어멈을 두는 것이 좋지요.

춘자　오―참, 당신 시집에 이런 시가 있지요? (하며, 시를 읊는다.)
　　　하늘에서 내리시는 달과 햇빛은
　　　높은 데나 얕은 데나 한결 같거든
　　　천하고 추하다고 누가 일렀나?

석강도 같이 합창한다.

　　　귀한 이만 복 있는 줄 나는 몰라라.
　　　지아비는 뜰 밖에서 샘물을 긷고
　　　어린 처는 긴 돌(등받이가 없는 긴 의자)에서 쌀을 이노나.
　　　아―아― 맑고도 따뜻한 가정,
　　　아―아― 맑고도 따뜻한 가정.

소리에 따라 서서히 막 내림.

― 1920.9.17.

―『황야에서』, 조선도서주식회사, 1922.

연戀의 물결

(전3막)

- **등장인물**

  김진수金鎭洙 : 실업가, 70세 전후

  김희영金禧永 : 장남, 24세

  김순경金順卿 : 장녀, 22세

  김혜경金慧卿 : 차녀, 20세

  정도한鄭道漢 : 백작, 30세

  경애敬愛 : 정도한의 처

  구교창具敎昌 : 방랑자, 23세, 실은 희영의 이모제異母弟

  김소파金小波[1] : 타락 문사

  정정순鄭貞順 : 정 백작의 누이, 21세

  기타 정 백작 친우, 하녀, 순사 등

- **시대**　　현대
- **장소**　　경성 부근의 어느 도회지

1　원문에는 '문설파文雪坡'로 되어 있으나 이하 본문에서는 일관되게 '김소파'로 되어 있어 이를 바로
　잡았다.

제1막

실업가 김진수 저택의 응접실. 방 좌편 벽으로 내실로 통한 문이 있고, 바깥 사람은 앞뜰을 통하여 무대 좌편 끝으로 보이는 객실 대문과 다시 좀 들어와서 있는 중문으로 통행하게 되어 있다. 앞뜰에 면한 툇마루에 놓은 소파에 주인 김진수는 누워서 독서 중. 장남 희영과 차녀 혜경이 등장.

진수   (눈을 들어 희영을 보며) 너, 지금이야 오니?

희영   (혜경과 같이 장의자에 앉으며) 네, 지금 곧 온 참이올시다. 두통은 좀 나으십니까?

진수   응, 조금 나은 모양이다. 회사에서는 별일 없었니?

희영   네, 만주 광산에서도, 아무 편지도 없었고……

진수   (한참 있다가) 늘 하는 말이지마는, 그런 대규모의 사업을 무슨 자금으로 경영하여 가려고 하는 셈이냐? 돈은 돈대로 들고도 일은 성공 못 할 것이 뻔―한데. 대관절 자금을 융통할 길이 있단 말이냐?

희영   지금 당한 문제가 그 자금 융통 여부올시다. 이런 소도회에서는 도저히 어려운 일이고, 아무리 하여도 대도회로 나가서 활동을 하여 보아야 하겠어요. 다행히 친구들의 권유도 있고, 나도 이런 곳구밍 같이 조그마한 곳에서 일생 지낼 것도 아니고 하니까 일간 회삿일은 다른 사람에게 맡기고 서울로 가려고 생각 중이올시다.

혜경   그때는 나도 같이 갈 테야, 아버지.

진수   미친 아이들. 서울 가기만 하면 무슨 일이든지 여의하게 될 듯 하냐? 이곳이니까 무슨 일이든지 내 마음대로 할 수가 있지. 김진수라는 이름에 일분의 가치도 주지 않는 경성 복판에서 무엇을 한다고 그러니? 잘 성공이 되면 몰라도, 그렇지 않으면……. 그는 여하간, 그런 큰 욕심을 낸 까닭이 무어냐?

희영   그러니까 아버지는 머리가 아직도 구식이야요. 조그마한 회사 중역

자리에 연연하다가 그만 죽어버리기에는 지금 청년의 성공심은 너무 큽니다. 자기의 가진 바의 전력을 다하여 성공하는 사업이라야 과연 가치 있는 성공이요, 또한 장쾌한 청년의 사업이 아닙니까? 넉넉히 할 수 있는 사업에 아무리 실패가 없었다 한들 무슨 상쾌한 맛이 있겠습니까? 아직 청년의 뛰노는 피를 가진 나는 그렇게 쉽게 조그마한 것에 만족할 수 없습니다. 물론 지금부터 성패 여부는 문제가 아닙니다마는.

혜경   아니랍니다. 오라버니 좋아하는 사람하고 결혼할 조건의 한 가지가 그것이랍니다. 만주 광산 사업이 성공되어야 결혼한다고 둘이 약속했대요. 하하하하하하.

이때 하녀, 편지를 들고 들어와 김진수에게 전하고 퇴장.

진수   편지? 어디서? (뜯고자 하다가 보낸 사람의 성명을 보고 돌연히 노기를 띠며) 고약한 놈! 또 이 따위 짓을? (하며, 편지를 싹싹 찢어 뜰로 던져버린다.)

희영   (이상한 듯이 보고 있다가) 무슨 편지야요?

진수   (고개를 돌리며) 아무 것도 아니야……. 그런데 혜경아, 어머니는 어디 가셨니?

혜경   아유! 아버지도 정신 없으신가보이. 오늘 막차로 언니가 동경서 오신다고 해서 지금 환영 준비하시노라고 야단이신데.

진수   오-참, 순경이가 오는 날이 되어서. (희영이를 보고) 그래 결혼 기념 사업으로, 그런 위험한 일을 계획하는 셈이냐?

희영   아버지도, 참. 혜경이가 거짓말한 것이랍니다. (하며, 고개를 숙인다.)

하녀   (다시 들어와) 정 백작 대감께서 오셨습니다.

진수   정 백작? 들어오십사 하지. (희영이를 보며) 희영이 나가 보아라.

하녀와 희영이 내실로 통한 문으로 나갔다가, 정 백작 부처와 같이 앞뜰로부터 등장정 백작   영감, 그간 안녕하십니까?

진수   허-, 올라오시오.

혜경   (일어나 맞으며 백작 부인을 보고) 아유, 형님도 오십니까? 어린 아이 잘

         자라요?

경애   네, 오늘 동경서 형님이 오신다지요? 얼마나 기쁩니까?

혜경   아유, 어떻게 벌써 아셨어요. 옳지, 오라버니가 벌써 정순 언니에게

         말을 했지요? 정순 언니도 잘 계셔요?

경애   네.

정 백작   (인사를 마치고 부인과 같이 앉으며 주인을 보고) 오늘은 마침 어느 연회에

         가는 길에 댁 앞을 지나게 되어서 병 문안도 아뢸 겸 들렀습니다.

진수   그처럼 염려해 주셔서 감사하오. 그렇지 않아도 나도 득남하셨다는

         말도 듣고 해서, 한번 댁에 가려고 하였으나 본시 몸이 불편해서 출

         입도 못하고 늘 희영에게 안부는 들었소마는.

정 백작   천만의 말씀이외다.

하녀   (다시 들어와) 문 밖에 손님 한 분이 영감을 뵈옵자고 오셨어요.

진수   어떤 손님이야?

하녀   성함은 가르쳐 주시지 않고, 아까 약속하셨다고요.

진수   나를 보러온 손님이야?

하녀   네.

진수   그러면 들어오시래라. (하며, 무엇을 생각하는 모양. 하녀 퇴장)

정 백작   (주인의 기색을 한참 보다가) 손님이 오신 모양이니, 나는 그만 실례하겠

         습니다.

진수   왜- 그만 가셔요?

희영   모처럼 오셨다가, 그만 그리 섭섭히 돌아가십니까?

정 백작   아니요, 연회 시간도 되고 했으니까, 그만 돌아가겠습니다. 또 뵈러

         옵지요.

    정 백작 부처 인사를 마치고 정원으로부터 퇴장. 이때 방문하러온 객과 객실 대문에

서 마주치게 되었다. 남루한 의복을 입은 새 방문객은 구교창이란 청년 남자. 옆으로 고개를 숙이고 지나가는 정 백작 부인을 흘깃 보고 이상한 웃음을 입가에 띠며,

구교창   부인, 안녕하십니까?

경애   (구를 보고 깜짝 놀라다가 다시 진정하며 피치 못하는 듯이) 네, 오래간만에 **뵈옵겠습니다.** (하다가, 주의하고 보고 섰는 남편을 돌아보고, 다시 놀라며 황망히)

경애   이분이 그 전 제게 영어를 가르쳐 주시던 구교창 씨이야요.

정 백작   그렇소? (구를 보고) 나는 경애의 남편 되는 사람이올시다. 앞으로 친절히.

구교창   (입가에 냉소를 띤 채로) 일찍이 뵈옵지 못하여 황송합니다.

정 백작   천만의 말씀이오. (처를 돌아보며) 아차, 단장을 놓고 나왔는데, 잠깐 다녀오리다. (하며, 다시 안으로 들어온다.)

구교창   (백작의 뒷모양을 보낸 후, 부인을 향하여) 경애 씨, 못 본 동안 훌륭한 부인이 되셨습니다그려. 한번 댁으로 찾아 뵈올까 하였더니.

경애   당신도 그런 말하시기에 너무 염치없지 않아요?

구교창   네, 사람이 궁해지면 염치가 없어지지요. 알기 쉽게 말하자면 당신처럼.

경애   무어요?

구교창   아니올시다. 그런데 아직 우리의 비밀을 백작께 물론 말하지는 않았을 터이지요?

경애   네, 그런 일은 생각도 안 했어요.

구교창   네, 그리 하셨겠지요. 한데, 이 달 안으로 돈 백원만 어떻게 변통하여 주실 수 없을까요?

경애   (너무 뻔뻔하게 보이는 구의 얼굴을 한참 흘겨보다가) 당신을 누가 무서워하는 줄 아십니까?

구교창   네, 그런 줄 압니다. 하하하, 내가 그 비밀을 백작께 말하면 어떻게 하실 셈입니까?

경애   (붉어오는 얼굴을 들어 한참 구를 흘겨보다가) 당신은 그런 악한 마음을 가

지고도 부끄러운 줄을 알지 못하여요?

구교창   네, 돈에 궁하면 다— 그렇지요.

이때, 정 백작은 단장을 가지고 나오는 희영과 중문 안에서 만나 한참 무엇을 밀담하다가 인사를 마치고 다시 고개를 숙이고 무엇을 생각하며 나온다.

경애   (고개를 숙이고 무엇을 생각하다가, 백작이 나오는 것을 보고 급히) 어떻게 변통하여 보지요.

구교창   (역시 백작이 나오는 기척에 황망히) 감사합니다. 비밀은 꼭 지켜주시오. 또 뵈옵겠습니다. (하며, 안으로 들어가려 한다.)

정 백작   (가까이 온 후, 구의 하직하는 것을 보고) 이후에 내 집으로 한 번 놀러 오시오.

구교창   네, 감사합니다. 또 뵈옵지요.

정 백작   그러면 실례합니다. (하며, 잠잠히 부인과 같이 퇴장)

구는, 오랫동안 백작 부처의 뒷모양을 통쾌히 생각하는 듯한 미소와 미움에 찬 눈으로 보고 있다가 돌아서며, 거만한 태도로 천천히 걸어 응접실로 들어온다. 혜경은 객을 보고 내실로 퇴장. 희영은 보지 못한 인물의 방문을 괴상히 생각하는 모양.

구교창   (침착한 태도를 억지로 지으며, 늙은 수인을 향하여) 오늘 저녁에 오겠다고 아까 영감께 편지를 올렸더니.

진수   (역시 의외의 인물에 기막히는 듯이 잠잠히 쳐다보다가 성난 어조로) 너에게로서 온 편지? 흥, 한 번도 뜯어본 적은 없다.

구교창   (불쾌한 듯이 찡그린 두 눈썹을 급히 펴고 냉소를 띠며) 그러실 듯해서 오늘은 친히 왔습니다.

희영   (두 사람의 모양을 보다가) 아버님?

진수   (황망히) 네가 알 일은 아니다. (구를 향하여) 그래, 대관절 무슨 일로 왔니? 또 강청強請하러 온 것은 아니겠지?

구교창   말할 대로 말씀합시오. 나 같은 무일물無一物의 소유자는 잃어버릴 아무 것도 없지마는, 까딱 잘못하면 잃어버릴 것은 당신의 지위하고 명예뿐이니까.

희영   여보게, 자네. (하며, 구를 칠 듯이 앞으로 나선다.)

진수   아니, 희영아 성낼 것은 없다. 이 사람은 나를 오해하고서 무엇을 강청하는 것이란다.

희영   (구를 보고) 미친 놈!

구교창   흥, 오해? 왜— 내 어머니가 죽을 때까지 생활비를 대어 주셨어요? 그 후 두서너 번이나마 나에게 돈 준 이유는 무어야요?

진수   아—, 희영아. 내가 또 현기증이 나는구나. 너, 안에 들어가 약 좀 가져오너라. (희영은 급히 내실로 퇴장) 이놈. 교창아, 너 같은 놈은 천하에 없는 고약한 놈이다. 그런 염치없는 소리가 어디서 나오니? 너 같은 놈의 손에 돈이 있으면 있을수록 악한 짓만 할 뿐이다. 돈은 너 같은 놈에게는 독약이야. 그것을 생각하고 일체 돈을 주지 않기로 결심한 나의 마음도 알지 못하고.

구교창   죽은 어머니 생각을 하면 돈 같은 것도 그다지 아깝지는 않을 터이지요. 하하하하. 어머니에게로 온 편지만 세상에 발표하여도 당신 지위는 그만 쑥밭입니다.

진수   (얼굴이 붉어지며) 그따위 것으로 흔들릴 나의 지위가 아니다.

구교창   그나 그뿐인가. 내가 그 전 당신 회사에 있을 때, 들은 비밀만 하여도 한두 가지가 아니지요. 흥, 당신들의 하는 일이 다행히 결과가 좋았으니까 망정이지, 그렇지 않으면 법률상 문제는 면치 못하오. 당신 손으로 나를 감옥에 집어넣으려면 넣으시오. 그 자리에서 당신도 감옥 구경을 시키게 할 터이니.

진수   엣, 고약한 놈! 그놈이 백주의 강도로구나! (하며, 기침을 연해 한다.)

구교창   자— 한번, 시험하여 보시지요? …… 하지만 못할걸. 감히 생심生心하지 못하실걸요?

이때, 혜경이 등장. 구는 한편으로 비껴 선다. 혜경은 미처 구를 보지 못한 듯이 혜경   아버지, 언니 올 때가 다- 되었는데, 어서 옷이나 갈아입으시지요.

구교창은 혜경의 찬란한 의복과 그의 미모에 정신 없이 서 있다.

진수   오- 혜경이냐. 지금 손님이 계시다.

혜경   (놀라며) 아유. (구를 웃음으로 돌아보며) 나는 조금도 모르고. 실례했습
            니다. (하며, 구에게 인사하고 퇴장)

구교창   (독백) 2, 3년을 못 본 동안, 어느 틈에 그렇게 미인이 되었나!

진수   (한참 동안 감았던 눈을 뜨며 부드러운 목소리로) 얼마나 쓸 셈이냐?

구교창   이백 원씩.

진수   언제까지?

구교창   언제까지든지.

진수   (확, 성을 내며) 안 돼. 결코 줄 수는 없어. 너 같은 놈에게 이백 원커녕
            이만 원을 주면 무엇하니? 며칠 못 가서 다 없어질 것을. 그렇게 몇
            번씩 줄 수는 없다.

구교창   (육혈포를 끄집어내며) 하하 이것 좀 보시오? (하며, 탁자 위에 놓는다.)

진수   (깜짝 놀라며) 이놈이!

구교창   그리 놀라실 것이 아니야요. 당신을 죽이는…… 것이 아니라 내가
            쓰려고 하는 것이요.

진수   무엇? 무어이야?!

구교창   (미소를 띤 눈으로 육혈포를 보며) 홍, 당신에게서 올 돈이 안 오는 날에
            는, 나는 혼자 힘으로 살아가려면 재주도 없고 아무 능력도 없으니
            까. 하하하, 그때 쓰려고. 이렇게? (하며, 육혈포를 가슴에 댄다.)

진수   (놀라 힘없는 소리로) 교창아!

구교창   (육혈포를 다시 놓으며) 아니, 아직 죽을 때는 안 되었습니다. 당신이 돈
            을 주지 않으면 그때는 당신이 간접으로 하수인이 되는 셈이지요.

이때, 희영이 약을 들고 등장. 구교창, 급히 육혈포를 감춘다.

희영   늘어서 안되었습니다. 어머님이 나와 보시겠다는 것을 만류했지요.
       이런 사실은 모르시는 것이 좋을 듯해서.
진수   잘했다. (하며, 떠는 손으로 약을 받아 마신다.)
희영   (구에게) 당신도, 아버지가 불편하신 줄은 알겠지? 그런데.
진수   (손을 들어, 희영 말을 중지시키며) 희영아, 여러 말할 것이 없다. 지금 말은,
       다― 결정되었으니. (약 그릇을 내려놓고, 붓을 들어 수표를 쓰며) 이후부터는,
       좀 행실을 고치고 너도 사람이 되어 보아라. (하며, 수표를 구에게 준다.)
구교창   하하하, 충고와 돈―. 두 가지를, 다 감사히 받습니다. (희영에게) 실
       례하였소.
희영   …….

    구는, 희영의 증오와 의심의 붉은 시선을 등지고 퇴장. 진수는 동정에 찬 눈으로 구의
나가는 뒷모양을 보다가 구가 아주 보이지 않게 됨에 벌떡 일어서 두서너 번 뒤축뒤축하
다가 뒤로 혼절한다. 희영은 황망히 붙들어 일으키며,

희영   아버지, 정신차리세요.
진수   휴― 아무렇지도 않다.
희영   그런 놈에게 돈은 왜 주셔요?
진수   아니다. 주지 않으면 안 될 것이다.
희영   대관절, 그놈 어미라는 자는 누구야요?
진수   희영아! 나는 늙었다. 그 위에 또 병이 있으니까 살면 얼마나 살겠니.
       지금부터는 너의 어린 어깨에 온갖 짐을 맡기지 않을 수 없게 되었
       다. 희영아, 내가 너에게 이런 말을 하기는 실로 가슴을 가르는 고통
       이 있으나, 그러나 벌써 말하지 않으면 안 될 때는 왔다. 내 말을 들
       으면 왜 네가 경영하려는 그와 같은 위험한 사업을 내가 말리는지도
       알 것이다. 지금 여기 왔던 그놈은, 그 남자는 ……
희영   그자가 누구야요?
진수   (비참한 빛을 띠고) 내 자식이다. 내가 그자의 아비가 된다!

희영	네?!
진수	너에게 배다른 동생이 된다.
희영	그자가 그렇다 합니까?
진수	아니다. 당자는 아직 그런지도 알지 못한다. 저의 죽은 어미도 그 비밀은 지키고 죽었다. 불의로 생긴 저를 나의 자식으로 삼기는 피차에 불행의 결과를 이루기 쉬운 고로, 그 비밀은 비밀대로 이때까지 왔다. 그러나 너에게는 그 비밀도 드러내지 않으면 안 될 때가 온 것이다. 아 ― 옛날에 지은 자기의 불의로운 비밀을, 너에게 말하게 된 나의 고통!
희영	아버지, 그런 말씀은 마시고, 어서.
진수	너의 어머니도 알지 못한다.
희영	어머니에게 알릴 필요가 있습니까?
진수	그렇지. 자― 그러면 돈 준 이유도 알았지?
희영	네. 하지마는 또 한 가지 할 일이 남지 않았어요?
진수	무엇이?
희영	속히 그 사실을 나의 이복동생이 되는 그 사람에게 알려주고 ……
진수	아니, 안 돼. 그것도 사람 나름인 것이다. 그놈은 사람의 대접을 받을 자가 못 된다. 도리어 나의 파멸은 어쨌든, 너의 어머니에게 의외의 놀람과 걱정을 줄 뿐이다. 우리집 전체의 행복을 파멸시킬 뿐이다. 구(求)태여 그런 재앙을 구(求)할 필요는 없지 않느냐? 다만 너에게 부탁할 것은, (숨이 가빠 어조가 어지러지며) 내가 죽은 뒤라두 어디까지든지 불쌍한 그를 돌아보아 다오. 그래도 나에게는 자식이다. 그리고 이 말은 어떠한 사람에게도 누설치 말아다오.
희영	네, 자세히 알아들었습니다. 맹세코 하신 말씀은 잊지 않겠습니다.
진수	(고민하며) 아―, 거북해! 안에 들어가 눕겠다. 아니 너는 걱정 마라. 나 혼자 들어갈 터이니.

힘없는 걸음으로 진수 퇴장. 희영은 선 채로 잠시 명상. 안에서 사람 넘어지는 소리에 깜짝 놀라 뛰어 들어간다. 그러자 "아버지, 아버지" 하고 부르는 소리에 따라 집안 사람

의 황망히 간호하는 소리가 들린다. 한참 후 희영이 다시 나와 앉아서 깊이 생각한다. 이때 혜경이 눈물 흘린 얼굴로 등장.

혜경　　　의사가 오셨어요. 어서 가보셔요.

　　희영, 기운 없이 내실로 들어간다. 혜경은 힘없이 아버지 누웠던 소파에 털썩 앉아 수건으로 얼굴을 가리고 우는 모양. 얼마 안 되어 희영이 창백한 얼굴로 등장.

혜경　　　(얼굴을 들며) 오라버니, 아버지는?
희영　　　아마 어려우시겠다. (혜경의 우는 것을 보고) 울면 무엇하니. 들어가서
　　　　　어머님이나 위로해 드려라.

　　혜경이 급히 안으로 들어간다. 희영은 다시 생각에 잠긴다. 이때, 대문으로부터 순경이가 여행 가방을 들고 들어와 중문간에서 응접실을 들여다보다가, 희영의 무엇을 생각하고 앉아 있는 것을 보고 들었던 물건을 놓고 올라와 가만히 희영의 뒤로 돌아가서 희영의 감은 눈을 덮어 가린다. 희영은 의외에 놀라며 눈썹을 찡그리고 손을 떼어 뒤로 돌아보다가 순경이가 웃고 섰음에 따라 웃으며,

희영　　　지금 온 길이냐? (하며, 반가운 듯이 순경의 얼굴을 들여다보다가 즉시 눈물을
　　　　　머금고 잠잠히 고개를 돌린다.)
순경　　　놀라셨지요? 오라버니 속여먹으려고 일부러 시간 일찍이 떠나는 기
　　　　　차를 탔어요. (방안을 돌아보며) 그저 언제든지 그 모양으로, 우리집은
　　　　　조금도 변한 것은 없고나.
희영　　　그래, 이번 여행에는 재미나 많았니?
순경　　　재미 많았지요. 고이비토[戀人]하고.
희영　　　고이비토?
순경　　　(손으로 희영의 입을 막으며) 아! 비밀―. 아버님에게 말할 때까지는 비
　　　　　밀 엄수.

희영	대관절 어떻게 된 일이냐?

순경	저―, 처음에는 부산서 만나서 경부선 여행을 마칠 때까지 같이 오다가 서로 약속해 버렸지요.

희영	무슨 약속?

순경	겟곤[結婚].

희영	누구하고?

순경	아유, 지금 말하지 않았어요?

희영	성명이 무엇이야?

순경	김소파.

희영	김소파! 김소파! 순경아, 너는 김소파라는 인물의 성격을 대강 짐작하겠지, 타락 문사로 품행이 좋지 못하다는 소문을. 그리고 여드름 많은 여학생을 제하고는 누구든지 저를 배척한다. 그런 사람하고?

순경	그따위 세상에 떠돌아다니는 소문이 무슨 관계 있어요? 교제해 보니까 훌륭한 사람이야요. 걱정하실 것 없어요.

희영	걱정이 어째 안 되니? 김소파하고 며칠이나 살다가 헤어지려고.

순경	하하하, 오라버니도. 옛날 과거의 경력 같은 것이 내가 연애하는데 무슨 관계 있나요. 현재가 어떠하며 장래가 어떻게 될까 하는 점에 바탕한 나의 선택법으로 한 것이니까 걱정없어요.

희영	(잠잠히 있다가) 아버지가 돌아가셨나!

순경	네?

희영	아버지가 돌아가셨다.

순경	네? (하며, 안으로 뛰어 들어간다. 안으로부터 순경의 '어머니, 어머니' 하며 우는 소리가 희미히 들린다. 희영이 여전히 정좌하였다가, 얼굴을 번쩍 들며 미소를 띠고 툇마루로 걸어 나와 먼 곳을 바라보며 한숨과 함께) 아― 청춘과 사업? (하며, 부르짖는다.)

　　　급급히 막 내림.

제2막

1개월 후, 백작 정도한 저택의 외실. 1막 때보다 매우 수척한 얼굴로 백작은 친우와 담화 중.

친구   자네 부인께서도 문예에 취미를 가지셨다지?

백작   좋아하는 모양이야. 자네 창작도 애독하는 모양이데.

친구   그런가. 자네 안색이 어째 그런가?

백작   아니, 별로.

친구   무슨 심려하는 것이 있나?

백작   아니.

친구   요사이는 회사에 출근하지 않나?

백작   응, 며칠 동안 집에서 소일하였네.

친구   부부라는 것이 이상해.

백작   왜?

친구   우리는 독신이니까 아직 부부의 진미를 운운할 자격이 없으나 자기가 전신을 들어 사랑하던 사업까지도 던져버리게 되니.

백작   내가 그렇다는 말인가?

친구   자네도 적용되는 모양일세.

백작   그렇게 보이나?

친구   자네 부부의 화목한 것은 우리들 사이에도 정평이 있지마는 보통 사람의 심정이 사이좋아야 할 부부 사이가 좋다고 남이 하면 도리어 한 가지 치욕으로 아니까.

백작   그런가. 그러나 우리 부부는 자네 보듯이 그렇게 간단한 것이 못되나 보이. 간단은 할지 모르나 그다지 평화롭지 못하네. 나는 이렇게 보여도 도량이 좁아서 그 위에다가 신경질이니까 내 처 되는 사람도 그다지 행복이 아닐세.

친구   부부 사이라는 것이 암만 해도 이상대로는 진행되기가 어렵지.

백작   그리고 너무 완전히 이상 전부를 희망하는 까닭인 줄 아네. 그리고
       또 남에게 대하여 관대한 마음으로 허락할 만한 일도 처에게 대하여
       는 그럴 수가 없네그려. 그래서 듣기 싫은 말도 하고 울리기도 하고
       마지막에는 자기까지 울고 마네그려.

친구   자네도 그런가?

백작   나는 그중에서도 좀 심한 편이지. 한 번 생각이 나면 울리고야 마니
       까. 울린 뒤에는 불쌍한 생각이 나지마는 그때까지는 성을 참지 못
       하네그려.

친구   그것은 너무하이.

백작   하지만 처도 잘못한 점이 있네.

친구   무엇이?

백작   처는 지금 나를 속이고 있네그려. 자네니까 말이지마는 다른 사람에
       게는 비밀일세. 사람의 죄악이라는 것이 보통 미소하고 가벼운 동기
       로부터 생기는 것이니까, 될 수 있으면 피차에 용서하는 것이 좋다
       는 자네 주의도 생각한 일이 있네마는, 처는 지금 (어조를 고치며) 나를
       속이려고만 하네그려. 내 자식이 아닌 것을 내 자식이라고 하네.

친구   (백작의 얼굴을 미치지나 않았나 하는 듯이 들여다 보며) ……

백작   (한참 있다가) 처는 나와 결혼할 때에 처녀가 아니었었네. 그리고 뱃속
       에 아이까지 배고 있었던 모양이야. 나도 처음에는 그런 줄을 몰랐
       는데 지금은 의심할 여지도 없이 나는 그 아이의 아비까지 알았네.
       그런데 처는 아직까지 그 사실을 부정하려고 하네그려.

친구   자네는 어떻게 그것을 알았나?

백작   결혼하고 팔개월만에 아이가 나왔는데, 아무래도 조산이 아닌 게야.

친구   어째서?

백작   어째서 아는고 하니, 처는 물론 조산이라고 주장하나 의사나 산파의
       눈치를 보니까 아이는 태중에서 충분히 완숙된 듯하고 또 처음서부
       터 처가 처녀가 아닌 줄을 짐작하였네. 그러나 처는 지금도 나를 사
       랑하는 줄 알고 또 과거의 죄악을 드러내어 피차에 행복을 깨뜨릴

필요도 없고 해서 나는 마음속으로만 용서를 하여 왔는데, 그래도
불쾌한 것은 어디까지든지 불쾌한 것일세그려. 그래서 한때는 이혼
도 생각해보았지마는 그리하자면 이 사실을 세상에 노출시키지 않
으면 안 되겠고, 또 이혼이 된다 하더래도 법률상 상속권은 그 아이
에게 주지 않으면 안 되겠으니까. 또 현재 나는 처를 사랑하네그려.
그래서 지금 나의 생각은 될 수 있는 대로 처의 죄를 용서하고, 또 처
도 진심으로 자기의 죄를 고백하며 회개하는 모양을 보아야 안심이
될 터인데, 처는 어디까지 자기의 죄를 부정하고 나를 속이려고만
하네그려. 처를 사랑스럽게 생각한다 하면 그만치 처의 과거를 저주
하지 않을 수가 없네. 나도 무슨 과거의 죄를 지금 책망코자 하는 것
이 아니라, 지금도 혹 처가 어떤 남자하고 무슨 편지 왕복이나 없나,
또는 간혹 밀회하지나 않나 염려가 있어서 ……, 물론 이것은 나의
사악한 추측이겠지마는 그것이 나를 번민케 하네. 전번에 한번 희영
군을 방문하였다가 그때 처가 어떤 괴상한 남자와 이야기하는 것을
보았는데, 그 남자의 눈이라든지 귀 생긴 것이 꼭 문제의 아이와 방
불하고, 또 그 남자의 하는 짓이라든지 처가 황망히 굴며 그 남자에
게 나를 소개하는 것이라든지가 매우 수상하데그려. 그래서 그 뒤로
부터 늘 괴롭게 물어보기도 하고 듣기 싫은 말도 하여 보고 하였으
나 도무지 자백을 아니 하네. 요사이는 나도 미친 것처럼 처에게 오
는 편지를 불에 쪼여보기도 하고 물에 적셔보기도 하고 하나 아무
의심스러운 흔적을 볼 수 없지마는 마음에 덮인 구름은 늘 개일 때
가 없네그려. 어떻게 선후책을 구하지 않으면 얼마 못 가서 나도 미
칠까보이.

친구　흠, (한참 무엇을 생각하다가) 어떻게 방책을 구하여야지 쓰겠나?

백작　그래서 자네를 좀 만나볼까 하였더니, 그래서 나의 지금 경우를 자
　　　네가 직접 나의 처에게 말을 하고 처의 진정의 말을 듣고자 하는데,
　　　물론 나는 처의 과거를 용서할 터이니까 그것은 자네에게도 맹서하
　　　네마는. 처도 자네는 극히 신용하니까 괜찮으면 처에게 직접 물어보

아 주시지 못하겠나?

친구 ……

백작 (초조한 태도로 애걸하는 듯이) 자네는 내 처도 극히 존경하는 터이고 하니 어렵지마는 그래 볼 수 없겠나?

친구 물어보기는 어렵지마는 자네 생각만이면 전하여 보지.

백작 그것만이면 족하이. 나는 지금도 처가 그 남자에게 무슨 비밀이나 잡히고 있지 않나, 또는 그로 하여금 그 남자에게 자유의 구속이나 받지 않는가, 하는 염려가 있네. 자, 그러면 부를 터이니 말해 주게.

친구 자세히 알겠네.

백작, 초인종을 누른다. 하녀 등장.

백작 (하녀를 보고) 아씨께 잠깐 나오시라고 해라.

하녀 네. (하녀 퇴장)

조금 있다가 백작 부인 경애 등장. 백작 우인과 공순히 인사를 한다.

백작 지금 이분께 자세한 말을 하였으니까 이분 하시는 말을 잘 듣고 경애 씨 생각하는 것도 정직히 말을 하여 주어야겠소.

경애 (무슨 갈피를 잡지 못하는 듯이) ……

백작 (우인을 보며) 그러면 부탁하네.

경애 어디 가셔요?

백작 응, 나는 없는 편이 좋지요? (하며, 퇴장)

잠시 동안 두 사람 침묵.

친구 (비로소) 백작도 매우 얼굴이 상하였습니다그려.

경애 네, 내가 불민해서 늘 걱정을 끼치니까 그렇습니다.

친구	백작과는 전부터 친히 교제를 하여 왔던 연고로 댁 일은 다― 알지요.
경애	나도 백작에게 늘 들었습니다.
친구	부인께서는 백작의 마음을 자세히 짐작하시겠지요?
경애	네.
친구	그런데 왜 바른 대로 말씀을 하시지 그러십니까. 정직하게요.
경애	부정직하다고 그러셔요? 나는 정직한 셈이올시다마는.
친구	하니까, 백작에게 정직히 말을 하여버리시지요. 그렇지 않으면 백작이 광증이 생길지도 모릅니다. 실례 말 같습니다마는 물론 백작은 부인을 사랑합니다. 다만 부인이 백작을 너무 사랑하시는 끝에 무슨 숨기는 일이 혹 없나 하고 백작은 심려하는 모양이야요.
경애	(고개를 숙이며) 그러나 아무 숨기는 일은 없어요.
친구	진정 그러하시면, 거짓말이라도 하시지요.
경애	어떻게요?
친구	백작이 의심하고 있는 것을, 다― 사실이라고 거짓말을 하시지요.
경애	…….
친구	부인은 백작이 의심하는 것을 무엇부터 무엇까지 다― 부정을 하시니까 안 됩니다. 진정을 말해 보아서 믿지 않거든 거짓말이라도 하십시오.
경애	그리 했다가 정말로 아시면 어떻게 하고요? 그렇지 않아도 …….
친구	그것은 부인께서 아직 백작의 성격을 다 아시지 못하는 까닭이올시다. 백작은 과거의 일을 용서하려고 합니다. 만약 부인이 사실이고 거짓이고 간에 잘못하였다고 사과를 하시면 백작은 유쾌하게 용서하여 줄 것이올시다. 그러면 이번 문제도 해결될 것이올시다.
경애	그야 누구든지 사실을 듣기 전에는 용서한다고 하겠지요. 또 용서할 셈이겠지요. 그러나 백작께서 묻고자 하는 것은 좀 무서운 일이야요. 들으면 용서할 일이 못 되어요.
친구	아니올시다. 꼭 용서하지요. 또 그리 무서울 것도 없습니다. 다만 부인의 과실만 말하면 그만입니다. 세상에는 많이 있는 일이올시다.

백작은 지금 부인이 그 남자에게 무슨 약점을 잡히고 있지 않나, 그리고 그 비밀을 남자 편에서 여러 가지로 이용하지나 않을까 하는 것이 백작의 염려올시다.

경애, 탁자에 엎드려 잠잠히 운다.

친구   (경애의 우는 모양을 내려보며 가련히 생각하는 듯이) 우실 것 없습니다. 내게 맡기십시오. 어떻든 백작의 하는 말을 거짓이라고 하실 수 없으면, 진정 그렇다고 말씀을 해버립시오. 그리하여 그 남자가 강박을 못하게 하면 그만입니다. 백작도 안심할 수가 비로소 있게 되지요. 내 친구 중에도 그런 사람이 있었는데, 부부가 된 뒤로 조금도 감추지 않고 자기 남편에게 토설한 고로 남편되는 자도 안심을 하고 그 후에 더욱더욱 화평히 지낸다는 사실도 있습니다.

경애   …….

친구   부인께서 백작하고 같이 희영 군 댁에 갔었을 때 만나 보셨다는 남자와는 아무 편지 왕복은 없습니까?

경애   네.

친구   무슨 약속은 없었습니까?

경애   …… 네.

친구   진정으로 말이올시다마는 거짓말을 하셔서는 안 됩니다. 이후까지 재앙이 미치게 됩니다.

경애   …….

친구   무슨 약속을 하셨지요?

경애   …….

친구   만나자는 약속을 하셨습니까?

경애   아니요, 그런 …….

친구   무슨 금전 사건이었습니까?

경애   …….

친구   그래서 돈을 주셨습니까?

경애   아니요.

친구   그 외에 약속한 것은 없습니까?

경애   네.

친구   감사합니다. 부인께 동정합니다. 백작도 용서할 터이지요. 그것은
        내가 맹세코 단언합니다. 그러면 백작을 불러주십시오.

경애   자세히 말씀을 할 터이니 백작께 잘 말을 하여 주십시오. 저도 숨기
        기에 얼마나 가슴이 아픈지 알 수 없습니다. 그러나 나는 어린 아이
        가 그 사람의 아이라고 생각지는 않습니다. 그러나 그런 변명은 하
        고자 않습니다. 꼭 한번 그 남자의 있는 곳에 빌려 왔던 책을 돌리고
        자 간 일이 있습니다. 나는 그때 소리를 질렀으면 아무 일도 없었을
        터인데 그럴 생각을 내지 못하였습니다. 그 뒤로는 한 번도 만나지
        못하였다가 전번 희영 씨 댁에서 만났습니다. 그 남자 말이 백작께
        비밀을 말하였느냐 하기에 내가 아니라고 하였더니 돈 백 원을 이
        달 안으로 보내어 달라고 하였습니다. 나도 비밀이 누설될까 하고
        그만 약속을 했습니다. (하며, 운다.)

친구   그래, 돈은 보내셨습니까?

경애   아니요. 아직 보내지 않았습니다. 나는 이때껏 아픈 가슴을 움켜쥐
        고 남편이 버리실까 두려워 숨겨 왔습니다. 나는 그 뒤에야 후회하
        였습니다. 그때는 그다지 중한 죄인 줄로는 알지 못했습니다. 나는
        못생긴 여자올시다. 백작께서 꾸짖으실 때마다 나는 마음으로 울며
        사죄하였습니다. 입 밖에 낼 것이 못될 만큼 나는 그만큼 양심의 가
        책을 받았습니다. 도와주십시오. 나는 당신만 믿습니다.

친구   네, 안심하십시오. 그러면 백작을 불러주십시오.

경애   네.

        경애 퇴장. 백작 우인은 일어나 실내를 거닌다. 백작 등장.

백작	어떻게 되었나?
친구	안심하게. 다— 알았네.
백작	속지는 않았을 터이지?
친구	염려 없네.
백작	그래 무어라고 하던가?
친구	자네 생각하던 바가 맞았네.
백작	아이는?
친구	그것은 자네 부인도 모르는 모양이네. 꼭 한 번 그 남자에게 간 일이 있다고.
백작	꼭 한 번? 어리석은 여자다. 한 번이나 천 번이나 그 죄됨이야 한가지다. 구제치 못할 여자다.
친구	자네는 용서하지 않을 셈인가?
백작	용서! 나의 처가 그러던가? 자네 같으면 용서하겠나?
친구	물론이지. 이 세상 보통 여자의 한 번 지나는 길을 자네 부인도 잘못 지났을 뿐일세. 자네는 육체적으로 동정을 혼인할 때까지 지켜온 것을 그다지 생각하는 모양일세마는, 자네의 정신상으로는 자네 부인보담 더— 큰 죄를 지었을지 누가 아나? 과거의 일을 허용하지 못하는 것은 정당한 인생의 취하지 못할 치욕이다. 용서해 드리게.
백삭	아이가 없으면 나도…….
친구	아직도 자네의 사랑이 부족한 것일세.
백작	무엇이 부족해?

　　이때, 안으로부터 어린 아이의 우는 소리가 들린다.

백작	아—, 또 우는 소리가 들린다.
친구	용서해 드리게. 그리고 들어가 어린 아이를 달래 주게. 지금이야 자네의 사랑이 나타날 때일세. 한 사람의 여자가 자네의 구조를 기다리고 있네. 자네는 그 사람의 운명일세.

백작 　(한참 동안 고개를 숙이고 생각에 잠기다가 결심한 듯이 벌떡 일어나며) 그렇다!
　　　　나는 처를 용서하겠네.

　　　백작 퇴장. 우인은 실내를 거닌다. 얼마 있다가 다시 백작 등장.

백작 　나는 용서하였네. 나는 내 처를 위로해 주고. 처의 눈물을 훔쳐 주었
　　　　네. 아— 자네도 안심하게.
친구 　자네의 마음에 동정하네. 그리고 또 한 가지 말할 것이 있네.
백작 　무엇인가?
친구 　전번 자네 부인께서 그 남자와 만났을 때, 비밀을 잡고 있다는 이유
　　　　로 돈 백 원 청구하는 것을 승낙하셨다네. 자네 생각은 어떠한가?
백작 　하— 그런 일은 걱정 말게. 백 원 돈이 무엇인가. 주어도 관계치 않아.
친구 　아니, 나의 생각에는 이후에 또 청구하기가 쉬운즉 자네가 직접 그
　　　　남자와 면회를 하고 비밀인 줄 알고 있는 자에게 지금은 아무 비밀
　　　　이 아닌 것을 알릴 필요가 있을 듯하이.
백작 　그도 그럴 듯하이.
친구 　자, 그러면 나의 할 것은 다한 모양이니까 실례하겠네.
백작 　좀 더— 놀다가 가게그려.
친구 　아니, 또 볼 일도 좀 있고 하니까.
백작 　그런가? 오늘은 여러 가지로 실례하였네. 자— 또 보세.

　　　백작 우인 퇴장.

백작 　(독백) 나도 그 사람을 좀 찾아보고 와야 하겠군. (하며, 모자를 든다.)

　　　이때 경애가 들어와 백작의 모자 쓰는 것을 보고,

경애 　어디 가셔요?

백작	그 남자에게 좀 갔다 오겠소.
경애	일부러 가셔요? 그대로 버려두시지요.
백작	그래도 약속까지 하였다면서?
경애	그렇지만.
백작	아까 한 말이 거짓말은 아니겠지?
경애	그런 일은 결코 없습니다.
백작	아직 그 남자를 생각하거나 그런 일은 없겠지?
경애	처음서부터 아무 생각도 없었어요.
백작	아무 생각도 없는 남자와 관계하는 것은 더 추하지 않아?
경애	…….
백작	당신은 내가 그 남자와 만나는 것을 두려워하지요? 무슨 비밀이나 또 발각될까 하고.
경애	그 염려는 없습니다. 그렇지만 만나게 되면 또 감정을 상케 되실 터이니까.
백작	좀 상한들 관계 있소? 그만한 고통은 피차에 참지 않으면 안 될 터이니까. 당신은 그 남자가 혹 거짓말할까 두려워하지요? 부인 한 말 외에 다른 말이 나온다 하면 거짓이 틀림이 없을 터이니까.
경애	그것은 나도 안심합니다. 나는 이번에는 조금도 숨긴 것이 없으니까.
백작	하하, 그러면 잠깐 나녀오겠소.
경애	네, 다녀오십시오.

　

　　백작 퇴장, 경애 미소로 전송. 막.

제3막

김희영의 서양식으로 된 응접실. 원탁자, 장의자, 기타 상당한 실내 장식이 갖추어 있다. 희영과 정 백작, 교의에 마주 앉아 담화 중.

백작　오늘은 다름이 아니라 구교창이라는 사람을 좀 만나 보려고 하는 차에, 들으니까 댁에 서기로 있다 하던데 진정 그러합니까?

희영　네, 이상한 관계로 지금은 나의 서기로 있습니다. 무슨 일로?

백작　아니 특별히 일은 없습니다, 마는, 댁에 그 사람이 있다니까 한 마디 하겠습니다. 그 남자는 품행과 심지가 매우 불량하다는 소리를 들었는데, 그런 줄을 모르십니까?

희영　네, 그러한 줄은 나도 벌써부터 알았습니다.

백작　알고서 어째 그런 사람을 채용하셨습니까? 댁 명예에도 관계가 있을 듯한데.

희영　물으시니까 말씀이올시다마는 그 남자와는 남에게 말할 수 없는 이상한 관계와 사정이 있습니다. 그자가 혹 영감께 실례되는 일을 하였다 하면 내가 어디까지든지 사죄하겠습니다. 그리고 이후라도 내가 그 자에 대하여는 책임을 지겠습니다.

백작　(불쾌한 듯이) 이상한 관계가 있다 하니까, 어떠한 관계인지 짐작할 수는 없습니다마는, 나는 장차 당신의 매부가 될 지위로 보아 그 남자를 해고하지 않는다면, 어디까지든지 내 누이와의 결혼에 대하여 반대합니다. 그와 같은 불량한 자가 당신의 가정에 있는 이상 나의 누이를 당신에게 맡길 수 없습니다.

희영　(한참 백작을 보다가) 하신 말씀의 뜻은 자세히 알아들었습니다. 그처럼 말씀하시면 다시 생각한 후 처치하겠습니다.

백작　잠깐 그 남자와 만나보고자 하는데 지금 만날 수 있습니까? 될 수 있으면 둘이만 비밀히 만나려고 합니다.

희영		네, 잠깐 기다립시오. 내가 나가서 들여보내지요.

하며, 희영이 퇴장. 잠시 후 구교창 등장.

백작		전일은 실례하였습니다.
구교창		(조금 놀란 듯이) 그 동안 안녕합시오?
백작		(냉정히) 잠깐 조용히 말할 것이 있어서 찾았습니다. 다름 아니라, 일
		전 나의 처와 무슨 약속한 일이 있다고 해서, 오늘 그 물건을 가져왔
		습니다. (하며, 종이에 꾸린 것을 내놓는다.)
구교창		(놀라는 빛을 억지로 감추며 천천히) 일부러 갖다 주셔서 황송합니다.
백작		아니요, 그 외에 또 말할 것도 있고 해서.
구교창		(불안한 듯이) 네.
백작		당신과 처와의 관계를 듣고, 당신과 좀 만나고 싶은 생각이 났습니
		다. 처가 지난달에 순산한 것을 아시겠지요?
구교창		네, 그렇습니까? 처음 듣습니다.
백작		이때까지 모르십니까?
구교창		네, 전혀 몰랐습니다.
백작		내 처가 처녀 때에 당신과 만나본 일이 있었다지요?
구교창		네.
백자		그 후 한 번도 만나보시지 못하셨다지요.
구교창		네, 전일 여기서 뵈온 것 외에는.
백작		그렇습니까? 그것을 좀 알고자 찾았습니다.
구교창		그뿐입니까?
백작		네, 그뿐이올시다. 그리고 내 처와 당신의 관계도 안다는 것을, 당신
		께 알릴 겸.
구교창		나를 매우 악한 자로 인정하시지요?
백작		당신과 만나 이야기를 하여 보니까, 생각한 것처럼 악하은 아닌 듯
		하오.

구교창   이 돈은 도로 받아주십시오.

백작   약속은 약속대로 지키게 하여 주시오.

구교창   (주저주저하다가) 그러면 감사히 받겠습니다.

백작   그립시오. 그리고 또 당신께 말하여 두지 않으면 안 될 것이 하나 있습니다.

구교창   네.

백작   당신 아이가 우리집에 있습니다.

구교창   네?

백작   내 처에게서, 당신 자식이 나왔습니다.

구교창   그런 일이 있을 이치가?

백작   아니요, 사실 당신 아이는 지금 나의 장남이 되어있습니다. 처의 운명이 파손되지 않는 이상 영구히 나의 자식이 되겠지요. 나는 결코 이 일을 두려워하지 않습니다. 이 일에 대하여 당신의 존재도 두려워하지 않습니다. 그리고 이후에는 또 당신과 만나지 않겠지요. 나의 처도 역시 그러할 것이외다.

구교창   자세히 말씀을 들으니까 내가 도리어 무서운 생각이 납니다. 진정 나의 자식입니까?

백작   결혼한 지 팔 개월만에 조산을 하였으나, 그 아이는 태중에서 만월이 된 모양이오. 처가 당신과 만난 날짜로써 계산하면 들어맞습니다. 그리고 그 아이의 얼굴이라든지, 더욱이 눈하고 귀하고는 당신과 똑 같습니다. 당신은 진정으로 이때껏 모르셨소?

구교창   (비참한 빛이 얼굴에 돌며) 진정으로 몰랐습니다. 나는 비로소 세상이 무서운 것인 줄을 깨달았습니다.

백작   그러면 실례하겠습니다.

구교창   그렇습니까? 이 돈은 가져가십시오.

백작   가져갈 것이면 가져오지를 않았겠지요. 당신 벌로 받아두시오.

구교창   그렇지만 …….

백작   희영 씨는 못 뵈옵고 가니, 그대로 말씀하여 주시오.

구교창   네.

　　　백작 퇴장. 구교창 앉은 채로 깊은 생각. 혜경이 등장.

혜경   (구의 어깨를 짚으며) 무슨 생각을 이리 하세요?
구교창   하하, 혜경 씨였소? 나는 지금 꿈꾸노라고 들어오는 줄도 몰랐구려.
혜경   꿈? 무슨 꿈을 백주에 꾸어요?
구교창   다른 꿈이 아니라, 혜경씨하고 나하고 장차 가정을 이루지 않소? 그
　　　　　　래서 살림살이할 꿈인데, 그만 흔들어서.
혜경   아유, 그만 두어요. 그따위 쓸데없는 꿈보다 오라버니께 무어라고
　　　　　　말해야 될 것이나 연구하세요.
구교창   하하하, 여자는 어디까지든지 여자로군.

　　　이때 황망히 순경이 등장.

순경   (혜경의 어깨를 잡아 흔들며) 오라버니는 어디 가셨니?
혜경   언니 오셨어요?
구교창   부인, 오셨습니까? 내가 모셔오지요. (구, 퇴장)
혜경   오라버니는 왜 찾으셔요?
순경   아주 집에서 니왔디!
혜경   (웃으면서) 왜―, 소파 오라버니에게서 쫓겨 나왔어요?
순경   쫓겨 나오기는 왜? 미친년 같으니.
혜경   형님이 말 안 해도, 다― 알아요. 형님하고 김종각 씨하고의 소문을.
순경   소문났으면 났지, 무슨 관계 있니?
혜경   하기는 소파 오라버니가 먼저 잘못했지마는.
순경   물론일까? 그래서 소파에게 아주 말해버렸다. 그 여자와의 관계가
　　　　　　세상에 발표되기 전에 속히 이혼해 달라고.
혜경   안 하겠대요?

순경	이혼도 못하고 그렇다고 나와 종각 씨하고 교제도 못 한다나.

혜경	그런 품행 나쁜 남자는 단연히 이혼을 해버리시오. 다른 남자의 본
보기도 될 겸.

순경	소리 크게 하지 마라. 혹 구가 듣더래도.

혜경	교창 씨가 들으면 어때요?

순경	그런 음험한 자가 들으면 재미없어. 나는 구라면 소름이 끼친다. 종
각 씨하고 관계된 것도 다 구가 누설을 하였지.

혜경	아유 형님도. 나는 그래도 교창 씨가 좋아.

순경	좋아하다가는 후회할 날이 있지.

혜경	그것은 왜요?

구교창 등장.

구교창	희영 씨는 출타하고 없고 그 대신 백작 댁 정순 씨가 오셨습니다.

혜경	아, 벌써 오셨어요. 언니, 정순 언니가 오셨대요.

순경	(구에게) 그러면 나도 안에 들어가 있을 터이니, 오라버니 오시거든
알게 해주시오.

혜경·순경 퇴장. 잠시 후 희영이 등장. 김소파, 반취반노半醉半怒의 태도로 뒤에 따라
등장.

희영	(구에게) 무슨 이야기가 있으니 잠깐 나가 있게. (구, 퇴장) 형님은 (소파
를 보고) 어떻다고 말이야요?

소파	지금 순경이가 왔지? 홍, 순경이가 나에게 이혼을 하자네그려. 그래
내가, 아무리 낸들 그래, 내가 좀 다른 여자하고 친교가 있다기로 이
혼까지 승낙할 의무가 있단 말인가?

희영	잠자코 이야기 하시오. 형님은 내 누이를 책할 이유가 있습니까?

소파	있습니까? 홍, 있고말고. 있을 뿐일까. 종각이란 자하고 자네 누이하

고의 사건을 자네는 모르는 모양일세그려.

희영　무어요? 내 누이가 불량한 행실이 있다고? 아무리 형님이지마는 말을 좀 삼가시오. 내 누이는 당신같이 그런 불량한 여자가 아니올시다.

소파　어떻든 이혼은 못 돼. 별거는 들을지언정 이혼은 못 되지.

희영　나는 아직 자세히 내용을 알 수가 없으니까 ……. 좌우간 당분간만 그대로 두시오.

소파　당분간 유예할 것이 무엇이야?

희영　아니요. 형님도 이번 내 혼인 사건이 있는 줄 짐작하시지요. 하니까 지금 여러 말이 우리 집 가정에 생기고 보면, 모처럼 진행하여 온 혼인 문제가 어떻게 될지 모른단 말이야요. 그리하시면 내가 또 순경에게 알도록 이를 터이니.

소파　흥, 알았네. 그러면 자네를 위해서 당분간 기다리기로 하지. 그러나 이혼을 하지 않는 데 대하여 두 가지 조건이 붙네. 어디까지든지 내 처로서 별거할 일. 또 한 가지는 김종각이하고 영구히 교제하지 못할 일, 두 가지일세. 자— 그러면 실례하겠네.

　　　소파 퇴장코자 하자 순경이 등장. 소파 말없이 퇴장.

순경　소파가 무어라고 하여요?

희영　너도 딱한 일도 하였다. 그렇지 않아도 내 혼인 문제에 저 편에서 여러 가지 조건을 구하고 있는데, 지금 이 일을 알면 정 백작이 또 무어라고 할 줄 아니?

순경　그래, 소파가 무어라고 해요?

희영　그래서, 내 혼인 문제가 낙착될 때까지 참아 달라고 했다. 너도 이혼이니 무어니 하지 말고 종각이하고도 교제를 말아다오.

순경　그저 그럴 줄 알았지. 흥, 보복하노라고. 그 자식이 이혼을 안 해주려고. 그러면 누가 살고 싶은 사람하고 같이 못 사나?

희영　살고 싶은 사람하고? 종각이 하고 말이냐?

순경　그래요.

희영　그런 소리 말고, 내 동정을 하여서라도 당분간만 잠잠히 있어다오.
　　　응, 순경아.

순경　그야, 나도 오라버니 일에 대해서는 어디까지 동정해요. 그렇지마는
　　　오라버니 이해利害와 내 이해가 충돌이 되는 경우에도, 오라버니 이
　　　해 때문에 내가 희생이 될 수는 없지 않아요?

희영　너같이 자기 이익만 헤아려서야 어디 세상을 살아보겠니?

순경　오라버니가 자기 이익만 도모하시는 것이 아니야요? 그것도 이혼만
　　　되면, 나도 3, 4년 동거해도 참을 수는 있어요. 하지마는 종각 씨와
　　　교제를 끊으라고 하는 것은, 도저히 …….

희영　(고개를 숙이고 한참 생각하다가) 그러면 내가 혼인할 때까지만 참았다
　　　가, 그 후에는 네 마음대로 하여라. 그리고 그 동안에는 아무 말 말고
　　　가서 있어다오.

순경　(한참 생각하다가) 그러면 그러시오.

희영　그리해 다오.

순경　그러면, 그리 알고 가겠소.

희영　그리고 교창이 좀 오라고 해 다오. 또 정순 씨 보고 잠깐 기다리시라고.

　　　순경이 눈으로 대답하며 퇴장. 한참 있다가 구교창 등장.

희영　(구를 보고) 다른 것이 아니라, 자네로 말하면 아버지 돌아가실 때 유
　　　언도 있고 해서 실상 내 친아우같이 내가 할 수 있는 데까지 힘을 다
　　　해 왔는데.

구교창　나도 할 데까지는 다해 왔습니다.

희영　응, 그것은 나도 모르는 것이 아닐세. 하지마는 지금부터는 서로 헤
　　　어져서 활동을 해보는 것이 어떤가?

구교창　네?

희영　물론 생활비는 부족 없이 매월 보낼 터이니까. 달리 어떻게 직업을

얻도록 하지 못하겠나? 마땅한 곳이 없으면 내가 소개라도 할 터이니.

구교창 흥.

희영 무슨 대답이 그 모양이야. 싫으면 싫다든지, 좋으면 좋다든지 말을
하여야지.

구교창 흥, 싫은걸요.

희영 생각을 하고 말을 하게. 그렇지 않으면 도리어 자네에게 손해일세.

구교창 허허허. 손해는 벌써부터 받고 있습니다. 이때까지 수당이라고 한 푼
먹은 일은 없지요? 그리고 당신네 만반 사무는 내가 다 보아왔지요?
당신의 비밀, 당신의 약점을 쥐고 있는 자가 대관절 누구요? 하하하.

희영 나에게 무슨 약점이 있니?

구교창 흥, 모르면 가르쳐 드리지요. 만주 광산이 성공된 것은 관계없는 회
사 주주의 공금을 무단히 융통하여 쓴 까닭이지요.

희영 그래, 그 결과 각 주주에게도 상당히 이익 배당을 하였지.

구교창 그것이 법률상 소위 부당한 이익을 취득한 셈이라나요? 성공을 하였
든 실패를 하였든 공금 유용은 어디까지든지 공금 유용이지요. 제재
를 받든 아니 받든 범죄자는 어디까지나 범죄자이지요.

　　　이때, 정순이 등장.

정순 사람만 기다리게 하고 무얼 하셔요?

구교창 자, 나는 잠깐 실례합니다. (하며, 퇴장)

정순 (구의 뒷모양을 보내며) 저 사람 보면, 나는 싫더라.

희영 정순 씨도 그자가 싫으십니까?

정순 송충이보담, 더 싫어요. 그래도 혜경이는 결혼 약속까지 하였다지요?

희영 네? 그 무슨 소리야. 진정 그렇습니까?

정순 아유 아직도 모르시네. 지금도 혜경이가 날더러 오라버니께 승낙하
도록 권고해 달라고 하였는데요.

희영 (눈이 휘둥그레지며) 혜경이가?

정순　네, 그래서 말은 해보마 하고 그만 왔는데요.

희영　그게 무슨 소리야! (초인종을 누르며) 물어보아야지.

정순　과히 관계없으면 승낙하여 주십시오그려. 두 편에서 다— 좋아하는 모양인데.

희영　아니요. 관계가 있기만 한 것이 아니오. 도저히 되지 못할 일인데.

　　　하녀 등장.

희영　작은아가씨 좀 나오라고 해라.

　　　하녀 퇴장.

희영　다른 관계가 있다면 모르거니와, 연애 관계는 도저히 …….

정순　(웃으면서) 그것 참, 이상한 사정이올시다그려.

　　　혜경이 등장.

희영　(혜경을 앉히고) 너 구하고 혼인 약속 있다는 것은 사실이 아니겠지?

혜경　왜요, 정말이에요. (얼굴을 붉히며, 히스테리적으로) 흥, 오라버니가 반대할 줄도 알았어요. 하지마는 내가 결혼하는 것을 오라버니가 이유 없이 중지시킬 권리는 없지 않아요?

희영　있다. (소리를 크게 하며) 어째 없어? 나는 이 집 호주로서의 동의할 권리가 있다. (다시 부드럽게) 여하간 혼인은 결코 못 될 터이니까, 진작 단념해 버려라.

혜경　(눈물을 머금고) 반대할 테면 하여 보시오. 그 사람을 내보내면 나도 나갈 뿐이니까, 같이 나가면 그만이지. 오라버니도 시원하시겠지요. (다시 울며) 오라버니는 명예가 그리 중합니까? (히스테리적으로) 여자는 연애가 전 생명이야요. 누가 지나 해봅시다.

희영   (동정과 노기에 떨리는 어조로) 혜경아, 내가 이 결혼을 반대하는 것은 결
        코 내 자신의 이익을 위해서만이 아니다. 너와 구와는 근본적으로
        혼인하지 못할 이유가 있다.

혜경   무슨 이유야요?

희영   그것은 말 못 할 중대한 이유다.

혜경   홍, 그런 불분명한 이유로 항복할 내가 아니야요.

희영   혜경아, 너로 말하면 형제간이 아니냐. 이때껏 내가 너를 얼마나 사
        랑해 왔는지도 알 터이지. 하면, 내가 하는 말을 믿고 혼인하는 것은
        단념해 다오. 더구나 구는 부정직한 남자다.

혜경   어느 편이 단념하나 봅시다. (하며, 문으로 나가려 한다.)

희영   (붙들며) 부탁이다. 너를 위해서, 구를 위해서, 또는 돌아가신 아버지
        를 위해서.

혜경   (희영의 얼굴을 한참 보다가) 오라버니가 허락하시지 않더래도 내 몸은
        벌써 구에게 …….

희영   (깜짝 놀라며, 안색을 고치고) 무엇?!

하며, 우뚝 일어서서 침통한 태도로 눈을 감는다. 이때 구가 들어온 기색에 분노에 타는
눈으로 흘겨보며,

희영   교창아, 내 누이하고 서로 약속이 있다는 것은 사실이냐? 너에게 대
        한 나의 호의가 아니라 나의 아버지의 호의까지 무시하고, 나의 승
        낙도 없이 내밀히 약속을 하였다는 것은 정말이냐?

구교창   당신 반대하실 줄 아는 이상에, 내밀히 할 수밖에 있습니까?

희영   여러 말 마라. 너희들이 약속하였던지 말았던지, 영구히 부부는 되
        지 못한다.

혜경   (의기가 양양하게) 왜요?

구교창   하 …….

희영   교창이 너는, 지금부터 이 집을 떠나다오. 아니, 나가거라, 지금 즉시.

구교창   (코웃음 치며) 정신을 차리고 말을 하시오.

혜경   나도 같이 나가요.

희영   너는 못 나간다.

구교창   흥, 누가 못 나가게 해요?

희영   교창아, 네가 정신을 차려라. 혜경이를 처로 삼으면 너는 축생보담
더한 불의의 놈이 되고 만다.

구교창   왜?

희영   (눈을 감으며) 아― 아버지! 용서하시오. (다시 구를 보며 구슬픈 빛을 띠고
떨리는 목소리로 천천히) 혜경이는, 너의 …… 누이다! 너의 이복 누이다!

구교창   하하하. 그만한 수단에 속을 내가 아니요.

희영   아니다. 진정이다. 혜경아, 아버지가 돌아가시던 날 나에게만 말씀
하신 것이다.

혜경   거짓말.

구교창   거짓말이다.

희영   혜경아! 너는 내가 가장 사랑하는 누이다. 무슨 심사로 너희들의 연
애를 공연히 깨뜨릴 까닭이 있니? 단념하여라.

구교창   거짓말이다. 거짓말이다. 나는 어디까지든지 부부가 되고 말 것이
다. 자― 혜경 씨, 나와 같이 나갑시다. (하며, 혜경의 손목을 잡아당긴다.
희영은 혜경을 뺏어 안으며, 구를 발로 차려 한다.)

혜경   놓아주셔요. 나도 갈 테야.

요란한 일성 총성에 혜경의 몸은 힘없이 희영의 팔에 매달린다. 일동은 깜짝 놀란다.

희영   아―! 혜경아! 혜경아? (하며, 탁자 위에 혜경을 눕힌다. 육혈포를 든 채 구는
정신없이 처량한 미소를 띠고 섰다.)

구교창   혜경 씨는, 나의 처로써 마쳤다? (하며, 육혈포를 가슴에 댄다. 희영은 뛰어
가서 육혈포를 뺏는다.)

희영   그렇게 쉽게 죽지는 못한다. 동생의 원수다!

하녀, 황망히 등장.

희영　　　(하녀를 향하여) 가서 경찰서에 전화 걸고 순사를 불러라. 그리고 혜경
　　　　　이를 안으로 옮겨 뉘여라.

하녀, 정순과 같이 혜경의 시체를 들고 나간다.

희영　　　너 같은 놈은 법으로 알려서, 양심의 가책을 받게 하여야 한다. 그렇
　　　　　게 만만히 자살을?
구교창　　죽여라. 어서 죽여 다오.
희영　　　안 돼!
구교창　　흥, 나를 감옥으로 보내면 너 비밀이라든지 너 아비의 비밀이 폭로
　　　　　될 뿐이다. 그러는 것보담 아주 여기서 죽여 다오.

정순은 놀라 창백하게 된 얼굴로 들어와 희영의 품에 안긴다.

구교창　　(정순을 향하여) 정순 씨, 당신께 할 말이 있습니다.
희영　　　(정순을 내려보며) 안으로 들어가시오.
구교상　　흥, 자기의 진성을 폭로시킬까 무시워시 가라고?
희영　　　(정순에게) 기다려 보시오.
구교창　　(정순에게) 당신은, 저 남자가 정직한, 공명정대한 신사인 줄로 믿으
　　　　　시지요? 그러나 웬 것을! 이 사람은 이때까지 여러 가지 부정수단으
　　　　　로 자기의 명예와 금전을 모아 왔습니다. 성공을 했으니까 망정이
　　　　　지, 그렇지 않았으면 벌써 감옥수 된 지가 오래지요.

정순, 듣기 싫은 듯이 급급히 퇴장.

희영　　　너는 어디까지든지 나를 중상할 셈이냐?

구교창	중상? 자기의 양심에 물어보아! 내가 한 번만 입을 벌리면 네 명예나
	지위는 그만이다. 진작 육혈포를 이리 다오.
희영	안 돼.
구교창	그뿐이 아니다. 너의 아버지의 비밀까지. 그리고 정순 씨와 약혼까지.
희영	아!
구교창	육혈포를 탁자에 놓아라.

희영, 힘없이 육혈포를 놓고 나가려 하다가, 구가 가지러 오는 것을 보고, 다시 결심한 듯이 집어 창밖으로 던지며,

희영	어디까지 너는 너의 벌을 받아 보아라. 나는 나에게 오는 벌을 받겠
	다. (털썩 주저앉으며, 흐느낀다.)

순사의 발자취 소리에 구는 도피코자 하였으나, 소용없이 포박되어 순사와 같이 퇴장. 정순이 등장.

희영	(앞으로 나아가 정순의 손목을 잡으며) 용서하시오! 지금 구가 한 말을 어
	떻게 생각하십니까?
정순	내 귀에는 한마디도 들어오지 않았어요.
희영	하지만, 다 정말이올시다.
정순	네?
희영	구가 한 말은 다— 진정의 사실이올시다.
정순	당신이 부정직하다니 하는 것이요?
희영	네, 그렇습니다. 나는 부지불식간에 이 세상 자본가들이 습관으로
	하는 모략을 나도 하여 왔습니다. 그러나 사실은 어디까지든지 부정
	한 것이요, 불의로운 것이지요. 아— 나는 정순 씨 앞에 사나이답게
	자백합니다. 후회합니다. 사죄합니다.
정순	그것이 진정이면 ……?

희영   네, 나는 결심하였습니다. 이때껏 가져오던 나의 온갖 명예와 지위
      를 버리고, 다시 방향을 고쳐 신생활의 제일보를 내딛을 생각이올시
      다. 적나라한 나의 본체로 다시 돌아가서 최후의 숨이 있을 때까지
      나의 새 목적을 향하여 새로이 출발코자 합니다.

정순   (무엇을 동경하는 듯한 눈빛을 들어) 그 외에 다른 방책이 없어서 말씀입
      니까?

희영   그래서가 아닙니다. 그러나 이때까지 눈을 감았던 내 양심이 비로소
      움직이기 시작하였습니다. 자기의 허물을 감추고 이대로 지나가지
      못할 것은 아니나, 나의 한 번 눈을 뜬 양심은 허락지 않습니다. 나는
      나의 양심이 평안을 얻을 때까지는 나의 주위에 있는 온갖 것은 희
      생해 바치고도 주저치 않을 터이지요. 정순 씨! 당신과의 약속도 나
      는 단념합니다. 그리하여 때가 오고 생명이 돌아와서 정순 씨와의
      약속을 능히 감당할 사람이 될 때를 기다리고자 합니다.

정순   희영 씨, 때를 기다릴 것이 없습니다.

희영   라고 하시는 뜻은?

정순   나는 여자올시다마는, 설사 악한 일을 하셨더래도 한 번 뉘우쳐 자
      기의 진심으로 기꺼이 명예와 지위를 버리고 새사람이 되어 새 살림
      을 하는 것이 정당한 길인 줄 깨달아, 그것을 실행코자 하는 사람이
      야말로 존귀한 사람인 줄은 입니다. 희영 씨ー, 나는 그같이 의지가
      강하고 온갖 시험에 이길 분투력을 가진 사람이 평범히 무사히 세상
      을 보내는 사람과 비하여 얼마나 남자다운지를 압니다. 나는 당신의
      그 훌륭하신 결심과 씩씩한 의지를 가지신 오늘의 당신을 보고 도리
      어 기뻐하옵니다. 희영 씨가 생각하신 이유로 나를 버리실 필요가
      있을까요?

희영   (희색 만만의 얼굴로 정순을 쳐다보며) 아ー 정순 씨ー.

   양인이 서로 악수.

희영   나는 비로소 깨달았습니다. 지옥의 불을 이기는 자는 천당의 문을
열 힘도 있다는 말을 깨달았습니다.

양인은 기쁨에 못 이겨 서로 포옹함에 따라 서서히 막 내림.

—1921.9.7.
—『황야에서』, 조선도서주식회사, 1922.

정치삼매情痴三昧

(전1막)

- **등장인물**

  의사 박윤석朴允錫 : 25세쯤의 미남자

  그의 처 녹희綠姬 : 20세 전후

  진 참봉秦參奉 : 50세 전후의 중늙은이, 녹희의 숙부

- **때**　　　　늦은 봄 어느 날의 오전

- **장소**　　　박 의사 집의 양식으로 된 응접실. 방 중앙에는 서랍 달린 둥근 탁자가 있고, 그 주위에 의자 3, 4개가 놓여 있다. 탁자 위에는 물이 반쯤 찬 유리컵이 놓여 있고, 왼쪽 벽으로 난 창은 활짝 열려 뜰을 건너 길이 보이는 모양. 방 오른쪽 벽으로는 조그마한 문이 있어 치료실과 통하여 있다. 주인 박 의사와 진 참봉이 마주 앉아 담화하는 중.

秦　　그야 그렇다 하면 그렇지 않지도 않지만, 연기 있는 곳에 불이 없다면 어디 말이 되나?

朴　　글쎄, 불이 없는데 연기가 없는 것같이 결코 그런 사실은 없습니다. 혼인한 지는 근 일 년이나 되지만, 이때껏 한 번 꾸짖어 본 적도 없고, 서로 말다툼한 일도 없지요. 나 보기에는 아내도 매우 유쾌하고, 만족히 생각하고 있는 줄 압니다.

秦　　그러나 자네 보기에 유쾌하고 만족하게 생각한다는 그 당자는 그렇지 않다는 것은 무슨 까닭인가? 나로 말하면 자네 부부에게 대해 소위 중매라는 책임도 있을 뿐 아니라, 한편으로는 녹희와는 숙질의 관계가 있지 않은가? 지금도 자네 장모 되는 사람은 늘 자기 딸이 아무 말 없이 잘 살기만 빌고 있는, 그 귀중한 딸, 즉 나에게는 역시 하나밖에 없는 귀중한 조카딸일세. 그 귀중한 조카딸이 요사이 자기 남편 때문에 근심으로 세월을 보낸다는 소리를 듣고 과연 그것이 사실인가 아닌가를 알려고 이처럼 자네를 찾아오지 않았나? 하면 그 원인이 무엇에 있는지를 감추지 말고 시원하게 말을 하여 주어야지. 덮어놓고 그런 일이 없다고만 하면, '아, 참 그런가?' 하고 돌아갈 내인 듯한가? 혹 자네 처가 잘못한 일이 있다면 있다고 말을 하게.

朴　　결코 그런 일은 없습니다. 아저씨는 당자가 자기 어머니에게 보낸 편지에서 나의 행동에 부족한 점이 있다고 한 것을 듣고 오신 것이니까, 그것을 그대로 믿으시고 나를 나무라시는 것도 이상하진 않습니다만, 사실 내 생각에는 아내에 대해 조금도 섭섭한 일이 없었는 줄 압니다. 또 설혹 있을 것 같으면 나에게도 그런 눈치를 보였을 텐데 이때껏 아무 그런 일도 없고 …….

秦　　흥, 자네가 전혀 모른다 하면 나 역시 긴 말 할 필요가 없을는지 모르나, 혹 자네는 직업이 직업인데다가 나이는 젊고 얼굴은 곱고 하니까, 혹은 그 이상한 여자가 …….

朴　　그런 말씀 마십시오. 현재 그보담 훌륭한 여자가 집에 있는데, 무엇이 부족하여서 그런 생각이 납니까?

秦　오- 그야 그렇지. 그러면 잠시 동안 자네 말을 신용한다 치고, 내가 직접 자네 처에게 물어 볼 수밖에 없네.

朴　네, 그러면 지금 곧 불러서 그래 주시면 좋겠습니다. 나는 그 동안 옆 방으로 피하여서, 기색이나 보고 있지요. (하고, 막 치료실로 들어가자, 녹희가 뜰로부터 손에 꽃 한 송이를 쥐고, 응접실 앞마당으로 나온다.)

綠　(꽃을 들여다보면서) 어떤 무정한 사람이 요렇게도 몹시 꽃 모가지를 잘라 버렸을까? 가엾어라, 가엾어라 …… 이런 꽃도 임자가 보면 꺾은 사람의 한 짓이 미워 죽겠는데, 그 사람은 남이 어떻게 하든지 도무지 모르는 체하고, 아휴 …….

秦　(그때야 비로소) 손님이 와도 모르는 체하고 …… 미우면 밉다고나 하지.

綠　(깜짝 놀라 뒤를 돌아보고 갑자기 기쁜 얼굴을 지으면서) 원! 이를 어쩌면 좋을까? 아저씨, 언제 오셨어요?

秦　나는 지금 곧 온 참이다만, 그래 너희 집에서는 손님이 와도 모르는 체하고 내어버려 두기냐?

綠　아유, 진정 나는 몰랐습니다. 용서하세요. 그런데 어째 혼자 계셔요?

秦　혼자는 왜? 내 그림자하고 둘이 있었지.

綠　(실내로 들어오면서) 아니 의사는 어디 가셨어요?

秦　시방 곧 온 객더러 자기 집 주인을 물으면 어떻게 되나?

綠　네- 참, 아까 나가시는 모양이더니 아직 안 돌아오신 것이로군. 그런데 어머님과 아주머님도 평안하셔요?

秦　오냐, 그래 너도 그 사이 별탈이나 없었니?

綠　네, 그러지 않아도 아저씨가 오셨으면 하고 있었는데 …….

秦　응, 의사도 잘 있고?

綠　아유, 잘 있고가 무어야요? 아저씨도 그 사람이 조금이라도 불편하여 보세요. 그래 내가 편안하단 말이니까. 그 사람 일이면 하루 한 시간이라도 마음이 안 놓이는데.

秦　그래 집안에는 진정 아무 탈도 없었니?

綠　그럼요, 탈은 무슨 탈이야요?

秦　　홍, 그러면 다행이나, 혹 너의 남편은 직업이 직업이니까, 괴상한 곳에 불려갈 기회도 많을 터이고, 따라서 외박할 때도 많을 터인데 너는 그런 때에도 아무렇지도 않더냐?

綠　　(예사롭게) 그런 줄 알고 온 시집인데요, 지금 와서 무엇이 어떻단 말입니까? 그리고 그 사람은 무엇이 연애인지 사랑인지도 아직 모른답니다.

秦　　그것 너무나 십상이로군. 어떻든 너만 사랑하여 주면 그만이지.

綠　　나를 사랑하여요? (한숨을 쉬며) 죽어 저승에 가서나 …….

秦　　(고개를 끄덕끄덕하면서 ……)

綠　　왜 그러세요?

秦　　이애, 좀 이리 가까이 오너라.

綠　　아이고 아저씨, 무엇 조사하실 것 있습니까?

秦　　(점잖이) 오냐, 너는 죄인이다.

綠　　(미소하면서) 네, 네, 아무쪼록 잘 재판하여 주십시오.

秦　　(엄한 기색으로) 아니다. 너는 너의 어머니와 나를 속인 죄인이다. 못된 자식이다―.

綠　　네? 어머니를?!

秦　　그래 이 못된 자식. 무엇이 부족하여서 늙은 어머니에게 우는 편지를 하였어? 바로 까닭을 말하여라. 의사가 무슨 불량한 짓을 하면 짓을 한다고, 학대를 하면 학대를 한다고.

綠　　아니야요, 그런 일은 없어요.

秦　　응, 그러면 왜?

綠　　그렇지마는 …….

秦　　그렇지마는 뭐?

綠　　(울듯이) 아유, 이를 어쩌면 좋을까? (하며 손으로 얼굴을 가린다.)

秦　　(녹희의 태도를 한참 보다가 다시 부드러워지며) 이애 녹희야, 울지 말고 이야기를 하여라. 여기는 너의 삼촌인 나 하나뿐이 아니냐, 누가 듣기를 하니?

綠　(얼굴을 손으로 덮은 채 고개를 숙이면서) 아유 어쩌면 좋을까? 아저씨 나는 차마 그 말은 못 하겠어요.

秦　이애, 그러면 이렇게 하여라. 눈을 꽉 감고 내 무릎에 업디어서, 이 사람이 우리 어머니니 하고, 너의 어머니에게 이야기하듯 하려무나.

綠　(다만 부끄러운 듯 얼굴만 쳐다보며) …….

秦　(고개를 돌리며) 내 얼굴은 보지 말고, 어서 너의 어머니에게 말을 하여라.

綠　저―, 아저씨, 의사가 …….

秦　그래 의사가 어째?

綠　저―, 다른 것이 아니라요, 그 사람이 조금도 강짜를 부릴 줄을 몰라요. (하며, 얼굴을 치맛자락으로 가린다.)

秦　옳지, 강짜 부릴 줄을 몰라. 그래서 어째?

綠　(얼굴을 가린 채로) 나는 그것이 싫어요.

秦　응, 무어?

綠　…….

秦　(골을 내면서) 이 자식 내가 점잖게 물으면 바로 대답을 하는 것이 아니라, 아재비 앞에서 부끄러운 줄도 모르고 (녹희의 흉내를 내면서) '강짜 부릴 줄을 모르는 것이 나는 싫어요'가 다 무어야. 농도 분수가 있지.

綠　(고개를 들고, 秦을 원망하는 듯이 흘겨보며) 아유, 아저씨도 내가 무슨 농을 하여요?

秦　그러면 그것이 농이 아니고, 네 생각에는 꽤 점잖은 태도나 되는 듯하냐?

綠　원, 그러면 아저씨는 그것이 싫지 않아요? 내게 강짜 부리지 않는 것은 사랑하지 않는 증건대요.

秦　에―이, 미친 것―. 못난 것 못난 것 하여도, 너처럼 못난 것은 세계에 없을라. 글쎄, 이애야, 자기 남편이 자기에게 대해, 강짜 부리지 않는 것을 자기의 행복으로 알지는 않고 도리어 그것을 불행이라 하다니.

綠　아유, 아저씨두. 사랑이 있고야 강짜가 생기지요. 강짜 부릴 줄 모르는 것은 사랑할 줄을 모르는 것이 아니여요? 그런데 그것이 싫지 않아요?

秦 …… 홍, 홍, 그렇게 말을 하면 그럴 듯도 하다만……. 그러면 녹희야, 너는 이때껏 너의 남편이 강짜를 일으킬 만한 무슨 기회를 준 일이 있니?

綠 (웃으면서) 그건 몰라요.

秦 그러면 너는 이때껏, 혹 남의 남자들에게 좀 수상한 행동을 하여 본 적이 없구나.

綠 아유, 아저씨도 누가 그래요?

秦 그러면 너는 이때껏 그런 기회나 원인을 주지도 않고 무슨 강짜를 부려 달라고?

綠 하니까 저― 한번 시험을 하여 볼까 하여요.

秦 홍, 시험……. 하지마는 시험도 너무 짓치면 아주 진짜가 되기 쉬우니라.

綠 (애걸하는 듯이) 아이고 그리시지 말고요. 저―, 아저씨가 저―, 저―, 저―, 내 정, 정부情夫라고 치고요.

秦 무엇 정부?

綠 내용으로만 그렇게 치고, 한번 시험을 해 보아요. 그래서 의사가 강짜를 하면 나는 그 위에 더 행복스러운 일이 없겠어요.

秦 하지만, 원, 그야 말이 되나?

綠 (애교 있는 태도를 지으며) 아저씨, 나 귀여워하시지요?

秦 그야 물론.

綠 그러면 내 편을 들어서, 잠깐만 정부 노릇을 하여 주시어요, 네? 아저씨.

秦 (진정으로 어려워하는 듯이) 허허, 그러나 지금 다 늙은 놈이 어떻게 해서 너의 남편이 강짜방아를 찧도록 한단 말이냐? 그것도 한 삼십 년 전일 것 같으면…? (하며 한숨을 쉰다.)

綠 (초조한 빛을 띠우고) 관계치 않아요. 삼십 년 전이면 그야말로 진짜가 되게요.

秦 허허. 그러면 지금은 도저히 그 자격이 못 된단 말이지.

綠	물론이지요.
秦	(짐짓 녹희의 손목을 잡으며) ······.
綠	(손을 뿌리치며) 아유 망측하여라.
秦	망측하다니? 지금서부터 시험을 해 봐야지.
綠	아이고, 시험은 이따가 하여요. 그러면 아저씨, 내 뒷집에 가서 아저씨 입을 양복을 빌려 가지고 올게 잠깐만 기다리세요.
秦	양복을 입어야 하나?
綠	그 모양으로 하면 보는 사람이 속나요?
秦	흥, 그도 그럴 듯하다. 그러나 이마의 주름은 어떻게 하노?
綠	그것은 멀리서 보면 보이지 않아요. 그러면 아저씨 저편 길로 이따가 의사가 올 터이니 여기서 보이게 연극을 하여야 해요. (하고 분주히 바깥으로 나간다.)
秦	(홀로) 하하, 철없는 것들은 하는 짓도 철이 없어. 아무리 부부간에 설움이 많다 한들 (녹희의 흉내를 내면서) '서방이 강짜를 안 해 주니까 서러워요' 하는 설움도 또 있단 말인가? 어떻든 기기묘묘한 설움도 다 많군. 그것도 혼인 전후라 하면 혹 강짜 부리고 싶기도 하고, 강짜를 받고 싶기도 하겠다 하려니와, 이것은 벌써 1년이나 지나서 내일 모레는 아이 낳을 것들이 ······. 허허 참, 괴상한 일도 다 많지. 오— 참, 깜빡 잊었군. 여보게, 박 서방—, 의사— (하는 소리에 박 의사가 나타나며)
朴	네, 자세한 내용은 옆방에서 자세히 들었습니다. 그러면 연극이나 잘 하여 주시지요.
秦	응, 연극한다는 비밀까지 다 알았나—. 그러나 여보게 시험 삼아 하는 것이지 진정으로 하는 것은 아닐세.
朴	자, 그러면 나는 처가 돌아오기 전에 나갔다 오겠습니다.
秦	여보게, 가만있게. 그런데 자네는 진정 강짜할 줄을 모르나?
朴	강짜요? 그 따위 짓은 없지요. 나는 강짜니 무어니 하여서 나의 사랑하는 사람을 공연히 괴롭게 하고 싶지는 않아요.
秦	응, 그러면 다행이나, 그런데 이번은 어떻게 강짜를 좀 하여 보려나?

朴　네, 그야 물론이죠. 눈물 방울이 똘똘 굴러 떨어지도록 톡톡히 하여
　　보겠습니다, 하하. (하며 퇴장)

秦　그러나 여보게, 지금 이렇게 말하는 나도 젊었을 적에는 꽤 강짜를
　　좋아하다가 실수한 적이 많으이. 부득이한 경우면 모르되 그렇지 않
　　으면 너무 할 것이 못되는 물건일세. (의사의 없어진 것을 비로소 깨닫고)
　　아ー니, 벌써 갔버렸나?

綠　(양복과 모자를 들고 들어오며) 자ー아저씨, 옆방에 가서 속히 바꿔 입고
　　나오셔요.

秦　이것은, 아주 갖추갖추 가져왔구나. (하며 양복을 받아 들고 옆방으로 간
　　다. 그 동안 녹희는 끊임없이 창밖을 내다보며 재촉을 하고 있다. 한참 있다가 진
　　참봉이 와이셔츠와 바지의 앞면을 뒤로 가게 입고, 넥타이는 어린아이 댕기 땋듯
　　목 뒤에 걸어 내리고, 궁굴窮屈한 듯이 움츠러뜨리고 나온다. 녹희, 이 모양을 한
　　참 보다가 깔깔 웃으며)

綠　그런데 그 꼴이 무어야요? 자ー 이리 오세요. 내가 입혀 드릴게. (하
　　며 다시 옷을 입힌다.)

秦　(겨우 옷을 다 입고) 휴ー, 양복 두 번만 입다가는 숨 막혀 죽겠다. (칼라
　　를 가리키며) 대관절 이것 이름은 무어라고 하니?

綠　호호호, 그것 칼라라고 하는 것이야요. 자, 지금은 이리 와서 아저씨
　　는 여기 앉아서 내 손을 잡고 이야기하는 모양을 보이세요. 그리고
　　그 모자는 이 책상 위에 얹어 놓았다가, 피하실 적에도 모자는 그대
　　로 두고 가셔야 합니다.

秦　옳지, 그래야 할 터이지.

綠　그러면 지금서부터 막이 열립니다. (창밖으로 행길을 바라보며) 그러나,
　　의사가 오실 때가 되었는데. (한참 행길 편을 바라보다가 무엇을 본 듯이 급
　　히) 아유, 이를 어쩌나, 아저씨! 어서 숨으셔요, 네, 네? (하며 부리나케
　　秦을 탁자 밑으로 밀어 넣는다. 秦은 무슨 영문인지 몰라 골을 내며)

秦　어ー, 방정맞은 것, 갑자기 숨기는 왜?

綠　(울듯이) 글쎄, 어서 숨으셔요. 지금 앞집 마누라가 지나가는데 보면

큰일 나요.

秦　왜?

綠　지껄이기 잘하는 마누라야요.

秦　몇 살이나 된 물건이야?

綠　(秦의 등을 밀어 탁자 밑으로 억지로 넣으며) 아이고, 그저 숨으셔요.

　　秦은 벼룩이 숨듯 대가리만 탁자 밑으로 집어 넣으며 꽁무니는 하늘로 쳐들고 있다. 녹희는 여전히 행길 편을 바라보고 있다가 또다시 무엇을 본 듯이,

綠　아— 지금 의사가 지나갑니다. 어서 나와서 앉으시지요.

秦　(다시 일어나며) 이것은 숨어라, 말어라, 연극하기도 꽤 어렵군. 어데 의사가 지나가니?

綠　아유, 그 편은 보지 마셔요.

秦　옳지, 옳지, 잊었다. 자 그러면 시—작. (하면서 녹희의 손을 잡고 희롱한다.)

綠　(한참 동안 길 편을 바라보고 있다가) 아유— 저것 보아! 길에 서서 이 편을 바라보고 있네. 아이, 저 눈 좀 보아…… 자—, 지금은 다 되었습니다. 모자는 거기 두고 저 방으로 피하셔요.

秦　오냐, 오냐. (하며, 치료실로 들어간다. 녹희는 분주히 실내를 치운 후, 모자를 보기 쉬운 위치로 옮겨 놓고, 미소를 띄운 얼굴에도 불안한 빛을 흘리며 홀로 있아 있다. 한참 후 박 의사가 외출하였다가 돌아오는 모양으로 등장. 분노에 노래진 얼굴과 증오에 불타는 듯한 붉은 눈빛은, 불끈 쥔 두 주먹과 함께 사람으로 하여금 몸서리를 치게 할 듯, 꾸밈같이 보이지 않는다.)

綠　(만족한 기색으로 단정히 일어 맞으며) 이제야 돌아오십니까?

朴　(독하게 흘겨보며) 이것은 웬 것이야? (하며 모자를 가리킨다.)

綠　(잠잠히 보다가 고개를 돌이켜, 미소를 띤 입으로 혀를 내어 민다.)

朴　이 모자는 웬 모자야?

綠　모자요? 나는 몰라요? (하며 다시 머리를 돌이켜 모르게 웃는다.)

朴　(두 주먹을 불불 떨며) 홍, 몰라? 모자 임자가 나서는 때도 모른다고 할까?

綠　　(입가에 나타난 미소를 억지로 감추며) 그래도 모르는 것을 어떻게 하여요?

朴　　모르는 것을 어떻게? 흥, 이 뻔질뻔질한 독사 같은 계집이 ……? (하며 의자에 털썩 앉는다.)

綠　　무엇이 뻔질뻔질하여요?

朴　　이년! 듣그럽다. 내가 길에서 그 더러운 꼴을 볼 적에는 혹 내 눈이 잘못 보지나 않았나 하고 몇 번이나 눈을 씻었는지 모른다. 아니다! 나는 오늘이라는 오늘이야 비로소 눈이 깨었다. 이 은혜와 수치를 모르는 독사 같은 계집아! 왜 대답이 없어? (손으로 탁자를 두드리며 또 한 번) 왜 대답이 없어?

綠　　(점점 불안한 생각이 나는 태도로) 무슨 대답을 하라십니까?

朴　　무슨 대답? 흥, (한숨을 한 번 크게 쉬며) 아― 집안에 이런 음탕한 것을 두고도, 그래도, 아휴 …….

綠　　무슨 말씀인지 도무지 모르겠습니다.

朴　　흥, (코웃음 치면서) 알 수 있을 리가 있나? 부끄러운 줄 모르는 음탕한 계집의 종자니까.

綠　　여보셔요. 그러면 당신은 나를 의심하십니까?

朴　　의심하여 안 될 것 있나? 아까 내 눈에 보이던 것은 무어야? 바로 말을 해 보아.

綠　　그 사람은 저― …….

朴　　저 무어야? …… 흥, 잔말 말고 어서 간부姦夫를 내어 놓아라. 내가 보지 않았으면 모르되 내 눈에 띈 이상 두 년놈을 그냥 두지는 않을 터이다. (하며 벌떡 일어선다.)

綠　　(황망히 붙들면서) 여보셔요, 잠깐만 참으셔요.

朴　　(듣지 못한 체하고 잠잠히 책상 위에 놓인 물잔을 들고) 흥, 그 원수는 이렇게 갚을 터이야. (하며 양복 주머니에서 흰 가루가 들어 있는 주머니를 집어내어 물잔에 붓는다.)

綠　　(더욱 불안한 빛을 띠며 애걸하는 듯이) 글쎄 잠깐만 기다리셔요. 저가 자세히 이야기를 할 터이니. 저― 그 사람은 (하면서 곁으로 가까이 간다.)

朴　　어ー 저리 물러나! 아무 말도 듣기 싫다.

綠　　(마침내 눈물을 머금고 혼자) 아ー 이를 어쩌면 좋은가! 누가 이리 될 줄이야 알았나?

朴　　(컵의 물을 손가락으로 저으면서) 여러 말 할 것 없다. 원수는 이렇게 하여 갚을 터이다. (하며 마시려 한다.)

綠　　(창황히 손을 붙들며) 아이고, 글쎄 참으셔요.

朴　　흥, 참아? 이렇게 된 이상에 무슨 여러 말 할 것 있나? 자, 절반은 네 몫이다.

綠　　아유! 이를 어찌나, 아저씨, 아저씨, 큰일 났어요, 어서 나오세요! (하며 물잔을 앗으려 한다. 이때 진 참봉이 무슨 바람이 부나 하는 태도로 유유히 등장)

綠　　(진 참봉에게 안기어 울며) 속히 말씀을 하여 주셔요.

朴　　(냉정한 태도로 물잔을 도로 책상 위에 놓는다.) …….

秦　　(박을 보고 처음 만나는 체하며) 요사이 평안한가? (다시 녹희를 보고) 한데 너는 왜 그러니?

綠　　(울면서) 자세한 말을 속히 하여 주셔요.

秦　　(시치미를 떼고) 지금 온 나더러 대체 무슨 말을 하라니?

綠　　원, 이를 어쩔까!

朴　　아저씨, 마침 잘 오셨습니다.

綠　　어서 말을 하여 주서요. 아저씨는 다 아시는 것이니.

秦　　그렇지, 다 아는 일이지.

朴　　(놀라는 체하며) 무엇? 당신도 알아?

秦　　(웃으면서) 물론 아는 일이지.

朴　　응, 그러면 당신과 둘이 공모를 하고?

秦　　옳ー지, 쉽게 말하자면 그런 모양이지.

朴　　(격노한 모양으로) 아ー 이 세상은 이것 저것이 모두 악마의 무리다!

秦　　(멀거머니 보다가 박의 행동이 거짓 꾸밈이 아님에 적지 않은 의심이 나서) 여보게, 지금은 그만하면 족하지 않은가?

朴　　이 음흉스러운 늙은 것이! 저리가!

秦　　　(더욱 의심이 나서) 무엇? 아니, 여보게, 그것은 진정인가?

朴　　　진정인가? 이 고약한 것 ─ 아재비와 조카가 배가 맞아서 그 남편 얼굴에 흙칠을 하여 놓고 도리어 '진정인가?'가 무어야?

秦　　　(골을 내며) 원, 이 사람이 미쳤나?

綠　　　(울면서) 아유, 아저씨 어쩌면 좋아요?

秦　　　오오, 나만 믿고 가만 있거라. 그런데 여보게, 이게 진정으로 하는 셈인가?

朴　　　(벌떡 일어서며) 어 ─ 듣기 싫어. 잔말 말고 당신 딸이나 데리고 어서 가. 오늘로 이혼이요. (하며 치료실로 들어가 버린다.)

秦　　　(기가 막히는 모양으로 뒷모양을 보내며) 어떻게 된 셈이야? 약속한 것과는 아주 딴판인걸. 강짜할 줄 모른다는 작자가 그 지랄은 다 무어야?

綠　　　아저씨, 어떻게 해요? 이럴 줄 알았으면 그만둘걸, 공연히.

秦　　　응, 너도 지금이야 진정으로 그렇게 생각이 가느냐?

綠　　　아유, 이를 어쩌나? (하며 그만 주저앉아서 운다.)

秦　　　너무 걱정할 것은 없어. 아 ─ 너무 지껄였더니 목이 마르군. 어디 좀 축여 볼까? (하며 컵을 들어 쭉 들이마신다.)

綠　　　(놀래어 눈이 둥그레지며) 아유 큰일 났소. 그것이 …….

秦　　　(같이 놀라며) 왜?

綠　　　(물잔을 뺏으면서) 자시면 안 돼요.

秦　　　하지만 다 먹었는걸.

綠　　　아유 이를 ─. 독약인데. (하며 얼굴이 노래진다.)

秦　　　(꾸짖는 듯이) 응, 공연히 남 놀래지 말아라.

綠　　　아유, 정말 독약이야요. 이를 어쩔까? (하며, 어쩔 줄 모르는 듯이 분주히 실내를 돌아다니며 발을 구른다.)

秦　　　무엇? 정말 독약이야? 아구, 아구, (뒤로 넘어지며) 아이구 죽겠다! 아이구 죽겠다. 물! 어서 물! 아휴, 죽겠다. 아휴 배야! 이럴 줄 알았으면 나올 때 마누라에게 유언이나 하고 나올걸. 아유 배야! 아유 배야!

녹희는 점점 기색이 변해지며 갈팡질팡 물을 가지러 안으로 들어간다.

朴　　　(이때 다시 들어와 秦을 보며) 아저씨, 왜 그러셔요?

秦　　　이놈! (하며 달려든다.)

朴　　　글쎄, 왜 그러셔요?

秦　　　이놈, 사람을 독약을 먹여?

朴　　　독약? 어디서요?

秦　　　물잔의 물을 모르고 (하며, 다시 드러누우며) 아유, 배야.

朴　　　하하, 그것은 독약이 아니올시다.

秦　　　그러면?

朴　　　내가 임시로 만든 거짓 독약이야요.

秦　　　무엇?

朴　　　거짓 독약으로 만든 사탕물이올시다.

秦　　　(누운 채로 한참 박을 보다가) 오— 내 어째 달콤해. 그래 독약이 아닐쎄
　　　　그려.

朴　　　네. (옆방을 돌아보며) 쉬—, 온 모양이올시다. 자 여전히 중독된 체하
　　　　고 누워 계셔요.

秦　　　어—, 그만두겠네.

朴　　　글쎄, 잠깐만 너 참으세요. 너무 속히 드러내면 재미가 없으니.

秦　　　그도 그렇지만 (녹희가 물그릇을 들고 오는 것을 보고 다시) 아이구, 아이
　　　　구, 사람 살려라, 응, 응.

綠　　　자— 어서 물을 마시세요.

秦　　　……. (눈을 가늘게 뜨고 볼 뿐)

朴　　　(잠잠히 녹희가 가져온 물을 뺏어 먹으며) 아—, 물맛 좋다.

綠　　　아유, 아저씨 자실 물까지. (우는 소리로 朴을 흘겨 보며) 당신도 너무 하
　　　　시오.

朴　　　아—, 매우 좋은 물이로군.

綠　　　(애걸하는 듯이, 울면서 朴의 무릎에 얼굴을 묻으며) 나는 용서치 못하신다

하더라도 아저씨만이나 속히 구해주시오.

秦　(천천히 일어나며) 녹희야, 나의 목숨은 벌써 구했다. 그와 같이 너의 설움도 구할 때가 왔나보다.

朴　(녹희의 어깨 위에 손을 놓으며) 녹희씨, 수고하셨오.

秦　네? (秦과 朴의 얼굴을 고루고루 보면서) 그러면, 지금까지 한 일이 다 장난이었었나요?

秦　그렇게 되었나보다. 왜, 진정이 아니어서 너무 섭섭하니?

綠　(희색이 만면하며) 아유, 그런 장난은 두 번 다시. (하며, 고개를 숙인다.)

秦　그래도, 강짜가 원이냐?

綠　(朴을 보고 웃으며) 그만으로도 족합니다.

급히 막.

— 1920.10.9.

—『황야에서』, 조선도서주식회사, 1922.

— 1921년 10월 단성사에서 예술협회 상연.

구리 십자가
(전5막)

• 빅토르 위고의 〈Angelo, Tyran de Padoue파도바의 독재자 안젤로〉 번안 희곡

• 시대　　17세기 무렵의 이탈리아

• 등장인물
　이탈리아 파도바 시 태수 : 정 백작(45세쯤)
　위 부인 : 다경茶卿(23세)
　여배우 : 금자錦子(22세, 태수의 첩)
　부랑자 : 안종수安鍾洙(27세, 금자의 정부)
　육현금六絃琴 연주자 : 오천일吳千一(10인 의회 탐정)
　10인 의회 탐정 : 구본실具本實
　다경의 시녀 : 춘월, 선죽, 화섬
　옥졸 : 툼보, 가막새
　태수 시종 : 박진선朴進善(50세 전후)
　기타, 비밀실 수위, 순사 몇 명.

• 장소
　1막 : 정 백작 저택 정원
　2막 : 정 백작 부인의 침실
　3막 : 옥졸의 집
　4막 : 정 백작 부인의 침실
　5막 : 여배우 금자의 침실

제1막 : 비밀실 열쇠

　　오른편으로 보이는 굉장한 건물로부터 울려 나오는 야회의 음악에 따라, 찬란한 등불은 창밖으로 흘러 화려한 정원에 더욱 광채를 보태어 있고, 뜰 쪽으로 면한 문 옆에는 한 개의 돌 의자가 놓여 있다. 왼편, 나무 그늘이 우거진 곳에 탐정 오천일이 육현금六絃琴을 안은 채 벤치 위에서 누워 자는 모양. 금자는 야회복으로, 백작은 정복으로 함께 등장

錦　　글쎄, 영감께서는 내 일이라면 왜 그리 몹시 시기를 하십니까? 다만 외면상으로는 내가 영감의 첩이라는 명색이지마는, 실은 아무 관계도 없지 않습니까? 네, 그렇지 않아요?

鄭　　오늘 야회는 자네 힘으로 매우 유쾌하였네.

錦　　그야, 나 같은 천한 계집이 영감 덕택으로 댁에서 고귀한 양반을 초대하셔서, 나의 미숙한 기예技藝나마 보아 주시겠다고 하시니까, 나는 영감의 감사하신 뜻을 보답하는 셈으로, 내 힘껏 하였습니다. 그런데 영감, 왜 무슨 생각을 하시고 눈섶을 찌푸리세요? 간혹 웃기라도 하십시오그려.

鄭　　흥, 웃으라면 웃지. 마는, 이번에 자네하고 같이 온 청년은 확실히 자네 오라버니 되는 사람인가?

錦　　왜 우리 오라버니가 어떻게 하였어요?

鄭　　아니, 어떻게 하였다는 것이 아니라…… 그런데 성명은 무어라고 하나?

錦　　네, 종수라고 합니다. 아유, 영감도, 왜 몇 번씩 물으셔요? 그런 말씀 지금은 그만두시고, 다른 재미있는 이야기나 하십시오. 네?

鄭　　오— 오—, 잘못되었네. 그러면 그 말은 다시 내지 않겠네. 이번 자네 평판은 우리 고을에서 매우 자자한 모양인데. 시민들은 자네와 같이 유명한 배우가 하루라도 더 오래 머물러 주면 하고, 바라고 있는 모양이야. 하나, 나는 자네의 평판이 자자하면 할수록 자네를 남

에게 내어놓기가 싫으이. 응 금자, 아까 문 옆에서, 이야기하던 남자
는 누군가?

錦　　또!?

鄭　　오− 참. 잘못하였네.

錦　　아니요. 알고 싶으시면 말씀하지요. 그 사람은 당신 부하로 있는 경
　　　무부장이야요.

鄭　　경무부장?

錦　　네.

鄭　　무슨 일로?

錦　　왜, 무슨 일이라고까지, 말씀하여야 하겠습니까?

鄭　　글쎄, 무슨 일이냐 말일세.

錦　　아유 참, 너무 하십니다. 그러나 말하라시면 말하지요. 저− 아시는
　　　바와 같이, 저는 이와 같이 천한 계집으로, 언뜻 말하자면, 영감의 한
　　　장난감에 지나지 못합니다마는. 그래도 남과 같이 저를 따뜻한 사랑
　　　으로 길러 주신 어머니가 한 분 있었어요. 나는 지금도 어머니 생각
　　　을 하면 이렇게 눈물이 솟아나와요.

鄭　　관계없는 어머니 이야기는 왜 끌어내나?

錦　　글쎄 잠자코 들으세요. 그래서 그 어머니가 아버지 돌아가신 뒤에
　　　집은 빈한하고 먹을 것은 없고 하여서, 제가 아홉 살 직에 저를 데리
　　　고 어느 귀족 댁에 가서 심부름이나 하여주고, 겨우겨우 저를 기르
　　　셨는데, 어느 날은 그 댁에서 무슨 귀중한 물건이 분실이 되어서 아
　　　무리 찾아도 나오지는 않고 하니까, 경찰서에다 말을 하였대요. 그
　　　런데 경찰서에서는 어떻게 된 것인지 우리 어머니를 혐의자로 체포
　　　를 하였어요. 어머니는 본시 진실한 천주교 신자로 물론 그와 같은
　　　혐의를 받을 사실은 없겠지마는, 진정 범인이 나서지를 않으니까,
　　　혐의 받은 채로 애매히 옥중에서 온갖 고초를 겪으시다가, 마침내
　　　병이 나서 명이 조석에 있게 되었을 적에, 그때 그 댁에 저하고 동갑
　　　가량 된 주인 따님 한 분이 있었는데, 나이는 어려도 매우 숙성하고

마음이 매우 착하셨대요. 그래서 우리 어머니가 애매히 옥중에서 고
생하는 것이 가엽다고, 매일같이 우시면서 도로 나오게 하여 달라고
그 댁 영감, 즉 자기 부친께 조르니까, 그 댁 영감께서도 어린 아이가
하는 것이 너무 기특해서 경찰서에다 다시 찾은 줄로 말을 하고 어
떻게 방면이 되었어요.

鄭 지금은 또 주인 이야긴가?

錦 글쎄, 이야기를 다 들으세요. 그래서 어머니는 다시 이 세상에 나오
기는 하였으나 옥중 고초로 얻은 독한 병으로 불쌍하게 나온 지 사
흘 만에 그만 죽었습니다. (눈물을 훔치면서) 나는 지금도 그때 생각을
하면 눈물이 솟습니다.

鄭 눈물 나오는 이야기는 왜 이리 많은가?

錦 영감께서는 이와 같은 일에 조금도 가엽다는 생각이 안 나십니까?

鄭 그야 그 정경에 대하여서는 동정하지마는, 대관절 경무부장 이야기
는 어떻게 되었나?

錦 그러니까 차차 들으세요. 그래서, 그때 어머니가 돌아가시면서, 그
댁 따님에게 자기가 항상 목에 걸고 다니던 구리 십자가를 끌러 주
시면서, 은혜를 갚을 길이 없으니 이 십자가나 받아 두시라고 하고,
십자가를 그 따님에게 드렸어요. 저는 그 뒤에 이리저리 떠돌아 다
니다가 어떻게 여배우가 되어서 지금은 돈도 자기 자유로 쓰게 되었
습니다. 하나, 어떻게 하든지 그 댁 따님을 다시 찾아뵈옵고 제 어머
니의 옥사를 면하게 하여 주신 은혜의 만분의 일이나마 갚을까 하고,
저는 늘 한시라도 잊지를 않아요. 한데, 수년 전에 댁을 어디로 옮기
셨다는데, 어데로 옮겼는지 도무지 아는 사람도 없고 또 찾을 수도
없어요. 그래서 나는 가는 곳마다 그곳 경찰에 의뢰를 합니다. 아까
경찰부장하고 이야기한 것도 그 일 때문이야요. 지금은 자세히 알으
셨습니까, 네, 영감?

鄭 흥, 하지만 '남대문 안 김씨댁 입납入納'으로 무슨 증거가 있어야지?

錦 증거는 우리 어머니 십자가로.

鄭　　그 따위 구리 십자가 하나 이때껏 가지고 있는지 아나?

錦　　아니요, 그렇지 않지요. 그런 경우에 받은 물건은 누구든지 없애버리지 않아요.

鄭　　(오천일이 누워 있는 것을 보고) 여보게, 저기 누가 있지 않는가?

錦　　(웃으며) 네, 있습니다. 남자 하나가 누워 자는 모양이올시다. 남자니까 영감은 또 나하고 무슨 관계나 있는가 의심하십니까? 하지만 저 사람은 오천일이라고 불쌍한 사람이야요.

鄭　　오천일? 오천일이란 것은 무어야?

錦　　호호호, 오천일이라 하는 남자야요. 마치 금자가 여자인 것과 같이. 한데 좀 사람이 못났어요. 이번에 아는 사람이 소개를 하여서 악대에 육현금六絃琴 연주자로 채용하였는데 사람은 못났어도, 마음은 퍽 착해요. 저렇게 늘 혼자 잠만 자고 있답니다.

鄭　　진정 그러한가?

錦　　아유 영감도, 너무 하십니다. 영감은 남자라면 왜 그리 기를 내셔요? 왜 그리 남자만 보면 곧 의심을 하십니까? 대관절 영감은 저를 사랑하셔서 그러십니까, 또는 남자라면 무슨 무서운 것이 있습니까?

鄭　　두 가지 다 그런 모양일세.

錦　　저를 사랑하셔서 강짜를 하신다는 것은 그렇다 하겠습니다마는 남자가 무서운 것은 무슨 까닭이야요?

鄭　　응, 까닭이 있지. (금자의 결으로 가까이 앉으면서) 그러면 들어 주게. 금자가 아는 바와 같이 나는 이곳 태수로 무엇이든지 내 마음대로 안 되는 것은 없지 않은가? 즉 이 고을의 사활지권死活之權은 나의 수중에 있는 것일세. 그러나 밝은 등불 밑에는 그림자라는 것이 따라다니는 것같이, 나의 등 뒤에는 늘 독한 화살이 겨냥을 하고 있다네. 그것은 즉 우리나라 정부의 십인의회十人議會라는 것일세. 내가 지금 자네와 둘이 하는 말도 어쩌면 십인의회에서는 다 알고 있는지도 모르네, 평시에는 형상도 없고 그림자도 볼 수 없으나 한 번만 십이의회의 탐정에게 걸리기만 하면 걸리는 그때가 즉 이 세상을 하직하는

때일세. 그자의 눈에는 대통령도 없고, 각 고을 태수도 없고……. 그렇다고 그자들은 무슨 정한 복장이 있는 것도 아니라, 다만 저고리 안자락에 이상한 부호를 수놓았을 뿐일세. 이자들은 간 곳마다 순사도 되고 옥졸도 되어 있어서, 어느곳에 어떻게 하고 있는지 모르게 숨어 있다가, 한 번 걸리기만 하면 곧 포박을 한다. 포박을 하면 그것이 마지막으로 어떻게 하여 없애 버리는지 모르게 없어진다네. 돌연히 어느 누구가 없어졌다 하면 어떻게 되어 없어졌는지 알지 못하네. 아는 사람은 십인의회 탐정과 하늘의 별뿐이지. 밤중에 길을 가다가 캄캄한 속에서 무슨 소리가 날 때가 있네. 그럴 때에는 곧 속히 피하여야지 그렇지 않으면 자기 목은 그만 잃어버리네. 무도회니 연회니 경축일이니 하면서 떠들 적에는, 우리 고을이 매우 화려한 듯하나 그 일면에는 음산한 기운이 늘 움직이고 있는 것을 잊어서는 안 되어. 자네는 지금 그 화려한 방면만 보았으니까, 이 고을 태수 같은 것은 매우 호강으로 편안하게 지내는 것같이 생각할지 모르나, 현재 내가 있는 침실 같은 데도 이상한 복도가 통하여 있어 그 복도로는 항상 그놈들이 왕래를 하며 무슨 비밀을 계획하고 있다네. 밤중에 혹 눈을 뜨고 가만히 있으면 나 자는 방 벽속에 사람의 기색이 있을 때가 많으이. 나는 이 파도바 시의 전권을 가지고 있지마는 그놈들은 내 생명을 쥐고 있네그려. 이만하면 자네도 이 베니스라는 나라가 어떤 나라인지 대강 짐작하겠네. 그래서 백성은 나를 폭군이니 압제자니 하지마는 원래 나의 직책이 이 파도바를 압제하라는 것이 중앙정부가 나에게 명령한 것이니까, 백성을 처벌하고 포박하고 구타하고 참살斬殺하는 것이 즉 나의 본직일세. 이 모양으로 나는 아래 백성으로부터는 원망을 받고, 위로 십인의회로부터는 눈살을 받고 있네. 그리하여 소위 나의 친구라는 것도 실은 십인의회의 탐정이요, 심지어 나보고 '영감 영감' 하며 알랑알랑하는 계집들도 나의 정탐을 하고 있는지 모르네.

錦　　　네?!

鄭　자네는 나에게 알랑알랑은커녕 웃는 얼굴 한 번도 보이지 않는 터이
　　니까, 지금 한 말은 물론 자네를 두고 한 말이 아닐세. 어떻든 무서운
　　세상일세. 십인의회라 하는 놈들은 나를 이 고을 태수로 임명시켜 놓
　　고, 도리어 나를 먹으려고 하니까 견딜 수가 있나? 세계 어떠한 나라
　　에 이 같은 태수가 있겠나. 어느 때든지 한 번은 십인의회 손에 죽지
　　않으면, 백성의 뭇매에 죽을 터이로구나 하고 생각을 하면, 하루도 마
　　음을 놓을 수가 없네그려. 이와 같이 무미하고 무서운 세상을 살아가
　　면서도, 다만 한 가지 낙은 금자 자네 하나뿐일세. 그런데 자네는 내
　　말을 들어주지 않고 하니까, 나는 도무지 이 세상이 싫어졌네. 그도
　　할 수 없으면 단념할 수밖에 없으나, 그나마 남의 남자에게 자네를 뺏
　　기기는 죽어도 싫으이. 혹 자네에게, 그런 남자가 많이 있지?

錦　천만의외의 말씀이올시다.

鄭　그러면 언제나 내 말을 들어주겠나?

錦　차차 말씀을 받들 때가 있겠지요.

鄭　하하, 아직도 좋은 기회가 안 왔단 말일세그려. 어떻든 그때가 올 때
　　까지 여기 머물러 주기만 하여도 족하이. 자네가 속히 가버리면 내
　　가 살 재미가 없으니까, 아― 저기 누가 오는 모양이로군, 또 십인의
　　회 놈들에게 의심을 받으면 안 될 터이니까, 나는 가겠네.

錦　아니야요, 염려 마셔요.

鄭　오― 누군가 하였더니 자네 동생이로군. 그러면 내일 아침 또 만나세.

하며, 정태수는 퇴장. 안종수 원기 없이 등장.

錦　아― 종수 씨― 어디 계시다가 지금이야 오셔요? 어서 이리 와서 앉
　　으시오.

安　후― 다리야―.

錦　왜, 나는 이따위 곳에 왔을까요? 오지 않았으면 구태여 당신을 내 동
　　생이라고 괴롭게 변명할 필요도 없을 터인데, 나는 도무지, 성이 가

셔서 견딜 수가 없어요, 그 못난 태수인지 털보인지가 밤낮 붙어 다
니며 조르는 통에 머리가 다 아파요. 그러나 태수 위엄이라도 금자
앞에서야 어찔 수 있습니까? 종수 씨, 당신은 내 성미를 아니까, 별
로 나를 의심하신다든지, 그런 일은 없겠지요마는, 그래도 당신이
너무 무심하게 여기니까, 도리어 나는 야속한 생각이 나요. 좀 시기
도 하여 보시오그려.

安　별로 시기할 것도 없어요.

錦　저 – 지금도 태수 털보가, 여기서 한참 강짜 타령을 벌려 놓다가 갔
는데, 강짜도 그냥 강짜뿐만 아니라 무슨 베니스 정부니 십인의회니
하며 무슨 말인지 알 수도 없는 것을 지껄여요. 그런데 종수 씨, 나는
당신이 다른 여자하고 이야기하고 서있는 것만 보아도 심사가 틀려
요. 원체 나에게 아무 말도 없이, 당신하고 이야기하는 것 그것부텀
건방진 짓이 아니야요? 정말이지 종수 씨도 마음을 들뜨게 가지시지
마시오. 내가 마음으로 위하는 남자라고는, 이 세상에 당신 하나뿐
이올시다. 어머님이 돌아가신 뒤로 오래동안 슬프고 고독한 중에 지
나다가, 당신을 만나뵈온 후로는 지금껏 있던 모든 근심도 다 사라
져 버렸어요. 그래서 나는 십 년만 전에 당신을 만났더래도, 나도 이
모양이 되지 않고 조금은 사람이 되었을 것을 하고, 그 십 년 동안이
아까워 못 견디겠어요. 그래서 잠깐 동안이라도 이렇게 당신과 마주
앉아서 정답게 이야기만 하여도 나는 얼마나 기쁜지 알 수 없어요.
곧 미칠 것같이 기뻐요. 종수 씨 보시는 데도 미친년 같지요. 네, 종
수 씨 나를 사랑하시지요?

安　누가 당신을 사랑치 않겠소?

錦　아유 당신도, 어째 그리도 범연스러운 말만 하셔요? 그런데, 어디 불
편하십니까? 안색이 어째 좋지 못합니다그려.

安　아니요.

錦　혹 나와 태수와 무슨 관계나 있나 하고, 의심하십니까?

安　아니요.

錦   아유! 왜 좀 의심을 하여 주시구려. 당신이 나를 사랑치 않으시니까, 의심을 하지 않으시지요. 너무 그러지 마시오. 그러지 마시오……. 아차 참 깜빡 잊었군, 손님들에게 인사를 하고 와야 할 터인데, 내 갔다 올게 여기서 기다리시오.

하며 나간다. 안종수는 문 옆 돌의자에 앉은 채 두 손으로 머리를 쥐고 묵묵히 생각하는 모양. 금자가 나간 뒤를 따라 오천일이 눈을 뜨고 일어서며, 느릿느릿 종수의 곁으로 와서 손을 안의 어깨에 얹는다. 安은 놀라 오천일을 쳐다본다.

吳   안중호安重浩 씨! 당신은 안종수가 아니라, 본명이 안중호씨지요. 라고 말하면 당신은 매우 놀라실 것이올시다. 이렇게 말하는 나를 이상하게 생각하실 것이올시다. 그러나 잠깐만 내가 하는 말을 들어 주시오. 당신은 지금으로부터 2백 년 전에 이 파도바 시의 영주이었던 가문의 말손末孫이었지요. 그러한 당신은 한 사람의 정혼한 여자가 있었습니다. 그 여자는 다경茶卿이라고 하여서 귀족의 딸이었지요. 당신들 두 사람은, 서로 순결한 사랑으로 결혼할 시기를 기다리고 있던 중, 불행히 7년 전 당신이 20세 된 때, 부랑죄로 국외에 추방을 당한 당신이지요. 그 후에 다경이라는 여자는 다른 곳으로 출가하였습니다. 어찌 되어 다른 곳으로 출가하였는지 아십니까? 우리 베니스에서는, 귀족의 딸은 역시 귀족이나 왕족에게가 아니면 출가하지 못합니다. 그러나, 당신은 원래 귀족의 자손이나, 국외에 추방된 죄인이올시다. 그 후 당신이 귀국한 때는 이미 다경씨가 다른 곳으로 결혼한 후이올시다. 다경씨가 지금 남편에게로 출가할 때 그 남편 되는 자가 얼마나 참혹한 계책을 썼는지는 당신도 모를 터이올시다. 그리하여 당신은 실망한 끝에 다시 베니스를 떠나 온 이탈리아를 방황케 되었습니다. 타락한 사회에 몸을 던져 실연의 고통을 잊고자 힘썼습니다. 그러나 다 소용이 없었지요, 새 사랑의 그림자에 따라 옛 연애의 묻힌 움은, 쉬지 않고 고개를 내어밀어서, 당신을

괴롭게 하였습니다. 그리하여, 당신은 삼 개월 전에 금자와 같이 이곳에 왔습니다. 와있을 동안에 당신에게 한 사건이 생겼습니다. 그것은 어느 날 밤, 즉 이월 십칠일 복면한 여자를 만났지요. 그 여자는 다른 여자가 아니라, 당신이 칠 년 동안 밤낮 사모하던 베니스 귀족인 영양令孃 다경 씨임에, 당신은 놀랐었지요. 그로부터는 일주일에 3, 4회씩 그 여자와 만나게 되었으나, 두 사람 사이에는 별로 추한 관계는 없었지요. 그 여자도 늘 자기 남편의 이름을 비밀에 붙인 고로, 당신도 다만 다경이라는 여자 이외에는, 아무것도 알 수가 없었지요. 그러나 너무 출입이 자주면 남편도 눈치를 차리게 되는 것입니다. 그리하여 그 여자는, 감옥과 같은 비밀실에 유폐되어, 당신과는 또다시 만나지 못하게 되었지요. (이때 점점 밤이 밝아오는 모양으로 사방을 돌아다보며) 아— 밤이 밝았군. 한데, 당신은 그 후 그 여자의 주소를 찾고자 하였으나 찾지 못하였습니다. 찾지 못하는 것은 괴상히 여길 것이 아닙니다. 이후라도 결코 찾을 수 없을 것이지요. 어— 여보시오. 오늘밤 당신은 그 여자와 만나보고 싶은 생각은 없습니까?

安　(멀거머니 바라보며) 대관절 당신은 누구요?

못　하— 질문입니까? 질문은 용서하시오. 한데 당신은 오늘밤 그 여자와 만나고 싶지는 않습니까?

安　그야 만나고 싶은 생각은 간절하지마는,

못　그럴 터이지요. 만나고 싶으면 만나지 못할 것은 아니나.

安　어데서?

못　그 여자의 집에서.

安　여자의 집? 무어라 하는 집인데?

못　무어라 하는 집인지 그 이름은 말할 수 없으나 집 있는 곳은 가르쳐 드릴 수 있지요.

安　가르쳐 주시오. 당신이 누구신지는 모르겠습니다마는 아실 것 같으면 가르쳐 주십시오.

못　그러면 오늘밤 달이 떠오를 때에, 즉 열두 시 가량 해서 남대문 아래

로 오시오, 나도 그때 그리 갈 터이니 자세한 내용은 그때에 말씀하
겠습니다.

安　　　참 고맙습니다, 당신은 누구십니까?

吳　　　네, 나는 못난이로 유명한 육현금 연주자이올시다. (하며, 나가버린다.)

安　　　대체 저 사람이 누구야, 어떻든 열두 시가 되면 알겠지. 아ㅡ 열두 시
　　　ㅡ 속히 돌아왔으면, 다경이와 한 번 다시 만나기만 하면 죽어도 한
　　　이 없겠구먼!

금자가 다시 들어오며,

錦　　　또 왔습니다. 암만하여도 당신 곁에 있어야지 혼자 두고는 마음이
　　　안 놓여요.

安　　　하ㅡ하ㅡ 하지만 내 곁에 있는 것은 매우 위험한 일이요. 우리 집은
　　　선조 대대로부터 이상하게 자기를 사랑하는 여자를 암살하는 버릇
　　　이 있어요.

錦　　　사랑하는 여자를 죽여요? 자ㅡ 그러면 당신도 나를 죽이시렵니까?
　　　그러면 지금 곧 죽여 주시오. 당신이 즐겨 나를 죽이신다 하면 나는
　　　이 위에 더 기쁜 일은 없습니다.

安　　　누가 지금 즉시 죽인나는 것이 아니라, 우리 십은 그러하나는 말이요.

錦　　　당신이 만약 나를 죽여 주신다 하면 그래도 죽이신 뒤에는 나를 위
　　　하여 한 방울 눈물이라도 흘려 주시겠지요. 나는 그것이 기뻐요. 그
　　　러나 종수 씨, 그러나 나는 더 살고 싶어요, 죽기는 싫어요, 당신을
　　　혼자 두고 나 혼자 죽기는 싫어요.

安　　　아ㅡ, 그토록 나를 사랑하셔요, 감사합니다.

하며, 금자의 손에 키스를 하고 고요히 퇴장.

錦　　　아ㅡ그만 가 버리시오? 종수 씨, (오천일이 누워 있던 의자를 건너다보며)

못난이 오 서방도 없고.

　　오천일이 뒤로부터 나오며,

吳　　　네, 못난이 오 서방은 여기 있었습니다. 그러나 안종수라는 부랑자
　　　　는 그 근본이 안중호라는 귀족의 아들이요, 오천일이라는 못난이는,
　　　　그 근본인즉 하하하하.

錦　　　무어라고 지껄여?

吳　　　(육현금을 보이면서) 이 육현금에는 줄이라는 것이 있어서, 자기 마음
　　　　대로 어떠한 소리든지 낼 수 있는 것과 같이, 사랑하는 남녀의 두 가
　　　　슴에는 심금心琴이라는 것이 있어서 이 편의 심금의 줄을 울리면 저
　　　　편 심금의 줄도 같은 소리로 응하는 것이올시다. 금자 씨, 나는 이제
　　　　그 한 편의 심금의 줄을 잡은 지 오랜 고로, 다른 한 편의 심금이 같
　　　　은 소리로 응하게 하고 말기는 매우 쉽습니다.

錦　　　알지도 못하는 소리를 횡설수설하고 있네.

吳　　　알지 못한다? 실로 알 수 없지요. 알 수 없는 것이 도리어 편안할지
　　　　모르지요. 만약 오늘밤에 당신이 한 시라도 놓지 못하겠다는 안종수
　　　　씨가 보이지 않게 되는 때에 만일 내가 그 간 곳을 안다 하면 금자 씨
　　　　그때도 모른다고 하겠습니까?

錦　　　무엇? 여자의 집에 간다는 말이냐?

吳　　　여자도 여자, 대단한 미인이지.

錦　　　무엇? 대체 너는 무어냐?

吳　　　나도 알 수 없어.

錦　　　아유, 우스운 인물을 다 보는군. 제가 저를 몰라?

吳　　　우습다 하여도 관계치 않지요. 내 어찌 그를 괘념하리요. 그러나 금
　　　　자 씨 후회하지는 마시오.

錦　　　그래 진정 종수 씨가 다른 여자의 집에 놀러간단 말이야?

吳　　　나 역시 몰라.

錦   저런 거짓말쟁이. 종수 씨는 그런 양반이 아니야.

吳   옳지, 그런 줄만 알면 뱃속은 편안하겠지만.

錦   소용없어, 암만하여도, 안종수 씨와 우리 둘이 사이를 이간을 붙이려 하여도 너 같은 못난이에게 속을 사람은 없어, 좀.

吳   하하 그러나 금자 씨, 태수 영감의 목에 걸린 훌륭한 보석 열쇠를 보셨겠지요, 그것만 얻으면 금자 씨에게 좋은 일이 있지요.

錦   열쇠? 그 따위 것은 가져 무엇하게, 듣기 싫어.

吳   이ー쿠, 태수가 오시는 게로군, 자ー 어떻든 그 열쇠만 얻으시오. 그러지 않으면 오늘밤에 후회하리다. 15분 후에 또 오겠습니다.

錦   잔말 마라, 듣기 싫어, 있다가 와도 소용없어.

吳   15분 후에는 또 만나게 되지요.

하며 퇴장. 태수는 전의 복장으로 유유히 등장.

錦   못난이인 줄만 알았더니 그렇지 않은 게다. 어째 말한 것이 마음에 걸려. 아유 영감, 무엇을 그리 찾으십니까?

鄭   어ー 여기 있었나. 자네가 보고 싶어 또 왔네.

錦   아유, 나도 어째 갑자기 뵈옵고 싶어서.

鄭   정말인가?

錦   정말, 요사이는 어째 그런지 잠시라두 영감을 떠나면 심심하여서 못 견디겠어요.

정태수 기쁜 끝에 금자를 두 팔로 안는다. 금자, 태수의 목에 걸린 보석 열쇠를 쥐면서

錦   아유 이것이 무어야요? 고것 곱기는 하다. 나는 이때껏 영감이 이런 고운 것을 가지고 계신 줄을 몰랐어.

鄭   나는 오늘처럼 기쁜 날은 없네.

錦   아유 그렇습니까? 한데 이것이 무어야요?

鄭　　이것? 열쇠야.

錦　　네 — 열쇠야요? 아니요, 그대로 두시오.

鄭　　왜 가지고 싶은가?

錦　　그렇기도 하지만 나는 보석인 줄만 알았어요.

鄭　　자 — 그러면 자네 주지 (하며 열쇠를 끄른다.)

錦　　아니요, 열쇠는 가져서 무엇 하게요. 영감께서 쓰시는 물건을

鄭　　아니 또 하나 있어, 자 — 가지게.

錦　　아니야요 …… 이것만 가지면 무슨 문이든지 다 열립니까?

鄭　　흥 내 침실도 그 열쇠로 열리네.

錦　　네 —, 그러면 모처럼 주시는 것이니, 가지겠습니다, 이것만 있으면
　　　영감 침실에도 들어갈 수 있습니다그려. (하며, 열쇠를 받는다.)

鄭　　아 — 그것이나마, 자네가 받아주니 고마우이, (금자의 손에 키스를 하고)
　　　자 — 금자, 나를 사랑하여 주겠나?

錦　　아 — 저기서 누가 영감을 찾으십니다. 저기서요.

정태수 퇴장. 오천일이 뒤로부터 나와 선다.

錦　　열쇠를 얻었는데 어떻게 해?

吳　　어디 봅시다, (열쇠를 받아 보며) 오오, 이것이로군. 그러면 금자 씨, 태
　　　수 댁 침실로 통한 툇마루에서 만납시다. 오늘밤 두 시에. 나도 그리
　　　갈 터이니.

錦　　나는 이때껏 못난인 줄만 알았더니 대체 당신은 누구요?

吳　　내가 누구냐고? 나는 나지요.

錦　　(지갑에서 돈을 내어 吳에게 주며) 이 다음 다시 사례는 하지마는 우선 이
　　　것만 받아 두시오.

吳　　하하 — 사례는 차차 받지요. 그런데 오늘 밤 두 시에 내가 가서 제1호
　　　문을 가르쳐 드리지요, 하면 그 열쇠로 문을 열고 바로 들어가시오.
　　　나는 도로 나올 터이니까, 당신 혼자 바로만 들어가시면 알게 됩니다.

錦	1호 문을 열면 무엇이 있어요?
吳	2호 문이 있지요, 2호 문도 그 열쇠로 열립니다.
錦	그 다음은 또?
吳	그 다음은 3호문, 3호문도 역시 그 열쇠로 열고 들어가면 그때야 알게 됩니다.

막.

제2막 : 십자가

아름답게 장식한 정태수 부인의 침실. 좌편 벽으로 붙여 침대가 있고, 우편 벽으로는 기도실로 통한 창과 같은 조그마한 문이 있다. 문 옆에는 한 개의 제단이 있고 그 위 벽에 십자가가 걸려 있다. 방 뒷벽에는 좌로부터 태수의 침실로 통한 문과 툇마루로 통한 비밀문이 있다. 그 외는 방 중앙에 화병과 촛대를 놓은 테이블과 의자 서너 개가 있을 뿐.

시녀 춘월과 설죽 두 사람이 마주 앉아 담화 중,

春	야— 신정이래, 요전번 아씨에서 서울 가셨을 직에도 그 십인의회 탐정이라는 자가 아씨를 보고 염치 좋게 편지지 무엇인지를 하였더래. 한 걸 아씨께서 편지도 도로 주고 쫓아 보내셨대. 어쩌면 그렇게도 뻔뻔할까?
雪	그런 놈들은 한번 맛을 뵈여야지 해.
春	또 돌쇠 아범이 이야기를 하는데 우리가 여기 들어오기 전에 삼월이라는 계집아이는 저 툇마루에서 밤중에 그 탐정이 왔다갔다 하는 것을 보고 무서워서 대감께 말씀을 여쭈었더니 그날 밤으로 죽었대. 정말 마음 놓고 잘못 말하다가는 큰일난단다. 우리가 지금 이렇게 말하는 것도 다 듣고 있는지도 몰라.

雪   (일어서서 문을 다시 닫으며) 무서워서 어떻게 살아—.

春   그래도 이 방에만 들어서면 극락이야. 다른 데서는 큰소리로 함부로
         말할 수도 없어도 여기는 괜찮아.

      이때 비밀 문이 자연히 열리며, 오천일이가 나타난다. 문은 저절로 여전히 닫혔으나
춘월은 알지 못하고,

春   정말 마음 놓을 수가 없단다. (뒤를 돌아보고 깜짝 놀라며) 이히—.
吳   든그러워.

하며, 저고리 안자락을 젖혀 보인다. 춘월은 '십인의회'라고 흰 실로 수 놓은 것을 보고
대경실색한다.

吳   너희들도 소문으로 들었는지 모르겠으나, 만약 우리들을 한 번 본 자
         가 그것을 누설하는 날은 그날 안으로 생명이라는 것을 잃는 것이다.
春   아유! 저를 어쩌나, 어디서 들어왔을까?
吳   잔말 마라! 부인은 어디 갔어?
春   네— 기도실에서 지금 기도하십니다.
吳   언제나 나오니?
春   한 삼십분 후면 나오십니다.
吳   흠, 그러면 너희들은 나가라. 어떠한 경우든지 가만히 있어야 꿈
         쩍하면 큰일이야. 한마디라도 너희들의 입에서 떨어지는 날은 너희
         들의 대가리도 떨어지는 때다.

      춘월, 설죽, 두 사람 잠잠히 퇴장. 오천일은 다시 비밀문으로 가까이 가서 서니, 비밀
문이 다시 열리며 캄캄한 툇마루에 사람 그림자가 보인다.

吳   종수 씨 들어오시오.

安　(외투를 입은 채 들어오며) 여기가 어디요?

못　어디라고? 아마 단두대 위나 아닌지 모르지요.

安　왜?

못　흥, 당신은 모르리다마는, 이 정태수 댁에는 이상한 방 하나가 있지
　　요. 꽃향기와 사랑의 노래에 찬 그 방에는 늘 음침한 구름이 둘러 있
　　어 그곳에는 일절 남자 노인이고 아이고를 물론하고 소위 남자라는
　　이름을 가진 것이면 그림자도 얼씬 하지 못하는 이상한 방이 하나 있
　　지요. 만약 그를 범하는 날이면, 다만 그 문고리에 손만 대었다 하더
　　래도 그 사람의 목은 떨어지는 것이오. 그곳이 어디인지 아십니까?

安　네― 알지요, 태수 부인의 침실이지요.

못　옳지 그렇지요.

安　한데 여기는?

못　지금 말한 그 방이오.

安　그러면 여기가 태수 부인의 침실!?

못　옳지요.

安　다경 씨는?

못　그 다경 씨가 즉 태수 부인이올시다.

安　어? 태수의 부인이라?

못　두려우면 아직도 늦지 않으니 저 문으로 돌아가시지요.

安　아니 조금도 두려운 것은 없으나 …… 아― 속히 만났으면, 한번 만
　　나보기만 하면 죽어도 한이 없겠구면, 한데 지금 어디 있소?

못　저― 기도실에.

安　그러면 어디서 만나게 되나요?

못　이 방에서 만나게 됩니다. 한 십오 분 후면. 그러나 주의를 하시오,
　　저 문은 태수의 침실로 통한 문인즉, 결코 열어서는 안 되오, 자 그러
　　면 나는 실례하겠습니다.

安　(테이블 곁으로 가까이 가며) 당신 은혜는 무엇으로 갚을지 모르겠습니다.

하며 테이블 밑으로 숨는다. 오천일은 테이블 앞으로 나서며 독백.

못   냄새에 취하여 병 밑으로 기어드는 파리가 자기의 뒤를 따르는 죽음
         의 운명을 어찌 알아요.

하며 주머니 속으로부터 한 통의 서류를 집어내어 사방을 한 번 돌아본 뒤 테이블 위에
놓고 비밀문으로 나간다.
    잠시 후 다경이 시녀 화섬과 같이 기도실 문으로부터 나온다.

茶   야― 화섬아 벌써 한 달이 넘었구나. 잠이나 잘 수 있으면 꿈에라도
         만나보이겠지마는 한 달 동안 꼬박 잠을 잘 수도 없구나. 언제나 그
         분을 다시 만나뵈옵게 될까, …… 춘월이, 설죽이는 어디 갔니?
花   글쎄요, 아까도 여기 있는 모양이더니, 불러올까요?
茶   아니, 그냥 두어라. 한 번만 그분을 만나뵈었으면 한이 없겠구면. 하
         나 이런 감옥 같은 데서, 만나뵈옵게 된다 하더래도 도리어 뒤에 큰
         일만 일으킬 뿐이겠지. 아― 허혼許婚까지 한 사이에 왜 부부가 되지
         못하였을까?
花   아유, 아씨, 그만 마음을 진정하십시오. 그리고 속히 쉬시지요.
茶   오― 혼자 잘 터이니 너도 가서 자거라.
花   그러면 저는 물러가겠습니다. 부디 아무 생각 마시고 편안히 쉬십시
         오.(하고, 퇴장)
茶   (혼자) 그분이 늘 하시던 노래 곡조나 한번 타볼까 보다. (육현금을 들어
         비창한 두어 곡조를 탄 뒤) 아― 한 번이나마, 만나뵈올 수는 없으나마
         목소리라도 한 번 들었으면…….
安   (테이블 밑에 숨은 채로 노래를 부른다.)
         나의 생명 다 들어 님의 가슴에
         님의 뒤를 따르는 그림자는 나,
         운명의 굵은 줄에 서로 얽혀서

끊고자 안 끊이는 괴로운 눈물,

거문고 가는 줄이 님이라 하면

청음淸音을 기다리는 채는 나로다,

봄 들의 푸른 풀을 나에 비하면

따듯한 봄바람은 그대라 할까,

茶　(깜짝 놀라 육현금을 떨어뜨리며) 오오!

安　시시각각 지나가는 무정한 세월

　　세상의 즐거움도 그때 한 때라,

　　나의 노래 눈물에 장차 젖을 때

　　알리로다 님의 눈물 어찌 될까를.

茶　아― 종수 씨!

安　(나와서 외투를 벗어 테이블 위에 놓고) 오― 다경 씨!

茶　(앞으로 오는 종수의 품에 안기며) 아유, 종수 씨, 어떻게 하여 여기 들어
　　오셨습니까? (분주히 사방을 도라보며) 이곳이 어디인 줄 아십니까, 네
　　종수 씨? 여기 오신 것은 죽으러 오신 거나 다름이 없습니다.

安　너무 걱정하실 것 없습니다. 만나지 못하고 죽는 것보담 차라리 한
　　번 보고나, 죽는 것이 낫습니다.

茶　어떻게 하여 들어오셨습니까?

安　나와 친한 사람 하나가 가르쳐 주었습니다. 그리고 나를 이곳까지
　　데려다 주었습니다.

茶　네― 그렇습니까? 당신만 결심하고 계시면 나도 아무것도 무섭지 않
　　습니다. 마는 종수 씨, 지금 여기서 뵈오니까 마치 꿈속 같습니다.
　　근 사십일 동안 이 감옥과 같은 데서 나는 종수 씨를 위하여 얼마나
　　울었는지 알지 못합니다. 종수 씨! 왜― 우리는 이 세상에서 부부가
　　될 수 없을까요? 아― 그러나 여기서 뵈옵게 되니까, 나는 죽어도 한
　　이 없겠습니다.

安　아― 다경 씨! 용서하시오, 다경 씨로 하여금 오늘날까지, 이와 같은
　　고생을 시키며, 또 시키게 된 것은 다― 내가 잘못한 까닭이올시다.

용서하시오, 그러나 만나지 못하고 죽을 줄 알았더니 이렇게 만나보게 되었습니다그려. 아— 오늘 밤은 얼마나 기쁜 밤일까. 아— 다경 씨, 이와 같이 고요한 밤에 다만 깨어 있는 것은 우리 둘이의 마음과 마음뿐이올시다. 이와 같이 고요한 밤에 우리들의 사랑과 사랑의 두 마음이 서로 융합하는 것은 얼마나 순결하고 신성한 사랑이겠습니까? 하나님도 이를 보시고 기뻐하시겠지요. 내가 당신을 사랑하고, 당신이 나를 사랑하는 그 두 사람의 사랑 위에 하나님께서 또한 사랑하시는 마음으로 내려보시고 계십니다. 고요한 천지간에 오직 우리 두 사람의 사랑이 하나님과 같이 있습니다. 피차에 무슨 두려울 것이 있습니까!

茶　　네 무엇을 두려워하겠습니까? 나는 이 위에 더 기쁜 일은 없습니다, 종수 씨!

安　　아— 다경 씨!

안종수, 다경의 손에 키스한다. 다경이 테이블 위에 놓인 편지를 집으며,

茶　　아이, 이것이 무어야, 이상도 하여라. 종수 씨가 여기 놓으셨습니까?

安　　아니, 나는 놓지 않았으나, 아마 나와 같이 온 친구인 게지요.

茶　　같이 온 친구요? 누구야요? (하며, 급히 봉투를 뜯어 읽는다.)
　　　이 세상에는 오직 탁주 한 잔에 취하여 다른 것을 돌아보지 않는 자도 있고, 통쾌한 복수의 즐거움을 꿈꾸어, 다른 것을 돌아보지 않는 자도 있도다. 부인이여, 전날 부인을 연모하다가 도리어 거절을 당한 탐정은 극히 적은 자이나 그러나 오늘날 복수코자 하는 탐정은 극히 큰 자임을 아시는가 마는가,

安　　무슨 편지가 그래요?

茶　　네, 필적을 보니까 아마 언제 한번 나에게 못된 짓을 하려다가 쫓겨 간 오천일이라는 악한인 듯해요.

安　　엉? 오천일?

茶　　　　네, 십인의회 탐정이야요.

安　　　　아하불사!

茶　　　　아— 우리는 악한의 그물에 걸렸습니다. (창으로 가까이 가서 바깥을 내다보고) 아— 큰일 났습니다.

安　　　　왜— 그러십니까?

茶　　　　어서 불을 꺼 주시오.

安　　　　(촛불을 끄며) 무어야요?

茶　　　　저편 툇마루에서 등불 하나가 이리 와요.

安　　　　아! 그러면! 아— 나는 소견 없는 짓을 하였다!, 다경 씨 당신을 죽이게 한 것은 내올시다. 나의 죄올시다.

茶　　　　천만의 말씀이올시다. 내가 당신이 되었더래도 역시 당신과 같았을 것이올시다, (문에 귀를 붙이고) 조용하시오, 저것! 발자국 소리가 들리지요. 얼마 안 되어 이 방에 들어올 것이올시다, 당신은 어디로 들어오셨습니까?

安　　　　저— 비밀문으로 들어왔는데 그놈이 나갈 때 닫고 나갔습니다.

茶　　　　아유 어쩌면 좋을까!

安　　　　저 문은?

茶　　　　태수 침실문이야요.

安　　　　서 문은?

茶　　　　기도실로 통한 문인데 나갈 데가 없어도 어떻든 그리 피해 주시오. (安을 들여보내고 기도실 문을 닫으며 가슴에 차고 있던 열쇠로 잠근다.) 무슨 일이 있든지 나오셔서는 안 됩니다. (하며 윗저고리를 벗고 침대로 올라가서) 아차, 열쇠를 끼워둔 채 그대로 두고 왔군. 아— 무슨 일이 또 생기려나?

　　말을 마치자, 문이 열리며 금자가 예사롭지 않은 안색으로 손에 램프를 들고 들어와 사방을 한 번 돌아본 뒤 테이블 곁으로 와서 방금 끈 촛불을 만져 보고,

錦　　　촛불에 아직 연기가 나는걸, (침대 편을 돌아보고 달려가서) 아유 이상해라, 어째 혼자뿐이야, (실내를 돌아보며) 저것이 영감 침실 문이고, 저것은 무슨 문이야?

茶　　　(놀라 번쩍 일어나며) 누구야?

錦　　　네― 누구랄 것 없이 나는 태수 영감의 첩 금자라고 합니다. 지금 부인이 좋은 일 하는 것을 발견을 하여서 매우 미안합니다.

茶　　　…….

錦　　　자세히 보아 두십시오. 나는 당신네 고귀한 부인들과 달라서 이리저리 돌아다니는 천한 여자 광대올시다. 그 여자 광대가 지금 고귀한 부인의 목덜미를 꽉 쥐었습니다. 죽이든 살리든 꼬집든 찢든 내 마음대로 하게 되었습니다. 네 부인, 나는 천한 여광대고, 당신은 귀족의 영부인이고. 참 기묘한 대조올시다. 하지마는 이런 때는 부인회니 자선회니 하고 겉모양 좋은 짓만 하는 훌륭한 분이 미미한 여광대 앞에서 얼굴도 변변히 들지 못합니다그려.

茶　　　아마 당신이 잘못 알고 왔나보오.

錦　　　네― 남의 염려는 그만두시오. 당신이 암만 숨기려 하여도 소용없습니다. 이 의자가 아직도 따뜻한걸. 대관절 어디다 숨겼어요?

茶　　　무슨 말인지 한 마디도 알 수 없는 것을.

錦　　　알 수 없어요? 그러면 다시 한 번 크게 말하리까? 우리들이 백주에 큰소리로 남자와 말하는 것을, 밤중에 남의 눈을 피해 가며 소곤소곤 귓속말 하는 것이 소위 당신네 귀부인들의 짓이지요. 밤이라고 부끄럽지 않는 당신네들의 양심은 매우 좋겠습니다. 어떻든 당신네들의 영감은 우리가 뺏고, 우리 정부들은 당신네들이 횡령을 하고 속히 말하자면 마치 전쟁과 같습니다그려. 하나 우리 같은 천한 계집들이 어떻게 당신들을 당하겠습니까? 마는 어디 하여 볼 때까지는 하여 봅시다그려. 네― 부인, 어디다 감추었어요?

茶　　　아유 참 별말이 다 많군. 내가 어떻게 안단 말이요, 갑자기 남 자는 방에 뛰어 들어와서 왜 그러시오? 나는 당신에게 아무 원망 받을 까닭도

없고, 또 당신이 그리한대야 당신에게 아무 이로운 것도 없지 않아요?

錦　네― 남의 염려는 작작 하십시오. 이롭게 되는지 안 이롭게 되는지, 나는 어떻든 당신만 몹쓸 지경에 몰아넣기만 하면 그만이야요. 자 어서, 어디다 숨겼어요?

茶　글쎄 당신이 잘못 알고 왔나보오.

錦　저 편에 문이 있을 적에는 아마 저 방이로군.

茶　거기는 기도실이요, 정말 거기는 아무도 없어요. 책상하고 성경밖에는 아무것도 없어요.

錦　그런 거짓말을 그만두고 바로 말하시오.

茶　아유 이를 어쩌나! 진정 거기는 아무도 없어요.

錦　하하하 왜 그리 깜짝깜짝 놀라시오? 없으면 없었지, (우연히 테이블 위에 벗어 놓은 외투를 보고 달려가서 들어 보며) 아― 부인, 자― 이렇게 증거까지 나왔는데도 모른다 하겠습니까?

茶　아― 이를 어쩌나.

錦　이것이 외투라는 것이 아니야요? 나 보기에는 남자 외투 같은데 부인 보기에는 어떠합니까? 네― 이 외투 임자는 무어라 합니까?

茶　당신 하는 말은 한 마디도 알 수 없습니다.

錦　그러면 저 문을 열어주시오.

茶　왜?

錦　나도 기도를 좀 하겠어요.

茶　열쇠가 없어요.

錦　아무리 하여도 안 열어 주실 것 같으면, 태수 영감께 청할 수밖에 없군. 영감, 영감!

하며, 태수 침실 문편으로 가려고 한다. 다경이 그를 막으며,

茶　여보시오, 정말 그 방에는 아무도 없습니다. 아마 당신이 그 못된 탐정놈에게 속아서 이러하시는 모양인가 보오마는, 지금 세상에 탐정

말을 곧이 듣는 사람이 어디 있습니까? 당신이 지금 큰 소리로 영감을
불렀으면 그 사실은 여하간 나는 꼭 죽는 몸이올시다. (우는 소리로) 나
는 아무 죄도 없습니다. 내 몸은 결백합니다. 당신은 죄 없는 나를 죽
게 하도록까지 잔인합니까? 아― 나도 우리 어머니가 살아 계셨으면
이런 꼴을 안 볼걸 …… 아― 제발 덕분에 그 방으로 가시지 마시오.

錦　　아니요, 여러 말 들을 것 없습니다. 영감! 영감!

茶　　제발 그것만은 참아 주시오. 그나마 나를 기어코 죽일 생각이면 일분
간만 참아 주시오, 이렇게 된 이상 여러 말 하지 않겠습니다. 다만 일분
간만, 저 십자가에 마지막 기도나 올리겠습니다, (제대 위에 걸린 십자가
를 가리키며) 자 당신도 내 곁에 와서 기도를 올려 주시오. 그리하여 하
나님 뜻에 내가 죽는 것이 합당하면 나는 도리어 기꺼이 죽겠습니다.

금자, 이때 십자가를 한참 건너다보다가, 달려가 십자가를 뺏으며,

錦　　아―, 이 십자가는 어디서 났어요? 어떻게 되어서 당신이 …… 대관
절 누가 당신을 줍디까?

茶　　네― 그것은 …… 아니 그런 소용없는 말 하여도 당신에게 아무 이익
도 없습니다.

錦　　글쎄 어떻게 되어 당신이 가지고 있느냐 말이야요?

금자는 십자가를 제대 위에 다 녹아가는 촛불에 가까이 대고 본다. 다경은 그 뒤에 서서,

茶　　그것은 어떤 여자에게서 얻은 것이요, 무엇이 새겨 있지요. 아마 錦
이란 글자인가 봅디다. 무슨 뜻으로 錦이란 자를 새겼는지 모르나,
어떻든 우리 집에 있던, 심부름하던 여자가 죽을 때 주고 간 것이요.
내가 끼친 조그마한 은혜를 잊지 않는다는 기념으로 내가 어릴 때 주
고 간 것이요. 그때 그 여자의 말이 가지고 있으면 좋을 때가 있으리
라고 하였으나 나는 그때가 오기 전에 당신 덕분으로 죽게 되었소.

錦　　　　(독백) 아— 이거다, 어머니!

이때 침실문이 열리며, 태수가 잠옷을 두른 대로 출현, 다경이 앞으로 나아가며,

茶　　　　영감, 나는!

鄭　　　　(채 금자는 보지 못하고) 무엇을 그리 지껄여?

茶　　　　네— 저—

鄭　　　　이때껏 자지도 않고 왜 그래?

錦　　　　(뛰어 나오며) 네— 나야요.

鄭　　　　어— 금자! 어떻게 자네가?

錦　　　　네 무슨 좋은 일이 있어서 이렇게 왔어요.

鄭　　　　좋은 일? 대체 어떻게 된 일이야?

錦　　　　말씀하리까? 하지만 너무 아까운걸, 무슨 상이나 주실 것 같으면.

茶　　　　(벌벌 떨며 독백) 아휴, 이를 어찌나?

錦　　　　속히 말하면 이렇게 된 일이야요, 영감께서 내일 아침 악한에게 암살을 당하시게 되었습니다.

鄭　　　　무엇 내가?

錦　　　　네, 내일 아침에 영감께서 우리 집에 건너오시는 길에 잠복하였다가 암살을 한다고 하여요, 그래서 나는 이렇게 밤중에 부인께 알리려고 왔어요, 그래서 부인께서 그 말씀을 들으시고 저렇게 떠셔요.

茶　　　　(독백) 아— 하나님! 대체 저 여자는 누구이옵니까?

鄭　　　　으—, 그러나 그런 일은 보통 예사라네. 내가 어저께, 자네에게도 말을 하였지만, 한데 누가 그런 말을 하던가?

錦　　　　누군지 이름은 몰라요. 돈이 쓸 데가 있는데 돈만 조금 취해주시면 좋은 말을 가르쳐 주겠다 하기에 그러면 그리하라고 약속을 하고, 물었지요, 한데 말만 하고 어디로 가버렸어요.

鄭　　　　하하— 아뿔싸, 약속은 약속이라도 그놈을 잡아 두어야 무슨 일이 되지. 한데 어떻게 하여 이 집을 들어왔나?

錦　　　그 사람이 가르쳐 주었어요, 제1호 문을 열고.

鄭　　　이 방에는 어떻게 하여?

錦　　　네— 영감이 주신 열쇠로 열고요.

鄭　　　하지마는 내가 이 방 열쇠라는 말은 아니 하였을 터인데.

錦　　　영감이 잊으셨습니다그려.

鄭　　　저 외투는?

錦　　　이것은 내가 급히 오느라고 내 동생 것을 모르고 입고 왔어요.

鄭　　　어떻든 그것 보게. 그놈들이 저 마음대로 우리집을 출입하네그려,
　　　　한데 금자!

錦　　　네— 그만둡시다. 나머지 말을 내일 또 하지요, 나는 무슨 상이나 얻
　　　　을까 하였더니 도리어 떠드니 지껄이니 하시기만 하고, 좀 부인과
　　　　나에게 고맙다고나 하시오.

鄭　　　아— 잘못되었네,

錦　　　그러면 문간까지 데려다 주시오, 부인은 주무시게 하고.

鄭　　　어— 가지, 내 칼을 가지고 올게 여기서 잠깐만 기다리게.

하며, 자기 침실로 들어간다. 금자는 다경의 앞으로 가까이 가며,

錦　　　부인, 그 사람을 곧 내어 보내 주시오. 내가 들어온 문으로 이 열쇠로
　　　　열고, 즉시 내어 보내 주시오.

鄭　　　(다시 나와서) 자— 가세.

錦　　　그러면 대문까지만 데려다 주십시오.

　　정태수와 금자 퇴장, 다경이 두 사람을 내어 보내고

茶　　　아— 이것이 꿈인가 생신가!

　　막.

제3막 : 편지의 행방

다 헐어져 가는 옥졸 집의 내부. 여기저기 어지러이 놓은 기구가 흩어져 있을 뿐. 실내의 뒷벽에는 문이 하나 있고, 그 좌편에 한 짝만 닫힌 창이 있으며, 우편 벽으로 난 문 옆에는 땅굴로 통한 구멍이 보인다.

탐정 오천일과 동료 구본실 등장.

具   이 구멍일세 (구멍을 가리키며) 저 밑에는 내川가 있어서 누구든지 처치할 때는 저 속으로 집어던지기만 하면 그만일세, 자네는 아직 이 집이 처음인가?

吳   응, 몰랐어, 내가 이곳으로 와서 어디 얼마 되나? 여하간 내 일하는 데는 적당한 데일세.

具   한데 이번은 자네 그런 실책이 어디 있나? 첫째 그 여자를 혼자 그곳에다가 내어버리고 오는 사람이 어디 있나?

吳   그것은 자네가 모르는 말일세. 칼날보다 더 무서운 것은 여자의 질투라네. 그런고로 복수하는 데는 그런 여자를 이용하는 것이 제일인데, 어떻게 되어서 그렇게 강짜 많은 여자가 그만 잠자코 돌아왔는지를 일 수가 없네.

具   내가 자네 같으면 직접 태수에게 면회를 하고 당신 처가 이러이러한 짓을 하였다고 할 것일세. 공연히 남을 이용하느니 무엇 하느니.

吳   자네야말로 큰일 날 소리 하네그려, 그만한 지혜는 나도 있다네. 하지마는 자네도 아는 바와 같이 소위 탐정이란 자가 태수와 직접 면회를 하였다는 것을 십인의회가 아는 날이면 우리는 그만 면직일세.

具   그러면 자네는 장차 복수를 어떻게 할 셈인가? 또는 그만둘 셈인가?

吳   그만두다니? 복수를 그만두게 되면 차라리 죽는 편이 낫지. 여보게 자네는 아직 여자에게 연애하여 본 적이 없으니까 모르겠네마는, 자기가 속을 태워 가며 연모하던 그 여자로부터 너는 탐정이다, 몹쓸

놈이다, 개 짐승 같은 놈이다 하며 거절과 멸시를 당할 때의 심사야 말로 어떠하였겠나? 그만 그렇게 되면 사랑이 넘쳐서 그 백배나 미워지는 것일세.

具   그러면 자네는 장차 어떻게 할 셈인가?

뭇   다시 쓸 수단은 이 오천일의 가슴에 있는 것이니까 자네는 그 진행이나 천천히 구경하고 있게. (창밖을 내다보고 있다가) 자— 그러면 지금부터 자네 손을 좀 빌려 주게. 저기 분홍 저고리 입고 오는 여자가 있지 않은가?

具   응, 그것을 어떻게 해?

뭇   자네는 모르는 체하고, 저 여자의 뒤로 돌아가서 그 뒤로 따라오다가 이 문 앞을 지날 적에 갑자기 여자를 이 문 속으로 밀어 들여 뜨리게. 그러기만 하면 그 뒤는 내가 생각이 있으니까.

具   응, 그 쉬운 일일세.

하며 구본실 퇴장.

뭇   (독백) 정말 이 집은 안성맞춤으로 되었군. 여기서야 교황을 죽인대도 감쪽같겠군.

　문 밖에 사람 소리가 나더니 구본실이가 다경의 시녀 화섬을 끌고 들어온다. 화섬은 벌벌 떨며,

花   아유 나는 아무 죄도 없습니다. 도로 놓아 주시오.

뭇   (화섬을 흘겨보며) 잔말 마라, 네가 화섬이라 하는 년이지, 안종수와 다경 부인의 밀회를 주선하는 자가 너로구나, 한 시간쯤 전에 너는 성 밑에서 안종수와 만났지, 그래서 다경 부인에게 보내는 편지를 받았지?

花   네— 도로 보내주시오.

뭇   그 편지를 이리 내어 놓아. (억지로 편지를 뺏어서 개봉한다.)

花   아유 서방님 제발 뜯지는 마시오.

뭇   서방님? 우리는 서방님되는 사람이 아니라 탐정이다. 그 따위 겉 인
     사는 그만두어. (편지를 읽으며) 이만 하면 되겠는데 하나 결점은 보내
     는 사람의 이름을 쓰지 않았군, 그 대신 어떻게 태수에게 이름을 알
     게 할 궁리를 하여야겠군.

이때 옆문이 열리며 골격이 장대하고 미련하게 생긴 남자 하나가 들어오는 것을 보고,

뭇   저것은 누구야?
具   저자가 아까 말한 옥졸 툼보라는 놈일세, 또 둑보라고 하는 놈이 있
     지, 아마 곧 올걸.

툼보라는 자가 오천일의 앞으로 가까이 오며, 멀거머니 얼굴을 들여다본다.

具   자네를 처음 보니까 수상해서 저러네, 가르쳐 주게나.

오천일이 저고리 안자락을 들어 보인다. 툼보 그때야 손을 들어 예를 한 번 하고 방 모
퉁이로 물러선다.

뭇   본실이 여보게, 이 계집은 자네가 어디로 데리고 가서 처치를 하여
     주게.

구본실은 잠잠히 화섬을 데리고 문 밖으로 나간다. 툼보는 한편에서 담배만 피고 앉
아서 이를 잡고 있다.

뭇   (독백) 이만하면 거의 내 일은 다 된 모양인데. 하나 이 편지를 어떻게
     하여서 태수에게 보내야 할까, 안종수라는 이름까지 알리게 하여야
     할 터인데 …… 아— 좋은 묘책이 안 나오는군.

하며, 책상에 기대어 머리를 짚고 생각한다. 이때 한 짝만 열린 창밖으로 안종수의 얼굴이 나타나며, 방안을 한참 엿보다 도로 없어진다.

뭇   이름을 알리게 하여야 할 터인데, (일어서며) 좋은 방법이 없나? (하며, 문을 열고 나간다. 그러자 문밖에서 갑자기 소리가 들린다.)

제1성   이눔! 받아라.

제2성   당신이 누구야?

제1성   잔말 말고 정신을 차려.

제2성   안종수 씨가 아니요?

제1성   오― 그렇다. 너 같은 놈은 나의 분한 한 칼로 두 쪽으로 낼 터이다. 자― 받아라.

칼이 서로 부딪치는 소리가 들린다. 실내에 있던 툼보는 조금 고개를 들며,

툼   죽이는 놈이 있으니까 죽는 놈도 있는 것이다. (하며, 태연히 이를 잡고 있다.)

제2성   아차!

제1성   휴― 이놈, 너같은 놈은 이렇게 죽여야 하나님께서도 기뻐하실 것이다.

제2성   아!

잠잠하여지며, 도망가는 한 사람의 발자취 소리가 들린다. 툼보 태연히 이를 잡으며,

툼   마침내 한 놈이 뒤어진 모양이로군.

이때 문을 몹시 치는 소리가 들린다,

툼   누구야?

둑   (문밖에서) 나야, 문 열게.

툼   어― 둑보인가?

하며 문을 연다. 둑보, 오천일을 어깨에 둘러매고 들어온다. 툼보가 한참 오천일을 드려다 보다가,

툼   아―니, 한 번 본 사람 같은데.
둑   죽인 사람은 어느 귀족 같은 사람인데 내가 오자 그만 도망을 하였네.
툼   아주 죽은 셈인가?
둑   응 아주 죽었어.
뭇   (눈을 떠 보며) 아― 여기는 어딘가? 툼보에 둑보. 아이고 숨가빠. 내
          주머니에서 지갑을 꺼내어라. 너희들 줄 터이니.

     툼보 주머니를 뒤진다. 둑보가 보고,

둑   그렇게 할 것 없네. 아까 벌써 내가 잡아 두었네.
뭇   무엇? 네가 벌써 가졌니? 아― 괜찮아, 너희들은 매우 영리한 놈들이
          다. 그러면 내 윗주머니에 든 편지를 꺼내어라. 그래서 그 편지를 태
          수에게 전하여 다오, 똑똑히 알아 들었니? 아― 원통하다, 무슨 글씨
          쓸 것을 가셔오너라.
툼   그런 쓸데없는 물건은 우리집에 없소.
뭇   쓸 것이 없다? 아―(쓰러지며 고민하다가, 다시 일어나며) 자― 그러면 내
          가 말을 할 터이니 잘 들어라. 너희들이 태수께 편지를 가져가면 그
          상으로 50원씩 돈을 주실 것이다. 그러면 너희들은 태수께 이 편지
          는 부인의 간부姦夫가 한 것인데 성명은 안종수라고 말을 하여야 한
          다. 알았니? 복수가 남은 채 나는 죽는다. 안종수, 안종수 잊어서는
          안 된다. 자― 한번 내가 한 대로 말을 하여 보아라.
둑   50원 상금을 준다고 하지 않았소?
뭇   에라 이놈. 자― 내 머리를 받들어 다오. 한 번 다시 말을 하겠으니,

잘 들어. 50원이란 돈은 내가 하는 말을 잘 전해야 주는 것이야. 편지를 가지고 가서 태수께 말하기를 태수 부인의 간부姦夫 되는 안종수가 이 편지를 한 것이라고, 안종수, 안종수. (머리가 다시 떨어진다.)

둑　　지금이야 죽었다. 자─ 그러면 자네가 속히 갔다오게. 50원이면 술이 몇 주발인지 아나? 자─ 편지를 잃어버리면 안 돼, 태수에게 가서, 부인이 간부가 있는데 이름은, 아차 무어라고 하던가?

툼　　안주 술이라고 했지.

둑　　아닐세, 옳지 앉은뱅일세.

　　막.

제4막 : 시체의 행방

태수 부인 다경의 침실, 모든 설비는 제2막과 같다.
정태수와 금자 양인이 마주 앉아 담화 중.

錦　　헌데 부인께서는 여기 계셔요?

鄭　　지금 기도실에 있는 모양일세.

錦　　무슨 일로 날 부르셨나요?

鄭　　음, 자네에게 잠깐 할 말이 있어서 청하였는데, 다른 것이 아니라, 나는 매일 남에게 피살을 당하지 않으면 남을 죽여야만 하는 현재의 형편일세그려. 그런데 오늘은 그 남을 죽이게 된 모양일세. 라고 하는 것은 내 처가 간통을 하였네.

錦　　네─ 간부姦夫는 누군데요.

鄭　　그놈이 엊저녁 자네와 나와 이 방에 있을 적에 어디 숨어있었던 모

양이야. 어떻게 되어 그것을 알았는고 하니 오늘 아침에 십인의회 탐정이 암살을 당하였는데, 죽으면서 편지 하나를 나에게 보내었는데 그 편지인즉 간부가 다경이에게 한 편지라. 다만 편지에 이름이 적히지가 않고 또 탐정의 말을 전하는 사람이 무식한 놈들이 되어서 안주 술이니 앉은뱅이니 하며 모르는 소리만 지껄여서 누가 간부인지 아직 알 수가 없어, 그래서 오늘 시내에 경계선을 펴고 남자라는 남자는 일일이 조사를 하게 되었네.

錦　　네─ 그렇습니까? 나는 도로로 순사가 쫙 늘어서서 행인을 일일이 조사를 하니까, 웬일일까 하였습니다. 그런데 편지는 어떻게 하셨습니까?

鄭　　그래서 혹 자네는 교제도 넓고 하니까 필적을 보면 무슨 새로운 말을 들을까 하고 그래서.

하며, 편지를 꺼내어 금자에게 보인다, 금자 한참 보다가,

錦　　아─ 이것은 저 ……．

鄭　　응, 자네가 알겠나?

錦　　자─ 어디 읽어 봅시다.
　　　사랑하는 부인이여, 어젯밤과 같은 위급한 경우에 그대의 남편과 그 여자의 눈을 벗어나게 된 것은 이 온전히 하느님의 크신 사랑으로 보호하여 주심이외다. 그러나 여하한 위험과 어려움이 우리를 막을지라도 그대에게 대한 나의 사랑은 영원히 변함이 없을 것이올시다. 아─ 부인이여, 부인은 나의 유일의 생명이요, 미래의 나의 처이올시다, 바라건대 나는 오늘 아침까지 아무 별고가 없으니 부인은 안심하소서.

鄭　　어떻게 필적을 알듯 한가?

錦　　모르겠어요. (하며 편지를 도로 준다.)

鄭　　모르겠나? 그런데 오늘 시내를 통틀어 볼 작정인데 우리 집에는 특

별히 자네와 자네 동생만 들어오게 하고 그 외는 남자라는 남자는
다 심문을 하게 되었네. 한데 그 전에 간부를 처치할 셈일세.

錦   처치를 하다니요?

鄭   사형을 집행할 터일세. 즉 말하자면 더럽힌 침대로 그들의 분묘를
만드는 셈일세. 나는 아주 결심을 하였네. 어떠한 일이 있든지 누가
말을 하든지 도무지 관계하지 않고 죽이기로 아주 결심하였네. 내가
본시 그 계집과 혼인한 것은 무슨 저를 사랑해서 한 것이 아니라, 다
만 귀족이라는 명색이 있으니까, 후일에 무슨 편리나 있을까 한 것
일세. 어떻든 나는 죽이기로 결심하였네.

錦   영감께서 결심하신 것이니까 무어라고 여러 말 할 것은 못 됩니다마
는, 한데 어떻게 죽이실 셈인가요?

鄭   물론 목을 베어 죽여야지. 준비도 다 되었는걸.

錦   아유 목을 어떻게 베어 죽여요. 도리어 그런 법을 쓰면 비밀로 하려
던 것이 누설이 되기가 쉽지요.

鄭   그러면 어떻게 하나?

錦   어떻게 하느냐고? 영감, 나는 자세히 모릅니다마는 참살斬殺하는 것
보다 독으로 하는 것이 좋지 않아요?

鄭   하지만 그렇게 즉효가 있는 독약을 어떻게 구할 수가 있어야지.

錦   나에게 있어요.

鄭   무어라는 독약이야?

錦   마라수패나라는 독약. 저— 언제 한번 말씀하였지요, 샌말크에 계신
장로에게서 얻었다고.

鄭   응, 언제 한 번 들은 듯하군. 그 약일 것 같으면 든든하이. 참 독약으
로 하면 두 사람만 알고도 되니까, 자네 좋은 꾀를 가르쳐 주었네. 어
떻든 금자, 내가 저 간부姦婦에게 대하여 행하는 처치를 조금도 무리
하지 않은 줄로 생각할 터이지? 자— 그러면 그 약을 가져오게 사람
을 보내지.

錦   아니요, 내가 가서 가져오지요.

鄭　　　　그렇게 해 주면 더욱 좋지.

금자 퇴장.

鄭　　　　(독백) 음, 죄라는 것은 어두운 것이니까, 형벌도 어두운 것이 좋아!

다경이 기도실 문으로부터 등장.

鄭　　　　다 준비는 되었니?
茶　　　　무슨 준비야요?
鄭　　　　죽을 준비 말이야.
茶　　　　죽을 준비? 나는 죽기 싫어요.
鄭　　　　또 잔말을 하고 있고나.
茶　　　　아니요, 나는 진정 죽기는 싫어요.
鄭　　　　그야 죽기가 싫으면 살려주어도 관계치 않으나, 그 대신, 나의 조건
　　　　　을 들어 주어야지.
茶　　　　조건이라고? 무슨 조건인지 잊어버렸습니다.
鄭　　　　별 조건이 아니라, 이 편지를 쓴 사람이 누구인지, 그것만 말을 하면
　　　　　그만이야.
茶　　　　아― 그것은…….
鄭　　　　그것을 고백하지 않으면 네 목숨이 없어질 뿐이지. 그렇지 않으면
　　　　　그놈은 단두대로 갈 것이다. 자― 어서 어느 편이든지 결심을 해라.
茶　　　　하지만, 당신도 너무 심합니다.
鄭　　　　무엇?
茶　　　　너무 심하단 말이요.
鄭　　　　자― 그러면 한 번 더 생각해서 한 시간 여유를 줄터이니, 실컷 생각
　　　　　해 보아서 이 편지 끝에 그놈의 이름을 써 두어라. 간부姦夫를 주든
　　　　　지, 네 목숨을 주든지, 한 시간이다.

茶　　　하루 동안만 주세요.

鄭　　　아니야, 한 시간이다.

하며 퇴장.

茶　　　(독백) 아ー 이 창으로나 (창 밑으로 가서) 저 높은 데로 나갈 수가. 이 문으로나 (문 앞으로 가서) 열쇠가 있어야지. 아휴ー 암만하여도 (하며 의자 위에 펄썩 주저앉으며) 도망할 수도 없습니다. 아ー 하느님! 자기의 생명이 한 시간밖에 남아 있지 않다는 것을 자기가 스스로 말하지 않을 수 없는 기구한 운명이 어디 또 있사오리까? 아ー 어쩌면 좋은 가! 어디 침대에 눕기나 하면 마음이나 좀 진정이 될까?

하며, 침대 앞으로 가서 휘장을 들쳐보고 깜짝 놀라 뒤로 물러선다. 침대 위에는 침구 대신에 검은 담요를 펴고, 그 위에 단두대와 굽은 칼이 놓였다.

　오ー 하며 떠는 손으로 휘장을 놓으며,

茶　　　아ー 하느님, 이 방에는 저것과 같은 몹쓸 무서운 물건과, 나하고가 있을 뿐입니다그려. (하며, 지축지축 뒤로 물러가 의자에 앉으면서) 아ー 하 느님ー.

이때 문이 열리며, 안종수가 나타난다. 다경이 깜짝 놀라며,

茶　　　오ー 어떻게 여기?

安　　　(뛰어오며) 다경 씨! 당신 혼자 있었소?. 마침 잘 되었소, 그런데 안색 이 어째 그리 상하셨습니까?

茶　　　아니요, 그보담 당신이 대낮에 어떻게 여기를 들어오셨어요? 여기가 어딘 줄 아십니까?

安　　　조금 경박한 짓인지는 모르겠으나, 그러나 마음이 놓이지가 않아서.

茶　　　왜요?

安　　　어떻든 당신이 이렇게 무사히 있는 것을 보고, 나는 겨우 안심이 됩
니다. 지금 시내에서는 골골마다 순사가 경계를 하고, 금방이라도
큰 소동이 날 것 같습니다. 정말 당신은 아무 일도 없었습니까?

茶　　　네ㅡ

安　　　그러나 어젯밤에는 매우 놀라셨지요. 어떻든 탐정놈도, 그만 처치해
버렸으니까, 다경 씨도 지금은 안심하시오.

茶　　　그러면, 그 탐정을……

安　　　그만 죽여 버렸습니다. 다경 씨, 당신에게 무슨 일이 생긴 것이 아닙
니까? 무슨 변이 생겼으면, 조금도 감추지 말고 말을 하여 주시오. 우
리 두 사람의 관계로, 무슨 의심을 받은 것 같으면, 우리는 결백한 사
이니까, 한마디로 변명할 수가 있습니다. 또는 이것으로 하여금 생명
에 관계가 있다 하면, 당신보담 먼저 내가 죽지요, 내가 죽고 싶습니다.

茶　　　아니야요, 아무렇지도 않아요. 당신이, 이렇게 계실 적에, 혹 누가
오지나 않을까 하고 그것이 조금 걱정될 뿐이야요.

安　　　하지만, 내가 이 방에 들어오자 보니까, 당신 얼굴은, 그때부터 좋지
못하던데요.

安　　　그럴 리가 있나요? 어떻든 당신은, 나를 만났으니까, 마음이 놓이셨
을 터이요. 또 시중은 소란하지만, 이 집안은 무사한 줄 아셨으니까.
한시라도 속히 돌아가시지요. 태수가 혹 보더라도. 자 그러면, 내가
외투를 입혀 드리지요, 모자도 쓰십시오. 그리고, 이후에 혹 누가 무
슨 글을 써 달라 하더라도, 무슨 핑계를 대든지, 결코 쓰시지 마세요.

安　　　왜요?

茶　　　공연히 당신 필적을 남에게 보이기가 싫어요. 저ㅡ 여자라는 것은,
마음이 작아서, 조그마한 것도, 다 걱정을 한답니다. 아ㅡ 나는 또 뵈
옵지 못할 줄만 알았더니, 자ㅡ 그러면 돌아가시지요.

하며, 일어서는 안의 무릎으로 달려든다.

安　　　　또 무슨 할 말이 있습니까?

茶　　　　네, 종수 씨, 지금까지 당신과 나는, 오직 남매같이 생각하여 왔고, 결코 부절제한, 파렴치한 일은 없었지요. 네 종수 씨, 그렇지 않습니까?

安　　　　그야 물론 그렇지요.

茶　　　　하지마는 오늘 당신께 하나 원할 것이 있습니다. 종수 씨, 아무쪼록 당신 입으로, '다경이 너는 나의 아내다, 나의 미래의 아내다' 하고, 한마디만 들려주십시오.

安　　　　(다경을 두 손으로 껴안으며) 아ー, 그 말은 진정입니까? 다경 씨! 당신은 나의 아내올시다. 유일의 아내올시다.

茶　　　　네, 종수 씨, 나는 당신의 …….

安　　　　아ー, 오늘이라는 오늘은, 얼마나 행복한 날인가!

茶　　　　당신은 행복이라고 생각합니까?

安　　　　물론이지요, 나의 일생에 이보담 더 큰 행복은 없지요.

茶　　　　그러면 돌아가십시오. 종수 씨, 부디 안녕히 …….

安　　　　네, 당신도 안녕히.

하며 나간다.

茶　　　　종수 씨.

종수, 문에서 발을 멈춘다.

茶　　　　나는 당신의 미래, 영원의 아내올시다.

종수는 가 버렸다. 다경은 그 뒷모양을 바라보면서 울며 넘어진다. 이때 태수 침실 쪽 문이 열리며, 정 백작과 금자가 등장.

鄭　　　　생각하였어?

茶　　네―.

鄭　　그래, 목숨을 줄 터인가, 간부姦夫를 줄 터인가, 어느 편이야. 아마 간부지?

茶　　아무 것도 생각하지 않았어요.

錦　　(방백) 참, 훌륭한 분이로군.

鄭 백작, 금자에게 눈짓을 하니, 금자가 은보시기 하나를 내어준다.

鄭　　그러면, 이것을 먹어.

茶　　그것이 무어야요?

鄭　　물론 독약이지.

茶　　여보세요, 당신은, 이런 무서운 독약을 가지고도, 아무 겁도 아니 납니까? 대관절 무슨 까닭으로, 나를 죽이시려 합니까? 나에게 무슨 죄가 있습니까? 나는 결코, 당신이 자기 마음대로 입히려고 하는, 그런 죄를 범한 일은 없어요. 나는 지금 새삼스럽게, 거짓과 잔인의 뭉치라 하여도 과언이 아닌 당신에게, 자기를 변해하려고 하지는 않습니다. 재산과 권력이 있을 때에는, 그것에 욕심을 두어, 나를 무리하게 데려왔다가, 재산만 당신 수중에 들어간 뒤에는, 그만 나는 한 방해물에 지나지 못하게 되었지요. 그뿐만 아니라 의심 많은 당신은, 나를 이런 감옥 같은 데 몰아넣어 두고, 자기는 수십 명이나 되는 첩을 두지 않았습니까? 남자니까 그런 부절제한, 방탕한 짓을 하여도 관계없다 하겠으나, 그것이 아내에 대한 온전한 길인 줄 아십니까? 아― 진정 말이지, 이 세상에 있는 여자 중에, 나같이 가련한 여자가 또 있을까? 네― 나에게 허혼許婚한 곳이 있었습니다. 서로 사랑하였습니다. 허혼한 남자와 서로 사랑하는 것이 결코 문제 될 것이 없지요. 네― 지금도 서로 사랑하지요, 다만 그뿐이올시다. 당신이 나와 결혼할 때도, 그런 줄은 알고도, 비루한 수단으로 나를 뺏어 온 것이 아닙니까? 쉽게 말하자면 나는 당신의 포로이지요. 그러나, 나의 마음은 어디까지든지 자유올시다. 다만 그 이유만으로, 나를 죽인다 하

는 당신의 권리가, 이 세상에 용납된다 하면, 그야말로 참 훌륭한 권리올시다. 한 조각 편지로 증거를 삼고, 억지로 구실을 붙여, 그것도 밝은 것을 꺼려, 암암리에 비밀히 독살코자 하는 당신의 심사가 너무 비겁하지 않습니까? (금자에게 향하여) 당신은 어떻게 생각합니까?

鄭　무슨 여러 말이야?

茶　(금자를 보며) 당신은, 나의 남편 되는 사람의 첩이니까, 내가 죽은 뒤에는, 매우 재미있는 일이 많이 있겠습니다마는, 그러나 당신은, 무서운 여자올시다. 독살을 권고한 사람은 당신이지요? 아− 우리 세 사람은, 참 잔인하고 무정한 사회에 생겼습니다. 당신 같은 계집을 조롱하는 남자는, 무슨 큰 사업에 성공이나 한 것같이, 뭇사람이 칭찬을 하고, 도리어 여자는, 한 장난감과 같이 여기는 위에, 조금이라도 과실이 있으면, 침소봉대針小棒大로 남자의 독한 채찍에 피를 뽑습니다그려. 여자에게는 절조가 필요하여도, 남자에게는 절조도 없고 도덕도 없는 이 사회이구려. 지금 이 방에는, 부패한 이 사회의 전체가 나타나 있습니다. 압제의 사회는 저것입니다. 매음賣淫의 사회는 당신이지요. 대체 당신은, 무슨 일이 있어 여기 오셨소?

鄭　잔말 마라.

茶　(독병 보시기 놓은 탁자 앞으로 가며) 네− 죽지요. 당신네들의 소원대로 하지요, (하며, 보시기를 잡아 들며) 죽은 뒤에 힘껏 우셔나 주세요, (독병을 놓고 뒤로 물러서며) 아− 무서워, 나는 진정 마시기가 싫어, 조금만 더 생각해 주세요, 후회하지 않도록, 조금만 더 생각해 보세요. 계집의 몸으로, 힘도 없고, 막을 수단도 없는, 친척도 없고 동무도 없는 약한 계집을, 자기네 집구석에서 독살하는 것은, 너무 심하지 않아요? 아− 어머님! 나는 지금 …… 어머님!

錦　아유, 가엾어라.

茶　가엾다고? 그래도 당신은 얼마큼, 사람의 마음이 있는 것이구려. 그러나 당신은 같은 무리지요. 만약 내가 불쌍하다고 생각할 것 같으면, 한마디 말이나, 내 대신 알려 주세요, 내가 말하는 것보담, 당신

이 하는 말이 더 효험이 있을 터이니. 나는 아무 죄도 없습니다, 나의 몸은 결백합니다, 하고. 나에게 독약을 권하지 마세요. 나는 슬픈 운명에 괴롭게 흔들리는 약한 여자올시다. 나는 죽기가 무서워 웁니다. 그러나 내 죄는 아니올시다.

鄭　더 잔말할 시간이 없다.

茶　왜요, 왜 말을 하지 말아요? 당신같이 독악한 사람은 없겠어요.

鄭　이 어리석은 계집아, 죄를 범하였으면 벌이 있는 것이요, 구덩이를 팠으면 관을 묻어야 하는 것이다. 남편의 얼굴에 진흙을 바른 자는, 그 대신 자기의 목숨으로 갚는 것이 정한 이치이다. 여러 말 할 것이 없이. 하느님께서 맹세코 용서하지 않을 터이다. 자─ 이것을 먹어.

茶　나는 싫어요.

鄭　싫다? 응, 자─ 그러면, 처음 생각한 것같이 칼이다, 누가 내 칼을 가져오너라, 아니 내가 가져오지.

문을 차며, 바깥으로 나간다.

錦　부인께 해가 되는 일은 말하지 않을 터이니, 내가 하라는 대로 들어 주세요, 네 부인? 그분이 당신을 진정으로 사랑하신다 하면, 내 몸보다, 낭신을 먼저 생각지 않을 수 없는 것이올시다. 더 자세한 내용을 말씀해 드렸으면 좋겠으나, 지금은 비밀히 할 수밖에 없어요. 어떻든, 영감께서 시키는 대로 하십시오. 칼이면, 그야말로 그만이올시다. 네 그리하여 주세요. 이렇게 말하는 나의 가슴은, 부인보다 지지 않게 터질 듯합니다.

茶　여보세요?

錦　글쎄, 아무 말씀 마시고, 내가 하라는 대로만 하셔요. 내가 만약, 영감께 신용을 잃게 되면, 부인도 그만이올시다, 네 부인, 이 방안에는, 정말 죽을 사람이 하나 있습니다. 그러나 그 사람은 당신이 아니야요. 네, 아시겠습니까?

茶　　　…….

錦　　　자— 그리 하십시오, 영감이 지금 오십니다.

문이 열리려 할 때, 다름질쳐 마주 나가며,

錦　　　영감 혼자만 들어오십시오.

문이 열리며 鄭 백작이 들어온다. 문 열리는 틈으로 칼을 들고 서 있는 순사가 몇 명 언뜻 보인다.

錦　　　마시겠다 합니다.

鄭　　　그러면 어서 먹어.

茶　　　(약병을 들고 금자를 향하여) 당신이 내 자리를 차지할 욕심으로, 나에게 약을 먹이지마는, 당신 뒷날이 무서우리다. 내가 겨우 스물셋에 죽는 것은 원통하지마는, 그런 일을 하면서도 살고자 하는 당신보담은 낫지요. (하며 독약을 마신다.)

鄭　　　(문을 조금 열고) 다가가라.

茶　　　먹으니까 피가 얼어 굳는 것 같소. 이만하면 만족하겠습니까? 아— 지금은 아무 것도 무섭지 않아요. 그러나 다만 한 마디, 악마 같은 당신네에게, 할 말이 있어요. 나는 한 남자를 사랑하여 왔어요, 그러나 나는 결백한 몸이요.

鄭　　　그따위 말을 곧이 듣는 놈도 있을까?

茶　　　믿지 않으면 믿지 않을 뿐이어요. 그러나 죽을 때까지는 말을 하겠어요. 당신은 참 악한이오. (지척지척 걸어 기도실 앞으로 가며) 나는 저 제단 밑에서 고요히 죽을 터예요. 참혹무도한 당신들의 눈앞에서 죽기는 싫어요. (기도실 문을 열고 뒤로 돌아보며) 그러나 마지막, 불쌍한 당신을 위하여 행복을 빌지요.

鄭　　　박진선!

朴 시종 등장.

鄭   내 가방에서 비밀실 열쇠를 내어놓게, 그래서 그 열쇠로 비밀실을
         열면 남자 둘이 있을 터이니, 아무 말 말고 그놈들을 데리고 오게.

   시종 퇴장.

鄭   (금자를 향하며) 그러면 지금부터 간부姦夫의 조사를 하여야 할 터이니
         까, 뒷일은 자네에게 맡기네, 당직에게 자세히 명령하여 둘 터이니.

   비밀실 당직 2명, 시종을 따라 등장, 시종은 즉시 퇴장.

鄭   (당직에게 향하여) 너희들은, 이 집에서 처형이 있을 때 여러 번 사용하
         는 자들이지. 그 비밀 묘지에 가려면, 집안 사람이 모르게 비밀히 갈
         수 있는 길이 있니, 또 비밀히 나오는 길이 있니?
당직   있습지요, 네.
鄭   그러면 되었다. (기도실 문을 반쯤 열고) 저기 죽은 여인을 비밀 묘지 제
         1호 구덩이에 파묻고 돌로 짓누른 후, 남 몰래 나와야겠다.
당직   네ㅡ.
鄭   자세히 알아들었니? 그러면 뒷일은, (금자를 향하여) 자네에게 맡기네.
         (하며 鄭 백작 퇴장.)
錦   (두 사람에게 돈을 주며) 저ㅡ 이 속에 돈이 100원이 있으니 둘이서 나눠
         가지게. 그리고 내 말대로 하면, 내일 아침에, 이 두 배나 상급을 주지.
番直   (돈을 받으며) 네, 무슨 일이든지 합지요, 먼저, 어디로 가라십니까?
錦   비밀 묘지로 어떻든 가세.

   막.

제5막 : 여배우 금자 침실

　여배우 금자의 침실, 방 뒷벽으로 쑥 들어간 골방같이 된 곳에 침대가 보이고, 방 양편으로는 문이 있다. 기타 탁자, 의자 등이 있고, 한편 구석에는 출연할 때 쓰는, 가면・부채・의복 등이 함부로 놓여 있다.

　흰옷을 두르고 침대에 죽은 듯이 누운 다경의 가슴에는, 구리 십자가가 걸렸다.

錦　　　(침대의 커튼을 내리며 수위에게 향하여) 길에서, 누가 보지나 아니 하였나?

수위　　네ㅡ, 코를 베어 가도 모르도록 캄캄한 이 밤에, 더구나 자정이 지난 지금, 누가 있습니까? 관을 처넣고, 돌을 덮은 뒤에 왔으니까, 아무 걱정 없습니다.

錦　　　너무나 잘 되었네. 그리고 말해 놓은 남자 의복은 어떻게 하였나?

番直　　저 탁자 밑에 놓았지요.

錦　　　또 말 두 마리는?

番直　　마당에 매어 두었습니다, 안장도 다 해 놓았지요.

錦　　　참 수고하였네. 한데, 여기서 말을 타고 국경을 넘어서려면 몇 시간이나 걸리나?

番直　　글쎄올시다, 한 세 시간이나 걸릴까요?

錦　　　아ㅡ 세 시간! 그러면 오늘은 그만들 돌아가게, 그리고 상급은 약속한 것과 같이 내일 줄게.

　수위는 경례한 후 퇴장.

錦　　　얼마 안 되어 깰 터인데. 진정 말이지, 자기를 사랑하여 주는 사람이 있고 보면, 죽기도 싫을 터이야. 아ㅡ 그러나 사흘 동안이나 잠을 못 잤더니 고단해 죽겠군. 그저께는 야회夜會로, 어제는 그 소동으로, 오늘은 또 이런 일로, 아ㅡ 오늘밤은 어디 마음 놓고 편히 자 볼까. 하지마는 나 같은 사람도 또 살 재미가 아주 없지는 않아. 무대에 나

가면, 여러 손님들이 사랑해 주시고, 화환이니 찬사니 하고. …… 아
— 안종수! 나는 그 사람이 진정으로 나를 사랑하여 주는 줄만 알고
재미있게 지내왔지만 지금은, 이후에는, …… 오오, 그 사람의 사랑
을 잃게 되어, 혹 내가 죽는다 할지라도, 그 사람과 관계있는 두 남녀
간에, 항상 내 그림자가 따라다니게끔 죽으리라 하였더니, 정말이지
죽는 것은 섧지 않지마는, 내 생각을 잊어버리게 하기는 분해. 어떻
게 그 사람이 평생 잊혀지지 않게 죽는 방책이 없을까?, 그렇지만,
지금은 다 틀렸지. 하나님께서 이렇게 만들어 주신 거니까.

하며 침대 쪽으로 가서 커튼을 걷고, 다경의 시체를 물끄러미 보다가, 십자가를 쥐어 들며,

錦   오오, 어머님! 어머님이 말씀하시던 것같이, 이 십자가는 이 세상에
       있는, 한 사람의 손에 보호를 받아 왔습니다마는, 당신의 딸은 누구
       의 손에 맡기셨습니까, 맡기시려 하십니까?

하며, 십자가를 탁자에 놓는다, 그때 안종수가 문을 가만히 열고 들어온다.

錦   아— 종수 씨입니까, 마침 잘 오셨습니다. 당신께 여러 가지 할 말이
       있있어요.
安   네, 나도 좀 할 말이 있어서 왔어요.
錦   무슨 말이야요?
安   당신 혼자요?
錦   네, 나 혼자.
安   자— 그러면, 이 문을 잠그지? (하며, 양편 문을 잠근다.)
錦   무슨 말씀이야요?
安   당신은 오늘 어디 있다가 왔소? 무슨 일을 하였소? 그 가는 손으로
       무엇을 하였는지, 그 조그마한 입으로 무슨 말을 하였는지, 오늘은
       종일 어디 있었었는지, 남기지 말고, 다 말해 보시오. 아니, 말하지

않더라도, 나는 다 춘월이에게서 듣고 알고 왔다. 이년! 태수가 칼로
죽이려 하는 것을 어떤 년이 독약으로 죽이라고 하였니? 네가 독약
이 있다고 하였지, 독약을 가져왔지? 그리고, 이년, 네가 먹였지? 음,
너에게 독약이 있으면, 나에게는 단도短刀가 있다.

하며, 품에서부터 단도를 꺼낸다.

錦   아, 종수 씨.

安   자— 10분간만 허락할 터이니, 죽을 준비를 하여라, 여보, 이 태수 영
      감의 작은마누라님 어때?

錦   나를 죽이세요? 당신은 아주 결정하셨습니까? 무엇이 어떻게 된 셈
      인지도 자세히 모르시고, 죽인다 살린다 하십니까? 대관절 당신이
      나를, 조금도 생각하여 주시지 않으시니까 그래요, 그렇지 않아요?

安   누가, 너 같은 계집을 사랑하는 놈이 있느냐, 더럽다.

錦   아—, 지금 그 말 한 마디에, 나는 죽은 것과 같습니다, 그 단도는 시
      체를 찍을 뿐이요.

安   또 한 번 들려 주지. 너같은 더러운 계집은, 나는 독사보담도 싫다.
      더구나 너를 사랑하느니 생각하느니 하는 놈이 어디 있니? 다만 불
      쌍한 것이다 하기는 하였으나.

錦   너무 심하십니다. 여보시오, 그러면 당신은, 늘 그와 같은 생각을 하
      고 계셨습니다그려.

安   물론이지. 다경 씨는 나와 허혼許婚한 사이다. 어릴 때부터 친한 벗
      이었다. 오누이였다. 아니 나의 생명이다. 영원의 부부이다. 아—,
      다경 씨가 죽은 오늘, 나도 살기를 구하지 않는다. 그나마, 시체라도
      어디 두었느냐?

錦   그러면, 나는 좋은 일을 한 가지 하였습니다.

安   무엇, 좋은 일?

錦   좋은 일이지요. 무슨 일인지 아십니까?

安 　무슨 일인지 아느냐? 흥, 모르는 줄 아나. 춘월이가 울면서, 자기 아

씨의 독살 당한 일을, 나에게 하던 말이, 아직도 내 귀에 남아있다.

독약을 가져와 먹인 것도 금자요, 아씨 시체 뒤에 따라간 것도 금자

라고 춘월이로부터 들었다. 야 금자, 네가 하였다는 좋은 일이 이뿐

이로구나. (품속에서 수건을 내어 보이며) 다경 씨의 침실에서 얻은 수건

도, 네 것이지? (탁상의 십자가를 가리키며) 이 십자가는 다경 씨 것이다.

네 집에 있을 까닭이 없는 이 물건이, 무엇보담도 가장 큰 증거이다.

자, 빌든지, 울든지, 소리를 지르든지 어서 속히 하여라. 밤이 짧아.

錦 　아니요, 아무 준비할 것도 없습니다. 대관절, 나를 조금도 생각하시

지 않는 당신께, 여러 말 할 필요도 없고, 또 나도 살려고 하지도 않

습니다. 자― 죽여 주세요, 어서.

安 　…….

錦 　그러나 최후의 한마디만 들어 주세요. 아휴! 무엇부터 말을 시작하

여야 할지! 아휴, 여보세요, 나도 그래도, 눈물도 있고 피도 있고, 의

기도 있고 의리도 아는 사람이올시다. 아― 그러나, 나는 결코 나의

목숨이 아까워서 이와 같은 말씀을 하는 것은 아니올시다. 종수 씨!

부모를 잃은 불쌍한 아이가, 먹을 것도 없이 사방으로 유랑하고 다

닐 때, 자기를 위로하여 주고, 자기의 손목을 잡아주는 사람을 만나

지 못하여, 공연히 세상을 원망하고, 하늘을 원망하는 불쌍한 사람

이 있었음을 생각하여 보세요. 고독히 자라나고, 빈천히 생겨나서,

다른 사람은 비단 방석에서 편히 누워, 여러 사람의 존경을 받을 때,

저는 천한 사람이요, 고생을 하기 위하여 나온 사람이요, 개에게 줄

음식은 있으되, 너에게 줄 음식은 없다고, 온갖 학대와 독한 채찍을

맛보며 울고 오던 나의 경우를, 당신이 조금이라도 아신다 하면, 얼

마간은 가엾은 여자라는 생각이 있었을 줄 압니다. 종수 씨, 나는 실

로 당신만 생각하였습니다. 이같이 천한 계집이나마, 얼마나 당신을

생각하였는지 알 수 없습니다. 내가 죽은 뒤라도…….

安 　듣기 싫어, 그것보담 시체를 어디 두었어? 나의 오직 하나인 애인의

시체, 나의 생명인 연인의 시체이다. 어서 말을 해.

錦　　오직 한 사람? 아— 한 사람, 한 사람이라고, 당신은 너무 하십니다
　　　그려. 자— 어서 그 칼로 찔러 주세요, 일분을 살아있으면 그만큼, 속
　　　쓰린 소리를 듣게 됩니다, 자— 어서.

安　　어디 다경 씨가 있어? 나의 연인, 나의 오직 한 사람인 연인, 나의 아
　　　내의 시체가 어디 있어?

錦　　아— 정말, 당신은 너무하시오, 그렇게 몇 번씩이나 들려 주시지 마
　　　세요. 네, 나는 그 사람을 미워하였습니다. 미워서 미워서 죽이고도
　　　또 밉습니다. 내 말이 들립니까? 나는 원수를 갚았습니다. 독약을 먹
　　　였습니다. 그것이 어때요?

安　　무엇?

錦　　네, 죽였습니다. 우는 입에 독을 억지로 먹였습니다. 먹기 싫다고 우
　　　는 입에요.

安　　(벌벌 떨며) 무엇? 또 한 번 해 보아라.

錦　　나는 그 여자를 죽였단 말이야요. 왜— 그리 무서운 얼굴을 지어요?

安　　야, 이년아.

하며, 금자의 가슴을, 단도로 찌른다, 금자가 자빠진다.

錦　　아— 가슴을—, 당신이 가슴을 찌르셨지요. 종수 씨, 손을 빌려 주세
　　　요. (안종수의 손에 입맞추며) 아— 나는, 지금 비로소 마음이 편안합니
　　　다. 당신 손을 잠깐이나마, 이대로 놓아두세요. 종수 씨, 죽는 나를
　　　불쌍히 생각하여 주세요.

安　　…….

침대의 커튼 속에서 소리가 나며,

茶　　오오, 종수 씨가 어째서?

安　　　응, 무슨 소리야, 어디서?

다경이 창백한 얼굴로, 커튼을 반쯤 열고 사방을 돌아보며,

茶　　　오오, 종수 씨!

안종수 뛰어가서, 안아 일으키며,

安　　　아― 다경 씨, 어떻게 되어서? 죽은 것이 아니었습니까? (금자를 돌아
　　　　보며) 아― 금자!

금자는 억지로 미소를 띠우며,

錦　　　아니요. 내가 죽고 싶어서 한 일이오. 당신이 나를 죽이도록 한 것이오.
安　　　다경 씨, 정말 살았습니까? 대체 누가 구조하여 주었습니까?
錦　　　내가 하였습니다. 이것이 당신에게 대한 나의 열성의 한 조각이요.
安　　　금자 당신이! 아― 잘못하였다.
錦　　　아니요. 당신이 그만큼 말씀하여 주시면, 나는 기쁩니다. 감사합니
　　　　다. 종수 씨, 삼사합니다. 이반하번, 나의 마음도 아셨습니까? 배수
　　　　를 속이고 독약 대신에 마취제를 가져간 것이올시다. 종수 씨 주저
　　　　하시면, 뒤가 무섭습니다. 문 밖에 말 두 필을 준비하였습니다. 그리
　　　　고 다경 씨 입게 하노라, 남자 옷 한 벌이, 저 탁자 밑에 있습니다. 그
　　　　러면 속히, 속히 도망하여 주세요. 세 시간만 걸리면, 국경을 넘게 됩
　　　　니다. 자― 어서. 아모쪼록, 두 분이 행복하게 지내 주십시오. 태수
　　　　께 더럽힌 몸은 이미 죽고 새 사람인 다경 씨가 다시 살았습니다. 타
　　　　국으로 가신 뒤에 복 많은 결혼을 하여 주십시오. 그리고, 나 같은 자
　　　　이나마 불쌍한 계집이라고 생각하여 주십시오, 이것이, 나의 마지막
　　　　소원이올시다.

安　　　아―, 용서하시오. 금자 씨, 용서하시오.

하며, 금자 앞에 꿇어앉아 고개를 숙인다. 금자는 차차 약해 가는 소리를 떨며,

錦　　　아―, 나는 죽습니다. 그러나, 나는 기쁩니다. 그러면 종수 씨, 안녕
　　　　히. 부인께서도, 종수 씨 부인께서도 한 번만 더, 종수 씨의 손을, 내
　　　　손에 쥐여 주세요. 그러면 종수 씨! 부인! 부디부디 안녕히, 그리고
　　　　즐겁게. (하며 넘어진다.)

　　막. 끝.

―1921.3.8.

―『황야에서』, 조선도서주식회사, 1922.

제2부
동요·동화

[편저서]『꽃다운 선물』

머리말

나는 이제 새삼스러이 아동의 생활과 동화의 관계가 어떠한 것임을 여러 말 하고자 하지 않습니다. 우리가 어렸을 때에 읽은 서적으로부터 받은 감격이 얼마나 우리의 전 생애를 통하여 그 모든 감정 생활의 기초가 되며 인격 생활의 양모良母가 되는지를 우리의 실지 체험상 긍정치 아니치 못할 것임을 생각할 때 우리는 어린이의 읽는 서책書冊의 1페이지 1페이지에 전혀 위구불안危懼不安에 가까운 염념念을 금할 수 없습니다.

우리 조선에도 모든 어린이에 대한 운동이 점점 그 눈을 뜨게 되자 이때까지 무참히 방치되었던 아동의 영적靈的 발육에 대한 용의用意에 많은 주목을 하게 된 것은 매우 기꺼운 일이라 생각합니다. 그에 따라 아동에게 자연과 인생의 진면眞面을 보는 눈과 미美와 선善의 생활을 동경하는 순정을 부어주고자 아동에 관한 읽을거리가 왕성히 출간되는 중입니다.

그러나 이들 아동의 읽을거리 가운데는 천진난만한 그들의 약한 위胃에 그 내용이 너무 예술적으로 달아나 비도덕적이 된 감미甘味의 독과毒果와, 너무 교훈적으로 달아나 비예술적이 된 고미苦味의 약수藥水가 되고 만 것이 많은 것은 큰 유감이라 생각합니다.

나는 이 모든 섬으로 보아 득히 유치원에 수용될 시기에 있는 아동에 가장 건전하고 가장 흥미있다고 믿는 단편 동화와 동요를 선택·편집하여 조선말 속에서 사는 여러 어린 동무와 및 그의 보육을 맡은 보모의 직에 있는 여러분은 물론 일반 가정에 계신 큰 사람에게까지 이 변변치못한 소책자를 드리게 된 것을 만족히 생각하는 바이외다.

끝으로 시간의 여유가 핍족乏足하고 책사冊肆의 독촉에 몰리어 충분히 원고를 정돈치 못한 것을 여러 독자께 사과합니다.

1926년 늦은봄(丙寅晩春) 봄비를 창밖에 들으며

壽松幼稚園 一室에서 金泳佣 씀

왕자와 일곱 선녀 (동요)

(봄)

一, 봄이 되면 들에 피는 자운영紫雲英의 꽃
　샛별 같은 우리 왕자 눈동자인가
　불어라 봄바람아 금빛 돋는 머리에

(여름)

一, 여름 되면 황금 같은 해바라기꽃
　위엄 있는 우리 왕자 장한 태돈가
　비춰라 빛난 해야 금빛 돋는 머리에

(가을)

一, 가을 되면 찬 기운 띤 들국화꽃은
　무정스런 우리 왕자 어린 맘인가
　불어라 가을 바람아 금빛 돋는 머리에

(겨울)

一, 겨울 되면 쇠와 같이 단단한 얼음
　이야말로 우리 왕자 독한 맘인가
　불어라 모진 바람 온갖 생을 맞도록

왕자와 일곱 선녀 (동화)

옛날 어느 나라에 매우 아름답게 생긴 왕자王子 한 사람이 있었습니다. 그의 눈동자는 아름다운 샛별같이 빛나고 그의 두 뺨은 지금 막 핀 연꽃같이 꽃다웠습니다. 그리고 그의 입술은 이슬을 머금은 앵두같이 붉고 고왔습니다. 그런데다가 이 아름다운 왕자가 칠색七色실로 짠 찬란한 옷을 입게 되면 흡사히 하늘에 있다는 선관仙官이 하강下降한 듯하였습니다.

그러나 한 가지 슬픈 일은, 이 왕자는 고집이 많고 또 남을 동정하는 자비스러운 마음이 적어 늘 가까이 있는 신하들을 몹시 굴고 괴롭게 하는 것을 도리어 즐겁게 생각하는 악한 버릇이 있었습니다.

어떤 날 그때는 봄이었습니다. 푸른 하늘은 구름 한 점 없이 맑은데 이름 모르는 작은 새들은 제 혼자 즐거운 듯이 왕자의 방 문창에 와서 쨋쨋거리고 있었습니다. 왕자는 한참 동안 그 작은 새들의 노래를 듣고 있다가 갑자기 바깥을 나가 볼 생각이 나서 시종하는 신하도 없이 문 밖을 나섰습니다.

그리하여 정원庭園으로 내려가서 잠깐 거닐다가 무심히 아무 방향 없이 왕자의 발길은 넓은 동산으로 들어갔습니다. 그 동산 속에는 향기가 코를 찌르는 아름다운 꽃이 푸른 담요를 편 듯한 잔디밭에 오색 가지 수를 놓은 듯이 피어 있습니다.

그것을 본 왕자는 "아―, 아름답다" 하시며 잔디 위에 누워서 풀을 뜯으며 이리 뒹굴 저리 뒹굴 구르고 있었습니다. 따뜻한 봄빛을 받으며 흰나비, 노랑나비 일곱 마리가 펄펄 왕자의 머리에서 춤을 추고 있었습니다. 그 동안에 왕자는 어느덧 어렴풋이 잠이 들려고 하였습니다. 그때 귀 옆에서

"오―, 당신은 얼마나 아름다운 왕자이십니까?"

하는 소리가 들립니다.

왕자는 깜짝 놀라 눈을 떠본즉 어느 사이에 왔는지 분홍빛인, 환히 살이 보일 듯한 얇고도 흰 옷을 입은 일곱 선녀가 왕자의 앞에 서서 있습니다. 왕자는 그것을 보고

"너희들은 무엇을 하려고 이곳에 왔느냐?"

하고 물었습니다. 그 소리를 듣고 일곱 선녀는 일제히 무릎을 꿇으며

"우리들은 세상에서 제일 아름답다는 왕자님을 한번 뵙고 우리의 춤을 보여드리고자 이곳까지 온 꽃신령花靈입니다."

"너희들은 춤을 잘 추느냐?"

"우리가 춤을 추면 온 세상 사람이 다 같이 춤을 춘다고 하리만큼 우리는 춤을 잘 춥니다."

"그러냐? 그러면 한번 추어서 보여 다오."

"그러나 왕자님, 추기 전에 한마디 약속하여 둘 것이 있습니다. 그것은 꼭 한 번만 춤을 보여 드린다는 것입니다. 우리들은 춤을 두 번 출 수가 없는 몸인 것을 미리 알려 드립니다."

"자세히 알았다. 어서 추어라."

하며 왕자는 재촉을 하였습니다. 일곱 선녀는 손에 자운영紫雲英꽃을 따서 쥐고 그 꽃을 뿌리면서 치맛자락을 펄펄 날리며 춤을 추었습니다.

　　　봄이 되면 들에 피는 자운영紫雲英의 꽃

　　　샛별 같은 우리 왕자 눈동자인가?

　　　불어라 봄바람아, 금빛 돋는 머리에.

이렇게 노래를 부르면서 백옥같이 희고 가는 손을 서로 잡았다가 놓았다가 하며 춤을 추는 선녀들의 모양은 참으로 아름답고 재미가 있었습니다. 왕자는 어찌 재미스럽던지 손을 치며 좋아하였습니다.

선녀들은 한참 동안 춤춘 뒤에 매우 피곤한 듯이 춤을 쉬고 잔디밭에 앉으려고 하니까 왕자는 즉시

"자ー, 한 번만 더 추어라."

하고 명령하였습니다. 선녀들은 깜짝 놀랐습니다. 그리고 지금까지의 기쁜 얼굴에는 놀람과 슬픔의 빛이 나타났습니다. 그래서

"왕자님, 우리가 한 번밖에는 출 수 없다는 것을 처음에 미리 말씀하여 두지 않았습니까? 그 약속을 잊으셨습니까?"

“아니 아니, 너희들의 춤을 보고서는 그 약속을 지킬 수가 없다. 자―, 어서 한 번만 더 추어라.”

“그것은 미리 한 말씀입니다. 우리들은 4백 년의 생명을 타고 나왔는데 한 번 출 때마다 백 년씩 그 생명이 줄게 됩니다. 빌건대 이것만은 용서하여 주시옵소서.”

“그 따위 잔말은 듣고 싶지 않다. 자―, 추어라. 왕자의 명령이다.”

아무리 간청을 하여도 왕자는 듣지 않습니다. 선녀들도 금방울을 흔드는 듯한 왕자의 목소리를 듣고서는 추지 않을 수가 없었습니다. 그리하여 마침내 힘없이 일어났습니다. 선녀들이 긴 치맛자락을 한 번 흔드니까 선녀의 입은 옷은 홀연 나뭇잎사귀같은 녹색으로 변하고 치맛자락에서는 서늘한 맑은 바람이 일기 시작하였습니다. 그리고 앞으로 보이는 넓은 벌판에는 청청한 풀이 무성하고 황금 같은 해바라기꽃이 들에 가득히 피었습니다. 그리고 뜨거운 햇빛은 눈이 부시게 내려쬐었습니다. 선녀들은 춤을 추었습니다.

여름 되면 황금 같은 해바라기꽃
위엄 있는 우리 왕자 장한 태돈가?
비춰라 빛난 해야 금빛 돋는 머리에.

선녀들의 이마에는 구슬 같은 땀이 흘렀습니다. 그리고 매우 피곤한 듯이 털썩 풀밭에 앉아 금으로 만든 작은 빗을 내어 헝클어진 긴 머리털을 다듬고 있었습니다. 그 어여쁜 가슴에는 가쁜 숨결에 따라 부드러운 물결이 움지이었습니다. 무정한 왕자는 이 선녀들의 춤이 매우 마음에 들었습니다. 그리하여 선녀들의 괴로워하는 모양은 조금도 가엾이 생각하지 않았습니다.

“아―, 매우 재미있는 춤이다. 춤을 또 한 번 더 추어라.”

왕자는 보석을 박은 작은 신으로 발을 굴리며 졸랐습니다. 선녀들은 그만 기가 막혔습니다. 그래서 그 옥 같은 이마를 땅에 붙이고,

“왕자님, 아름다운 우리 왕자님, 원컨대 용서하여 주시옵소서. 우리들의 생명을 구조하여 주시옵소서, 우리들의 생명을 구조하여 주시옵소서” 하고 간청하였습니다.

그러나 왕자는 듣지 않았습니다. 그래서 일곱 선녀는 또 기운 없이 일어났습니다. 그 눈에는 눈물이 가득하였고 그 얼굴에는 슬픈 빛이 떠지었습니다. 그리고 선녀들의 슬픈 기운이 깊어짐에 따라 주위의 경치도 점점 처창悽愴하고 쓸쓸하여졌습니다. 들에 무성한 온갖 풀은 다 마르고 시들어져서 여기저기의 서리로 시든 들국화가 가을바람의 그 조촐한 자태를 나타내고 있을 뿐이었습니다. 선녀들은 어느덧 그들의 복이 시들어져 말라 갈잎같이 된 것을 초초悄悄히 내려 보며 손에 들국화 한 송이를 꺾어 들고 비창한 소리로 노래를 부르며 세 번째 춤을 추었습니다.

　　가을 되면 찬 기운 띤 들국화꽃은
　　무정스런 우리 왕자 어린 맘인가?
　　불어라 가을 바람아 금빛 돋는 머리에.

춤을 마친 선녀들은 스러지는 듯이 땅위에 몸을 던졌습니다. 그러나 잔혹하고 무정한 왕자는 다시 또 선녀들에게 악마와 같이 이렇게 명령하였습니다.
"자ー, 지금 마지막으로 한 번만 더 추어야 한다."
하고 명령하였습니다. 일곱 선녀는 다시 일어날 기운도 없었습니다. 그러나 선녀들이 하는 수 없이 겨우 일어났을 때에는, 사방이 갑자기 어둠침침해지며 들에는 한 줄기 풀도 남지 않고, 개울이라는 개울은 다 얼음이 굳게 얼어 있었습니다. 그때 검은 빛으로 변한 의복을 입은 일곱 선녀는 검은 수건으로 얼굴을 가리고 원망스러운 듯이 떨리는 목소리로 노래를 불렀습니다.

　　겨울 되면 쇠와 같이 단단한 얼음
　　이야말로 우리 왕자 독한 맘인가?
　　불어라 모진 바람 온갖 생을 맞도록.

춤을 마친 선녀들은 그대로 땅에 엎드러져 숨이 끊어지고 말았습니다. 그러자마자 왕자는 온몸이 얼음과 같이 차지는 것을 느끼며 그대로 기절을 하여버렸습니다. 얼마 지난지는 알 수 없으나 왕자는 "왕자님, 왕자님" 하는 소리에 놀라운 눈을 떠본즉 자기가 누워있는 침대 옆에는 늙은 신하들이 걱정스럽게 서있었습니다.

"어디가 불편하십니까? 매우 괴로워하시는 모양인데 ……."

하고 신하가 물었습니다. 왕자는 비로소 이때까지의 모든 일이 한마당 꿈이었던 것과, 자기가 아직 살아있는 것임을 깨달았습니다. 왕자는 그만 신하의 가슴에 안기어 소리쳐 울었습니다.

그로부터 왕자는 사흘 동안 자기 방안을 나지 않고 무엇을 깊이 생각하고 있었습니다. 그리하여 그 뒤로부터는 딴사람같이 인자하고 부드러운 훌륭한 왕자가 되었습니다. 마치 그 얼굴의 아름다운 것과 같이 그 마음도 빛났습니다. 임금님과 여러 신하들은 그 무자비하고 잔인하던 왕자님이 어찌 그리도 급히 변하였는가 하고 이상히 생각하였습니다. 그러나 아무도 그 까닭을 아는 사람은 없었습니다.

백두산白頭山 (동요)

(一), 백두산은 조선의 높은 산이다.

　　　청공靑空에 높이 솟아 구름 타고서

　　　금수강산 추운 북방 지키고 있네.

(二), 백두산은 조선의 큰 산이다.

　　　때맞추어 비와 바람 고루 주어서

　　　금수강산 여러 생물 북돋아 준다.

(三), 백두산은 조선의 아름다운 산.

　　　흰 동정 푸른 옷을 조촐히 입고

　　　금수강산 예의 동방 널리 자랑해.

천사의 선물 (동화)

어떤 잔디밭 위에 아이들이 여럿이 모여 재미있게 소꿉놀이를 하고 있는데 마치 아름다운 음악 소리처럼 맑은 바람이 솔솔 나무 사이로 일어났습니다. 무엇인가 하고 아이들은 서로 얼굴을 치어다볼 틈도 없이 아름다운 천사 하나가 아이들의 앞에 나타났습니다.

천사의 의복은 햇빛을 받은 이슬처럼 오색이 영롱하게 빛났습니다. 발뒤축까지 닿을 듯한 긴 머리는 마치 지금 막 핀 꽃처럼 윤태가 흐르고 손에 든 실패에 감긴 흰 실은 은銀처럼 빛났습니다. 나이는 젊어 보이지 않고 그렇다고 늙어 보이지도 않는, 눈이 부실 듯한 아름다운 천사이었습니다.

아이들은 황홀히 어찌할 줄을 모르고 오직 천사가 말하기를 기다리고 있었습니다. 과연 얼마 있다가 천사는 살살 부는 봄바람보다도 고요히, 음악보다도 맑게, 마치 벌의 소리처럼 부드럽게, 그리고도 은방울같이 똑똑한 목소리로

"이곳은 나의 동산인데 이보다도 더 훌륭한 곳을 구경시켜 줄 터이니 나와 함께 오너라. 나는 너희들을 손님처럼 대접하여 주마."
하고 말하였습니다.

아이들은 아름다운 천사에게 끌리어 지금까지 보지 않았던 아름다운 곳으로 왔습니다. 그곳은 참나무로 둘러싼 넓은 동산인데 한쪽에는 자은 개울이 폭포처럼 구슬 방울을 날리며 흘러 있고, 땅에는 눈이 부시도록 고운 꽃이 만발하였으며, 나뭇가지에는 여러 가지 작은 새가 노래를 부르고 있었습니다.

"너희들은 다 앉아라. 곧 맛난 음식을 많이 대접하마."
하고 천사가 말하였습니다. 그리고 천사가 손을 흔드니 많은 새들은 제각기 그 작은 입으로 장미화 나무 잎사귀를 물고 와서 아이들의 앞에 한 개씩 놓았습니다. 그러자 그 잎사귀 위에는 작은 만두가 한 개씩 놓여졌습니다. 그리고 새들은 또 날아와서 작은 은 숟가락을 한 개씩 놓고 갔습니다. 그러자 이번에는 다람쥐 한 마리가 와서 도토리 껍질로 만든 작은 접시에 꿀을 잔뜩 담아 왔습니다. 꿀의 향기는 코를 찔러 아이들은 침을 삼키고 있는데

"자—, 어서들 먹어라."

천사는 이렇게 말하며 실패를 흔드니 나뭇가지에 앉아있는 여러 새들은 한꺼번에 재미있는 곡조로 노래를 불렀습니다. 그러나 아이들은 그 곡조가 어찌도 재미있었던지 먹는 것도 잊어버리고 귀를 기울이고 있었습니다.

한참 후에 아이들은 숟가락을 들어 꿀을 마시며 만두를 먹어보니 그 맛난 것은 비할 데가 없었습니다. 그리고 아무리 먹어도 꿀과 만두는 없어지지 않고 그대로 있었습니다.

한 번도 보지 못한 빛 고운 호랑나비는 아이들 사이를 이리저리 날며 사랑스런 두 날개로 부쳐주므로 아희들은 조금도 더운 것을 모르고 정신이 매우 상쾌하였습니다.

아이들이 실컷 배불리 먹고 나니까 새들은 다시 와서 도토리 접시와 장미화 나뭇잎사귀 상을 치어버리고 그 대신 맛난 과자를 참나무 잎사귀에 받쳐서 가져왔습니다. 그리고 다람쥐는 방울 같은 꽃송이에다가 신선한 우유를 담고, 벌들은 호도胡桃 껍질에 또 꿀을 담아 가지고 왔습니다. 또 냉수도 가져왔습니다. 앵두, 배, 복숭아, 살구, 포도 등 여러 가지 과실도 가져왔습니다.

아이들은 기쁘게 먹었습니다. 다 먹고 나니까 천사는 다시 실패를 천천히 흔든즉 아이들의 눈이 스스로 감기어지며 마침내 꽃밭에서 잠이 들었습니다. 얼마 후에 아이들은 잠이 깨어 다 일어났습니다. 마치 밤새도록 실컷 자고 난 것같이 정신이 깨끗하며 또 자는 동안에 각기 다른 재미있는 꿈을 꾸었습니다.

아이들이 잠들었을 동안에 친절한 천사는 작은 나뭇가지로 만든 작은 수레에 여러 가지 맛난 음식을 많이 준비하였다가

"이것을 가지고 집에 돌아가서 아우들과 누나에게 나눠주어야 한다. 그리고 또 너희들에게 선물을 줄 터이니 이것을 가지고 너희들끼리 선물을 주고 받아라."
하면서 자기 머리에 손을 댄즉 훌륭한 보석과 장난감이 많이 나왔습니다. 천사는 이것을 각각 나눠주었습니다.

아이들은 대단히 기뻐하며 그 얻은 것을 가지고 그 자리에서 서로 선사를 하였습니다. 그러나 그중 두 아이는 남 주기가 아까워 머뭇머뭇하고 있으니 지금까지 광채가 찬란하던 보석은 갑자기 개구리들이 되어 뛰어 도망가 버렸습니다. 두 아

이는 마음에 서운하여 그만 울려고 하였습니다.

　천사는 불쌍히 생각하여 그중 계집아이인 한 아이에게

　"너 원하는 대로 줄 터이니 말을 하라."

한즉 그 아이가

　"우리 집은 가난하여 겨울이 되어도 우리 형제의 먹을 것과 입을 것이 없습니다."

한즉

　"아ㅡ, 그러냐? 그러면 내가 이 실패에 감긴 실을 너에게 줄 터이니 만약 곤란할 때가 이르거든 이 실을 비벼 보라. 그러나 이 실은 부지런한 사람의 소원이 아니면 듣지 않는다. 내가 여기서 시험을 하여 보여 주마."

하고 천사는 그 실을 손으로 비빈즉 홀연히 그 아이 앞에는 발강이, 노랑이, 연두색 등 여러 가지 색실이 나타나며 그것이 다시 변하여 아름다운 댕기며 목걸이가 되었습니다. 천사는 그것을 다른 작은 수레에 담아서 그 계집아이에게 주었습니다. 천사는 다음의 나머지 한 아이에게 또 그 소원을 물었습니다. 그 아이는 사내아이였습니다.

　"나에게는 조그마한 말을 한 필 주십시오."

한즉 말이 끝나자 저편 수풀로부터 말굽 소리가 나며 눈처럼 흰 작은 말 한 필이 뛰어왔습니다.

　"야ㅡ, 참 좋은 말이다. 이것을 나에게 주세요" 한즉

　"그렇다. 이것은 네가 가질 말이다. 그러나 너만 탈 것이 아니라 동무들에게도 태워 주어야 한다. 너무 몹시 굴어서 말이 상하지 않도록 조심하여라. 결단코 몹시 때리지 말고 친절하게 거두어 네가 먹는 것은 조금씩이라도 나눠 먹이고, 또 빗질을 가끔씩 하고, 하루에 한 번은 마굿간을 소제하여라. 말에 대한 온갖 일은 남의 손을 빌지 말고 네 손으로 하여야 한다."

　그리하여 천사와 아이들은 작별하게 되었습니다. 아이들은 눈물을 흘리며 천사의 치맛자락을 붙들고

　"우리와 한 번만 더 만나게 하여 주세요."

하고 간청하였습니다. 그러자 천사는 웃으면서

　"너희들이 착한 아이들이 되어 집에 있든지 학교에 가든지 남의 칭찬을 받도록

좋은 일을 할 때는 나와 만날 수가 있으리라."
하고 말하였습니다.
　"우리는 명심하고 착한 아이가 되기를 힘쓰겠습니다."
하고 아이들은 천사와 작별하였습니다.

분홍치마 입은 인형 (동요)

가마 타고 시집가신 첫째 누님이
만들어 날 주고 간 우리 인형 아기는
빛 고운 분홍치마 입고 있는데
　　　　　입고 있는데

외국에서 공부하는 셋째 오빠가
멀리서 보내주신 둘째 인형 아기는
금방울 달린 구두 신고 왔어요.
　　　　　신고 왔어요.

황금 잉어黃金鯉魚 (동화)

옛날 어느 해변에 늙은 영감과 마누라가 있었는데, 이 두 사람은 다 헐어져 가는 헌 집에서 삼십삼 년이나 살아왔습니다. 영감은 고기를 잡고 마누라는 베를 짜서 그날그날을 보내고 있었습니다.

어떤 날 영감은 다른 때와 같이 바다에 나가 그물질을 하고 있는데 첫 번 그물에는 한 뭉치 진흙이 나오고, 두 번째 그물에는 썩은 나무토막이 나오고, 세 번 그물에는 큰 고기 한 마리가 들었습니다. 그러나 그 고기는 보통 고기가 아니라 온몸이 황금으로 된 잉어였습니다. 그 잉어가 마치 사람 모양으로 애걸하는 듯이 이렇게 말했습니다.

"영감님 제발 덕분에 이대로 나를 놓아주십시오. 그 대신 영감님이 청하는 소원은 무엇이든지 하여 드리겠습니다."

영감은 이 소리를 듣고 놀랐습니다. 삼십삼 년이나 어부 노릇을 하지마는 사람의 말을 하는 잉어는 이것이 처음이었습니다. 그래서 영감은 그 잉어를 놓아주며

"걱정 말고 네 집으로 돌아가거라. 푸른 바다에 네 마음대로 헤엄쳐 가거라. 나는 아무 소원도 없다."
하며 친절히 말했습니다.

영감은 집에 돌아와 이상한 잉어 이야기를 했습니다.

"마누라, 나는 오늘 이상한 잉어 하나를 보았구려. 몸뚱이가 온통 황금으로 되었는데 사람처럼 말을 합디다그려. 제발 덕분이니 자기 집으로 돌려보내어 달라고. 그러면 소원대로 무엇이든지 주겠다 하기로 나는 아무 소원도 없으니까 그대로 놓아 보냈지요."

마누라는 이 말을 듣고 갑자기 안색을 변하며 소리를 질렀습니다.

"이 망할 영감, 왜 소원대로 말하랄 적에 좋은 베틀 하나만 달라고 하지 않았소? 집에 있는 베틀은 저 모양으로 좀이 먹고 썩어 못 쓰게 되었는데."

영감은 마누라에게 꾸지람을 듣고 기운 없이 다시 바닷가로 나와서 황금 잉어를 불렀습니다. 한즉 그 소리에 따라 황금 잉어가 다시 나와

"영감님, 무슨 일로 나를 부릅니까?"

"잉어야, 황금 잉어야, 아무쪼록 나를 불쌍히 여겨서 내 소원을 들어 다오. 우리집 마누라가 늙은 나를 조르며 새로운 베틀 하나만 얻어 오라고 하는구나. 우리집에 있는 것은 오래되어 쓰지를 못하게 되었단다."

"영감님, 걱정 마시오. 그리고 안심하고 집으로 돌아가시오. 집에는 벌써 새 베틀을 갖다 놓았습니다."

영감이 집에 와본즉 과연 새 베틀이 놓여 있습니다.

그러나 마누라는 전보다 한층 더 꾸짖으며

"이 못난 영감, 새 베틀 얻어 온 것은 기특하나 나는 이따위 쓰러져가는 헌 집에서 살기 싫으니 어서 황금 잉어께 원하여 나무로 지은 새 집을 달라고 하오."

그래서 영감은 또 하는 수 없이 바닷가에 나가서 황금 잉어를 부른즉 그 잉어가 나와서

"영감님, 무슨 일로 나를 부르십니까?"

영감은 두 손으로 빌며

"잉어야, 황금 잉어야, 나를 불쌍히 여겨서 나무로 지은 새 집을 한 채 다오. 집의 마누라가 늙은 나를 욕하고 꾸짖어 잠시도 편안할 때가 없다."

"영감님, 안심하고 돌아가시오. 소원대로 새 집은 벌써 되어 있습니다."

영감이 집에 돌아와본즉 전에 있던 헌 집은 없어지고 그 대신 훌륭한 문에 좋은 나무로 지은 새 집이 생겨 있습니다. 참나무로 만든 대문도 있고, 흰 벽돌로 쌓은 굴뚝도 있고, 깨끗한 방도 많이 있습니다. 그러나 마누라는 창가에 앉아서 또 영감을 꾸짖었습니다. 이번에는 어부 노릇은 싫으니 황금 잉어께 원하여 귀족의 몸이 되게 하여 달라고 하였습니다.

영감은 또 바닷가에 나가 황금 잉어께 원한즉 또 그대로 승낙을 하였습니다. 그러하여 집에 돌아와본즉 훌륭한 대궐 같은 집에 마누라는 시치미를 뗀 얼굴에 배를 내어 밀고 서있는데, 몸에는 값비싼 수달피 외투를 둘렀고, 머리에는 보석으로 수놓은 모자를 쓰고, 목에는 진주 목도리를 걸고, 손에는 황금 반지를 끼었으며, 발에는 훌륭한 신을 신고 의기양양해 있습니다.

그 뒤 며칠 동안은 아무 일 없이 지났는데, 일주일쯤 지나서 마누라는 또 욕심

이 불일 듯 일어나서 이번은 자유스런 여왕이 되고 싶다고 영감을 졸랐습니다.

"무엇? 이 마누라야, 네가 미치지나 않았니?"

하며 말했지마는 마누라는 듣지 않습니다. 영감은 하는 수 없이 다시 바닷가에 나가서 황금 잉어께 원한즉 이번에도 황금 잉어는 승낙을 하였습니다.

영감이 집에 와본즉 마침 마누라가 식탁을 받고 앉았을 때인데, 많은 대신과 귀족이 그 앞에 늘어서고 대궐 주위에는 무수한 병정이 경계를 하고 있습니다. 영감이 위엄이 당당한 광경에 정신이 없어 마누라의 발밑에 꿇어 엎디며

"존귀하신 여왕님, 그만하면 만족하십니까?"

마누라는 영감을 들떠보지도 않고 시립한 무사를 호령하여 늙은 영감을 집어 물리치라고 하였습니다.

그리하여 또 일주일쯤 지난즉 마누라가 영감을 보고 지금은 여왕도 싫증이 나니 이번에는 온 바다를 다스리는 여해왕女海王이 되어 큰 해양海洋에서 살고 싶으니 다시 가서 황금 잉어께 원하라고 말했습니다.

영감은 하는 수 없이 다시 바다에 나가 황금 잉어를 불러서 마누라의 소원을 말한즉, 갑자기 바다에는 흉흉한 파도가 일며 황금 잉어는 아무 말도 없이 물속으로 들어가 버렸습니다. 영감은 한참동안 해변에서 기다리고 있었으나 아무 회답도 없기로 기다리다 못하여 자기 집으로 돌아와본즉 그 좋던 대궐은 없어지고 그 전 냄새나는 헌 집이 있는데 마누라는 흙방바닥에 엎디어 울고 있습니다. 그리고 마누라 앞에는 그전 헌 베틀이 한 채 놓였을 뿐이요 그 외에는 아무것도 없었습니다.

뻐꾹새와 물새 (동요)

(一), 저 건너 산속에서

　　　　뻐―꾹 뻐―꾹

　　새끼 새는 젖 달라고

　　　　뻐―꾹 뻐―꾹

　　비가 오나 해가 뜨나

　　　　산속에 숨어서

　　구슬피도 울음 운다

　　　　뻐―꾹 뻐―꾹

(二), 앞 시내 물가에서

　　　　호르릉 호르릉

　　미꿀치를 찾노라고

　　　　호릉 호릉

　　붉은 모자 남조끼를

　　　　산뜻이 입고서

　　버늘 장막 드린 속에

　　　　호릉 호릉

짐승의 왕이 될 자 (동화)

옛날 어느 때에 짐승 중에 왕 노릇하던 용맹스런 사자가 죽었는데, 그 새끼 사자의 나이가 너무 어리므로 여러 짐승들이 의논한 결과 다른 짐승 가운데서 새로이 왕이 될 만한 자를 뽑기로 하였습니다.

죽은 사자의 왕관은 엄숙스러이 회의장 중앙에 꾸며 놓고 이 산 저 산에서 모여든 여러 짐승들은 그 왕관을 둘러싸고 단정히 앉아 있었습니다.

새끼 사자는 일동에게 향하여

"나는 아직 나이가 어리므로 당신들의 왕이 되기에는 너무 약합니다. 죽은 아버지의 명예가 손상되지 않도록 우리 짐승의 나라를 다스리기에는 아직 수양이 부족한고로 그 동안 당신네들 가운데서 왕될 분을 선거하여 주시오."

그때 호랑이가 소리를 높여

"여러분, 나는 다른 어느 짐승보다도 제일 사자와 근사한 짐승인즉 우리 짐승 나라의 왕관을 쓰기에 가장 적당한 줄로 생각합니다."

하고 말하였습니다.

그런즉 그 옆에 섰던 곰이 나오며

"내 말을 들어보시오. 대체 당신네들이 처음에 나를 내어놓고 내 대신 사자를 왕으로 선거한 것이 잘못인 줄 생각합니다. 나의 몸은 돌처럼 단단하고 나의 용맹은 사자에 지지 않습니다. 또 나는 나무에 오르는 재주를 가지고 있습니다. 또 나의 새끼들은 다 장성하니 이후 내가 죽은 뒤에라도 성가시게 오늘과 같이 여러분이 다시 모일 수고도 없을까 합니다."

한즉 이번에는 코끼리가 긴 코를 흔들거리며

"여러분, 여러 짐승 중에서 제일 몸이 크고 제일 힘 많은 것은 누구입니까? 이것은 말할 것까지도 없이 이렇게 말하는 나올시다."

하고 말하였습니다. 그것을 듣고 있던 말이 뛰어나와 코를 실룩대며

"짐승 가운데서 제일 풍채가 좋고 아름다운 것은 내가 되겠지요."

한즉

"나만치 걸음이 빠른 자는 없을 것이외다."

하고 사슴이 제 자랑을 합니다.

이때까지 눈을 말뚱거리며 잠잠히 앉아있던 원숭이가 걸어나오며

"짐승의 왕 되기에 가장 영리한 나만큼 적당한 자는 없을 것입니다. 나는 만물의 영장이라 일컫는 사람과 가장 근사한 동물이요."

한즉 나뭇가지에 앉아있던 앵무새가

"원숭이가 사람과 근사하다고 제 자랑을 하나 그 근사하다는 것은 보기 흉한 얼굴만이 아닙니까? 그러나 나의 목소리는 사람의 목소리와 조금도 틀림없이 꼭 같습니다. 만약 원숭이에게 왕 될 자격이 있다 하면 나에게도 그 자격이 있을 것이외다."

합니다. 그것을 듣고 원숭이는 얼굴이 발갛게 성이 나서 소리를 지르며

"이 못된 날짐승아, 잠잠히 있거라. 너는 입만 우물거리며 제 스스로 무슨 말인지도 알지 못하는 말을 미친 것처럼 하루 몇 번씩 지껄이는 불쌍한 동물이 아니냐?"

하였습니다.

그리하여 여러 짐승들은 사람 흉내를 내는 원숭이와 앵무새를 비웃었습니다. 그리고 마침내 코끼리에게 왕관을 바쳤습니다. 코끼리는 힘과 지혜가 많고 또 매우 어진 짐승인 까닭입니다.

십오야 밝은 달님 (동요)

십오야十五夜 밝은 달님,
　날 업어 주던
　할멈은 늙었다고
　가 버렸어요.

십오야 밝은 달님,
　어린 누이는
　시골 있는 일가에서
　데려갔어요.

십오야 밝은 달님,
　어머니 품에
　한번만 더 안기어
　보고 싶어요.

마음 약한 공주와 세 괴물 (동화)

옛날 어떤 나라 왕비가 딸 하나를 두고 죽었습니다. 그래서 왕은 재취를 하였는데 후실인 그 왕비에게는 전취 소생의 딸이 하나 있었습니다.

전 왕비의 딸은 대단히 마음이 착하고 얼굴도 아름다웠으나 후취 왕비의 딸은 얼굴도 추하고 마음도 어질지 못하였습니다. 그러나 후취 왕비는 마음이 악독하여 오직 자기 소생의 딸만 사랑하고 전 왕비의 딸은 매우 미워하였습니다. 그리하여 이 공주는 아버지의 사랑까지 잃게 되었습니다.

공주는 매일 탄식으로 날을 보내었습니다. 그러던 끝에 공주는 차라리 먼 길을 떠나 다른 나라에 가서 몸써 품이라도 팔아서 입신立身을 하고자 결심하였습니다.

어떤 날 공주는 마침내 정 많은 궁전을 하직하게 되었는데, 그때 왕비는 돌처럼 단단한 빵과 버터 한 주머니와 다 썩은 술 한 병을 전별餞別로 주었습니다.

공주는 혈혈단신으로 근심하며 산을 넘고 강을 건너 멀고먼 곳으로 갔습니다. 그런즉 길가에 큰 굴이 있고 그 굴 어구에 한 백발 노인이 앉아서

"이 애야, 너는 어디로 가는 길이냐?"

하고 물었습니다.

공주는 공손히 인사를 한 뒤에

"나는 훌륭한 사람이 되고자 먼 길을 가는 중입니다."

"네가 가지고 있는 것은 무엇이냐?"

"이것은 빵과 버터와 술이올시다. 노인께 조금 드릴까요?"

"아ㅡ, 고맙다. 그러면 조금 나를 다오."

공주는 기꺼이 빵과 술을 노인께 나눠주었습니다.

노인은 기뻐하며

"감사하다, 감사하다."

하면서 공주에게 지팡이 하나를 주며

"이 길로 바로 가면 가시밭 하나가 있어 길을 찾기가 어려울 것이니 이 지팡이로 세 번 땅을 치면서 "길이 있어져라" 하면 가시밭 속에 길이 열리어 무사히 지날

수가 있다. 그리고 그 가시밭을 지나가면 큰 못池이 있으니 그 못가에 서있으면 세 개의 황금으로 된 얼굴이 나올 터이니 조금도 거스리지 말고 그 얼굴이 하라는 대로 할 것 같으면 너에게 행복이 있을 것이다.”

공주는 노인과 작별하고 얼마 간즉 과연 가시밭이 있고 그 가시밭을 지난즉 큰 못이 있었습니다.

그 못가에 공주가 서서 잠깐 기다린즉 못에 물결이 일며 황금으로 된 얼굴 세 개가 물 밖으로 나타나며 그중 첫째 얼굴이 말하기를

“나의 얼굴을 씻어 주시오. 그리고 나의 머리를 빗겨 주시오.”
하였습니다.

공주는 그대로 하여 주었습니다. 그런즉 둘째 얼굴과 셋째 얼굴이 또 그렇게 말하는고로 공주는 또 그대로 다하여 주었습니다.

그때 첫째 얼굴이

“나는 이 처녀를 이 세상에서 제일 가는 미인으로 만들어 주겠다.”
한즉 둘째 얼굴은

“나는 처녀의 몸과 호흡呼吸을 꽃처럼 아름답고 향기롭게 하여 주겠다.”

셋째 얼굴은

“나는 이 처녀를 제일 훌륭한 왕의 비妃로 삼게 하겠다.”
하고 세 개의 얼굴은 물속으로 들어가 버렸습니다.

공주는 그곳을 떠나 어떤 벌판으로 지난즉, 어떤 훌륭한 왕이 많은 신하를 데리고 사냥을 하다가 공주의 아름다운 자태를 보고

“나의 왕비가 되어지이다.”
하고 간청하였습니다. 그리하여 공주는 왕비가 되어 금과 은으로 만든 훌륭한 마차를 타고 왕과 함께 공주의 고향 나라로 가서 아버지의 대궐을 찾아간즉, 부왕父王은 자기 딸의 출세한 것을 보고 대단히 기뻐하였습니다.

악독한 계모는 자기 딸에게도 출세를 시키고자 하여 찬란한 의복을 입히고 사탕과 살구와 맛난 과자를 많이 넣은 주머니와 고급 술 한 병을 딸에게 주어 먼 길을 떠나게 하였습니다.

마음이 착하지 못한 딸은 전에 공주가 지나간 길을 분주히 지나간즉 길가 굴속

에서 백발 노인이 나오며

"이애야, 너는 어디를 그리 급하게 가느냐?"

하고 물었습니다.

"어디를 가든지 그따위 참견을 누가 하랍디까?"

하며 딸이 말한즉

그 노인은 다시

"네가 가진 것을 조금만 나를 다오."

"나는 싫어요. 조금이라도 주기 싫어요."

하고 딸은 돌아보지도 않고 앞으로 간즉 큰 가시밭이 길을 막아 있습니다. 그리하여 딸은 억지로 그 가시밭을 넘어가려다가 가시에 찔리어 손과 발이 피투성이가 되었습니다.

그러나 억지 센 이 딸은 아픔을 참고 그 가시밭을 지나 겨우 못가에 와본즉 세 개의 황금으로 된 얼굴이 물 밖으로 나오며

"나의 얼굴을 씻고 나의 머리를 빗겨 다오."

하고 말했습니다.

딸은 이 말을 듣고 성이 나서 술병을 들어 세 개의 얼굴을 치며

"이 무례한 물건아, 진작 없어지거라."

하고 소리를 질렀습니다. 그런즉 세 개의 얼굴은 크게 성내어 첫째 얼굴이 말하기를

"나는 이 세집애의 일굴을 헌데瘡 투성이가 되게 하겠다."

둘째 얼굴이 말하기를

"나는 이 계집애의 몸둥이에 몹쓸 냄새가 끊이지 않게 하겠다."

셋째 얼굴이 말하기를

"나는 이 계집애를 빈궁한, 신 깁는 갓바치의 아내가 되게 하겠다."

하고 세 개의 얼굴은 물속으로 들어갔습니다.

딸은 그곳을 지나 어느 장거리로 간즉 길 가는 사람들이 딸의 얼굴을 보고 다 도망갔습니다. 딸의 얼굴은 그 동안에 벌써 헌데 투성이가 되어 보는 사람이 몸서리를 치도록 괴악하여졌습니다.

그때 이 장거리에 매우 가난한 신 깁는 갓바치가 있었습니다. 어떤 때 신선神仙

의 신을 지어 주고 헌데에 바르는 약을 얻어 두었습니다. 이 딸의 창병은 다행히 그 약을 발라 깨끗하게 나았으니, 딸은 마침내 그 갓바치의 아내가 되고 말았습니다.

그 후 딸은 자기 남편인 갓바치를 데리고 자기 어머니를 만나보고자 궁전으로 찾아왔습니다. 한즉 왕은 그 딸의 남편이 갓바치인 줄을 알고 대단히 성내어 곧 두 사람을 쫓아내었습니다.

그리하여 그 딸은 울며울며 시골로 내려가서 천한 갓바치의 아내가 되어 일생 동안을 고생 중에서 보내고 말았다 합니다.

매화 (동요)

(一), 컴컴하던 가지에
　　　　　희끗희끗이
　　진주같이 고웁게
　　　　　매화가 피었다.
　　결백한 눈雪 밑으로서
　　　　　맑은 향기 토하며
　　장차 오는 봄날을
　　　　　먼저 고하네.

(二), 산속에서 잠자는
　　　　　꾀꼬리새야,
　　어서 와서 노래해
　　　　　매화가지에,
　　장차 피일 꽃소식을
　　　　　먼저 전하네.

울냄이와 개구리 (동화)

　옛날에 어찌 울기만 하던지 '울냄이'라는 별명을 가진 계집아이가 하나 있었습니다. 자기 마음대로 되지 않는다고 울냄이는 울었습니다. 자기가 가지고 싶은 것을 주지 않는다고 울냄이는 울었습니다.

　울냄이의 어머니는 어떤 날 울냄이에게 말하기를 그렇게 자꾸 울기만 하다가는 마지막에는 눈물에 몸뚱이까지 녹아 버리고 말겠다고 하였습니다. 그리고

　"너는 마치 하늘에 있는 달님을 달라고 조르며 울었다는 옛날 어떤 못난 아이와 같구나. 설사 달님을 그 아이에게 줄 수가 있었다 한들 그 아이는 그로 인해 행복스럽지는 못하였겠지. 왜 그러냐 하면 제가 있어야할 곳을 떠난 달님은 누구에게나 필요한 것이 못 될 것이 아니냐? 너도 그와 꼭 같다. 네가 가지고 싶은 물건의 절반을 네가 설사 가지게 된다 할지라도 그 절반의 절반만치도 아무 소용이 못 되는 것이 아니냐?"

하고 말했습니다.

　그러나 울냄이는 어머니가 하시는 말은 조금도 듣지 않고 여전히 울기만 했습니다.

　어떤 날 아침 울냄이는 학교에 가기가 싫어서 울면서 학교를 갔습니다. 그런즉 자기 옆에 개구리 한 마리가 깡충깡충 뛰면서 따라왔습니다.

　"무슨 일이 있다고 너는 내 뒤를 따라오니?"

하고 울냄이는 눈물에 잘 보이지도 않는 눈을 크게 뜨고 물어 보았습니다.

　"당신 눈물로 큰 연못 하나가 생길 터이니까 나는 그 연못을 남에게 뺏기지 않고 차지하려고 이렇게 따라오지요."

하고 개구리가 대답했습니다.

　"누가 너에게 연못을 만들어 주겠다고 하더냐? 성가시게 따르지 말아라."

하고 울냄이는 개구리를 꾸짖었으나 그 개구리는 여전히 따라왔습니다. 그래서 울냄이는 우는 것을 그치고 달음질을 쳤습니다. 그러나 달음질을 치면 칠수록 개구리도 빨리 뛰어와서 아무리 하여도 개구리를 피해 도망갈 수가 없었습니다. 그

래서 울냄이는 또 울기를 시작했습니다. 그리고

"이 망할 개구리, 저편으로 가지 않겠니?"

하면서 울냄이는 좀 피곤한 듯이 길가에 있는 바위 위에 걸터앉았습니다. 물론 그러는 동안에도 우는 것은 쉬지 않았습니다.

"야—, 조금만 있으면 큰 연못이 하나 생기겠구나" 하면서 개구리는 중얼거렸습니다.

그 소리를 듣고 울냄이는 분한 김에 더욱 크게 울었습니다. 그리하여 함지박 같은 눈물이 폭포같이 쏟아져 나왔습니다. 그 눈물에 가려 울냄이는 아무것도 보이지를 않았습니다. 그러는 동안에 어디서 '풍덩!' 하는 소리가 들렸습니다.

울냄이가 하— 이상해서 눈물을 조금 훔치고 보니까 울냄이의 앉아 있는 근처에는 큰 연못 하나가 생겨 있었습니다.

울냄이는 그 연못 복판에 있는 작은 섬 위에 앉아 있었던 것입니다. 울냄이가 어처구니가 없어서 지금은 울지도 못하고 우둑하니 앉아 보노라니 개구리가 지금 막 들어간 연못 속에서 얼굴을 찌푸리고 기어 나오며 울냄이의 옆에 앉습니다.

"그래 지금은 만족하냐? 네 소원대로 연못이 생겼으니 대단히 기쁘지? 왜 물속에 있지 않고 도로 나오니?"

하고 울냄이가 물었습니다.

"그 말 마시오. 내가 욕심내던 것은 실상 가지고 보니 쓰지 못할 것을 바랐음을 깨달았습니다. 당신의 눈물은 짜서 짜서 아무리 내 혼사 차시할 연못이라도 이렇게 짜서야 못 견디겠소. 당신의 눈물이 이렇게 짜지만 않았으면 나는 행복자가 되었을 것을."

"싫은 것을 누가 억지로 있으라니? 또 내 눈물이 짜든 달든 누가 너보고 그따위 참견하라니?"

하면서 울냄이는 또 울었습니다.

"아이고, 그만 울어요, 그만 울어요. 그렇게 자꾸 울다가는 홍수가 나겠소."

하며 개구리는 안타까운 듯이 울냄이를 치어다보며 이리 뛰고 저리 뛰고 합니다. 울냄이는 자기 주위에 물이 자꾸 붙는 것을 보고 잠깐 울음을 그치며

"어떻게 하면 좋을까? 나는 헤엄칠 줄도 모르는데 여기 이대로 있다가는 그만

빠져 죽겠지?"

하고 울냄이는 또다시 죽을 것이 무서워 울었습니다.

그것을 보고 있던 개구리가 앞발을 흔들며

"좀 울음을 참아요. 당신이 우는 것을 그치지 않고는 당신을 구제할 도리가 없습니다."

한즉

울냄이는 이 말을 듣고 만약 이 섬에서 구해 줄 것 같으면 울지 않겠다고 약속을 했습니다.

"오직 한 가지 방책이 있습니다. 그것은 당신이 울음을 그치고 웃는 얼굴을 짓는다는 것이오. 그리하면 못 물은 순식간에 말라서 우리 둘이 무사히 피할 수가 있지요."

하고 개구리가 말한즉

"그렇지만 억지로 어떻게 웃는 얼굴을 지어?"

하며 울냄이는 그만 두 눈에 눈물이 핑 돌았습니다.

"안 됩니다, 안 됩니다. 이번에 또 울기만 하면 당신은 정말 그 눈물에 빠져 죽을 것이요."

"우습기도 하다. 내가 내 눈물에 빠져 죽다니."

하며 울냄이는 갑자기 우스운 생각이 나서 이렇게 말을 하고 "하하하" 하며 웃어 버렸습니다.

"옳지요. 자꾸 웃으십시오. 저것 보아! 벌써 연못의 물이 절반이나 말랐습니다."

하며 개구리는 뒷발로 서서 땐스를 합니다. 울냄이는 그것이 우스워서

"춤추는 꼴도 우습기도 하다. 개구리 땐스라고는 처음 보는 일인걸. 그 모양을 그대로 그렸으면 참 좋겠다."

하면서 웃음을 참지 못하였습니다.

"그럼 그리고 싶으면 옆에 낀 책보 속에 석판이 있지 않아요?"

하고 개구리는 자기를 그려 달라는 듯이 작은 막대기 하나를 집어 앞발로 지팡이처럼 짚고 뒷발을 꼬아 고요히 섰습니다.

울냄이는 석판을 끌어 내어 개구리의 모양을 그렸습니다. 그런즉 개구리는 마

치 땐스할 때처럼 허리를 실룩거렸습니다. 울냄이는 그 모양대로 개구리를 그리려고 하였으나 다 그리고 본즉 그다지 그림이 잘 되지 않았습니다.

"이 그림이 네 마음에 드느냐?"

하며 울냄이는 개구리에게 그 그림을 보였습니다. 그런즉 개구리는 그림을 보고 깜짝 놀라는 모양인고로 울냄이는

"너는 아무런들 네 모양이 아름답다고는 생각지 않겠지?"

하며 우스운 듯이 또 웃었습니다.

"그러나 아무런들 이 그림처럼 추한 얼굴은 아니겠지요. 어디 지금은 내가 당신의 얼굴을 그려 보지요."

하며 개구리가 말했습니다.

"자―, 웃음을 띄고 유쾌한 표정을 하시오."

하며 개구리가 석판을 받아 울냄이의 그림을 그리기 시작했습니다. 울냄이는 개구리가 말한 대로 유쾌한 표정을 하였습니다. 그리하여 오륙 분 동안이나 지나서 개구리는 자기가 그린 그림을 울냄이에게 보였습니다.

"아유, 코는 어디 있어?"

울냄이는 웃으며 물었습니다.

"아차, 참 코를 잊어버렸군. 그러나 이 눈과 입이 훌륭히 되지 않았어요?"

"하지만 내 눈과 입이 이렇게 큰가?"

"하하하, 어떻든 우리는 미술가 자격은 없나 봅니다."

개구리는 울냄이의 웃음을 자아내는 듯이 크게 소리쳐 웃었습니다. 울냄이도 따라 웃으며 무심히 사방을 둘러보다가

"아이고, 어느 틈에 연못이 없어졌네."

하며 놀랐습니다.

개구리는

"나는 당신이 항상 웃는 얼굴로만 있으면 연못 물이 마를 줄을 짐작한 것입니다. 그리고 지금 당신과 나와는 한 교훈敎訓을 얻었습니다. 나는 어떠한 일이 있든지 다시는 내 혼자 차지할 연못을 욕심내지 않을 터입니다. 설사 그 욕망이 만족된다 할지라도 동무가 없는 세상은 적적하기 짝이 없고 또 이번과 같이 짠물에

골머리를 앓게 되는지도 모르겠지요. 당신도 그렇지요. 지금부터는 조그마한 일에 울며불며 해서는 안 됩니다. 그 버릇을 고치지 않으면 당신 신상에도 좋지 못할 것입니다. 그리고 웃음을 띤 당신 얼굴은 몇 백배 천배나 아름다울지 모릅니다."

"그래, 나도 울 때보다 웃을 때가 내 마음이 얼마나 즐거운가를 지금에야 알았다."
하며 울냄이는 부끄러운 듯이 말했습니다.

"그러면 또다시는 눈물이 안 나오도록 조심하시오."
하며 개구리는 깡동깡동 뛰어 달아났습니다.

원숭이 세 마리 (동요)

(一), 저기 저기 나무에
　　앉아 있는 원숭이.
　　세 마리 간지런히
　　무엇 하는가?

(二), 악한 것은 아니 보는
　　원숭이 하나.
　　사람은 언제든지
　　착한 일만 말하고
　　듣고 보고 하는 것이
　　참사람일세.

변통성 없는 둔팩이 (동화)

옛날 어느 곳에 둔팩이라는 아이가 있었는데 집안이 구차하여 어머니는 매일 바느질을 하여 그날 그날을 보내고 있었습니다. 그러나 이 둔팩이는 아무 일도 하지 않고 놀기만 좋아하여 여름이 되면 나무 밑에서 낮잠이나 자고 겨울이 되면 난로 곁에서 뒹굴고만 있었습니다.

어머니가 아무리 일러도 이 둔팩이는 조금도 일을 하지 않고 늘 고양이 모양으로 눈을 가늘게 뜨고 양지쪽만 찾아 다녔습니다.

어떤 날 어머니는 둔팩이에게 무슨 일을 시켰더니 둔팩이는 씻은 듯이 잊어버리고 또 낮잠만 자고 있었습니다. 어머니는 대단히 성을 내어,

"둔팩아, 너같이 일하기 싫어하는 사람은 아마 이 세상에는 없을 듯하다. 내가 하는 말을 그렇게도 듣지를 않을 생각이면 집안에 붙여두지를 않고 내어 쫓을 터이니 그래도 좋으냐?"

둔팩이는 이 말을 듣고 내어 쫓기게 되었다가는 큰일이라고 생각하여 벌떡 일어나서

"어머니, 그러면 내 어디 가서 일을 하고 돈을 벌어 올 터이니 안심하시오."
하고 둔팩이는 그날은 어느 농사꾼의 집에 팔려 가서 온종일 일을 하고 품값으로 5전을 얻어가지고 좋아서 싱글싱글 웃으며 집으로 돌아왔습니다.

그러나 중도에서 개울을 건너뛰다가 잘못하여 손에 쥔 돈을 그만 개울 속에 빠뜨렸습니다. 이것 안 되었구나 하고 생각하였으나 어떻게 하는 수가 없어 둔팩이는 풀이 죽어서 집으로 돌아와

"어머니 내가 일을 해주고 품값을 받아가지고 오다가 개울 건널 때 잘못하여 그만 빠뜨렸습니다."
한즉 어머니는

"이 못난 자식아, 왜 주머니 속에 넣고 오지를 못하였니?"
하고 꾸짖었습니다.

둔팩이는 그때야 주머니 생각이 나서

“지금부터는 그리 하겠습니다” 하고 말했습니다.

그 이튿날 둔팩이는 어떤 우유 집에 팔려가서 품값 대신에 우유 한 병을 얻어 가지고 이번에는 그것을 주머니 속에 넣고 와본즉 우유는 다 쏟아지고 한 방울도 남지 않았습니다. 어머니는 또 성을 내며

“이 못난 자식아, 왜 머리 위에 이고 오지를 못해!”

하고 꾸짖었습니다.

“지금부터는 그리 하겠습니다.”

말하고 둔팩이는 그 이튿날은 어떤 농가에 팔려가 농삿일을 조력하여 주고 버터牛酪 한 덩어리를 얻어서 머리 위에 얹고 집에 와본즉 버터는 녹아 머리칼에 달라붙어서 먹지 못하게 되었습니다.

어머니는 기가 막혀

“이 망할 자식, 왜 손에 들고 오지를 못하였니?”

하고 또 꾸짖었습니다.

둔팩이는 머리를 긁으며

“지금부터는 꼭 그리 하겠습니다.”

하고 그 이튿날은 어떤 빵 만드는 집에 팔려가서 품값으로 고양이 한 마리를 얻어서 그것을 손에 들고 온즉 중도에서 고양이가 갑작이 덧나서[노염이 일어나서] 둔팩이의 손을 할퀴고 도망가 버렸습니다. 둔팩이는 손이 피투성이가 되어 집으로 돌아가서 어머니에게 고양이 말을 한즉

“너 같은 둔팩이는 처음 보았다. 왜 끈으로 맨 뒤에 끌고 오지를 못하였니?”

하고 꾸짖었습니다.

둔팩이는 머리를 긁으며

“지금부터는 꼭 그리 하지요.”

하고 그 이튿날은 어느 소고기전에 가서 일을 하여 주고 뼈 붙은 소고기를 얻어 끈으로 맨 뒤에 끌고 왔습니다. 와본즉 땅바닥으로 그냥 끌고 왔으므로 고기는 흙과 모래 투성이가 되어 못 먹게 되었습니다.

어머니는 너무 어처구니가 없어서

“어째 그다지도 못났단 말이냐? 고기를 끈으로 묶어 끌고 오는 어리석은 자가

어느 천지에 있단 말이냐? 왜 어깨에 메고 오지를 못하였니, 이 못난 자식아."
하며 둔팩이의 뺨을 철썩 때렸습니다.

둔팩이는 면목이 없는 듯이 고개를 숙이며

"지금부터는 꼭 그리 하겠습니다."
하고 그 이튿날은 어느 목자牧者의 집에 가서 일을 하여 주고 노새 한 마리를 얻어서 영차영차 하며 그 노새를 어깨에 메고 왔습니다. 노새는 네 발을 버둥대며 매우 괴로워하였으나 둔팩이는 일절 관계하지 않고 땀을 흘리며 집을 향하고 돌아왔습니다.

그런데 그 중도에 장자 집 하나가 있어 그 집에 매우 잘 생긴 딸이 있었는데 이 딸이 말을 하지 못하는 이상한 병에 걸렸습니다. 그 집에서는 부자의 외딸이라 사방에 사람을 놓아 고명한 의원을 청해다가 돈을 아끼지 않고 약을 썼으나 조금도 효험이 없었습니다.

그 후 어떤 명의名醫가 말하기를 병자를 웃기기만 하면 꼭 그 병이 낫겠다고 했습니다. 그러나 그 딸은 극히 얌전하고 웃기를 싫어하는 성질이었는고로 아무리 온갖 짓을 하여도 도무지 웃지를 않았기에 부모 되는 이는 어떻게 하면 웃겨 볼까 하고 대단히 걱정을 하고 있던 차 마침 그 처녀가 창 곁에 앉아 무심히 길거리를 바라보고 있은즉 그때 둔팩이가 영차영차 하면서 땀투성이가 되어 무거운 노새를 어깨에 메고 지나가는 것이 눈에 띠었습니다.

노새는 괴로움에 못 견디어 입으로는 거품을 흘리고 네 발을 버둥대고 있었습니다. 이 우스운 양을 보고 그렇게 웃기 싫어하는 그 처녀도 뜻하지 않고 웃음이 나와 "하하하하하하" 하고 크게 웃었습니다. 그런즉 이상스럽다, 그 처녀의 병은 금시로 깨끗하게 나아서 훌륭하게 말을 하게 되었습니다.

장자는 대단히 기꺼워하여 둔팩이를 사위로 삼았습니다.

그리하여 둔팩이는 어머님을 모시고 사랑하는 부인과 같이 행복스럽게 살았다 합니다.

반딧불이 (동요)

(一), 밤 깊었다, 반딧불이야
　　　　　대단히 졸리지?
　　어ー서 불을 *끄고*
　　　　　자장자장해.

[후렴] 나의 좋은 동무인
　　　　　앞 내의 반딧불이.
　　언제든지 아름답게
　　　　　빤-짝빤-짝빤-짝.

(二), 저ー 건너 주막집도
　　　　　지금 문을 닫았네.
　　어서 불을 *끄고*
　　　　　자장자장해.

어리석은 사람들 (동화)

어느 곳에 한 노파가 있었습니다. 두 아들이 있었는데, 한 아들은 죽고 한 아들은 먼 곳으로 가고 없었습니다. 그런지 이삼일 후에 이 노파의 곳에 알지 못하는 병정 하나가 와서

"할머니, 나를 하룻밤만 재워 주시오."

하며 간청하였습니다.

"하룻밤이야 관계없겠지. 그런데 자네는 어디서 사나?"

"네, 나는 저승에서 사는데 이름은 니-콘 이라고 합니다."

"저승에서? 멀리서도 온다. 내 아들이 이삼일 전에 죽어서 저승으로 갔는데 혹 자네가 보지 못하였나?"

"보다 뿐입니까? 한방에 같이 있었는데요."

"아이고, 그것은 정말인가?"

"누가 거짓말을 하겠습니까? 당신 아들은 저승에서 양¥을 치는 목자의 소임을 맡아보지요."

"아이고 그런가? 그러면 내 아들도 저승에서 고생이 적지 않겠군."

"말이 났으니 말이올시다마는 고생이 여간 아닙니다. 잘 먹지를 못해서 뼈만 남고 거기다가 누추한 의복을 입고 있는 모양은 정말 아귀 같아요."

"아유 가엾어라."

노파는 아들 생각을 하고 눈물을 흘리며 병정을 향하여 다시

"매우 미안스러우나 여기 필목이 두 필하고 돈이 십 원 쯤 있으니 자네 저승에 가서 내 아들에게 좀 전해 주게."

"어려울 것 없습니다. 그러면 속히 다녀오겠습니다."

하고 그 병정은 필목과 돈을 가지고 어디로 도망가 버리고 말았습니다.

그런지 며칠 후에 둘째 아들이 돌아왔습니다.

"어머님, 그 동안 안녕하셨습니까? 저는 지금 돌아왔습니다."

"오-, 잘 다녀왔니? 그런데 며칠 전에 니-콘이라는 병정이 와서 죽은 네 형의

말을 하고 갔다. 그 병정은 저승 사람인데 네 형과 한방에서 친하게 지냈다고 하면서 네 형의 고생살이 이야기를 하길래 필목 두 필하고 돈 십 원을 전해 달라고 주었다."

"어머님도 어리석기도 하시오. 그따위 말을 곧이 듣는 사람이 어디 있어요. 그러면 어머니 나는 다시 온 천하를 여행을 하고 돌아오겠습니다. 그래서 만약 이 세상에서 어머니보다 더 어리석은 사람이 있으면 돌아와서 어머님을 봉양하겠으나 만일 더 어리석은 사람이 없으면 나는 이 집에 다시 돌아오지 않겠습니다."
하고 둘째 아들은 다시 먼 길을 떠났습니다.

여러 날 후에 어떤 귀족의 별장지別庄地에 도착하여 어느 훌륭한 집 앞에 와본즉 암토야지 한 마리가 많은 새끼를 데리고 놀고 있는 것을 보았습니다. 그래서 둘째 아들은 그 앞에 가서 땅에 엎디어 그 도야지에게 절을 자꾸 했습니다. 그런즉 그 댁 부인인 듯한 사람이 그것을 창밖으로 내다보고 자기 딸에게 말했습니다.

"저것 보아라. 이상한 사람도 있지. 왜 도야지 앞에서 절을 하고 있을까? 네가 가서 좀 물어보고 들어오너라."

딸은 나와서 물었습니다.

"여보, 당신은 왜 땅 위에 엎드린 도야지를 보고 절을 하고 있습니까?"

"네, 댁의 도야지의 흰 점 박힌 것이 꼭 내 죽은 아내와 쌍둥이같이 흡사합니다. 그래서 반가운 김에 이렇게 절을 합니다마는 아가씨께 하나 청할 것이 있습니다. 다른 것이 아니라 오늘밤에 내 자식이 장가를 가는데 이 도야지와 새끼를 손님으로 대접할 생가인즉 좀 보내주실 수 없을까요?"

부인은 딸에게서 이 말을 듣고

"무엇? 도야지 모자를 혼례식에 청한다고? 어리석은 사람도 있다. 웃음거리 삼아서 꼴이나 보게, 그러면 도야지를 데려가라고 해라. 그리고 너는 하인들에게 말하여 도야지를 잘 씻은 뒤에 화장을 시키라고 해라. 나는 도야지 입을 의복이나 찾아보겠다."
고 하여 집안은 큰 소동을 하며 도야지를 목욕시킨 뒤에 화장을 차리고 의복을 입혀 쌍두마차에 태워서 둘째 아들에게 주었습니다. 둘째 아들은 마부가 되어 수레를 몰아갔습니다.

그때에 주인 되는 귀족이 돌아왔습니다. 딸과 부인은 배를 치며 웃으면서

"글쎄, 아버지 지금 어떤 사람이 와서 우리집 도야지를 보고 자꾸 절을 하겠지요. 그래서 왜 그러느냐고 물으니까 그 사람 말이 댁의 도야지는 흰 점이 박혀서 꼭 죽은 아내와 형제 같으므로 아들 혼례식에 청한다고 하겠지요."

"그래서 도야지를 주었니?"

"네, 목욕을 시키고 쌍두마차에 태워서 지금 막 보낸 참이야요."

"그래, 그 사람은 어디 사는 사람이냐고 물어보았니?"

"아니요."

"아니요라니? 이 어리석은 것들아 너희들은 그놈에게 속았다."

주인은 성이 나서 집을 뛰어나와 말을 타고 쌍두마차를 찾았습니다.

둘째 아들은 뒤에서 주인이 따라오는 것을 보고 길가 수풀 속에 마차를 감추고 자기는 길바닥에 나와서 모자를 벗어 길 위에 덮어 놓고 그 옆에 앉아 있었습니다.

한참 있다가 주인이 따라와서

"여보, 지금 이리로 쌍두마차에 도야지를 싣고 가는 사람을 보았소?"

"네, 지나갔습니다. 아마 지금쯤은 꽤 멀리 갔을걸요."

"어디로 갔소? 지금 따라가면 쫓을 수 있겠소?"

"쫓아가지요. 그러나 길이 사나와 말 타고 가신다면 좀 어려울걸요."

"그러면 당신이 좀 붙들어 줄 수 없겠소?"

"그럴 수는 없습니다. 나는 이 모자 밑에 귀중한 매鷹 한 마리를 잡아 넣고 도망갈까봐 지키고 있는 중이니까."

"그 매는 내가 잘 보아줄 터이니 좀 갔다 오시오."

"잘 보아 주신다면 갔다 오지요만 만약 놓치면 난 우리 주인에게 내어쫓기게 됩니다."

"대체 이 매는 얼마 짜리나 되길래 그러오?"

"삼백 원에 지금 우리 주인이 산 것이요."

"그러면 이 매를 놓치면 그 값을 내가 물겠으니 걱정 말고 다녀오오."

"하지마는 지금은 그렇게 약속을 했어도 있다가서 모른다고 하시면 나는 호소무처가 되게요."

"그렇게 의심이 많으면 지금 삼백 원을 내지요."

둘째 아들은 돈을 받은 뒤에 주인이 타고 온 말을 타고 저편으로 달려갔습니다. 주인은 혼자 앉아서 빈탕 모자만 지키고 아무리 기다려도 그 사람은 돌아오지를 않습니다. 석양은 벌써 서산으로 넘어가고 사방은 어둠침침해지는데도 모자 임자는 꼬리도 보이지 않습니다.

"내가 속지나 않았나. 어디 모자 속을 보아서 만약 매가 있으면 거짓말이 아니지만 그렇지 않으면 내가 속은 것이 분명하겠다."
하면서 모자를 가만히 들고 보니 모자 속에는 매는커녕 버러지 새끼 한 마리도 없었습니다.

"야－, 이놈이 나를 속였구나. 집안 사람을 속인 것도 필시 그놈이로구나."
하고 부르짖었으나 닭 쫓던 개 지붕 치어다보기로 아무 소용이 없었습니다. 주인은 헌 모자를 땅바닥에 놓고 발로 짓밟은 뒤에 자기 별장으로 돌아왔습니다.

둘째 아들은 그 동안에 집으로 돌아와 자기 어머니에게 지난 이야기를 말하고 이렇게 말했습니다.

"어머님, 안심하십시오. 이 세상에는 어머님보다 몇 백 배 더 어리석은 사람들이 있는 것을 비로소 알았습니다. 이것 보시오. 마차나 말이나 의복이나를 남에게 그냥 주는 못난이들이 이 세상에는 많이 있습니다."

착한 인형 (동요)

(一), 나의 동무 인형의 이름은 아기.
　　 얌전하고 똑똑하고 사랑스러워.
　　 조르지도 아니하고 울지도 않고
　　 항상 기쁜 얼굴로써 벙글벙글해.

(二), 밤이 되어 나하고 같이 잘 때는
　　 고운 의복 갈아 입혀 가슴에 안고
　　 사랑스런 그 입술에 젖도 먹여요.
　　 잘 자거라, 착한 아이 자장자장해.

이마 넓은 영감 (동화)

옛날 어느 곳에 이마가 넓고 꾀만 남은 부자 영감 하나가 있었습니다. 어떤 날 장 구경을 하려고 장거리를 나간즉 저편으로부터 박도령이라고 불리고 골격이 장대한 남자가 와서,

"영감님, 얼마나 일찍이 출입을 하셨습니까? 무엇을 사려고 나오셨나요?"

하며 다정히 인사를 하였습니다.

"응, 박도령인가? 무엇 사려고 나온 것이 아니라 밥도 짓고 물도 긷고 목수일도 서투르지 않는 머슴 하나를 둘까 하는데 자네 혹 아는 사람이 있으면 한 명 구해 주게나그려. 월급은 많이 낼 수 없지마는."

"그러시면 나를 쓰시지 않겠습니까? 부지런히 일을 잘 보아 드리지요. 그 대신 돈 같은 것은 한 푼도 받지 않겠습니다. 다만 섣달 그믐날에 영감님 이마를 세 번만 탁탁탁 튀기기로 약속하시면 그 외에는 아무것도 소용되지 않습니다."

영감님은 고개를 기웃하며 이마를 긁어 보았습니다. 탁탁탁 튀긴다 할지라도 세 번 쯤에야 내 이마가 뚫어지지는 않겠지 하고 돈 안 받는다는 말에만 좋아서

"그러면 그러게. 자네만 부지런히 일을 보아 준다면 그만 것이야 못 참겠나?"

하며 약속을 하고 박도령을 집으로 데리고 왔습니다.

박도령은 영감 집으로 와서 짚북데기 속에서 자며 세 사람 몫이니 일을 히였습니다. 아침이 되면 밝기 전에 일어나 밭도 갈고 불을 피워 밥도 지으며 온갖 집안 일은 정성스럽게 다하였습니다.

영감 마누라는 그것을 보고 마음에 대견스러워 누구나 만나면 박도령의 칭찬을 하였습니다.

그러나 오직 영감만은 박도령이 싫어서 한 번도 정답게 말 한마디 하지 않았습니다. 가볍게 약속은 하였으나 늘 이마만 만지며 지나다가 그러는 동안에 일년이 지나 섣달 그믐날이 가까워졌습니다. 영감님은 그만 풀이 죽어 밥도 잘 먹지 않고 잠도 잘 자지 못하고 이마를 맞을 걱정에 잠시도 편안할 때가 없었습니다.

그래서 영감님은 참다못해 자기 마누라에게 그 말을 하고

"이것을 어떻게 하였으면 좋겠나?"

의논을 하였습니다.

여자의 지혜는 간사한 일에는 민첩하여 문득 좋은 방책을 생각해 내었습니다.

"그러면 이렇게 하는 것이 좋지 않겠소? 무엇이든지 박도령이 못 할 일을 시켜서 그 일을 마치지 못할 것 같으면 집에 돌아오지 말라고 하구려. 그러면 언제든지 돌아오지를 못할 터이니 이마를 맞지 않고도 일은 무사히 되지 않아요?"

과연 마누라 말이 옳다고 영감님은 겨우 가슴을 가라앉히며 그 뒤부터는 박도령을 보아도 무서워하는 마음이 사라졌습니다.

어떤 날 영감님은 박도령을 보고

"여보게 박도령, 자네에게 하나 청할 일이 있네. 자네에게 처음으로 이야기지마는 실상은 바다 속에서 사는 귀신들이 해마다 나에게 바칠 세금이 있는데 벌써 기한이 지나도 가져오지를 않네그려. 자네 좀 어렵지마는 갔다 오게."

하고 무리한 심부름을 시켰습니다.

그런즉 박도령은 쓸데없는 말다툼을 하는 것도 소용없을 줄 알고 선선히 대답을 한 후 나갔습니다. 한참 후에 박도령이 바닷가에 나와 본즉 새끼줄이 하나 떨어져 있기로 아무 마음 없이 한 끝을 물에 담그고 한 끝을 손에 쥔 채로 물을 젓고 있은즉, 이상스럽다, 바다 속으로부터 큰 귀신 하나가 쑥— 머리를 내어 밀며

"박도령, 당신은 무슨 까닭으로 그런 장난을 합니까?"

하며 말을 합니다.

"나는 이렇게 하여 너희들을 다 죽여 버릴 작정이다."

그 귀신은 얼굴이 노래지며

"그것은 무슨 까닭입니까?"

하고 다시 물었습니다.

"무슨 까닭 여부가 있나? 너희들은 해마다 정해 놓고 바치는 세금을 바치지 않았지?"

"아— 박도령, 그렇게 새끼줄을 흔들지 마세요. 지금 말하신 세금은 나는 처음 듣는 말인데 어디 내 자식놈에게 물어보고 올 터이니 잠깐만 기다리시오."

하고 물속으로 들어간 뒤 대신 나온 것은 아들 귀신이었습니다.

"여보 박도령, 당신이 받으려 하는 세금은 대체 어떤 세금입니까? 개벽한 뒤로

그런 말도 못 듣고 그런 세금을 바쳐 온 일도 없는데…… 그러나 억지로 받아 가지겠다면 드리지 않을 것도 아니나 그리하는 데는 한 가지 약속할 것이 있습니다. 이후에 피차 아무 군말이 없도록 하는 것이 좋을 터이니까, 자— 우리 둘이 누가 먼저 이 바닷가를 돌아오나 내기를 하여 만약 내가 지면 바치라는 그 세금을 바칠 것이요, 그렇지 않으면 당신이 그 세금은 도로 나에게 주기로 합시다."

"무엇? 너와 나와 경주를 하여 승부를 결정한다? 얘 그만두어라. 너 따위하고 경주를 하려면 내 동생을 시켜도 넉넉히 이길 것이다."

하고 가까이 있는 수풀로 가서 토끼 두 마리를 잡아 가지고 한 마리는 부대 속에 감춘 뒤에 한 마리만 들고 나와서

"얘 새끼 귀신아, 너는 먼저 내 동생인 이 토끼하고 승부를 다투어 보는 것이 어떠냐? 자, 준비해라. 하나, 둘, 셋."

새끼 귀신과 토끼는 같이 뛰어갔습니다. 그러나 귀신은 바닷가로 붙어서 뛰어가고 토끼는 산중으로 도망갔습니다. 잠시 후에 새끼 귀신이 바다를 한 바퀴 돌아서 땀투성이가 되어 박도령 있는 데로 가본즉 박도령은 토끼의 머리를 어루만지며

"동생아, 매우 다리가 아프지? 그러나 네가 이겼다, 기뻐해라."

하면서 새끼 귀신 오기를 기다리고 있습니다. 새끼 귀신은 이것을 보고 깜짝 놀라 자기 아비 있는 데로 가서

"아버지, 그만 박도령은커녕 박도령 동생에게 지고 말았습니다."

하고 말한즉

"자—, 그러면 어떻게 하는 것이 좋으냐?"

하고 아비 귀신이 걱정을 하고 있은즉 물 밖에서는 박도령이 또 새끼줄로 휘젓고 있습니다. 할 수 없어 다른 귀신이 물 밖으로 나가

"박도령, 물을 젓지 말고 잠깐 내 말을 들으시오. 달라시는 세금은 그대로 다 드릴 터이니 한 번만 더 내기를 합시다. 이 쇠몽치를 누가 멀리 던지나 승부를 합시다. 왜 아무 대답도 없어요? 지게 될까봐 걱정이 됩니까?"

"걱정? 걱정하는 게 아니라 저기 저 구름이 이리 지나기를 기다리노라고 그러는 것이다. 네가 가진 그 쇠몽치를 구름 위에 올려 보낸 뒤에 너희들을 한 놈도 남기지 않고 다 죽여 버릴 생각이다."

그 귀신은 크게 놀라 아비 귀신에게 가서 이 말을 하였습니다.

또 물 밖에서는 박도령이 새끼줄을 휘젓는고로 할 수 없이 귀신 하나가 밖에 나가서

"세금은 당신이 달라는 대로 다 드릴 터이니 잠깐만 기다리시오."

"무엇? 물론 세금은 주기 싫더라도 받아 가겠지마는 이번은 내가 먼저 내기를 걸겠다. 자세히 알았니? 자— 너의 힘이 어느 만한지를 시험하는 것이다. 저기 백 말 한 마리가 보이지? 저 말을 짊어지고 십리만 갔다오너라. 만약 갔다 오면 세금은 받지 않기로 하마."

귀신은 하는 수 없이 말 다리 사이로 들어가서 두 어깨로 겨우 짊어졌으나 두어 걸음 가자말자 그만 넘어지고 말았습니다. 보고 있던 박도령은 깔깔 웃으며

"못난 놈이로구나. 잘 보아라. 저 따위 말 같은 것은 나는 다리 사이에 끼고라도 달음질을 칠 터이니."

하며 번개같이 뛰어가서 말 위에 높이 앉은 뒤에 먼지를 날리며 순식간에 십리 길을 갔다왔습니다.

바다 귀신은 그만 기절할 듯이 놀라 바다 속으로 들어가서 이 말을 아비 귀신께 고하였습니다. 귀신들은 머리를 맞대고 공론하였으나 할 방책이 없었습니다. 마침내 큰 주머니에 세금을 담아서 박도령을 주었습니다.

박도령은 휘파람을 불며 집으로 어슬렁어슬렁 돌아왔습니다. 그것을 본 영감은 그만 혼비백산하여 자기 마누라 뒤에 가서 고양이 만난 쥐새끼 모양으로 벌벌 떨며 숨었습니다. 그러나 박도령은 영감을 끌어내어 그 바다 귀신에게서 받은 세금을 주고 이마를 튕기기를 청구했습니다.

불쌍한 영감은 하는 수 없이 넓은 이마를 박도령 앞에 내어밀게 되었습니다.

처음 탁 튕기는데 영감은 천장을 뚫을 듯이 세 길이나 뛰고, 두 번째 탁 튕기는데 그만 꽥 소리 한 마디도 없고, 세 번째 탁 튕기는데 그만 기절을 하고 말았습니다.

박도령은 그것을 보고

"지금이야 알았느냐? 싼 것 좋아하는 놈이 제 목숨 잃는다는 말이 이러한 것을 말한 것이다."

하고 자기 갈 데로 가 버렸습니다.

효녀 심청의 이야기 (동요)

(一), 효녀로서 이름 높은 옛날 심청은
　　　철 모를 때 어머니를 일찍 여의고
　　　　　　　　일찍 여의고
　　　앞 못 보는 심봉사께 귀히 자라나
　　　열다섯 살 되던 해의 가을은 왔다.
　　　　　　　　가을은 왔다.
　　　아침이면 전대 매고 촌촌村村이 다녀
　　　밥을 빌어 아버지를 봉양할 때에
　　　　　　　　봉양할 때에
　　　어린 가슴 깊은 속에 한 가지 한은
　　　어찌하면 아버지가 앞을 보실까?
　　　　　　　　앞을 보실까?

(二), 하느님께 기도하고 모든 정성 다 들여
　　　온갖 신령神靈 다 위해도 효험은 없다.
　　　　　　　　효험은 없다.
　　　가련하다 심청이의 장한 효성은
　　　자기 한 몸 팔아서도 아버지 위해
　　　　　　　　아버지 위해
　　　백일 청천白日靑天 명랑한 눈 되어지라고
　　　용당수龍塘水의 깊은 물에 풍덩 빠졌다.
　　　　　　　　풍덩 빠졌다.
　　　용당수의 푸른 물결 아직도 맑다.
　　　심청 효녀 장한 이름 길이 흐르네.
　　　　　　　　길이 흐르네.

못생긴 멍텅이 (동화)

옛날 어느 곳에 삼형제가 있었는데 두 형은 영리한 사람이었으나 끝의 동생인 멍텅이는 못나기가 짝이 없었습니다. 영리한 두 형은 들에 나가 양(羊)을 지키고 있었으나 멍텅이는 아무 일도 하지 않고 난로 옆에 앉아서 파리만 잡고 있는 소일이었습니다.

어느 날 멍텅이 어머니가 수수팥 단자를 만들어서

"자— 멍텅아, 이 팥단자를 가져다가 너의 형님께 드리고 오너라."

하며 대접에 담아서 멍텅이를 주어 보내었습니다.

멍텅이는 어슬렁어슬렁 나갔는데 그 날은 맑은 날이라 조금 가다가 멍텅이는 자기 그림자를 보고

"야— 이것 이상한 놈이 자꾸 따라온다. 한 걸음도 떨어지지 않고 잔뜩붙어서 따라온다. 오—옳지, 이놈이 팥단자를 달라고 그러는구나."

생각하고 멍텅이는 자기 그림자에게 팥단자를 한 개 집어 던져 주었습니다. 그리하여 한 개 주고, 두 개 주고, 셋, 넷, 다섯, 여섯, 일곱, 여덟, 자꾸 던져주었으나 그 그림자는 그래도 따라왔습니다.

"이놈이 얼마나 큰 식충인가?"

하며 멍텅이는 기막히는 모양으로 한숨을 지었습니다. 그리고 이번은 팥단자 그릇째 던졌습니다. 그런즉 그 그릇은 산산이 깨어지고 말았습니다.

한참 후에 멍텅이는 빈손으로 형 있는 곳에 왔습니다.

형은 이상히 생각하여

"야— 멍텅아, 무엇하러 왔느냐?"

하고 물은즉

"형님 주려고 점심을 가지고 왔지."

"점심을? 그래 점심은 어디 있느냐?"

"그만 없어졌다오. 내가 오는 길에 어떤 모르는 놈이 자꾸 내 뒤를 따라오기에 팥단자를 그릇째 다 주어 버렸지요."

"에끼 이 못난 멍텅아. 그러기 때문에 남에게 못난이 소리를 듣는다."

"형님, 이것 보아요. 아직도 저놈이 여기 있구려. 나하고 가지런히 서서."

하며 자기 그림자를 가리켰습니다. 두 형은 그것을 보고 그만 골이 나서 멍텅이를 흠뻑 때린 뒤에 멍텅이더러 양의 떼를 보라 하고 자기들은 점심을 먹고자 집으로 돌아왔습니다.

그래서 멍텅이는 양의 떼를 보게 되었는데 볼 줄을 모르는고로 잠시 동안에 양의 무리는 사방으로 헤어지고 말았습니다. 이래서는 안 되겠다고 멍텅이는 생각한 결과 양을 한 마리씩 붙들어 일일이 그 눈알을 뽑아 모두 소경을 만들어 버렸습니다. 그리하여 자기는 의기양양하여 돌연히 변을 당해서 정신없이 모여 있는 양의 옆에 앉아 있었습니다.

한참 후에 형이 밥을 다 먹고 와서 본즉 양은 모두 소경이 되고 말았습니다.

"이 못난 놈아 어쩌자고 이렇게 모두 눈알을 뽑아 버렸느냐?"

하고 멍텅이를 꾸짖었습니다. 그러나 멍텅이는 도리어 팔을 뽑내며

"그러면 어떻게 하라는 말이요? 다들 간 뒤에 망할 양들이 제각기 도망을 가려고 하니까 하는 수 없이 눈알을 뽑아 버렸지. 그랬더니 저것 보오. 다들 꼼짝하지 않고 온순하게 있지 않소? 아ㅡ, 눈알 뽑기에 팔이 다 아프구나."

"팔이 아픈지 마는지 이 망할 놈."

하며 멍텅이를 넙적하게 때려 주었습니다.

그 뒤 추운 겨울에 생긴 일이었습니다. 제삿날이 돌아왔으므로 멍텅이를 시켜 장에 가서 물건을 사오라고 하였습니다. 제상도 사고, 숟가락도 사고, 접시·소고기·소금 등을 사서 잔뜩 마차에 싣고 집으로 돌아왔습니다. 그러나 말이 그다지 튼튼하지 못하였던지 도무지 길을 잘 걷지를 못하였습니다.

"이놈의 말이 웬일인가? 옳다, 제상도 발이 넷이니까 말이 가지 않으면 제상에다 싣고 내가 끌고 갈 밖에 없다."

하고 멍텅이는 제상에다 산 것을 싣고 그 발에 줄을 묶어서 끌고 갔습니다. 그리하여 한참 간즉 까마귀들이 날아와서 까욱까욱 하며 짖으니까

"이 망할 까마귀들이 무엇이 먹고 싶은가보다. 옳지 저렇게 배가 고픈 모양이로구나."

하고 멍텅이는 소고기를 땅 위에 집어던지며

“야— 까마귀들아, 염려 말고 실컷 먹어라.”

하고 또 걸어간즉 길가 논에 베고 남은 벼포기들이 논바닥에 줄을 지어 있는 것이 눈에 띄었습니다. 그것을 본 멍텅이는

“애, 너희들은 모자도 안 쓰고 정신없이 왜 서있느냐? 아마 몹씨 춥지?”

하며 사 온 접시를 끌어 내어 벼포기 위에 씌어 주었습니다. 그리고 또 길을 간즉 이번에는 어떤 강가가 나왔습니다.

멍텅이는 말을 물을 좀 먹여야겠다고 제상을 물에다 집어넣었으나 제상이 물을 먹을 리가 없습니다.

“하— 물이 싱거워서 먹지를 않는 게로군.”

하고 강물에다 사온 소금을 풀었습니다. 그래도 제상 말은 물을 먹지 않으므로

“야— 이놈의 말, 모처럼 소금까지 쳐서 맛있게 하여 놓으니까 왜 먹지를 않니?”

하고 몽둥이를 들어 쳐서 제상은 산산 조각이 났습니다.

이렇게 하여 장에서 사 온 것은 길가에서 다 없어지고 오직 남은 것은 바구니 한 개뿐이었습니다. 지금은 말도 필요치 않은고로 그 바구니를 등에 짊어지고 걸어갔습니다. 그런즉 걸음 걷는 데 따라 바구니 속에는 숟가락이 절그럭절그럭 하며 소리를 냅니다. 그 소리가 마치

“못난 멍텅이, 못난 멍텅이.”

하는 것처럼 들리는고로 멍텅이는 그만 성이 났습니다. 그래서 바구니 속에서 숟가락을 집어 내어 발로 짓밟으며

“야— 이 망할 숟가락, 못난 멍텅이가 어쨌단 말이냐?”

하고 꾸짖었습니다.

한참 후에 집에 돌아온 멍텅이는

“다 사가지고 왔소” 하고

문지방 위에 올라서서 소리를 질렀습니다.

“멍텅이 잘 다녀왔느냐? 그래 사온 물건은 어디다가 두었니?”

“사온 물건? 지금 말하지. 저— 제상은 조금 있다가 따라올 터이고, 소고기는 까마귀가 먹었고, 접시는 벼포기가 쓰고 있고, 소금은 강물에 쳤고, 그리고 저— 무언가 옳지옳지 숟가락은 그놈이 자꾸 내 욕을 하길래 발로 짓밟아 버렸지. 그

놈 지금 생각을 해도 분해 죽겠네.”

“이 망할 못난 자식! 어서 가서 다 집어 오너라.”

이 말을 듣고 멍텅이는 다시 어슬렁어슬렁 논바닥으로 가서 접시를 집어다가 접시 밑에 구멍을 뚫고 그 구멍에 막대기를 꿰어 어깨에 메고 집으로 돌아왔습니다. 멍텅이의 형들이 그것을 보고 그만 더 참을 수가 없어서 멍텅이를 섬 속에 집어넣고 큰 강가로 나와서 멍텅이가 들어있는 섬을 강변에 놓아두고 얼음을 깨뜨리러 갔습니다. 마침 그때 어떤 신사 하나가 쌍두마차를 타고 그 앞을 지나갔습니다. 멍텅이는 소리를 높여

“여보시오, 동네 사람들이 날보고 동장 노릇을 하라고 이 섬 속에다 집어넣었는데 나는 동장 노릇하기가 싫으니 어떻게 하면 좋습니까?”
하고 말했습니다.

그 신사는 그 말을 듣더니

“무엇, 동장 노릇하기가 싫다? 그러면 내가 동장 노릇을 할 터이니 너는 나오너라” 하면서 섬을 풀어 주었습니다. 멍텅이는 좋아라고 나와서 자기 대신에 그 신사를 집어넣고 단단히 묶은 뒤에 자기는 신사가 타고 온 쌍두마차를 타고 집으로 도망했습니다.

형들은 그런 줄도 모르고 그 섬을 끌고 가서 얼음 구멍으로 집어넣었습니다. 한즉 물속에서는 꾸르럭꾸르럭 소리가 났습니다.

“지금은 저놈 꼴을 보지 않게 되었구나.”
하며 두 사람은 웃으며 집으로 돌아왔습니다. 한즉 지금 물속에 집어넣은 멍텅이가 찬란한 쌍두마차를 타고 두 형을 문간에서 맞고 있습니다.

“형님, 이 마차 훌륭하지요? 또 한 채를 저 물속에 남겨두고 왔지요.”
하므로 두 형은 갑자기 그 남겨두었다는 마차가 욕심 나서

“자― 멍텅아, 우리들을 섬 속에 넣고 그 강물에 집어 넣어 다오. 자― 어서 그 말이 도망가기 전에 집어넣어 다오.”

말하는 대로 멍텅이는 두 형을 섬 속에 넣고 단단히 묶은 뒤에 강으로 가지고 가서 물속에 집어 넣었습니다. 그리고 멍텅은 집에 돌아와 술을 마시며 두 형의 영혼을 제사 드렸습니다.

귀뚜라미의 울음 (동요)

(一), 가을의 긴긴 밤을
　　　　　　울어 밝히는
사랑스런 귀뚜라미
　　　　　무엇 섧다고
처량하고 구슬픈
　　　　　노래 곡조로
외로운 나그네의
　　　　　꿈을 놀래나?

(二), 달 밝고 이슬찬 밤
　　　　　　홀로 앉아서
고향 소식 그리워
　　　　　눈물 지을 때
나의 설움 돋우는
　　　　　저 귀뚜라미
긴긴 밤을 나와 같이
　　　　　울어 밝히네.

지혜 많은 처녀 (동화)

옛날 어떤 곳에 의지할 곳 없는 가련한 고아孤兒가 있었는데, 일찍이 부모를 여의고 숙부의 집에 가서 양육을 받았습니다.

어떤 날 숙부는 이 아이의 지혜를 시험하기 위하여

"너는 내일 양을 몰고 장에 가서 돈을 벌어 오너라. 그러나 양은 한 마리도 축내지 말고 다 집으로 데리고 와야 한다."

하였습니다.

그 이튿날 아침 이 아이는 한 떼의 양을 몰고 집은 나섰으나 어떻게 하여야 좋을지 알지 못하여 길가 바위에 걸터앉아 묵묵히 생각을 하고 있었습니다.

"나와 같이 우매한 자는 숙부의 한 말이 마치 무슨 수수께끼 같아서 아무리 해도 알 수가 없구나."

그때 사랑스럽게 생긴 한 처녀가 그 앞을 지나다가 아이의 번민하는 양을 보고 미안히 여겨

"당신은 무엇을 그리 걱정하십니까?"

하고 물었습니다.

아이는 자기가 걱정하는 일을 정직하게 말해 들려 주었습니다.

"그런 일 같으면 염려하실 것 없습니다. 당신이 양의 털을 베어 그 털만 상에 갖다가 팔면 돈벌이도 되고 양도 한 마리도 축없이 무사히 집으로 돌아갈 수가 있지 않습니까?"

하고 그 처녀가 가르쳐 주었습니다.

아이는 옳이 여겨 그 처녀가 말한 대로 양털을 베어 그 털을 장에 갖다 팔고 얼마의 돈을 벌이한 뒤에 양을 몰아 집으로 돌아왔습니다.

숙부는 그것을 보고 대단히 기꺼워하여

"대단히 기특하다. 그러나 누가 너에게 깨쳐 준 것이 아니냐?"

한즉 정직한 아이는 숨기지 않고 노상에서 만난 처녀의 일을 그대로 고백했습니다.

그런즉 숙부는

"사람이라는 것은 언제든지 정직하게 마음을 가지면 다른 사람의 도움을 받는 것이다" 하고 말했습니다.

그 후 며칠 지난 어느 날 아이는 또 숙부의 시킴을 받아 새끼 밴 암말牝馬에 곡식을 싣고 멀리 있는 장으로 팔러 갔습니다.

그리하여 중도에서 마차를 끌고 가는 밀가루 파는 장사치와 같이 동행을 하게 되어 두 사람은 이런 이야기 저런 이야기 하면서 가다가 날이 저물어 길가 풀밭에서 하루 밤을 자게 되었습니다. 그날 밤 아이의 말은 아이가 자는 동안 새끼 한 마리를 낳았습니다.

간사스러운 밀가루 장수는 가만히 그 망아지를 자기 마차 밑에 옮겨 놓았습니다. 이튿날 아침 아이가 일어나 본즉 말이 새끼를 낳았으므로 대단히 기뻐하였습니다.

그런즉 밀가루 장수가 억울한 듯이

"이 망아지는 내 마차 밑에서 낳았으니까 내 것이다."

하면서 불평을 말했습니다.

아이는 괘씸하게 생각하여

"아니다, 내 말이 낳은 망아지인고로 이것은 내 것이다."

하고 다투었습니다. 그러나 밀가루 장수는 머리를 흔들며 어디까지 자기의 것이라고 우기므로 두 사람은 할 수 없이 재판소로 갔습니다.

재판장은 두 사람을 불러 세우고

"너희들의 송사를 재판하기 전에 이곳 규칙에 따라 너희들은 네 가지 수수께끼를 사흘 동안에 풀어 내어야 한다. 첫째는 이 세상에서 제일 굳세고 빠른 것은 무엇? 둘째는 이 세상에서 제일 크고 퉁퉁한 것이 무엇? 셋째는 이 세상에서 제일 부드러운 것이 무엇? 넷째는 이 세상에서 제일 유쾌한 것은 무엇? 이 네 가지다. 너희들이 이 네 가지 수수께끼를 바로 풀지 못하면 재판을 하여 줄 수가 없다."

하고 분부를 하였습니다.

두 사람은 하는 수 없이 집으로 돌아와 자기 아내에게 이 말을 한즉

"그따위 수수께끼야 무엇이 어렵단 말이요?"

아내는 가장 영리한 듯이 이렇게 말하고

“이 세상에서 제일 굳세고 빠른 것은 우리 집 말이 아니요? 저 말처럼 굳세고 빠른 것이 어디 있소?”

“옳지 옳지, 그리고 또?”

“그리고 이 세상에서 제일 크고 살진 것은 우리 집 도야지가 아니요? 저 도야지처럼 핀둥핀둥 살이 찌고 퉁퉁한 것이 또 어디 있습디까?”

“옳지 옳지, 그리고 또?”

“그리고 제일 부드러운 것은 깃羽으로 만든 베개고, 제일 유쾌한 것은 따뜻한 봄바람이지요.”

“옳지 옳지.”

“그러면 네 가지 수수께끼를 다 푼 셈이 아니요?”

밀가루 장수는 이 말을 듣고 매우 기뻐하였습니다.

그런데 그 아이는 어려운 수수께끼가 나왔으므로 넋을 잃고 길가 바위에 앉아 걱정을 하고 있은즉 또 그 아름다운 처녀가 지나가는고로 아이는 기꺼워 뛰어가서 그 처녀에게 자세한 말을 하였습니다.

“그러면 내가 그 수수께끼를 풀어 드리지요. 첫째 세상에서 제일 굳세고 빠른 것은 바람이지요. 바람은 어떠한 큰 나무나 집이라도 불어 넘깁니다. 그리고 무엇보다 빠르지요. 둘째로 제일 퉁퉁하고 큰 것은 이 지구地球이지요. 이 지구는 모든 사람과 금수와 초목을 양성할 뿐 아니라 그 속에는 금은철동金銀鐵銅 온갖 만물이 부진장無盡藏으로 늘어있지요. 그리고 셋째로 제일 부드러운 것은 불이요, 제일 유쾌한 것은 잠睡眠이지요.”

하며 처녀는 자세히 가르쳐 주었습니다.

얼마 안 되어 사흘째 날이 왔으므로 밀가루 장수와 정직한 아이는 다시 법정으로 간즉 재판장이 높이 앉아 두 사람에게 수수께끼를 대답하라고 하였습니다.

그런즉 밀가루 장수는 한 걸음 나서며

“내가 먼저 대답을 하지요. 나는 그 수수께끼를 아무 힘 들이지 않고 풀 수가 있습니다.”

한 마디를 하고 자기 아내가 말한 대로 대답을 하였습니다.

그런즉 재판장은 그만 배를 두드리며 크게 웃으면서

"그런 대답이 어디 있느냐?"
하였습니다.
　재판장은 다만 아이에게 푼 것을 대답하라 한즉 아이는 즉시
"첫째는 바람, 둘째는 지구, 셋째는 물, 넷째는 잠이올시다."
"과연 그렇다. 너는 수수께끼를 바로 풀었다."
하고 칭찬을 하였습니다.
　그리하여 망아지의 송사는 정직한 아이가 승소를 하였습니다.
　그때 이 아이는 그 수수께끼를 푼 것은 자기가 아니고 어떤 젊은 처녀인 것을
정직하게 말했습니다.
　그런즉 재판장은
"그 처녀는 매우 지혜가 많은 처녀이다. 내가 한번 만나보고 싶으니 이곳까지
데리고 오는 것이 어떠냐? 그러나 한 번 더 그 처녀의 지혜를 시험하여 보고 싶으
니 네가 그 처녀에게 가서 말하되, 다리로 걷지 말고 말도 타지 말고, 발가벗지 말
고 또 의복도 입지 말고, 선물이 안 되는 선물을 가지고 오라고 전해 다오."
하고 분부했습니다.
　아이는 중도에서 그 처녀를 만나 재판장의 말을 전하였습니다.
　그 처녀는 한 번 빵긋 웃고
"그것은 쉬운 일이요."
하고 다시 아이에게 향하여
"내일 안으로 양 한 마리하고, 그물하고, 참새 한 마리를 구해서 여기까지 갖다
주시오."
하고 부탁하였습니다.
　이튿날 아이는 약속한 대로 가지고 간즉 처녀는 자기의 의복을 벗은 뒤에 그물
을 몸에 두르고 참새를 손에 쥐고 양을 타고 아이와 같이 관청으로 갔습니다.
"나는 발로 걷지도 않고 또 말도 타지 않고, 발가벗지도 않고 의복을 입지도 않
고, 선물 같지 않은 선물을 가지고 왔습니다."
하고 말한즉 재판장은 처녀가 양을 타고 그물을 입고 온 것을 보고 과연 지혜가
많은 처녀라고 깊이 감동하였습니다. 그러나 아무리 지혜가 많은 영리한 여자라

도 선물이 아닌 선물이라는 수수께끼는 풀지 못하였으리라 생각하고

"선물 아닌 선물을 가져왔느냐?"

한즉

"네, 여기 있습니다."

하고 처녀는 참새를 재판장 손바닥에 놓은즉 그 참새는 푸르럭 하고 날아가 버렸습니다.

재판장은 대단히 기뻐하여 그 처녀와 아이에게 많은 상을 주었습니다.

소꿉놀이 _(동요)

가자 가자 놀러 가자,
　　　　뒷동산으로.
꽃도 따고 소꿉 놀 겸
　　　　놀러 나가자.
복순일랑 색시 되고
　　　　나는 신랑 돼.
조개비로 솥을 걸고
　　　　날뛰며 노세.

제3부
소설

어떤 자의 선언

나는 집으로 돌아오며 어제 일을 또 한 번 생각하고, 오늘 교회에서 동료인 K가 한 말을 입속으로 연달아 뇌어 보았다.

"남이 나를 오해할까를 두려워함보다 내가 스스로 나를 오해할까 두려워한다."

K의 말은 과연 잘한 말이다. 그때 K가 저의 버릇인 심장에서 짜내는 듯한 침통한 어조로 마치 선각자와 같은 거창한 태도로써 이 말을 부르짖을 때 모든 학생들은—이 교회는 학생과 직원만 모이는 교회였다—물을 뿌린 듯이 갑자기 잠잠하였다. 나는 그때 마음속으로 이만하면 성공이다라고 무엇인지를 안심시켰다. 그러나 다시 생각해보면 우리가 구태여 여러 학생에게 이것을 변명코자 한 것은 도리어 자기를 스스로 오해하고자 한 것이 아니었던가? 먹고 싶은 것을 남과 같이 먹은 것이, 보고 싶은 사람을 만나보려 한 것이 그토록 변명할 만한 죄악이 될 것인가? 물론 그럴 이유는 없을 것이다. 그러면 그 먹는 물건의 종류 여하에 따라, 그 만나 보려고 하는 사의 신분 여하에 따라서는 죄악 아닌 것도 죄악이 된나는 말인가? 술은 우유만큼 영양이 되지 않는 까닭에 이것을 취하는 것은 죄악이며, 춤과 노래를 팔아 생활하는 여자는 다른 보통 여자와 같이 순탄한 위치를 점유하지 못한 불행한 여자이므로 이와 교제하는 자는 죄악이 된다는 말인가? 그것도 아니다. 그렇다. 오직 그 한 가지가 있기 때문에 세상 사람들은 평범히 보아 넘길 것도 한층 주목하여 보며 과장하여 생각하는 것이다. 그렇다. 우리의 직업이 교사라는 것에 다른 사람에게는 아무렇지 않은 행위가 우리에게는 죄악이 되는 것이다. 그 사람됨에는 다름이 없을 것이나 그 계급이 다름에 따라 각각 다른 도덕을 지키지 않으면 안 되는 것인가 보다. 백정에게는 백정의 도덕이 있고 교사에게는 따로 교사의 도덕이 있어 백정의 도덕에 위반되지 않는 행위가 교사의 도덕

에는 저촉이 된다. 그리하여 같은 햇빛 아래서 같은 동작을 행한 자의 그 하나는
죄악이 되고 그 하나는 정직이 되는 것이 현세의 제도이다. 백정의 직업을 가진
자는 다 그러하며 교사의 직을 가진 자는 다 그러할 것이라 하는 것은 이 세상 사
람의 믿는 바이며, 백정이나 교사가 다 같은 사람이라는 이 확실한 사실은 잊어
버린 모양이다.

　나는 가는 발길을 잠시 멈추고 한숨과 함께 '신성한 교직자!' 하고 불러보았다.
참 굉장한 존칭이다. 두려운 이름이다. 신성한 교직자! 철학박사나 신학박사라
는 무서운 사람들이 이 세상에 있는 것을 이상하게 생각하는 나는 이 신성한 교
직자라는 칭호에 다른 종류의 불쾌를 느낀다. 인생의 잔혹을 느낀다. 육적으로나
영적으로나 다 살고자 하는 욕구에 몰리어, 혹은 우연히, 혹은 부득이, 마음에 있
는, 또는 마음에 없는 자기의 직무에 힘쓰는 사람을 볼 때 우리는 그 '사람' 앞에
신성한 예배를 드릴 것이다. 완전히 자기를 살리고자 자기로서의 생에 완전히 하
고자 하는 사람의 흘린 피와 땀에서 우리는 신성한 인생을 볼 수 있는 것이다. 나
는 입으로 '신성한 교직자라는 수식 그대로의 헛된 영예로써 우리의 본능의 욕구
까지 빼앗으려 하는 비겁자의 무리가!' 하며 혼자 중얼거리다가 그만 허허하고 소
리를 내어 웃어버렸다.

　웃음소리에 나의 생각은 흩어져버렸다. 그리고 한참동안 울 만큼 울고 난 뒤에
맛볼 수 있는 것과 같은 상쾌한 생각을 가슴에서 느끼며 걸음을 빨리 하였다. 나
의 한쪽 손에 든 책보 안에는 오늘 저녁 밥상에 오를 반찬감이 들어있었다. 나는
이 살림살이에 충실한 자기 남편을 맞기 위하여 부엌에서 기쁘게 뛰어나오는 처
의 얼굴을 상상하면서 달음질치듯 집으로 돌아왔다. 아니다. 집 대문을 들어서기
전이다. 나의 집 문 앞에서 누구를 기다리는 듯 서성이며 섰는, 보지 못하던 신사
한 사람이 나를 보고 모자를 벗어 공손히 절을 한다. 나는 모르는 사람인데 하는
생각에 아직 답례도 못하고 뚫어지도록 그 사람을 보면서 주저주저한즉 신사는
차플린식으로 깎은 수염에 웃음을 띠고

　"○○선생이 되시지요?"
하며 다시 한 번 고개를 끄덕한다. 나도 그에 따라 끄덕하며

　"예, 그렇습니다. 그런데 당신은?" 하니 저는 비로소 안심한 듯이 날일日자 형

상으로 된 사각이 진 얼굴을 높이 들며 호주머니에서 명함 한 장을 꺼내와 내 손에 놓는다.

"나는 이러한 자이올시다. 당돌히 찾아와서 실례가 많습니다마는 잠시 조용히 드릴 말씀이 있어서 뵈오려 왔습니다."

"네, 그렇습니까? 어떻든 누추하나 들어오십시오."

나는 저를 응접실, 침실, 서재, 식당을 겸한 조그마한 방으로 안내하였다. 그는 가장 황송한 듯이 굽실굽실하며 공손히 걸어 들어와서 앉으며 다시 한 번 예를 하였다. 그리고는 유유히 담배를 꺼내 피우기 시작한다. 한참 기다리다가 나는 그 유유한 저의 태도에 그만 참을성이 터져버렸다.

"대관절 청하신다는 것은 무엇인지요?"

"네, 실로 황송합니다마는 선생께서 어떻게 생각하실는지요? 이렇게 말하는 나는 처음 뵙는 선생께 이러한 청을 하지 않을 수 없게 된 것을 부끄러워합니다. 실은 나의 가정에 대한 비밀에 대하여 나의 아는 친구에게로부터 이상한 편지 하나를 얻었습니다. 그 편지에 기록된 사실이 ─ 나는 오랫동안 외국 가서 있다가 요사이 귀국하였는고로 전혀 몰랐습니다. ─ 그 사실이 너무 엄청난 것이므로 그대로 믿을 수는 없습니다마는, 또 그대로 믿기는 너무 무서운 사실입니다마는, 어떻든 그 편지에 적힌 일이 놀라운 일인 것은 확실합니다."

하며 그는 무엇을 생각하는 듯 고개를 숙였다. 나는 이 가정의 비밀이라는 데 얼마간 호기심을 일으켜 귀를 기울였다. 아까와는 아주 딴판으로 힘없이 고개를 숙이고 앉은 저를 보고는 아까 나의 입으로부터 거칠게 나온 말을 얼마간 후회하지 않을 수 없었다.

"나는 이번에 다시 외국으로 가게 되었습니다. 그러나 그 편지의 처치에 대하여 주저하는 점이 있습니다. 나는 사실이든지 아니든지 그 놀라운 일을 적은 편지를 가지고 있기는 실로 불쾌합니다. 그러나 그렇다고 아주 없애버리기는 싫습니다. 만일 그 같은 사실이 과연 있었다 하면 이 편지는 가장 정확한 유일의 기록이 될 것입니다. 그러한 중대한 기록을 아주 없애버리는 것은 이미 죽은 자의 억울한 원한의 자취까지 없애버리는 셈이므로 그야 차마 할 수 없는 것이올시다."

그 사람은 다시 고개를 숙였다. 그리고 한숨을 한 번 쉰 뒤에 "선후도 없이 이렇게 말씀을 하면 자세히 아시지는 못하겠습니다마는 이따가 편지를 보시면 다 아실 줄 압니다. 나의 입으로는 그 한 마디도 입 밖에 내기가 가슴을 오려내는 것보다 더 쓰립니다. 실례 같사오나 용서합시오."

"예, 어서 말씀하시오."

"나는 그래서 그 편지를 어떻게 하였으면 좋을까 거기 대하여 선생의 지혜를 빌고자 합니다. 내 생각으로는 선생의 힘으로 어떻게 세간에 발표할 수 있으면 제일 좋은 방책이 될까 하여 마침 선생을 소개하여 주는 사람이 있어서 그래서 왔습니다."

그는 말을 마치고 꺼졌던 담배에 다시 불을 붙였다. 나는 그 편지의 사연을 알고 싶은 마음에 스스로가 이 부탁을 용납할 힘이 있고 없는 것도 헤아리지 않고 문득 이렇게 말이 나왔다.

"자세히 알았습니다. 노형과 같으신 경우에 그 편지를 세간에 발표코자 하시는 노형의 심사는 충분히 짐작할 수 있습니다. 그러나 세간에 발표하겠다고 하시는 것은 우선 소설의 형식으로 하시겠다는 말씀 같은데 그러자면 첫째 그 편지를 보지 않으면…"

"예, 예. 선생의 힘으로써 어떻게 소설의 형식으로 발표케 하여 주십사 하는 것이올시다. 그러나 이것은 나의 가정의 중대한 비밀인고로 선생께서 승낙하여 주시기 전에는 보여드리기가 어렵습니다."

"하지마는 나는 본시 그만한 힘도 없습니다마는, 있다 할지라도 그 자료를 보기 전에 어떻게 승낙할 수가 있습니까? 만약 승낙하여 들었다가 그것을 본 뒤에 자기의 힘으로는 청하신대로 이행할 수가 없게 되면 어찌합니까?"

"아니올시다. 이 사실이 선생의 묘한 필체로써 훌륭하게 소설의 형식을 이루게 될 만한 재료가 될 줄 믿습니다. 그 염려는 마시고 실례 같사오나 먼저 승낙을 하여 주시면 감사하겠습니다."

나는 다시 한 번 억세워[1] 보고자 하였으나 무엇을 애걸하는 듯이 쳐다보는 그의 눈에 넘쳐 나올 듯한 푸른 눈물을 보고는 그 용기는 들어가 버렸다. 그리고 그

---

1 억세워 : 마음먹은 바를 이루려는 뜻이나 행동이 억척스럽고 세차게.

의 금방 초췌해진 듯한 노래진 얼굴을 보고 나는 그와 같이 나도 울고 싶은 감정이 솟구침을 깨달았다.

"그러면 어디 힘써보지요."

"아, 감사합니다. 감사합니다."

그는 뛸 듯이 기뻐하며 호주머니에서 불룩하게 말은 편지를 꺼내어 앞에다 놓으며

"그러면 이 편지를 드리겠습니다. 다 보실 때까지 기다리고 있겠습니다만 읽으시는 동안에 내가 혹 실례되는 행동을 하게 되면 안 되겠으므로 그만 가겠습니다. 처음 뵙는 선생이올시다마는 나는 나의 일가나 만난 듯이 참 반가웠습니다. 지금 작별하면 또 언제나 뵈올지 모르겠사오나 이것을 인연으로 이 같은 자이지만 잊지 말아 주시면 감사하겠습니다."

하며 그는 손을 내어밀었다. 나는 그의 태도가 너무 돌발적임에 놀라 혼을 잃은 듯이 주저주저하고 있은 것은 확실히 기억할 수 있으나 내가 어떻게 그를 보내었는지, 무어라고 말을 하였는지 기억할 수 없다. 다만 나는 얼마 후에야 비로소 처의 부르는 소리에 책상 위에 어떤 편지를 놓고 앉아 있는 나를 겨우 발견할 수 있었다. 나는 옆에 놓였던 책보를 들어 방안을 돌려다보고 섰는 처의 앞에 던지고 다시 책상을 향하여 그 백척이나 된 듯 긴긴 편지를 펴기 시작하였다.

　사랑하는 형이여,

　십 년의 긴 세월을 만리타향의 괴롭고 모진 풍상 가운데서 겪을 때, 흙을 볶고 물을 끓이는 남양 고도에서 고향 생각이 어떠하였으며, 뼈를 깎고 살을 에는 북국의 찬 달에, 고국에 남아있는 고단한 어린 누이의 생각인들 오죽 하였사오리까?

　형이여, 이제 형은 몸에 비단옷을 두르고 그 그립던 고향으로 돌아왔습니다. 고향을 떠날 때 누더기를 걸친 가련한 형색이었던 십 년 전 형은 이제 풍성한 풍채로 황금을 지고 돌아왔습니다. 그러나 형이 귀향의 길에 오를 때까지가 아니라 고향의 어귀에 첫발을 들여 밀 때까지도 형의 가슴 속에는 고국의 산천이 옛날 모습을 변치 않고 기꺼이 형을 맞는 것처럼, 형과 혈육을 나누어 가진 오직 하나인 형의 어린 누이도 그 빨긋한 두 뺨에 기쁨의 눈물을 흘리고 십 년 만에 만나는

자기 오빠의 품속에 미칠 것같이 뛰어 안기리라는 생각과 그 모양을 상상하며 급한 마음, 급한 다리를 진정치 못하였을 것입니다.

그러나 형이여, 시시각각 나아가는 시간이 흐름을 쉬지 않고 갔으며, 나날이 변하는 인생과 세태는 형의 돌아옴을 기다리지 않았습니다.

형이여, 지금도 나는 형의 그때의 정황을 상상할 수 있습니다. 옛집을 찾고자 해도 찾지 못하고, 사랑하는 누이와, 십 년 동안 잊지 못한 형의 누이와 만나고자 해도 만나지 못하였을 때 형은 얼마나 낙심하였으며 실망하였겠습니까? 그래서 길거리에서 방황하며 그녀의 종적을 찾고자 할 때 형의 귀에 벽력같이 들리는 옥순이의 소식에 형의 비탄은 얼마나 심하였겠습니까? 그러나 형은 현재의 사람이요, 희망에 빛나는 미래가 있는 사람이라 한때의 비탄도 그것을 이어 일어나는 행복의 물결에 씻겨 사라질 때가 있으려니와, 참담한 황천에서 원한의 눈물을 마시는 옥순 씨의 영혼이 편안히 쉴 때가 언제나 돌아오겠습니까? 자기의 오직 하나인 오빠를 만리 해외에 작별하고 혈혈단신이 십 년의 오랜 기간 동안 남의 손의 양육에 맡겨져 거친 세상의 온갖 고초를 겪다가, 아니 그 고생 많은 자기의 신세와 억지로 싸워가며 형과 다시 만날 날을 기다리다가 악독하고 잔인한 남편의 손에 비명의 횡사를 남모르게 당할 때 그의 분한 괴로움이 얼마나 길었겠습니까?

형이여, 옥순의 죽음이 병사인 것으로 전파한 세상의 소문을 들은 형은, 위에서 말한 비명의 횡사라 한 말에 반드시 기절할 듯한 놀람과 갑갑한 의심을 금치 못하실 것입니다.

그러면 형이여, 슬픈 눈물과 괴로운 탄식에 흐트러진 정신을 거두어 가련한 옥순 씨의 가련한 최후에 이르기까지의 자세한 사실을 들어보시오. 내가 동정의 눈물을 억지로 훔치며 이 글을 쓸 때 몇 번이나 주저하였는지 알지 못하도록, 그 사실은 참혹과 잔인으로 가득 찼었습니다. 그러나 형을 알며 형의 누이 되는 옥순 씨를 아는 나는, 더욱이 그 가련한 최후의 사실 내막을 아는 나는, 세상 다른 사람들과 같이 무정한 침묵을 따라 지키기에는 너무도 약하며 정에 괴롭습니다. 물론 이 글이 형의 비탄을 더 깊게 하며 더 새롭게 하여 아는 것이 차라리 알지 못하는 것만 같지 못한 결과에 이를지도 모르나, 그러나 형으로 하여금 형의 사랑하는 누이의 억울한 고혼孤魂의 자취를 알지 못하게 하며, 그의 누이로 하여금 천추의

원한을 남모르게 하는 것보다는, 형을 위하며 형의 누이를 위하는 나의 평소의 우정에 비추어보더라도 내가 감히 이 붓을 들지 않을 수 없는 까닭입니다.

불쌍한 형이여,

황금을 구하고자 온갖 괴로움 중에서 덤비다가 마침내 자기의 외로운 누이의 가련한 최후도 알지 못하게 된 불쌍한 형이여!

내가 붓끝을 가다듬어 가련한 저들의 부부관계와 옥순 씨가 무자비한 남편 박朴의 독수毒手에 넘어질 때까지의 생활의 모양을 쓰고자 함에 당하여 나까지가 무슨 저주를 받은 느낌이 있습니다.

형이여, 여러 사람의 앞에서 사랑을 부르짖으며 사랑을 가르치는, 어떤 의미로 보아 인생 최고의 직업을 가진 목사인 그가, 그 정숙하고 온순한 옥순 씨를 죽인 것은 어떤 의미로 보아 수백만 명의 생명을 빼앗은 것보다 더 잔인한 소행이라고 할 수 있습니다. 그가 사람의 마음을 조금이라도 가졌을 것 같으면 어찌하여 그 같은 잔인한, 피도 없고 눈물도 없는 무서운 죄악을 범할 수 있었겠습니까? 어찌하여 나는 그같이 음흉한 자를 벗으로 알게 되었던가? 옥순 씨는 어찌하여 그 같은 자의 처가 되지 않을 수 없었던가? 나의 눈과 나의 귀에는 지금도 그녀의 가련한 모양과 불쌍한 최후의 부르짖는 소리가 보이는 것 같으며 들리는 것 같습니다. 참으로 나는 그 당시의 광경을 상상할 때마다 한 가닥의 분노의 눈물이 솟음을 금하지 못합니다. 이것은 내 한 사람뿐 아니라 옥순 씨의 피살에 대하여는 아무 이해관계가 없는, 전혀 동정심이 없는 자라도 그녀의 생전의 성격과 경우를 조금이라도 아는 자일 것 같으면 이때까지 세상에 발표되지 않은 그녀의 죽음의 진상을 듣고도 한 점 동정의 눈물을 쏟지 않을 자가 없을 것입니다.

형이여, 작년 사월에 박 목사와 그 부인 옥순 씨는 산성山城으로 소풍하는 길에 험로를 넘다가 중도에서 잘못 실족하여 옥순 씨는 수십 길 절벽에서 떨어져 즉사하였다는 것이 일반 세간에서 믿는 옥순 씨의 사인死因입니다. 아마 형도 이 밖에는 더 자세한 사실을 듣지 못하였을 것입니다. 그 후 삼 개월을 지나 박 목사는 극도의 신경쇠약에 빠진 결과 정신에 이상을 드러내어 자살하였다고 하였습니다.

박의 죽음이 자살임은 의심할 여지가 없이 자기의 죄악에 대한 양심의 가책 때문이겠으나 옥순 씨의 죽음은 결코 과실로 생긴 일이 아니요, 남편되는 박으로부터 공공연히 피살된 것이 명백하여졌습니다. 이는 그가 남겨두고 간 일기와 그의 범죄의 직접 원인이 되는 연애 사건의 당사자인 정혜라는 여자에게 자살 전 자기가 범한 죄악과 양심의 고민을 고백한 그 내용이 확실히 이를 증명합니다.

박의 일기를 보건대 그가 자기 처를 죽이고자 결심한 것은 재작년 10월서부터입니다. 그 후 그는 자기 처를 죽이지 아니하면 자기의 고운 처로부터 완전히 피할 길이 없음을 비로소 생각하게 되었으며 그에 따라 이르는 온갖 번민에 괴로워하였습니다.

형이여, 그 선되고 악됨을 물론하고, 사람이 일대 결심을 정하고 보면 누구든지 그에 따르는 일종의 장렬한 감격을 느끼는 것입니다.

박은 자기의 결심이 얼마나 이기적이고 얼마나 잔인한 동기로부터 나온 것인가를 스스로 인정하였을 것이며, 어떠한 점으로 보든지 조금도 거짓 꾸밀 수 없는 범죄임을 깨달았을 것입니다. 그러나 그는 마치 순교자가 느끼는 일종의 처절한 기분으로 넘쳐 나오는 용기를 불러일으키며 독수毒手를 놀린 것이지요. 이 같은 무서운 독심毒心을 가슴속에 감추어 두고도 매일 그는 장차 그의 죄악의 희생이 될 자기 처와 예사로운 얼굴로 접촉하고 있었음을 생각할 때는 그 당자가 아닌 나일지라도 무서움에 몸이 떨립니다.

물론 박朴에게 대한 옥순 씨의 정숙하고 순결한 표정과 행동은 박이 가지고 있는 악독한 감정에 비추어 일단 그녀의 아름다운 광채를 나타내었을 것입니다. 그렇다고 박은 거기 대해 결코 조금도 가엾이 생각하지는 아니하였겠지요. 설사 그녀에 대한 얼마간의 연민의 정이 있었다 할지라도 그의 최후의 결심만은 조금도 움직임을 받지 못하였을 것입니다.

하루라도 이때까지의 생활을 계속하면 계속할수록 조금이라도 더 불쌍한 생각이 생길 것이요, 그녀와 거짓된 생활을 하는 것이 도리어 그녀에 대해 가엾은 것이면 것일수록 하루라도 속히 저에게로부터 피하지 않으면 안 되겠다는 것이 박의 머릿속에 깊이깊이 박혀있던 철학이었습니다.

형이여, 정숙하고 온순한 천사와 같이 정결한 마음과 얼굴을 가진 옥순 씨에 대해 그와 같은 음모를 생각만 한다 하여도 벌써 그 자신이 그녀를 죽인 것보다 더 중할지언정 가볍지 않을 죄악에 빠졌다 할 수 있지요. 실로 능히 옥순 씨를 죽일 수 있다 하는 어떤 악마라도 그녀를 앞에 두고는 이런 음모를 가지기에는 주저할 것입니다.

"왜 요사이는 어디가 불편하신가요? 늘 얼굴을 찌푸리시게."

하며 옥순 씨가 박의 눈을 쳐다볼 때에도 그 눈 속에 무자비한 악마가 숨어 있는 줄은 물론 꿈에도 생각지 못하였겠지요.

"옛날같이 나를 사랑하여 주지 않아도 괜찮습니다. 당신께서 첩을 두신다 하여도 나는 결코 원망치 않습니다. 그러나 그 대신 겉으로만이라도 웃는 얼굴이나마 보여주셔요. 나는 당신의 처로서의 할 도리는 극진히 하고 있는 줄 압니다. 그것을 기특히 생각하여서라도 나를 사랑하는 흉내나마 하여 주셔요. 겉으로만이라도, 남 보기에만이라도 행복스러운 여자라는 말을 들을 수 있다 하면 나는 만족합니다."

하는 애원이 옥순 씨의 가슴 속에는 늘 고개를 들고 있었을 것이나, 자기의 얼굴을 보기만 하면 머리를 돌리는 그때의 남편 박에게는 이 양보의 양보를 한 유일한 애원이나마 그것을 입 밖에 내기에도 주저하도록 옥순 씨는 너무 온순하였습니다. 그럴 때마다 옥순 씨의 두 눈에는 공연히 슬픈 눈물만 굴러 나왔습니다. 그러나 박은 그 눈물을 불쌍히 생각하기에는 너무 악종으로 되었습니다. 다만 그는 악마가 십자가를 두려워하는 것처럼 그의 눈물을 꺼리어 피하고자 하였을 뿐입니다.

그리하였으나, 형이여, 그가 자기 처로부터 피하고자 하던 노력은 헛것에 지나지 못하였습니다. 그는 부부의 관계를 잊고자 했으나 잊을 수 없었으며, 떠나고자 했으나 역시 되지 못하였습니다. 처의 얼굴을 잊고 처의 육체를 잊고 처의 혼까지를 잊을 수 있는 무관심한 상태에 자신을 안치시킬 다른 방책이 그에게 있었을 것 같으면 그는 그렇게 참혹한 수단을 취하지 않았을는지도 모릅니다. 그의 번민도 또한 여기 있었음은 그의 일기의 단편이 그것을 증명하는 바입니다.

"오늘도 옥순은 눈물을 흘리며 나에게 호소하였다. 기운 없이 고개를 숙이고 있는 그의 가슴속에 어떠한 슬픔이 감추어 있든지 나는 생각하지 아니하리라 하였지만 어찌함인지 순간이라도 저의 앞에 있을 때에는 나의 뇌리에 일어나는 생각을 스스로 말소할 수 없다. 아, 나는 어찌하여 저 같은 여자를 아내로 삼았던가, 저의 앞에서는 어찌하여 이것이 나의 아내라 하는 생각으로부터 떠날 수가 없는가?

나도 한때는 저를 사랑하였다. 저와 결혼하였다. 저와 부부가 되었다. 그러나, 그러나, 이제는 저 여자에게 대해 아무 사랑도 느낄 수 없었다. 따라서 부부의 관계는 소멸되었다. 정신적으로 부부가 아님은 확실하다. 나의 정신, 나의 애정은, 정혜, 정혜에게 바친 지 이미 오래되었으니, 저와 나의 두 마음 뿐만 아니라 이제는 육체와 육체의 사이에도 부부적 관계는 전혀 없다 할 것이다. 그러함에도 불구하고 어찌하여 나는 저를 타인과 같이 찬 눈으로 대할 수 없는가……

아, 저의 눈물이 무엇이냐. 아, 저의 한숨이 무엇이냐. 저것으로서 불쌍하다 하면 저보다 천배나 백배나 불쌍한 인생이 이 세계에 몇 억만 명인지 알 수 없을 것이다. 이제 저와 나의 사이가 타인의 관계에 지나지 못한다 하면, 나의 저에 대한 연민의 정은 아무 이유도 서지 못한다. 저 우둔하고 무지한 여자는 저의 혼의 존재를 인정할 것이 못 되는 한 덩어리의 육체에 지나지 못한다. 그러면 나는 저를 한 덩어리의 흙조각이나 한 방울의 이슬과 같이 생각하면 그만일 것이다. 따라서 나는 완전히 저의 속박으로부터 초월할 수가 있지 않은가?"

이것이 박의 자기 처에게 대한 태도의 거짓 없는 고백입니다. 박은 이리하여 처의 전존재를 무시하고자 노력하였습니다. 슬픔에 싸인 옥순의 얼굴을 대할 때, 애원에 엉긴 옥순의 눈물을 대할 때, 박은 이를 한 나무 조각과 같이 한 물방울과 같이 관념할 수 있는 냉혹한 심경에 도달하도록 노력하였습니다. 마치 수도하는 승려가 삼매三昧의 경지에 들고자 노력하는 것같이. 그러나 박은 그가 처에게 잔혹한 태도를 보인 뒤에는 반드시 무어라 말할 수 없는 비통의 구름이 자기와 처의 두 가슴을 암담한 빛으로 둘러싸는 것을 느끼지 않을 수 없었습니다, 아니 보지 않을 수 없었습니다.

형이여, 저들은 역시 부부의 그물로부터 전혀 벗어나지는 못하였습니다. 한쪽의 심금心琴의 줄에 슬픈 음조를 띄우면, 다른 쪽의 심금의 줄도 상응하여 같은 음조를 울리는 것과 같이, 박도 자기 처의 가슴에서 우러나오는 애조에 감응되어 같은 비애를 느끼지 않을 수 없었습니다.

아, 형이여, 그럴 때마다 박의 양심은 그에게 무엇을 선언하였겠습니까?

"야 이 못난 자야. 너희들은 아무리 고민할지라도 부부의 관계로부터 벗어나지 못하리라. 설혹 부부간의 연애가 소멸한다 할지라도 그 뒤를 이어 별개의 정서가 일어나 백 년 동안의 일생을 같이 지나도록 운명 지어 둔 것이다. 이것이 소위 이 세상에 있는 부부의 일반이다. 이것은 일단 결혼하여 지아비라, 또는 아내라 부르자마자, 누구든 그 관계를 벗어나지 못하는 것이다. 네가 비록 처와 이혼한다 할지라도, 사회적으로는 그 관계를 끊었다 할지 모르나, 처의 영혼이 있는 동안 그녀의 심금心琴은 천리만리를 떨어져 있다 할지라도, 너의 심금의 선에 울림을 전함에는 변함없다. 네가 저를 몹시 학대한 기억이 깊으면 깊을수록, 선명하면 선명할수록, 그 울림은 그만치 강할 것이다. 너는 저를 영혼이 없는 한 조각의 흙덩이처럼 억지로 인정하고자 하나 영혼은 어디까지든지 영혼이다. 엄연한 인생의 영혼이다. 너는 아무리 저를 기피하고자 하나 너의 영혼과 저의 영혼과는 꼭 붙어 떨어질 때가 없으리라."

형이여, 이 세상에는 박朴 이상으로 처에 대하여 잔혹한 대우를 하는 자가 많이 있습니다. 될 수 있는 대로 학대하여 보다가 마지막에는 이혼까지 하고 자기의 연인을 후처로 영접합니다. 그러나 저들은 아무 불쾌한 기억이 남아 있지 않는 것 같습니다. 저들은 박 이상으로 잔혹한 성격의 소유자인 까닭일까요?

형이여, 나는 그렇다 하지 않습니다. 처를 고민의 불덩어리 속에 몰아넣는다 하는, 단지 그것만의 사실에 그칠 뿐이라 하면, 박은 더 잔인한 행동을 처에게 하였을는지도 모릅니다. 그러나 박이 두려워한 바는 뒷날 오래 동안 그 불쾌한 기억이 자기의 향락 생활에 방해가 되지 아니할까 함에 있었습니다. 자기의 뇌리에 오르내리는 불쾌한 회상과 음울한 추억의 일편이라도 만약 남아 있나 하면 그 암영이 혹 정혜와의 연애의 원만함에 약간이나마 불안을 생기게 하지 않을까 하는 두려움이 있었습니다. 자기 처는 될 수 있는 데까지 역경으로 몰아넣겠다, 자기는 될 수 있는 데까지 행복자가 되고 싶다. 그리하여 될 수 있으면 후일이라도 자기에게 닥칠 모든 불쾌한 기억을 없애고 싶다 하는 곳에 저의 잔인하고 악독한 기질의 일부분이 선명히 나타났다 할 수 없을 것입니까?

옛날부터 영웅이라든지 도사라든지가, 혹은 자기의 큰 목적을 위하며, 혹은 큰 신앙을 위하여, 집을 버리고 처자를 버릴 때, 그 동기가 선악여하에 있음을 물론하고 그 버림을 받은 가족의 불행에는 조금도 다름이 없을 것입니다. 그네들은 자기의 목적에 이르고자 하는 힘, 또는 자기의 신앙을 향상시키고자 하는 힘에 의지하여, 그에 기인하는 모든 슬픔의 사실을 잊고자 한 것과 같이, 박은 자기가 정혜를 연모하는 열정의 힘으로써, 처와의 인연으로부터 이탈함에 대한 불쾌한 기억을 잊고자 하였습니다. 그러나 박은 그것을 잊기에는 신경이 너무 예민하였지요. 그에게는 근대인에게 특유한, 과도로 예민한 병적인 신경이 있었습니다. 물론 도덕적 양심의 예민과 신경쇠약적 민감과는 그 종류를 달리할 것이나, 그러나 그가 간혹 악의 실행에 당하여 겁약怯弱한 태도로 주저하지 않을 수 없음은 전혀 이러한 특질이 있는 까닭입니다.

그러한 그로서 어찌하여 이다지 대담한 짓을 행할 수 있도록 되었는가?

아 형이여, 그러한 그로서 어찌하여 이다지 대담한 짓을 행할 수 있도록까지 되었는지에 대하여는 나는 더 쓸 용기를 회복하기 어렵습니다. 오직 나는 그가 극도의 신경질적임에 반하여, 옥순은, 정직하고 건강한 옥순은, 신경이 둔한 여자이었던 것과, 다음에 기록한 저의 일기의 단편 단편, 그의 흉악한 행위를 단행케 한 결심의 경과를 볼 수 있음을 형에게 알리고자 합니다.

"처라고 하는 자는 누구의 처이든지를 물론하고, 그다지 자기의 남편으로부터 온전한 사랑을 받고 있는 자는 별로 없는 것이다. 아니다. 아주 없다 하여도 과언이 아니다. 도리어 남편의 사랑에 방해되는, 남편의 증오자의 위치를 점령함이 처 된 자 누구든지의 운명이다. 과연 그렇다 하면 나는 정혜와 설혹 결혼을 할 수 없다 할지라도 증오자로서 가장 신경이 둔한 옥순을 나의 처로 가지게 된 것을 불행 중의 행복으로 알지 않을 수 없다. 그의 생기 만만한 얼굴이 창백하지 않는 한, 그의 증세에 히스테리의 분자를 발견하지 못하는 한, 나는 저를 얼마든지 학대해도 괜찮을 것이다."

하여 그는 될 수 있는 대로 처를 학대코자 하였으며, 또 학대하였습니다. 그러나 옥순은 그녀가 자기를 처로서의 온갖 대우에 한 점의 사랑을 구할 수 없으면 없을수록, 자기의 불행을 비탄해 하였으며 또는 간혹 또는 가끔의 기회를 타서 그것을 남편에게 호소하도록까지 되었습니다. 아무리 온순하고 무신경한 옥순으로도 날이 갈수록 더욱 심해가는 남편의 태도에 따라 자기의 암담한 앞길을 우려하지 않을 수 없었으며, 또는 그것으로부터 스스로 자기를 구제하고자 온갖 노력을 다하지 않을 수는 없었습니다. 그것을 박은 자기의 일기에 다음과 같이 기입하였습니다.

"실로 내까지 그녀와 같이 무엇을 의미하는지도 알지 못하는 눈물을 흘린 것은 아무리 해도 알 수 없는 기분이었다. 아, 나와 같이 신경이 쇠약한 인간에게는 저만한 여자의 눈물과 넋두리라도 그 자극이 너무 강한 것을 깨달을 수 있다. 그녀가 눈물이 뚝뚝 떨어지는 얼굴로 나의 두 뺨을 덮어 누를 때, 나는 저절로 솟아나오는 눈물을 어쩔 수 없었다. 그러나 운다는 것은 몸 안의 다른 찌꺼기가 배설된 후의 심기와 같이 일종의 생리적 쾌감을 맛볼 수 있는 것인지, 나는 운 뒤의 마음 속까지가 시원하여진 것을 깨달았다. 그러나 나의 눈물은 무엇을 의미하는 눈물이었던가?

혹 동물처럼 완강하고 무신경한 그녀가 히스테리를 일으킨 것은 아닐까? 어젯밤 그녀의 행동은 명백히 그녀로서의 상궤를 벗어난 것이다. 송곳으로 찔러도 쉽게 뼈까지 들어갈 듯하지 않는 비만한 육체를 가진 그녀가 과연 히스테리를 발할 가능성이 있을까? 아 불가사의다. 모두 다 불가사의뿐이다.

확실히 그녀는 히스테리에 걸렸다. 그것도 밤에만 발작하는 히스테리다. 낮에는 아무렇지도 않던 그녀가 밤만 되면 전혀 다른 사람처럼 되어버렸다. 무슨 까닭인가? 오, 그렇다. 그 이유는 다른 사람보다 남편 된 내가 더 자세히 알 것이다. 그렇다면 그 이유는, 그 이유는, 확실히 나에게 짐작이 있다. 그녀의 호소하는 바는 나와 정혜와의 관계에 대한 질투의 감정이 아니요, 문제는 도리어 그것 밖에 있는 것이 아닌가? 아니다. 확실히 그것 밖에 있는 것이다. 다만 평소에 수치의 관념이 깅한 그녀가 그깃을 노골적으로 발표하지 못함 때문에, 문제에 접촉코지 하나 접촉하지 못하기 때문에, 그녀의 언어는 횡설수설이 되는 것이며, 그녀의 눈물은 격렬히 솟는 것이다. 어떻든 밤을 주의할 것이며 한 방에서 동침하는 것을 경계할 것이다.

아, 밤? 연인의 곁에 있을 때의 밤은 그다지도 즐겁던 밤도, 자기의 집에서 지내게 되는 밤은 그 얼마나 불쾌한 것이며 괴로운 것인가?

나는 이 이상 더 견딜 수 없다. 만약 이 상태를 그대로 계속한다 하면 나는 미쳐서 자살하게 될 것이다. 그녀를 가련하다 생각지 않음은 아니나 그것 때문에 그녀를 일층 더 증오하는 감정을 어쩔 수 없다. 어떻든 이 모양 같아서는 나는 얼마 안 가 미쳐버리고 말 것이다. 과연 그렇다 하면 그것은 말이 안 된다. 어떻게 하든지 그녀로부터 멀리 피하지 않으면 안 되겠다. 그리하여 내가 살길을 구하지 않으면 안 된다. 만난을 무릅쓰고라도 단연한 조취를 하지 않으면 안 되겠다. 이것이 또 그녀를 위하여서 도리어 행복일 것이다. 즉 그녀에게도, 사랑의 갚음은 고사하고 그 반비례의 학대를 주는 것밖에 아무것도 얻지 못하는 남편으로부터 완전히 피하게 됨에 따라 장차 살아갈 새 길을 발견케 하는 동기를 줄 수 있음으로써이다.

그러나 단연한 처치를 취한다 하면 장차 어떻게 하면 좋을까? 그녀로부터 피하는 완전하고 가장 좋은 방도는 어떠한 것이 되어야 할까? 그녀와 이혼하여 버릴까? 그러나 행방불명인 그녀의 오빠를 제외하고는 저를 데려갈 아무 친척도 없는 그녀가 설사 이혼이 된다 할지라도 어디로 돌아가리요. 미친 개를 막대로 쫓아내듯이 그녀를 처치할 용기가 나에게 없는 이상 이는 결과로 보아 아무 효력이 없는 것이다. 그러면 어떠한 길을 가야할까? 그녀를 별거하게 하고 그녀의 일생을 부양함으로써 그녀의 입을 막게 할까? 그러나 가난한 나로서 어찌 따로 한 살림의 부담을 견딜 수 있으리요? 만약 그 같은 돈이 있다면 나는 정혜를 위하여 쓸 것이다.

그러면 어찌해야 할 것인가? 아, 그러면 나는 그대로 이 여성과 일생 동안 붙어지내지 않으면 안 될 운명인가? 저 두렵고 불쾌한 밤을 이후 몇 년이든지 겪지 않으면 안 될 운명인가? 생각만 하여도 몸이 떨리고 껍질이 마를 듯한 이 생활! 아 운명! 이것이 운명이라는 것인가, 어쩔 수 없는 운명이라는 것인가? 과연 운명은 어쩔 수 없는 물건인가!?"

"어찌하면 그녀와 나 사이에 있는 온갖 사슬을 완전히 절단할 수 있을까? 완전히! 그렇다. 육체와 육체와의 절단뿐만 아니라 완전한 절단을 나는 요구한다. 이혼도 별거도 그녀와 나와의 사슬을 완전히 절단케 하는 일은 못 된다. 그녀가 생존하여 있다는 의식과 그녀가 일찍이 나의 처이며 나의 학대를 받았으며 나를 원망하는 여자라는 기억과 추상까지 잊어버릴, 그녀가 이 세상에 출생하여 있지 않던 때와 같은 경우의 마음을 가지게 하지 못하는 한, 나는 그녀로부터 완전히 완전히 도피하는 것이 못 된다. 그렇지 않으면 신경과민의 기질을 가진 내가 편안히 그녀의 전존재를 잊어버림으로써 비로소 얻을 수 있는 나의 연애생활의 원만함을 유지할 수 없을 것이며 내가 받을 온갖 향락을 유감없이 취하기 어려울 것이다. 나의 머리에 그녀에 대한 기억이 소생될 때마다 나와 정혜의 사랑이 저주받게 되어서는 아무 효력도 없는 셈이다.

아아, 나의 마음과 그녀의 마음과의 사슬을! 이 보이지 않는 사슬을! 아, 나는 그녀의 생을 저주하노라!"

"사람이란 것이 얼마나 무서운 것임을 이같이 절실히 자세히 의식하기는 처음이다. 짐승보다 뛰어나는 아무 능력이 없는 자라도 그가 사람이라는 사실만으로 한 엄연한 존재요 신성한 영대靈臺이다. 그녀도 역시 사람이다. 내 문제의 해결이 어렵게 됨도 역시 그녀가 사람임에 있다. 만약 그녀나 내가 한쪽이 짐승이 될 수 있든지 악마가 될 수 있으면 이 문제는 처음부터 성립되지 않을 것이다. 어째서냐 하면, 사람의 마음과 짐승의 마음을, 또는 악마의 마음을 연결하는 줄은 없을 것이기 때문이다.

그렇다. 문제의 해결을 가능케 할 방도라고는 오직 이뿐이다. 그녀나 내나 어느 한쪽이 소나 돼지가 되어버리든지 악마가 되어버리는 것이 피차에 완전한 이별이 되는 것이다.

그렇다. 나는 악마가 되리라! 악마! 악마! 그렇다. 나는 악마가 되리라. 왜 악마가 못 될까보냐. 왜 악마 되기를 주저할까보냐. 하하. 악마가 됨으로 하여 이 세상에 살아 있어 받을 지옥의 형벌을 무섭다 하는가. 과연 후세에서 받는 지옥의 형벌보다 이 생지옥의 형벌이 무섭기는 더 무서우리라. 그것은 사람을 두고 하는 말이다. 사람의 마음을 죽이고 악마의 마음을 가진 자의 앞에 이승이고 저승이고를 물론하고 무엇이 무서울 것이 있으리요? 더욱이 현재의 나의 직업은 악마가 되기에 형편이 좋은 것이다. 악마의 입에서 하늘의 사랑을 부르짖는 것을 들을 때 사람도 못 되고 악마도 못 되는 자의 어리석은 넋두리만 듣던 우남우녀愚男愚女의 약한 신앙은 한층 분발하여 강하여지겠지. 나는 또 악마 될 소질을 남보다 더 많이 가진 듯도 하다. 많이 가진 것이 아니라 사람이라는 것은 누구든지가 악마의 소질을 가지고 있는 것이다. 그것을 공연히 자라나는 중도에서 방해코자 하는 악마의 악마가 있었기 때문에 쓸데없는 고민과 불안과 원한과 질투의 세상을 이루어버린 것이다. 천당과 지옥을 세울 자는 세워라. 구름을 멍에한 천사가 이르기를, 꿈꾸고자 하는 자는 그때까지 끈기 있게 기다려라. 나는 그와 바꾸지 않을 '나의 천사'를 보고자 하는 열렬한 소원이 있을 뿐이요, 그와 바꾸지 않을 나의 사랑의 나라를 건설코자 하는 희망이 있을 뿐이다. 이 소원과 이 희망이 있는 앞에 무슨 두려울 것이 있으며 무슨 주저할 것이 있으랴?"

형이여. 그의 일기는 여기서 마쳤습니다. 그 뒤의 사실은 나의 붓을 기다리지 않고 형이 충분히 상상할 것인 줄 믿습니다. 그러나 이제는 다 뒤쫓기를 허락하지 않는 과거로 돌아가고 말았습니다. 오직 우리의 주위에 이 같은 악마가 있었음을 알게 된 것을 부끄러워하는 동시에 그가 즉시 우리의 세상에서 사라져버렸다는 점에서 얼마간의 위안을 구할 수 있을 것입니까? 그리하여 나는 형과 같이 그가 그 자살이라는 무서운 형벌로 하여금 자기 죄의 몇 억만 분의 일이나마 경감되기를 원하는 동시에 옥순 씨의 꽃다운 넋을 위하여 최고의 예배를 드리고자 하나이다.

나는 무슨 무거운 것으로 머리를 내려누르는 듯한 불쾌와 피로를 느끼면서 벌떡 일어서 밖으로 나갔다. 그리고 뜰 한편 모퉁이에 있는 형식만의 화단으로 시선이 향하였을 때 알지 못하는 검은 개 한 마리가 와서 앞발로 화단을 파헤치고 있는 것을 보았다. 나는 급히 뛰어 내려가 마루 밑에 있던 장작개비를 쳐들고 개 있는 편으로 달려갔다. 개는 내가 달려드는 것을 보고 놀란 듯이 문밖으로 급히 뛰어나갔다. 나는 개를 놓친 것에 한층 노기를 띠우고 장작개비를 높이 든 채로 개의 뒤를 따랐다. 그러나 내가 5, 6칸을 뛰는 동안에 개는 샛골목으로 도망하여 그만 보이지 않았다. 나는 그만 '으악!' 하고 울고 싶었다. 그러나 동네집 아이들이 무슨 일이 생겼나 하는 듯이 나를 보고 섰는 것을 보고 나는 갑자기 부끄러운 생각이 나서 고개를 푹 숙이고 집으로 돌아왔다. 나의 처는 눈이 둥그래서 장작개비를 들고 들어가는 나를 이상히 보고 섰다. 나는 그만 한 발걸음에 방안으로 들어가서 책상 위에 얼굴을 대고 흑흑 느끼며 울었다.

—『시사평론』 제1권 제6호, 1922.11.15, 152~173면.

'웰텔'의 비탄悲歎 1

· 괴테의 *Die Leiden des Jungen Werthers*젊은 베르테르의 슬픔 축약 번역 소설

一, 1771년 5월 11일

이 같은 고독의 적막을 이같이 즐겁게 하는 나의 마음의 평화로움은 그 얼마나 큰 것일까요? 봄 아침의 맑고도 여유로운 마음으로써, 나는 홀로 나의 사랑하는 전원의 생활을 시작하였습니다.

그러므로 나는, 이제 다시 이 세상의 공명功名에 분주하게 활동하는 것보다, 산촌으로 돌아가서 고요히 청산 녹수에서 자연의 낙을 꿈꾸는 것이 도리어 유쾌한 것임을 깨달았습니다. 나는 그리하여, 나의 온갖 오락을 버렸습니다. 나는 나의 붓을 던졌습니다. 그러나 나는 이전보다 더 교묘한 화가가 되었음을 기꺼합니다. 한 줄기 아침 안개가 고요히 언덕의 수림을 둘러, 구슬과 같은 찬이슬이 방울방울 옷깃을 적시는 아침과, 또는 아리따운 뭇 새의 노래를 깊이 감춘 녹음에 서너 가닥의 햇빛이 나의 사랑하는 평상을 비출 때, 나는 홀로 맑은 그늘을 밟아 거닐며, 혹은 가늘게 흐르는 냇가의 향내음 나는 풀밭에 자리하고 누워서, 자연의 장대한 변화를 맛봅니다. 봄을 장식코자 푸릇푸릇 돌아 나오는 천 가지 나무와 만 가지 풀들, 그 잎 끝에서 이슬에 싸여 자연을 노래하는 수없는 작은 벌레들, 이것들은 다 나의 귀와 눈에 무심히 부딪쳐 오던 것이었지만, 이제는 깊이 나의 마음을 끌어, 나로 하여금 새삼스레 우리를 창조한 자연의 힘을 깨닫게 하며 인생을

붙잡아 주시는 하나님의 존재를 생각케 하옵니다. 나는 항상 침상을 나오기 전, 이 온갖 것의 보고 들은 바를, 또 다시 마음에 그리며 스스로 즐기고자 할 때마다, 연인의 입술을 접한 것같이, 여러 가지의 감정은 나의 마음을 이상한 기쁨으로 충만케 하여, 때때로 몽환夢幻의 경지에서 거닐게 하옵니다.

아— 나의 벗이여, 나는 나의 생각한 바, 느낀 바를 남기지 않고, 그대에게 알리고자 하였습니다. 그러나, 그것은 헛된 것이 되고 말았습니다. 구구한 문자로는 이 같은 고상한 감정을 형용할 수 없는 까닭입니다. 나는 오직 일종의 숭고한 관념에 쌓이어 자연히 경탄하지 않을 수 없는 나의 마음을 전하고자 할 뿐입니다.

二, 5월 12일

외계로부터 오는 말할 수 없는 즐거움과 나의 가슴에 상쾌하게 흐르는 감각은, 나의 이르는 곳마다를 바꾸어 천국과 같이 보여 줍니다. 그중 특히 나로 하여금 사랑하는 마음을 금치 못하게 하는 것은, 작은 산기슭 밑으로부터 솟아나오는 맑은 샘물이올시다. 샘을 둘러서 있는 기괴한 암석, 울창히 그 위에 덮여 있는 푸른 소나무, 맑게 울리며 흐르는 물소리, 녹음 사이로 들리는 새의 노래, 이것은 다 나의 마음에 고상한 감정을 새겨 주는 것입니다. 나는 매일 이 즐거운 장소에서 기쁜 한 시간을 보내는 것을 일과로 합니다. 머리 내린 소녀들은, 때때로 근방의 촌락으로부터 물을 긷기 위하여 이곳까지 옵니다. 아— 천진난만한 그네들! 필요한 일에 힘쓰는 그네들! 옛날 왕후王侯의 따님들도 그 일을 즐겨 하던 바가 아닌가요. 나는 이것을 볼 때마다 지나간 옛날의 풍습을 생각합니다. 우리의 선조가 하나님께 서약하기 위하여 몇 번이나 이 샘가에 모였던가를 생각합니다. 가련한 나그네들이, 여름 낮의 행로를 이 곁에서 쉬며, 몇 번이나 흐르는 구슬땀을 씻었는가를 생각합니다. 그러나 나의 벗이여, 그 감정과 사상에 나와 공통된 점이 없는 사람일 것 같으면, 어찌 이 맑고 시원한 샘물에 대하여 뜻깊은 미소를 가질 수 있겠습니까?

三, 5월 13일

　나에게 책을 보내시겠다는 벗이여, 나의 친애하는 벗이여, 그대의 친절은 내가 깊이 감사하는 바이나, 나는 이 일을 그만두시기를 간절히 바라옵니다. 나는 오래 동안 책에 구속되어 왔으나, 이제부터는 자유의 몸이 되어, 내가 할 바를 내 임의에 맡기고자 원하는 사람이올시다. 나는 오직 나의 무료함을 위안케 하는 소곡小曲이 있으면 족할 뿐입니다. 다행히 나는 이를 '호머'의 시에서 구합니다, 나는 몇 번이나 비등沸騰하는 피를 진정시켰으며 격동하는 감정을 억제하기에 힘썼던가! 그대는 이미 내 성질이 변덕스러운 것을 잘 아실 것입니다. 내가 근심에 잠겨 있으면서 홀연히 희열喜悅의 정情에 북받쳐 큰 소리로 부르짖으며, 그러다가 또 뜻밖에 정신을 어지럽게 하여 격노하는 것을 보셨을 것입니다. 실로 나의 마음은 스스로 억제할 바를 모르는 어린이와 같습니다. 그리하여 나는 그 하는 대로 내맡기기를 주저하지 않는, 아니, 도리어 그것을 원하는 자입니다. 그러나 조심해서 이를 비밀에 부쳐 두시오. 이 세상은 항상 도리로써 감정의 희생이 되게 하는 사람을 의지가 약하다고 비난하고 있습니다.

四, 5월 15일

　이곳 사람들은; 특히 어린애들은, 나를 알게 되었으며, 또 사랑하게 되었습니다. 내가 처음으로 저들과 말을 건넸을 때는, 저들은 나를 의심하는 눈빛으로 차게 대우하였습니다. 그래서 나는 여러 번 내가 겪은 경험을 확정케 하였습니다. 저들 하층 계급의 사람들이 상류층의 사람을 싫어하는 까닭은, 다만 고귀한 사람들은 하층민이 자기에게 가까이 함으로 인하여 그 자신들의 존엄을 상하게 하는 줄로 생각하고, 될 수 있는 대로 그들을 멀리 하고자 하는 경향이 있음에 연유함인 줄을 엿볼 수 있습니다. 그러나, 저네들의 아무 이유 없이 하층민을 기피코자 하는, 소위 귀한 신사의 태도야말로 과연 얼마나 오만한 것이며 못 배운 것이리요. 실로 이 세상의 생활은 그것을 평등케 함을 허할 것이 못 되겠지만, 저네들이 남을 낮게 봄은 곧 자기의 위치를 높게 하는 것이며, 자기의 존엄을 유지하는 방책이라고 생각하는 자와 같은 무리는, 실로 한낱 바보일 뿐이요, 비겁자일 뿐입니다. 어찌 공격이 두려워 적을 피하려는 비겁자와 다름이 있으리요?

일전에 내가 그 샘물가에 갔다가, 한 시골 소녀가 맨아래 돌계단에 서서, 그 동무가 와서 곁에 놓인 물통을 자기 머리에 올려 주기를 기다리고 있음을 보았습니다. 나는 그녀를 보고 말하였습니다. "아가씨, 그대를 도와주고자 하는 나의 호의를 용납하라"고. 그 소녀는 얼굴을 붉히며 공순히 "오오, 아니예요, 황송한 말씀" 하고 답했지만, 나는 허례를 다 물리치고 손을 들어 물통을 그녀의 머리에 얹어 주었습니다. 그 소녀는 웃음으로써, 나의 수고에 사례했습니다. 나는 내가 느낀 기쁨으로써 충분히 나의 갚음을 받았습니다.

五, 5월 17일

나는 그 동안 많은 지기知己를 이곳에서 얻게 되었습니다. 그러나 아직 친교를 허락해 주는 사람을 얻지 못하였습니다. 나는 이곳 사람들이 이같이 나를 사랑하여 주면서, 어찌하여 항상 나와 더불어 함께 산책하기를 꺼리는지를 이해하기 힘듭니다. 나는 그들과 작별할 때가 되면 항상 비애悲哀의 정을 금치 못합니다. 그대는 아마 저들이 어떤 계급의 사람인가를 알고자 하겠지만 그들도 역시 그대가 도처에서 보는 사람들일 뿐입니다. 아— 하늘이 사람을 내실 제 차별을 두지 않으셨지만, 오직 재물이 그로 하여금 천차만별의 계급을 생기게 하였을 뿐입니다. 세상 사람 대다수는, 이로 인해 그 생명의 태반을 괴로움 사이에서 늙게 합니다. 그들은 오직 그 생명을 계속하기 위하여 황편黃片[1]을 좇아가며 괴로워할 뿐입니다. 그러한 저들에게 무슨 여유가 있겠습니까? 이 실로 생각할수록 인생의 비참한 사실입니다. 그러나 이것이 실상 다수 인간의 운명임을 어찌하겠습니까?

다행히 나는 많은 사람들과 접하게 되었습니다. 그중에는 학자도 있고, 신사도

---

1 황편黃片 : 채엽할 시기를 놓쳐 누렇고 커진 찻잎.

있고 귀족도 있습니다. 그중에서 나는 특히 가치 있는 인물과 친하게 되었음을 기뻐합니다. 이 사람은 어떤 귀족의 집사로서, 그 관대한 성질과 고상한 정신은 만인이 같이 존경하는 바입니다. 저는 아홉 명의 자녀를 두고서도, 그 단란하게 지내는 광경에는, 실로 기릴 만한 정치情致가 있다고 봅니다. 특히 그 장녀의 평판은 도처에서 높이 나 있습니다. 그분께로부터 초대를 받은 나는, 근일 그 댁으로 방문코자 합니다. 그는 이곳으로부터 약 15리 가량 되는 곳에 살고 있으며, 그 저택은 원래 어떤 귀족의 별장이었으나 그 귀족의 부인이 죽은 후, 그 집은 오직 슬픈 기억만 자아낼 뿐이라 하여, 즉시 이 집사에게 주어 버린 것이라 합니다.

六, 5월 23일

사람들은 말하기를, 이 세상의 생활은 일장춘몽이라 하고, 나도 또한 그렇게 말하고자 합니다. 우리 인생이 그 날의 일에 바쁘게 수고하지만 50년 후 돌아가는 곳은 오직 한 개 묘지 문에 불과한 것이 아닌가요? 아침 저녁으로 부지런히 땀을 흘리고, 육체를 기르며 황금을 쌓음이 오직 이 가련한 생명을 조금이라도 길게 하고자 하는 것이 아닙니까? 남의 의문에 대하여 수다스럽게 논란하는 자가 있다 할지라도, 이 한갓 맹목盲目의 인정이 될 뿐이겠지요. 그가 가장 크다고 생각하는 쾌락도, 비유하면 감옥의 벽 위에 여러 가지 허상을 그림과 다름이 없겠지요. 어두침침한 감옥의 벽은 변함없이 그의 눈앞에 빗겨 있을 뿐입니다. 아— 벗이여, 이 같은 생각이, 나의 뇌리에 이르는 때에는, 나는 잠잠히 생각에 잠깁니다. 그리하여 내 스스로 내 마음을 구하고자 합니다. 그러나 얻는 바는 과연 무엇인가? 신앙이 가고 환영幻影이 이르며, 실경實境이 사라지고 망상妄想이 나타나며, 진리가 멸滅하고 허상이 도래到來하여 멍한 듯 내 스스로 내가 있음을 깨닫지 못할 뿐입니다. 학자는 말하기를, 어린이는 생각함이 없이 움직인다 합니다. 그러나 내가 보는 바로써 말하면, 큰 어린이도 그 어릴 때처럼 자기의 본원本源과 본체本體 등에 대하여 조금도 아는 바가 없어, 마치 어린이가 과자 조각과 채찍의 가리킴 가리킴에 따라 인도되는 것과 같이, 오직 상을 바라고 벌을 두려워함 외에, 그 행위에 대하여 아무 규율도 없고, 다만 어렴풋하게 그 삶을 보냅니다. 이렇게 말하면, 나의 벗은 반드시 물으시려 할 것입니다. "그러면 인생의 행복을 온전히 누리는 사람은 어떤 사람이냐?"고. 그러나 벗이여, 저 어린이와 같이, 장차 오는 날의 일을 조금도 생각지 않고, 다만 장난감과 과일로써 현재를 즐기며, 그 가지고 싶은 것이 있으면 곧 부르짖으며, 애정 많은 어머니가 주는 것이 있으면 오히려 더 주기를 원하는, 이와 같은 자는 가장 행복한 자라 할 것입니다. 아ㅡ 저 사소한 것으로 만족하는 자는, 실로 얼마나 복 많은 자인가! 특히 저 빈 이름과 지위를 안고, 자기를 사람 중의 신으로 생각하며, 천하의 주인이라 생각하는 사람이야말로 실로 부러운 사람일 것입니다. 그러나, 그 몸의 본질이 공허한 것임을 깨달은 자이면, 이 세계를 천국으로 생각하는 부자이든지, 또는 이 세계를 지옥이라 생각하는 빈자이든지, 마침내는 영원무궁한 신의 세계로 돌아갈 것임을 알고, 현세의 계급이 조금도 서럽거나 즐거운 것이 아님을 깨달을 것입니다. 이런 사람은 인생이라는 이름으로써 평화함을 얻을 것이고 행복함을 얻을 것입니다. 또 만족함을 얻을 것입니다. 그러나 그 마음은 깊이 자유의 사상으로써 감명 받았습니다. 그러므로 일단 이 세상 안에 갇힘에 견디기 어려움을 깨달을 때, 그는 스스로 그 문을 열 수 있는 열쇠를 가졌음을 확신하고 있는 것입니다.

七, 5월 26일

　　하루는 '왈하임'의 들판을 산보하다가, 우연히 한 고찰古刹의 앞에 당도하였습니다. 일기가 화창한 날이므로 농부들은 다 밖에 나와 밭을 갈고 있었습니다. 그 절터 근처에서, 나는 출생한 지 6개월을 겨우 지난 듯한 어린애를 안고 땅에 앉아 있는 네 살 가량 된 아이를 보았습니다. 아이는 그 가슴에 어린애를 안고, 사랑스러운 검은 눈으로 끊임없이 들판을 바라보고 있었으나, 그의 가늘고 연한 손은 어린애의 작은 의자로 삼아, 조금도 위치를 바꾸지 않고 있었습니다. 그리하여 안고 있는 어린애의 안면安眠을 깨뜨리지 않고자 힘쓰고 있었습니다. 그 무심하고도 애정 깊은 광경에 끌리어, 나는 그 맞은 편 돌 위에 앉아서 종이를 내어, 이 형제의 천진난만한 용모를 그렸습니다. 나는 또 그 근방의 울타리, 움막의 문, 흐트러진 대로 놓여 있는 괭이와 호미 등을 그 곁에 그려 넣었습니다. 나는 한 시간이 되지 않아, 조금도 나의 자기 디자인을 쓰지 않은, 무한히 멋지고 구성이 완전한 하나의 훌륭한 그림을 얻었습니다. 그리하여 이 사건은 더욱 나로 하여금 자연과 결합하는 일이 몸과 마음에 이익이 있음을 확신하게 하였습니다. 왜 그러냐하면, 비록 '자연'은 단순하나, 그 함축한 바는 무한한 것이기 때문입니다. '자연'은 항상 시인과 화가에게 신기한 꾸밈 기술을 주며 그 저작의 품위를 높게 하여줍니다. 구구한 규칙의 모형에 의하여 이루어진 것은, 마치 사회 규율에 억매인 사람과 같이, 숭고한 풍격을 얻을 수 없는 것입니다. 일일이 법규를 따르는 기술자는, 저 좁디좁은 교육제도 사이에서 성장한 사람이 사회에 큰 해를 끼칠 염려가 없는 것과 같이, 그도 지극히 옹졸하고 못난 것을 만들 두려움은 없습니다. 그러나 그 천진한 풍모를 해치고 '자연'의 고상한 아름다움을 손상할 일은 가려내지 못할 것입니다. 그러나 그대는. '규율'은 그 형용을 정돈하며, 태도와 불완전함을 막아내는 효과가 있다 하시겠지요. 과연 그렇습니다. 그러나 나는, 규율이 천재를 얽어매기에, 그 구구한 수정에 의하여 얻은 이익은, 결코 그 때문에 손실한 자연의 미를 보상하기가 불가능하다고 단언합니다.

　이제 시험 삼아 애정과 재치를 비교하여 보십시오. 나의 벗이여, 여기 한 청년이 있어서, 그가 연모하는 한 소녀가 있다 하지요. 그리하여 그 청년은 소녀를 위하여 온몸의 사랑을 바치며, 모든 믿음을 다하여, 이 소녀가 자기 애정의 유일한 목적임을 증명하기 위하여 온갖 힘을 다하였다 가정하지요. 이때 철학자는 반드시 이렇게 말하겠지요. "나의 어린 벗아, 연애는 자연히 일어나는 사람의 상정常情이라 하나, 일정한 범위에서 이를 제한하지 않으면 안 될 것이다. 그대가 가진 시간의 태반은, 이 세상의 유익한 사업에 진력해야 할 것이다. 그대가 만일 그리하고도 여유가 있다 하면 그대의 연인을 사랑함도 좋으나, 그러나 삼가서 분에 넘치는 일을 계획하지 말고 오직 오늘을 힘쓰라" 하고. 벗이여, 이 청년은 과연이 충고에 귀를 기울일 것일까? 만약 그 충고를 좇는다 하면, 그는 타인의 칭찬을 받을 것입니다. 그러나 이전의 애정은 오직 한 조각의 그림자일 뿐. 화가가 규칙을 위하여 견제되는 것도 또한 이와 같을 뿐입니다. 규칙은 능히 수정할 수 있으나 활동하는 것은 아닙니다. 천재는 마치 대양의 물과 같아 콸콸 넘쳐 흐르며, 사람들의 눈을 어지럽게 합니다. 규칙에 견제되는 사람은 마치 해안에 닿은 물과 같다 할까요? 능히 그 형상을 보전할 수 있으나, 거센 물결이 하늘을 찌르는 장관을 볼 수 없기 때문입니다.

八, 5월 30일

"어찌하여 편지를 보내지 않느냐?" 하신 벗이여, 그대의 현명함으로도 어찌 이렇게 쉬운 질문을 하십니까? 내가 오랫동안 소식이 없는 그것만으로도 그대는 능히 그 이유가 무엇인지를 상상할 수 있을 것입니다. 즉 내가 현재 즐거운 처지에 있음을, 한마디로 말하면 내가 다른 더욱 친애하는 벗을 얻었음을, 즉 내가 어떤 사람(나는 그 사람의 이름을 말하기 어렵습니다)과 서로 만난 일을.

어떻게 하여 내가 이 가장 고상한 여성과 친하게 되었는지 그 시종을 말하기는 실로 곤란한 일입니다. 나는 행복합니다. 실로 말할 수 없을 만큼 행복합니다. 그래서 문자로써 능히 그 말을 다 할 수 없는 것입니다.

그녀는 한 사람의 천사— 한 사람의 여신입니다. 그러나 그대는 반드시 말하겠지요, 이것은 남자가 보통 그 연인에게 주는 일반적인 명칭이라고. 아— 그녀는 온갖 것이 원만합니다. 그러나 나는 그 원만함을 다 기록할 수 없습니다. 또 내가 얼마나 그녀를 사랑하는지도 말하기 어렵습니다.

꾸밈 없이 수수하나 그러나 명민한 이해력을 가졌으며, 온유하나 뛰어나고 재바른 기풍을 잃지 않으며, 그 마음의 순결함은 흰눈 같고, 그 감정의 깨끗함은 꽃과 같습니다. 그러나 이들의 구구한 문자는, 그녀의 진정한 바탕을 나타낼 수 없습니다. —뒷날을 기다려— 아니, 지금 그대에게 고하지 않으면, 나는 영영 그 기회를 잃을 것입니다.

나는 이 편지를 쓰기 시작한 뒤로, 이 붓을 던지고, 달려가 그녀를 보고자 생각한 것이 그 몇 번인가를 알지 못합니다. 오늘 아침 나는 집에 있기로 결심하였으나, 때때로 창을 열고 태양이 돋아 오르기를 고대하였습니다.

나의 결심은 헛된 것이 되고 말았습니다. 나는 드디어 붓을 던지고 그녀를 방문하였습니다. 나의 벗이여, 나는 지금에야 집으로 돌아와서, 다시 아까 쓰던 편지를 계속하려 합니다. 아― 그녀와 그녀의 여동생을 보고 있을 때의 나의 즐거움은 어떠하였는가! 그러나 그대는, 이 글을 처음으로 쓰던 때와, 다시 쓰고 마친 때에, 그대의 아는 바는 다를 것입니다. 그러면 그대여, 나는 이제 직접으로 내용에 들어가, 순서가 바르게 그 처음과 끝을 그대에게 알리고자 합니다. 나는 그대가, 장차 내가 쓰고자 하는 이 글을 가벼이 보아넘기지 마시기를 바랍니다.

앞 편지에서 나는 귀족의 집사와 서로 알게 된 일과, 또 그가 그 소왕국 ― 그의 별장은 드러나지 않게 한 나라를 이룬 듯한 느낌이 있으므로 ― 에, 나를 초대한 일을 썼습니다. 여러 가지의 사정에 의하여, 나는 이 방문을 오랫동안 미루어 왔습니다. 만약 우연한 동기로 발견한, 그 별장 안에 있는 보물을 보지 못하였으면, 나는 영구히 그곳을 방문할 결심을 일으키지 않았을는지 모릅니다.

어느 날, 나는 이곳 젊은 친구들의 권유로 무도회에 참석하기를 허락하고, 나의 상대로 한 젊은 아가씨와 약속하였습니다. 이 아가씨는, 그다지 미인이라 함에까지는 이르지 못하나, 보통 용모의 소유자였습니다, 나는 또 무도장에 갈 때에, 나의 상대인 아가씨 및 그 친척 되는 사람을 나의 마차에 태우고, 중도에서 '챠―롯' 양의 집을 방문키로 약속하였습니다. 이 '챠―롯' 양은, 곧 아까 말한 집사의 장녀로서, 같이 무도장에 가기로 약속한 것입니다. 이리하여 우리들은 마차를 놀려 집사의 집분에 당도하였을 때, 나의 상대자가 나에게 고하기를, 나는 한 아름다운 처녀를 보게 디리라 하였습니다. 그 친척 되는 이도 이에 따라 말하기를, "아― 그러나, 당신은 그녀의 미에 미혹하여서는 안 됩니다" 하고. 나는 물었습니다. "그것은 어째서?" 하고. 나의 상대자는 대답하기를, "그녀는 이미 허혼許婚한 처녀랍니다. 한 훌륭한 신사와 약혼한 사람이랍니다. 그 신사는 방금 불의로 죽은 부친의 뒷일을 처리코자, 또 겸하여 궁중에서 상당한 위치를 구하려고, 출타하고 집에 있지 않지요" 하고. 그러나 나는 이 말에 조금도 관계치 않았습니다.

우리가 집사의 집에 도착하였을 때에는, 해는 이미 뒤로 넘어갔고 날은 심히 더웠으며, 무거운 구름은 지평선 위를 덮어서 장차 폭풍우가 올 것을 경계하였습니다. 아가씨들은 다 놀라며, 그 기다리고 기다리던 즐거움을 깨뜨릴까 아주 근심했던 모양입니다. 나는 당면한 두려움을 진정시키기 위하여, 일부러 침착한 태도를 지으며 기상학에 숙지함을 공언하여, 특별한 변화가 없을 것을 그들에게 보증하였습니다. 얼마 후 한 명의 시종이 나와서, 그의 주인 아가씨가 준비할 동안 잠깐 기다리기를 청한다는 전언을 접한 나는 수레로부터 내렸습니다.

그리하여 나는 중앙 뜰을 지나, 객실로 들어가서, 여섯 명의 사랑스러운 아이들(가장 나이든 애가 11세 가량, 가장 어린 아이는 두 살 가량의)이 술을 내려뜨린 담백한 흰옷을 입고, 기품 있는 용모를 가진 한 사람의 아가씨를 둘러싸고 서서 있는 것을 보았습니다. 그때 그녀는 하나의 작은 칼을 들고 아이들에게 주기 위하여 빵과 버터를 베어 가장 사랑하는 표정으로 나눠 주고 있었습니다. 아이들은 각각 그 조그마한 손을 들어 빵을 받으며, 그들의 사랑하는 언니가 타고 갈 마차와 일행을 보기 위하여, 일제히 문밖을 향하고 뛰어나갔습니다. '챠―롯' 양은 나를 보고 은근히, 그 지체하였음을 사과한 후, 고요히 "나는 나로 하여금 수레를 내리시게 한, 또 오래 동안 아가씨들을 머물게 하였음을 죄송하게 생각합니다. 그러나 너무 준비를 급히 한 때문에, 전혀 실내의 정리를 잊어버렸습니다. 또 아이들은 내가 따로 주는 것이 없이는, 저녁밥만으로써는 결코 만족하지 않습니다." 나는 이때 무엇이라 대답하였는지, 그 한 말은 어떤 것이었는지, 전혀 망각하였습니다. 나는 멍하니 오직 그녀의 말과, 그 음성, 그 태도에 정신이 쏠려, 그녀가 부채와 장갑을 가지러 나간 후에야, 비로소 본래의 '나'에 돌아가게 되도록 자기를 잊어버렸습니다. 그녀가 나간 뒤에, 아이들은 번갈아 가며 나를 드려다 보며 서로 속살거리고 있었습니다. 나는 곧 그중 가장 나이 어린 아이에게로 가까이 간즉, 개는 무서운 듯 피해 달아났습니다. 마침 이때에 '챠―롯' 양이 돌아와서 아이에게 말했습니다. "이리와, '래이쓰'야, 너의 오빠를 두려워 마라." 개는 이 말을 듣고 비로소 그 손을 나에게 주었습니다. 나는 유쾌히 처음 본 나의 아우에게 입맞추었습니다. '챠―롯' 양을 수레로 인도할 때, 나는 웃음을 머금고 그녀에게 이렇게 말했습니다. "동생아, 그러면 내가 그대의 친척이 될 자격이 있는 줄 아는가?" 그녀는 의미있는 듯한 웃음을 띄고 대신 대답하였습니다. "호호, 나는 많은 형제를 두었습니다. 어찌 당신을 거절할 리가 있겠습니까?"

그녀가 출발하려 할 때, 그중 가장 나이 위인 '소피아'를 불러, 자기가 집에 돌아

올 때까지, 집에서 잘 어린애들을 돌봐줄 것을 명하였습니다. 그리한 후 그녀는 또 어린애들을 불러, 자기가 없을 동안 자기와 같이 '소피아' 언니의 명령에 좇을 것을 고하였습니다. 어린애들은 다 쉽게 승낙하였으나, 그중 여섯 살 쯤 되어 보이는 활발한 여자애는 머리를 흔들며, "그렇지만 '소피아' 언니는, 나의 '챠―롯' 언니가 아니요, 우리는 '챠―롯' 언니를 더 많이 사랑한다"고 부르짖었습니다. 이리할 동안에, 두 남자 아이가 마차의 뒤로부터 기어올라 왔습니다. 나는 그들을 같이 태워 주기를 '챠―롯' 양에게 청하였으나, 그녀는 두 아이를 앞에 보이는 수풀 근처까지만 태워 주기를 허락하였습니다. 그러나 우리들의 자리가 아직 정해지기도 전에, 아가씨들의 인사가 끝나기도 전에, '챠―롯' 양은 수레를 머무르게 하고, 고요히 그의 아우들을 내리게 하였습니다. 개들은 여러 번 자기 언니의 손에 입맞춤을 주고, 사랑스러운 눈으로 수레 안의 여러 사람들에게 인사를 한 후 돌아갔습니다.

마차는 다시 떠났습니다. 나의 춤의 상대인 아가씨는 '챠―롯' 양에게 향하여, 전일 자기가 보낸 책의 가치 여하를 물었습니다. '챠―롯' 양은 그 전에 빌려준 책과 비하여, 그다지 권할 점을 발견치 못하였으므로, 일간 돌려보내겠다는 의미로 대답하였습니다. 나는 그 책명이 '듸 카ㅅ슬 오푸 으트란트'라 함을 듣고 크게 놀랐습니다. 그녀가 말한 한 마디 한 마디는 다 학식의 완전함을 증명하는 것이며, 그 눈동자의 정확함을 표시하지 않음이 없었습니다. 내가 그 말에 동의를 표한 즉, 그녀의 모습에는 그녀가 느낀 만족으로 인해 더욱 광채가 나는 것 같았습니다. 그녀는 말하기를, "내가 어렸을 때에는, 로맨틱한 소설이 나에게 무한한 기쁨을 주었습니다. 당시 내가 가졌던 기쁨 중 가장 큰 것은, 일요일 오후마다 방에 들어 앉아서 황당한 소설을 보는 것이었습니다. 그러나 지금은 이런 망상을 좋아하는 버릇은 사라져 버리고, 가정적 '도메스틱'이 나의 취미에 맞게 되었습니다. 그러나 이제 나는 충분히 독서의 여가를 갖지 못하여서, 나는 특히 자연을 즐기는 작자가 쓴 것을 가려, 한 집의 유쾌한 광경 ― 마치 내가 지금 나의 집에서 경험하는 것과 같은 ― 을 즐기고 있습니다" 하고.

대화는 점점 돌아 춤에 관한 일에 들어갔습니다. '챠―롯' 양은 말하되, "이 유희는 여러 사람의 비난을 받는 것이지만, 나는 특히 춤을 좋아합니다. 혹시 불쾌한 일이 있어 심기가 울적할 때, 곧 아코디언을 들고 몇 곡을 연주하고, 두어 차례

춤을 추면, 나의 마음은 즉시 상쾌하게 회복됩니다." 아— 벗이여, 그녀가 말을 할 때에 나의 눈은 얼마나 그녀의 얼굴을 들여다보고 있었던가! 그 음조의 또렷함에 취하여, 나는 그 말의 태반을 듣지 못하였습니다. 그녀의 맑은 눈동자, 그녀의 우아한 모습에, 나는 스스로 내 몸을 잊었습니다. 얼마 안 된 후 마차가 머무름에 따라 나는 정신이 황홀한 가운데 마차를 내려, 몸은 어느 사이에 넓은 방 중앙에서 여러 친구들에게 싸여 있었음을 깨달은 것은, 그 후 많은 시간을 지난 뒤였습니다. '챠—롯' 양과 다른 아가씨들은 각각 출입구에서 기다리던 자기의 파트너를 맞이해 가고, 나도 또 아까 약속한 짝에게 안기어 무도장으로 들어갔습니다. 이리하여 춤은 먼저 '미뉴에트' 곡으로 시작되었습니다. 나는 실내를 돌아 몇 명 아가씨의 파트너가 되었습니다. 그런데 나는 춤이 졸렬한 여자들만이 그 춤을 오래 끌고자 하는 것을 발견하였습니다. 이때 '챠—롯' 양은 그 파트너와 같이 시골 춤을 추고 있었습니다. 그리하여 벗이여, 나의 벗이여, 그대는 그녀가 나와 같이 추기 위하여 나의 곁으로 올 때에 나의 기쁨이 어떠하였을까를 상상할 수 있을 것입니다.

아— 만약 그대가 그녀의 춤을 한 번이라도 보았을 것 같으면! 실로 그녀는 춤에 필요한 온갖 기교를 지니고 있었습니다. 그의 태도는 우미優美하고도 고상하였으며, 그의 동작은 경쾌하고도 정숙하였습니다.

나는 그녀와 같이 두 번째 춤을 추고자 청하였습니다. 그러나 그녀는 은근히 그 이미 선약이 있음을 고하고 세 번째의 춤을 같이 하기로 약속한 후 말하기를 "나는 본래 '알레만데(독일 춤)'를 좋아합니다. 또 이 지방은 매일 한 번씩 '알레만데'를 추는 것이 관습입니다. 그러나 나의 파트너는 이 춤을 못 추므로 나에게 용서하기를 청했습니다. 나는 또 당신의 파트너가 이 춤에 익숙지 못한 것을 압니다. 그렇지만 당신이 춤 추시는 태도로 보아 당신이 '알레만데'에 숙달하신 줄로 믿습니다. 만약 당신께서 좋으시다면, 당신 파트너에게 이 말을 하고, 나도 나의 짝에게 이 말을 하여, 서로 파트너를 바꾸자고 생각합니다." 이리하여, '챠—롯' 양의 짝과 나의 짝은 승낙하였습니다. 나는 비로소 '챠—롯' 양과 같이 추게 되어, 잠시 동안은 서로 안고 추며 돌았습니다. 그녀의 발자취가 얼마나 부드러우며, 또 얼마나 가벼웠는지! 구슬이 은반을 구르며, 선녀가 구름 사이를 헤치는 듯, 나는 일찍이 이와 같이 유쾌히 춤을 춘 적이 없었습니다. 나는 이때에 자기를 인간

이상의 것으로 생각하였습니다. 그 옥 같은 팔에 안기어, 전광電光과 같이 가볍게 실내를 돌 때, 이 실로 인간 이상이 아니오리까? 아— 나의 벗이여, 사실을 고하자면, 나는 이때 이런 결심을 하였습니다. 즉 만약 세상에 내가 연모하여 결혼코자 하는 여자가 있다 하면, 그는 오늘 밤에 나와 같이 '알레만데'를 춘 그가 아니고 누구냐고, 내가 일생 동안—. 그러나 나는 그대가 충분히 이해할 줄 압니다. 춤을 마치고, 우리들은 숨을 다듬기 위해 두어 번 방 주위를 돌았습니다. 이렇게 한 후 '챠—롯' 양은 자리로 나아갔습니다. 나는 식탁 위에 놓인 몇 개의 사과를 집어 그녀에게 주었습니다. '챠—롯' 양은 그것을 받아서 그중 한 개를 곁에 앉은 한 아가씨에게 나눠주니 그 아가씨는 사양치 않고 그것을 받았습니다. 비록 여자이지만, 나는 그 아가씨가 그같이 사랑스러운 손으로부터 과실을 직접 받는 것을 보고 질투의 마음을 금치 않을 수 없었습니다.

휴식 후, 우리는 다시 춤을 시작하였습니다. 나는 '챠—롯' 양을 안고 돌며 형용할 수 없는 감정으로써 그 사랑스러운 용모와 그 선녀 같은 동작에 취하였을 때, 조금 나이 먹이 보이는 한 부인이, '챠—롯' 양을 보고 미소하다가, 우리가 그들의 곁을 지날 때, 그 부인이 '챠—롯' 양의 손을 누르며 힘 담긴 목소리로 '알벨트'라 하고 이름을 불렀습니다. "'알벨트'라는 '알벨트'가 누구인가를, 당신께 물을 수 있습니까?" 하고 묻는 나의 호기심을 '챠—롯' 양은 아마 웃을 터이지요. 그러나 마침 이때 한 무리의 춤꾼 패가 우리의 사이를 헤치고 들어와, 그 때문에 우리는 부득이 서로 떨어섰습니다. 그 사람들이 지나간 뒤, 내가 다시 '챠—롯' 양의 손을 잡을 때에 나는 지금 묻던 말을 또 물었습니다. 그녀가 말하기를 "내가 왜 감출 리가 있겠습니까? '알벨트'는 나와 약혼한 한 신사입니다" 하여 나는 비로소 아가씨들이 수레 안에서 나에게 한 말이 생각났습니다. 그러나 그때는 나의 벗이여, 내가 아직 '챠—롯' 양을 보기 전인 까닭에 아무 감정도 일어나지 않았습니다. 그러나 지금은 내가 이 말을 듣자 홀연히 나의 마음은 어지러워지고, 정신은 공연히 흔들려져서, 나의 현재의 위치까지 완전히 잊고, 여러 가지 실수를 행하여 뭇 사람을 소동케 하였습니다. 그러나 '챠—롯' 양의 익숙한 도움으로 겨우 이전의 침착함을 얻었습니다.

이때, 구슬픈 번갯불이 번쩍하고 무도장을 지나갔습니다. 이보다 전에도 여러 번 지평선 저편에서 번개가 빛나는 것을 보았으나, 나는 오직 열기가 심한 까닭이라고, 힘써 여자들을 위로하던 참이었습니다. 그러나 우레는 무서운 소리로 계속하여 일어나고, 음악 소리는 그 때문에 어지러워졌습니다. 세 명의 아가씨가 놀래 즉시 다른 방으로 달아나고, 그 파트너들도 그 뒤를 따랐습니다. 지금은 혼잡이 실내 전반에 미치고, 음악 소리도 들리지 않았습니다. 두려움의 감정은 실로 사람이 기쁨을 맛볼 때에 더욱 심한 것입니다. 왜그러냐 하면, 기쁨으로써 충만된 마음은 다른 것에 감염되는 힘이 심히 강하고, 특히 기꺼움이 갑자기 슬픔으로 변할 때 더욱 많이 느껴지는 까닭입니다. 아가씨들이 번갯불과 우레 소리에 따라 공포의 마음을 일으킨 것이 또한 괴상타 할 것이 아닙니다. 그중 침착한 사람은 창에 기대어 귀를 덮고 있으며, 어떤 사람은 무릎을 꿇고 짧은 기도를 드리며, 또 어떤 사람은 두 팔로 좌우의 두 사람을 껴안아 자기 몸을 가리고 잠잠히 울며, 또는 자기 집에 돌아가고자 갈팡질팡하는 자도 있었습니다. 신사들은 담배를 피우기 위하여 2층에서 내려오고, 다른 사람들도 겨우 마음을 진정하고 이 집 주인을 따라 아래층으로 내려왔습니다. 주인은 여러 사람을 한 방에 인도한 후 그 창문을 밀폐하여 번갯불을 가려주었습니다. 아가씨들은 '챠―롯' 양이 권함에 따라 '셈세기'라 하는 놀이를 하며 겨우 그들의 원기를 회복하였습니다.

　놀이를 마쳤을 때, 폭풍은 얼마간 가라앉았으므로, 나는 다시 '챠―롯' 양과 같이 창 앞으로 나아갔습니다. 우레 소리는 매우 먼 곳으로 물러간 듯하였으나 아직도 무섭게 들리며, 가는 비는 여전히 내려서 일종의 선선한 기운이 옷깃을 스쳐 상쾌한 느낌이 가득하였습니다. '챠―롯' 양은 그 사랑스러운 팔로 머리를 받치고, 그 맑은 눈을 들어 사방의 경치를 보다가 다시 나에게로 시선을 돌릴 때, 나는 그 눈이 눈물로 젖어 있음을 보았습니다. 그녀는 그 부드러운 손을 고요히 내 손 위에 놓으며, 하늘을 우러러 부르짖었습니다. "아―, '호―마―'여" 하고. 나의 가슴은 이 이름을 듣고 물결쳤습니다. 나는 무한한 감회를 일으켰습니다. 이를 듣고 나는 저 신성한 시를 문득 생각하며, 그녀의 감정이 내가 보는 바와 같음을 알고 더욱 애련愛戀의 정을 참지 못하였습니다. "아―, '호―마'!!", 나는 겨우 그를 되풀이하였을 뿐입니다. 나의 정신은 완전히 다 소진消盡되었습니다. 나는 그 사랑스러운 팔에 기대며, 동감과 애정에 엉긴 입술로 그 위에 입맞추고, 눈을 들어 그 아름다운 얼굴을 힘주어 보았습니다. 그리하여 그 눈물을 머금고 있음을 보고 부르짖었습니다. "아―, '호―마―'여, 그대는 이 천녀天女의 얼굴을 보고, 이를 신이라 하지 못하는가? 어찌하여 그대는 그 맑은 소리로 부르는 그대의 이름을 듣지 못하는가? 그대의 이름은 많은 사람으로 하여금 더러워졌었도다. 아― 이 천녀의 소리를 제외하고, 어찌 달리 그대의 이름을 부름에 값할 자가 있으랴!"

九, 6월 19일

전번 편지는 어디에서 마쳤는지. 아― 나의 벗이여, 나는 내가 쓴 것을 전부 망각하였습니다. 나는 오직 집에 돌아와 4시경에 침상에 나아간 일을 생각해낼 수 있을 뿐, 나는 전번 편지로 내가 무도회에서 집으로 돌아오는 동안에 생긴 일을 그대에게 알렸는지 안 했는지 ……. 그러나 그것은 어떠하였던지 좋습니다. 중복이 되어도 관계치 않을 줄 압니다. 오직 그대는 나의 상세하지 않음을 용서하리라 믿습니다. 왜 그러냐 하면 사랑은 우의友誼를 손상하는 것이 아니기 때문입니다. 그날은 실로 유쾌한 아침이었습니다. 어젯밤의 폭풍우는 어디로 갔는지 한 점의 자취도 남기지 않고, 신선한 공기에 산천이 소생한 듯이 진주와 같은 이슬방울은 나뭇가지로부터 고요히 떨어지고 있었습니다. 수마睡魔는 우리와 수레를 같이한 아가씨들의 눈을 감기었으므로, '챠―롯' 양은 나에게 향하여 만약 내가 수면을 원하나 하면 사기에 관계치 말고 쉬기를 원합니다. 나는 그녀의 사랑스러운 얼굴을 보며 대답하였습니다. "당신이 나의 앞에 있는 한, 나는 깨어 있지 않을 수 없습니다. 당신이 눈을 뜨고 있는데, 내 혼자 자기는 내가 도저히 차마 하지 못할 바입니다" 하고. 그 사랑스러운 뺨에는 한때 홍조紅潮가 돌았으나, 그러나 즉시로 본래의 아름다움을 회복하였습니다. 그리하여 우리는 마차가 '챠―롯' 양의 집 앞에 당도할 때까지 이야기를 계속하였습니다. 수레바퀴의 소리를 듣고 한 하인이 와서 조용히 수레의 문을 열고, '챠―롯' 양의 급히 묻는 말에 응하여 그 가족이 다 안전함을 고합디다. 그리하여 작별에 임하여 나는 다시 그녀와 상봉하기를 약속하였습니다. 아― 벗이여, 나는 진심을 모아서 이 약속을 하였습니다. 그로부터 나는 시일의 경과함도 주의치 않았습니다. 그것은 내 마음이 거기에 있지 않음으로써입니다. 만약 그녀가 이 세상에 없다 하면 이 세계가 무엇이겠습니까? 그러나 아ー!!, 그녀가 나의 앞에 있을 때는, 만물이 다 천국과 같이 보입니다. 그러면 나는 이제 즉시 달려가 그녀를 보지 않을 수 없습니다.

十, 6월 21일

나는 실로 더없는 행복으로 세월을 보냅니다. 미래는 알 바가 못 되고, 나는 현재에 있어서는 가장 원만한 평화를 누리고 있습니다. 그대는 '왈하임' 촌을 아시지요? 나는 '챠ー롯' 양과 떨어지기 약 15리쯤 되는 곳에 주거하면서, 세상의 행복한 사람이 자랑할 만한 온갖 행복을 받고 있습니다. 나는 일찍이 내가 이 땅에 주거할 것을 생각할 때에, 이같이 큰 행복이 나를 기다리고 있었음을 꿈에도 생각지 못하였습니다. 이슬 아침과 달 저녁에 나는 몇 번이나 전원의 광경을 목격하고 하늘 밖의 즐거움을 누리었는가! 혹은 작은 산 정상에, 혹은 강변의 푸른 들에, 볼 때마다 그 경치를 달리하며, 그 경색景色이 변할 때마다 미적 감상은 새로워집니다. 실로 고관 대작의 더럽힘 없는 자연의 생활처럼 사랑스러운 것은 없습니다. 나는 이것을 볼 때마다 인생의 헛된 욕망을 슬퍼합니다. 세상 사람들은 자기 고향에 쌓인 풍부한 양식이 있음을 깨닫지 못하고, 공연히 욕망을 먼 곳에 보내 따로 새로운 낙원을 발견하려 타국에서 방랑하지만, 이들의 헛된 욕망은 얼마 못 가서 곧 사라져 버리는 것입니다. 이에 그네들은 그 뒤에 남겨둔 쾌락을 사모하고 다시 고향으로 돌아와 그 이전의 생활로 만족하게 되는 것입니다. 돌아보건대 이미 몇 년 전, 내가 이 즐거운 토지에 왔을 때, 나는 자연의 미美, 수림樹林의 재미 많은 경치, 여러 산들의 끊임없이 일어나는 변화, 암석의 기괴한 상태를 사랑하였습니다. 아ー 그대가 이 경치를 보았을 것 같으면! 그러나 나는 이에 만족치 않고 공연히 가공架空의 희망을 품고 이곳을 버렸습니다. 아ー 나의 벗이여, 먼 곳은 마치 미래와 같습니다. 그곳에는 우리의 앞에 우리 마음을 미혹케 하는 두려운 암흑이 빗겨 있습니다. 우리는 상상으로써 그런 여러 가지의 쾌락에 유인되어 열심으로 이것을 구합니다. 그러나 일단 실제에 들어가 진상을 나타내 보면 온갖 우리의 사랑은 사라져 버립니다. 이리하여 오래 동안 떠돌아다니는 나그네는 비로소 그 고향을 바라고 가난한 작은 집으로 돌아와, 일가 단란의 틈에서 그 먼 곳에서의 방황 때보다 배나 큰 기쁨을 받게 되는 것입니다.

이제 나의 즐거움도 또한 실로 여기 있을 뿐입니다.

—『시사평론』 제2권 제1호, 1923.1.15, 143~162면.

'웰텔'의 비탄悲歎 2

十一, 6월 29일

그저께 한 의사가 집사의 집을 방문하였습니다. 그때 나는 마침 '챠―롯'의 집에 있어서 아이들과 큰 소리를 내어가며 같이 놀고 있었습니다. 이 의사는 그 성질이 극히 엄격하고 또 완고한 사람으로서, 이야기하는 동안 항상 그 윗옷의 주름을 펴며, 말을 마치고는 그 수염을 턱 아래로 잡아끄는 버릇이 있습디다. 그는 아이들과 같이 장난하는 나를 비웃는 태도로 흘겨보고 있었습니다. 그러나 나는 그의 싫어하는 얼굴과 엄격한 언어에 아무 느낌도 받지 못하였습니다. 나는 의연依然[1]히 나무토막으로 아이들이 무너뜨린 집을 다시 고쳐 세우고 있었습니다. 이 의사는 그 후 손버릇 사나운 집사의 어린애가 있다 하면 그것은 나 때문이라고 말했다 합니다. 그렇습니다. 나의 벗이여!, 나는 어린애를 사랑합니다. 나는 그 애들을 '챠―롯' 양 다음으로 사랑합니다. 그리하여 이 어린애들 가운데서 나는 덕성과 지식의 씨앗을 발견합니다.

그들의 대담함을 보고서는 나는 뒷날 그들이 용감하고 지조가 있을 것을 예견하며, 그 경쾌함을 보고서는 그 미래에 상하 귀천의 차별 없이 다 함께 완용婉容[2]으로써 사람을 접하며 그 생애를 유쾌히 지내리라고 예측합니다. 만약 그 천진난만하여 한 점의 더러움도 없고 온화하여 강만剛慢[3]의 기세가 없음을 볼 때는 나는

---

1   의연依然 : 전과 다름없음.
2   완용婉容 : 정숙한 자태.
3   강만剛慢 : 강한 교만.

끝없이 우리의 스승께서 "너를 돌아보아 어린애가 되어라" 하신 말씀을 생각합니다. 그러나 나의 벗이여, 우리는 어린애를 물리칠 수가 있습니다. 우리는 신하와 같이 저들을 대우하며 항상 그 의향에 반하여 억제할 수가 있습니다. 이는 어쩐 까닭인가요? 우리는 어디로부터 이 같은 권리를 얻었나요? 이것은 오직 나이가 많다는 것 때문입니다. 또 경험이 많다는 점 때문일까요? 그러나 천국에서 아이들은 우리와 같은 존경을 받습니다. 무슨 까닭으로 저들은 땅에서 같은 모양의 존경을 받을 수 없는 것일까요? 저들은 오직 우리가 일찍이 있었던 것 그대로 있다는 그 뿐입니다. 그러면— 아— 나의 벗이여, 만일 이것을 쓰고자 하면 나는 그대의 인내심과 나의 정신력이 함께 소진될 것을 두려워합니다.

十二, 7월 6일

'챠—롯' 양은 실로 한 여신입니다. 슬픔을 기쁨으로 바꾸지 않는 일이 없습니다. 어제 오후에 그녀가 어린 동생들을 데리고 산보한다는 말을 듣고 나는 즉시 그 뒤를 따라 함께 15리 가량 된 길을 돌아다니다가 돌아오는 길에 잠시 내가 항상 사랑하는 그 샘물가에서 쉬었습니다. '챠—롯' 양은 돌 위에 앉고 우리는 그 앞에 섰습니다. 나는 끝없이 내 마음이 어지러워지기 전에 (아— 지금은 '챠—롯' 양 때문에 나의 마음이 어지러워졌다 하오리까!) 내가 적연寂然[4]이 이곳에서 지나던 그 많은 시간을 회상하였습니다. "사랑하는 냇물이여, 그 후 나는 그처럼 나에게 기쁨을 주던 그대를 내버려 둔 채 지내왔구나!" 나는 이렇게 생각하면서 천천히 주위를 돌아보는데, 한 어린애가 물 담은 잔을 들고 올라오는 것을 보았습니다. 그 어린애는 '챠—롯' 양의 앞으로 가까이 가서 그 잔을 주려 하는데, 다른 어린애가 이를 빼앗으려 하였습니다. 그 어린애는 눈을 흘겨 보며 '챠—롯' 누님이 제일 먼저 마실 것이라고 소리쳤습니다. 나는 그 사랑스러움에 견디지 못하여 그 아이를 안고 입을 맞추었습니다. 그 때문에 그 소녀는 울기 시작하였습니다. '챠—롯' 양은 나

4　적연寂然 : 쓸쓸함.

에게 너무 손이 거칠었다고 말하고 고요히 일어나 어린 동생의 손목을 붙들고 냇물가로 가까이 내려가서 "야 매리야, 그 물로 네 얼굴을 씻어라. 내 사랑하는 애야, 씻으면 다― 나을 거야"라고 말하였습니다. 소녀는 그 작은 손으로 물을 떠서 뺨을 문지르며 아까 입 맞춘 흔적을 씻으려 하였습니다. '챠―롯' 양은 깨끗이 씻어졌다고 말했으나 소녀는 씻으면 씻을수록 좋은 줄로 생각함인지 오히려 더 씻고 있었습니다. 아― 나의 벗이여, 나는 세례식에 가서도 이같이 집중하여 본 일은 없었습니다. 그녀가 다시 내 섰던 곳으로 올라왔을 때, 나는 기꺼이 '챠―롯' 양의 발아래에 엎드려 인간을 씻어주는 여신으로 그녀를 숭배하려고 하였습니다.

그날 밤, 나는 학식이 뛰어난 유명한 신사에게 이 일을 말하였다가 도리어 반대의 의견을 들었습니다. 그는 '챠―롯' 양을 비난하여 말하기를 "그녀는 올바르지 않았습니다. 왜냐하면 그 어린애의 의뢰심을 길러줄 뿐이니까"라고. 아― 인간의 보통의 성정과 학문이 일치하지 않음이 어찌 이뿐이라 하겠습니까?

十三, 7월 8일

어찌하여 나는 오직 한 번 보고는 이같이 마음을 썩이며, 이렇게 정을 괴로워하는가? 며칠 전 '챠―롯' 양은 그 친우의 급한 병의 통지에 접하여 그 친우가 사는 곳으로 갔습니다. 나는 그의 가족들과 함께 문밖에서 배웅할 때 그녀의 눈을 힘주어 보았습니다. 지금 생각하니 그의 시선은 문에 서 있던 다른 여러 사람을 일일이 둘러볼 뿐 결코 나에게 일별―瞥[5]도 주지 않은 모양입니다. 그러나 나는 그녀의 눈이 한 곳에 머물지 아니함에도 불구하고 끝내 그 얼굴을 주시하여 다른 것을 보지 않고 마음속으로 수백 번의 작별을 고하였습니다. 그러나 그녀는 끝내 나에게는 한 번도 시선을 주지 않았습니다. 그러다가 수레는 앞으로 나가고 나는 눈물로써 이를 보내었습니다. 그녀는 수레 창으로부터 얼굴을 내밀어 뒤를 돌아보았습니다. 아― 그때 그 눈은 누구를 향하였던가? 나에게였던가? 이 무슨 망상!

---

5   일별―瞥 : 한 번 흘깃 봄.

그러나 망상도 오히려 마음을 위로할 수 있습니다. 그 가운데에도 그 눈이 나를 위하여 보내었으리라는 얼마간의 희망이 있는 것입니다. 그러나 아―, 나는 한갓 내 마음이 연약한 것을 자인할 뿐……

十四, 7월 10일

나의 벗이여, 내가 어떻게 이상한 얼굴을 지었는지 생각하십니까? 만약 나의 친구 사이에서 '챠―롯' 양의 이름이 담화 중에 들릴 때에는, 특히 내가 얼마나 그녀를 좋아하는가를 그네들이 물을 때는. 그녀를 좋아하느냐고! 아― 나는 이 같은 냉랭한 질문을 참을 수 없습니다. 만일 그녀의 뛰어난 아름다움을 보고 단순히 이를 좋아한다는 사람이 있다 하면, 이 어떠한 무정한無情漢[6]이겠습니까?

얼마나 내가 그녀를 좋아하는가! 며칠 전에 나에게 마치 이와 같이 얼마나 내가 '옷산'의 시를 좋아하는 가를 묻는 사람이 있었습니다.

十五, 7월 13일

나는 그녀의 그 눈을 보고서 획실히 내기 품은 정이 그녀의 미음에 감동되었음을 알았습니다. 나는 이미 아첨하는 마음이 점점 나의 가슴 안에서 일어남을 깨달았습니다. 이 마음은 항상 나에게 속살거리기를, 내가 단연 이 나의 기쁜 마음을 피력하여 나의 희망을 고백할 것일까? '그녀는 나를 연모합니다, 나를 연모합니다' 이것을 생각하면 나는 내 몸이 천상으로 떠오르는 듯한 느낌이 있습니다. 그렇습니다. 나는 감히 나의 벗에게 알리고자 합니다, 왜냐하면 그대는 쉽게 이것을 이해하실 것이므로. 내가 그녀의 애정에 접한 뒤로부터 나와 내 몸을 어떻게 스스로 높이었는가? 이 과연 자만심이겠습니까? 아닙니다. 사실이 그러함을

6　무정한無情漢 : 감정 없는 남자.

어떻게 하겠습니까? 그러나 만일 그녀가 '알벨트'의 이름을 부를 때는, 더구나 존경과 유순한 어조로써 그 이름을 부를 때는, 아―! 나는 마치 대망을 품은 군인이 그 벼슬을 박탈당하고, 그 명예도 손상당하고, 그 권력을 빼앗겨, 그리하여 그 힘 없는 손으로 칼을 들고 항복하는 듯합니다.

十六, 7월 16일

만일 우연히 내가 그녀의 손끝에 부딪칠 때 내 마음이 얼마나 고동치며, 혈액은 얼마나 끓어오르는지. 만일 나의 발이 탁자 아래에서 그녀의 발끝과 닿을 때는, 나는 한때는 급히 피할 줄을 아나, 다시 무슨 비밀한 힘에 끌려서 원래의 자리로 옮기고, 그리하여 아주 이상한 감각을 일으킵니다.

나는 그녀의 친우입니다. 그러나 순진한 그녀는 그 '알벨트'와의 결혼 생활을 말할 때에 나에게 주는 고통이 얼마나 큰가를 살피지 못합니다. 만약 의견이 서로 일치하고 의기가 투합하여 그녀가 그 옥 같은 손을 책상 위에 얹고, 그 향기로운 입김을 내가 가까이 접할 수 있도록 의자를 앞으로 당겨 놓을 때는, 오― 하늘이여! 번개의 번쩍임도 이보다 더한 충격을 줄 수 없습니다. 아― 나의 벗이여! 나는 감히 이 순간의 생각을 그대에게 말할 수 있을까? 그러나 그대는 나의 마음을 잘 아실 것입니다. 그것이 단연 패덕敗德[7]의 종자라 할진댄 내가 또한 무엇을 말하리요?

내가 그녀를 보니 마치 선녀와 같습니다. 그녀가 나의 앞에 있다 하면 나의 바람은 그것만으로 족합니다. 그 화려한 얼굴을 볼 때는 나는 실로 말할 수 없는 기쁨을 느낍니다. 그녀는 음악을 사랑합니다. 만일 그 손풍금을 들어 한 곡의 슬픈 노래를 연주할 때는 내 마음에 감춰진 온갖 슬픔은 사라져 버립니다. 나는 이에 비로소 음악이 사람의 근심을 소산消散[8]하는 데 유력함을 알았습니다. 만약 그 근심이 민민悶悶[9]하여 마음은 어지럽고 감정은 미친 듯하여 자살의 생각까지 일으

7　패덕敗德 : 사람으로서 마땅히 지키거나 행하여야 할 올바른 도리나 도덕·의리 따위를 그르침.
8　소산消散 : 흩어 사라지게 함.

키는 때를 당하여, 그 미묘한 한 곡조는 다시 기운을 소생케 하며 미혹의 안개를 헤쳐 실망에 어두운 얼굴을 바꾸어 홀연히 원만한 기쁨의 웃음으로 화하게 합니다.

十七, 7월 18일

만약 이 마음이 애정을 갖고 있지 않는다면 삼천세계三千世界[10]를 준다 한들 또한 무슨 기쁨을 구할 수 있겠습니까? 마치 이는 빛 없는 허깨비불과 같습니다. 유성流星이 빛남에 만상萬象은 완연히 흰 벽 위에 나타납니다. 설사 애정의 결과가 일시의 환영幻影에 불과하다 할지라도 이 무슨 관계있겠습니까? 옛날의 꿈을 찾아 그 즐거움을 회상할 수 있을 때에 우리는 오히려 행복하다 할 것입니다.

나는 오늘 '챠-롯' 양을 보지 못할 것입니다. 그녀는 뜻밖의 손님으로 인해 부득이 외출할 수 없게 되어서 대신에 그녀의 손에 부딪친 물건이나마 얻고자 바랐습니다. 나는 얼마나 견디기 어려워하며 심부름 보낸 사람이 돌아오기를 고대하였던가! 그리고 또 어떠한 기쁨으로 그녀의 회답을 받았던가! 또 나의 연모하는 정을 심부름꾼에게 감추기 위하여 얼마나 힘들여 나의 애정을 억제하였던가! 이것들은 그대가 상상하는 바에 맡깁니다. 듣건대 형광석螢光石을 햇빛에 쬐면 그 광선을 흡수 보존하였다가 그 뒤 어둠 속에 둘 때는 오래 동안 그 빛을 낸다고 하는데, 그녀의 답장이 또한 이와 같습니다. 이것을 읽을 때는 이것을 쓸 때에 쓰던 사랑스러운 눈빛이, 이것을 심부름꾼에게 주던 상아같이 흰 손의 형상을 다시 내놓습니다. 그러면 나는 세계를 지배하는 제왕의 금관으로써도 이것에 대신하지 않을 것입니다. 그러나 나의 벗이여, 웃음을 참아 주시오. 이 세상 행복 어느 것이나 환상 아님이 있겠습니까?

---

9 민민悶悶 : 매우 딱함.
10 삼천세계三千世界 : 우주의 모든 세계.

十八, 7월 19일

오늘 아침 나는 일어나서 아침 햇살의 빛남을 보려고 창을 여니, 하늘이 맑고 대기는 깨끗하여 사람의 정신을 새롭게 하였습니다. 나는 혼자 '나의 그녀를 보리라' 하고 부르짖었습니다. 그렇습니다. 나는 그녀를 볼 것입니다. 나는 오늘 하루를 보내는 데 달리 아무 희망도 가지지 않았습니다. 이 기쁨과 소원의 가운데에는 온갖 즐거움이 포함되어 있습니다.

十九, 7월 20일

그대는 내가 외국 공사公使의 임용을 승낙하여 함께 다른 도시로 부임하여 가라고 충고하셨습니다. 그러나 나는 도저히 그대의 뜻에 순종할 수 없음을 유감으로 생각합니다. 나는 노예적 복종과 허식적 의례를 증오하는 자입니다.

하물며 그대가 나를 추천해 주신 저 공사公使가 아주 완명頑冥[11]하고 오만한 인물임은 세인이 두루 아는 바임이리요.

그대는 또 내가 항상 일유佚遊[12]치 말고 무슨 업무이든지 행하기를 나의 늙으신 어머니가 원한다고 말하였습니다. 그러나 나는 도리어 그 얕은 생각을 웃고자 합니다. 나는 과연 평소에 아무 노동도 하지 않는 자일까? 나는 우마牛馬와 같이 손발로써 노동함보다는 정신으로써 노동함이 훨씬 사람다운 것을 압니다. 아— 이 세계는 모두 비애悲哀로 충만하여 있습니다. 저 자신을 안락케 하기 위하여 자기의 본성에 반한, 마음에 없는 행위를 하며 억지로 부귀와 명예에 악착齷齪[13]하는 자는 내가 보는 바로써 하면 이 하나의 치한癡漢[14]일 따름입니다.

---

11 완명頑冥 : 고집이 세고 사리에 어두움.
12 일유佚遊 : 마음대로 편안히 즐기고 놂.
13 악착齷齪 : 일을 해 나가는 태도가 매우 모질고 끈덕짐.
14 치한癡漢 : 어리석고 못난 사람.

二十, 7월 27일

나는 너무 자주 그녀를 방문치 않겠다고 결심하였음이 그 몇 번인가? 그러나 연애하는 자의 결심은 또한 얼마나 미약한 것인가? 아―, 입은 행동보다도 쉬운 것입니다. 매일 밤 나는 '내일만은 결코 가지 않으리라' 하고 단언하나 그 내일이 올 때는 저항할 수 없는 일종의 힘이 있어, 나의 몸을 그녀의 면전에 인도합니다. 그리하여 그 작별함에 임하여 만일 그녀가 "나는 당신이 다시 나와 만나기를 원한다" 하고 말할 때에 과연 나는 가지 않을 수 있으리라 생각합니까? 나는 또 때때로 날씨가 화창함에 끌려 '왈하임'의 들판을 향하여 거닙니다. 내가 그곳에 이르면 그녀 집은 겨우 1리를 떨어져 있을 뿐입니다. 그 같은 근거리에 그녀를 두고 내가 무정히 돌아올 수 있으리라 생각하십니까? 아닙니다, 나는 못합니다. 나는 할머니로부터 들은, 큰 자석으로 된 작은 산의 옛 이야기를 기억합니다. 그 인력은 너무 강하여 만일 어떤 거리 안에 물건을 가져올 때는 못은 다 빠지고 철재는 떨어져 다 산에 들러붙고 오직 목판만 자박자박이[15] 남는다 합니다. 나의 벗은 아마 이 예를 쉽게 이해하실 것입니다. 세계가 비록 이 같은 산으로 충만하였다 할지라도, 그 인력에서는 '챠―롯' 양을 이길 수 없을 것입니다.

二十一, 7월 30일

'알벨트'는 돌아왔습니다. 그리하여 '웰텔'은 떠나지 않으면 안 되게 되었습니다. 만약 그가 가장 가치 있고 가장 존귀한 사람임에 반하여 나는 어떤 점에서든지 그보다 열등한 자일 것 같으면, 나는 그가 이같이 풍부한 여성의 미와 원만함을 소유하였음을 견디며 보지 못 할 것입니다. 아― 그는 결정된 신랑이요, 그리고 누구나 다 존경할 만한 학식 있는 수재입니다. 다행히, 실로 다행히, 나는 그와 '챠―롯' 양과의 만남의 자리에 있지 않았습니다. 만약 있었다면 내 가슴은 아마

15 　자박자박이 : 조각조각.

터졌을 것입니다. 그는 또 깊이 조심하여 내 앞에서는 '챠―롯' 양에게 대한 그의 애정을 끝까지 억제하여 겉으로 나타내지 않으려 합니다. 이 한 가지만으로라도 그는 하늘의 은혜를 받기에 족할 것입니다. 그는 나에게 아주 친절합니다. 그러나 이것은 오로지 '챠―롯'이 그에게 나를 극히 칭찬하였기 때문이라는 것을 확실히 압니다. 대체로 여자들은 자기 때문에 경쟁하는 자들의 사이를 조화시키는 일에 아주 지혜롭습니다. 혹시 그 노력이 헛되이 실패하는 일도 있으나, 그러나 경험이 필요합니다. 왜냐하면 만일 그것이 성공한 때에 주로 그 이익을 받을 사람은 바로 여자 자신이기 때문입니다.

어떻든 나는 '알벨트'에게 대하여 나의 존경을 제지할 수 없습니다. 그의 성격이 평담平淡[16]함은, 내가 항상 숨기고자 하여도 숨길 수 없는 격렬한 혈기에 비하여 현저히 뛰어나는 바입니다. 질투의 마음은 그대도 아는 바와 같이 내가 가진 가장 비천한 결점입니다. 그는 조금도 그런 기색을 보인 일이 없습니다. 그는 나를 학식 있고 판단력 있는 사람으로 생각하고 있는 모양입니다. 그러나 내가 '챠―롯' 양에게 대한 애정이 더욱더욱 짙어짐에 따라, 아― 나는 그가 더욱더욱 행복해짐을 보고, 더욱더욱 내 몸이 가련함을 깨닫습니다. 나는 그간 한 점 질투의 마음이 있나 없나를 알 바 없으나, 내가 그의 처지에 선다 하더라도 도저히 이같이 항상 평화하고 항상 따뜻한 표정과 태도를 가질 수 없을 것입니다. 오― 사랑이여 사랑이여, 너를 구하는 자는 무슨 까닭으로 이다지 괴로움을 맛보지 않을 수 없는가!

'알벨트'의 위치가 어떤 상태에 있든지, 내가 '챠―롯' 양의 앞에서 얻은 온갖 기쁨은 이제 그 최후를 고하지 않을 수 없습니다. 마음이 약한 때문인지, 또는 이해력을 잃은 까닭인지, 그 어느 쪽인지는 그대의 생각에 일임합니다. 아―! 나는 압니다. 내가 어떤 존재인지를 느낄 수 있습니다. 돌아보건대 '알벨트'가 도착하기 전에 나는 그가 지금 아는 바를 미리 알았습니다. 나는 본시부터 이를 잘 알았습니다. 나는 그녀에게 향하여 한마디의 핑계도 가질 수 없고, 그 한 자락의 털까지도 내가 가질 수 없는 것임을. 이때까지 내가 해온 온갖 상상은 오로지 그녀의 뛰

---

16 평담平淡 : 고요하고 깨끗하여 산뜻함.

어난 아름다움에 미혹한 때문일 뿐. 아― 이제야 실제의 진짜 주인이 나타났습니다. 나는 할 수 없이 이를 영영 버리는 마당에 임하여, 오히려 새삼스레 가슴이 뛰며 망연히 스스로 할 바를 알지 못합니다! 나는 오직 내 몸의 박명薄命[17]함을 슬퍼하며 이 마음의 연약함을 자탄합니다. 그러나 그보다 2배나 더 나는 "저 회복할 길이 없을 때는 이를 단념치 않으면 안 된다"고 설교하는 이 세상의 냉담한 사람들을 미워합니다. 나는 이 같은 천박한 철학자, 아니, 가소로운 설교자를 참을 수 없습니다.

나는 숲속을 상양徜徉[18]하다가 겨우 몸의 피로를 느낄 때는 '챠―롯' 양의 집으로 돌아갑니다. 그럴 때마다 나는 그녀가 '알벨트'와 함께 정원 속 정자에 앉아 있는 것을 봅니다. 이 광경을 보는 나는 마음이 어지럽고 기운이 메말라 마치 어린애와 같이 여러 가지의 어리석은 짓을 하게 됩니다. 오늘 '챠―롯' 양은 나에게 향하여 "제발 마음을 화평하게 가지세요. 당신의 격렬한 정신은 실로 경계할 것이 많습니다"고 했습니다. 아― 나의 벗이여, 나는 감히 고백하는데, 나는 근래 '알벨트'의 움직임에 주의하여, 그가 사무를 위하여 외출함을 보게 되면 나는 그 틈을 타 남의 눈을 피하여 그녀에게로 갑니다. 그리하여 그녀가 혼자 있음을 볼 때만큼 행복함은 없는 줄로 생각합니다.

二十二, 8월 8일

의아해 하지 마시오, 나의 벗이여. 전에 내가 냉담한 조언을 하여 주는 사람을 조소하여 "나는 결코 이 같은 가소로운 설교자를 참을 수 없다"고 말하였을 때 결코 그대까지를 그 한 사람으로 생각했던 것은 아닙니다. 그래서 지금도 나는 그대가 한 말을 진실로 옳다고 생각합니다. 그러나 나는 오직 한가지의 이론을 제출하고자 합니다. 대체로 두 가지 상반되는 방법이 우리 앞에 놓였을 때는 우리는 그 어느 것을 취하여야 할 것인가를 알기 어렵습니다. 사람 마음의 다름은 마

---

17 박명薄命 : 복이 없고 팔자가 사나움.
18 상양徜徉 : 이리저리 왔다 갔다 함.

치 그 얼굴이 다름과 같은 것입니다. 그렇다면 내가 그대의 말이 바른 것임을 인정하면서 오히려 이를 버리고 다른 의견을 말하더라도 이를 비난하시지 말 것입니다.

그대는 말하기를, 내가 '챠-롯' 양을 얻으려는 바람을 가졌는가, 또는 가지지 아니하였는가 했습니다. 아— 그것은 어떻든지 그 귀착하는 곳은 무엇인가? 앞의 경우라면 나는 말할 것도 없이 모든 힘을 다하여 모름지기 나의 바람을 완수할 온갖 기회에 주력할 것입니다. 뒤의 경우에는 그대는, 내가 사나이답게 이를 불행한 사랑으로 돌리고 깨끗이 잊으라고 말하였습니다. 친구의 말씀이 일일이 이치에 맞지 않음이 없습니다. 그러나 실례이지만 이를 버리라 함이 이를 참으라 함보다 얼마나 더 쉬운 일이라고 생각하십니까? 만약 여기 중병으로 고통 받으며 그 몸이 날로 쇠약해 가는 가련한 사람이 있다 하면 그대는 이를 향하여, 이렇게 고통 받는 것보다 차라리 독약이나 칼로써 일시에 그 고통을 면하도록 하라고 권할 수 있겠습니까? 그러나 이같이 말하면 그대는 이런 예를 인용하여 내 말에 대답하실 것입니다. 즉 그 몸을 구하기 위하여 그의 다리 하나를 끊어버리기를 주저할 자 누가 있으랴 하고. 그 또한 실로 그렇습니다. 이에 이르러 나는 대답할 바를 알지 못합니다. 아— 나의 벗이여, 나는 여러 차례 이 궤난倨難[19]을 피하고자 결심하였습니다. 그러나 벗어날 수 있는 길을 하나도 발견할 수 없음을 어찌하오리까?

二十三, 8월 12일

의심 없이 세상에서 존경할 만한 이로서 '알벨트'와 같은 이는 없습니다. 어제 그와 나와의 담화는 심히 기묘한 것으로서 또한 가치 있는 의논이었습니다. 어제 내가 그를 방문한 것은 그에게 작별 인사를 하려고 한 것이었습니다. 그 까닭은 나는 이 며칠 동안 산속에 들어가 지내보리라 생각한 때문입니다. 그의 방안을

---

19 궤난倨難 : 겹친 어려움.

둘러볼 때, 나는 우연히 2, 3개의 권총이 벽위에 걸려 있음을 보고, 내가 여행할 동안 이를 빌려주기를 그에게 청하였습니다. 그가 대답하기를 "만약 그대가 탄환을 재는 수고를 하시겠다면 기꺼이 이를 빌려드리겠습니다." 나는 그중 한 개를 잡아 자세히 보는데 그가 다시 말을 이어 "내가 전에 내 몸을 보호하려다가 크게 실수한 후 절대로 나의 총기에 탄환을 재인 일이 없습니다." 내가 그 자세한 사정을 물으니 그는 "나는 3개월쯤 전에 시골의 어떤 친구의 집에서 있었던 일이 있었습니다. 권총은 쓸 일도 없이 나는 그곳에서 아주 안락하게 지내고 있었습니다. 그러나 어떤 비 오던 날 오후 아무 일도 없어 심심하던 중 우연히 생각하기를, 혹 밤이 되면 이 비를 타고 도적이 들어올는지도 모른다. 만일 그런 때는 이 권총도 무슨 쓸 데가 있으리라 하고, 나는 하인에게 명하여 그 총을 손질하게 한 후, 탄환을 재게 하였습니다. 그런데 하인은 아무 생각 없이 오직 하녀를 장난삼아 놀래주려고 한 짓이, 아— 무섭도다, 한 개의 탄환이 (하늘은 이를 아실 것입니다) 갑자기 날아가서 하녀의 오른손을 뚫고 그 엄지손가락을 잘라 버렸습니다. 당신은 이때의 나의 낭패狼狽[20]를 잘 이해하실 것입니다. 이로부터 나는 결코 실내에 있는 단총에 탄환을 먹여 두지 않습니다. 아— 사람은 앞일을 한 가지라도 알 수가 없습니다. 또 절박한 위험을 피하기 불가능합니다. 생각하면 우리의 주의라는 것도 전혀 도움이 되지 않는 것입니다"라고 답했습니다.

그의 행동은 실로 정직합니다. 그리고 그 담화 중 너무 의미가 넓어 분명하지 않은 일이 있을 때 그는 자기 홀로 이를 단정하면 후에 잘못이 있을까를 두려워하여 아주 모호한 언어를 씁니다. 그래서 그 끝에 이르러 그의 의견이 어느 곳에 있는지 알아내고 괴로워합니다. 그는 이때도 또한 깊이 이 문제에 빠져 이야기 초점은 점점 흩어졌습니다. 나는 그만 이에 귀를 기울이지 않고 내 문제에 관해 깊이 생각하고 있다가 아무 이유도 없이 권총의 주둥이를 나의 이마로 견주었습니다. "당신은 무엇을 하려 하는가?" '알벨트'는 이렇게 부르짖으며 나의 손으로부터 급히 권총을 빼앗았습니다. 나는 "이건 총알이 나가지 않습니다" 하고 대답하니 그는 말투를 빠르게 하며 "비록 총알이 나가지 않는다 하더라도 무슨 필요가 있어 이런 행동을

20　낭패狼狽 : 계획한 일이 실패로 돌아가거나 기대에 어긋나 매우 딱하게 됨.

하지요? 나는 사람들이 어찌 하여 스스로 자기를 살해코자 하도록 광기가 일어나는지 모르겠습니다. 이런 생각만 해도 몸이 떨림을 금할 수 없습니다" 했고, 나는 천천히 대답하기를 "누구든지 어떤 행동을 보고 한 마디로 이것은 미친 짓이다, 이것은 착한 짓이다, 이것은 적당, 혹은 부적당하다고 단정할 수 있습니까? 당신이 지금 하신 불분명한 언어는 대관절 이 무엇을 의미하는 것인가요? 어떤 동작을 일으킨 그 의도의 깊은 속은 과연 정당히 고찰할 수 있을 것일까요? 어느 곳으로부터 그 사상이 생겨났는가, 또는 무슨 연고로써 이를 할 필요가 있음에 이르게 되었는가를 틀림없이 살필 수 있을 것일까요? 그러나 만일 이들 일을 십분 음미한 후일 것 같으면 당신의 단언도 경솔한 생각만은 아닐 것입니다"고 했습니다.

'알벨트'는 말하기를 "그러나 모든 동작에는, 그 어떠한 사상에서 나왔다 하더라도 동작 그것의 성질에 의하여 원래 죄가 되는 것이 있습니다" 했고, 나는 특별히 이에 귀 기울이지 않고 그 말을 자르며 "그렇지만 여기 한 예외가 있습니다. 도둑질은 누구나 다 죄로 인정하는 것이나, 그러나 여기 한 불행한 자가 있어서 가난에 못 이겨 부득이 굶주려 죽게 된 자신과 그 처자를 구하기 위하여 어떤 부자로부터 얼마 안 되는 재물을 훔쳤다면 이 자의 행위 중에 동정할 만한 것과 증오할 만한 것의 어느 편이 더 많을까요? 또 누구나 그 부정한 처의 생명을 정당한 분노의 희생이 되게 한 남편을 가리켜 극악한 살인자라 부를 것인가요? 또 누구나 거짓 약속에 속인 바 되어 악한의 간계에 빠진 가련한 소녀를 보고 치욕스런 음분자淫奔者[21]로 부르리요? 이러므로 엄중한 우리의 법률도 이런 경우에는 정상을 참작하며 그 벌을 완경緩輕[22]케 하는 것입니다" 하니 '알벨트'가 말하기를 "그러나 이들의 예는 결코 여기 적용할 것이 아닙니다. 그것들은 숙고할 여지가 없이 때때로 일어나는 격렬한 감정으로 인하여 자제할 바를 알지 못하는 것으로, 일개 취객, 또는 광인으로 볼 것입니다" 하여 나는 냉소하며 "아— 세상에서 말하는 이른바 도덕가들이여, 어떻게 평온하게, 어떻게 무정하게, 여러분은 흐트러진 마음과 미친 짓에 관해 말할 수 있는가? 나는 한 번만이 아니라 자주자주 음주의 결과를 경험하였습니다. 그때마다 나는 가장 격렬한 감정이 몰려와 어떠한 죄라도 범할

21　음분자淫奔者 : 음란하고 방탕한 짓을 하는 사람.
22　완경緩輕 : 늦추어 가볍게 함.

수 있을 듯함을 알았습니다. 나는 이런 고백이 조금도 부끄럽지 않습니다. 나에게 대해 이것은 한 교훈이었습니다. 저 비상한 천재성을 나타내며 비상한 사업을 이룬 사람은 범인과 같이 보이지 아니하였고, 누구나 광인과 같이 보이지 아니하였습니다. 시험 삼아 보건대, 세인은 극히 관대하고 용감한 사람을 일컬어 무엇이라 합니까? 그는 술 취한 것이 아니면 그 감각을 잃은 자일 뿐입니다" 했습니다. '알벨트'는 나의 말을 막으며 "이것은 모두 그대의 황당한 생각에서 나온 것입니다. 그대의 말은 항상 한계 밖으로 뛰어나가는 버릇이 있습니다. 지금처럼 자살자와 용자勇者의 행동을 비교코자 함은 전혀 다른 길로 달려 나간 것입니다. 아— 자살! 이것은 실로 인심의 겁약怯弱함에서 일어나는 것입니다. 왜냐하면 비록 죽음은 두려운 것이라 할지라도, 극빈極貧한 경우에 몰리게 되어 살 보람이 없는 생명을 참아 견디는 것보다 생명을 끊는 것이 훨씬 쉬운 일인 까닭입니다" 했습니다.

나는 그만 이 이야기를 중단하고자 하였습니다. 그것은 내 성격상 넘쳐 나오는 감정에 반하여 마음에도 없는 무미無味한 속론俗論을 펴는 데에는 인내할 수 없었기 때문입니다. 그러나 나는 즉시 경멸의 생각을 억제하고 더욱 열심한 말투로 "그대는 이제 자살은 약자나 행하는 일이라 하였습니다. 그러나 좀 더 생각하여, 한갓 그 이름에 의하여 경솔하게 이를 잘못 생각지 말기를 바라는 바입니다. 여기 한 국민이 있어서 오래 동안 전제 정부의 잔학한 핍박에 괴로운 눈물을 뿌리다가 드디어 반기反旗를 들어 자신을 결박한 철쇄鐵鎖[23]를 끊었다 가정하지요. 그대는 이 깊은 모반을 두고 미약微弱하다 할 것입니까? 또 여기 한 사람이 화재를 당하여 그 집을 구하고 그 재산을 보호하기 위하여 불속으로 뛰어들었다고 가정해 보지요. 또 어떤 사람이 있어 정당한 분노에 의하여 자기를 해코자 하는 적을 격살擊殺[24]하였다고 가정하지요. 이런 사람을 과연 약자라 비난할 것일까요? 나의 선량한 '알벨트' 씨여, 만약 저항하는 것만이 용기의 증거라 한다면 어찌하여 가장 강하고 가장 힘 있는 저항만으로써 홀로 미약하다 할 것인가요?" 하였습니다.

'알벨트'는 잠시 침묵하였으나 다시 말을 이어 "이들 여러 가지 예들은 실례이지만 내가 생각건대 오히려 이 문제와는 관계가 적은 것이지요." 나는 대답하기

---

23 철쇄鐵鎖 : 쇠사슬.
24 격살擊殺 : 쳐서 죽임.

를 "혹 그러하다 할 수 있겠지요. 나는 원래 두 가지를 결합할 때에 조금 극단으로 흐르는 버릇이 있습니다. 그러면 다시 우리 다른 방법으로 이 문제를 의논합시다. 우리로서 다른 생활의 짐을, 사람들에게 일반적으로 이렇게 귀중한 생활의 짐을 벗어버리고자 결심한 그 마음의 위치가 어떠한가를 묻게 하고 그리하여 우리로서 또 그 감정 가운데에 들어가게 할 것입니다. 어째서냐 하면 이 같은 음미가 없이 이 문제를 공평히 설파說破[25]하기는 도저히 불가능할 것이기 때문입니다" 하자, 나는 오히려 말을 끊으며 "대개 사람의 마음은 일정한 한계가 있는 것입니다. 그래서 즐거움이든지, 슬픔이든지, 또는 괴로움이든지 모두 일정한 범위 안에서만 이를 견뎌 받을 수 있는 것입니다. 만약 그 정도를 넘어갈 때에는 마음은 바로 소진消盡[26]되는 것입니다. 우리는 이제 그 사람의 강용하고 또는 미약한가를 묻고자 함이 아니요, 오직 신상에 내린 마음의, 또는 육체의 고통을 인내할 수 있는가 없는가에 대하여 토론하기를 바라는 바입니다. 나에게 말하게 하면 저 자진하여 그 생활을 중지한 자를 불러 미약자라 하는 부당성은 마치 그대가 위험한 열병의 희생이 된 자라 부르는 부당성과 같습니다." 이때 '알벨트'는 나의 말을 막으며 "아— 그대의 말이 어떻게 진실되다고 하리요?" 했고 나는 대답하기를 "아닙니다. 나는 이제 한 걸음 더 나아가 그대의 의혹을 풀고자 합니다. 여기 거의 죽어가는 한 병자가 있다고 가정하지요. 그의 신체는 매우 상했고 그의 정력은 아주 소진되어 지금은 수족까지 마음대로 움직일 수 없게 되었다고 가정하지요. 그리하여 우리는 그 모양을 마음 가운데에 새기게 합시다. 그러면 우리는 반드시 보게 될 것입니다, 굳건한 사상과 정밀한 이해력은 점점 사라지고 마음속에는 오직 맹렬한 감정만이 발호跋扈[27]하여 온갖 이전의 사상을 타파하는 것을. 이런 때를 당하면 아무리 현명하고 침착한 사람이라 할지라도 다만 헛되이 이 가련한 자를 묵시默視[28]할 뿐일 것입니다. 그가 주는 어떠한 충고인들 또한 무슨 효력이 있으리오? 그는 마치 그 친구의 임종 때에 그 옆에 앉아 있으면서 자기의 힘의 아주 작

---

25 설파說破 : 어떤 내용을 듣는 사람이 납득하도록 분명하게 드러내어 말하거나, 상대편의 이론을 완전히 깨뜨려 뒤엎음.

26 소진消盡 : 점점 줄어들어 다 없어짐. 또는 다 써서 없앰.

27 발호跋扈 : 힘을 제멋대로 부리며 함부로 날뜀.

28 묵시默視 : 묵묵히 바라봄.

은 한 부분도 나눌 수 없음과 같습니다" 하였습니다.

　이상과 같은 논법은 '알벨트'의 말로는 너무 막연한 것이었습니다. 나는 그 주장의 일례로 얼마 전 물에 빠져 자살한 한 소녀의 이야기를 그에게 들려주었습니다. 이것은 그도 이미 아는 바이나 나는 일부러 그것을 반복하였습니다. "아— 순진한 어린 자, 집이라는 좁은 세계의 사람이 되어 세상의 거친 바람을 알지 못하고 오직 일요일에 야외에 나가 두어 번 춤을 추는 것이 그녀가 가지고 있는 모든 즐거움이었습니다. 그리고 한가할 때는 이웃 사람들과 같이 옛 이야기나, 혹은 동내의 사소한 싸움 이야기로 그날을 보낼 뿐이었습니다. 이러한 사이에 그녀는 우연히 한 청년과 만나게 되어 연애의 정이 알지 못하는 사이에 점점 돋아나기 시작하였습니다. 이때부터 그녀는 그의 온갖 희망이 연인의 몸에 모이고, 이 세상 온갖 물건은 그녀의 눈에 들지 아니하였습니다. 그 청년만이 그녀의 뜻과 생각의 목적이 되었습니다. 아— 그 몸을 죽이는 독이 될 것은 꿈에도 알지 못하고 그녀는 오직 헛된 꿈을 즐기며 오로지 연인의 사람이 되고자 함 외에 아무 희망도 없었습니다. 그녀는 기꺼이 그 청년의 아내가 되기를 꿈꾸며, 또 기꺼이 그 꿈의 참된 실현을 빌었습니다. 이 같은 그녀의 희망은 수없는 약속과 열렬한 맹서로써 굳어졌습니다. 그녀의 기쁨이 어떠했겠습니까? 그녀는 드디어 그 애정의 주인을 안고자 하여 그 팔을 벌렸습니다. 그러나, 아— 그러나, 그 남자는 무정히 그녀를 속인 한 마리의 악마! 그녀의 연인은 거짓말쟁이였습니다. 그녀의 연인은 그녀를 피하러 하였습니다. 자니잔 돌덩이처럼! 원통하고 놀라움에 그녀는 그 몸을 둘러싼 슬픈 사랑의 바다를 바라보고 망연하였습니다. 돌아보는 사방은 암암闇闇[29]하여 한 가닥의 광명도 없었고, 그녀가, 아— 오직 그 사람만을 위하여 생명을 바쳤던 그 사람은 이미 그녀를 버렸습니다. 그녀로부터 영구히 떠났습니다. 그리하여 이제 전세계는 그녀에게는 마치 허공과 같아 보였습니다. 비록 그녀의 주위에 몇 천 명의 자기를 연모하는 사람이 있다 할지라도 그녀는 영영히 고독할 것처럼 생각되었습니다. 이렇게 되자 그녀는 눈이 어두워지고 가슴이 막혀, 창자를 끊어내는 듯한 생각은 그녀를 몰아 드디어 물 무덤 속에 그녀 자신을 던지게

29　암암闇闇 : 어두움.

하였습니다" 하고 나는 다시 말을 이어 "'알벨트' 씨, 위에서 말한 것과 같은 것은 많은 사람들이 가지고 있는 역사입니다. 이것이 병자의 말과 얼마나 다름이 있겠습니까? 그녀는 그 몸의 고뇌를 피하기 위하여 이 외에 다른 방법이 있음을 발견치 못하였습니다. 그녀의 힘은 완전히 갈진竭盡[30]되어 가슴 속에서 솟아오르는 비애의 물결을 막을 수 없었던 것입니다. 이리하여 죽음은 그녀의 마지막이었습니다. 이 가련한 사실을 듣고서도 오히려 '의지가 약한 소녀로다. 어찌하여 그녀는 시간이 그 감정을 변하게 할 때까지 기다리지 아니하였는가? 그때가 지나면 그 슬픔은 부드러워질 것이다. 그리하여 그녀는 다른 연인을 구하여 영구히 행복을 얻을 수 있었을 것이다' 하고 말하는 자는 또 어떠한 치인癡人[31]일 것이겠습니까?" 그는 또 이렇게 말하겠지요. '어리석은 자, 그녀는 열병으로 죽었도다. 어찌하여 그녀는 그 혈액이 식고 그 정기가 회복할 때까지 기다리지 아니하였는가? 만약 기다렸을 것 같으면 그녀는 치유되어 지금까지 생존할 수 있었을 것을!'이라고.

'알벨트'는 이 비교에 긍종肯從[32]치 않고 오히려 여러 가지 이론異論을 진술하였습니다. 특히 내가 먼저 예를 들어 말한 소녀에 대하여 스스로 투신한 것은, 배우지 못하여 식견이 좁은 때문이라고 단정하였습니다. 아! 그는 이해심도 있고 교육도 받았고 견문도 넓은 사람인데도, 사람이 자살을 행할 수 있다는 것을 깨닫지 못합니다. 나는 대답해 말하기를 "나의 선량한 '알벨트' 씨, 사람이 이해력이 아무리 있다 할지라도, 그 교육이 아무리 있다 할지라도, 사람은 어디까지든지 사람일 것입니다. 그 감정이 넘칠 때를 당하여는 이성의 힘은 극히 미약한 것입니다. 그뿐만 아니라 ― 지금은 더 말하지 않겠습니다. 그대는 이 문제를 다른 날로 미루기를 허락하시라" 하고 나는 급히 돌아왔습니다. 나의 벗이여, 나의 가슴은 슬픔으로 가득하였습니다. 우리는 서로 그 뜻을 이해하지 못하고 작별한 것입니다. 사람이 서로 그 뜻을 이해한다는 것이 그 얼마나 어려운 일일까요!

―『시사평론』 제2권 제2호, 1923.3.15, 148~167면.

---

30 갈진竭盡 : 바닥이 드러날 정도로 다하여 없어짐.
31 치인癡人 : 어리석고 못난 사람.
32 긍종肯從 : 기꺼이 따름.

'웰텔'의 비탄悲歎 3

二十四, 8월 18일

최초에 사람의 행복을 조성한 그 사실이 후에 이르러 비애의 원인이 됨은 과연 있을 수 있는 것일까? 전에는 그같이 나의 마음을 격려하고, 나의 감정을 즐겁게 하고, 나에게 주되 일종의 상상의 낙원으로써 한, 자연에 대한 애정도 이제는 견딜 수 없는 고통으로 변하여 끊임없이 나의 마음을 괴롭게 합니다. 어떠한 기쁨으로써 나는 촉립矗立[1]한 바위 꼭대기로부터 망망茫茫[2]히 연하烟霞[3] 속에 현몰顯沒[4]하는 표묘縹緲[5]한 청하淸河[6]를 굽어보았는가? 산은 울울창창鬱鬱蒼蒼[7]하여 무림茂林[8]에는 한기寒氣가 들고, 절조窈窕[9]한 골짜기에는 좁은 길을 따라 방초芳草[10]가 맑은 향내음을 토할 때, 잔잔潺潺[11]히 흐르는 가는 물줄기는 고요히 바위 사이를 기며 빛 소삭의 흰 구름은 유유히 그 위에 떠 있습니다. 아—, 나는 나무 사이로 새어 나오는 작은 새의 노래를 들으며 무수한 벌레들이 푸른빛을 띤 속에서 뛰는

---

1   촉립矗立 : 무성하게 서 있음.
2   망망茫茫 : 넓고 아득함.
3   연하烟霞 : 안개와 노을.
4   현몰顯沒 : 나타났다가 사라짐.
5   표묘縹緲 : 끝없이 넓거나 멀어서 있는지 없는지 알 수 없을 만큼 어렴풋함.
6   청하淸河 : 맑은 강.
7   울울창창鬱鬱蒼蒼 : 큰 나무들이 아주 빽빽하고 푸르게 우거져 있음.
8   무림茂林 : 나무가 울창하게 우거진 숲.
9   절조窈窕 : 그윽하고 고요함.
10   방초芳草 : 향기로운 꽃다운 풀.
11   잔잔潺潺 : 흐르는 물소리가 가늘고 나지막함.

것을 봅니다. 저녁 빛이 점점 짙어지고 새 소리 또한 들리지 아니할 때, 이들 벌레들의 맑은 노래는 홀로 나의 마음을 이끕니다. 거친 바위는 이끼로 푸르렀고 여린 흙은 꽃으로 붉었으며, 햇빛은 빛나고 따뜻하여 만물이 함께 소생하는 것같이 나의 마음도 또한 따뜻하여집니다. 나의 마음은 말할 수 없는 기쁨을 느끼며 점점 끝없는 생각에 생각이 이르게 되어 내 스스로 내 몸을 잊어버립니다. 준령峻嶺[12]은 웅연雄然[13]히 나의 머리 위에 솟았고, 참참嶄嶄[14]한 단암斷巖[15]은 나의 다리 아래에 비스듬히 놓여 있으며, 분단격류奔湍激流[16]의 장쾌한 음악은 나의 뒤를 놀래이고, 맑은 바람은 하늘 위로부터 불어와 나의 옷깃을 씻습니다. 그리하여 멀리 평원을 흐르는 냇물은 온갖 먼 곳의 소리를 반향反響[17]하여 들립니다. 하늘을 우러러도 망망茫茫[18]하며 땅을 굽어 보아도 망망하여, 삶을 그 사이에서 받은 자들은 종류와 형상이 또한 무수하고 무한합니다. 생각하고 생각함에 우리가 그 작은 집으로부터 머리를 치밀어 들고 대담하게도 "나는 만물의 영장이다" 하고 부르짖음의 가소로움이여! 아— 미약한 인생아, 너희들의 눈에는 만물이 모두 티끌같지 않음이 없구나! 왜냐하면 너희들 그 스스로가 미소한 존재인 까닭이라. 그러나 저 험저嶮岨[19]한 산악이나 인적 없는 사막이며, 혹은 큰 바다 속에 숨겨진 물건이라도 다 '영원'의 호흡에 의하여 생겨난 것입니다. 사람은 그 어떤 존재인가 생각하여 이에 이르름에, 나는 우리 인생의 실로 무상無常함을 깨닫습니다. 아—, 나는 이를 생각할 때마다 날아가는 새가 높이 구름 사이에서 춤춤을 보고 몇 번이나 구름을 멍에하고 허공에 누워 무궁한 공간에서 놀고자 원하였던가! 영원한 기쁨과 원만한 행복은 오직 그곳에서 발견할 수 있을 뿐입니다.

아—, 나의 벗이여, 단지 이것을 생각하는 것만으로도 오히려 마음을 위로함에 족합니다. 그러나 높이 이들의 감정에 들어갈 때는 이전의 몸이 한없이 행복하였

---

12 준령峻嶺 : 높고 가파른 고개.
13 웅연雄然 : 힘있게 우뚝함.
14 참참嶄嶄 : 높고 가파름.
15 단암斷巖 : 깎아지른 바위.
16 분단격류奔湍激流 : 소용돌이치며 빠르게 흐르는 물.
17 반향反響 : 어떤 소리가 장애물에 부딪쳐 다시 반사하여 들림.
18 망망茫茫 : 넓고 멀어 아득함.
19 험저嶮岨 : 험하고 가파름.

음을 상기하여 더욱 지금의 내가 가련함을 느낍니다. 아— 나의 가면假面은 떨어
지고 상황은 일변하였습니다. 영원한 생활의 빛나는 희망을 대신하여 이제는 무
한한 고통 외에 어떤 것도 나의 눈에 띄지 않습니다. 환락이 가고 비애가 오면 희
망이 떠나고 실망이 닥칩니다.

아—, 나 어찌 이를 견디며 말할 수 있으리오? 각 순간은 다 나를 멸망케 하는
독수毒手입니다. 그리하여 각 순간마다 내 스스로 자신을 멸망시킵니다. 아—, 나
의 벗이여, 비록 온 마을을 침몰시키는 홍수라 할지라도, 온 도시를 파괴하는 지
진이라 할지라도, 이같이 지독히 나를 괴롭게 하며 느끼게 하지는 않을 것입니
다. 돌아보건대 저 자연이 만물을 창조할 때, 항상 그 만물이 스스로 멸망하는 도
리를 포함하였습니다. 이제 나의 정신을 잠식蠶食하는 것은 바로 이 힘입니다. 아
—, 나는 하나의 행복도 보지 못하고, 전 세계는 마치 두려운 악마가 끊임없이 탄
서呑噬[20]하고 있음과 같습니다.

二十五, 8월 21일

몽롱朦朧[21]한 밤중의 꿈을 겨우 깨어 아침에 일어날 때, 나는 그녀를 안고자 두
팔을 벌립니다. 환영幻影 중에 초록화방草綠花芳[22]한 곳에서 그녀의 손을 잡고 그
위에 입맞추던 광경을 그려내면서 헛되이 그녀를 찾습니다. 아   슬프디. 오매寤
寐[23] 황홀한 속에서 나는 기꺼이 그녀의 몸이 나에게 부딪치던 것을 생각합니다.
그러나 아주 잠이 깨어 침상에서 일어나 앉을 때는 눈물이 샘과 같이 나의 눈으로
부터 흐르며, 나의 가슴은 막히어 슬픔에 헐떡입니다. 온갖 희망을 잃고 나는 실
망에 복종하며, 그리하여 온갖 미래의 슬픈 고통을 기다립니다.

---

20 탄서呑噬 : 씹어서 삼킴.
21 몽롱朦朧 : 어른어른하여 희미함.
22 조록화방草綠花芳 : 풀이 푸르고 꽃이 활짝 핌.
23 오매寤寐 : 자나 깨나 언제나.

二十六, 8월 22일

나의 위치는 얼마나 가련한 것인가! 나의 활발한 원기는 헛되이 소실되고 우울한 게으름에 떨어졌습니다. 나는 태만한 생활에 견딜 수 없으며, 그렇다고 해서 무슨 사업을 경영할 수도 없습니다. 나는 생각하려고도 하지 않습니다. 생각은 오직 나의 괴로움을 더할 뿐입니다. 나는 조금도 자연의 미를 감각하지 못하며, 독서도 이제는 나를 위로하여 주지 못합니다. 그곳에는 나의 마음을 좌우하는 유일의 목표가 있을 뿐이요, 그 외는 다 슬픔의 중매가 될 따름입니다. 간혹 나는 아침 일어날 때마다 생각합니다. 만약 내가 일찍이 공예가나 되었더라면 이 긴 날을 보낼 무슨 일을 가졌을 것이요, 따라서 이로 인하여 얼마만큼이나마 나의 울민鬱悶[24]을 소산消散[25]케 할 수 있을 것이라고. 나는 또 몇 번이나 '알벨트'의 문서를 보고 그의 형편을 부러워하였으며, 또 몇 번이나 '만약 내가 그의 위치에 있게 되었으면 나는 얼마나 행복할까!'를 생각하였던가? 아― 그의 지위에서! 나는 실로 행복하였을 것입니다. 그때는 '챠―롯' 양은…… 그러나 이에 대하여 더 말하지 않으려 합니다.

나는 그대의 충고에 따라 내가 적당치 않은 직책을 얻으리라 믿습니다. 그러나 깊이 생각하여 보면 옛날 이야기에 있듯이, 어떤 말이 재갈과 안장을 달고 즉시 그 자유를 잃은 것을 후회하였다 함을 생각합니다. 나는 스스로 그 어떤 길을 취할까를 알지 못합니다. 나는 능히 내 성질의 변덕스러움을 압니다. 그러나 현재의 나의 몸, 나의 마음은 연모戀慕의 정 외에는 아무것도 생각할 수 없습니다.

二十七, 8월 28일

나의 벗이여, 오늘은 나의 불행한 생일입니다. 아침 일어나자말자 나는 '알벨트'의 사환으로부터 한 개의 소포를 받았습니다. 생각하건대 이것은 '챠―롯' 양

---

24 울민鬱悶 : 마음이 답답하고 괴로움.
25 소산消散 : 흩어져 사라짐.

이 마음 써서 보낸 것일 것입니다. 나는 그 속에 있는 물빛의 '리본'을 보았습니다. 이것은 내가 처음으로 그녀와 만났을 때, 그녀가 가슴에 달고 있던 것으로, 그 후 내가 여러 번 나에게 달라고 청하던 물건입니다.

'알벨트'는 따로 자그마하게 제본된 '호―마'의 시집 2책을 보냈습니다. 이것은 나의 시집이 너무 커서 휴대하기에 불편한 때문에 평소에 마음으로 열망하던 것입니다. 그들은 얼마나 나를 기뻐하도록 애썼던가! 이들의 사소한 우의의 표는 저 고귀한 사람들의 화려한 선물보다 얼마나 빛나는 것인가! 나는 열심으로 그 '리본'에 키스하였습니다. 나는 추억의 마음에 견디지 못하여 헛되이 지나간 행복의 세월을 상기하였습니다. 아―, 그날과 오늘과는 그 얼마나 상이한 것인가! 그러나 나는 이를 슬퍼하지 않겠습니다. 생활의 가장 아름다운 꽃은 그것이 피자말자 말라 버립니다. 혹은 그것이 충분히 필 시기에 이르지도 못하고 말라 떨어집니다. 그 열매를 맺는 꽃은 얼마나 드물던가! 혹시 그것이 열매를 맺는다 할지라도 그 성숙하는 것은 또 얼마나 희소한가! 설혹 그것의 두셋은 성숙한다 할지라도, 아―, 그것도 오래 남지 못하고 썩어버립니다. 때는 마침 한여름의 좋은 계절, 나는 가끔 '챠―롯' 양의 과수원을 방문합니다. 내가 나무 위로 올라가서 그녀를 위하여 몇 개의 배梨를 따면 그녀는 그 아래에 서서 그 치마 앞자락으로 이를 받습니다.

[번역자 덧붙임] 원작자 '게―테'는 1749년 8월 28일에 태어났음.

二十八, 8월 30일

아무리 불운의 몸이라 할지라도 나의 마음이 어찌 이같이도 어지러운가? 나는 '챠―롯' 양을 위해서가 아니면 한 번의 기도도 바치지 않으며, 그녀는 실로 나의 상상에서 그려 내는 유일의 대상입니다. 그녀에 관한 것을 제하고 나는 나의 주위에 있는 온갖 것을 방기放棄[26]해 버립니다. 그녀가 눈앞에 있을 때 나는 얼마나

---

26 방기放棄 : 내버리고 아예 돌아보지 아니함.

행복하다고 생각하는가! 그러나 그녀에게서부터 떠나지 않을 수 없을 때에 당하여서는, 아―, 나의 벗이여, 가슴에는 기쁨의 물결이 뛰며 기쁨이 극하여 앞뒤를 잊어버리고 엉기었던 가슴이 괴로운 눈물로 되어 풀어질 때―, 그때 그녀와 쓰린 이별의 부득이함을 당하여서는, 나는 들판을 방황도 하며 험저嶮岨[27]한 암석을 넘기도 하며, 혹은 형극荊棘[28]의 총중叢中[29]에 내 몸을 굴리기도 하여, 될 수 있는 대로 다른 물건의 자극에 의하여 나의 비애의 얼마간이라도 잊어버리고자 합니다. 또 어떤 때는 만뢰萬籟[30]가 구적俱寂[31]한 깊은 밤중에, 나는 암적暗寂[32]한 숲속으로 들어가서 처창凄蒼[33]한 달빛 아래에서 나무뿌리를 베개 삼고 흐트러진 마음을 침정沈靜[34]시키기 위하여 해가 떠오를 때까지 그곳에서 잠을 잡니다. 아―, 하나님 이여, 감옥과 철쇄鐵鎖[35]와 수의囚衣, 이 모든 것은 내가 현재 견디고 있는 것에다 비하면 그 무엇이리요? 그러면 무덤만이 홀로 나의 슬픔을 단멸斷滅[36]시킬 뿐입니다. 무덤! 아! 모든 비애의 종국終局[37]을 고하는 저 편안한 고향!

二十九, 9월 3일

그렇다, 나는 이곳을 떠나겠습니다. 처음에 나는 오히려 망설었습니다. 그러나 이제는 그 친절한 충고를 향하여 나의 벗에게 사례코자 합니다. 지금 나는 결심하였습니다. 나는 이 한 주간 이전부터 마음으로 그윽이 그녀에게서 떠나고자 결심하였습니다. 그리하여 지금은 이를 단연히 결행하겠습니다. 그녀는 자기 친

---

27 험저嶮岨 : 지세가 가파르거나 험하여 막히거나 끊어져 있음.
28 형극荊棘 : 나무의 온갖 가시.
29 총중叢中 : 한 무리의 가운데.
30 만뢰萬籟 : 자연계에서 나는 온갖 소리.
31 구적俱寂 : 모두 조용해짐.
32 암적暗寂 : 어둡고 적막함.
33 처창凄蒼 : 몹시 구슬프고 애달픔.
34 침정沈靜 : 마음을 차분히 가라앉힘.
35 철쇄鐵鎖 : 쇠사슬.
36 단멸斷滅 : 끊어져 멸망함.
37 종국終局 : 일의 마지막.

구를 방문코자 시내로 갔습니다. 그리고 '알벨트'ㅡ, '알벨트'도 또한 그녀와 같이 있습니다. …… 여하간, 나는 될 수 있는 대로 빨리 이곳을 떠나겠습니다.

三十, 9월 10일

아ㅡ 나의 벗이여, 얼마나 우울한 가운데서 나는 이 밤을 지냈던가! 그러나 그 것도 이미 과거입니다. 그리하여 지금 나는 가장 불행한 현실에 임하여 있습니다. 나는 다시 그녀와 만나지 않을 것입니다, 또 다시는. 아ㅡ 나의 벗이 지금 이 곳에 있다면 나는 그 팔에 몸을 던져 충분히 내 가슴의 비애를 하소연하여 나의 괴로움의 얼마라도 나누기를 구하고자 할 것입니다. 나는 나의 원기를 보전키 위 하여 가장 좋은 여러 방법으로 나의 마음의 평화를 유지하고자 힘쓰면서도 밤이 밝기를 괴로이 기다립니다. 날이 밝으면 (나는 벌써 마차를 말하여 두었기에) 나는 멀 리로 이곳을 떠나겠습니다. '챠ㅡ롯' 양은 지금 편안히 잠들어 있겠지요. 그녀는 꿈속에서도 나를 다시 만나보지 못할 것을 생각하지 못하는 것입니다.

어제 나는 그녀를 방문하였습니다. 그리하여 두 시간 가까이 담화하였으나 나 는 나의 계획을 고백치 않기를 굳게 결심하고 있었습니다. 아ㅡ 그녀의 담화는 얼마나 교묘하며, 또 얼마나 유창한 것이었는가! '알벨트'는 저녁 식사 후 '챠ㅡ롯' 양을 데리고 나와 다시 화원에서 만나기를 약속하였습니다. 나는 산판山坂[38]에서 석양이 서산에 떨어지는 것을 바라보고 있었습니다. 이곳은 전에 그녀와 같이 여 러 번 소요逍遙[39]하던 곳으로서, 또 아직 그녀를 알기 전 내가 사랑하던 곳이었습 니다. 그리하여 그녀도 또한 이곳을 사랑하였으므로 우리의 애정이 더욱 짙어진 곳입니다. 우리가 원하는 바가 이와 같이 일치하였던 고로 우리들의 애정도 또한 이에 준하여 더하여진 것입니다. 이 산판으로부터의 안계眼界[40]는 극히 광대합니 다. 그러나 나는 이미 그대에게 알린 바와 같이 지금은 내가 처음으로 이 고요한

---

38   산판山坂 : 산비탈.
39   소요逍遙 : 자유롭게 이리저리 슬슬 거닐며 돌아다님.
40   안계眼界 : 눈으로 바라볼 수 있는 범위.

곳에 거처를 정하였을 때 최초로 느낀 즐거운 유적幽寂[41]의 정情을 상기합니다. 그때는 마침 정오이었습니다. 지금 생각하면 아마 이것이 미래에 즐거움과 슬픔의 장소가 될 비밀스러운 징조이었을까요?

지난날의 만남과 오늘 저녁의 이별에 대하여 울적한 침사沈思[42]에 묵묵히 앉아 있을 때, 나는 그들이 점점 산판 이 편으로 가까이 옴을 보았습니다. 즉시 나는 그들을 맞이하고자 달려가서 '챠―롯' 양의 손을 잡고 그 손에 키스하였습니다. 우리들이 같이 고개 꼭대기에 달하였을 때는 호호皓皓[43]한 명월이 동산에 걸리어 있음을 보았습니다. 우리는 여러 가지 잡담을 하면서 암암暗暗[44]한 나무 그늘 아래에 이르렀습니다. 그리하여 '챠―롯' 양이 먼저 들어가 앉음을 따라 '알벨트'와 나는 그 좌우를 끼고 앉았습니다. 그러나 내 마음의 어지러움은 나로 하여금 정좌靜坐[45]치 못하게 하였습니다. 나는 일어나 그녀의 앞에 서서 그의 앞뒤로 왔다갔다 하다가 그러한 후 일종 앙양昂揚[46]한 감정으로 나의 자리에 도로 앉았습니다. 얼음 같은 달빛은 숲이 단진斷盡[47]한 곳에 반사되어, 암암闇闇[48]한 사방의 광경은 그것을 일층 빛나게 하였습니다. 이 참담한 정경은 마치 나의 마음의 비애와 그 뜻이 같았습니다.

아― 나의 벗이여, 이 실로 무서운 경치였습니다. '챠―롯' 양은 드디어 말하기를 "내가 달 아래에서 산보할 때는 늘 일찍이 사랑하던, 그러나 지금은 이 세상에 있지 않는 옛 벗을 생각하지 않을 수 없습니다. 그때마다 나는 인생의 죽음과 미래의 세계라 하는 것에 생각이 미치게 됩니다. 그렇습니다." 그녀는 말을 잠시 중단하였습니다. 그리고 그녀의 음조는 그 마음의 온유함을 나타내 주었습니다. "우리는 의심 없이 미래에서도 생활할 것입니다. 그러나 당신은 어떻게 생각합니까? '웰텔' 씨, 우리는 이별하였다가 또다시 서로 만날 때가 있겠습니까? 당신은 어떻게 생각하시나요?" 나는 그녀의 손을 잡고 넘쳐 나올 듯한 눈물로 대답하였

---

41 유적幽寂 : 깊숙하고 고요함.
42 침사沈思 : 조용히 정신을 모아서 깊이 생각함.
43 호호皓皓 : 빛나고 맑음.
44 암암暗暗 : 깊숙하고 고요함.
45 정좌靜坐 : 마음을 가라앉히고 몸을 바르게 하여 조용히 앉음.
46 앙양昂揚 : 정신이나 사기 따위를 드높이고 북돋움.
47 단진斷盡 : 끊어져 다함.
48 암암闇闇 : 어렴풋함.

습니다. "'챠—롯', 나는 믿습니다. 이 세상에서나, 또 미래에서나 우리는 서로 만날 기회가 있을 것입니다." 나는 이 밖에 더 말할 수 없었습니다. 아— 나의 벗이여, 영별永別[49]할 괴로움에 나의 가슴을 태우고 있을 때에 이 실로 잔혹殘酷[50]한 질문입니다. '챠—롯' 양은 다시 그 말을 이어 "아— 나는 의심합니다. 일찍이 우리들이 사랑하던, 그 기억은 지금도 오히려 우리들로 하여금 외경畏敬[51]케 하는 그 사람이 이미 미래의 낙원에 있으면서, 지금도 오히려 우리들이 존경을 느낄 수 있는 것을. 고요한 저녁에 내가 내 어머니께서 남기고 가신 순진한 어린애들과 같이 앉아 있을 때, 또 개들이 마치 나의 어머니 곁으로 모여드는 것처럼 열심히 나에게 모일 때는, 나는 마치 어머니께서 내 앞에 계신 것같이 생각됩니다. 그때 나는 하늘을 우러러 그녀가 임종하실 때에, 내가 대신하여 아이들의 어머니가 되겠다고 맹세한 그 약속이 잘 실행되는 것을 멀리 천국으로부터 내려 보아 주시기를 빕니다. 나는 몇 번이나 부르짖었습니다. '아, 내 사랑하는 어머니, 만약 내가 애들에게 진력하는 것이 당신과 같을 수 없을 것 같으면 바라건대 이를 용서해 주시지요' 하고. 아— 내가 저 아이들에게 대하여 어머니와 같을 수 없으나, 그러나 나는 나의 힘으로 할 수 있는 일을 다하여 왔습니다. 아이들은 적당하게 입고 먹습니다. 또 개들은 사랑을 받으며, 또 유루遺漏[52]없는 교육을 받아 왔습니다. 아— 사랑하는 어머니가 지금 우리 집안의 유쾌한 광경을 보실 것 같으면 그녀는 임종 때까지 우리 집의 번영을 빌던 신명神明[53]께 대하여 깊이 감사하실 것입니다. 그녀의 말은 이것만 아니었습니다. 그러나 나는 이같이 고상한 애정을 기술할 필재筆才[54]를 가지지 못하였습니다. 마음 밖에서 왕일汪溢[55]하는 감정은 냉담한 문자로써 능히 나타낼 바가 못될 것입니다.

이때, '알벨트'는 고요히 '챠—롯' 양의 말을 막으며 "사랑하는 '챠—롯', 당신은 너무 스스로 고민함이 아닌가? 그들의 추상追想[56]은 슬프고도 즐거운 것입니다.

49　영별永別 : 영이별.
50　잔혹殘酷 : 잔인하고 혹독함.
51　외경畏敬 : 공경하면서 두려워함.
52　유루遺漏 : 빠져 나가거나 새어 나감. '빠짐'으로 순화.
53　신명神明 : 천지의 신령.
54　필재筆才 : 글을 쓰는 재주.
55　왕일汪溢 : 아름답게 넘쳐 흐름.

그러나 나는 이 일을 너무 몹시 마음에 머물러 두지 않기를 그대에게 바랍니다."
그녀는 대답하기를 "아! '알벨트', 당신은 자세히 기억하여 두지 않으면 안 될 것
입니다. 저 고요한 저녁 때, 나의 아버지는 출타하여 집에 계시지 않고 아이들도
다 잠이 들었을 때, 우리 세 사람이 조그마한 테이블을 둘러싸고 앉아 있었음을.
나의 어머니는 온화하여 자비심이 많고 따라서 집안은 늘 희소喜笑[57] 중에서 지냈
습니다. 하나님은 아마 조람照覽[58]이 계시겠지요. 몇 번이나 나는 무릎을 꿇고 비
록 그 전부는 못 될지라도 나로 하여금 어머니의 '선善'의 조금일지라도 본받을 수
있기를 빌었습니다" 했습니다.

나는 나도 모르게 그녀의 발 아래에 내 몸을 던져 그 손을 잡고 그 위에 쏟아지
는 눈물을 흘리며 "아! '챠─롯' 양, '챠─롯' 양, 하늘의 은혜와 그대의 어머니의
자비는 지금 오히려 당신의 몸을 덮고 있습니다" 하니, 그녀는 또 눈물로 젖은 나
의 손을 단단히 쥐며 "아─ '웰텔', 나는 당신이 나의 어머니를 알지 못함을 애석
하게 생각합니다. 그녀는 당신의 벗으로 사귈 만한 가치가 있었습니다." 나는 몸
을 움직이지 않고 꽂은 듯이 서서 있었습니다. 나는 일찍이 이같이 강하게 느낀
상찬賞贊[59]을 받은 일이 없었습니다. 그녀는 다시 말을 이어 "그러나 이 가석可惜[60]
한 부인은 불행히 조세早世[61]하셨습니다. 그녀의 가장 어린 아이는 그때 겨우 6개
월에 불과하였습니다. 그녀가 병상에 있는 기간은 극히 짧았고, 그 동안 다시 일
어나지 못할 것을 자각하여 숙연肅然[62]히 심란한 기색을 보이지 아니하셨습니다.
다만 그녀가 염려한 바는 그녀의 가족, 특히 그 가장 어린 아이였습니다. 그 임종
이 점점 가까워짐을 깨달은 그녀는 나에게 명하여 가족들을 그 탑변榻邊[63]에 모이
게 하셨습니다. 그리하여 사랑스러운 작은 무리들은 그 병상을 둘러쌌습니다. 어
린 아이들은 그들이 가장 사랑하던 사람을 장차 잃게 될 것도 알지 못했고, 오직

---

56 추상追想 : 지나간 일을 돌이켜 생각함.
57 희소喜笑 : 기쁜 웃음.
58 조람照覽 : 부처나 신이 빛으로 굽어 살핌.
59 상찬賞贊 : 기리어 칭찬함.
60 가석可惜 : 몹시 아까움.
61 조세早世 : 젊은 나이에 죽음.
62 숙연肅然 : 고요하고 엄숙함.
63 탑변榻邊 : 침상 주위.

연장자만 견디기 어려운 슬픔을 머금고 있었습니다. 그때 그녀는 그 수척한 손을 들어 하늘을 향하여 전능하신 신의 아이들을 보호하여 주시기를 열심으로 빌고 그런 후 차례차례 아이들에게 키스하고 나에게 향하여 말하기를 "챠—롯', 너는 쟤들의 어머니가 되라'고 했습니다. 나는 손을 가슴 위에 얹고 어머니의 명령을 승낙한 것을 묵시黙示[64]하였습니다. 어머니는 괴로운 목소리로 '나의 딸아, 잘 승낙하여 주었다. 너의 효심이 깊은 것으로써 나는 네가 어머니로서의 의무를 다 할 것을 안다. 네가 나에게 대하듯이 또한 너의 동생들을 사랑하여 다오. 너의 아버지께 종순從順[65]히 섬기어 마치 신실한 처와 같이 하여라. 그리하여 그분의 여생을 즐겁게 하여 다오' 이렇게 말하고 어머니는 아버지께 말하였습니다. 그러나 나의 아버지는 창자를 끊는 듯한 슬픔에 견디지 못하여 다른 방으로 물러가서 소리 없는 눈물을 흘리고 있었습니다. '알벨트', 당신은 이때 나의 어머니 병실에 있었습니다. 그녀는 당신이 누구인가를 물은 뒤에 자기의 곁으로 가까이 오게 하여 만족한 빛을 얼굴에 띠시고 우리 둘을 쳐다보며 '너희들은 같이 영영히 행복할 것이다. 나는 굳게 그것을 믿는다' 하였습니다. 이때 '알벨트'는 고요히 그녀를 안으며 부르짖기를 '그렇습니다, 나의 사랑하는 '챠—롯' 양이여, 우리는 행복합니다, 또 행복할 것입니다' 했습니다. 냉정하여 쉽게 감정을 드러내지 않는 '알벨트'와 같은 사람도 이때는 그녀의 가련한 담화에 의하여 감동된 것입니다. 나는 감정이 극하여 지각을 잃은 것 같았습니다." 그녀는 또 말을 이어 "그리하여 아— '웰텔' 씨, 이 실로 사랑스러운 부인은 그 가족과 이별하였습니다. 선량한 '알벨트'여, 우리는 드니어 우리가 가장 사랑하던 사람들과두 이와 같이 작별하지 않을 수 없을 것일까요?"

그리하여 그녀는 그 자리를 일어났습니다. 나는 앉은 채로 또 그 손을 붙잡았습니다. 그녀는 말하기를 "우리는 돌아가지 않으면 안 됩니다. 밤이 이미 깊었어요" 하면서 떨치고 가려 하였습니다. 그러나 나는 잡은 손에 힘을 더욱 주며 "우리는 다시 서로 만날 때가 있을 것입니다. 우리는 어느 곳에 있든지 이후 서로 잊지 않을 것입니다. 나는 이제 이별하려 합니다. 이별치 않을 수 없으므로 나는 기꺼이 작별코자 합니다. 그러나 나는 영원히라고 말할 수 없습니다. 그것은 나의

---

64 묵시黙示 : 직접적으로 말이나 행동으로 드러내지 않고 은연중에 뜻을 나타내 보임.
65 종순從順 : 순순히 복종함.

가슴을 찢는 것과 같습니다. 아— 그러면 '챠—롯' 양, '알벨트' 씨여, 그러면 우리는 다시 서로 상봉할 때가 있을 것입니다." 그녀는 "그리합니다. 생각건대 내일 또 다시" 하고 웃었습니다. 아— 나의 벗이여, 그 내일이란 말이야말로 나의 가슴에는 칼날과 같습니다. 아— 나는 내가 언제 내 손을 떼어야 할지 알 수 없었습니다. 그들은 나무 그림자 아래로 내려갔습니다. 나는 일어났습니다. 내 눈은 달빛에 의해 그들의 뒤를 좇았습니다. 그리고 나는 대지에 엎드려 터질 듯한 가슴에 끓어오르는 생각을 눈물로 씻었습니다. 나는 다시 홀연히 일어나 울타리 있는 편으로 달려가 보니, 꽤나 그림자가 음침한 곳에 아직도 그녀의 흰 옷자락은 표묘縹渺[66]히 울타리 문가에서 휘날림을 보았습니다. 나는 나도 모르게 두 팔을 내밀었습니다. 그러나 한 포기 능금나무의 냉랭한 이슬이 나의 가슴을 적실 뿐. 아—, 그녀는 갔습니다. 가던 그림자는 자취도 없이.

三十一, 10월 20일

[번역자 덧붙임] 이 편지는 '웰텔'이 그 친구의 권고에 따라 외국 공사公使를 따라 대륙에 부임한 후 그 임지로부터 보낸 것이다. 글 속에서 공사公使라고 한 것은 그 장관인 외국 공사를 말함이다.

나는 어젯밤 이곳에 도착하여 전날 약속한 바와 같이 될 수 있는 대로 조속히 나의 벗에게 알리고자 합니다. 야래夜來,[67] 공사는 지병으로 와상臥床[68] 중입니다. 그리하여 이 불쾌는 어찌 조금이나 그의 성질에 천연의 미를 더할 수 있으리요? 그의 평소에 항상 우울하고 불만스러워하는 성질은 이제는 일층의 험악을 더하였습니다. 나는 명명明明[69]히 하늘이 많은 곤란으로써 나를 시험하심을 볼 수 있습니다. 그러나 나는 결코 굴요屈撓[70]하거나 또는 좌절하지 않을 터입니다. 나는

66　표묘縹渺 : 끝없이 넓거나 멀어서 있는지 없는지 알 수 없을 만큼 어렴풋함.
67　야래夜來 : '야간'과 같은 말.
68　와상臥床 : 침상에 누워 있음.
69　명명明明 : 분명하여 의심할 바가 없음.
70　굴요屈撓 : 마음이나 기개가 굽혀지거나 꺾임.

조금 경박함을 배워야 할 줄 압니다. 나는 방금 내 붓으로부터 흘러나온 문구에 스스로 웃음을 참을 수 없습니다. 지금 경우로는 나에게 완전히 결여된 그 경박함을 조금이라도 배워 두었으면 나는 인간 중에서 가장 행복한 자가 되었을 것입니다. 그러나 나는 염염滔滔[71]한 소인들이 공작과 같이 화려한 우익羽翼[72] 외에 아무 것도 갖지 못한 몸으로써 양양揚揚[73]히 나의 앞에서 고상翶翔[74]함을 볼 때, 내 성질이 이러한 사회에 적응하지 못함을 한탄할 것인가? 전능하신 신이여, 어찌하여 당신은 당신이 나에게 주신 것에 더 보태어 저 경박함과 자만함의 성질을 주시지 않으셨던가? 그러나 참아라, 생각컨대 나의 벗은 반드시 부르짖을 것입니다. 인내하라, 현명한 '웰텔'이여, 시간은 영묘靈妙[75]한 힘을 갖고 있다. '만물은 시간의 흐름에 따라 변할 것이다' 하고. 실로 그러합니다. 나는 내 벗의 말이 정당함을 인정치 않을 수 없습니다. 왜 그러냐 하면 나는 부득이 동료들과 교제하게 된 이래로 내가 그들의 성행에 주의하는 기회를 얻은 이래 나는 이전보다 뛰어나게 마음의 만족을 얻게 됨에 이르렀습니다. 우리들은 우연히 우리가 조우遭遇[76]한 종종의 사물과 우리의 자신과를 비교함으로써 우리의 애락哀樂[77]은 전혀 우리의 눈앞의 것으로부터 생기는 것이 예사임을 살필 수 있습니다. 유서幽棲[78]는 비애의 보모保姆입니다. 그 상상은 항상 왕왕히 천외天外[79]에 부유浮遊[80]하여 헛된 공상空像[81]을 그리고, 환영幻影[82]을 꿈꾸며, 그리하여 우리 자신이 비교적 무상無常하고 가련한 것임을 관념觀念합니다. 큰 인물은 그 물건의 실력보다는 큰 필요가 있음과 같이 보이는 섯이며, 또 그렇지도 못한 인생의 우리보다 우월한 섯같이

---

71 염염滔滔 : 넘쳐나는 물처럼 가득함.

72 우익羽翼 : 날개.

73 양양揚揚 : 뜻한 바를 이룬 만족한 빛을 얼굴과 행동에 나타내는 면이 있음.

74 고상翶翔 : 날개를 펴서 날아오름.

75 영묘靈妙 : 신령스럽고 기묘함.

76 조우遭遇 : 우연히 서로 만남.

77 애락哀樂 : 슬픔과 기쁨.

78 유서幽棲 : 그윽한 거주.

79 천외天外 : 하늘의 바깥.

80 부유浮遊 : 물 위나 물속, 또는 공기 중에 떠다님.

81 공상空像 : '환상'과 같음.

82 환영幻影 : 눈앞에 없는 것이 있는 것처럼 보이는 것.

보이는 것입니다. 이런 인심이 자연입니다. 왜냐하면 자기를 아는 자는 자기와 같음이 없음과 같이, 우리는 항상 우리의 결점을 발견하여 타인을 볼 때는 도리어 그 사람이 갖지 않은 능력까지 부가하여, 그리하여 하나의 완전한 인물을 묘출描出[83]하기 때문입니다. 따라서 이러한 사람은 실로 우리 마음이 조작한 하나의 상상물에 불과한 것입니다.

三十二, 11월 1일

날을 지남에 따라 나는 나의 위치가 점점 견디기 쉬움을 깨닫습니다. 참으로 '시간은 근심을 푸는 것'입니다. 나를 위요圍繞[84]한 분분紛紛[85]한 소인들에게 대한 나의 혐기嫌忌[86]의 정情도 점점 유화柔和[87]하여집니다.

나는 요사이 어떤 자작子爵과 상지相知[88]하게 되었습니다. 그는 재덕才德[89]있는 신사입니다. 그 학식이 탁월함에도 불구하고 조금도 오만하거나 자기 학식을 자랑하는 모습이 없습니다. 그는 실로 쾌활하고 훌륭한 인물입니다. 그리고 무엇보다도 특히 존경할 만한 것은 그 감정의 예민함입니다. 내가 처음으로 그를 만날 때부터 의기가 상합相合[90]함을 보고, 서로 온갖 번잡한 허례를 물리치고 홀연히 즐거운 지기知己가 되었습니다. 유유悠悠[91]한 춘수春水[92]와 같은 한 조각의 교정交情[93]은 실로 성급한 나의 본질을 유화柔和시키기 족합니다. 나의 벗이 만약 상식相識[94]한 사이였다면, 나는 깊이 믿습니다, 그대는 그의 백 가지 잘못이라도 용서할 것을.

83　묘출描出 : 어떤 대상이나 현상 따위를 표현하여 드러냄.
84　위요圍繞 : 어떤 지역이나 현상을 둘러쌈.
85　분분紛紛 : 여럿이 한데 뒤섞여 어수선함.
86　혐기嫌忌 : 싫어하고 꺼림.
87　유화柔和 : 성질이 부드럽고 온화함.
88　상지相知 : 서로 앎.
89　재덕才德 : 재주와 덕행.
90　상합相合 : 서로 잘 맞음.
91　유유悠悠 : 움직임이 한가하고 여유가 있고 느림.
92　춘수春水 : 봄철에 흐르는 물.
93　교정交情 : 사귀는 정.

三十三, 12월 24일

　　모든 일이 과연 내가 의혹疑惑[95]하던 바와 같았습니다. 공사와 나는 어떻게 하여도 화합할 수 없었습니다. 의아할 것 없이 그는 지금까지 내가 경험한 중에 가장 불쾌한 치한痴漢[96]입니다. 미신에 가득 차 있고 엄혹한 것은 마치 노파와 같습니다. 그는 결코 자기 스스로 즐겨할 일을 알지 못합니다. 하물며 타인으로 하여금 즐겨하게 할 줄을 어찌 알겠습니까? 나는 항상 규칙 바르게, 민첩하게 일을 경영코자 하였습니다. 그러나 내가 이룩한 것은 다 그의 뜻에 맞지 않을 뿐이었습니다. 내가 원고를 그에게 보이면 그는 다음과 같은 말을 붙여서 이를 각하却下[97]합니다. "이것도 괜찮다고 하겠으나 당신은 좀 더 고치지 않으면 안 되겠소. 그중에 반드시 수정할 그 무엇이 있겠지요. 당신이 좀 더 적당한 문구를 생각하시오" 하고. 그때마다 나의 인내력은 거의 갈진竭盡[98]합니다. 한 개의 접속사라 할지라도, 또 아무리 쇄세瑣細[99]한 주의라 할지라도 결코 생략하지 못하게 합니다. 그리고 도치법 — 나의 득의得意[100]의 수사법입니다 — 과 같은 것을 그는 극히 꺼려합니다. 그 사고 방식은 모두 관료의 독단법에 의하지 않으면 곧 비난해 버리고 맙니다. 나의 벗이여, 일찍부터 내가 이런 엄격한 법칙을 싫어하는 줄을 아는 그대는, 내가 이 인물을 만남으로 인하여 견디는 고통이 어떠할 것인가 쉽게 아실 것입니다. 만일 자작子爵과의 즐거운 사귐이 없었을 것 같으면 나는 어떻게 내 마음을 위안할 수 있으리오? 어떤 날 그 자작은, 자기도 얼마나 이 대인물大人物이 우둔하고 의념疑念[101]이 깊음을 혐기嫌忌[102]하는지 나에게 고하여 "이 같은 인물은 즐겨 스스로 고로苦勞[103]할 뿐 아니라, 이에 관계한 타인까지도 곤고困苦[104]케 하

94　상식相識 : 서로 얼굴이나 알 정도의 친분이 있음.

95　의혹疑惑 : 의심하여 수상히 여김.

96　치한痴漢 : 어리석고 못난 사람.

97　각하却下 : 물리침.

98　갈진竭盡 : 바닥이 드러날 정도로 다하여 없어짐.

99　쇄세瑣細 : 잘고 사소함.

100　득의得意 : 일이 뜻대로 이루어져 만족해하거나 뽐냄.

101　의념疑念 : 의심스러운 생각.

102　혐기嫌忌 : 싫어하고 꺼림.

103　고로苦勞 : 괴로워하고 수고로워함.

는 것입니다. 그렇지만—" 그리고 그는 말을 이어 "우리들은 나그네가 부득이 산을 넘는 것처럼 이 같은 사람에게 순종하여 두는 것이 좋은 방책입니다. 만약 산이 그 중도에 가로놓여 있지 않았을 것 같으면 그 길은 실로 단근短近[105]하고 또 평이할 것입니다. 그러나 이것이 있기 때문에 나그네는 참으며 이를 넘지 않을 수 없는 것입니다."

노치한老痴漢[106]은 자작이 나와 친근함을 보고 더욱 그 눈살을 찌푸려 옵니다. 그는 내 앞에서 기회만 있으면 자작을 비하卑下[107]코자 하는데, 그럴 때 나는 힘써 자작을 변호합니다. 그런 까닭으로 또 더욱 더욱 그는 불쾌의 염念을 더하게 됩니다. 어제 나는 그가 자작에게 향한 공격이 또한 나를 치고자 한 때문임을 알았습니다. 그는 말하기를 "자작은 세계의 보통 사무에 숙달하지요. 그의 문체도 심히 좋고 그의 필치도 아주 숙달되었지요. 그러나 다른 대학자처럼 그의 학문은 오직 피상적인 것에 그칠 뿐." 이 말은 기묘한 음조로써 바로 "나는 네가 나의 말한 바를 이해하기 바란다"고 하는 것처럼 의미 있는 표정으로 하였습니다. 그러나 이 조롱은 나에게 아무 자극도 주지 못하였습니다. 나는 본래부터 이러한 치한을 무시해 버립니다. 또 무엇하러 첩첩喋喋[108]의 변辯을 늘어놓기를 즐기리오?

그대에게, 나의 벗이여, 그대에게 나는 이 말 당시의 속박에 대하여 사례코자 합니다. 돌아보건대, 그대가 누누이 헛되이 우유優遊[109]치 말고 무슨 일이든지 하기를 나에게 강권하였으므로 나는 드디어 이 압제의 기반羈絆[110]에 내 머리를 굽힌 것입니다. 나는 지금 근무한다 생각하시는가? 아! 저 지반池畔[111]에서 고기를 낚는 노인이나, 혹은 채소를 반무半畝[112]의 밭에 심어 시장에 운반하는 농부가 과연 나보다 못한 바가 있다 하면 나는 10년의 고경苦境[113]에 있을지라도 오히려 기

---

104 곤고困苦 : 형편이나 처지 따위가 딱하고 어려움.

105 단근短近 : 짧고 가까움.

106 노치한老痴漢 : 늙은 못난이.

107 비하卑下 : 업신여겨 낮춤.

108 첩첩喋喋 : 말을 거침없이 잘하여 수다스러울 때 나는 소리. 또는 그 모양.

109 우유優遊 : 하는 일 없이 한가롭고 편안하게 지냄.

110 기반羈絆 : 굴레.

111 지반池畔 : 연못가.

112 반무半畝 : 좁은 땅.

113 고경苦境 : 어렵고 괴로운 처지나 형편.

꺼이 이를 참을 것입니다. 그리하여 저 상류사회라 칭하는 자의 유행을 좇아 부미浮靡[114]를 다투는 것은 대저 무슨 폐풍弊風[115]인가! 오직 그 지위를 얻기 위하여 좌고우면左顧右眄[116]하며 영영營營[117]하여 스스로 그 부끄러움을 알지 못하는 자는 대저 무슨 추태인가? 여기에 한 부인이 있어 항상 그녀의 가족의 사치한 생활과 그 광대한 소유지의 자랑으로 만좌滿座의 사람의 정신을 어지럽게 할 때, 만약 한 사람이 있어 처음으로 그녀의 과언誇言[118]을 들을 것 같으면 그 사람은 반드시 다음과 같이 생각할 것입니다. 이 부인은 의외의 지위를 얻었거나, 혹은 뜻밖에 부유하게 됨으로 인하여 그 정신이 혼란한 치녀痴女[119]이리라고. 그러나 더욱 가소로운 것은, 이 부인은 이웃에 사는 대서인代書人의 서기書記에 불과하다는 것입니다! 아! 놀라운 일입니다. 어찌하여 사람은 이다지 천하여질 수 있는가?

三十四, 1772년 1월 8일

이러한 인물들이 가지가지 빠지지 않고 잘도 이곳에 모였다. 그들이 평소에 배운 바는 오직 아무 취의趣意[120]도 없는 형체의 학문일 뿐이요, 그들이 가진 온갖 시간과 사상은 일년 내내 어떻게 하면 그 좌석을 한 단계라도 올라가게 할 수 있을까에 소비하는 데 불과합니다. 따라서 이러한 사람들은 결코 태만하는 일은 없습니다. 왜냐하면 그들은 정해진 업무에 만족치 않고 오히려 상관의 뜻에 들고사 하여 항상 쇄세瑣細[121]한 일까지라도 주의함을 게으르게 하지 않습니다. 지난 주 어떤 날 스케―트를 하기 위하여 교외에 원족遠足[122]코자 조직된 한 단체가 돌연

---

114 부미浮靡 : 경박스럽고 사치스러움.
115 폐풍弊風 : 폐해가 많은 풍습.
116 좌고우면左顧右眄 : 이쪽저쪽을 돌아본다는 뜻으로, 앞뒤를 재고 망설임을 이르는 말.
117 영영營營 : 세력이나 이익 따위를 얻기 위하여 몹시 분주하고 바쁨.
118 과언誇言 : 자만하며 말을 함.
119 치녀痴女 : 어리석은 여인.
120 취의趣意 : 어떤 일의 근본이 되는 목적이나 긴요한 뜻, 취지.
121 쇄세瑣細 : 잘고 사소함.
122 원족遠足 : 소풍.

해산된 일이 있습니다. 까닭을 물으니, 오직 행진 순서에 관한 사세些細[123]한 분쟁에 인함이라고 합니다. 이들 치한痴漢[124]은 과연 아는가 모르는가, 인생의 진심眞心한 행복을 형성하는 바의 것은 결코 인위人爲의 계급에 있지 아니함을! 저 최고의 위치를 소유한 사람은 그 다수가 괴연塊然[125]한 일개 우상偶像에 불과한 것이 아닌가? 기다幾多[126]의 제왕은 그 부하인 대신大臣으로 하여금 도리어 지배되며, 기다幾多의 대신은 그 서기관으로 하여금 좌우되는 것입니다. 그러면 즉 누구가 가장 유력한 자이냐 물을 때는 나는 단언합니다. 그 덕망이 타인의 감정과 세력을 제어하여 자가自家[127]의 의향에 종從[128]케 함에 족한 사람이라고.

三十五, 1월 20일

이제야 나는 나의 친애하는 '챠—롯' 양에게 고하고자 합니다. 내가 전에 저 우울한 시내에 거주하여, 알지 못하는 사람들(실로 알지 못하는 사람들, 나의 성질이라든지 또 감정이라든지)의 사이에 있었을 때는, 나는 그대에게 서신을 보낼 여황餘遑[129]도 없었습니다. 그러나 지금은 그로부터 격리隔離한 이 모옥茅屋[130]에 옮기게 되어 싸락눈이 비비霏霏[131]히 나의 소창小窓[132]을 치는 것을 들을 때는 나는 어느 사이에 옛날의 '나'에 돌아가 그대의 옛일을 생각합니다. 그리하여 그 생각을 자아낼 때는 나는 일종 말할 수 없는 비애를 느낍니다. 오— 신성한 기억이여, 즐겁던 추상追想[133]이여! 지금 내가 처음으로 그대를 만났을 때로 돌아갈 수 있을 것 같으면!

---

123 사세些細 : 사소함.
124 치한痴漢 : 어리석고 못난 사람.
125 괴연塊然 : 홀로 있음.
126 기다幾多 : 얼마쯤 되는 그 수량.
127 자가自家 : 자기 자체.
128 종從 : 따름.
129 여황餘遑 : 여유 있음, 한가함.
130 모옥茅屋 : 띠나 이엉 따위로 지붕을 인 초라한 집, 또는 자기가 사는 집을 겸손하게 이르는 말.
131 비비霏霏 : 부슬부슬 내리는 비나 눈의 모양이 배고 가늚.
132 소창小窓 : 작은 창.
133 추상追想 : 지나간 일을 돌이켜 생각함.

아! '챠-롯' 양이여, 만약 그대가 한 번일지라도 나의 현재의 위치를 볼 수가 있을량이면, 그대의 다정으로써 어찌 가련히 생각지 아니하시리요? 문문汶汶[134] 한 속물은 나의 사변四邊[135]을 둘러 있으나 아무 물건도 나의 눈에 부딪치는 것은 없고, 사람은 냉담할 뿐이요 만물은 다 무정할 뿐입니다. 나는 이곳에 온 뒤로부터 진정한 쾌락으로부터 일어나는 내심의 만족을 받은 일은 없으며, 따라 감개感慨[136]와 동정의 눈물을 흘린 일도 없고, 나는 나의 마음의 활동력이 전혀 건고乾痼[137]한 것을 깨달아 옵니다. 나는 낙뢰落雷[138]에 부딪쳐 죽은 자와 같이 낙연落然[139]히 직립直立[140]하였을 뿐입니다. 머리를 들되 만목滿目[141]에 보이는 바가 없고 오직 대소大小의 요물搖物[142]이 누누累累[143]이 나의 목전에서 부동浮動[144]함을 인認할 뿐입니다. 그리하여 나는 여러 번 스스로 묻기를, 이 전혀 마음의 미혹迷惑으로부터 생기는 일종의 환영幻影이 아닌가 하고. 그러나 이제는 이들 우상偶像이 도리어 나를 위안시키는 바가 되었습니다. 아니라 내가 도리어 그들을 위안시키는 바가 되어 있는지도 알지 못하옵니다. 혹 이웃 사람의 손을 잡으면 나는 목피木皮[145]와 같은 수장手掌[146]을 보고 송연悚然[147]히 불각중不覺中[148] 내 손을 움츠려 들이나이다. 밤이 되면, 나는 익조翌朝[149]의 일출日出을 보는 것을 즐겨하옵니다. 그러나 효과가 없습니다. 나는 침상을 떠날 수가 없습니다. 아침이 되면, 나는 달밤을 타서 산책을 하고자 생각하옵니다. 그러나 모색暮色[150]이 대공大空[151]을 덮으

---

134 문문汶汶 : 수치스러움.

135 사변四邊 : 주위 또는 근처.

136 감개感慨 : 어떤 감동이나 느낌이 마음 깊은 곳에서 배어 나옴. 또는 그 감동이나 느낌.

137 건고乾痼 : 말라서 굳어짐.

138 낙뢰落雷 : 떨어진 벼락.

139 낙연落然 : 몰락함.

140 직립直立 : 꼿꼿하게 바로 섬.

141 만목滿目 : 눈에 보이는 데까지의 한계.

142 요물搖物 : 흔들리는 물건.

143 누누累累 : 여러 번 반복함.

144 부동浮動 : 고정되어 있지 않고 움직임.

145 목피木皮 : 나무껍질.

146 수장手掌 : 손바닥.

147 송연悚然 : 두려워 몸을 옹송그릴 정도로 오싹 소름이 끼치는 듯함.

148 불각중不覺中 : 깨닫거나 생각하지 못하는 중.

149 익조翌朝 : 다음날 아침.

면 나는 내 방을 떠나지 못하옵니다. 나는 무슨 까닭으로 아침 일찍이 일어나지 못하는가? 또 무슨 까닭으로 밤늦게 외출하지 못하는가? 아―, 밤이 들어 나를 꾀어내며 아침이 되어 나를 불러일으키던 그 무엇이 이제는 이미 지나간 옛날이 됨으로써입니다.

아! 내가 지금 그대와 같이 그대 제매弟妹[152]들이 늘 나의 주위에서 희유戱遊[153]하던, 그 사랑스럽던 소실小室[154]에 있을량이면! 만약 그대가 저들을 성가시게 생각할 때는, 나는 저들을 위하여 한 옛 이야기를 하옵니다. 그리하면 저들은 열심과 주의로써 나를 둘러싸옵니다.

태양은 장차 서산에 떨어지고자 하옵니다. 지금은 그의 빗긴 광선이 일면으로 사방을 덮은 눈 위에서 빛나고 있습니다. 바람은 잠잫습니다.[155] 그리하여 나는 나의 우리로 돌아가지 않으면 안 되옵니다. 아―, 그러면 '알벨트'는 그대와 같이 있는가? 그는 그대에게 대하여 누구가 되는가? 아―, 나의 어리석음이여, 무슨 까닭으로 이 같은 물음을 발하는가?

三十六, 2월 17일

일은 이미 명백합니다. 공사公使와 나는 더 다시 같이 있을 수 없습니다. 그가 사무를 취급하는 수단은 극목極目[156]히 무도無道합니다. 이로써 나는 그 노질怒叱[157]에 촉觸할까 함을 고려할 여한餘閑[158]이 없으며, 어디까지든지 그와 반대하며, 어디까지든지 자가自家[159]의 기호嗜好에 종從[160]치 않을 수 없었나이다. 그는

---

150 모색暮色 : 날이 저물어 가는 어스레한 빛.
151 대공大空 : 높고 넓은 하늘.
152 제매弟妹 : 남동생과 여동생을 아울러 이르는 말.
153 희유戱遊 : 실없는 행동을 하며 놂.
154 소실小室 : 작은 방.
155 잠잫습니다 : 잠잠합니다
156 극목極目 : 시력이 미침.
157 노질怒叱 : 몹시 성을 내어 꾸짖음.
158 여한餘閑 : 여유.
159 자가自家 : 자기 자체.

이 일에 대하여 당로當路[161]의 대신大臣에게 보고한 모양이고 나는 대신으로부터 비난하는 서書를 받았습니다. 그것은 관유寬裕[162]한 언어로써 써 있었습니다. 그러나 비난은 어디까지든지 일개의 비난입니다. 나는 단연히 사직하기로 결심하였습니다. 그러나 그 대신은 다시 비밀히 일서一書를 나에게 보내어 나를 위무慰舞[163]하옵니다. 그 서중書中에는 간절히 나의 불평의 정情을 화해하는 훈계가 있으며, 또 극구極口[164]로 여予[165]의 의견을 상찬賞讚[166]하고, 장년壯年[167]의 특유한 절조와 열심을 장려하여 있습니다. 그는 또 결코 내가 혈기를 억제치 못할지라도 오직 이를 일정한 범위 내에 보유하기를 권고하였습니다. 이같이 하여 나는 겨우 스스로 위유慰諭[168]하였으며, 적어도 수일간은 나의 결심을 중지케 하기로 하였습니다.

나의 벗이여, 마음의 평화는 실로 한 개의 행복입니다. 그러나 이같이 귀한 것일지라도, 그것을 어떻게 하리요? 오직 그 한때의 것임을.

—『시사평론』 제2권 제3호, 1923.6.15, 136~155면.

---

160 종從 : 따름.
161 당로當路 : 중요한 지위나 직분에 있음.
162 관유寬裕 : 마음이 너그럽고 넉넉함.
163 위무慰舞 : 위로하고 어루만져 달램.
164 극구極口 : 온갖 말을 다함.
165 여予 : 나.
166 상찬賞讚 : 기리어 칭찬함.
167 장년壯年 : 사람의 일생 중에서, 한창 기운이 왕성하고 활동이 활발한 서른에서 마흔 안의 나이 또는 그 나이의 사람.
168 위유慰諭 : 위로하고 타일러 달램.

'웰텔'의 비탄悲歎 4

三十七. 2월 22일

('알벨트'와 '챠―롯' 양에게)

하나님, 이 두 벗에게 행복을 내리소서. 나에게로부터 탈거奪去[1]한 행복한 날을 이 두 삶의 벗에게 내리소서.

나는 당신에게 속은 것이나, 감사하겠나이다.

나는 그대들의 혼례 일자의 통지를 기다렸나이다. 실은 그날에는 삼가 '챠―롯' 씨의 화상畵像을 벽에서 떼어 다른 종이뭉치 속에서 장례를 치르고자 하였습니다. 그러나 지금은 이미 두 분이 부부가 되셨고, 또 '챠―롯' 씨의 그림도 아직 이곳에 있습니다. 아마 영영히 그대로 있겠지요. 나는 그것을 다른 곳에 옮기지 않을 작정입니다. 나는 역시 당신의 곁에 있는 듯이 생각하고 있고자 하옵니다. 그러나 당신에게 아무 방애妨礙[2]도 끼치지 않고 다만 '챠―롯' 씨의 가슴 가운데에 나의 자리를 정하고자 할 뿐입니다. 나는 그 가슴 가운데서 제2의 위치를 점령하고 있습니다. 또 그 위치를 지키고자 합니다. 아니 지키지 아니하면 안 될 것입니다. 만일 '챠―롯' 씨가 나의 위치를 잊는다 하면, 그것은 나를 미친 자의 굴속에 몰아넣는 것이지요.

'알벨트' 군, 이 생각 가운데에는 지옥이 존재하는 줄을 아십니까? 그러면 다복多福하시오. 그러면 천녀天女여, '챠―롯' 양이여.

---

1 탈거奪去 : 물건을 빼앗아 감.
2 방애妨礙 : 막거나 헤살을 놓아 순조로이 진행되지 못하게 함.

三十八, 3월 24일

사직을 신청하였으나 속히 허가가 될지 근심입니다. 첫째, 그대에게 알리지 못한 것을 용서하소서. 나는 어찌하든지 이곳을 떠나지 않을 수 없습니다. 유임을 권고하리라는 것을 아는 내가 일부러 알리지 않은 것입니다. 실로 나는 나의 자신에 대한 것만도 일일이 돌아보기에 거북함을 느끼는 현재의 처지인 까닭에, 나의 어머니를 돌보지 못한다고 해도 별로 아무 생각도 아니 합니다. 그러나 이 사직만은 반드시 슬퍼하실 줄 압니다. 자기의 자식이 밟아 온 아름다운 길은 추밀고문관枢密顧問官이나 공사公使라도 될 수 있는 길임에도 불구하고 공연히 그것을 사퇴하고 물러 나와 초개草芥[3] 속에 파묻히고자 한 것이므로.

그러나 지금은 그대들이 하는 바를 사양 말고 할 때입니다. 또 내가 이곳에 머물러 있지 않으면 안 될 모든 경우를 가르쳐 주시오. 어떠하든지 나는 떠나겠습니다. 내가 향하는 곳을 알고자 하시면 나는 또 말하지요. 나는 그간 어느 후작侯爵과 서로 알게 되었는데, 그의 초청에 응하여 장차 그의 별장으로 가고자 합니다. 그래서 이 봄을 즐겁게 그곳에서 지내고자 합니다. 무슨 일이든지 다 내가 하고 싶은 대로 하라는 그의 약속이 있었습니다. 후작과 나와는 어느 점까지는 서로 이해하는 사이이므로 나는 이것을 다행으로 생각하고 동반하고자 합니다.

三十九, 5월 5일

내일은 이곳(후작의 별장)을 떠납니다. 나의 고향이 여기서 6리 정도이므로 일부러라도 방문하여 옛날 행복하였던, 꿈과 같은 과거를 회상하여 보고자 합니다. 아버지가 돌아가신 후 어머니는 이 사랑스러운 고향을 버리고 살기 싫은 읍내로 집을 옮기기 위하여 나를 데리고 마차를 탔던 옛날의 문도 남아 있을 것입니다. 그 문으로 다시 한 번 들어가 보고 싶습니다. 그러면 벗이여, 뒤에 다시 쓰겠습니다.

3 　초개草芥 : 풀과 티끌을 아울러 이르는 말. 흔히 지푸라기를 이른다.

四〇, 5월 9일

나는 아주 경건한 태도로써 나의 고향 순례를 우선 마쳤으나, 이로 인해 나는 또 생각지 않은 여러 가지 감정을 품게 되었습니다. 나는 마차를, 내가 어릴 때에 산보하는 목표가 되어 있던 보리수 나무—동네 어귀에 있는—있는 근처에 멈추게 하고 그 나무 아래를 거닐면서 옛날의 기억을 다시 새로 맛보고자 하였습니다.

그러나 그것은 얼마나 변하였는가! 그때의 나는 행복하고 천진스런 공기 속에서 아직 알지 못하는 세계를 동경하고 있었습니다. 동경하고 갈망하는 내 가슴을 만족케 하고 기쁘게 하기 위하여 많은 쾌락을 나는 그 세계에 원하였습니다. 그러한 나는 이제 그 넓은 세계로부터 돌아가고자 합니다. 벗이여, 나는 많은 빛없는 희망과 많은 헛되이 되어 버린 계획을 등지고 장차 돌아가고자 하고 있습니다. 몇 번이나 나의 작은 회포를 호소하던 옛 산은 눈앞에 빗겨 있습니다. 나는 그것을 볼 때, 푸른 안개에 장차 어두워지려는 골짜기와 숲을 보고 있을 때, 나는 온몸이 사라질 듯함을 깨달았습니다. 나는 얼마나 그것과 작별하기가 싫었던가!

겨우 마차를 몰아 마을에 들어가자 나의 눈에 띄는 온갖 것은 한 걸음마다 나의 마음을 끌지 않는 것이 없었습니다. 성지의 순례도 이같이 많은 신심 비슷한 추억을 일으키지는 못할 것입니다. 그 마음도 이같이 청정淸淨한 감격을 맛볼 수 없을 것입니다. 나는 흐르는 물을 내려다보며 괴이한 환영幻影을 추구하기도 하였으며, 흐르고 흘러 한없는 물의 가는 곳을 상상한 적도 있습니다. 그리하여 문득 상상이 끝나면 다시 그 뒤를 이어 또 다른 환영을 만들고, 그리다가 보이지 않는 먼 것을 동경하여 스스로 나를 잊어버리고 맙니다. 사랑하는 벗이여, 존경하는 우리의 조상들은 역시 이처럼 작은 세계에 갇히어서 행복하게 지낸 것이 아니겠습니까? 그 감정이나 그 시가詩歌도 다 천진함 그대로입니다. 율리시스의 망망한 바다와 무한한 육지에 대한 이야기는 진실로 인간적이고 절실한 신비의 언어였습니다. 지구는 둥글다고 소학교 생도와 같이 부르짖고만 있다 하여도 이제 그것이 과연 무슨 소용이리오? 사람은 겨우 한 자의 땅덩이 위에만 설 수 있으면 능히 안락할 수 있습니다. 하물며 그 밑에서 잠들고자 하는 자에게는 더욱 좁은 땅만으로 충분할 뿐입니다.

四十一, 6월 16일

그렇다. 나는 오직 한 사람의 여행자에 불과하다. 오직 한 사람인 지상의 순례자이다. 그러나 그대들은 과연 이 이상이 될 수 있는가?

四十二, 6월 18일

"장차 어디로 갈 터인가?" 하고 근심하는 벗이여, 나는 그대에게만 비밀히 이를 알리오리다. 나는 2주일 후에는 ○○광산으로 가기로 내 자신을 속여 두었으나, 그것은 실은 다만 그녀가 있는 곳에 가까이 있고자 한 것입니다. 이 밖에 다른 뜻은 없습니다. 나는 스스로 나의 마음을 비웃고 있습니다. 그러나 그것은 그 뜻대로만 움직인다는 사실일 뿐입니다.

四十三, 7월 29일

아, 그렇다 하면 얼마나 기쁘랴! 내가 그녀의 남편이라면. 나를 지으신 하나님께서 만약 나에게 이 은혜를 주신다 하면 나는 일생 동안 쉬지 않고 친송을 올리겠습니다. 나는 당신과 싸우고자 함이 아닙니다. 그러나 원컨대 이 눈물을 허락하여 주소서. 이 헛된 기원을 용서하여 주소서. 오, 저 '챠—롯'이 나의 처라면, 사랑스러운 몸을 나의 두 팔로 안을 수 있다 하면! 나의 벗이여, 나는 '알벨트'가 저 가는 몸을 안고 있음을 상상할 때, 나의 몸이 떨림을 금할 수 없습니다.

내가 이렇게 말하는 것은 죄악이오리까? 어째서 그러하오리까? '알벨트'와 부부가 되는 것보다 차라리 나와 결혼하는 편이 행복이 아니 되오리까? '알벨트'는 결코 그녀의 마음을 만족케 할 사람이 못 되오리다. 그 결점은 감정의 깨달음에 있습니다. 어떠한 결점인지는 그대의 해석에 맡기는 바이나, 예를 들면 무슨 재미있는 책을 읽을 때에도 나와 그녀와는 반드시 같은 데에 취미를 두지만 '알벨트’는 아무런 공감도 일으키지 않습니다.

또 다른 많은 사례에 대하여도 두 사람의 감정이 다른 사람들의 행위로 하여금 더욱 분명해집니다. 그러나 ‘알벨트’는 그 전심을 기울여 그녀를 사랑합니다. 그 사랑은, 그 사랑은, 과연 무엇이 그에 비할 수 있을까?

四十四, 8월 21일

내 마음의 변덕의 빠름이 마치 번개와 같다. 이제는 희망의 빛이 홀연히 움츠러졌던 나의 정신의 위에서 빛나고 나의 심중에 희열의 홍조紅潮를 바치었다고 생각하자말자, 아— 이 광명도 다만 한 순간! 가끔 마음이 어지럽고 감정이 절박할 때를 당하면 나는 다시 생각하기를 시작한다. ‘알벨트’가 만약 죽으면, 그때는—, 그때는, ‘챠—롯’ 양은 나의—…… 그리하여 나는 이 공상을 씻어버리고, 마침내 내 몸이 낭떠러지의 끝에 섰음을 상상하게 되면, 오싹하며 내 몸을 뒤로 물린다. 만약 이것이 참으로 낭떠러지였다면 내가 떨어져 버림은 피하지 못하였을 것이다. 또 내가 처음으로 ‘챠—롯’ 양의 집에서 나를 인도하던 그 길과 그 문을 지날 때는 나의 마음은 침울하여지며, 심각한 고통과 함께 나의 과거와 나의 현재를 비교하여 본다. 온갖 행복은 이미 지났다. 세계는 벌써 어제의 것이 아니다. 나의 심장은 지난날처럼 뛰지 않고 나는 그때의 느낌과 같은 기쁨을 다시 느낄 수 없다. 만약 이 세상을 떠난 왕후王侯의 혼이, 자기가 생전 행복한 때에 건축하여 사랑하는 아들에게 물려준 굉장한 성곽에 돌아왔다가 그 웅장하던 전당은 적군에 의해 파괴되어 자취는 영정零丁[4]하고 폐허에 잡풀만이 구슬프게 자라 있음을 보면, 그 감정이 과연 어떠하랴, 아— 나의 마음도 또한 이 같을 뿐.

4　영정零丁 : 세력이나 살림이 보잘것없이 되어서 의지할 곳이 없음.

四十五, 9월 3일

나는 몇 번이나 생각하여 보았다. 어쩌면 그녀는 나를 두고 다른 사람을 사랑할 수 있는가 하고. 나의 마음은 오직 그녀 한 사람이 지배하는 바가 되었다. 그녀의 아름다운 영상은 온갖 사상을 포용하고 있고, 그리고도 온갖 그 외의 사상을 배척한다. 어떻게 그녀는 꿈속에서일지라도 다른 사람을 사랑할 수 있을까?

四十六, 9월 5일

‘챠-롯’ 양의 남편이 수일간 다른 지방에 가서 있었으므로 그녀는 다음과 같이 편지를 썼다. “내가 영원히 사랑하는 이여, 될 수 있는 대로 속히 돌아오세요. 당신은 수천 개의 간원懇願으로써 고대苦待 받고 있어요.” 그녀가 편지를 다 쓰고 마쳤을 때, ‘알벨트’의 한 벗이 그녀에게 고하기를 어떤 부득이한 일이 있어서 ‘알벨트’의 귀가는 예정보다 지체된다고 하였다. 물론 그녀는 이 편지를 보내지 아니하였다. 그리고 그날 밤 우연한 일로 나는 이 편지를 얻어 보게 되었다. 웃음을 띠며 다 읽은 뒤에 나는 기쁨에 북받치어 그 편지에 키스하였다. 그녀는 내가 웃는 까닭을 물었다. 나는 “아- 상상은 얼마나 즐거운 것인가!” 할 뿐이었다. 나의 태도에 의하여 그녀는 쉽게 나의 상상의 뜻을 알았다. 왜냐하면 나는 이 편지가 나에게 부쳐진 것으로 상상하고 있은 까닭이다. 그녀는 잠잠히 서 있었다. 그리고 불쾌한 모양이었다. 이 불쾌해 하는 모습은 나의 입을 다물게 하였다.

四十七, 9월 12일

‘챠-롯’ 양은 남편이 있는 곳에 가서 며칠 동안 집에 있지 아니하였습니다. 나는 오늘 오래간만에 그녀를 방문하여 그 손에 키스하는, 형용할 수 없는 기쁨을 맛보았습니다. 한 마리의 카나리아 새가 창밖으로부터 날아와 그녀의 어깨 위에 앉았습니다. "'웰텔' 씨, 여기 한 새로운 동무가 있어요" 하면서 그녀는 그 새를 자기 손등 위에 앉혀 놓고 "이 새가 얼마나 저를 따르는가 보세요. 조그마한 날개로 날갯짓하는 그 모양의 사랑스러움을. 내가 모이를 줄 때에는 늘 그 사랑스러운 입부리로 쪼아 먹습니다. 아― '웰텔' 씨, 얌전하게 나의 입을 맞추는 이 새를 보세요" 하면서 그녀가 입술을 내어 미니까 작은 새는 그 향기로운 숨결을 기뻐하는 듯 보였습니다. 그녀는 새를 나에게 내밀며 이 새는 또한 기꺼이 당신에게도 키스할 거예요. 새는 그 명령에 따라 그 조그마한 입부리를 나의 입술로 향하였습니다. 이때 나는 얼마나 기쁜 감정을 느끼었던가! 나는 "'챠―롯' 양, 이 작은 새는 우리들의 키스만으로 만족하지 않고 무슨 먹을 것을 얻으려 합니다" 하니 그녀는 빵 한 조각을 입으로 씹은 후에 새의 입에 먹여 주었습니다. 아― 심하다, 나의 사랑하는 '챠―롯' 양, 이 같은 일로 나를 흥분시키지 말라. 그대는 이미 나의 마음을 괴롭게 하였다. 내 마음은 그 때문에 얼마나 많은 비애를 겪었는지 아는가? 그래도 내 마음이 잠잠한 때만이라도, 원컨대 이를 편안케 해주기를 …… 원컨대 잊혀진 것을 다시 생각나게 하지 말라.

아― '챠―롯' 양, 그대는 이미 내가 그대를 연모^{戀慕}함을 아는 바가 아닌가?

四十八, 10월 19일

아― 말로 할 수 없는 두려운 공상은 길게길게 나의 가슴을 두르고 있습니다. 간혹 상상으로 몰리는 끝에 나는 생각합니다. 만약 내가 한 번이라도, 단 한 번이라도, 그녀를, 그녀를, 가슴에 품어 안을 수가 있으면 나의 일생의 소원은 이에서 족하리라고.

四十九, 10월 27일

아― 나는 이 가슴을 찢고자 하옵니다. 나는 이 머리를 돌로 부수고자 하옵니다. 만약 내가 잘못하여 건조 무정한 사람에게 향하여 나의 흉금을 펼치고, 그리고 조금도 그의 감촉이 없음을 보고 실망할 때를 당하여서는!

진실로 나와 알맞은 정이 없으면 나는 타인으로부터 애정과 기쁨과 즐거운 웃음을 받을 수 없습니다. 또 그 성질이 완고하여 아무 감정도 없는 사람에게는 느릿느릿한 정화情火의 한 조각이라도 나는 줄 수 없습니다.

五十, 10월 27일 저녁

상상은 항상 충분 이상의 것을 나에게 줍니다. '챠—롯' 양의 아름다운 모습을 생각하면 다른 모든 천 가지 생각은 다 사라져 버리고 나를 둘러싼 만상은 하나의 천국을 조성하옵니다. 그녀가 없을 것 같으면 세계는 아무것도 아닌 한줌 흙더미가 될 뿐입니다.

五十一, 10월 30일

몇 천 번이나 나는 그녀의 가는 허리를 잡고 나의 타는 듯한 가슴으로 깊이 안고자 두 팔을 벌렸는가? 하나님, 이 같은 아름다운 여인을 끊임없이 눈앞에서 보면서 감히 이를 건드리지 않으려 애쓰는 것은 실로 말할 수 없는 고통입니다. 집촉은 자연의 최초 감정입니다. 저 어린애를 보지 못하는가? 그는 즐겨하는 바가 있으면 무엇이든지 이를 붙잡으려고 힘쓰지 않는가? 나는 그렇다, 진실로 그러하다. 나는 참으로 한 어린애와 다름이 없습니다.

五十二, 11월 3일

한밤중, 침대로 나아가 내 눈을 감을 때에는 영영 다시 이 눈꺼풀이 열리지 않기를 열심으로 기원하였음이 과연 그 몇 번인가? 그러나 아침이 되면 눈꺼풀은 열립니다. 나는 다시 태양을 보며, 또 다시 나의 이전의 비애를 느낍니다. 아—
슬프다. 어찌하여 나는 신경병자나 미치광이가 되지 못하는가? 어찌하여 나는 이
쓰리고 아픈 비애의 원인을 불순한 기후와, 실패한 대망大望과, 또는 잔학한 적의
박해에 돌리지 못하는가? 만약 그러하다면 이 슬픔의 고통도 얼마간 위안을 받을
것입니다. 그러나 아— 나의 슬픔은 전혀 나의 몸에 있는 것이어서, 내가 오직 홀
로 온갖 비애의 원인이 됨을 어찌하겠습니까? 지나간 날에는 그같이 즐거움과 평
화의 집이 되었던 나의 가슴은 이제는 무한한 비애의 처참한 원천이 되었습니다.
나는 이미 이전의 내가 아니오. 이전에는 나의 조용한 감정을 제하고는 나의 마
음을 지배하는 아무것도 없었습니다. 내가 시골길을 거닐면 도처가 다 천국이 아
님이 없었고, 사랑의 관념은 항상 나의 마음 가운데서 빛났습니다. 다친 자를 보
면 이를 위로하여 주고, 성낸 자를 만나면 이를 풀어주고, 웃는 자가 있으면 그와
함께 기뻐하였습니다. 이제는 웃음이 나에게 없으며 도리어 위로를 받는 자가 되
었고, 도리어 달램을 입는 자가 되었습니다. 나의 눈은 말라져서 그 눈꺼풀은 다
시 사물의 애조哀調에서 느끼는 상쾌한 눈물로 윤택하지 못하며, 나의 감각은 나
를 그르쳐 이제는 그 즐거운 자극이 나의 마음을 지탱하지 못합니다. 나의 고통
은 언어를 초월하였습니다. 어째서냐 하면 나는 생활의 유일한 즐거움인 내 주위
의 이 세계를 지어준 저 귀하고 예민한 재치를 잃었기 때문입니다.

　　나의 집 창으로부터 나는 멀리 비취색의 산들을 보며, 또 아침 해가 안개를 깨
뜨리며 가득히 산마을을 도금하여 버림을 봅니다. 이같이 자연은 의연히 그 경탄
할 만한 숭고와 우미優美의 감각을 우리에게 줍니다. 그러나 나의 마음은 이제는
아무 감각도 없습니다. 나의 눈은 어두웠고 나의 귀는 먹었습니다. 나는 홀로 오
직 석상石像과 같이 서있을 뿐입니다. 나는 여러 번 내 몸을 땅에 던져, 마치 농부
가 비를 빌 때와 같이 내 눈에 한 방울 눈물이 솟기를 기원합니다. 그러나 나는 나
의 성급한 기도에 대하여 하늘은 비도, 햇빛도 허락하지 않음을 볼 뿐입니다. 아
— 이전에는 행복이었던 지난날을 회상하는 것이 그나마 오직 하나의 위로가 되
었습니다. 왜냐하면 그때의 나는 강인强忍하여 하늘 뜻을 기다렸던 것이기 때문
입니다. 그러나 이제 그것은 오직 나의 가슴을 찢게 하는 칼날이 될 뿐입니다.

五十三, 11월 8일

나는 지난 날 '챠―롯' 양으로부터 나의 절제력이 부족하였음에 대한 경고를 받았습니다. 까닭을 말하면, 나의 친애하는 벗이여, 나는 전부터 나의 슬픔을 스스로 위로하기 위하여 음주의 적당량을 초과하였기 때문입니다. '챠―롯' 양은 말하기를 "원컨대 술을 좀 절제하세요. '챠―롯'이 있음을 생각지 않으시나요?" 하고. 나는 "아― 그 충고는 나도 옳다고 스스로 생각합니다. 나는 당신을 생각합니다. 아니, 생각할 뿐만 아니라 그대는 항상 나의 눈앞에 있으며, 그대는 항상 나의 마음 안에 있습니다. 오늘 아침 나는 전날 그대가 앉았던 곳에 앉아 있는데 ……" 이때 '챠―롯' 양은 말머리를 바꾸었습니다. 진실로 나의 벗이여, 나는 사랑스러운 천사의 뜻대로 움직이는 하나의 허수아비에 지나지 못합니다.

五十四, 11월 15일

나는 참으로 나의 벗의 친절한 충고, 특히 나로 하여금 나의 옛 직장에 복귀시키려 하는 그대의 적지 않은 노력에 감사합니다. 그러나 무슨 까닭으로 이런 쓸데없는 노력을 하시는가? 나를 나에게 맡겨 주시오. 못난 대로 나는 나의 고통을 참을 수 있습니다.

五十五, 11월 21일

'챠―롯' 양은 그녀가 나에게 향하여 독을 주고 있음을 조금도 생각지 않습니다. 그녀는 나에게 강렬한 독약을 주었습니다. 그리하여 나는 이를 마셨습니다. 생각하면, 그녀가 때때로 나에게 주는 정다운 눈매는 대체 무엇을 의미하는 것인가? 또 내가 가끔 그녀의 얼굴에서 읽을 수 있는 동정의 표정은 대체 무엇을 의미함인가? 아― 이것은 다 나에게는 그 한 모금으로 삶을 줄여 버리는 일복축생―服

縮生[5]의 독약이 아닌가? 어제 내가 그녀와 작별할 때, 그녀는 그 손을 놓으며 말하기를 "그러면 사랑하는 '웰텔' 씨." '사랑하는 '웰텔' 씨' 이 한 마디 말은 전광電光과 같이 나의 가슴을 찔렀습니다. 그녀가 나를 사랑한다고 말하는 것을 내가 듣기는 이때가 비로소 처음입니다. 나는 결코, 결코, 이 아름다운 음성을 잊지 않을 것입니다. 그 후 몇 천 번이나 나는 이 말을 입속에서 되뇌었는가! 지난밤 나는 침대에 오를 때 무의식중 부르짖었습니다. "그만 주무세요, 사랑하는 '웰텔' 씨" 하고. 그리고 나는 스스로 웃기를 마지 아니하였습니다.

五十六, 11월 22일

나는 하늘을 향하여 그녀가 곧 나의 것이 되기를 원할 수는 없습니다. 그러나 나는 여러 번 그녀가 나의 것이었던 것처럼 생각하옵니다. 나는 그녀가 이제 나의 것이기를 원할 수 없습니다. 어째서냐 하면 그녀는 이미 타인의 것인 까닭입니다. 생각하건대 나의 슬픔은 헛된 바람이요, 나의 불평은 헛수고일 따름입니다. 아— 이 마음과 내 몸을 분리할 수 있을 것 같으면!

五十七, 11월 24일

'챠—롯' 양은 이제야 겨우 나의 고통을 깨닫게 된 모양입니다. 오늘 나는 그녀가 홀로 있음을 보았습니다. 그녀의 얼굴에는 나를 압박하는 무엇이 보이었습니다. 나는 묵묵히 앉아 있었고, 그녀는 힘주어 나를 보고 있었습니다. 지혜의 불꽃과 미美의 빛은 흔적 없이 사라져 버리고 보이지 아니하였습니다. 그러나 그녀의 모습 중에는 아직도 일층 강하고 간절한 동정과 부드러운 슬픔을 고하는 그 무엇이 있었습니다. 어찌하여 허식의 예의라는 것이 내가 그녀의 발아래 엎드리기를

5　일복축생—服縮生 : 한 모금만으로 삶을 줄임.

방해하는가, 그녀를 포옹하기를 방해하는가? 몇 천 번의 키스로써 그녀의 동정에 갚고자 함을 방해하는가? 그녀는 문득 손풍금을 잡아당겨 맑은 소리에 맞춰 처절한 짧은 노래를 부르기 시작하였습니다. 그녀의 입은 이때까지 이같이 사랑스럽게 보인 적이 없었습니다. 두 입술은 악기의 음조를 받아, 뚜렷이 2배의 곡조로 그의 진동을 돕는 듯 하였습니다. 나의 감정은 말을 막았습니다. 나는 머리를 숙이고 다음과 같은 엄격한 선언을 하였습니다. "천사가 따라다니는 듯한 사랑스러운 입술이여, 나는 결코 너를 더럽히고자 하는 마음을 일으키지 않으리라" 하고. 얼마나 나는 이 행복을 맛보고자 원하는가? 그러나 아니다, 결코 구하지 못할 것이다. 나와 '챠―롯' 양과의 사이에는 기나긴 울타리가 있다. 그렇지만 나로서는 일순간이나마 이 입술 위에서 생활함을 얻을 수 있다면 나는 다음 순간에는 만족히 죽을 수가 있다.

五十八, 11월 26일

때때로 나는 생각합니다. 다른 사람들은 다 즐겁게 웃음으로 지내고 있는데 어찌하여 나만은 분주히 고생하지 않으면 안 되는가 하고. 나는 오늘 옛 시를 외우다가 우연히 마치 내 몸을 두고 읊은 듯한 구절이 있음을 보았습니다.

"이 슬픔의 그침이 그 어느 날인가 묻노라. 예로부터 일찍이 이같이 가련했던 자가 있었던가?"

五十九, 11월 30일

나의 운명은 다하였습니다. 온갖 사물은 하나같이 나에게 고통을 더하고 내 몸의 앞날의 불운함을 예시치 않음이 없습니다.

오늘 점심 때쯤에 의자에 기대앉아 있을 생각이 없어서 나는 홀로 냇물을 따라 산보하였습니다. 전원이 쓸쓸하고 햇빛이 참담하여 옷깃을 차게 하는 동풍은 적은 산을 스쳐 불며, 무거운 듯한 검은 구름은 평원을 내리 누르고 있었습니다. 우연히 눈을 들어 본즉 다 떨어진 저고리를 입은 한 남자가 바위 사이를 방황하며 무엇인지 둘레둘레 찾고 있었습니다. 내가 가까이 가자말자 그는 나를 치어다보았습니다. 그리하여 나는 그 근심에 잠긴 기괴한 그의 얼굴을 보았습니다. 그의 아름다운 칠흑빛 나는 머리카락은 빗질을 하지 아니하여 어깨 위에서 깔끔하지 않게 길러 있었습니다.

내가 무엇하고 있는가를 물으니, 그는 긴 한숨으로써 대답하기를, "그대여, 나는 꽃을 찾고 있습니다. 그러나 단 한 개도 볼 수가 없습니다." 나는 지금이 꽃피는 시절이 아님을 말하였습니다. 그가 말하기를 "그러나 나는 내 동산 가운데에 여러 가지 장미와 백합을 두었지요. 나의 아버지는 나에게 한 종류의 꽃을 주었는데, 그것은 어느 곳에서든지 나는 것입니다. 원래 이들에는 청, 황, 적 등의 각색 꽃이 있습니다. 그러나 나는 아직 한 종류도 발견치 못하였습니다." 나는 그들 꽃을 무엇에 쓰려고 하는가를 물었습니다. 그는 미소하며 의혹이 짙은 모습으로 손가락을 들면서 "그대는 절대로 아무에게도 말하지 마시오. 나는 나의 사랑하는 한 처녀에게 한 꽃다발을 주기로 약속하였습니다." 나는 "그것 참 좋은 일입니다." 그가 다시 말을 이어 "아— 그녀는 온갖 것을 가지고 있습니다. 그녀는 아주 부유하지요." 나는 "그러나 그녀는 특히 그대의 화환을 사랑하겠지요" 하니 그가 "아— 그녀는 보석과 왕관까지 가졌습니다." 나는 그의 이름을 물었습니다. 그러나 그는 오히려 자기 말을 그치지 않고 "만약 국가 기관에서 나를 초빙하였었던들 나는 아주 다른 사람이 되었을 것입니다. 아— 일찍이, 나의 행복한, 아주 행복한 때가 있었습니다. 그러나 그때는 이미 갔습니다. 지나갔습니다. 그것은 지나갔습니다" 하며 그는 그 이상한 광채에 빛나는 눈을 들어 하늘을 우러러 보았습니다. 나는 "그러면 그대에게도 한번은 행복한 시절이 있었던가요?"라고 물었고 그는 대답하기를 "아—, 나는 이제도 그때가 다시 나에게 있기를 하늘에 빕니다. 그렇지요. 그때의 나는 행복하였지요"라 했습니다.

이때 어떤 노파가 우리들의 앞으로 나아오며 "헨리—, 너는 어디 있었더냐? 여러 곳으로 찾아 다녔다. 오너라, 점심 준비가 다 되었다" 하고 소리 질렀습니다. 나는 그가 그녀의 아들인가를 물으니, 노파는 "그렇습니다. 나의 사랑하는 불쌍한 아들입니다. 유정有情한 하늘은 우리들 모자에게 이 같은 슬픔을 주시기를 좋아하시나 봅니다." 나는 그 젊은이가 이 같은 상태에 있은 지가 오래 되었는지를 물었습니다. 그녀는 "저 애는 6개월 이전부터서야 겨우 지금과 같이 조용해졌습니다. 그 전 1년쯤은 미쳐 뛰어다녀 저 애를 억제할 수 없어 정신병원에 맡겼으나 지금은 아주 조용해져서 남들에게 아무런 해도 끼치지 아니합니다. 그러나 저 애의 말은 모두 다 임금에 관한 것뿐입니다. 그 전에 저 애는 착하고 얌전한 아이로서 집안 생활비까지 벌었습니다. 그림과 글씨도 아주 잘 했습니다. 그러나 하루 아침에 갑자기 우울증에 걸려 고열에 신음하는 사람같이 되었고, 난폭한 미치광이가 되었다가, 지금은 보시는 바와 같습니다. 아ー, 만약 당신께서 ……" 나는 말을 막으며 저 사람이 스스로 행복하였다 한 때가 언제였는지를 물은즉 그녀는 슬픈 듯한 미소로써 대답하기를, "아ー 생각하면 불쌍한 애입니다. 저 애가 미쳐서 갇혔을 때처럼 행복한 적이 없었다고 합니다. 항상 그 미친 증세가 낫게 된 것을 슬퍼하지 않는 때가 없습니다." 나는 이 말을 듣고 망연히 정신을 놓고 서 있다가 얼마 후에 약간의 돈을 그녀의 손에 남기고 작별하였습니다.

급히 귀로를 재촉하면서 나는 스스로 나를 향해 중얼거렸습니다. "그대는 행복하였다. 그대는 그때 마치 물속에서 뛰노는 고기와 같았겠지. 선량하신 하나님, 이것이 과연 사람의 운명입니까? 저 사람의 행복은 오직 이성을 어찌 못하기 전과 그것을 잃은 뒤에만 옵니다. 가련한 이여, 그러나 네가 이 추운 겨울에 너의 여왕을 위해 꽃을 구하러 나설 때에는 오히려 많은 희망이 있다. 세상에 있는 온갖 희망이 끊어진 내 몸에 비하면 그 얼마나 부러운가! 너는 겨울에 꽃을 구하지 못하였다고 슬퍼하지만, 그러나 실망하지 말기를. 나는 가든지 오든지 아무 희망도 없고 아무 목적도 없고, 망연히 갔다가 망연히 돌아올 뿐이다. 너의 흩어진 상상으로는, 만일 정부 기관에 초빙된다면 훌륭하고 뛰어난 사람이 될 수 있었으리라고 생각한다. 그래서 이렇게 너의 고통의 원인을 바깥 세상으로 돌릴 수 있음은 정말 너의 큰 행복이다. 너는 온갖 너의 고통이 오직 전혀 자기의 흩어진 마음, 미친 가슴으로부터 생기는 것으로서, 제왕의 힘으로도 이를 다스리지 못할 것인 줄을 알지 못하고 또 깨닫지 못한다. 아ー 전능하신 하나님 아버지시여, 당신은 우리를 지으셨습니다. 괴로운 자는 당신으로 인해 기뻐하며 슬픈 자는 당신으로 인해 웃습니다. 어찌하여 홀로 내 몸을 버리시는가? 원하옵건대 당신의 아들이 지상에서 방황함을 불러 돌이키소서. 내 정신은 당신을 갈망하오며 이제는 다시 더 당신의 침묵을 견딜 수 없습니다. 만약 여기 한 청년이 있어 공연히 그 아버지의 면전에 와서 그 목에 매달리며 '친애하는 아버지, 내가 여행을 단축하고 예정한 날짜보다 일찍 돌아온 것을 용서하소서. 세계는 어느 곳을 보든지 똑같습니다. 노동과 고난과 쾌락과 보수가 모두 나에게는 하등의 감동도 주지 못하며 나는 아버지의 앞에서만 오직 행복을 찾아낼 수 있습니다' 하고 부르짖으면 그 아버지이신 분이 과연 이것에 노하시겠습니까?

六○, 12월 1일

아— 벗이여. 내가 어제 편지에서 기록한 그 가련한 실신의 청년은 이전에 '챠—롯' 양의 부친의 서기였습니다. 그는 불행히 그녀를 연모하여 홀로 그 마음을 태우다가, 북받쳐 나오는 타는 듯한 그의 정을 억지로 누르고자 했으나 누르지 못하였습니다. 이 까닭으로 그는 바로 그 집으로부터 추방되어 기록한 바와 같은 광인狂人이 되었습니다.

아— 원컨대 살펴주소서. '알벨트'가 무심히 나에게 들려 준 이 이야기는 나에게 어떤 느낌을 주었던가!

六一, 12월 4일

나의 벗이여, 나는 이미 이 상태를 이대로 더 지탱할 수 없소이다. 나는 오늘 '챠—롯' 양과 같이 있었습니다. 그녀는 형언할 수 없는 운치를 가지고 그 손풍금을 타며, 그녀의 어린 아우들은 나의 무릎 위에서 인형을 장식하고 있었습니다. 소리 없이 두 뺨을 흐르는 눈물을 훔치며 몸을 굽힐 때에 나는 우연히 그녀의 결혼 반지를 보았습니다. 나는 그만 울고 말았습니다. 그녀는 곧 평소에 내가 좋아하는 짧막

한 곡을 연주하였습니다. 그의 맑디맑은 곡조는 잠깐 나의 슬픔을 위로하여 주었으나, 나는 도리어 이것으로 하여금 행복하였던 지나간 날의 기억을 환기하였습니다. 그리고는 비애! 실망! 나는 벌떡 일어나 급격한 걸음걸이로 실내를 거닐기 시작하였습니다. 드디어 나는 그녀의 곁으로 가까이 가서 열심으로 부르짖었습니다. "원컨대 그 곡만은 타지 말아 주세요. 마디마디가 가슴을 찢는 것 같습니다." 그녀는 손을 멈추고 한참동안 나를 건너다 보다가 얼굴에 미소를 지으며 "정말로 '웰텔' 씨, 나는 아마 당신의 신상에 이상이 있나 하고 근심합니다. 평일에 좋아하시던 곡까지 싫다고 하실 때는. 속히 돌아가셔서 조용히 쉬시지요." 나는 기가 죽어 그녀의 집을 나왔습니다. 선량하신 하나님, 당신은 나의 고통을 아십니다. 그리고 나는 믿습니다. 당신의 힘은 나를 이것으로부터 건져 주실 것을.

六二, 12월 6일

그녀의 모습이 어디까지나 나를 따릅니다. 잠에서 깨든지 잠을 자든지 나의 괴로운 망상은 항상 그녀를 보게 됩니다. 내가 편히 쉬려고 눈을 감을 때 그녀의 사랑스러운 검은 눈동자는 깊이 나의 뇌 속에 비칩니다. 이 한 바탕의 정경은 내 스스로 설명할 수 없는 것입니다. 나의 피곤한 눈꺼풀을 감자말자 그녀의 아름다운 얼굴은 홀연히 나의 눈앞에 나다나고 표표飄飄[6]한 환영幻影은 모든 니의 지식을 복종시킵니다.

사람이란 대체 무엇인가? 그것이 정력을 요할 때에 그 정력은 그것을 버리나이다. 비록 그가 쾌락의 만조滿潮에서 헤엄친다 할지라도 조만간 비애의 물결에서 표류하지 않을 수 없겠지요. 비록 그 희망은 불멸한다 할지라도 그의 육신은 즉시 차디찬 황토로 돌아가지 않을 수 없습니다.

—『시사평론』 제2권 제4호, 1923.7.15, 135～154면.

---

6   표표飄飄 : 정처 없이 떠돌아 다님.

'웰텔'의 비탄悲歎 5

六十三, 12월 12일

참으로 나의 벗이여, 나는 세인世人이 이르는바, 잡귀에 붙들렸다는 가련한 자와 같이 번민煩悶하며 괴로워하옵니다. 몽현간夢現間,[1] 나는 부절不絶[2]히 일종 불가사의不可思議[3]의 감정에 괴로워하옵니다. 그것은 고통이 아니요, 그것은 정욕이 아니요, 오직 말하기 어려운 일개一個의 감격으로서, 명명지중冥冥之中[4]에 나의 마음을 잠식蠶食[5]하는 것, 즉 이것이외다. 이같이 가련한 상태에 있을 때는 나는 공연히 일어나서 반야半夜[6]에 누누屢屢[7]이 이 맹렬한 풍상風霜[8]을 무릅쓰고 적막寂寞한 산야山野 중을 방황하옵니다. 이같이 하여 어제 밤도 나는 또 집을 나섰습니다. 때는 마침 근방의 천수川水[9]는 내려붓는 언덕을 넘어 '왈화임'으로부터 평소 나의 좋아하는 저 계간溪間[10]까지의 길이 다 물결 속에 묻히어 보이지 않았습니다. 사방의 광경은 처참하고 또한 무서웠습니다. 흑운黑雲[11]은 달을 가려 그 길을

1 　몽현간夢現間: 꿈과 현실 사이.
2 　부절不絶: 끊이지 않고 계속됨.
3 　불가사의不可思議: 사람의 생각으로는 미루어 헤아릴 수 없이 이상하고 야릇함.
4 　명명지중冥冥之中: 듣거나 볼 수 없이 은연중에 느끼는 상태.
5 　잠식蠶食: 누에가 뽕잎을 먹듯이 점차 조금씩 침략하여 먹어 들어감.
6 　반야半夜: 한밤중.
7 　누누屢屢: 말 따위를 여러 번 반복함.
8 　풍상風霜: 바람과 서리를 아울러 이르는 말.
9 　천수川水: 냇물.
10 　계간溪間: 계곡.
11 　흑운黑雲: 검은 구름.

잃은 듯한 이삼조二三條[12]의 월광月光으로 하여금 겨우 야면野面[13]을 덮은 만만漫漫[14]한 물결이 암각巖角[15]에 부딪침을 볼 뿐이외다. 얼마 후에 얼음과 같은 월광月光은 암담暗憺[16]한 구름 사이로 비쳐 나와 그렇지 않아도 처참한 야반夜半[17]의 경치에 일단의 처참한 맛을 더하였습니다. 무서운 물소리는 바람 소리와 부딪쳐 고함치는 듯한 반향을 지어 멀리 계간溪間[18]에 울리었습니다. 나는 단애斷崖[19]의 가장자리로 가까이 나아갔습니다. 나는 '차라리 ……' 하고 생각하였으나 불각중不覺中[20] 몸을 부르르 떨었습니다. 나는 내 팔을 벌렸습니다. 나는 지상에 누웠습니다. 나는 탄식하였습니다. 나는 곰곰이 생각하기를 이 구비치는 물결 밑으로 나의 불행과 나의 고통을 이 몸과 같이 묻어 버릴 것 같으면 얼마나 얼마나 즐거우랴 하고. 아― 내 발은 이때 어찌하여 땅에 붙여 두었던가, 어찌하여 마음을 굳게 맺고 나의 온갖 비애를 끊어 버릴 수 없었던가? 그러나 나의 벗이여, 나는 아무 까닭도 없이 나의 때가 아직 이르지 않음을 깨닫습니다.

희망을 떠나고 낙樂을 잃어 나는 오직 슬픔을 느낄 뿐이외다. 아지 못게라, 이 얼굴로부터 웃음이 사라진 지가 기십일幾十日[21]의 오램에 미치었는가? 아마 나의 얼굴은 악귀와 같이 보일 것이외다. 현재의 경우로는 나는 빈약한[22] 노파가 도상道上의 목편木片[23]을 주어가며 가가家家에 식食을 걸乞하여 가련한 생활을 계속코자 함과 다르지 않소이다.

---

12 이삼조二三條 : 두어 가닥.

13 야면野面 : 들판.

14 만만漫漫 : 한가롭거나 느림.

15 암각巖角 : 모가 난 바위. 또는 바위의 모서리.

16 암담暗憺 : 어두컴컴하고 쓸쓸함.

17 야반夜半 : 밤중.

18 계간溪間 : 계곡.

19 단애斷崖 : 깎아 세운 듯한 낭떠러지.

20 불각중不覺中 : 깨닫거나 생각하지 못하는 중.

21 기십일幾十日 : 몇 10일.

22 빈약한 : 가난하고 힘이 없는.

23 목편木片 : 나뭇조각.

六十四, 12월 14일

나의 벗이여, 나는 그 무슨 까닭임을 명언^{明言}키 어려우나 나의 마음은 오히려 광란^{狂亂}[24]되어 있습니다. 아! '챠―롯' 양에게 대한 나의 애정은 가장 순결하고도 신성한 것이 아니었습니까? 이 마치 형이 그 누이에게 대한 애정과 같음이 아닌가? 나는 일찍이 한 점이라도 불명예로운 욕망을 그 속에 감춘 일이 있었사오리까? 백천^{百千}의 맹세도 내 몸의 더러움을 증명하기는 부족하외다. 하늘이 이를 아시나이다. 아니라 내 마음이 제일 잘 이를 아옵니다.

작야^{昨夜}[25] ― 나는 이를 쓰고자 하다가 부지중 전율^{戰慄}함을 금할 수 없었습니다 ―. 작야, 나는 그녀를 나의 팔로 포옹하였습니다. 나는 나의 가슴에 그녀를 바짝 안으며 그녀의 떠는 입술에 타는 듯한 접문^{接吻}[26]을 주었습니다. 그녀의 눈은 흐르는 듯한 추파^{秋波}[27]를 넘쳤습니다. 나의 눈은 희열^{喜悅}에 빛났습니다. 이와 같이 내가 몽매간^{夢寐間}[28]에 공상 중에서 느끼는 바의 쾌락은 과연 죄가 될 것이오리까? 아― '챠―롯' 양이여, '챠―롯' 양이여, 이 한 주일 동안에 나는 스스로 내 몸을 잊었습니다. 내 눈은 눈물 속을 움직였을 뿐이외다. 온갖의 정경은 나에게는 다 일양^{一樣}[29]이었사외다. 왜냐하면 나는 어느 곳에서든지 안전을 발견할 수 없음으로써이외다. 나는 아무것도 바라지 아니하나, 그러나 또 온갖 것을 원하옵니다. 아! 나는 실로 어리석도다. 일찍이 이 세계를 버렸을 것 같으면 이 괴로움은 없었을 것을.

[편자^{編者} '게―테'가 독자에게 고하노래]

'웰텔'의 말로^{末路}에 대하여 일층 정밀한 사정을 알고자 할진대, 그의 서신에 아울러 그에 대한 짧은 물어^{物語}[30]를 알 필요가 있다. 이 이야기의 재료는 그 태반이 늙은 집사와 '알벨트'와 '챠―롯'

24 　광란^{狂亂} : 미친 듯이 어지럽게 날뜀.
25 　작야^{昨夜} : 어젯밤.
26 　접문^{接吻} : 입술을 댐.
27 　추파^{秋波} : 미인의 맑고 아름다운 눈길.
28 　몽매간^{夢寐間} : 잠을 자며 꿈을 꾸는 동안.
29 　일양^{一樣} : 같은 모양.

양 및 '웰텔'의 하인이 공급한 바이다.

　'웰텔'의 '챠─롯' 양에게 대한 불행한 연애는 자연히 최초에 그녀와 '알벨트'와의 간에 성립한 화합의 정을 상하게 하였다. '알벨트'의 애정은 진실한 것이었으나, 그러나 '웰텔'의 강렬한 것과 같지는 못하였다. 그 위에 그의 업무의 다망多忙함에 따라 점점 냉담한 편으로 기울어지게 되었다. 그러나 '웰텔'이 자기 처에게 대한 현저顯著한 태도를 보고는, 그는 기어이 불안의 마음을 일으키게 되었다. 어찌하여서냐 하면 그의 태도는 다만 명백히 저의 권리를 훼손하였을 뿐 아니라, 더욱이 또 '웰텔'의 태만함에 대한 무언의 비난이 있었음이다. 그뿐 아니라 그 관도官途[31]의 여의치 못한 여러 사정과 그 수입이 날마다 감퇴하여 가는 사실은 그로 하여금 일층 '웰텔'에게 대한 불만의 마음과 시기의 정을 더하게 하였다. '웰텔'의 마음을 번뇌케 하던 비애는 일전一轉[32]하여 도리어 '알벨트'의 재능의 불꽃을 약하게 하였고, 그의 특장特長인 판단력의 민첩함까지 빼앗아서, 이제는 그까지가 무기무력無氣無力한 사람으로 되어 버렸다. 매일 그와 상대하는 '챠─롯' 양도 그 남편의 급격한 변화를 걱정하여 그녀 역시 우울하고 침사沈思[33]의 사람으로 화化하여 버렸다. '알벨트'는 '챠─롯' 양이 이렇게 우울한 성격으로 변하였음을 가리켜 전혀 그녀의 '웰텔'에게 대한 애정이 증진한 결과라 인정하고, '웰텔'은 이에 반하여 '알벨트'가 그녀를 사랑하지 않는 죄라 하였다. 이에 양자의 간에는 서로 믿음이 없어지고, 이 신용의 결핍은 마침내 서로 보기를 불쾌히 생각하게까지에 이르렀다. 이리하여 '알벨트'는 '웰텔'이 아내의 방안에 있음을 볼 때는 결코 그 안에 들어가지 않았으며, '웰텔'은 또 불쾌히 생각하는 그를 보고는 완전히 그 방문을 단절코자 하였으나 그것도 못하고 오직 '알벨트'가 일이 있어 외출한 때가 아니면 결코 '챠─롯' 양을 보지 않게 되었다. 이 비밀의 방문은 더욱더욱 '알벨트'의 불만과 질투를 더하게 하였다. 그는 드디어 '챠─롯' 양에게 대하여 오직 서로 만나볼 때문만이라면 그녀는 '웰텔'에게 대하여 다른 방법으로써 할 것이고, 이같이 번번이 그를 그 실니에 들이지 말게 하라고 엄명하였다. 이때부터 가련한 '웰텔'은 깊이 자살이라는 것에 대하여 생각하게 되었다. 이것은 전부터 오랫동안 그의 생각의 한 제목이 되어 있었으나 이제는 흉중胸中[34]에서 아주 뿌리가 박히게 되어 그것은 점점 싹을 내어 밀었다. 그러나 그는 이 비상의 수단을 조폭粗暴[35]함

30　물어物語 : 이야기(일본식 말).

31　관도官途 : 벼슬길.

32　일전一轉 : 마음이나 사태가 아주 달라짐.

33　침사沈思 : 조용히 정신을 모아서 깊이 생각함.

34　흉중胸中 : 가슴 속.

35　조폭粗暴 : 행동이나 성격이 매우 거칠고 사나움.

과 낭패狼狽[36]한 정신으로써 하고자 하지 않고 어디까지든지 일개 대장부로서 열렬히 정숙하게 이를 결행하고자 생각하였다.

　지금 곧 들어온 '알벨트'는 '웰텔'에게 향하여 극히 냉담한 인사를 하였다. '웰텔'은 나오려 해도 나올 수 없고 주저주저하다가 실내를 거닐기 시작하였다. 그리하여 그들은 여러 가지 담화를 하였으나, 그러나 즉시 다 잊어버렸다－. '알벨트'는 자기가 명령하여 둔 사세한 일을 '챠－롯' 양에게 물어 그녀가 그대로 하여 두지 않았음을 듣고는 말끝마다 '웰텔'의 가슴을 찌를 듯한 날카로운 비방을 하였다. '웰텔'은 떠나 나오고자 하였으나 어떻게 하여 나올지를 알지 못하고 이 곤란한 위치에 있은 채로 8시경까지 머물러 있었다. 그 동안 그의 고통은 더욱더욱 더하여질 뿐이었다. 시종이 석찬夕餐[37]을 내어 옴에 이르러 '웰텔'은 비로소 작별할 기회를 얻게 되었다. '알벨트'는 오직 냉담히 석찬의 초대를 그에게 주었을 뿐이었다.

　깊은 우울에 잠기어 걸음도 초초悄悄[38]히 '웰텔'은 집으로 돌아와, 시종으로부터 촛대를 받은 후 다만 홀로 자기의 침실에 문을 닫고 들어있었다. 시종이 고한 바에 의하면 이날 밤 흑흑 흐느끼는 소리, 혼자 중얼거리는 소리와, 간혹 급히 실내를 거니는 발자취 소리가 역력히 문 밖까지 들렸다 한다. 시종은 무슨 변괴가 있을까 두려워하여 11시경에 문을 열고 들어간즉 그는 의복을 입은 채로 침상에 누워 있음을 보았다 한다. '웰텔'은 시종에게 명하여 그 장화를 벗기게 하고, 그런 후 자기가 초인종을 울릴 때까지는 다시 들어오지 말 것을 시종에게 명령하였다 한다.

　다음에 기록한 서한은 12월 21일 아침에 쓴 것인데 그가 죽은 후, 서재 안에서 발견하여 그가 이른 대로 '챠－롯' 양에게 전한 것이다.

36　낭패狼狽 : 계획한 일이 실패로 돌아가거나 기대에 어긋나 매우 딱하게 됨.
37　석찬夕餐 : 저녁밥.
38　초초悄悄 : 근심과 걱정으로 시름없음.

六十五,

친애로운 '챠―롯' 양이여,

나는 결심하였소이다. 나는 사死를 결심하였소이다. 나는 조금도 분격憤激[39]하는 바 없이 조금도 동란動亂[40]하는 바 없이 냉담히, 극히 침정沈靜[41]히 그대에게 이 말을 전하고자 하옵니다. 온갖 여성 중 가장 친하고 가장 사랑하는 이여, 최종最終[42]의 틈을 찢어 오직 그대에게 일언一言을 남기고자 원하는 이 가련한 불행자不幸者는 그대가 이 서한을 읽기 전에 이미 냉랭한 분묘 중에 파묻혀 있을 것이외다. 아― 오늘밤은 얼마나 무서운 밤이런가. 그러나 나는 오히려 말하고자 합니다, 그것은 은혜가 많은 밤이라고. 어찌하여서냐 하면 그것은 온갖 나의 공구恐懼[43]하는 생각을 버리게 하며, 미혹迷惑[44]하는 나의 마음을 결단케 함이로소이다―. 그러하외다, 나는 사死를 결심하였습니다.

작일昨日[45] 내가 그대의 집을 나올 때, 나의 마음의 슬프고 괴로움은 과연 어떠하였는가? 아무 즐거움의 한 조각 빛도 없고, 아무 희망의 한 줄기 광명도 없이, 나의 구해軀骸[46]는 마치 얼음과 같이 냉각하여졌사외다. 다만 집에 돌아오기만에도 여간 아닌 곤란을 느끼었사외다. 실내에 들어오자 나는 내 무릎 위에 몸을 던졌습니다. 기백천幾百千[47]의 공상과 기백천의 영상影像은 나의 피곤한 정신을 둘러쌌습니다. 마침내 이때까지 여러 번 일어난 저 생각은, 이제는 나의 심중에 깊이 박혔습니다―. 사死―, 그것은 결코 실망이 아니요, 오직 이 생활을 보전코자 할 가치가 없음을 생각한으로써이외다.

나는 이때까지 나의 고통을 받을 대로 다 받았습니다. 비애의 잔盞은 장차 넘

---

39 분격憤激 : 격노함.
40 동란動亂 : 질서를 잃고 소란함.
41 침정沈靜 : 마음이 차분히 가라앉을 수 있을 만큼 조용함.
42 최종最終 : 맨 나중.
43 공구恐懼 : 몹시 두려움.
44 미혹迷惑 : 정신이 헷갈리어 갈팡질팡 헤맴.
45 작일昨日 : 어제.
46 구해軀骸 : 몸과 뼈.
47 기백천幾百千 : 수백천.

치고자 합니다−. 나의 한 몸은 이제야 일전변一轉變[48]의 한계에 도달하였습니다. 행복을 위하여는 희생을 아끼지 말 것이외다. 실로 그러하외다. 나의 가장 친애로운 '챠−롯' 양이여, 그대의 행복을 위하여는− 우리 3인중 그 하나는 죽어 없어지지 않지 못할 것이외다. 그리고 '웰텔'은 어찌 그 사람이 되기를 주저하오리까? 아−, 사랑스러운 천녀天女여, 이 흐트러진 마음의 분노와 전광癲狂[49]에 몰리어 그대의 남편을 죽이고자 한, 두려운 죄 많은 생각을 일으킨 일이 한두 번이 아님을 아시는가? 그러면 나는 도리상 적어도 자기 죄를 위하여 죽지 않으면 안 될 것이외다.

그 이튿날 아침 10시경에 '웰텔'은 초인종으로 시종을 불러 자기의 의복을 정돈할 것과, 그가 소지한 은행권을 전부 수취受取[50]하여 올 일과, 타인에게 대여한 약간의 서적을 찾아올 일과, 또 평소에 자기가 1주간마다 약간의 금전을 주어 오던 인근의 빈궁자에게 향하여 지금부터 2개월분을 한 번에 지불할 일 등을 명령하였다. 그 이유를 물은즉 그는 근근近近[51] 장로長路[52]의 여행을 하기 위함이라고 대답하였다. 그는 그 실내에서 조반을 마치고 곧 말을 몰아 집사의 집을 방문하였다. 그러나 그 집사는 집에 없었다. '웰텔'은 홀로 과원果園[53]을 거닐면서 비통한 추회追懷[54]의 눈물을 머금고 있었다. 어린애들은 벌써 그를 보고 뛰어와서 그 주위를 돌면서 그의 침사沈思[55]를 방해한 후 각각 입을 벌려 "내일의 내일의 또 그 내일, 우리는 누이님으로부터 '크리쓰마쓰'의 선물을 받게 될 것이예요" 하면서 매우 즐거운 듯이 부르짖으며 어린이의 특성인, 저희들이 기다리고 있는 물건을 일일이 불렀습니다. '웰텔'은 크게 한숨을 쉬며 "내일의 내일의 또 그 내일에는 나 …… 나는 ……" 그는 무엇을 생각함인지 어린애들을 번갈아 안아 준 후 발을 돌려 그 자리를 떠나고자 하였습니다. 그러나 가장 어린 아이들은 그를 불러 멈추

---

48 일전변一轉變 : 형세나 국면 따위가 크게 바뀌어 달라짐.
49 전광癲狂 : 광증.
50 수취受取 : 받아서 가짐. '받음'으로 순화.
51 근근近近 : 머지않아. 또는 가까운 장래에.
52 장로長路 : 매우 먼 길.
53 과원果園 : 과수원.
54 추회追懷 : 지나간 일이나 사람을 생각하여 그리워함.
55 침사沈思 : 조용히 정신을 모아서 깊이 생각함.

게 하고 천진스러운 어조로 그 큰오빠가 '신년'이라는 제목으로 사랑스러운 시를 지어, 그 하나는 아버지에게, 그 하나는 '알벨트'에게, 그 하나는 '챠―롯' 양에게, 또 그 하나는 '웰텔'에게 보내고자 함을 고하였다. 그는 이를 듣고 크게 감동하였다―. 그는 어린애들에게 각각 자기가 가진 물건을 나눠주고 가슴에 끓어오르는 많은 회포를 안고 초연悄然[56]히 돌아왔다. 집에 돌아와 그는 시종으로 하여금 화로에 불을 담게 하고 자기가 가진 전부의 서적을 혁낭革囊[57] 밑 속에 감추게 한 후 의복으로써 그 위를 덮게 하였다. '챠―롯' 양에게 쓴 다음의 서한은 즉 이때 쓴 듯하다.

六十六,

아― '챠―롯' 양이여―,

그대는 나의 찾음을 원치 아니하였도다. 나는 이제 그대의 말을 좇아 '크리쓰마쓰'까지 그대를 방문치 않기로 결심하였습니다.

아― 친애로운 천녀天女여, 나는 오늘 그대와 만나지 못하면 영구永久의 이별이 될 것이외다. '크리쓰마쓰'의 저녁에는 그대는 떠는 손으로 이 편지를 들고 가엾은 눈물로써 이를 적시시겠지요. 아― 여름에는 겨울의 추움을 잊어버린다 하옵니다. 세상에 쾌락을 꿈꾸는 사람이 어찌하여 슬퍼하는 사람의 마음을 짐작할 수 있사오리까? 하물며 비애가 극極하여 죽고자 하는 사람의 마음이오리까? 아― '챠―롯' 양이여, 원컨대 나의 마음을 가엽게 여기소서. 이 세상에 그대를 제하고는 나의 마음을 알아줄 사람이 없사외다.

그는 그날 6시경 '챠―롯' 양을 방문하고 곧 그녀의 방으로 들어갔다. 이때 '챠―롯' 양은 홀로 책상을 대하고 앉았다가 '웰텔'의 들어옴을 보고, 결코 '크리쓰마쓰' 저녁까지 '웰텔'을 오지 못하게 할 것을 '알벨트'에게 약속하였으므로 그 마음의 혼잡은 이루 형언할 수 없었다. 그뿐 아니라 이날 '알벨트'는 출타出他하여 집

56　초연悄然 : 의기意氣가 떨어져서 기운이 없음.
57　혁낭革囊 : 가죽으로 만든 주머니.

에 없었는 고로 더욱 그녀는 '웰텔'의 불친절한 방문을 괴롭게 생각하였다. 그러나 그녀는 그 몸의 결백함을 알므로 겨우 마음을 진정하고 눈물로써 말하였다. "'웰텔' 씨여, 당신은 식언食言하였습니다" 하고. '웰텔'은 "나는 아무 약속도 한 일이 없는데." '챠―롯'은 다시 "그러나 당신은 우리들 두 사람을 위하여 생각한 나의 요구를 승낙하시지 않으면 안 될 것이외다." '웰텔'은 묵묵히 있을 뿐이었다. 그녀는 곧 그 두어 명의 벗에게 글을 보내어 내회來會[58]하여 주기를 청하였다. 이는 자기 담화의 증인이 되게 하고자 할 뿐 아니라 '웰텔'이 타인의 옴을 보고 속히 물러가기를 바라는 까닭이라. '챠―롯' 양은 우인들이 다 사고事故[59]로 인하여 올 수 없다는 뜻을 고함에, 그녀는 크게 실망하였으나 자신이 부끄러워할 바가 조금도 없음을 생각하고는 곧 그 마음을 다시 돌려 '알벨트'의 비루卑陋[60]한 시의猜疑[61]의 염念[62]에 저항하여 확호確乎[63]한 자신감으로써 그 몸을 굳게 하였다. 처음에는 하녀로 하여금 실내에 머물게 하고자 생각도 하였으나 그것까지도 자신의 결백함에 안심하여 그만두었다. 그리하여 그녀는. 수금手琴[64]을 들어 득의得意[65]의 두어 곡조를 연주하고 쾌활히 '웰텔'의 곁으로 나아가 무엇이든지 자기를 위하여 읽어 들려 줄 것이 없는가를 그에게 물었다. 그는 엄연儼然[66]히 "아무것도" 하고 대답하였다. '챠―롯' 양은 그 책상 서랍을 열고 "보세요. 당신은 당신이 번역하신 '옷시아'의 가곡을 발견하실 것이외다. 나는 아직 그것을 읽어 보지 못하였습니다. 생각컨대 당신의 입술로써 직접 들으면 일층 그 감상感想이 깊으겠지요. '웰텔' 씨, 당신은 나를 위하는 마음으로 읽어주시지 않겠습니까?'

그는 미소하며 그 책상 있는 곳으로 나아갔다. 그러나 그가 그 책을 들고서는 일종의 불사의不思議[67]의 감정에 접촉한 것같이 눈물을 흘리며 앉아서 떠는 목소

---

[58] 내회來會 : 와서 만남.

[59] 사고事故 : 어떤 일이 일어난 까닭.

[60] 비루卑陋 : 행동이나 성질이 너절하고 더러움.

[61] 시의猜疑 : 시기하고 의심함.

[62] 염念 : 무엇을 하려고 하는 생각이나 마음.

[63] 확호確乎 : 아주 든든하고 굳셈.

[64] 수금手琴 : 손풍금.

[65] 득의得意 : 일이 뜻대로 이루어지거나 자신감이 있어 만족해하거나 뽐냄.

[66] 엄연儼然 : 어떠한 사실이나 현상이 부인할 수 없을 만큼 뚜렷함.

[67] 불사의不思議 : 이상야릇함.

리로 읽기 시작하였다. 그리하여 그는 다음과 같이 애처로운 구절에 이르렀다.
(이것은 '알밀'이 그 사랑하는 아들의 죽음을 슬퍼하는 곳이다).

물가의 바위에 오직 홀로 서
언덕 씻는 물결의 소리에 따라
내 아들의 탄식하는 울음 들린다.
슬프다, 너의 간 곳 찾을 수 없는
노부老父의 도움도 이제는 헛것.

물가에 우뚝 서서 밤이 새도록
몽롱한 푸른 달 그림자 속에
내 아들의 자태가 나타나도다.
불어라 바람아, 네가 강한들
아무려니 실수하랴, 사랑하는 아들을.

희미히 빛나는 잔성殘星⁶⁸과 같이
동터지는 공중에 우는 소리는
더욱이 약하게 되어지도다.
언덕의 풀밭에 물결을 치게 하는
아─ 연풍軟風⁶⁹으로 알도록까지

가엽다, 나의 아들 지금은 어디,
살았던 그날에는, 한눈으로도
십리에 풀까지도 흔들게 한
그의 용감스러운 그 얼굴은─.
죽어가는 그 몸은 어쩌하든지

---

68 잔성殘星 : 새벽녘에 지지 아니하고 남아서 보이는 별.
69 연풍軟風 : 솔솔 부는 바람.

남아있는, 노부老父 「알밀」은―

산이라도 삼킬 듯한 물결 속에,
고기 잡는 어선도 없는 야반夜半에,
내 홀로 울도다, 바위의 위에,
바다 편을 향하고 저어 나가는
꿈속의 뱃길은 내 아들에게.

달 기다리는 밤에 웃던 얼굴을
깨뜨리는 수면을 원망하기는
영영히 안 오는 벗이 되도다.
사람도 처소도 변함없건만
변할 대로 변한 나의 몸일까.

  '챠―롯' 양은 이에 이르러 슬픔에 견디지 못하여 그 수건으로 얼굴을 덮었다.
'웰텔'도 책을 던지고, 그녀의 손을 잡으며 눈물로써 글을 적셨다. 이 애처로운 시
구에 두 사람은 감동하여 그 사이에는 동감의 정밖에는 아무것도 없었다. '웰텔'
의 타오르는 듯한 눈과 입술은 그녀의 백옥 같은 팔에 밀착하였다. 그녀는 떨면
서 실외로 나가려 하였으나 서로 가엽게 생각하는 정의 간절함은 냉랭히 떨쳐버
릴 수도 없어, 눈물과 탄식 중에 있는 그녀는 더 읽기를 '웰텔'에게 청하였다. '웰
텔'은 아주 피곤하여 울며 울며 책을 들어 떨면서 그 뒤를 읽기 시작하였다.

아― 바람이여, 무정히 불어오는,
다시 잇기 어려운 목숨의 줄은
가을 가지의 오동의 한 잎,
야반의 이슬에도 위태하거든
어찌하여 무정히 불어 오느냐?

그러나 안개는 아침뿐이다.

밝으면 장차 올 나그네들이

옛날의 나의 몸을 생각해 내어서

만나는 사람마다 찾을 터이나

사라진 나의 몸을 누구가 알랴?

'웰텔'은 자기의 경우에 들어맞는 이 어구에·이르러, 그 가슴을 칼날로써 에이는 듯이 생각되었다. 마음은 반광란半狂亂[70]되어 '챠―롯' 양의 발아래에 그 몸을 던지고 그녀의 두 손을 잡아들어 처음에는 자기의 눈 위에, 그 다음에는 자기의 이마에 가져다 대었다. '챠―롯' 양은 이때 비로소 저의 위험한 기망企望[71]을 알았다. 이 비밀의 두려움은 완전히 그 감각을 탈거奪去[72]하였다. 그녀는 고요히 '웰텔'의 손을 잡아 자기의 가슴에 대일 때, 타는 듯한 그의 붉은 얼굴은 저절로 남자의 얼굴과 서로 맞닿게 되었다. 이같이 감정의 물결이 높아짐에 따라 그들은 자기네들의 애정밖에는 아무것도 알지 못하게 되었다. '웰텔'은 그 울렁거리는 가슴에 그녀를 안아 당기며, 떠는 그녀의 입술에 수없이 열렬한 접문接吻[73]을 주었다. "'웰텔'!" 그녀는 희미히 떠는 소리로 부르짖으며 그 머리를 돌렸다. "'웰텔'!" 그녀는 다시 부르짖으며 섬약纖弱[74]한 손으로써 저를 물리치고 2, 3보 뒤로 물러서 위엄威嚴과 애정에 빛나는 눈으로 저를 보며 다시 한 번 "'웰텔' 씨" 하고 불렀다. '웰텔'은 이때야 비로소 자기에 돌아와 멀리 뛰어 물러가며 황공惶恐[75]히 무릎을 꿇었다. 그녀는 오히려 몸을 떨면서 문 있는 편으로 나가며 노기를 띤 부드러운 소리로 다음과 같이 그에게 선고하였다. "이것이 최후이외다. '웰텔' 씨여, 당신은 다시는 나를 보고자 하지 말아 주세요." 이렇게 말하고 그녀는 극히 깊은 동정에 흐려진 일별一瞥[76]을 불행한 연인에게 던지면서 급히 다른 방으로 들어가 문을 닫고 나

70　반광란半狂亂 : 반쯤 미친 듯이 어지럽게 날뜀.

71　기망企望 : 어떠한 일이 이루어지기를 바람.

72　탈거奪去 : 빼앗아 감.

73　접문接吻 : 입맞춤.

74　섬약纖弱 : 가냘프고 약함.

75　황공惶恐 : 위엄이나 지위 따위에 눌리어 두려움.

76　일별一瞥 : 한 번 흘깃 봄.

오지 아니하였다. '웰텔'은 그 팔을 벌려 그녀를 만류코자 하였으나 때는 이미 늦었다. 잠깐 동안 그는 의자에 기대어, 정신 잃은 듯이 앉아서 슬픈 듯한 한숨만 쉬었다.

한참 있다가 저녁밥을 가져오는 시종의 발자취 소리에 비로소 일어서며 실내를 거니는 체하다가 시종이 나가는 것을 보고 '챠―롯' 양의 방문 앞으로 가서 희미한 소리로 불렀다. "'챠―롯' 씨, '챠―롯' 씨여, 오직 한 마디만, 오직 최후의 고별을―" 그는 귀를 기울였다. 그러나 아무 대답도 없었다. 다시 그는 부른 뒤에 또 한 번 귀를 기울였다. 그러나 또한 아무 효험도 없었다. 이에 이른 그는 끊어질 듯한 목소리를 떨면서 이렇게 부르짖었다. "나의 사랑하는, 나의 가장 사랑하는 '챠―롯' 양이여, 그러면 이것이, 미래 영원의 이별이다."

몸과 정신이 다 같이 아주 피로한 '웰텔'은 성문으로 가까이 왔다. 문지기는 이전부터 그를 아는 고로 이의 없이 지나게 하였다. 밤은 캄캄하여 지적을 분변키 어렵고, 처참한 폭풍에 따라 비 섞인 눈이 쏟아졌다. 11시경 그는 집으로 돌아왔다. 그의 하인은 그가 머리를 흩트리고 모자도 쓰지 않았음을 보았다. 그러나 일부러 모르는 체하였다 한다. 하인은 또 그를 부축하여 그 옷을 벗길 때 의복이 몹시 젖었음을 보았다 한다. 모자는 그 후 산정山頂[77]에 있는 암각巖角[78]에 걸려 있었다 한다. 어찌하여 그가 이 캄캄한 밤, 더욱이 폭풍우 속을 무릅쓰고 이같이 험조險阻[79]한 산을 기어 올라갈 수가 있었나, 사람들은 다 이상히 여겼다. 그는 침상에 들어가 이튿날 늦도록 잤다. 그의 하인이 조반을 그에게 가지고 갔을 때 그는 무슨 편지를 쓰고 있었다. 그것은 '챠―롯' 양에게 보내는 위의 편지의 계속이었다.

六十七,

최후를 향하여 나는 나의 눈을 떴습니다. 내 눈은 결코 이후 떠오르는 아침 해를 다시 보지 못하을 것이외다. 구름은 그것을 가리겠지요. 또다시 그대의 천녀天

---

77 산정山頂 : 산꼭대기.
78 암각巖角 : 모가 난 바위. 또는 바위의 모서리.
79 험조險阻 : 지세가 가파르거나 험하여 막히거나 끊어져 있음.

女와 같은 용모를 보는 일이 없겠지요. 사死는 이것을 금하옵니다. 사死ー 그리하여 사死라 함은 어떠한 물건인가? 다른 것이 아니라 영원의 수면일 뿐이외다. 사람들은 능히 사死를 말하지마는 요컨대 좁은 인간 지혜의 미설迷說[80]이 될 뿐이외다. 우리는 우리 생활의 처음과 끝에 대하여는 조금도 아는 바가 없소이다. 현재의 경우로는 나는 나의 것이외다. 아니 차라리 '챠ー롯' 양 그대의 것이라 함이 온당하외다. 그러나 슬프다 하오리까? 우리는 얼마 안가서, 즉시ー, 아마 영영히 상별相別[81]하겠지요. 그러나 아니다, 아니다, '챠ー롯' 양이여. 우리는 우리의 현재의 생활을 아는 고로 우리의 정령精靈[82]은 결코 망할 수 없을 것이외다. 죽음ー, 그러나 '챠ー롯' 양이여, 죽음이라 함은 어둡고 좁으며 냉랭한 분묘 속에 묻히게 된다 함인가? 나는 일찍이 나의 사랑하는 벗의 장의葬儀[83]에 참렬參列[84]한 일이 있사외다. 나는 저의 영구를 따라 무덤 곁에 서서 관이 묘혈墓穴[85] 속에 떨어지는 소리를 들은 일이 있습니다. 위로부터 던져져 내리는 흙덩이에 따라 관은 슬픈 듯한 통연洞然[86]한 반향返響[87]을 울리어 그 소리 점점 유원幽遠[88]하여지고 관은 마침내 묻히었습니다. 그때 나는 지상에 내 몸을 던지고 싶은 그 애처로운 정에 나의 가슴이 찢어질 듯 하였사외다. 아ー, 당시 나는 이 같은 것이 다 같이 우리의 운명임을 깨닫지 못하였사외다. 이전부터의 나의 소원이었던 것입니다.

아ー '챠ー롯' 양이여, 나는 깊이 믿습니다. 그 마지막이 이를 때까지라도 그대를 연모하는 자를 그대는 밉다고 생각하지 않으실 것을.

석반夕飯[89]을 마친 후 '웰텔'은 시종에게 명하여 그 혁낭革囊[90]을 정돈케 하고 자

---

80 미설迷說 : 남을 미혹되게 하는 주장.
81 상별相別 : 서로 이별함.
82 정령精靈 : 영혼.
83 장의葬儀 : 장례식.
84 참렬參列 : 대열이나 예식에 참여함.
85 묘혈墓穴 : 시체가 놓이는 무덤의 구덩이 부분.
86 통연洞然 : 막힘이 없이 트여 밝고 환함.
87 반향返響 : 소리가 어떤 장애물에 부딪쳐서 반사하여 다시 들리는 현상, 또는 그 소리.
88 유원幽遠 : 심오하여 아득함.
89 석반夕飯 : 저녁밥.
90 혁낭革囊 : 가죽 가방.

기는 여러 서류를 불살라 버린 후 이웃사람으로부터 차용한 약간의 돈을 반환키 위하여 나갔다. 그리하여 잠시 후 돌아온 그는 다시 비를 무릅쓰고 외출하였다가 밤이 깊어 집으로 돌아왔다. 돌아와서 그는 즉시 또 붓대를 들었다.

六十八,

친애로운 벗이여,

나는 이제 이 세상 하직으로 나에게 많은 즐거움을 주어 온 산하와 들판의 최후 조망眺望[91]을 마쳤사외다. 그러면 이로부터 그대와 영영의 작별을 고하겠나이다. 오직 원하는 바는 나의 사후에 나의 고독한 노모를 도와주소서. 하늘은 그대에게 많은 행복을 내리실 것이외다. 나는 내 몸에 관한 일체의 사물을 정리하였사외다. 우리는 다시 다른 일층 행복스러운 세계에서 상봉할 때가 있겠지요.

아— '알벨트'여, 나의 죄를 용서하소서. 나로 하여금 그대의 집안의 평화를 깨뜨리게 한 나의 죄를 용서하소서. 나는 그대의 가족의 복을 손상케 하고 일찍이 그대와 '챠—롯' 양과의 사이에 성립한 믿음까지 파괴하였소이다. 그러나 나는 믿습니다, 나의 죽음은 그대의 행복을 무너뜨린 장애물을 씻어버릴 수 있을 것임을. 아— '알벨트'여, '챠—롯' 양을 사랑하여 주소서. 하늘은 그대들 양인兩人의 위에 많은 행복을 내릴 것이외다.

이리하여 그는 그 유서를 봉하고 일일이 그 받아볼 사람의 이름을 썼다. 10시경에 이르러 시종에게 명하여 한 잔의 화주火酒[92]를 가져오게 한 후 다시 실내에 들어오지 못하게 금하였다.

---

91 조망眺望 : 먼 곳을 바라봄.
92 화주火酒 : 위스키 등 알코올 도수가 높은 술.

六十九,

　이제야 밤은 요적廖寂[93]하고 나의 마음도 극히 고요하다. 나는 삼가 하늘에 향하여 나의 최후에 있어서 이 같은 용기와 굳센 정신을 주시옴을 사례하노라. 아 ─ '챠─롯' 양이여, 그대의 절요窈窕[94]한 영상은 지금 나의 눈앞에 있도다. 내가 그대의 사변四邊[95]에 있음을 나는 보노라. 이 즈음에 이르러 무엇을 다시 노노呶呶[96]하리요? 오직 한 마디 그대에게 청할 것은 ○○교회 동편 모퉁이에 두 그루의 '라임'나무가 있으니 그곳에 나의 시체를 묻어 주실지어다. 부디부디 나의 소원을 용허容許[97]하여 주소서. 선량한 기독교도들은 혹 그들의 시체가 내 곁에 있음을 불만히 생각할는지 모르겠으나, 만약 그들로써 이존異存[98]을 제출하는 자 있을지면, 나를 큰길의 곁에 묻어 주소서. 그리하여 나는 묘변墓邊[99]을 지나는 사람들의 가엾이 여기는 정을 받고자 하노라. 나의 혼백은 기꺼이 영영히 그 근측近側[100]을 방황하리로다.

　나는 원하노니, '챠─롯' 양이여, 나를 묻을 때 나의 지금 입고 있는 의복 그대로 장사지내어 주소서. 어째서냐 하면 이것은 평소에 내가 그대의 면전에서 항상 입던 것인 까닭이로라. 그리고 또 아무나 나의 주머니를 열게 하지 말지어다. 그 속에는 내가 처음으로 그대가 아이들에게 싸여 있음을 보았을 때 그대가 달고 있던 물빛의 리본이 들어있으므로서이라. 생각하건대 그 사랑스러운 아이들은 지금도 아마 그대의 수위에서 놀고 있으리로다. 원컨대 나를 위하여 천백번千百番의 접문接吻[101]을 저들에게 주소서. 아─, '챠─롯' 양이여, 처음으로 그대와 만나 후로부터 나는 얼마나 그대를 사모하였는가. 그때로부터 나의 마음은 한시도 그

93　요적廖寂 : 고요하고 적적함.

94　절요窈窕 : 그윽하고 고상함.

95　사변四邊 : 주위, 근처.

96　노노呶呶 : 구차한 말로 자꾸 지껄임.

97　용허容許 : 허락, 허용.

98　이존異存 : 반대 의사, 이의. 일본식 한자어.

99　묘변墓邊 : 무덤 가.

100　근측近側 : 옆, 가까운 곳.

101　접문接吻 : 입맞춤.

대를 떠나지 아니하였도다.

　권총은 알을 먹였도다. 시계는 열두시를 보報하는도다. '챠—롯' 양이여, 나의
정신은 확실하도다. 나의 마음은 결코 헷갈리지 않았노라. 아— 그러면—.

　익조翌朝[102] 6시경 '웰텔'의 시종은 촛불을 들고 그 방에 들어간 즉, 그 주인이
피투성이가 되어 자빠져 있음을 보았다. 시종은 즉시 '알벨트'의 곳으로 달려갔
다. '챠—롯' 양은 돌연히 그 문을 두드리는 소리가 남을 듣고 공구恐懼[103]의 염念
은 곧 그 심두心頭[104]에 번쩍였다. 그녀는 '알벨트'를 깨운 후 같이 일어났다. 시종
은 눈물로 이 두려운 변괴사變怪事[105]를 고하였다. '챠—롯' 양은 깜짝 놀라 기절하
며 그 남편의 발아래 엎드려 넘어졌다. '알벨트'는 그 의복을 바꾸어 입고 수레를
몰아 그 집으로 갔다. 그러나 여러 가지의 구호는 아무 효험도 없었다. 그 책상 위
에는 『애미리아, 가롯테』의 책 한 권이 펴있는 대로 빗겨 있을 뿐.
　'알벨트'의 비탄悲歎과 '챠—롯' 양의 가련한 경우는 필자의 붓대 놀림을 기다릴
것 없이 독자의 상상에 일임하는 편이 가할 듯하다. 장례는 엄격히 질박質朴[106]하
게 행하였다. 그 영구靈柩[107]는 노집사老執事가 그 아이들을 데리고 따라갔다. 보
는 사람마다 이 가석可惜[108]한 청년의 가련한 최후를 슬퍼하지 않는 자가 없었다
한다. (끝)

—『시사평론』 제2권 제5호, 1923.9.15, 95～116면.

102　익조翌朝 : 이튿날 아침.
103　공구恐懼 : 몹시 두려움.
104　심두心頭 : 생각하고 있는 마음. 또는 순간적인 생각이나 마음.
105　변괴사變怪事 : 이상하고 기이한 사건.
106　질박質朴 : 꾸민 데가 없이 수수함.
107　영구靈柩 : 시체를 담은 관.
108　가석可惜 : 몹시 아까움.

제4부
논설

새 문화 창조의 이상과 종교

우리는 우리의 행위로써 민중을 위한 최선의 효과를 낳게 하도록 하지 않으면 안 된다. 사랑하는 민중의 입술에서 나오는 부당 가혹한 비난과 다투면서, 우리 종교 사상의 대각자大覺者와, 사상사思想史상의 선각자는 일체의 번뇌하는 자와 방황하는 자와 학대받는 자의 구제를 위하여 그들 자신의 신명身命을 아끼지 아니하였다. "나를 쳐라, 그러나 나의 말을 들어라"고 아테네의 수령은 스파르타인에게 말하였다. "나를 시험하라, 그러나 내가 말하는 바를 생각하라"고 우리 청년은 부르짖을 것이다.

근대 사상의 특징은 사상의 물질화이다. 사상이 점차 물질적으로 기울어짐이다. 특히 이번의 유럽 전란이 전 세계 사람들의 영혼에 각성을 준 것 중 가장 중요한 것은 국제 연맹 운동과 사회 조직 개조의 요구이다. 각성한 현대인은 옛 문명이 남겨둔 조직과 질서의 결함에 만족하지 못하게 되어, 어떻게 하여 이 인생을 좀 더 행복스럽게 개조할까 함에 번민하게 되었다. 실로 새 문화 건설의 운동을 위해 온 세계 인류는 고뇌하는 중이다. 국제 관계의 개혁과 사회 조직 개조의 열망과 함께, 학대를 받는 약한 국가와 학대를 받는 약한 인류에게 다른 열강列強과 동등한 권리를 주며, 그 생존을 확실히 보증하고자 하는 동일한 목적을 가진 두 개의 방향이다. 오늘날 국제 연맹의 성과가 불충분한 것일지라도, 사회 조직 개조의 운동이 느릿느릿하게 진보할 뿐이라 할지라도, 이 현재의 2대 사조에 이론異論을 끼워 넣고자 하는 자가 점차 적은 수에 이르는 것은 확실히 정신의 승리로 볼 수가 있다.

유럽의 산업 혁명 이후에 사회 문제는, 어떻게 하여 인간으로부터 빈곤을 근절할까 함에 있다. 그것이 19세기 중에 이르러 사회 문제 연구의 대상이 마르크스의 '경제적 정의의 확립'이 되고, 최근에 이르러는 안론맨까의 소위 '생존권의 보장'으로 바꾸고자 한다. 부富의 생산에 관한 경제학상의 법칙을 연구하여 종래 학설의 오류에 기인한 잘못된 생산 조직에 의하여는 부의 분배 정의가 행하지 못할 것을 발견하고 이를 교정하고자 한 것이 마르크스의 과학적 사회주의라 한다. 그러나 사회주의 운동의 발달 자취를 보더라도 마르크스파의 학설은 결코 그 주장대로 행하기 불가능한 것임을 알 수가 있다. 마르크스의 학설에 대한 반대의 학설과 의논이 얼마나 많은가를 생각하더라도, 과학적 사회주의 그 자체가 결코 불완전하지 않다고는 할 수 없다. 특히 물질 위주의 사회주의의 사상이 인간을 오로지 물질적 경우의 노예로 사고하고, 경우만 개조하면 만사가 모두 해결되리라 하며, 인심에 미치는 외형적 제도의 영향만을 중대시하여 제도의 개혁을 유일의 목적으로 하고, 개혁을 위하여는 수단을 선택하지 않는다는 태도는 오늘날의 노동 운동을 과격화하며 노동자의 주장을 비정의화하게 한 중대한 죄악을 존재하게 하는 점이다. ××××××××, ×××××××××, ××××××××××××××××××××××××,[1] 그 이상의 점에 이르러서는 사회주의의 주창으로써 결코 만인이면 만인이 다 승인함을 주저하지 않게 할 수가 없다. 그러므로 사회주의는 한편으로는 크게 그 세력을 확장하였으나 그에 따라 반대와 비난의 소리도 또한 높았다.

그리하여 최근에 이르러서는 사회 문제는 유물론에 의존하지 않더라도 정복을 얻을 수 있음을 점차 믿어 알게 되었다. 유물 사상인 사회주의가 제도 개혁의 수단을 선택하지 않는다는 것과 반대로, 제도라 하는 것이 인간 생활에 위대한 영향이 미치는 줄을 인식하면서도, 오히려 그보다 더 근본적인 정신적 방면이 인생의 생활 중에 있음을 인지하고, 제도의 개혁이 아무리 필요할지라도 이를 수행함에 수단을 가리지 아니하여 그로 인해 인생의 근본인 정신 생활을 상하게 하여서는 안 되겠다고 생각하는 사람이 점차 다수가 되었다. 이들은 실제 운동을 행함에 이르러 혁신적 운동보다도 합법적 수단을 채택하고자 하며, 계급 투쟁을 행함에 이르러 상대 계급의 박멸보다는 자기와 타인의 계급의 융합을 희망하여 온

---

1 당시 총독부의 검열에 의해 1행 삭제됨.

국민이 모두 특권을 버리고 서민 계급에 들고자 주장한다. 이와 같이 오늘의 노동 운동은 인심의 정신적 각성에 동반하여 차례로 이상주의적 태도를 선명히 하게 되었다.

실제 우리의 인간 생활은 결코 부의 생산과 소비만으로써 시작하고 끝나는 것이 아니다. 그보다 더 하지 않으면 안 될 것이 많을 것이다. 또 각자 천부의 재능으로써 말할지라도, 물질적 재화의 생산으로써 사회 문화에 공헌할 자도 있으며, 정신적 문화의 창조로써 사회 문화에 공헌할 자도 있다. 또 바로 지금 사회 문화에 하등의 공헌을 끼치지 못할 자가 있음도 틀림없을 것이다. 그리하여 부의 생산과 분배라 함으로부터 사회 인류의 생존이라는 큰 문제에 들면 마르크스의 경제적 정의의 확립만으로는 도저히 해결할 수가 없게 된다. 경제적 정의 확립의 요구는 종래의 불합리한 제도의 비판으로 볼 수는 있지만 새 문화 건설의 원리는될 수가 없다. 왜냐하면 온 인간의 생존 문제는 경제적 정의의 확립이라는 것만으로는 해결하지 못할 무엇이 포함되어 있는 까닭이다. 그리하여 이를 대신할 것이 곧 '생존권의 보장'이라 하는 것이다. 이 생존권의 보장이라는 문제, 즉 인간에게는 누구라도 최소한의 생존 수요품을 제공하여 그 생존을 보장하라는 문제는, 부의 생산이라 하는 것 외에도 인생에게는 생존의 목적이 있는 것을 의미한다. 이 생존권의 보장이라는 사상은, 총체적으로 인간 생활의 번민을 제거하여 각자 그 천부의 재능을 충분히 발휘하게 하는 것이 아니면 안 된다. 그리고 또 이 사상은 인생의 생활상 번민만 없으면 기꺼이 용맹스럽게 사회 문화의 향상 발전을 위하여 전력을 들여 공헌하리라는 신념을 예상한 자가 아니면 안 된다. 만약 그렇지 아니하여 노동하지 않더라도 음식을 구하게 된다면 마침내 한 사람도 노동을 기피하지 않는 자가 없게 될 것이다. 음식을 구하기 위해 아무 노력을 요하지 않는다면 인간은 사회 인류를 위해 과연 협력과 노력을 할 것인가 또는 그렇지 않을 것인가를 충분히 연구하고 확정한 뒤가 아니면 생존권의 보장이라는 문제는 헛되이 인간을 불행한 경우로 타락시키며 사회 문화를 역전케 하는 데 그칠 뿐이다. 오늘날의 사회 문제 연구의 태도는 차차 정신 문제로 변하였다. 바꾸어 말하면 금일은 사회 문제 연구의 전환기인 것이다. 물질이 정신에 미치는 영향이 큰은 의심할 여지가 없으나, 경제 생활이 인간의 전생활의 유일한 근원이라고는 생각할 수가 없다. '물질'의 위대한 힘을 인정하지 않을 수 없음과 같이, 온갖 사회 현상의 근본에서 '정신'이 반드시 고찰될 요소임을 믿지 않을 수 없다. 여기 새 문화 창조의 근원이 있고 새 종교 사상의 큰 길은 엄연히 존재하는 것이다.

새 문화 창조의 근원인 새 종교 사상이란 무엇인가? 그것은 실로 숙명과 자연에 역행하면서 인류 문화의 완성을 위하여, 정신 생활의 건설과 진전을 위하여, 용맹 정진하는 유일의 '문화 의무 봉사'의 신념을 말한다. 사회 개조의 근본 원리는 제도 조직의 외형에 있지 않고, 차라리 인간 각자의 내적 혁명과 열렬한 사회 봉사의 정신에 있음을, 만인에게 향하여 교시하는 '사회적 정의'를 높이 부르짖음이다. 물질의 윗자리에 정신이 있고, 신의 숭엄崇嚴함과 같은 자리에 인생의 존엄이 있으며, 인류 문화 진전의 미래에 흔구정토欣求淨土의 큰 이상이 있음을 지시하는 유일의 신조이다. 사회 개조론자들은, 과거의 종교가 자극을 주지 못한 사회 개조 대사업의 완성을 기도하였다. 그리하여 빈부의 격차를 부서뜨리고 인생의 생존권을 확립하여 인간의 생존 가치를 충분히 발휘시키고자 함으로써, 실로 인간에게 신의 자유를 부여하고자 한 것이다. 돌이켜 보건대, 그들이 사회주의의 명목 아래 수백천의 우수한 인간이 그 일생의 피를 쏟아 붓고도 후회함이 없었다. 나는 그들의 신성한 피에 만강滿腔의 애도와 경모敬慕의 마음을 표하는 바이다. 무수한 지사志士와 어진 사람들이 세계의 불행한 민중을 위하여 차고 일어나 엄중한 국법 아래에서 온갖 괴로움과 고통을 맛보면서 그 사상과 실행을 위해 온몸을 제공하였다. 수천 수만 인이라 하는 다수의 신봉자가 자진하여 신성한 자기 희생을 행하면서 세상 사람들의 한 조각의 돌봄과 존경도 구하지 아니하고 쓸쓸한 고독 속에서 이 세상으로부터 사라져버렸다. 개와 고양이의 사체와 같은 잔혹한 대접을 받으면서 흙속에 묻혀 버려졌다. 그러나 그들은 후회하지 아니하고, 계속하여 새로운 사상가가 그 친구의 주검을 밟아 넘고서 전진하였다. 나는 사회의 빈한함에 눈물 흘리는, 계급의 인간을 구제하기 위해 분투하는 그들의 웅대한 신념과, 사회 조직 개조의 미래에 전개될 이상理想 세계에 대한 그들의 확신에 깊고 깊은 경의를 표하는 자이다. 나는 사회주의가 일어나지 않을 수 없게 된 옛 문명 사회의 조직과 질서와의 결합을 인정하는 한, 사회주의의 사상이 확신케 된 동기를 시인하는 자이다. 그러나 사회주의는 나에게 대하여 전체가 아니고 부분이다. 나는 사회주의자가 그 희구하는 미래의 이상적 사회 건설이라는 목적을 위하여 수단을 가리지 않는 태도에 결코 찬동할 수 없다. 파괴를 위하여 파괴를 감행하며 투쟁을 위하여 투쟁을 감행하는 사회주의의 사상을 가진 자에게 나는 절대로 반대코자 하는 사람이다. 인생을, 나는, 물질적 경우의 노예라고 생각할 수는 없다. 인생에게는 물질적 생활을 초월하여 나타나는 정신적 방면이 있음을 확신하는 사람이다. 인생의 정신을 더럽히지 않는 범위에서 정당한 개혁의 수단을 채택하기를 희망하는 자이다. 인생의 영적 방면을 더럽힌다면 서로 아무리 물질적으로 만족한 경우를 얻는다 할지라도 그것은 결코 행복이 될 수 없다. 인생을 개악改惡함에 그칠 뿐이다. 이 밖에 또 나는 사회주의에 대한 커다란 불만을 안고 있다. 그것은 사회 개조 및 인간 생활 개조의 운동에 종사하는 사회주의의 신봉자로서, 우리의 사회를 개조하여 최후에 도달할 궁극의 이상, 즉 사회 조직과 사회 생활의 최고 표준을 명확히 인지하지 못하는 것이다. 궁극적 이상을 갖지 않는 민중의 지도자는 현재의 사회 조직을 개혁한 후 민중을 어디로 인도하고자 하는가? 그들 사회주의의 사상가는 그들이 희구하는 이상 세계의 절대적 행복에 대하여 어떤 확신과 변명을 가지는가?

"우리는, 우리의 자손은, 그들에게 인도되어 최후는 과연 어디에 도착될 것일까?"를 생각하면 나는 무어라 할 수 없는 적적한 느낌이 없지 않다. 마르크스 및 그 추종자는 신을 믿지 아니하는 것이 사회 개조의 지름길인 줄로 생각한다. 그곳에 과학적 사회주의의 영원한 오류가 존재하였음을 그들은 깨닫지 못한다. 그러므로 그들은 종교가 가진 온갖 권위를 모두 배척하고 시시각각으로 변화하는 과학의 가설을 신神보다도 존신尊信하였다. 그 결과는 자기의 생명을 믿지 않는 인간을 낳고 생명을 고형화固形化하여 물질로만 생각하는 대중을 만들게 되었다. 퍼져나가고자 하며 흘러넘치고자 하는 생명을 유린蹂躪할 수 있다고 생각케 한 자는 누구냐? 실로 유물적 사회주의 사상을 신봉하는 그자들의 책임이다.

나는 사회주의가 일어나게 된 동기와 그 사상 신봉자의 씩씩한 실행의 태도에 위대한 불심佛心과 같은 마음을 볼 수가 있다. 그들은 불심을 그들의 마음으로 하고, 부처님의 행적을 그들의 행위로 한, 존경할 인격자임을 믿는다. 그러나 그 동기와 실행의 태도에 찬탄을 아끼지 않으며 그들의 확신에 정의를 인정하는 나도,

종교를 부정하고 인생의 생명을 고형화하여 사고하고자 하는 그 태도에는 전혀 동의할 수가 없는 것이다. 사회주의자가 참으로 민중에게 교시하지 않으면 안 될 것은, 실로 우리 인류 사회에 종교가 없지 못할 것이라는 점이라고 나는 확신한다. 진실로 사회의 개조, 인간의 해방을 성취하는 첩경은 전 인류 사회를 완전히 종교화하는 데 있는 것으로 나는 확신한다. 종교는, 부처님이 되고 신이 되려는 욕망이 없는 자에게 대하여는 불가해不可解한 것이다. 종교는 실생활의 부속품이요, 실생활을 직접으로 지도하는 것이 아닌 줄로 생각한 마르크스의 신봉자는 인생이 물질 생활을 초월하여 영위하고자 바라는 인류의 참된 요구를 이해하지 못하는 것이다. 인생은 결코 물질적 생활의 행복과 만족만을 위해 노력하는 것이 아니다. 물질 생활의 만족이 비물질적 생활의 만족의 요구를 낳게 된 까닭은, 인생이 물질적 행복만으로는 존재하지 못한다는 것의 명백한 증거라 할 수 있다. 사람은 음식을 초월하고 물질을 초월하고 육체를 초월하여 부처가 되고 신이 되려고 하는 의지를 가진 자이다. 사람이 물질의 충족에 의하여 생존할 때, 그 생존하는 것은 물질이 아니요, 실로 물질의 충족에 의하여 충족을 계속하는 사람이 아닌가? 이 생존하고 있는 사람을 부정하여, 생존하는 것은 물질이라고 믿는 자들이 마르크스 및 그 추종자이다. 그들은 사람을 물질로 비하시켜 머리 위로부터 짓밟는 자이다. 인류의 정신적 방면을 무시하고 물질의 노예로만 생각하였다. 그리하여 사람의 생명의 존엄한 참 가치를 완전히 없애버리고 말았다. 종교는 생명이다. 종교는 사람의 물질적 생활을 충족하기 위하여 탄생한 것이 아니다. 물질이 사람의 생명을 위하여 존재한 것처럼 종교도 역시 인류의 생명을 위하여 존재한 것이다. 물질과 종교는 분리할 수 없는 인류 생활의 사실의 2대 방면이다. 종교는 결코 인류의 생명 이외의 신을 구하여서는 안 될 것이다. 생명과 사람의 양심 상에서만 부처를 구할 수 있는 것이요, 또한 구해야 할 것이다. 종교는 결코 멸망하는 것도 아니요, 소실하는 것도 아니다. 인류가 세계에 존속하는 한, 생명의 존엄이 더욱더 명료하게 알려지는 한, 종교의 광휘光輝는 더욱더욱 찬연히 인간을 비출 것이다. 나의 새 종교 사상이라 함은 이 군건히 흔들리지 않는, 생명의 종교적 사실을 가리킴이다.

　나는 기독교 신자의 진실하지 못함에도, 불교도의 무기력함에도 별로 개의치 않는다. 서양에서는 교회에 참석하는 일이 신앙을 위함보다는 일종의 사교상 필요로 한다 하며, 특히 미국의 교회 중에는 전혀 사교 클럽화한 곳도 있다 함을 들었다. 불교도 오늘은 '사원 지킴이' 이외에 아무 능력이 없다 하여도 과언이 아니라 할 만큼 되었다. 이것은 대체 누구의 잘못인가? 목사냐, 승려냐, 과학자인가, 사회주의자인가? 물론 그들의 죄도 결코 적지 않으리라. 그러나 그보다도 무거운 죄책을 짊어진 자는 인류 생명의 사실 속에 종교를 융합하여 인류 생존의 참 활동력을 조성하지 못한 오늘날의 종교 그 자체의 결함이다. 외국 선교사가 순전히 직업적 전도자에 불과하다 할지라도, 승려가 '사원 지킴이' 이상의 능력이 없다 할지라도, 무종교자가 무종교를 공언한다 할지라도, 세상 사람이 신불神佛을 신앙하지 않는다 할지라도, 조금도 관계할 것이 아니다. 기독교가 겨우 사회적 활동의 일면에만 그 생명을 유지할 뿐이요, 불교가 연구 대상의 고물古物에 불과하다 할지라도 조금도 두려워할 바가 아니다. 이러한 비난과 중상으로써 조금이나마 가치가 떨어지는 종교는 결코 참된 인간 구제를 성취할 종교라 일컫지 못할 것이기 때문이다. 불교와 기독교가 과학과 경제와의 요소를 결한 것이 현대인을 교화하는 데에 자못 박약薄弱한 큰 원인이라 하는 사람도 있다. 근대인의 경제적 불안에 대하여 불교와 기독교는 해결은 물론이요, 아무 위안도 줄 수 없지 않으냐 하는 사람도 있다. 만약 이와 같은 비평에 종교의 존엄이 상한다는 종교가 있다면, 그 종교는 우리 현대인에게는 전혀 무용한 종교가 되고 말 것이다. 내가 지금 말하고사 하는 종교는 그와 같은 사소한 기성 종교의 신조와 경전에 얽매인 것이 아니다. 기성 종교의 형식과 신앙 개조가 무엇이라 할지라도, 사원과 신자의 수가 어떻다 할지라도, 그것은 일고의 가치도 없는 것이다. 내가 말하는 새 종교라 함은 실로 큰 종교의 창시자인 부처와 그리스도에 의해 교시된 열렬한 인생 열애熱愛의 웅장한 태도이다. 자기의 이상 실현의 확신과 실행에 대한 불꽃과 같은 열정으로써 인생을 고양高揚하며 인생을 정화淨化코자 분투한 장렬한 인생 열애의 태도 그것이다. 그들 선각자는 인생을 열애한 까닭으로 인생의 존엄과 생명의 숭엄을 확인하였고, 인생의 무한히 향상 발전할 가능성을 열렬히 신앙하였다. 선각자들은, 인생은 스스로 사랑할 만한 위대한 일면이 있음을 깨닫게 하였고, 이 인간 본유의 위대함을 더욱 향상 확장시키고자 하는 그 열심만이, 인생 그 자신을 완성하고 인류 영원의 이상적 사회를 건설할 것임을 선언하였다. 그리하여 그들 자신도 인류의 고민을 통감하고 인류의 비통에 슬피 울어 이 '인간고人間苦'를 구하기 위하여서 온갖 조롱과 비난과 박해에 굴복치 아니하고, 대담히 스스로 믿는 최선의 길로 매진한 장렬한 태도를 나는 우러러 존경하는 자이다. 나는 큰 종교의 선각자에 의하여 체현된, 이 열렬한 인간 열애의 태도를 무한히 존경하는 자이다. 또 인간 그 자신의 존엄과 인간 각자 자기를 등불로 삼고 그 흔구정토欣求淨土의 영원한 큰 이상을 향하여 용감하게 매진할 것을 깨닫게 한, 그 광대한 은덕에 마음으로부터 경배하지 않을 수 없는 자이다. 우리는 이 세계 전 인류의 자랑인 선각자에 의해 사람과 신과를 구별하는 필요를 인정하지 않는 한, 사람의 위대함과 숭엄함과 심원함을 명백히 알 수 있다. 우리는 사람이므로 자기 자신을 무한히 사랑한다. 우리는 사람이므로 부처와 신이 균등하게 존엄한 것임을 안다. 부처와 신은 우리 세계의 요원한 과거에서 인간의 이상과 실현을 완성하고 성취하기 위해 신명을 아끼지 않는 노력을 한 존경할 인격자일 것이다. 사람은 신과 부처와 같이 인간 자신의 이상을 실현하기 위하여 지금으로부터 용맹 정진할 큰 책임이 있는 우리들이다. 부처와 신은 인류 이상의 과거의 완성자요, 우리는 현재의 완성을 꾀하는 정토와 낙원의 흔구자欣求者이다. 부처가 "나는 이미 완성된 부처, 너희는 마땅히 완성되어야 할 부처"라고 가르친 것은 진실로 천고 불멸의 대사자후大獅子吼이다. 불교와 기독교의 창시자 및 선각자는 결코 영혼을 구하는 것으로만 종교의 사명이 끝난다 하지 않았다. 영혼을 구하는 동시에 영혼을 보전하는 육체까지도 완전히 구제하는 것이 당연한 것으로 교시하였다. 단, 인류의 역사의 과거에서는 육체를 구제하기 전에 영혼을 구제하는 것이 긴요한 것이었음에 반하여, 현대는 영혼을 구제하기 이전에 영혼을 보전하는 육체를 어떻게 구제할까에 대하여 일고할 필요가 절박하게 되었다. 다만 순서가 바뀌었을 뿐이요 그 구하지 않으면 안 되는 점에 이르러서는 조금의 차이가 없다. 그러나 구한다 하는 것은 신과 사람이 악수함이 아니요, 부처의 완성, 신의 완성을 지금 우리가 완성코자 함이다. 대체로 인류의 온갖 행복과 평화와 정의와 자유를 위하여 신과 같은 행복과 평화와 정의와 자유를 완성코자 하는 인류의 큰 이상 실현에 대한 용감한 실행의 태도를 말함이다.

나는 사람을 떠나서 신을 구하고자 생각지는 않는다. 우리에게 대하여는 신과 부처를 구하는 것은 무엇보다도 필요하나, 그러나 사람에게서 사람을 멀리하고 부처와 신을 구할 수 없다. 나는 부처가 사람이었음을, 세계 인류를 위하여 경하慶賀하는 자이며, 그리스도가 사람이었음이 세계 인류에 대하여 무한히 기꺼운 일인 줄로 생각한다. 현대는 신의 마음으로써 인생이 스스로 나아갈 시대이다. 부처의 정신으로 용감히 이상 실현을 위하여 돌진할 시대이다. 아―, 사람이 완성코자 하는 문화에 부처의 광명이 내리기를, 신의 영광이 있기를. 신과 부처가 사람인 이상 신의 문화, 부처의 문화는 우리 인생이 계승할 인생의 문화일 것이다. 인류 세계의 개조는 부처와 신의 마음을 체현한 사람의 손에 의해서만 성취될 것이다. 사람의 세계로부터 불행과 부정과 악을 제거함은, 신과 부처와 광명을 자기의 광명으로 하는 자의 손에 의해서만 완성될 것이다. 사람의 광휘는 신과 부처의 광영이요, 지혜라야 할 것이다. 사람을 죽이는 자는 사람이다. 그러나 또 사람을 위하여, 인생의 미래를 위하여 귀중한 자기를 희생으로 바치는 자도 사람이다. 사람의 마음을 제외하고 어느 곳에 부처의 자애가 있으며, 사람의 영혼을 제외하고 어느 곳에 영원의 열반涅槃이 있느냐? 신의 완성을 자기가 완성코자 희구하는 때에만 세계의 개조는 성취되고 인류가 즐겨 구하는 큰 이상 세계는 가까운 것이다.

성실히, 열심히, 용감히, 자기 생명의 존엄을 인정함에 의하여, 인류 문화 미래의 큰 이상 세계인 정토淨土를 속히 완성할 사는 누구냐? 그는 실로 세계 인류 전부라야 할 것이다. 신과 부처가 사랑하시는 우리 인류에게 제거하기 어려운 고민이 있다. 그 고민을 제거할 자는 신과 부처에 의하여 사랑을 받는 인간 그 자신이라야 할 것이다. 세계의 전 인류가 이 확신을 가지고, 이 신조信條 아래에서 용감히 나아가게 하라, 매진하게 하라. 여기에 내가 의미하는 새 종교 사상이 있는 것이다. 사람은 높이 숭배해야 할 것이란 까닭을 가르쳐 준 큰 종교의 선각자와, 인생을 열애하는 것이 인간 생명의 진전인 이유를 천명한 큰 종교의 선각자에게, 또한 인류의 내적 생명의 향상과 함께 실현될 절대 평화, 절대 행복인 큰 이상 세계를 몸소 체현하여, 세계 인류에게 드러내 보인 큰 종교의 선각자와 후계자에게 나는 무한한 찬탄과 공경을 받드는 자이다. 나는 충심으로 그들의 위대함을 찬탄한다. 새 종교에의 길은 실로 그들 선각자에 의하여 가르쳐진 인간의 '문화 의무 봉사'에의 길이다. 인간과 종교는 분리할 수 없고 종교는 인간 생명의 중심적 사실인 것이다.

오늘날 세계의 온갖 정신적 방면의 사실은 현저히 추락하였다. 물질적 행복을 유일의 추구 목적으로 한 온갖 사상과 주의主義와 운동은 모두 정신을 도외시하고 온갖 화복을 물질적 방면에서 구하고자 한다. 세계 인류 문화의 근원인 정신적 기초는 점차로 보이지 않게 되고, 인간의 삶을 물질 위에서만 생각하게 되었다. 오늘날까지의 일체 사회 운동과 사회 문제는 전부 그러하였다. 실로 "사회 개조의 부르짖음이 높은 오늘날에, 사회의 개조가 된다 하더라도, 투쟁이나 혹은 투쟁의 힘 같은 것을 빌려와서 행하는 길밖에는 없다"는 가와카미河上 박사의 유물적 견해가 수긍되는 바이다. 그러나 이 투쟁이란 의미가 정신적이고 사상적인 투쟁이 아닌 이상, 그것은 기필코 인심을 개악改惡함에 그칠 뿐이다. 나는 가와카미 박사와 같이, 투쟁을 피할 수 없다 하면, 인간의 '문화 의무 봉사'의 정신 아래에서 투쟁하기를 요구하는 자이다. 나는 어디까지든지 사회 개조는 인간 정신의 개조, 사회 문화의 개조가 되기를 희망하는 자이며, 또한 되지 않으면 안 될 줄로 자신하는 자이다. 왜냐하면, 인간의 생존이라는 사실로 보더라도 이렇게 요구할 권리를 확인하기 때문이다. 인간의 생활은 전술한 바와 같이 단순히 육체적으로만 생활한다면 하등의 의미와 가치를 부여할 수 없고, 인간적 생활 또는 인간 상당의 생활이라 할 수 없기 때문이다. 사람은 물질적 생활을 초월하여 근본적인 정신적 요구를 갖는 것이다. 우리 인류가 생존권을 갖고 있다는 근거와 이유는, 인간의 육체적 생존을 통하여 그 이상理想을 실현코자 함에 있다. 그 이상이라 함은 곧 인류의 궁극적 대이상大理想 세계를 완성함에 필요한 문화 창조를 의미함이다. 그러므로 생존이라 함은 권리라 하기보다 차라리 의무이다. 인간 궁극의 절대적 행복 세계 완성의 이상을 실현함에 대한 인생의 의무이다. 즉, 생존권이라 함은 문화 의무에 봉사함을 말함이다.

유럽 대란의 결과, 인간의 사상이 현저히 물질화되었다. 그러나 오늘의 사회 문제 해결의 태도가, 오로지 유물적이라 함은 아니다. 도리어 이상주의적 견해가 점차 사상적 배경을 소유하여 가는 사실이 있음을 우리는 간과하여서는 안 된다.

또 물질적, 공예적, 경제적 방면만이 비상히 발달하여, 문화적, 정신적 방면이 이에 따르지 않음은 한 나라의 문운文運의 발달상 지나쳐 버리지 못할 중대사라고 부르짖는 사람이 많다. 그러나 현재의 왕성한 물질적, 경제적 운동은, 도리어 장차 올 새 문화 건설의 대사업의 기초임을 잊어서는 안 된다. 물질적, 경제적 기운의 고조高潮 때문에 학술적, 정신적 방면이 압박된 것이 아니라, 오늘날의 경제 사상의 변동은, 오로지 장차 올 새 문화 건설의 기초적 변동임에 불과할 줄로 믿는고로, 물질적 문명이 가장 왕성한 오늘은 바로 인간의 정신적 생활을 더욱 의의 있게 할 공전空前의 절호絶好 기회인 것으로 확신한다.

이제야 사회 개조의 참된 뜻은 "모두 정신의 개조에 있음"을 생각할 때가 왔다. 우리는 마르크스에게 향하여 코페르니쿠스적 전환을 요구할 때가 왔다. 마르크스가 주장한, 노동자를 위한 해방 철학에 의하여 짓밟힌 지구는, 약 반세기 후인 오늘, 다시 근본의 올바른 길에 돌아와, 새 문화 창조의 이상을 향하여 그 대담한 제1보를 시작하게 되었다. 온갖 큰 종교의 선각자에 의하여 인간 생명이 존엄한 것인 까닭과 자애自愛의 이유를 배운 세계 인류는, 다시 종교가 지시한 인간 완성의 정도正道로 돌아와 인류가 도달할 궁극의 이상 세계를 우러러보면서, 새 문화 건설의 큰 사업을 위하여 그 제1보를 용맹히 전진할 것이다. 큰 종교의 창시자에 의하여 지시된 인류 궁극의 이상을 갈망하는 세계 인류는, 물질과 정신의 온갖 고민을 맛보며, 한 걸음 한 걸음 용기에 찬 보조로 전진할 것이다. 씩씩한 결심과 노력과 확신은, 신의 사유와 부저의 평화를 지상에 건설코자 하는 우리의 태도이라야 할 것이다. 새 문화 창조의 도정道程은 새 종교 사상에 신순信順하여 가는 도정이다. 대정토大淨土 불국佛國 건설의 날은 언제냐? 인생은 유구하고, 도道는 굉원宏遠하다. 그러나, '문화 의무 봉사'를 위하는, 온갖 고난을 돌아보지 않는 신인新人의 혼혼魂의 요구는 지금 바로 백열화白熱化되었다. (끝)

—1921.3.21.

—『樂園』 창간호, 1921.6.20, 40~49면.

연기燕岐의 공사장을 시찰하고

독산禿山 황야荒野의 구주救主

사방공사砂防工事의 일모一貌

연기燕岐의 공사장을 시찰하고

수일 전 기자는 토요일의 오후를 이용하여 총독부 농림국의 안내를 받아 충남 연기군燕岐郡 남면南面의 사방공사砂防工事를 시찰한 바 있었다. 그때에 실로 얻은 바가 불소不少하였었는데, 이 기회에 조선의 사방공사의 개요를 술述하여 일반의 참고에 공供하려 한다.

최근 총독부 조사에 의하면 조선의 민유民有[1] 임야 중에는 사방공사가 필요한 황폐한 독라지禿裸地[2]가 약 12만 정보町步[3]의 대면적에 달하고 있어 이 때문에 매년 호우豪雨가 있을 적마다 토사를 하류로 압출押出[4]하여 하상河床을 높이고 제방을 결궤決潰[5]시키며, 따라서 전답 매몰, 도로·교량·철도·가옥의 파괴·유실 등 홍수의 참화가 막대하다는데, 다이쇼大正 14년(1925년)의 대수해와 같은 경우 그 손해 총액이 1억3백여만 원, 인명의 상실이 실로 647명이라는 일대 참사를 야기하였었다.

이 같은 홍수의 피해를 근본적으로 경감케 하려면 유사流砂[6]의 화근인 독라禿裸 산야를 삼림지로 복구케 하여 토사 유실을 방지하는 동시에 현재 상승한 하상河

---

1 민유民有 : 국민 개인의 소유.
2 독라지禿裸地 : 나무나 작물이 전혀 심어져 있지 않은 땅.
3 정보町步 : 1정보는 3,000평으로 약 9,917.4㎡에 해당함.
4 압출押出 : 밀어 냄.
5 결궤決潰 : 방죽이나 둑 따위가 물에 밀려 터져 무너짐.
6 유사流砂 : 바람이나 흐르는 물에 의하여 흘러내리는 모래.

床을 저하低下케 하는 방도를 강구하는 외에 타도他道[7]가 없으니, 이러하므로 1922년도 이강以降[8] 국비를 기울여 사방사업을 계속 실시하여 오는 것이다. 다시 1931년도 이후의 영세민 구제와, 1932~3 양년의 시국 응급 대책 사업으로서도 상당히 많은 경비를 투자하여 현재의 사방사업을 실시하고 있는 것이다. 이제 계속 국비 사방사업과 영세민 구제 도비 사방사업 및 시국 응급 사방사업 등을 예산상으로 보건대,

① 계속 국비 사방사업

1922년도 이래 10년간의 계속 사업으로 총액 1,390만 원으로써 1만 5천6백 정보町步의 사방공사를 완성하기로 되어 함경북도를 제한 12도 관내에서 시행하여 왔었는데 그간 재정상의 사정으로 계속비繼續費 연도할年度割[9]의 갱개更改[10]와 연한의 연장을 보게 되어 결국 1933년도까지 782만 원을 지출하여 1만1천1백 정보의 황폐 산야를 복구케 하였는데, 이미 울창한 임상林相[11]을 형성한 것도 적지 않다. 그리하여 앞으로 남은 계속비는 1934년도 45만 원, 1935년도 57만 여원이다.

② 영세민 구제 도비 사방사업

경제계의 불황에 따라 농산물 가격의 저락低落, 기타에 의하여 근년 농촌의 궁핍은 과연 심각한 바 있으므로 이를 구제코자 1931년 이후 3개년간 도道는 지방비 기채起債 하에 각종 토복사업을 실시하기로 되어 이중 사방사업은 황해도를 제외한 12도에서 총액 750만 원(연간 250만 원)을 지출하여 장차 1만5천5백 정보의 사업을 완료코자 하고 있는 중이다.

③ 시국 응급 대책 사방사업

1932년 5월 현 내각 성립과 동시에 국가 비상시 대책으로 시국 응급 시설의 계

---

7   타도他道 : 다른 방도.
8   이강以降 : 이후.
9   연도할年度割 : 매년 증액하거나 감액하는 비율.
10 갱개更改 : 다시 고침.
11 임상林相 : 숲의 모양.

획이 되자 조선에서도 이에 준거하여 사방사업 몫으로서는 국비로서 80만 원, 도 지방비로 125만 원(재원財源은 기채起債) 합계 2백5만 원으로써 4,200정보의 사방사 업을 시행하였는데 금년도도 전년도와 동액의 경비로 13도에 걸쳐 실시하는 중이다.

—『매일신보』 9240호, 1933.6.11, 6면.

④ 황폐 임야

1919년도 이후 3개년에 걸쳐 총독부에서 조사한 황폐 극심한 적라赤裸[12] 임 야[13]의 개략 면적은 11만 7천9백여 정보町步로, 이를 도별로 보이면 다음과 같다.

	정보
경기	一六,一四四
충북	一〇,六三三
충남	一五,八二六
전북	九,六八六
전남	四,九四八
경북	四二,三九四
경남	一三,一七三
황해	五八三
평남	二,二三五
평북	四一九
강원	八五八
함남	二,〇三七
합계	一一七,九三六

이의 분포를 보건대 이 표에 나타난 바와 같이 대부분은 경기 이남의 각도에 산재하여 있고, 그중 경상북도가 가장 심하여 전 조선의 1/3을 점하고 있는데, 다 시 국부적 분포 상황을 자세히 관찰하면, 철도 연선沿線[14]과 도읍 부근 등 인구 조

12　적라赤裸 : 알몸뚱이, 수목이 전혀 없음.
13　임야 : 즉 사방공사할 땅.

밀한 지방에 특히 현저한 것은 황폐의 원인이 대부분 인위人爲의 피해에 기인한 것임을 알 수 있다.

⑤ 황폐의 원인

조선의 임야 황폐가 이렇게 심함에 이른 연대에 대하여는 여러 가설이 있으나, 옛 건축물의 용재用材에 징徵[15]하여 어떤 고로古老의 말에 의하면 대략 7~80년 내지 100년 전이라는 자가 많다. 그리하여 그 원인이라 할 만한 것 중 주요한 것은 지질, 기후, 인위人爲의 피해 등, 셋이라 할 수 있으니, 즉 지질에 있어서는 황폐 지역이 대개 풍화 작용에 대하여 저항력이 약한 조위粗位[16]의 화강암花崗巖인 것, 기후로서는 한서寒暑의 차가 심하기 때문에 기암基岩[17]의 풍화작용의 진도가 클 뿐 아니라, 단시간의 강우량이 크기 때문에 유사流砂가 많은 것이요, 인위人爲의 피해로서는 이조 말기에 이르러 임정林政이 이완弛緩되어 난벌亂伐이 행해진 결과 임지林地[18]가 폭로暴露[19]되는 동시에 낙엽·수근樹根·초근草根 등을 연료 및 비료 로 남채濫採[20]한 때문에 일조一朝[21]에 호우豪雨[22]를 만나 지표地表가 박리剝離[23]하 여 점차 사지砂地[24]로 변하고 또 일부에는 급경사지의 개간, 취중就中[25] 화전火田 경작에 의하여 황폐를 초래한 곳도 있다.

⑥ 황폐지의 특징

소선의 요사방지要砂防地[26]를 내시內地[27]의 그것과 비교하면 다음과 같은 상이

---

14 연선沿線 : 선로를 따라서 있는 땅.

15 징徵 : 거두어들임.

16 조위粗位 : 거친 단계, 거칢.

17 기암基岩 : 구축물의 기초 지반을 구성하는 암석.

18 임지林地 : 나무가 많이 자라고 있는 땅.

19 폭로暴露 : 알려지지 않았거나 감춰져 있던 사실을 드러냄, 여기서는 맨 땅이 드러남.

20 남채濫採 : 함부로 채취함.

21 일조一朝 : 하루 아침이라는 뜻으로, 갑작스럽도록 짧은 사이를 이르는 말.

22 호우豪雨 : 줄기차게 내리는 크고 많은 비. '큰비'로 순화.

23 박리剝離 : 벗겨짐.

24 사지砂地 : 모래 땅.

25 취중就中 : 그 가운데서도 특히.

26 요사방지要砂防地 : 사방사업을 필요로 하는 땅.

점相異點을 발견할 수 있다.

(가) 거의 전부 독라지禿裸地로 붕괴지가 적은 점.

(나) 표토表土[28] 풍화의 진도가 크고, 따라서 사방砂防 식재植栽한 수목, 그중 천근성淺根性[29]의 적양류赤楊類[30]의 생장이 현저히 많은 점.

(다) 황폐지는 도읍, 촌락에 가까운 완경사지緩傾斜地[31]에 많고 경지가 개재한 경우가 많기 때문에 내지內地와 같이 큰 계간溪間[32] 공사 시공의 여지가 적은 점.

이상의 면에서 귀결歸結[33]하여 보면, 조선의 사방공사는 산복山腹[34] 공사에 주력을 쏟는 중인데, 내지에서는 계간 공사에 다액의 경비를 투여하는 경우가 극히 많다.

—『매일신보』9242호, 1933.6.13, 6면.

⑦ 유사流砂의 피해

황폐한 산야山野로부터 유출하는 토사土砂는

(가) 직접 산록山麓의 농경지를 매몰하고,

(나) 하류에 퇴적하여 천저川底[35]를 파묻어 양안兩岸 제방 결괴決壞[36]의 위험을 증대케 할 뿐 아니라 평상시 이용할 수 있는 유수流水를 전부 지하수가 되게 하여 이용의 방도를 막아 한해旱害[37]를 야기惹起하고,

(다) 하저河底[38]가 상승하는 결과 양안兩岸 제방의 숭상崇上[39]을 초래하고 제방

27　내지內地 : 외국이나 식민지에서 본국을 이르는 말. 여기에서는 일본을 말함.
28　표토表土 : 토질이 부드러워 갈고 맬 수 있는 땅 표면의 흙.
29　천근성淺根性 : 뿌리가 깊지 않은 성질.
30　적양류赤楊類 : 오리나무 종류.
31　완경사지緩傾斜地 : 완만한 비탈.
32　계간溪間 : 시내와 시내 사이.
33　귀결歸結 : 어떤 결말이나 결과에 이름.
34　산복山腹 : 산비탈.
35　천저川底 : 시내의 밑바닥.
36　결괴決壞 : 방죽이나 둑 따위가 물에 밀려 터져 무너짐.
37　한해旱害 : 가뭄의 피해.
38　하저河底 : 강의 밑바닥.
39　숭상崇上 : 위로 높임.

면적을 넓히게 되어 농경지를 협소케 하고,

(라) 홍수 때에 도로와 교량의 파괴, 농경지의 토사 부몰覆沒[40] 등을 많게 하는 등, 각종의 화해禍害를 빚어내게 하는 것이다. 최근의 일례로 1930년도의 홍수 피해 중 농작물·공작물工作物 및 토지 피해의 수자를 들어보면 다음과 같다.

(A) 전답의 피해

	밭	논
유실	八〇,五六一反	七四,四八三反
매몰	九六,七二六	一六四,二三〇
침수	三八一,三一三	一,八七〇,九二五
작물 피해	三,三九〇,三六〇원	九,八〇四,〇一六

(B) 사람 및 가옥의 피해

	사람	가옥
사망	八一五명	-
행방불명	八六八	-
부상	一,〇九二	-
유실	-	二,七七九
완전 파괴	-	四,八〇五
반파	-	六,九二三

(C) 도로 · 교량 · 제방의 피해

	도로(間, =0제곱자)	교량 개수	지방(間)
파손	一七九,三八八	二,二一一	三一五,三四七
유실	一五四,七〇一	二,一五四	二一二,四九二
복구비	一四,四七六,二五二원	-	二,五〇四,八〇四원

· 사방공사

① 공사 시행의 목적

전술前述한 바와 같이 조선의 사방공사는 황폐지의 특성으로 인해 산복山腹[41] 공사를 주로, 오직 독자지禿赭地[42]에 삼림을 식수하고 지피물地被物[43]을 증식하여

---

40 부몰覆沒 : 뒤덮어 파묻음.

41 산복山腹 : 산 중턱.

42 독자지禿赭地 : 벌거벗은 땅.

지반의 안정을 도모함으로써 토사의 유출을 □□□□□□으□□ □□오, 계간溪
間 공사는 유수流水의 침식浸蝕 작용에 의하여 산복 공사의 기초를 위태케 하는 염
려가 있는 경우에 한하여 시행함을 원칙으로 하지만, 장소에 따라서는 특히 유효
한 경우는 토사 유지留止[44]를 목적으로 상당히 큰 언제堰堤[45] 공사를 시행하는 일
도 있다. 그리하여 사방 공사의 시행에 의하여 산복山腹으로부터의 토사 유출이
그칠 때는 현재 계상溪床[46]에 퇴적堆積[47]한 토사는 점차 아래쪽으로 압류押流[48]되
니, 하천 밑바닥이 낮아져 홍수 범람의 위험을 경감하고, 지하수는 지표수가 되
어 이용케 되는 것이다.

② 연혁 및 현황

조선에서 사방공사를 시행한 시초는 메이지明治 39년(서기 1906년)으로서 당시
의 통감 고故 이토伊藤공의 명에 의하여 경성 부내京城府內 백운동白雲洞[49]의 국유
림에 내지內地[50]로부터 인부를 불러 소규모로 실시한 것으로서 남상濫觴[51]이 되었
으니 이래爾來[52] 경성京城을 중심으로 한 국유림에 풍치 유지를 위하여 계속 시행
하여 왔는데, 치산치수治山治水의 목적으로부터 일반적으로 민유림에 시행케 된
것은 다이쇼大正 7년(서기 1918년) 충청남북 2도에 과재跨在[53]한 미천美川 유역에 국
고 보조 5만 원으로써 착수한 것이 시초이다. 그 다음해에 다시 전북 섬진강蟾津
江 유역 및 경북 낙동강洛東江 유역에 10만 원의 보조금을 도 지방비에 교대하여
착수케 하고 1921년까지 총액 15만 원의 국고 보조 지방비로 실시하였다. 그 후

---

43 지피물地被物 : 땅을 덮고 있는, 떨어진 나뭇잎이나 나뭇가지, 종자 따위의 온갖 물건. '땅 위 잡물'로
    순화.
44 유지留止 : 머물러 움직이지 않게 함.
45 언제堰堤 : 하천이나 계류 따위를 막는 구조물. '댐'으로 순화.
46 계상溪床 : 시내의 바닥.
47 퇴적堆積 : 많이 덮쳐져 쌓임.
48 압류押流 : 밀려 흘러내림.
49 백운동白雲洞 : 현재 청운동淸雲洞.
50 내지內地 : 외국이나 식민지에서 본국을 이르는 말, 일본 강점기에 일본을 일컫던 말.
51 남상濫觴 : 양쯔강揚子江 같은 큰 하천의 근원도 잔을 띄울 만큼 가늘게 흐르는 시냇물이라는 뜻으로,
    사물의 처음이나 기원을 이르는 말.
52 이래爾來 : 지나간 어느 일정한 때로부터 지금까지.
53 과재跨在 : 걸쳐 있음.

1921년 조선 산업 조사회의 의결로 30년 계획으로써 전 조선에 긍亘[54]하여 5만 6천여 정보町步[55]의 사방공사를 국비 직영으로 시행케 되어 있는데, 그 외에 또 최근 수년래 농촌의 궁핍이 극심하여 이의 구제를 목적으로 한 토목사업이 계획되어 있으니, 즉 1931년도 이후 3개년에 걸친 각도 지방비 기채起債에 의하여, 구제 공사를 실시하기로 된 것이다. 그 결과 사방공사도 1개년 250만 원, 총액 750만 원으로써 황해도를 제외한 12도 내에서 착수하여 현재 제3년째의 공사를 착착 진행하고 있는 중인데, 이 공사에 요하는 경비는 지방비가 기채起債하여 그 후 5개년은 원금 거치 이후 15년간에 원리금을 평균해서 상환을 행하는 것으로, 그리하여 각종의 빈민 구제 공사 중 위의 사방공사가 가장 환영되어 이의 확대 시행을 요망하는 측이 극히 많다는데 그 이유는, (가)사방공사는 공사비의 약 9할이 노은勞銀[56]인 것, (나)출역자出役者[57]의 특수한 기능을 필요로 하지 않기 때문에 지방민의 전부가 사역할 수 있고 밖으로부터 숙련 인부를 이입移入[58]치 않기 때문에 노은勞銀은 전부 지원地元[59]을 윤택케 되는 것, (다)절지切芝[60] 운반과 같은 일은 노유老幼[61]와 부녀자를 불문하고 출역出役할 수 있는 것, (라)직영 공사이기 때문에 중간 착취가 없고 품삯은 확실히 입수入手[62]되는 것, (마)황피지荒疲地[63]가 각지에 분포되어 있기 때문에 시행지를 균점均霑[64]케 할 수 있을 뿐 아니라, 시행되는 날은 토사 유출을 방지하여 농지의 보합保合,[65] 홍수의 경감 등, 지원민地元民[66]의 복리를 증진함이 큰 일 등, 수다한 점을 들 수 있기 때문에 최근 농촌 구제의 소리가 훤전喧傳[67]되자 이의 확장·증시增施[68]의 요망이 더욱 큰 바 있다.

54　긍亘 : 걸침.
55　정보町步 : 1정보는 3,000평으로 약 9,917.4m²에 해당함.
56　노은勞銀 : 품삯.
57　출역자出役者 : 토목이나 건축 따위의 공사에 동원되어 나가는 사람.
58　이입移入 : 옮기어 들임.
59　지원地元 : 원래의 장소.
60　절지切芝 : 잘라낸 잔디 모판.
61　노유老幼 : 늙은이와 어린이.
62　입수入手 : 손에 들어옴. 또는 손에 넣음.
63　황피지荒疲地 : 황폐하여 못 쓰게 된 땅.
64　균점均霑 : 고르게 이익이나 혜택을 받음.
65　보합保合 : 보호함.
66　지원민地元民 : 원래의 땅에 사는 사람.

③ 공업지의 보호 취체取締[69]

사방공사지는 전부 보안림保安林[70]에 편입하여 엄중한 보호 취체取締를 하는 동시에 지원地元의 이해관계자로써 보호 조합을 조직케 하여 오로지 순회 보호를 하게 하는 외에, 도비에서 약간의 보호원을 설치하여 조합의 지도 및 공사지의 보호 감리監理[71]를 맡기고 있다.

· 빈민 구제 사방사업의 효과

빈민 구제 및 시국 응급 시설로서 사방사업 실시의 결과, 치수治水 상의 효과는 아직 구체적으로 나타나지 않았으나 노은 살포勞銀撒布에 의하여 지방 농촌의 진흥에 미치는 효과는 극히 현저한 바 있고, 기타 종래 호우豪雨마다 유출되는 토사로 부몰覆沒[72]되는 농경지도 이후로는 그 염려가 없게 되어 땅값이 앙등하여 그만큼 농촌을 윤택케 한 바가 많았는데, 이제 그 개요를 말하면 다음과 같다.

① 생활상의 안정

② 납세 성적의 향상

③ 저축심의 향상

④ 근로 정신의 보급

⑤ 색복色服[73] 착용, 온돌 분구焚口[74] 개선 등의 보급

⑥규칙적 생활의 보급

⑦ 여잉餘剩[75] 노동력의 생산화 및 땅값의 앙등

⑧ 애림愛林 사상의 보급. (끝)

─『매일신보』 9246호, 1933.6.17, 6면.

67　훤전喧傳 : 여러 사람의 입으로 퍼져서 왁자하게 됨.

68　증시增施 : 시행을 증가함.

69　취체取締 : 규칙, 법령, 명령 따위를 지키도록 통제함. '단속團束'으로 순화.

70　보안림保安林 : 풍수해를 막거나 풍치風致를 보존하기 위하여 국가에서 특별히 보호하는 숲.

71　감리監理 : 감독하고 관리함.

72　부몰覆沒 : 뒤덮어 파묻음.

73　색복色服 : 물감을 들인 천으로 만든 옷, 무색옷.

74　분구焚口 : 아궁이.

75　여잉餘剩 : 쓰고 난 후 남은 것. '나머지'로 순화.

조국애와 민족 의식

조국의 독립을 완수하며, 따라서 민족의 약진 의사를 관철함에는 뚜렷한 민족 의식의 앙양과 그 혁신 강화가 필요함은 재론을 요치 아니하는 바이다. 그러나 민족 의식의 앙양이라든지 혁신 강화가 그렇게 용이하게 실현되는 것은 아니다. 그리고 그 구체적 실천안으로서 무엇을 하여야 될 것인가라는 문제도 명료한 해결점이 발견되어 있는 것도 아니다. 그러므로 각인 각파가 자기의 용인하는 바로서 민족 의식을 앙양하고 국내 체제를 혁신시키고자 함에 초려焦慮하면 그 결과로서 국론의 분열적 사태를 발생하게 되는 동시에 국민 대중으로서 혼미의 기로에 방황하게 되는 원인이 되는 것이다. 이 현상을 사적 고찰에 입각하여 사태를 달관하는 입장에서 관찰할 것 같으면 이러한 사태의 야기는 일시의 과도적 현상에 불과할 것이며 그 귀결점에 있어서는 자연히 공동적 명제로 결합될 것이다. 유래로 역사는 결코 합리적 궤도로만 추이되는 것은 아니다.

과거 3 · 15사건 이후 우리들의 애국의 지사들의 눈물겨운 희생적 피로써 말미암아 금일의 독립과 해방의 조국 광업光業이 창조하게 된 원동력이 되었음을 먼저 인식하여야 할 것이며 역사의 비합리성에만 급급하여 개인의 희생적 의사를 몰각하며 부인하는 태도는 조국 광복의 대업을 역경으로 인도하는 분자라고 판정함에 주저치 아니하는 바이다. 금일 우리가 당면하고 있는 이 대업의 긴박감은 자유 해방을 속급하게 갈망하는 민족 의식의 교류적 결론이라 할 것 같으면, 어찌 우리들은 공수 방관拱手傍觀의 태도로서 건국 당로當路에서 활동하는 지도자에게만 그 중책을 맡길 수 있을 것인가? 우리는 자진하여 5천 년 역사의 찬연히 빛나는 태양과 같은 민족의 자부심으로 국민이 다 같이 짊어져야 될 광영의 연대 책임이 있을 것이 아닌가?

　　고원高遠한 정치 이론은 그만두고라도 국민들의 가슴 밑에 불타고 있는 조국애에 입각한 충성, 강토疆土의 무한한 애착을 초월하여 민족의 삶을 구하고자 하는 강력한 의지를 도외시하고는 민족 통일을 완수하는 유대紐帶는 없다. 그러므로 이 조국애와 민족 의식을 고양시키는 일 이외에는 독립의 완수와 국내 민심 통일의 강화와 발전이 없다는 것을 재인식할 필요가 있을 것이다.

—『영남일보』 52호, 1945.12.2, 1면.

사색 당쟁의 전말

1.

조선조 519년 동안 약 3백 년에 걸쳐 정치상 사회상에 심각한 영향을 끼친 소위 사색 당파의 싸움은 그 여독이 얼마나 참혹하였는가는 조선조 제21대 영조의 탕평지교蕩平之敎로 능히 관찰할 수 있다. 즉 그 내용은

"붕당의 폐가 일찍이 오늘보다 더 심한 일은 없었으니 상대방의 인사를 모두 역적 무리로 몰아 귀양 보내니 그중에 어찌 원한을 품은 자가 없으리요? '한 부녀자가 원한을 품으면 5월에도 서리가 내린다' 했는데, 하물며 한편의 여러 신하들이 모두 전국으로 흩어지는 판에 무슨 더 할 말이 있고, 이와 같아 경알傾軋[1]의 말이 어찌 그칠 수 있으리오? 아아, 임금과 신하는 마치 부자父子와 같으니, 아비의 여러 아들들이 시로 시기하고 의심하며, 또 저쪽을 익누르고 이쪽을 감싸게 되면 그 마음이 편안할 것인가 불안할 것인가? 공경 서료公卿庶僚[2]는 모두 세록世祿[3]의 신하이거늘, 이제 은혜 갚을 길을 뜻하지 않고 화목하는 의로움을 생각지 않아, 한 집안에서 공격함을 옳다 하고 한 방안에서 무기를 서로 찾으니 이렇게 하여 국가가 장차 어떻게 되리요? 아아, 뭇 신하들이 당파의 버릇을 버리고 공평을 꾀하기를 힘쓴다면 이 어찌 국가만을 위한 것뿐이리오? 여러분들이 조상의 가르침을 떨어뜨리지 않게 되리니 또한 정의라 할 것이라." "정성을 다하는 의로움과 화목

---

1 경알傾軋 : 서로 배척함, 질투심으로 남을 모함함.
2 공경 서료公卿庶僚 : 나라의 높은 대신들과 모든 관리들.
3 세록世祿 : 대대로 나라의 녹을 받음.

하는 도리를 생각지 않고 오직 당파의 가르침에 혹시 어긋날까를 두려워하니 이것이 어찌 충忠이요 효孝인가? 내가 마음 아파하는 바는 3백 년간의 여러 임금이 지키시는 온 나라가 뛰쳐 일어나기가 불가능하면 곧 뒷날에 무슨 면목으로 하늘에 계신 여러 조상들의 영혼에게 돌아가 뵐 수 있으리오? 탕평蕩平[4]은 공公이요, 염당染黨[5]은 사私이니 여러 신하들은 공公을 바라는가, 사私를 바라는가? 나는 덕이 없으나 말이 폐부肺腑[6]로부터 나온 것이니 ……"(영조 실록) 하였으니 이를 보더라도 소위 사색 당파四色黨派의 싸움이 얼마나 국가의 근본을 부식腐蝕[7]시켰는가를 알 수 있다. 이제 고개를 돌이켜 우리의 다리 아래를 살펴볼 때 36년간 왜정 압제 아래에서 해방되어 3천만 동포가 염원하고 갈망하는 건국 도상에서 그 최고 목표를 망각하고 좌우익의 각기 노선을 고집하여 소장 상극蕭墙相克[8]을 일삼으니 어찌 통탄치 않을 수 있으리오? 이제 조선조 당쟁의 자취를 새삼스러이 더듬어 보고자 하는 이 글도 우리의 전철前轍[9]을 명확히 인식함으로써 우리의 민족적 자각을 불러일으킴에 한 도움이 된다면 다행이라고 생각하는 바이다.

—『영남일보』 436호, 1947.1.14, 1면.

· 같은 날, 같은 면 기사 중에서

　　* 미소 양국의 최선 양해 긴요 / 극동 문제 해결에 영향! / 윌스 전 국무차관 방송 내용

　　* 맥아더 장군 방문 요청 / 이승만 박사로부터

　　* 북극 제도를 기지로 / 소련 국방 당국의 설계

　　* 철도 종업원 수십 명 피검

　　(서울 12일발 조선통신) 운수 경찰에서는 지난 12월 31일 밤중 돌연 행동을 개시하여 시내 기타 여러 곳에서 민봉홍閔鳳洪씨 외 14명의 철도 종업원을 검거하여 군정 재판에

4　탕평蕩平 : 싸움, 시비, 논쟁 따위에서 어느 쪽에도 치우침이 없이 공평함.

5　염당染黨 : 어떤 당파에 물들음.

6　폐부肺腑 : '허파'의 다른 말. 바꾸어 마음속 깊은 곳.

7　부식腐蝕 : 썩어서 문드러지게 함.

8　소장 상극蕭墙相克 : '소장'은 임금과 신하가 회견하는 곳에 친 가리개. 소장 상극은 신변이나 내부에서 일어나는 다툼.

9　전철前轍 : 앞에 지나간 수레바퀴의 자국이라는 뜻으로, 이전 사람의 그릇된 일이나 행동의 자취를 이르는 말.

회부하였다는데 운수 경찰의 말에 의하면 검거자 등은 철도 파업을 재차 획책하였으며 이에 대한 선전 삐라 등을 다수 소지하였었다고 한다. 한편 검거자는 철도국의 전반 파업으로 말미암아 해고 처분을 반대하기 위하여 이에 대한 투쟁을 계속하고 있었다고 한다.

2. 당쟁의 원인

보통 조선조 당파 싸움 기원을 선조 때의 심의겸沈義謙과 김효원金孝元 두 사람 사이의 질시 반목에서 시초되었다고 한다. 그러나 이 당쟁은 그 자체가 복잡하고 미묘하여 그 진상을 탐색하기는 실로 어려운 바 있으니 조선조 말기 학자 이건창李建昌도 "동한東漢, 당唐, 송宋 모두 붕당이 없지 않았으나 한 나라를 통틀어 이에 몰두하여 수백 년의 장구한 동안에 뻗치고 또 그 사정역순邪正逆順[10]이 분명치 않은 것은 오직 우리 나라뿐이니, 가히 고금 붕당朋黨의 지극히 크고 지극히 오래고 지극히 어려웠음이라 할 것이다" 하여 그 진상 탐구의 극히 어려움을 개탄한 바 있었으나, 이제 동서분당東西分黨이 생긴 선조 8년 이전의 수삼 년간의 조선 정세를 살펴건대, 당시부터 벌써 분당의 조짐이 있었다는 것을 지적할 수 있으니, 그 것은 선조 5년 7월에 당시 영중추부사領中樞府事 이순경李浚慶이 임종 시에 유자遺箚[11]를 왕께 올리어 당시 시무時務[12]에 대한 진언進言[13]이 있었는데, 그 내용에 이러한 말이 있었다.

"이 세대의 사람들이, 혹은 몸에 잘못이 없고 일에 어긋남이 없이도 한마디가 맞지 아니하면 곧 배척하여 용납하지 아니하니, 행검行檢[14]을 섬기지 않고 독서를 힘쓰지 않아 오직 고담대언高談大言[15]으로 붕비朋比[16]를 행함으로써 고치高致[17]라

---

10 사정 역순邪正逆順 : 그릇되고 올바름과 거꾸로 되고 바로 됨.
11 유차遺箚 : 죽을 무렵 임금께 올린 간단한 상소문.
12 시무時務 : 그 시대에 중요하게 다루어야 할 일.
13 진언進言 : 윗사람에게 올린 의견.
14 행검行檢 : 점잖고 바른 품행.

하고, 마침내 거짓의 풍조를 만드니, 이는 전하께서도 널리 듣고 함께 보시는 바라. 마땅히 이 폐단을 제거하여야 할 것이니 그렇지 않으면 마침내 국가의 환난을 구하기 어려울 것입니다" 한 것은 당시 얼마나 사림士林[18]의 사상이 악화되어 있었나를 엿볼 수 있는 것이다. 이 유차遺箚의 내용이 세간에 드러나자 시비 양론이 분분하여 이율곡 같은 이도 이것을 반박하는 상서上書를 올린 기록이 있는 것을 보아 이때에 벌써 사림 간에는 신구 양파의 알력軋轢[19]이 있었음을 알 수 있으며, 이준경이 죽은 후 불과 수년 만에 심·김 양씨의 반목으로 동서東西의 분당分黨을 보게 된 것을 볼 때 이준경의 유언이 허구의 말이 아님을 알 수 있는 동시에 분당의 싹은 벌써 이때부터 싹터 있었음을 알 수 있다.

—『영남일보』 437호, 1947.1.15, 1면.

· **같은 날, 같은 면 기사 중에서**

　* 한민당·한독당 합동 기운 농후

　* 미군인 만행 사건 둘러싸고 / 부녀 총연합회, 미군 사령부에 항의서 제출

3. 동서 분당의 발단 (1)

심의겸·김효원 양인의 반목은 실로 동서 분당의 발단이 되었다고 볼 수 있으니 이제 그들이 반목한 원인을 밝히기 전에 이 두 사람이 어떠한 인물이었는가를 알아보기로 하자. 심의겸은 심강沈綱의 아들로, 호는 양암良庵, 명종 왕비의 친정

15　고담대언高談大言 : 거리낌 없이 큰소리로 말함.
16　붕비朋比 : 붕당을 지어서 자기 편을 두둔함.
17　고치高致 : 높이 이룸.
18　사림士林 : 유학을 신봉하는 무리. 유림이라고도 함.
19　알력軋轢 : 수레바퀴가 삐걱거린다는 뜻으로, 서로 의견이 맞지 아니하여 사이가 안 좋거나 충돌하는 것을 이르는 말.

동생이다. 명종은 그 외삼촌 윤원형尹元衡의 전자專恣[20]를 꺼리어 이 심강의 외삼촌 되는 이량李樑을 발탁하여 윤원형의 세도에 대항케 하였다. 이량은 이 기회에 임금의 은총을 믿고 난폭하게 제멋대로 굴어 벼슬도 마침내 이조판서까지 이르자 자기에게 호감을 가지지 않는 사림士林을 제거하여 물리치려는 음모를 품게 되어 장차 사화士禍가 일어날 정세까지 보이게 되었다.

심의겸은 이량의 생질 되는 관계에 있었으나 항상 사림과 교유하던 중, 그 친구들 다수가 이량의 당파 때문에 배척을 받아 물의가 분분하게 되자 왕의 내지內旨[21]를 받아 부제학 기대항奇大恒과 같이 이량을 탄핵하여 이를 출척黜斥[22]하여 사림의 위급을 위기일발 직전에 구하게 되었다. 심의겸은 이 사화를 사전에 방지케한 공에 의하여 선조 6년에는 대사헌의 요직에 임명되었으니, 당시 심의겸의 나이 서른아홉이었다.

김효원金孝元은 성암省庵이라 호號하니 심의겸보다 연소하기 7세, 일찍이 김종직金宗直 학파인 김근공金謹恭의 제자 중 수재秀才로 명종 때에 과거하여, 이름이 자자藉藉하였다.[23] 심의겸이 20세 미만의 청년 시대에 사인舍人[24]으로 있을 때 공무로 당시의 권문 세가인 윤원형의 집에 간 일이 있었는데, 그때 그 집에 기숙寄宿하고 있던 김효원의 침구를 발견하고, 소위 절개를 지켜야 할 선비로서 세도 부리는 집의 문객 노릇을 한다 함은 언어도단이라 하여 마음속으로 김효원을 모멸하는 감정을 가지게 되었다. 이같이 심의겸에게 모멸을 받게 된 김효원은 어떤 이유가 있어 윤원형 세도가의 집에 문객처럼 기숙하고 있는가 하면, 그것은 김효원의 장인이 윤원형의 첩의 아버지가 되는 정유겸鄭允謙의 조카가 되는 관계로, 어릴 때부터 윤씨의 집에 기숙하게 된 것뿐이요, 특별히 세도에 아첨코자 한 야심이 있어서 그런 것은 아닌 듯하나, 심의겸은 국구國舅[25]의 아들로서 문벌이 혁혁하였으므로 집안의 사회적 지위로 보아 열등한 김효원이 권세가에서 기숙하고

---

20 전자專恣 : 거리낌 없이 제멋대로 함부로 하는 태도.
21 내지內旨 : 임금의 은밀한 명령.
22 출척黜斥 : 허물이 있는 사람을 내쫓아 쓰지 아니함.
23 자자藉藉하다 : 여러 사람의 입에 오르내려 떠들썩하다.
24 사인舍人 : 의정부에 속한 벼슬.
25 국구國舅 : 임금의 장인.

있는 것을 볼 때, 젊은 마음에 그 같은 태도와 감정을 가지게 된 것도 용혹무괴容
或無怪[26]한 일이라 할 것이다. 그러나 이런 정도의 감정만이 이 두 사람의 반목을
보게 된 직접적인 원인이라고는 할 수 없다.

—『영남일보』 438호, 1947.1.16, 1면.

· **같은 날, 같은 면 기사 중에서**

    * 마샬 원수의 성명을 주은래씨가 비난

    * 버마는 완전 독립을 지망 / 대표단, 영국 수뇌부와 회담

    * 4대국 외상 대리 / 강화 조약 예비 회담

4. 동서 분당의 발단 (2)

그 후 김효원이 또한 과거에 장원 급제하자 당시 전랑詮郎[27]으로 있던 오건吳健
이 김효원의 문재文才를 아끼어 자기 대신 전랑 벼슬의 자리에 추천하였던바, 심
의겸은 김효원이 연전 권문 세가의 문객 노릇한 것을 이유로 반대하여 마침내 성
공하지 못하게 되었다. 그러나 그 후 7년 김효원은 마침내 전랑 벼슬을 맡게 되니
그의 두뇌가 명석하고 일에 임하여 판단하는 성격이 젊은 사류士類의 존경을 받
게 되어 바야흐로 그의 명성이 자자하게 되었다.

그때 아무개가 심의겸의 동생인 심충겸沈忠謙을 전랑으로 추천하니 김효원은
왕년에 자기가 당한 원한이 있는지라 이를 단호히 거부하게 되니 이에 심沈·김
金 두 사람의 고집은 표면상으로 드러나게 되었다. 그러지 않아도 당시 사림 간에
는 소위 신구파 간에 잠복된 질시 반목疾視反目의 감정으로 곧 터질 듯이 항쟁의

---

26   용혹무괴容或無怪 : 혹시 그런 일이 있더라도 괴이할 것이 없음.

27   전랑詮郎 : 조선 시대에, 이조吏曹의 정랑과 좌랑을 달리 이르던 말. 내외 관원을 천거하고 전형銓衡
     하는 데에 가장 많은 권한을 가지고 있어 이렇게 이른다.

기세가 팽창한 때이라, 김효원의 처사를 계기로 심의겸 무리들은 김효원이 왕년의 원한을 갖고 그 보복으로 이러한 처단을 행한 것이라 하여 심의겸과 김효원 양당이 마침내 확연한 분열을 보게 되니 이것이 곧 사색당쟁四色黨爭의 시초인 동서 분당東西分黨의 발단이다. 그리하여 심의겸의 당에서는 이량李樑을 배척하여 사화士禍를 미리 방지한 관계상 선배 노년의 선비들이 대부분 이에 참가하였고 김효원의 당에는 젊고 예리한 선비가 중심이 되어 있었다. 그리하여 그 당시 김효원의 집이 도성 안의 동쪽 건천동乾川洞에 있었으므로 김효원 파를 가리켜 동인東人이라 하고 심의겸의 집은 서쪽 정동貞洞에 있었기 때문에 그를 지지하는 파당을 서인이라 하니 이에서 완전히 동서 붕당東西朋黨이라는 칭호가 생기게 된 것이다. 이때가 바로 선조 8년으로 서기 1575년, 지금부터 372년 전에 해당하니 일명 을해당론乙亥黨論이라고도 한다. 이리하여 연산군 이래 사화와 외척의 세력 항쟁으로 인하여 사림간에 축적되었던 분열의 징조는 선조 때에 이르러 더욱 악화되어 일촉 즉발의 기세를 띠게 되니 이때에 이미 충분히 붕당이 대립될 소지와 색채는 확고하고 선명하여졌다고 할 수 있다. 그리하여 심의겸과 김효원 두 사람 간의 전랑詮郎 문제로 번져난 감정적 대립은 두 사람을 지지하는 무리간의 항쟁으로 결국 동서 분당의 도화선이 되고 만 것이니, 300여 년간에 걸쳐 정치 사회적으로 심각한 영향과 파문을 끼치고 나중에는 한 나라의 사직社稷을 부지하지 못하게 된 것도 그 원인을 탐구하면 이 같은 미미한 동기에서 싹텄던 것이다.

—『영남일보』439호, 1947.1.17, 1면.

· 같은 날, 같은 면 기사 중에서

* 이승만 박사 연설 요지, 미국 보도와 차이 / 반탁反託 데모 있을지 모르나 / 폭동 발생은 없으리라.
* 폴란드 자유 선거를 / 소련 당국이 거부
* 사설 : 「주조酒造 금지령과 그 효과」

5. 제1기의 붕당 정세 (1)

동서 양당이 분립된 선조 8년부터 광해군 15년까지 약 50년을 제1기로 보고 이 기간의 정세를 보건대 최초 동서 분당의 장본인은 전술한 바와 같이 심·김 양인이었으나, 양당이 추대한 두령은 동인측이 김효원, 서인측은 당시 우의정으로 있던 박순朴淳이 청명淸名과 중망重望이 있어 추대를 받아 영수가 되었다. 그리하여 초기 50년간은 동인측이 우세하였고 다시 동인 중에서 남인과 북인이 분열하여 다툰 시기이다.

선조 8년 동서 양당이 대립되자 국가 사회에 막심한 폐해가 있음을 우려하여 양파의 조정에 노력한 사람이 있으니 이분이 곧 부제학 이율곡李栗谷이다. 율곡은 대사간大司諫을 거쳐 병조판서가 되고 다시 이조판서의 중직을 역임하였는데, 약 10년 동안의 이 기간에 양당 조정을 위하여 노력하였으나 선조 17년 병들어 죽자 동서 조정도 완전히 절망이 되고 사류士類는 동당東黨이 아니면 서당西黨이라는 정세에까지 이르게 되었다. 율곡의 문인도 대개는 서인측에 참가해 있었으므로 율곡도 서인으로 비춰졌다. 그리하여 율곡의 사후에는 이산해李山海가 이조판서가 되고 노수신盧守愼이 영의정, 류성룡柳成龍이 예조판서가 되어 정권이 이들 3인에게 돌아갔는데, 이 3인은 모두 동인이었으므로 서인은 점차 위축되고 동인만의 기세가 떨쳐지게 되었다. 그런데 선조 24년에 이르러 동인 중에서 서인에 대한 탄압을 좀 더 강경히 하자는 파와 온건히 하자고 주장하는 파가 생겨 다시 남과 북으로 분열 대립되니, 즉 북인은 강경파이요 남인은 온건파였다. 그리하여 강경파인 북인의 영수는 이발李潑로, 이산해가 이를 보좌하고, 온건파인 남인의 영수는 우성전禹性傳으로 유성룡이 이를 보좌하였으니, 남북이라는 이름은 이발의 집이 북악산 아래 있었으므로 북인이라 하였고 우성전의 집은 남산 아래 있었으므로 그 파당을 남인이라 하였으니 이로부터 남인, 북인간의 항쟁이 개시되었다.

—『영남일보』 441호, 1947.1.19, 1면.

6. 제1기의 붕당 정세 (2)

　선조 25년 소위 임진왜란이 터지자 남인南人의 수령 류성룡이 정권을 장악하게 되니, 7년간이라는 미증유의 대전란으로 실로 국가의 위급 존망지 추危急存亡之秋[28]라. 거국 일치하여 국난에 맞서고자 당파를 뛰어넘어 왜적 소탕에 전력을 집결하니, 이때 팔도에는 의병이 봉기하여 위국 순절爲國殉節하는 많은 충용忠勇의 선비가 족기簇起[29]하였는데 그중 유명한 조헌趙憲·김천일金千鎰·고경명高敬明과 같은 충용의 선비도 당시 실의失意에 처해 있던 서인이었음은 주목할 만한 실례이나. 그러나 왜병이 철수하자 나시 당생을 개시하여 동족 나둠을 일삼으니 남인 수령 류성룡도 임진왜란 중에 화의를 주장하고 사리私利를 도모하였다는 구실로 북인인 남이공南以恭의 탄핵을 받고 마침내 실관 탈작失官奪爵[30]되니 남인은 이로써 세력을 잃게 되고 그 대신 북인이 정권을 잡게 되었다. 남인이 점차 실각하자 북인측의 세력은 날로 성하게 되어 동인東人이라는 칭호는 완전히 사라지고 동인의 분파인 남인·북인이라는 구별과 칭호만이 남게 되었는데, 그 후 북인 사

28　위급 존망지 추危急存亡之秋 : 사느냐 죽느냐 하는 위급한 시기라는 뜻으로, 흔히 나라의 존망이 걸려
　　있는 중요한 때를 이르는 말. 제갈량의 「출사표」에 나오는 말이다.

29　속기簇起 : 떼를 지어 연달아 일어남.

30　실관 탈작失官奪爵 : 벼슬을 잃고 작위를 빼앗김.

이에 또다시 불화 질시를 보게 되어 분열에 분열이 속출하니 곧 대북大北과 소북小北이다. 그리하여 대북 산하에는 홍여순洪汝諄 영도의 골북骨北, 이산해李山海 영도의 육북肉北, 정창연鄭昌衍 영도의 중북中北, 이발李潑 영도의 피북皮北, 기자헌奇自獻 영도의 청북淸北, 이이첨李爾瞻 영도의 탁북濁北 등이 분파되었고, 소북은 남이공 영도의 청소북淸小北, 류영경柳永慶 영도의 탁소북濁小北 등이 대립하고 있어서, 그 항쟁은 날을 따라 극심하게 되어 자기 당이 아닌 자는 극력極力으로 그 출세를 방해하여 마침내 정권을 가운데 놓고 동족 상잔相殘의 심각한 비극이 번갈아 연출됨을 보게 되었다.

―『영남일보』 442호, 1947.1.20, 1면.

· **같은 날, 같은 면 기사 중에서**

　　＊ 일본, 중국으로 전쟁 배상물 수송

　　＊ 장진홍張鎭弘 의사의 영식令息 본사 내방.

7. 제1기의 붕당 정세 (3)

　북인 사이에서 분열된 대북과 소북은 선조 승하 후 광해군 계위繼位 문제로 피비린내 나는 일대 항쟁극이 연출되었으니, 즉 그는 선조께서 정비正妃 박씨가 아들이 없으므로 일찍이 세자 결정을 보지 못하였다가 임진란 중 선조께서 적을 피하여 부득이 파천播遷[31]하게 되자 서출庶出의 제2왕자 광해군을 세자로 삼았다. 그 후 왕비가 타계他界하고 다시 김제남金悌男의 딸로써 계비를 삼으니 이가 인목仁穆 왕후이다. 왕의 만년에 인목 왕후의 몸에서 한 아들을 얻으니 그가 영창대군永昌大君 의의다. 이때 세자로 결정된 광해군은 적출嫡出[32]이 아니므로 명나라의

31　파천播遷 : 임금이 도성을 떠나 다른 곳으로 피란하던 일.
32　적출嫡出 : 정부인이 낳은 아들.

칙허를 받지 못하고 있던 처지라 이로 말미암아 한 문제가 생기게 되니, 그것은 유영경柳永慶이 영도하는 소북 일파가 영창대군을 세자로 추대코자 하고 이이첨 李爾瞻 등의 대북파는 광해군을 지지하여 일대 암투가 연출된 일이다. 그런데 내심으로 영창대군을 세자로 삼고자 하는 의욕을 가진 선조께서 병이 들어 완쾌될 가망이 없음을 본 이이첨 등은 이 기회를 타서 선조께 강박强迫하여 왕위를 세자께 양도하기를 요청하는 동시 그 실현을 위해 여러 가지로 획책하다가 왕의 분노로 대북의 일파는 각기 유배의 명을 받고 퇴성退城하게 되었다. 그러나 그들이 아직 배소配所[33]에 이르기 전에 왕의 병은 돌연 위독에 빠져 돌아가시고 이이첨 등도 유명遺命[34]이라 하여 소환되자 세자 광해군이 예정대로 즉위하고 이이첨 등은 그 공으로 중용重用[35]되는 동시 광해군 즉위를 반대하던 소북파의 유영경 등은 유배되었다가 다시 사형에 처해지게 된다. 이같이 이이첨 등의 대북파가 권세를 잡게 되자 국구國舅[36]인 김제남과 그 셋째 아들 일남一男이 살해되고 그 해 8세였던 영창대군은 강화江華의 밀실에서 화형으로 피살, 인목왕후는 폐위, 왕위를 엿볼 염려가 있다는 이유로 광해군의 동모형同母兄[37] 임해군臨海君과 이모제異母弟[38] 정달군定達君까지 모두 피살되는 참극이 벌어지게 되었다. 이때 소북파는 폐모론廢母論에 반대하였으나 역부족으로 결국 청소북淸小北·탁소북濁小北으로 분열된 채 간신히 명맥을 보전할 뿐이요, 광해군 일대에는 완전히 대북의 천하가 되고 말았다.

—『영남일보』 443호, 1947.1.21, 1면.

· 같은 날, 같은 면 기사 중에서

* 영소英蘇 조약은 아직 유효 / 스탈린 수상에게 영국 정부 각서 보내다.

* 영미소英美蘇 점령지대 간에 / 새로 물자 협정이 성립

* 종전후 처음인 폴란드 선거 풍경

33　배소配所 : 귀양지.

34　유명遺命 : 임금이나 부모가 죽을 때에 남긴 명령.

35　중용重用 : 중요한 자리에 임용함.

36　국구國舅 : 임금의 장인.

37　동모형同母兄 : 어머니가 같은 형. 여기서는 광해군과 임해군 모두 어머니가 같고 그 아버지가 선조 임금이나.

38　이모제異母弟 : 아버지는 같고 어머니가 다른 동생.

8. 제2기의 붕당 정세 (1)

제16대 인조 원년부터 제18대 현종 15년까지의 약 50년간을 제2기로 보고 이 동안의 붕당 정세를 살펴본다. 이 기간은 서인이 권세를 잡고 남인이 이와 항거한 시기이다. 광해군은 혼란 무도昏亂無道하였으므로 안으로는 민망民望을 잃었고 밖으로는 동왕 8년 애친각라愛親覺羅씨가 만주에서 일어나 금나라淸를 세웠는데, 광해군은 명나라를 원조하기 위하여 금군金軍을 공격코자 원정하였으나 결국 패전하고 장군 강홍립姜弘立 등이 금나라에 항복하니 이같이 내외가 다난한 때를 타서 오래 동안 세력을 잃었던 서인이 다시 궐기하게 되었다. 당시 황해도 평산平山 부사로 있던 이귀李貴를 중심으로 김자점金自點·김류金瑬 등 서인이 장군 이괄李适의 도움을 얻어 광해군 15년 3월 병란을 일으켜 돌연 창덕궁을 습격하여 광해군을 폐하고 전년 피살된 능창군綾昌君의 아우 능양군綾陽君을 옹립하니 이 왕이 인조이다. 인조가 즉위하자 전년 피살된 영창대군과 임해군 등의 작호爵號를 회복하고 이이첨·정인홍 등 대북파 수십 인을 살해하는 동시, 기타 대북파 수백 명을 각각 처형하니 이로써 대북당은 전멸 상태에 빠지게 되었다. 이와 같이 인조 반정을 기회로 대북에 대신하여 서인의 손에 정권이 장악되니 그 중심은 반정 공신反正功臣 김류·이귀 등이었다. 이를 가리켜 공서功西, 훈서勳西라고도 하였는데, 같은 서인 중에도 김상헌金尙憲 등과 같은 재야 무리도 있었으니 이를 청서淸西라고 불렀다. 그리고는 공서당功西黨도 곧 다시 내홍內訌[39]을 일으켜 양파로 분열되니 즉 노서老西와 소서少西가 이것이다. 노서파老西派는 남인과 내통한 온건파로 김류가 영도하고, 소서파少西派는 이귀가 두령이 되어 같은 반정 공신 간에 혐극嫌隙[40]이 생긴 것이 원인이었는데, 공서는 다시 원당原黨·낙당洛黨의 2파로 나뉘고, 청서는 산당山黨·한당漢黨으로 분파되었다. 그리하여 이들 중에서 가장 유명한 붕당이 산당이니 이 당파는 충남 연산連山의 학자 사계沙溪 김장생金長生의 아들 독신재獨愼齋 김집金集이 영도한 당파로, 독신재는 당시 이름을 날린 학자일

---

39 내홍內訌 : 집단이나 조직의 내부에서 자기들끼리 일으킨 분쟁.
40 혐극嫌隙 : 서로 꺼리고 싫어하여 생긴 틈.

뿐 아니라 조선 예학禮學의 태두泰斗[41]이었다. 그러하므로 충남 일대의 사림士林
은 모두 이에 귀속되었는데, 그중에는 김장생의 문하생인 송준길宋浚吉 · 송시열
宋時烈 같은 유명한 학자들도 섞여 있었다. 그리하여 낙당洛黨의 수령 김자점은 인
조 반정의 공신일 뿐 아니라 그의 손부孫婦가 인조의 왕녀인 관계로 그 권세가 혁
혁하였는데, 송시열은 산당山黨의 입장에서 맹렬히 낙당과 항쟁하였음은 유명한
사실이다. 이와 같이 서인에게도 수많은 분파가 생겼으나 인조 일대에는 반정 공
신의 일파가 정권을 잡고 있어 세도를 부리던 시대라고 할 수 있다.

—『영남일보』 446호, 1947.1.25, 1면.

· **같은 날, 같은 면 기사 중에서**

   * 입법의원의 찬탁贊託 · 반탁反託은 자유 / 모스크바의 결정을 실천시킬 뿐 / 러치 군
     정장관, 기자단 회견
   * 일부 불평 분자의 그릇된 활동은 유감 / 미 국무성, 하지 중장의 경고 확인
   * 인도 독립 선언 결의안 / 인도 국민의회에서 만장일치

9. 제2기의 붕당 정세 (2)

   인조 1대간에 걸쳐 권세를 잡고 오던 서인은 인조의 죽음 후 효종이 즉위하자
다시 형세가 일변하였으니, 효종은 즉위 전 봉림대군鳳林大君으로 있을 때 병자호
란으로 말미암아 오랜 세월 청나라에 인질이 되어 심양瀋陽(지금의 봉천奉天)에 있
었던 관계로 보복하려는 마음이 깊었고, 또 서인의 원로인 김자점金自點을 배척코
자 하여 국정을 송시열과 송준길에게 위임하였으므로 김자점은 마침내 멀리 유
배되었다가 다시 반역죄로 처형되었다. 그리하여 효종으로부터 현종까지의 기

---

41 태두泰斗 : 어떤 분야에서 가장 권위가 있는 사람을 비유적으로 이르는 말.

간 중에는 같은 서인 쪽에서도 청서淸西의 일당인 산당山黨의 송시열·송준길 일 파가 득세하여, 송시열은 좌의정, 송준길은 이조판서의 높은 직위에 있었다. 이 때 남인의 형세는 어떠하였는가 하면 최초 김자점·김류 등 서인이 인조를 옹립 하여 국정을 잡게 되자 인심을 수습코자 당시 남인 중에서 인망이 높은 이원익李 元翼을 영의정으로 추대하였다. 그러나 남인은 아무 실권이 없고 서인의 여택餘 澤[42] 아래에서 간신히 명맥을 보전하고 있었을 뿐이었다. 이때 대북大北은 전멸 상태이었으므로 결국 서인·남인·소북小北의 3파가 남은 셈인데, 당시 세상 사 람들은 이를 가리켜 삼색三色이라 하였고, 그 후 서인이 노론·소론으로 분파되 자 다시 사색四色이라고 불렀다. 현종 초년에 죽은 자의대비慈懿大妃(효종의 형 소현 세자의 부인 강씨)의 상제(喪制)에 있어서 서인 송시열이 기년설朞年說(2년설)을 주장 함에 대하여 남인 윤전尹鑴·허목許穆 등은 3년설을 주장하여 서인에 반대한 것 이 발단이 되어 서인과 남인 간에 쟁론이 일어나게 되었다. 그 후 현종 말년에 죽 은 인선대비仁宣大妃(효종의 왕비 장씨)의 상제喪制가 또 문제가 되어 송시열은 9개 월설을 주창하고 윤전 등은 기년설로 이를 반대하였다. 윤전은 남원 사람으로 호 를 백호白湖라 하였고, 일찍이 이기설理氣說을 발표하여 당시 학자의 금과옥조金科 玉條[43]였던 주자朱子의 학설에 폭탄을 던진 유명한 학자이니, 현종께서도 마침내 윤전의 주장을 용납하게 됨에 이르러 서인은 점차로 세력을 잃게 되고, 현종 말 년에는 남인 허적許積이 영의정이 되고, 현종의 뒤를 이어 숙종이 즉위하자 남인 은 더욱 세력을 얻게 되어 송시열도 마침내 벼슬을 빼앗기고 유형流刑을 당하니 이로써 서인은 실각되고 임진란 때 북인 남이공南以恭에게 탄핵을 받아 실각한 류 성룡 이후 오래 동안 어려움에 있던 남인이 다시 머리를 들게 된 것이다. 그리하 여 이들 남인 중에는 서인에 대한 태도의 강경함과 부드러움으로부터 청남淸南· 탁남濁南의 양파가 있었으니, 청남의 두령은 허목許穆·홍우원洪宇遠, 탁남의 두 령은 허적許積·목래선睦來善이었다.

—『영남일보』 448호, 1947.1.28, 1면.

---

42 여택餘澤 : 끼치고 남은 혜택.
43 금과옥조金科玉條 : 금이나 옥처럼 귀중히 여겨 꼭 지켜야 할 법칙이나 규정.

10. 제3기의 붕당 정세 (1)

이 기간은 숙종 원년부터 경종 4년까지의 약 50년간에 있어서 서인과 남인 간의 당쟁과, 서인 간에서 다시 노소 양론老少兩論으로 분열된 기간이니, 남인의 영수 허적許積이 현종의 고명顧命[44]을 받아, 즉위할 때 나이가 겨우 14세인 숙종을 보좌하여 그 권세가 일조一朝를 좌우하게 되자, 자기 부하인 병조판서 김석주金錫胄와 충돌이 생겨서 마침내 김석주의 탄핵으로 숙종 6년 허적과 윤전尹鑴은 사사賜死되고 100여 남인은 모두 조정에서 쫓겨나니 이것이 소위 경신대옥庚申大獄이라는 것으로, 남인이 집권한지 겨우 20년의 짧은 기간이었다. 이같이 남인이 물러가자 서인이 다시 머리를 들게 되니 송시열도 다시 소환되어 입조入朝되고 대로大老라는 칭호로 그 명망이 일세를 떨치게 되었다. 또 남인을 몰아냄에 공이 있은 김석주는 우의정에, 김익훈金益勳은 어영대장御營大將으로 승진하여 더욱 남인의 전멸에 주력하자, 같은 서인 중에서도 소장파 등은 김석주 · 김익훈 등의 수단이 너무 음험陰險[45]함에 염증을 일으켜 이를 반대하는 자가 생기게 되니, 그는 조지겸趙持謙 · 한태동韓泰東의 일파이었다. 그리하여 위의 양김兩金 일파를 노론이라 하고 이 소장파를 소론이라 하였다. 이때에 또 전례典禮에 관한 문제가 일어나

---

44 고명顧命 : 임금이 유언으로 세자나 종친, 신하 등에게 나라의 뒷일을 부탁함. 또는 그런 부탁.

45 음험陰險 : 겉으로는 부드럽고 솔직한 체하나, 속은 내숭스럽고 음흉하다.

찬반 양론이 대립되니, 그것은 송시열이 일찍 은혜를 받은 효종을 세실世室[46]로 봉안奉安할 것을 제의하고 또 이태조李太祖께 '소의 정륜昭義正倫'의 휘호徽號[47]를 덧붙일 것을 건의하였던바, 소론파의 윤증尹拯·박세채朴世采 등이 반대하여 양론이 대립되니, 자연 노론의 중심은 송시열, 소론의 중심은 윤증으로 지목하게 되었다. 윤증은 명재明齋라 호하여 처음에는 송시열의 문하생이었으나 윤증의 아버지 윤선거尹宣擧가 남인 윤전尹鐫과 친근하였으므로, 윤전과 상극相剋 관계인 송시열은 윤증의 가문에 대해 항상 불쾌감을 가지고 있었다. 그 후 윤증이 친아버지의 묘문墓文을 송시열에게 의뢰하였는데, 송시열은 앞서 말한 관계상 이를 거절하였으므로, 그때부터 양인의 사이는 사제師弟의 관계가 있었음에도 불구하고 서로 싫어하고 반목反目하게 되니, 그 감정은 마침내 송시열의 건의 문제에 이르러 폭발되어 숙종 10년 양인은 공공연히 대립 항쟁을 개시하게 된 것이다.

—『영남일보』 450호, 1947.1.30, 1면.

· **같은 날, 같은 면 기사 중에서**

　* 지난 번 소요 사건에 체험해 / 반탁反託 운동을 경고 / 조병옥趙炳玉 경무부장 성명

　* 남조선 중간 정부 즉시 수립하자! / 이승만 박사 워싱턴서 거듭 성명

　* 국제 노동 사절단, 극동 각국을 방문

12. 제4기의 붕당 정세 (1)[48]

제21대 영조 원년부터 제22대 정조 24년까지의 약 80년간을 제4기로 보면 이 기간은 경종景宗의 사망 후 조선조 말기의 왕인 영조께서 즉위하여 힘써 당파의

46　세실世室 : 나라에서 지내는 제사의 위패位牌를 모시던 종묘宗廟의 신실神室.
47　휘호徽號 : 왕비王妃가 죽은 뒤 시호諡號와 함께 올리던 존호尊號.
48　「11. 제3기의 붕당 정세 (2)」가 실린 신문이 소실되어 싣지 못한다.

융화를 도모하여 당쟁으로 장차 무너지려는 나라의 기반을 구조코자 노력한 시기이니, 이는 위에서 말한 바 있는 영조의 탕평蕩平에 관한 글로써 넉넉히 짐작할 수 있다. 그리하여 영조께서는 임인 무옥壬寅誣獄[49]의 진상이 폭로되자 당시 집권하고 있던 소론파의 수괴首魁를 주륙誅戮[50]하고 그 일파를 유배한 후 노론파를 등용하였다. 그러나 왕은 당파의 조화에 항상 유의하시어 1당에 정권을 오래 맡기지 않으시고 노론·소론을 교대로 채용하였는데, 이에 있어서 노론·소론 양파 중에서도 자연 탕평론을 주창하는 자가 속출하여 노론의 영상領相 홍치중洪致中과 소론의 우상右相 조문명趙文命과 같이 각파의 인물을 공평히 임용하게 되었고, 영조 16년에는 왕의 영단으로써 당쟁의 온상이었던 전랑詮郎[51] 제도를 300년 만에 폐지하고 또 영조 18년에는 문묘文廟에 비를 세워 태학太學의 학생들을 훈계하시고, 영조 32년에는 노론의 수령 송시열을 문묘에 제향祭享케 하였으며, 동 40년에는 소론인으로서는 노소 양당의 조화에 노력하여 공헌이 많은 박세채朴世采를 종사從祀케 하였다. 이같이 영조께서는 재위 52년간 시종 여일如一히 붕당의 조정에 노력하였을 뿐 아니라 영조 사후 그 세손世孫인 정조가 즉위한 뒤에도 정조께서 조왕祖王인 영조의 뜻을 받아 당파의 조정에 진력하고 인재 채용에 재능 본위를 주로 하여 당파 여하를 불문하였으니, 이에 있어서 영조·정조 재위 연간에는 당쟁이 그리 격심치 않아 오래 동안 계속되던 동족 상잔同族相殘의 피비린내 나는 참극도 중단되었다. 이는 전혀 영조·정조 두 왕의 절곡切曲한[52] 신념과 부단한 노력의 소치所致로, 성소와 같은 분은 그 침실에 '탕탕평평실蕩蕩平平室'이라는 현판을 붙여 항상 스스로 경계하시고 또 신하를 훈계한 사실 등은 유명한 일이다.

—『영남일보』 453호, 1947.2.2, 1면.

---

49 임인 무옥壬寅誣獄 : 1722년(경종 2년) 일어난 사화. 그 전해(1721년 신축년)에 일어난 사화와 합해 흔히 신임 사화로 불린다. 이 임인년 사건으로 인해 노론파가 완전히 실각했지만 다시 영조 때에 이 사건이 잘못된 것으로 번복되어 노론이 재집권하게 된다.

50 주륙誅戮 : 죄인을 죽임. 또는 죄로 몰아 죽임.

51 전랑詮郎 : 조선 시대 이조吏曹의 정랑正郎과 좌랑佐郎을 함께 일컫던 말. 조선 시대의 중요한 관직 임명은 이 전랑이 좌우했고, 이 전랑의 임면任免은 이조 판서라도 관여하지 못했고, 전랑이 스스로 후임을 추천하도록 되어 있었다.

52 절곡切曲한 : 매우 자세하고 간곡한.

· 같은 날, 같은 면 기사 중에서

* 미소 공동위 재개안 내용 공개 / 민족 제3 통일 전선 대두

* 미국, 신 강력 원자탄 제조 / 관리 위원회에 공식 보고

* 오스트리아 내 독일 자산 문제 / 소련이 사상四相 대리회에 제안

13. 제5기의 붕당 정세

정조의 뒤를 이어 즉위한 순조 임금의 원년부터 조선조 마지막 임금까지 약 110여 년간은 앞서 말한 바와 같이 영조·정조 두 임금의 노력으로 당쟁이 진정되고 인물을 공평히 채용하여 국가의 복리 증진에 공헌한 바 막대하니, 즉 정조의 다음에 즉위한 순조와 그 다음의 헌종·철종도 어린 나이에 즉위한 까닭에 외척이 정권을 좌우함으로부터 유래한 폐해가 적지 않았으나, 당쟁으로 인한 참극은 앞 임금의 노력 덕분으로 벗어날 수 있었다. 이 점으로 보아 국가의 만행萬幸이라 하겠으나, 그 반면 일반 사류士類의 의기는 소침해져 참된 우국 지사의 혈기 왕성한 풍습은 일소되고 관직을 경시하고 공부公府를 멸시하여, 재상은 중용中庸만이 좋다고 하며, 삼사三司는 말 안함으로써 훌륭하다 하며, 외관外官은 청렴으로써 최고라 하여, 이기利己·비굴卑屈·나약懦弱의 풍습이 일세를 물들이니 실로 경술국욕庚戌國辱[53]의 한 원인이 여기서 싹텄다고도 볼 수 있다. 이러한 환경 중에 고종이 즉위하니 수년간의 여파로 노론과 소론의 파당에서 교호交互 집권하였을 뿐이요 남인과 북인은 의연히 병식屏息[54] 상태이었던 것이 대원군의 당쟁 타파 정책으로, 진로가 두절되었던 남인·북인의 등용이 실현되어 북인 강시영姜時永이 홍문관 제학提學에 기용되고, 그 후 소위 갑오甲午 혁신에 있어서 문벌과 반상班常의 등급을 벽파劈破[55]하여, 귀천과 당파를 불구하고 인재를 뽑아 쓰기로 되어 사

---

53 경술 국욕庚戌國辱 : 1910년(경술년) 나라를 일본에게 빼앗긴 치욕.

54 병식屏息 : 겁이 나서 소리를 내지 못하고 숨을 죽임.

민 평등의 권리가 인정되었으나, 이는 오직 표면상에 불과하고 실제에 있어서는 의연히 노론파가 최후까지 그 타력惰力[56]을 보전하고 있어, 관계官界에서 영달榮達[57]을 구하는 자는 역시 노론과 소론 양파 중 어느 한 당에 가담하지 않고는 행세하기가 곤란한 실정이었다. 이는 경술년 국욕 당시 대신大臣 중에서 농상무대신農商務大臣 조중응趙重應을 제외하면 모두 노론이었고, 또 일본 정부로부터 귀족의 칭호를 받은 76명 중 소론 7인, 북인 2인을 제외하고는 모두 노론이었음은 그때의 실정을 여실히 엿볼 수 있는 일례이다.

끝으로 남인 남하정南夏正의 『동소 만록桐巢漫錄』에 있는 사색 당파의 특색론과, 소론 이건창李建昌의 『당의 통략黨議通略』에 있는 당쟁의 8원인을 제시하고 '사색 당쟁의 전말'이라는 제목의 이 글을 마치고자 한다.

노당老黨의 사람은 억셈이 많고, 소당少黨의 사람은 진실이 적으며, 소북小北의 사람은 색태色態[58]를 즐긴다. 그 온유하여 어리석은 듯하며 그리고도 동토東土의 본색을 잃지 않은 자는 오직 동인東人(南人을 말함)이다. 운운.

—『동소 만록』

도학(道學)이 크게 중하니 그 하나이요, 명의(名義)가 크게 엄하니 그 둘이요, 문사(文詞)가 크게 번잡하니 그 셋이요, 형옥(刑獄)이 크게 비밀스러우니 그 넷이요, 대각(臺閣)이 너무 높으니 그 다섯이요, 관직이 너무 맑으니 그 여섯이요, 속벌이 너무 성하니 그 일곱이요, 이어 받음이 너무 오래니 그 여덟이라. 운운.

—『당의 통략』

끝.

—『영남일보』454호, 1947.2.3, 1면.

55 　벽파劈破 : 쪼개어 깨뜨림.
56 　타력惰力 : 버릇이나 습관이 갖는 힘.
57 　영달榮達 : 지위가 높고 귀하게 됨. '출세'와 같음.
58 　색태色態 : 여자의 곱고 아름다운 자태.

· 같은 날, 같은 면 기사 중에서

* 해방은 무엇을 가져왔나? 감옥의 신음자 2만여 명 / 나날이 늘어가는 철창 속

* 정치성 없는 예술 없다 / 조선 문화 단체 연맹, 러치 장관에 항의

* 성지聖地 통치 UN 이양 / 처칠 씨 의회에서 연설

본지 창간 7주년에 즈음해

본지는 오늘로서 창간 만 7주년을 맞이하였다. 8·15해방의 감격 속에서 일제의 언어 말살 정책의 희생으로 질식 상태에 빠져 있던 민족어를 살려서 제국주의의 약소 민족 억압 정책의 불의를 고함쳐 타파하려는 의욕과, 인간 자유·민족 자유를 옹호하여 세계가 지향하는바 민주주의의 정로를 매진하는 봉화가 되려는 포부 아래 고고呱呱의 소리를 외쳤던 것이다. 이래 7주년, 호를 거듭하기 2,299호, 오늘날의 성과를 거두게 된 것은 오로지 국가 사회의 따뜻한 보호와 길러주심이 본사 관계 사원들의 헌신적 노력에 조화되고 부합되었던 결과일 것이니, 이에 감사의 뜻을 표하지 않을 수 없는 바이다.

현실의 역사가 복잡하고 다난하였던 만큼, 이를 나날이 반영하는 신문이 복잡다난하지 않을 수 없다. 해방 직후의 좌우 사상의 대립과 투쟁 속에서, 정부 수립 전후의 공산 계열의 파괴 행동 속에서, 모든 유혹과 위협에 움직이지 않고 감연히 시시비비, 파사현정破邪顯正의 필법을 건지히여, 피란 많았던 언론계에서 꾸준히 신문의 본분을 지켜 온 것은 신문 역사상 찾아보기 드문 일이라 할 수 있을 것이다. 더욱이 6·25동란이 발발한 이래 전선戰線의 사기 앙양과 후방의 단결을 촉진하여 성전聖戰 완수에 지면을 최대한으로 활용한 것은 빛나는 업적이 아닐 수 없는 것이다.

이제 세계의 객관 정세는 나날이 위기를 배태하여 가고 있으며 민주주의 수호의 선봉을 담당하고 있는 우리나라는 그 첫째 목표가 조국 통일에 있고 다음으로 민주세계의 승리의 일역을 맡아서 임무를 완수하는 데에 있다. 소련은 중공과의 회담에서 침략을 계속할 것을 지령하고 있으며, 손바닥만한 한반도를 그들의 세계 정책의 희생으로 택하여 이를 전고 미유前古未有의 가열苛烈한 전투의 시험 지대로 만들고 있으며, 나아가서는 3차 대전의 승부를 결하려는 소모 전술을 취할지도 모르는 일이다. 이러한 급박한 시기에 처하여 올바른 언론의 전개로 민주 언론의 선봉을 받으려는 것이 또한 본지의 의욕이기도 하다.

이러한 복잡한 시대일수록 정확한 언론, 추상열일秋霜烈日의 비판이 필요하게 되는 것이며, 이러한 요구는 본지의 정의를 위하여 불의에는 추호秋毫의 비호庇護가 없는 정신에 합치되는 것이다. 본지는 아직 시설의 불충분과, 경제적으로 태산 반석 위에 서지 못한 만큼 신문 제작에 많은 지장을 느끼고 이를 극복하기에 심혈을 기울이고 있는바, 이것은 우리에게 부여된 사명이 지공무사至公無私한 춘추 필법春秋筆法에 있으니 이를 위하여 더한층의 자아 비판과 사회적인 지도 편달을 기다려 앞날의 발전을 기하려는 바이다.

—『영남일보』, 1952.10.11, 1면.

정치와 도덕

　　나는 정치와 도덕에 대한 각기 정의를 구명하여 그 관계를 학구적으로 논설코자 함이 아니요, 정치 도덕성이라는 일면을 들어 통속적, 상식적으로 이 연제演題를 해설하고자 합니다. 한 국가, 한 민족의 이익과 번영을 위하여 어떠한 방침을 세워, 이를 실천에 옮기고자 함에 있어서, 그 이념과 실행력을 가리켜 우리는 정치라고 하며, 그 정치가 항상 국리國利와 민복民福의 이념에서 출발한 노선에서 떠나지 않고자 하는 양심을 가리켜 정치 도덕이라고 합니다. 그러므로 그 정치의 결과가 국리와 민복에 배반될 때 우리는 이를 가리켜 도덕성을 몰각한 정치라고 말할 수 있습니다. 즉, 정치가 그 최고의 이념인 국리와 민복을 몰각하였느냐 아니 하였느냐로 우리는 좋지 못한 정치 즉 악정惡政과, 좋은 정치 즉 인정仁政이라는 판단을 지을 수 있는 것입니다. 다시 이를 비근한 실례로 말하면, 부자간의 관계는 친애로써, 붕우간의 관계는 신의로써 성립된다할 때, 만일 부자간에 친애라는 노가 없고 붕우산에 신의라는 덕이 없나면, 그 부사, 그 붕우는 도딕성을 몰각한 관계이므로 한 사람 한 사람의 존재와 관계만이 있을 뿐이요, 양심적 부자의 관계, 도의적 붕우의 관계는 찾을 수 없을 것입니다. 이와 같이 정치라는 것이 국리와 민복의 도덕성을 떠나서 움직일 때 그것은 정치로서의 존재와 가치를 상실하게 되는 것입니다. 다시 말하면 상업 도덕이라는 말이 있는데, 이 말은 인류 공동 생활에 있어서 그 사회의 어떠한 편익을 주겠다는 이념 밑에서 상행위를 하여야 한다는 말로서, 만일 이에 배반하여 비도덕적 상행위를 하는 자가 있다면 그는 그 사회에 해악을 끼치는 존재밖에 안 됨으로써, 그 사회는 이를 악덕 상인 또는 모리 간상謀利奸商이라는 이름으로써 그를 배격할 것입니다. 정치에 있어서도 요堯·순舜·우禹·탕湯 시대와 같이 국리와 민복을 위한 정치는 그 사회가 이를 찬양하여 강구 연월康衢烟月하던 인정仁政도 있었고, 걸주桀紂와 같이 국리 · 민복을 배각背却한 정치는 그 인민이 이를 배격하여 시일갈상是日害喪을 부르짖던 악정도 있었던 것이 모두 이러한 이유에서 설명할 수 있습니다. 우리는 지금 민주주의적 자주 독립 국가를 건설하기 위하여 고심하여 노력하고 있습니다. 즉, 사대 사상과 의타依他주의를 청산하고, 민족적 자주 정신으로 우리 국가를 건설하여 국가의 행복과 민중의 번영을 위한 민주주의 정치를 실천코자 함이 우리의 최고 목표이며 우리의 지상 명령인 것입니다. 그러하므로 자주 독립이라는 우리의 갈망과 민주 정치라는 우리의 염원에 배반되는 목표와 노선을 가지게 된다면 그것은 우리의 민족적 염원을 무시하고 우리의 총의總意를 말살하여 국리 민복을 돌아보지 않는다는 점에 있어서 비도덕적이며 악정인 것입니다.

나는 이제 정치 도덕이라는 것을 좀 더 구체적으로, 단편적으로 더듬어볼까 합니다. 인민을 위한 정치, 인민이 주인이 되고 인민이 근본이 되는 정치, 이것을 민주주의 정치라 합니다. 그런데 만약 민주주의를 표방하고도 그 정치가 인민을 위한 정치가 못 되고, 일부의 계급과 특수한 부분만을 위한 정치라면 그 정치는 비도덕적이며, 또 만약 인민이 주가 되는 정치가 아니고 인민의 총의를 무시하여, 위정자가 인민의 공복이요 인민을 위한 한 기관이라는 것을 망각하여 독단과 자행에 빠질 때 그 위정자는 비도덕적 폭군이라는 낙인으로써 인민의 배격을 받게 되는 것입니다. 또 어떠한 정당이, 그 당이 의거한 소속 계급만의 이익을 위하여 다수 인민의 총의를 무시할 때 그 정당은 비도덕적이며 따라서 그 민족의 해독인 것입니다. 또 어떠한 위정가가 자기를 선출한 지역이나 단체의 이익만에 치중하고 국리 민복이라는 정치적 최고 도덕을 배반할 때 그의 정치인적 생명과 가치는 최후의 막을 닫게 되는 것입니다.

또 민주정치의 중핵이 되고 모체가 되는 선거에 있어서 투표하는 유권자가 사리사욕과 자아 정리自我情理에 사로잡혀 국리 민복을 위하여 분투 노력할 식견과 역량이 있는 양심적 대변자를 공명정대한 정신으로 선택하지 못하였을 때 그 결과 그 국정 운영에 미치는 중대한 영향으로 보아 그 투표는 일종의 죄악입니다. 여러분! 국가를 구성한 일원이요, 민족의 일원이라는 인식과 긍지와 포부와 책임으로써 우리가 선거를 통하여 정치에 관여함에 있어서 이 신성할 정치의 최고 이 넘을 잊어버린 비양심적 한 표로 인민의 총의라는 엄숙한 현실의 일각을 혼란케 하고 마침내 국정의 운영을 그릇된 길로 인도하는 결과를 본다면 그가 의식적이었든 아니었든 간에 그는 국가 민족에 대한 반역의 죄책을 면할 길이 없을 것입니다.

나는 인민의 총의라는 말을 하였습니다. 한 국내에는 자기의 세력 단체의 권위를 이용하여 자기 특수의 이익만을 농단弄斷코자 하는 많은 사회적 세력 단체가 있습니다. 실례를 들면 농공상農工商의 세력 단체, 자본가의 세력 단체, 노동자의 세력 단체와 같은 것으로, 이들 세력 단체는 자기네의 목적, 자기네의 이익을 위하여 여러 가지 요구와 주장이 있습니다. 그리하여 이 단체와 단체와의 요구는 서로 상반되고 이익은 서로 상충되어 인민의 총의면에 혼란과 착잡錯雜을 보게 되는 경우가 있을 것입니다.

이러한 경우에 이 혼란과 착잡을 조정함에 있어서 만약 일부 단체의 이익만에 치중하며 전 국가 전 인민의 공통된 복리를 망각하여 불편부당 공명정대한 정치를 하지 않았다면 그 정치는 완전한 실패이며 죄악입니다. 여기에서 정치 도덕은 기술적으로도 총명과 지혜라는 미덕을 갖추어야 되는 것임을 알 수 있습니다. 어떤 이는 말하기를 정치는 힘이므로 그 목적을 위하여는 수단을 가리지 않는다 합니다. 그러나 그 수단 방법이 비도덕적인 이상 그 목적도 도덕적 이념에 배치되지 않을 수 없는 동시에, 그 정치는 악마의 정치이며 그 힘은 악마의 힘입니다. 우리는 포악한 정치가가 왕왕 이러한 궤변詭辯으로 자기 변명을 하는 모략에 속아서는 안 됩니다.

다시 고개를 돌려 우리의 다리 아래를 굽어볼 때, 우리는 해방 후 일년 반이 되어도 갈망하는 건국을 이루지 못하고 병술년도 많은 숙제를 남긴 채 저물고 있습니다. 이 건국을 하루라도 속히 실현시키기 위하여 우리는 민족 통일을 위한 좌우 합작을 부르짖고 있습니다. 그러나 이 합작이 원만히 되지 않는 이유는 어디 있습니까? 사상의 좌우 분열은 세계적 현상입니다. 좌우익이 분립된 민족도 국가가 있고 정치가 있습니다. 다만 좌우 사상의 분립이 건국을 저해하는 것이 아니라 좌우 진영에 있는 정치인의 정치 도덕의 수준이 저열한 까닭이 그 원인이라고 믿습니다. 비록 그들의 노선이 다르다 할지라도 그 노선이라는 것이 3천만 민족의 총의적 염원이요, 최고 목표인 자주 독립 국가의 건설을 위한 노선이라 할

진대, 노선만을 가지고 서로 고집하며 서로 항쟁한다 하면 앞뒤와 본말을 잊어버린 망동일 뿐 아니라 삼천만의 총의를 유린하고 민족의 지상 명령을 거부하는 비도덕적 행동이며 극악한 민족 반역이 되는 것입니다.

정치인은 모름지기 정치 도덕의 수준을 향상시켜 본말 전도의 망상 망동과 자당 본위의 부패성을 깨끗이 청산하고 허심 탄회하고 엄숙한 자기 비판에서 새로운 출발이 없이는 우리의 건국도 백년하청百年河淸을 기다리는 어리석음밖에 안 된다는 결론을 얻고서 정치와 도덕이라는 이 연제演題의 해설을 마칩니다.

—『국민 도덕 강연집』 제1집, 대한 국민 도덕과 성경 연구회(대구), 1947.5.25.

불굴不屈의 투혼鬪魂

한韓민족은 세계 어느 민족에 비교해서도 뒤떨어지지 않는 문화 민족임을 자랑하고 싶다. 한민족이 지닌 연면連綿한 민족사는 문화의 유산을 많이 남기고 있다. 역사상으로 한민족의 조상은 인류 문화사에 자랑할 여러 가지 물질적 정신적 기여를 하고 있다.

장구長久한 역사를 가지고 정신적 세련洗鍊을 받아 온 한국은 불굴의 투혼鬪魂을 가지고 있다. 이것이 우리가 가진바 최대의 저력底力이 될 것이다.

근세사가 말해 주는 사대주의·쇄국주의를 쥐고 일본 제국주의의 식민지의 피압박 민족으로서 반세기 동안 질식 상태에 빠지게 되어 세계 열강列强의 시야 밖에 방치되었고, 외부 압력은 우리의 새 문명에 대한 맹아萌芽의 온상溫床을 짓밟아 주고 말았다. 착취의 손길이 뻗치는 곳에 경제의 윤택이 있을 수 없었다. 억압의 상풍霜風이 부는 곳에 기술의 꽃이 필 수도 없었다. 그러나 해방 후 8년, 황폐된 굉아에서 한국은 재기再起의 용광로鎔鑛爐로서 세계의 이목耳目을 경도驚倒하게 하고 말았다. 한번 민족의 역량을 경주傾注할 때는 무엇이든지 해낼 수 있다는 것을 사실로서 증명하고 있다. 그것은 다름 아닌 문화 민족으로서의, 정신적으로 풍부한 유산을 계승하고 있음을 말하는 것이며 정신적 저력의 위대함을 이름이다.

사변이 일어날 때까지도 한국군에는 새로운 기술이 필요한 무기를 주지 않았다고 한다. 그 이유를 자세히는 알 수 없으나 좌우간 사실이 그러했던 것인데, 한번 전란이 발발하자 단시일 안에 무無에서 유有를 낳게 한 것과 같은 국군의 전투력은 그것이 어디서 오는 것일까? 구식에 속하고 폐물에 가까운 전투기들을 부리고 조립하고 부속품을 보충하는 기술은 어디서 오는 것일까?

한국은 물질적으로 빈곤은 하지마는 이 빈곤을 극복할 수 있는 정신적 저력이 있다. 이것을 충분히 발휘 못하고 있는 것은 조건이 성숙하지 않기 때문이다. 이 조건은 내적으로도 성숙하게 될 것이나 그것은 오랜 시간을 요해야 할 것이니, 우선 급한 일로서 외적인 조건 부여가 필요하게 된다. 외적인 조건 부여는 현재로 보아서 유엔에서 해야 할 문제이다.

—『코매트』(空軍旬報) 통권 2호, 공군본부 정훈감실 발행, 1953.1.15, 11~13면.

영광록靈光錄

하늘에서 이룸과 같이 땅에서 또한 이루어지이다.

— 天主經('주님의 기도' 옛 번역)

色不異空 · 空不異色 · 色卽是空 · 空卽是色

— 마하 반야 바라밀다 心經

1. 天의 一

우주 전체는 '우주의 마음'으로써 움직이고 있다. 그는 창조자의 조화된 사랑과 지혜와 생명의 무한한 활동이다.

그리하여 생명은 상념想念을 창조의 주형鑄型으로 쓰는 것이다. 그는 마치 미술가가 먼저 마음속으로 무공간無空間의 세계에 그림의 구도를 생각한 뒤에 두뇌와 손의 창조력으로 그 그림을 형과 색으로 표현하는 것과 같은 것이다. 그러므로 마음은 개인의 마음이나 우주의 마음이나를 물론하고 그가 활동을 일으킴에 있어서는 '상념의 작용'이라는 과정을 통과치 않고는 안 되는 것이다. 그리하여 상념은 '말'로써 표현되는 것이다. 신약에 "처음에 말씀이 있었다. 말씀은 신과 같이 있었다. 말씀은 즉 신이다. 모든 만물이 이에 의하여 창조되었으니 이로써 창조되지 않은 것은 없다"고 기록되어 있다. 또 성서에는 신의 말씀으로 먼저 빛光이 생기고 사람은 신의 입으로부터 나온 숨息으로부터 창조되었다고 기록되어 있다.

이야말로 과학자의 의문인 "최초의 에―텔 선와旋渦는 어떻게 하여 생긴 것인가?"에 대한 답이다. 만약 우리가 최원시最原始의 '에―텔기'가 어떻게 발생되었는가를 설명할 수 있다면 그 '에―텔기'가 진화하여 우주의 태양계 조직으로 발전한 경로를 쉽게 알 수가 있을 것이다.

그러면 과연 어디로부터 최원시最原始의 '에―텔기'가 발생한 것일까?

우리는 누구나 물리학을 연구한 결과 최원시의 우주의 실질이라고 가설된 '에―텔'은 그 각 부분이 완전히 평형 상태로 있었을 것을 알고 있다. 이 평형 상태가 진동을 일으켜 형체 있는 물질로 만들어지려면, 물질은 아직 그때 나타나지 않았을 것이므로, 이 실질에 비물질적인 힘이 활동하였을 것을 알 수 있다. 이 비물질적인 힘이라는 것은 바꾸어 말하면 의지의 힘, 또는 마음의 작용이라고 인정할 수 있다.

그러므로 우주의 최원시의 운동인 '에―텔 선와旋渦'의 운동은 마음의 힘에 의하여 그 운동이 환기되었다고 과학자는 해석할 것이다. 이 해석은 곧 심령학心靈學의 설명과 일치된다. "신의 영靈이 물위를 덮었다." "신이 생명의 숨을 불어넣어 사람이 되었다" 하고 기록된 성서의 설명과 일치된다.

생명은 생명 이외의 것으로부터 생길 수는 없다. 활동력은 마음으로부터서만 생기는 것이다. 영, 즉 SPIRIT라는 말은 라틴어 SPIRO(나는 호흡한다)라는 말로부터 생긴 것이다.

그러므로 우주는 마음의 SPIRO에 의하여 생긴 것이다. 고대의 철학자는 영의 내발內發[1] 운동을 '호흡'이라는 말로 표현하였다.

또 구약 권두에는 "신의 영이 물위로 움직였다"고 기록되었는데, '물'이라 함은 마음, 즉 우주의 실질을 가리킨 은어隱語이다. 호흡, 즉 말씀이 우주의 실질에 활동하여 눈으로 볼 수 있는 우주의 재료가 생긴 것이다. 그리하여 그 재료가 여러 가지 형태로 배열되어 태양, 달, 별, 육지, 바다, 식물, 인간 등이 창조된 것이다.

―『영남일보』, 1954.2.6.

1　내발內發 : 외부의 자극 없이 안에서 자연히 생김.

2. 天의 二

그러므로 우리는 우주의 실질이 상념에 의하여 활동하고 상념이 말로써 표현되는 것임을 알 수 있다. 다시 우리는 한걸음 나아가 말씀은 소리聲에 의하여 표현된다고도 할 수 있다. 그러므로 고대의 예언자의 글 중에는 "주님이 물 위에서 소리를 내시다"는 문구가 곳곳이 있다. 다시 말하면 이 우주는 소리聲로써 환기된 '에―텔' 운동, 즉 '에―텔' 파동으로써 된 것이다. 소리聲가 나기 전에는 이 우주는 보이지 않는 어둠 속, 그리고 무공간無空間 속에 잠재하여 있었음에 불과하다. 우주령宇宙靈이 어떠한 세계를 어디다가 창조하려고 할 때 그때 즉시 소리聲에 의하여 운동 또는 파동을 일으키는 것이다. 따라서 객관 세계의 전체는 모두 어떠한 형태로서의 파동이라고 설명할 수 있다.

모든 물질적 존재는 이들 분자로 분해할 수 있다. 그리고 신흥 물리학의 학설상으로는 전자는 '에―텔'파光波로 분해할 수 있다. 그런데 전술한 바와 같이 '에―텔'은 무공간의 세계로부터 생명의 진동을 일으켜 공간적으로 전개케 한 것의 가명假名이다. 따라서 일체의 현상계는 생명의 진동인 '에네르기'의 별명에 불과한 것이다. 그러므로 현상적인 만물의 궁극적 본질은 모두 동일한 것이다. 따라 이 물질과 저 물질이 상이하다는 것은 요컨대 어떤 면적 내의 전자수와 그 운동 속도 또는 진동수가 각기 상이하다는 것을 의미하는 것밖에 안 되는 것이다. 이는 우리가 살고 있는 세계의 모든 사물이 개별로 존재한 것이 아니요 모든 것이 본질적으로 '일체'인 것을 말하는 것이다. '윌리암·헤이스·월드'는 "수많은 별星 세계로 성립되어 있는 이 대우주는 하나이다. 그것은 같은 실질로 만들어졌고 같은 힘으로 움직이며 같은 물리적 법칙에 의하여 지배되고 있다. 그는 오직 한 개의 체계이다. 오직 하나의 법칙이다. 오직 일련의 사상이다. 오직 하나의 구도이다. 오직 하나의 기하학이다. 유일의 공식에 들어맞는 유일의 단계이다. 그리하여 유일의 불가분의 우주이다"라고 하였다.

이 유일의 실질이라 함은 수동적 방면으로 해석하면 '무無'요 능작能作적 근원으로 해석하면 '심心'이다. 그리하여 능작적 힘이라는 것은 상념을 말하는 것이

다. 이 상념이 신의 상념을 말할 때 이를 이념이라고 하는 것이요 인간의 상념을
말할 때 불교의 소위 아뢰야식阿賴耶識, 즉 관념력이라는 것이다. 이 상념이 구체
화되어 말言이 되고 다시 표현되어 소리聲 또는 파동이 되는 것이다. 소리라는 것
은 목적이 있는 음향을 말함인데, 목적이 있는 음향은 즉 말이다. 그러므로 창조
의 동력이 되는 것은 말言이라는 것을 알 수 있다. 이 진리는 우주에 대해서나 개
인에 대해서나 마찬가지다.

3. 天의 三

　우리의 말言이 창조의 원동력을 가지고 있음을 우리는 믿는다. 우리가 신의 본
성(혹은 佛心 혹은 明德)을 가지고 있음이 사실일진대 우리가 우주의 실질에 파동을
주게 되는 사상을 내포한 말言을 발하였을 때 그 말은 어떠한 창조의 동력을 가지
고 있음이 명백하다.
　"네 말로 네가 義가 되고 네 말로 네가 저주를 받으리라"는 성경에서 볼 수 있
는 이 이치이다.
　우리가 발發하는 말의 힘과 그 영속성은 무선전신에서 볼 수 있는 이상한 현상
으로 이를 실증할 수 있으니, 무선전신의 기사는 때때로 그 수신기에 방송 불명
의 주악奏樂과 말과 기타 여러 가지 음성과 같은 이상한 소리를 받는 일이 있다.
이 수신기가 받는 이상한 파동은 오랜 이전에 공간에 일으킨 파동이라고 많은 사
람들이 믿고 있다. 그러나 어느 때 어디서 생긴 파동인가는 알 수 없다. 악기를 울
리며 일으키는 파동波動과 성음聲音은 영원히 사라지지 않을 것이라는 것은 상상
할 수가 있다. 다시 말하면 이 공간에 나타났던 음파는 영원히 사라지지 않으리
라는 것이다. 그는 우주의 실질을 파동케 하고 그 파동이 영원히 계속해 반향함
을 방지하는 이외 아무 것도 없다는 것이다. 그렇다면 미구未久에 일층 미묘한 무
선전신기가 발명되어 예수가 이전에 '갈릴레아' 호반에서 그 제자에게 설교한 말

씀과 그 십자가에 못박힐 때

"주님 용서하소서, 저들은 스스로 어찌할 바를 모르는 때문입니다"라고 한 말을 스스로 수신기가 캐치할 수 있을 것이다.

그것은 그쯤 하고 우리는 이것만은 믿을 수 있다. 즉 우리의 말은 창조의 원동력을 가지고 있다는 것이다. 그리하여 그것은 우리의 운명을 우리의 환경, 우리의 육체상에 작용하여 이를 선하게나 악하게나 변개할 수가 있다는 것이다. 그러므로 우리는 우리가 발하는 말을 엄격히 선택하여야 할 것이다.

우주는 감각이 예민한 귀耳다. 우리는 이 예민한 귀에 대하여 조금이라도 남을 상하게 하는 말을 들리게 해서는 안 된다. 비루한 사상을 남에게 인상印象케 하는 말을 발하여서는 안 된다. 남을 공격하거나 원망하는 말을 들리어서는 안 된다. 그러나 자기의 가정을 저주하며, 직업을 저주하며, 환경을 저주하며, 자기 자신을 저주하고 있는 사람이 얼마나 많은가? 비관적 사상을 발표하는 것은 그에 상응한 분위기를 빚어내고야 마는 것이니, 다시 말하면 그는 자기가 두려워하고 걱정하는 사물을 자기 스스로 자기의 주위에 만들고 있는 것이다. 냉혹한 말을 발하지 말라. 냉혹한 말은 그에게 냉혹한 경우를 초래케 하는 까닭이다. 남을 심판하지 말라. 자기의 환경까지 그 심판의 말과 같이 만들게 되는 까닭이다. "사람의 입으로부터 발하는 헛된 말은 심판일에 다 헤아리게 될 것이다"라고 성서에는 기록되어 있다. 심판의 날이라고 함은 미래가 아니요 각인의 현재 '그때'를 말하는 것이다.

저열한 영혼이 항상 자타의 운명을 파괴하는 말을 발하고 있음에 반하여 높은 영혼은 항상 자타의 운명을 건설하는 말, 즉 유쾌한 말, 선의善意의 말, 자타에 용기를 주는 말을 발하고 있는 것이다. 이 같은 사람은 인류에 대하여 축복을 주는 사람이다. 그리하여 누구든지 쉽게 이 축복을 주는 사람이 될 수 있는 것이다. 그리하여 그는 전 인류를 축복하고 전 인류는 그를 축복을 주는 자라고 숭앙하는 것이다. 이같이 남을 높이는 자는 결국 자기 스스로를 높이게 되는 것이다. 그러나 그렇다고 그는 이 같은 갚음報酬을 받고자 생각한 결과는 아니다. 그는 오직 그의 동포 내지 인류를 사랑하는 때문이다. 성서에는 '말씀'은 발밑을 비추는 등대이며 길을 비추는 빛이라고 기록되어 있다.

우리는 자기의 사상 감정을 가장 훌륭하고 가장 아름다운 것으로 충만케 할 것

이다. 우리의 사상과 감정이 미와 우아로 충만될 때 우리의 말은 아름답고 우아
할 것이며 이 말은 장엄 영묘한 운명과 환경을 만들 것이다. (天의 항목 끝)

—『영남일보』, 1954.2.12.

4. 地의 一

心體光明 暗室中有靑天, 念頭暗昧 白日下生厲鬼

마음 바탕이 밝으면 어두운 밤 방안에도 푸른 하늘이 있고, 생각이 어두우면 밝은 대
낮에도 악귀가 나타나리라.

— 채근담菜根譚

나는 새로운 힘과 새로운 용기를 가지고 내 스스로의 생활을 지배하고자 한다.
나의 가슴에는 항상 기쁨과 정열이 넘쳐 흘러나니 그것은 내가 구하기 전에 내게
필요한 모든 것을 이미 받고 있음을 깨닫고 믿는 까닭이다. 나는 이제 고치지 않
고 나를 수호하는 무한, 전체의 힘을 스스로 느낀다. 어떠한 일이 생기든지 그에
대한 준비가 이미 나에게 부여되고 있음을 나는 믿는다.

나에게 지혜가 필요하면 그 지혜를 이미 받았고, 나에게 용기가 필요하다면 그
용기를 이미 받았음을 나는 믿는다. 내 몸 속에서 살고 있는 생명은 절대자인 그
와 융합하여 일체가 된 것이다. 내 몸 속에서 약동하는 생명의 청수淸水는 무한으
로 솟아나고 있다. 진리는 나에게 모든 것을 깨닫게 하여 착한 길로 나를 인도하
고 있다. 나는 전능한 힘에 의하여 수호되어 있고 그리고 또 무한한 힘의 원천을
가지고 있다. 영묘불사의靈妙不思議의 힘과 평화가 그 샘 속에서 용출湧出하고 있
나니 이제 나를 접하는 사람들은 나의 분위기에 큰 힘이 있음을 느낄 것이다. 이
힘은 내 생명이 가진 '무한한 자'의 힘이다.

5. 地의 二

本來無緣 本來無事 飢來則食 困來則眠 綠水靑山 任意逍遙 漁村酒舍 安閑自在 年代甲子總不
知 春來依舊草自靑

— 曹溪退隱

나는 지금 심안心眼을 열어 내 심혼心魂의 신적神的인 성질을 의식한다. 나는 지금 우주 모든 것의 근본인 절대자와 완전한 결합임을 의식한다. 그는 모든 것과 나의 모든 것에 상재常在하고 있음을 확신 불의不疑한다. 이 숭고한 자각을 얻었으므로 나는 감히 일체 만물 중에서 가장 좋은 것을 요구하고 향유享有할 수 있는 것이다. 나는 헛되이 남의 힘을 구하지 않는다. 왜냐하면 절대자는 글자 그대로 전지 전능함임을 나는 아는 까닭이다.

나는 나의 생명 속에 절대한 힘이 감추어 있음을 확인한다. 이 힘이 아직 완전히 발휘되지 않았다 할지라도 그를 소유하고 있음을 자각한다. 나는 무한한 생명과 일체이다.

나는 무한한 지혜와 일체이다. 나는 무한한 사랑과 일체이다. 그러므로 절대자가 가진 일체를 나도 소유하고 있는 것이다. 나는 어떠한 것에게도 나의 심혼이 속박되지 않는다는 것을 자랑할 수 있다. 그리하여 나는 절대자와 완전한 결합에 있어서 일체임을 아는 고로 평등하다. 만일 절대자와 나와의 결합을 깨뜨리는 감정이 나에게 있다면 나는 이를 영원히 방하放下할 것이다. 나는 그와 일체이다. 따라서 나는 선善과 일체이다.

나는 이제 선과 융합하여 일체임을 느낀다. 나는 이미 선과의 사이에 아무러한 소격疏隔도 없음을 느낀다. 나는 나의 근본이신 절대자의 한 분신分身으로서의 권리를 자각하고 기쁨에 넘쳐 있다.

나는 악몽에서 깨어나 절대자의 품안에 안겨 있다. 나는 이제 내 속에 있는 절대자의 생명과 사랑과 지혜를 명백히 알 수 있다. 나는 나의 병액病厄과 빈곤, 불행이 자기 자신의 상념의 반영임에 불과한 것임을 오득悟得하였다. 그러므로 나는 가장 선한 것, 가장 정결한 것, 가장 참된 것만을 생각하고자 한다. 이같이 '마음의 법칙'을 오득悟得하였으므로 내가 요구하는 진선미眞善美의 일체를 차지할 수 있는 것이다.

6. 地의 三

방울새가 참새보고 물었습니다.
마음 조린 사람들이 왜 이다지도
초조와 근심 중에 허덕이나요
참새가 방울새를 바라보면서
동무야, 그네들은 하늘에 계신
너와 나를 기르시는 전능한 이를 모른다더라.

— 헬츠

나는 절대자와 일체이므로 절대자의 본성인 선善의 일체를 나도 향유享有하고 있다. 절대자는 전능하다. 그러므로 나도 또한 전능하다. 나는 전지全知한 절대자의 인도를 받으므로 나도 또한 전지하다. 절대자에게는 피로와 권태가 있을 리가 없으므로 나도 결코 실패와 피로를 알지 못한다. 나는 나를 완전히 그에게 맡겼으므로 나는 이제 타인의 편견과 비리와 시대의 전통으로부터 완전 자유이다. 나는 자기 자신의 판단과 자기 자신의 표준을 가지고 있다. 나는 자기와 전全 의식의 해방을 얻어 법열法悅에 넘쳐 있다. 나는 영원이다. 나는 진리이다. 나는 생명이다. 나는 지혜이다. 그리하여 절대자는 완전하다. 그러므로 그의 분신인 나는 매일 완전함을 발휘하고 있다.

나는 이제 항상 나의 기구祈求를 충족케 하여 주는 절대자에게 감사의 마음을 가지고 있다. 내가 기구하기 전에 이미 이루어지는 절대자의 섭리에 감사한다.

나는 내가 살고 있는 이 세계가 나의 기분과 상념의 반영임을 각득覺得하였다. 그러므로 지금부터는 힘써 아름답고 선하고 참된 것만을 생각하고 말하고 또 듣기로 할 것이다. 나는 나와 절대자가 일체인 진리를 항상 마음속에 간직하여 이 피아彼我 일체감一體感에 의하여서 나의 상념이 반듯하고 나의 감정이 반듯하고 따라서 나의 상념과 감정의 반영인 내가 살고 있는 이 세계가 반듯하여질 것을 나는 믿는다. "하늘에서 이루어진 것이 땅에서 또한 이루어질 것"을 믿는다. 나는 지금 기쁨과 평화에 충만하여 있다. 절대자의 나라의 영원한 설계에 있어 절대자와 함께 창조하는 기쁨을 나는 느낀다.

7. 地의 四

無垢淸淨光, 慧日破諸闇, 能伏諸風火, 普明照世間, 悲體戒雷震, 慈意妙大雲, 澍甘露法雨, 減諸煩惱焰, 爭談經官處, 怖畏軍陣中, 念彼觀音力, 衆怨悉退散

—法華經 普門品

"觀音妙智力 能救世間苦" 내가 살고 있는 이 우주는 질내사의 묘지력妙智力의 표현이다. 하늘의 별은 절대자가 나를 수호하고 있는 눈동자이며, 나뭇가지를 스치는 바람 소리, 시냇물의 잔잔한 속삭임, 이 모든 것은 절대자의 사랑에 넘친 음향이다.

이 우주의 모든 힘은 나를 살리고자 애쓰는 사랑의 노력 아님이 없다. 이 우주는 나를 이해하고 있고, 나는 이 우주를 이해하고 있다. 그러므로 나에게는 공포가 없고 불안이 없으니, 그것은 내가 이 우주에 편재遍在한 절대자의 생명의 샘물을 마시며 살고 있는 까닭이요, 이 우주의 모든 힘과 조화하고 있는 까닭이다. 그리하여 나는 이제 '사랑'과 '지혜'에 포섭되고 인도되어 평화의 길을 걷고 있는 것이다.

관음묘지력觀音妙智力은 우주 정화淨化의 지혜이며, 우주를 육성하는 대자비이

다. 나는 이 관음묘지력과 함께 있으므로 나를 대항할 힘은 없을 것이며 따라서
그의 묘지력은 나를 사랑하고 나를 선도하여서 나에게 새로운 생명을 항상 주고
있는 것이다.

8. 地의 五

믿음이 없고 패역悖逆한 세대여, 너희가 만일 믿음이 한 겨자芥子씨만치만 있으면 이
산을 명하여 여기서 저기로 옮기라 하여도 옮길 것이요, 또 너희가 못할 것이 없으리라.

— 마태오복음

딸아, 네 믿음이 너를 구원하였으니 편안히 가라. 네 병에서 놓여 건강할지어다.

— 마르코복음

너희의 헤아리는 그 헤아림으로 너희도 헤아림을 도로 받을 것이니라.

— 루가복음

나는 나의 운명과 환경을 자기의 마음대로 지배할 수 있음을 깨달았다. 나의
심정이 선할 때 나의 상념은 선하고, 나의 상념이 선할 때 나의 말은 선하고, 나의
말이 선할 때 내가 살고 있는 세계는 선한 이상理想 세계임을 알았다. 그러므로
지금부터 나는 내 입으로 악을 발하지 않을 것이며 불상不祥할 것을 말하지 않을
것이다. 그리고 또한 그러한 것을 생각지도 않을 것이며 귀로 듣지도 않을 것이다.
남을 심판코자 하는 성벽性癖과 악을 발견코자 하는 습관은 완전히 소멸하고야
말 것이다. 나는 이제 자기와 자기 친지를, 또는 자기 직업에 대하여 비관적으로
비평하지 않을 것이다.
나는 낙관 그것이요 희망 그것이다. 따라서 항시恒時도 깊은 희열에 넘쳐 있다.
나는 만인의 행복을 빌며 만물에 대하여 축복하여 마지않는다. 그리하여 내 말은
육肉이 되어 형상形象의 세계에 구현될 것이다. 나는 사람의 말이 창조 작용을 가

지고 있음을 확신하므로, 자기가 욕구하는 사물은 선밖에 모르는 우주의 창조력을 빌어 반드시 자기의 주위에 나타날 것을 믿는다.

9. 地의 六

世人爲榮利纏縛, 動曰塵世苦海 不知雲白山靑, 川行石立, 花樂鳥笑, 谷答樵謳, 世亦不塵, 海亦
不苦, 彼自塵苦其心爾

— 洪自誠

우리는 우리의 마음속에 광대무변한 우주를 감추고 있다. 하늘의 별을 치어다보는 우리는 그 별보다도 광대한 것이다. 우리는 우리 마음속에 별을 이해하는 비류比類없는 능력이 있음을 알 수 있다. 즉 우리는 별 이상의 것이다. 어째 그러냐 하면 우리는 그들을 이해하는 동시에 자기 자신도 이해할 수 있는 까닭이다. 우리는 별의 궤도를 활보하는 위대한 존재이다. 조물주와 같이 만들어졌고 영원한 길을 걷고 있는 자이다. 우리는 마음을 가지고 있으므로 만물의 영장이요 세계의 왕자王者이다. 우리는 별보다노 위대하브도 이 우주를 창소할 힘과노 같은 것이다. 그렇다. 우리는 우주를 창조하는 힘과 일체이다. 그러므로 우리는 모든 종류의 공포와 빈약과 비루卑陋를 초월하여 생활한다. 별보다도 위대한 우리를, 이 대지와 천공天空을 창조하고 지배하는 절대력이 안고安固히 수호하고 있을 것은 물론이 아닌가.

우리의 생명은 우주와 같이 무한이다. 그러므로 우리는 완전히 건강하여야 할 것이다. 우리의 사랑은 우주와 같이 무한이다. 그러므로 우리는 완전히 행복하다.

우리의 지혜는 우주와 같이 무한이다. 그러므로 우리는 평화롭고 조화를 잃지 않는다. 지금 우리는 평화와 안심과 넘치는 생명력을 느끼다. 즉 우리는 이 무한한 생명 속에서, 이 무한한 지혜 속에서, 이 무한한 사랑 속에서 살고 있다. 저 청공靑空을 헤치며 나는 새들과 같이, 저 일광을 받으며 흔흔欣欣히 자라나는 초목과 같이.

10. 地의 七

천도天道(우주의 마음. 선한 상념에서 움직이는 사람의 마음, 진리)는 싸우지 않고도 이기고, 말하지 않아도 마음대로 응하며, 부르지 않아도 스스로 오니, 탄탄坦坦히, 또 유유히 모두 조화를 잃지 않고 원만히 성취된다. 이 소위 천망天網이 무한히 광대하고도 또한 세밀하여 조그마한 하나라도 잃지 않는 바이다.

—老子

우주는 무한이며 또 그 혜택도 무한이다. 그러나 그 혜택을 받아들이는 그릇 이상의 것은 받을 수 없다. 우리는 '법칙'에 대하여 호소하는 것만을 '법칙'으로부터 받을 수 있는 것이다. 따라서 '법칙'은 우리가 '법칙'에 대하여 가지는 태도와 같은 태도로써 우리에게 줄 뿐이다. 남의 것을 탈취할 때 또한 그만큼 남에게 빼앗기며, 남에게 베풀어 아낌이 없으면 또한 그만큼 남에게로부터 받게 되는 것이다. 그리하여 대자대비大慈大悲 지인지성至仁至聖한 '아버지'로 생각할 때 그는 대자대비한 '아버지'로 나타나 사랑하는 아들을 행복의 세계로 인도하는 것이다. 이에 반하여 그를 준엄 냉혹한 심판자로 믿을 때 그는 우리에게 준엄 냉혹한 '아버지'로 나타날 것이다.

다시, 그를 우리에게 악의를 가진 적대자로 인정하면 그는 악마로 나타나 우리의 최후의 일리 일호一厘一毫까지 빼앗아 영구히 우리를 석방하지 않을 것이다. 즉 있는 자에게는 더 줄 것이며 없는 자에게는 그 가진 것까지 빼앗을 것이다.

11. 地의 八

德不孤 必有隣

仁者無敵

朝聞道 夕死可矣

—論語

우리는 '선善'만을 구한다. 그것은 만인과 만물 중에서 선을 보았기 때문이다. 구약 창세기 1장의 말과 같이 창조된 만물은 모두 '선'한 까닭이다. 그리하여 미묘美妙한 조화와 우주에 넘치는 사랑을 통하여 그 선은 만물의 근본이요 만물의 '아버지'임을 알 수 있다. 따라서 만인은 나의 동포요 나의 형제임을 알 수 있다. 이 세계에 있어 누구나 나에게 적대하는 자도 없고 나도 이 세계의 누구에게나 적대하지 않는다. 전 인류는 나의 친족이요 나는 전 인류의 벗이다. 따라서 나는 이 우주를 지배하는 법칙이 내 마음을 반영하고 있음을 알 수 있다. 그러므로 나는 숭고하고 선한 상념만을 마음에 간직하고자 노력한다. 이 노력으로 나는 이제 가장 빛난 믿음과 광명한 정서로 충만되어 있는 것이다.

나는 '악惡'이라는 것에 아무 힘도 없음을 알았다. 악이 가지고 있는 힘은 우리가 그에게 부여한 힘 외에 아무 것도 없는 것이다. 나는 이제 악이 부여한 힘을 도로 버리고 있다. 즉 악이 존재한다는 사상을 철회한다는 것이다. 그리하여 악은 '본래 무無'로 돌아가는 것이다. 이제 나는 건전하고 조화된 것만을 생각하며, 또한 건전하고 조화된 것만을 우주로부터 받는다. 우주의 마음은 나의 상념에 상응한 사물을 만들어 주고 있다. 나의 상념은 완전 원만하고 나의 믿음은 확고 불변이다. 나는 자기가 완전히 건강하게 있음을 생각한다. 따라서 나는 이제 이미 쾌유된 것이다. 이같이 나의 구하는 바가 모두 충족됨에 나는 항상 감사한다. 나의 부모와 처자에, 나의 이웃에, 일월성신日月星辰 산천 국토山川國土에, 과거·현재·미래의 모든 중생에 감사한다.

12. 地의 九

大哉라 心이여, 하늘의 高함은 不可極이나, 心은 天의 上에 出하며, 땅의 厚함은 不可測이나 心은 地의 下에 出하며, 日月光明의 表에 出하며, 大千沙界는 不可窮이니 心은 大千沙界의 外에 出한다. 其太虛인가 其元氣인가. 心은 能히 太虛를 包하여 元氣를 孕한 者이니, 天地도 我를 待하여 覆載하고 日月도 我를 待하여 運行하고 四時도 我를 待하여 變化하고 萬物도 我를 待하여 發生하나니, 大哉라 心이여.

―塋西禪師

우리에게는 사랑과 생명과 지혜가 부여되어 있다. 그리하여 그 힘은 모두 무한하다. 이는 신神이 가진 사랑과 생명과 지혜와 동질의 것일 것이니, 만약 그렇지 않다면 우리 인간은 신의 사랑과 생명과 지혜를 이해할 수 없을 것이다. 따라서 신의 속성과 인간의 그것과는 서로 작용할 수 없을 것이다. 그러므로 신의 생명과 사랑과 지혜는 인간의 생명과 사랑과 지혜와 동질의 것이요, 또 그것은 보다 무한한 것이며, 그리고 같은 종류의 2개의 무한은 존재할 수 없는 것이므로 그것은 일체임을 알 수 있다.

"나는 아버지이신 이와 일체이다."

라고 그리스도는 말하였다. 군중은 이때 그를 치고자 돌을 들었다. 그리스도는 다시 군중을 향하여

"아버지이신 이로부터 받은 많은 선을 너희들에게 말하였고 또 보이었는데 어찌하여 너희들은 도리어 나를 돌로써 치고자 하느냐?"

하고 부르짖었다.

"너는 신을 모독하였다. 너는 인간으로서 감히 자기가 신이라고 말하지 않았던가?"

군중은 더욱 흥분하였다.

"너희들은 신이라고 너희들의 성서에 기록되어 있지 않느냐?"

그리스도는 사악邪惡과 위선僞善과 법률의 힘으로 그를 죽이고자 하는 여러 사람을 바라보면서 인간의 신성神性을 설교하는 것이었다.

“내가 신의 행실을 하지 못하거든 너희들은 나를 믿지 말라. 그러나 내가 아버지이신 이의 행실을 행하고 있다면 나를 믿지 않을지라도 나의 행실을 믿으라. 그리할 때 너희들은 신이 자기 속에 계시고 자기가 신과 같이 있다는 것을 깨달을 것이다.”

그리스도는 다시 제자들을 돌아보며

“너희들은 이보다도 더 위대한 행실을 할 것이다. 그것은 내가 아버지이신 이의 곳으로 돌아가는 까닭이다. 내가 아버지이신 이와 일체임과 같이 너희들도 아버지이신 이와 일체가 될 수 있는 것이다.”

—『영남일보』, 1954.3.12.

[덧붙임] 靈光錄의 ‘신아일체론神我一體論’에 대한 ‘罪惡子’와 교동校洞 K씨의 서한에 대한 회답은 이것으로 대신합니다.

13. 地의 十

무거운 짐을 들어주는
보는 것을 비추어 주는
사랑이여 사랑의 힘이여
너희들 두려워 말고 싸움을 그치라

사랑은 모든 것을 주나니
그리고
사랑은 신이니
그러므로 무소부재 공기 속에서도 우리의 숨 속에서도
안 보이는 자수慈手는
널리 뻗치어

무찰불현無刹不現 신의 섭리여

사랑은 생명이다
노도怒濤는
우리의 탄 배를 피안彼岸에까지
'물결아 잠잠하라'
조류潮流를 움직임도 사랑의 힘
사랑은 암초를 피하는 조종자
그는 앞길을 비추는 등대
×　×　×
잊음忘의 길로 우리는 달리자.
마음의 분묘에는 많은 시체가 쌓이나니
그것은 증오와 공포와 의혹의 추한 시체
이들의 시체를 슬퍼하는 자여
과거의 생활이 아무러하든
비탄은 오직 비탄을 부르나니
우리는 이를 잊어버리자
잊음의 길로 우리는 달리자
질투는 불쾌한 손님
증오는 평화와 안정安靜의 적
눈물은 부富를 더하지 않는다
분노에 행복한 생활은 없나니
애상哀想과 초조는 악귀의 온상
우리는 이를 잊어버리자.

　마음의 법칙을 알지 못하는 자는 항상 소심익익小心翼翼하여 우연에만 의존하려는 비굴과, 그리고 그 비굴에 상응하는 재화災禍와 홍수와 폭풍이 습래襲來하는 세계에서 생활한다. 자기의 마음의 주인공 되기를 싫어하는 자는 약의 힘이나 술의 힘이나 색色의 힘에 휩쓸리고 현혹되어 결국 괴로움을 스스로 선택하는 것이다. 염세가厭世家는 스스로 즐겨 음울한 법칙을 지키며 생활하고, 낙천가는 스스로 즐겨 광명한 법칙 아래에서 생활하고, 물질주의자는 물질적 법칙에 얽매이어 숙명론의 세계에서 생활한다.

"나는 마음의 세계에서 생활하고 그 세계의 법칙을 지키는 자이다. 나는 영장靈長이요, 이 세계도 영묘靈妙하므로 나는 자기의 운명을 지배할 수 있다. 나는 신의 생활을 생활하나니 신의 생활의 열매는 사랑과 기쁨과 그리고 평안이다."

그리하여 선인선과善因善果 악인악과惡因惡果로, 원인은 반드시 결과를 보게 되는 것이니, 악 또는 선한 상념과 말은 그 뿌린 바 씨에 대한 열매를 스스로 거두어들이지 않으면 안 되는 것이다.

이로써 우리의 생활을 지배하는 법칙은 사랑과 신앙과 번영과 진리임을 알 수 있나니, 그리하여 우리는 장래의 추수를 위하여 좋은 종자를 뿌려야 할 것이다. 나는 좋은 수확을 예기豫期하나니, 그러므로 나는 평화와 신앙 속에서 태연한 것이다. 나는 나 자신의 모든 것을 신에게 맡기어 후회하지 않노니 그것은 신의 법칙은 사랑인 까닭이다. (地의 항목 끝)

—『영남일보』, 1954.3.25.

14. 人의

귀에 미묘美妙의 한 천고天鼓 소리가 항상 들리고, 눈에 '마하만다라'의 찬란한 꽃비가 내리는 천국이 현세에 실현되기를 우리는 바란다.

이 천고라 함은 하늘에 있는 북을 말함이 아니라 우리들 인간이 서로 위로하고 서로 칭찬하는 소리를 말함이요, '만다라'라 함은 인도에 있는 꽃 이름을 말함이 아니라 우리들 인간이 가지고 있는 부드러운 미소, 친절한 말씀, 아름다운 동작을 말한 것이다. 이러한 소리와 꽃으로 충만되고 장식된 상태가 곧 천국이요 극락이니, 이를 서방 십억토西方十億土 밖에서만, 또는 사후死後에서만 구하고자 함은 참으로 지혜롭지 못할 일이다.

그러니 무엇보다 우리는 우리의 가정을 먼저 정토화淨土化하기에 노력하자. 이에 실패한다는 것은 인간 생활의 기초를 세우는 데 실패한다는 것을 의미하는 것이다. 우리는 첫째, 우리의 가족을 사랑하자. 항상 명랑한 표정과 부드러운 말로써 가족을 대하자. 이 사랑에서 움직이는 상념想念과 표정과 발음 속으로부터 천국은 그때 즉시 임하는 것이다. 즉 자기의 가정을 행복스러운 가정으로 만드는 비결은 여기 있는 것이다.

밥상을 받을 때 감사하자. 음식의 본원인 신의 생명력에, 이를 만들어 준 농민의 노고에, 이를 조리하여 준 아내에게 또는 가족과 식모에게. 밥상을 받고서 반찬이 어떠니, 조리調理가 어떠니 하면서 잔소리하는 버릇을 가진 사람이 많다. 그리하여 이 잔소리로 인하여 온 종일 그 가정이 불쾌한 안개 속에 잠기게 되는 경험을 우리도 가지고 있다.

음식의 맛은 그 종류나 조리에 있는 것이 아니라 유쾌한 기분과 음식을 원하는 공복空腹에 있다는 진리를 우리는 잊어버리고 있다. 등산 때 맛보는 주먹밥의 미감味感, 절식節食으로 굶주린 수인囚人의 왕성한 식욕을 생각하여 볼 때 이 진리를 알 수 있는 것이다. 육식이 어떠니, 영양이 어떠니, 하는 것은 이 진리를 잊어버린 일종의 악습이요 미신이다. 따라서 음식을 맛없게 먹었다는 것은 그를 조리하여 준 가족의 죄가 아님을 알 수 있다.

기래즉식飢來則食하고 곤래즉수困來則睡가 본래의 면목이어늘 습관과 미신에 사로잡혀 공복이 아닌데 먹고자 하며 졸리지 않는데 자고자 하므로 식욕은 감퇴되고 불면의 증세는 나타나는 것이다.

착한 일을 한 번만 행하고 그만두는 자는 아무 일에도 성공할 수 없는 자가 된다. 조그마한 선이라도 이를 계속하는 데서 우리의 혼은 진보되고 우리의 환경은 천국화하는 것이다. 과연 선행의 습관을 중도에서 폐기한 때문에 타락한 인간이 우리가 아는 범위 내에서도 얼마나 많은가?

─『영남일보』, 1954.3.29.

15. 人의 二

눈眼은 마음의 창窓이라고 하는데 사람의 안광眼光을 볼 때 가지각색이다. 유화柔和한, 예민한, 따뜻한, 냉랭한, 교활한, 소름이 끼칠 듯이 무서운······.

어떤 사람은 만날 때마다 까닭 없이 정답고 친하고 싶고 사귀고 싶은데, 어떤 사람은 만나자마자 까닭 없이 보기 싫고 멀리하고 싶고 경계하고 싶고 정이 붙지 않고 그렇다.

이 모든 원인은 그 사람의 얼굴의 미추美醜에 있는 것이 아니라 전혀 그 사람의 눈빛眼光 여하가 그같이 느끼게 하는 것이다.

마음이 비어空 깨끗이 맑은 사람은 그 눈도 또한 맑다. 어린 아이의 눈이 맑은 것은 천공쾌활天空快闊의 동심을 가진 소치이다. 이 동심을 잃어버린 아이의 눈은 그렇지 않으니 악독한 계모의 밑에서 학대를 받고 있는 아이의 눈동자에서 우리는 흔히 이러한 맑지 못한 눈동자를 볼 수 있다. 우리는 천진난만한 동심에서 빛나는 이러한 눈동자를 언제나 가지고 있고 싶다.

가지각색의 눈동자 중에서도 제일 보기 싫은 눈이 교활한 눈이라 할까? 우리의 마음속에 사랑이 깃들 때 그 눈동자는 따뜻하고 정답다. 그러나 지혜로 빛나는 눈은 때로 냉랭하고 이 냉랭한 눈이 그 지혜의 깊이에 따라 침착 냉철한 빛을 띨 때 숭고한 느낌을 가지게 한다. 그러니 교활한 소지小智에서 움직이는 눈동자는 그 눈동자가 편안한 자리를 잡지 못하여 정면으로 사람을 바로 보지 못한다.

맑고 사랑스러운 눈으로 이 세상을 보는 사람에게 행복이 있을진저! 자기의 운명과 환경이 마음의 그림자임이 진리일진대, 눈동자의 생김 그대로 그 사람의 운명은 결정되는 것이다. 우리의 눈빛이 흐릴 때 우리의 마음도 흐리어 있고 질투와 미움으로 모角가 질 때 우리의 눈도 삼각으로 모가 지는 것이다.

"네 이웃을 사랑하라"고 기독은 말하였다. 창문 앞의 화초를 사랑하고 계단 옆의 가축을 사랑할 때 그 화초, 그 가축은 나를 위로하여 주고 사랑하여 주는 것이다. 남편을 사랑하는 처는 남편의 사랑을 받을 것이요, 처를 사랑하는 남편은 처의 사랑을 받을 것이다. 자녀를 사랑하는 어버이, 어버이를 사랑하는 자녀 또한 그러하다. 즉 환경은 자기의 마음 그대로 나타나는 것이다. 분노의 정이 발동할 때 상대자의 얼굴은 보기에도 불쾌하기 짝이 없다. 그 얼굴은 역시 사랑하던 처의 얼굴이요, 애아愛兒의 얼굴 그대로이나, 그러한 얼굴이 돌연 불쾌하게 보이는 것은 무슨 까닭인가? 이는 이편의 분노의 감정이 상대방에 이입移入한 때문이다. 즉 상대는 자기의 마음 그대로 변동하는 것이다.

이를 '리프스'는 '감정의 이입'이라 말하였고 석가는 '삼계三界는 유심소현唯心所現'이라고 말하였다.

16. 人의 三

'밀레–'의 '만종晩鐘'에는 농부가 저녁놀에 물들은 넓은 밭 가운데 서서 신에게 감사 예배를 드리고 있다. 그윽한 종소리가 어디로부터인지 들려오는 듯 멀리 성당의 첨탑이 보인다.

우리는 이 그림을 볼 때 그 농부의 자태 속에서 신의 자태를 보는 것이다. 이는 감사의 염念으로 충만되어 있는 농부의 자태를 통하여 신의 자태를 영감靈感하게 되는 것이니, 다시 말하면 감사의 염파念波가 신의 파장波長을 감수感受케 하는 것이다.

이 농부는 아무 욕구도 없이 한 점 잡념도 없이 공허한 삼매경三昧境에서 오직 감사하고 있을 뿐이다. 황벽 선사黃蘗禪師의 소위 '오유예배吾唯禮拜'이다. 현상적으로 어떤 이익이 있으므로 감사하다는 조건부가 아니라 그저 감사하다는 그 심경이 존귀한 것이다. 극락으로 갈 수 있으므로 염불한다는 생각은 이 염불을 무슨 입장권과 같이 생각하는 일종의 탐욕이요 집착이요 번뇌에 불과하므로 이 같은 생각으로 제도濟度를 받고자 함은 불가능한 일이다. "무조건으로 감사하다. 이 몸이 이대로 어디 있든지 나는 은총을 받고 있으며 제도를 받고 있다. 이대로 불佛이다. 그러므로 더욱 감사하다"는 것이 참된 염불이다.

야차夜叉 나찰羅刹이 횡행하는 극락을 상상할 수 없다면 자신이 먼저 불佛이 되어야 정토淨土로 갈 수 있는 것이 아닌가? 자신이 부처가 될 때 그 부처의 있는 곳은 도처가 정토인 것이다.

기독은 "사람이 다시 나지 않으면 신의 나라를 보지 못한다" 하였다. 이 말에 놀란 '니고데모'는 사람이 어찌 다시 모태母胎에 들어갔다가 날 수 있을 것이냐고 반문하였다.

오관五官의 세계를 통하여 보이는 현상계의 기적에만 황홀하여 거기서 신을 보고자 하지 말고 실재 아닌 곧 환멸幻滅할 오관 세계五官世界를 떠나서 실상 세계實相世界를 영감과 믿음으로 파악할 때 그 사람은 신의 나라에 갱생된다는 것이다. 불가에서는 이를 '오온 개공五蘊皆空' '입아 아입入我我入'이라고 표현하고 있는데 다시 말하면 황벽黃蘗의 "부처에 집착하여 구하지 않고, 법에 집착하여 구하지 않고, 중衆에 집착하여 구하지 않고 오직 예배"한다는 것이다.

아무 공덕도 구하지 않고 다만 감사한다는 마음 — 부모 처자가 감사하고 이웃과 친지가 감사하고 우주 만생萬生 모두 감사하다는 심경, 이것이 갱생인 것이다. 이 감사할 줄을 모르는 마음, 그곳에 탐욕, 증오, 불평, 배신, 치정, 이기, 살생, 파괴 등 모든 악덕이 생기나니, 이를 쳐버리고 회개하여 감사한 마음을 가질 때 "천국은 그곳에 임하는 것이다."

17. 人의 四

감사하는 마음에는 항상 평화와 사랑이 깃드나니, 우리의 마음이 이같이 평화할 때에 우리는 참으로 행복한 것이다.

마음의 평화를 얻지 못할 때 억조億兆의 부富도 우리에게 행복을 주지 못할 뿐 아니라, 도리어 우리의 생활을 교란시키고 우리를 지옥으로 떨어지게 하는 무거운 짐이 될 뿐이다. 그러므로 행복은 부의 유무에 달린 것이 아니다. 그러나 그렇다고 우리는 부를 거부할 것은 아니니 부한 자가 부에 사로잡히지 않고 착한 일에 이를 이용할 때 그 부는 부할수록 남을 살리고 세상을 이롭게 하는 것이 되는 것이다.

그러나 범인은 부를 가질 때 그만 이에 사로잡혀 이를 확보하고 증식하고자 하여 착취, 인색, 배신, 모해謀害, 교만의 모든 부덕不德으로 타락되고 이 부덕은 부덕을 낳아 마침내 원매怨罵와 비난의 불행 속에서 짧은 인생을 마치게 될 뿐 아니라 그 여앙餘殃은 그의 자손에까지 미치어 골육상쟁骨肉相爭, 일가이산一家離散의 비극을 자아내는 것이다. 즉 부라는 무거운 짐에 눌리어 그 마음은 순간도 평화롭지 못한 것이니 어찌 이를 행복타 할 수 있으랴. 그 증거로 우리는 부호의 가정에서 많은 불행과 비극의 실례를 목격하고 있지 않는가? 그러므로 필요 이상의 부는 범인에 있어서는 도리어 무용無用의 무거운 짐밖에 안 되는 것이다.

"무일물중 무진장無一物中無盡藏!"

백합화의 화려한 단장을 연상하면서 이 말의 진리를 생각할 때 우리는 부의 유혹에서 초탈하여 청빈안도淸貧安道의 유열愉悅을 맛볼 수 있는 것이다. 그러나 부가 죄악에의 유혹이 된다 하여 그 죄가 부에 있는 것은 아니다. 이검利劍이 살인용이 되었다고 그 죄가 이검에 있지 않는 것과 마찬가지로 다만 이를 쓰는 자가 적당한 곳에 적당한 방법으로 쓰고 있나에 달려 있는 것이다.

18. 人의 五

우리의 고행이 신의 앞에서 존귀한 상찬賞讚이 된다는 사상은 잘못이다. 빈곤과 불행과 병고는 우리에게 괴로운 것이므로 존귀하다는 잘못된 종교적 미신이 인류의 잠재의식 중에 깊이 뿌리를 박고 있으므로 유심소현唯心所現의 마음의 법칙에 의하여 우리의 환경에 빈곤과 불행과 병고가 횡행하고 있는 것이다.

신의 전지전능과 지인지자至仁至慈를 믿으면서 우리가 바라지 않는 것을 신이 바라리라고 생각하는 것은 잘못이다. 우리가 괴로워하고 싫어하는 것을 신이 바라고 있다 할진대 우리가 가진 모든 도덕은 그 근저根底로부터 무너지고 말 것이다. 우리가 선하다고 생각한 것이 악이 되고 악이라고 생각한 것이 선이 되는 일이 있다 하면 우리는 어떻게 하여야 옳을지를 알지 못하게 될 것이 아닌가? 우리의 곤고困苦가 신의 앞에서 상찬을 받을 가치가 있는 것이라면 우리는 남의 빈곤과 불행과 병고를 구조한다는 것이 도리어 그를 선으로부터 추방하는 죄악이 되고 말 것이 아닌가? 그러나 남의 불행과 빈곤과 병고를 구조함은 선에 틀림이 없을 것이니 그러하면 병고와 불행과 빈곤은 악일 것임이 분명하고 신도 또한 이를 바라지 않을 것이다. 인류가 빈곤과 불행과 병고를 친절히 하고 존귀히 생각하는 미신에서 각성할 때, 그리고 이 모든 것이 감사할 줄을 모르는 마음, 즉 공포와 분노와 시기와 불평의 소산인 병적인 마음을 즉각에 방기放棄할 때 이 인류사회는 이들의 모든 추악이 절멸됨으로써 얼마나 명랑화할 것인가?

19. 人의 六

쉬지 않고 온열溫熱을 공급하는 태양은 그 열량이 점차로 감축되어 마지막에는 없어지는 것이 아닌가 하는 생각을 가지기 쉬우나 실은 그와 반대로 더욱 그 열량은 증가되어 간다는 것이 최신 천문학의 공통된 주장이다.

항상 남을 유익케 하고 남을 위하여 좋은 일을 생각하며 행하는 사람도 태양과 같이 더욱 자기 자신이 위대하여지는 것이다. 남에게 이용을 당한 듯 할 때 불쾌히 생각하는 사람도 있고 도리어 기뻐하는 사람도 있다. 예수는 "내가 온 것은 남에게 부림을 받고자 함이라"고 말하였다. 그는 남에게 이용당하는 것을 기뻐하는 사람 중의 한 사람이다.

다시 말하면 남에게 이용되는 일이 많을수록 그 존재는 존귀한 것이니 만약 이용할 길이 없어질 때 사람이나 물건이나 그는 폐물이라고 말한다. 나는 이만큼 은총을 받았으니 그만 만족하다고 신념의 생활을 중단하는 사람이 있다. 그는 자기는 이만큼 태양으로부터 많은 온열溫熱을 받았고 따라서 태양의 열이란 그만큼 알았으니 그만 태양 계통을 떠나도 좋다고 생각하는 지구와 같다. 지구는 태양의 혜택을 알기 위하여 태양 계통에 속한 것이 아니라 태양 계통을 실천하기 위하여 태양 계통에 속한 것이다.

지금까지 받아 오던 온열을 다시 차례차례로 반산返散함으로써 지상의 만물은 생육生育하는 것이다. 보은報恩이라 함도 이와 같은 것이니 이러한 보은이 있는 곳에 만물은 번영하고 그 번영이 있음으로써 그는 더욱 위대하여지는 것이다.

우주 만물에 대하여 감사할 때 우주 만물은 그와 더불어 화해가 성립되어 비로소 완전한 자타 일체自他一體가 되는 것이니 그리하여 우주와 같이 번영하고 우주와 같이 위대하여지는 것이다.

"신의 앞에 제물을 드리기 전에 먼저 네 형제와 화해한 뒤에 오라."

완전한 화해라 함은 관념이나 이해利害나 형식을 떠나서 충심으로 감사의 마음을 가질 때 비로소 성립되는 것이니 이 감사의 마음만이 우주와의 화해를 가져오게 하는 것이며 우주와 화해함으로써 신과의 화해가 이루어져 신아일체神我一體는 구현되는 것이다.

20. 人의 七

'삼계三界는 유심소현唯心所現'이니 오직 내 마음속에 그리고 있는 것만이 자기의 환경에 나타나는 것이다. 이 진리의 눈으로 사위四圍를 돌아볼 때 얼마나 많은 사람이 자기가 바라지 않는 불행을 그 마음속에 그리고 있는가에 놀라지 않을 수 없다.

그들은 그 불행을 바라지 않으면서 실은 그 마음속에서 불행을 만들고 있는 것이다. 어떤 이는 이에 대하여 과거의 불행은 혹은 자신의 과거의 행위가 자초自招

한 것으로 반성할 여지가 있을지 모르나, 장차 올 불행을 스스로 만들고 있다는 말은 억지의 말이라고 비난할 것이다.

이는 행위상의 실패가 유일의 불행이 되는 원인이라고 생각하는 데서 나온 말인데, 진실은, 우리의 행위는 결과이요 원인이 아니라는 것을 깨달아야 된다. 행위상 실패가 생기기 전에 이미 마음속에 만들어진 실패가 있는 것이다. 마음속에서 만들어지지 않은 실패가 행위로 나타날 수 없음은 임신하지 않은 태아가 출산할 수 없음과 같을 일이다. 그러면 우리는 불행이라는 반갑지 않은 태아를 언제 임신하였는가? 그것은 우리가 항상 '불행'을 마음속에 그릴 때마다 '마음의 법칙'이라는 태내에 이를 임신케 하고 있는 것이다.

"불행아 오라" 하고 염원하는 사람은 없을 것이다. 그러나 그들은 이미 지나간 상처를, 손해를, 박해를, 원한을, 증오를 항상 마음속에 되풀이하면서 자기 자신을 괴롭히고 있는 것이다. 또는 미래에 생길 손실과 불행을 마음속에 그리면서 공포와 불안 중에 심신이 고민하고 있는 것이다. 이것이 즉 마음의 세계에 불행을 현재 만들고 있는 것이며 또는 미래의 창조력의 옥토에 불행이라는 씨를 뿌리고 있는 것이다. 뿌리는 씨는 반드시 출생하니 이렇게 하여 우리는 현재를 고해苦海로 만들고 미래의 태내에 불행을 임신케 하는 것이다.

'지인 지자至仁至慈 대자 대비大慈大悲'의 사랑 속에서 무궁무진한 총복寵福을 누려야 할 인생이여. 과거는 과거대로 흘리어 보내고 장차 올 운명만을 아름답게 치장한 신부같이 맞이하사. 우리는 우리의 마음내로 모든 행복을 만들 수 있는 자유를 가진 것이다.

발악하는 아이놈의 찌푸린 얼굴에는 주먹이 내려질 것이요, 미소로 품속에 안기어 드는 아기에게는 아름다운 선물 꾸러미가 준비되어 있는 것이다.

21. 人의 八

　대뇌를 제거한 닭은 식물食物을 찾아 먹으려는 기능이 상실되고 있다. 모이를 그 입 속에 넣어 주면 역시 삼켜 먹는다. 개구리의 심장을 절취하여 소금물 중에 넣어 두면 잠시 동안 그 심장은 생활을 계속하여 여전히 고동鼓動한다. 이는 의식이라는 것이 대뇌로부터 발현되는 것이 아니라 대뇌나 위장이나 심장이나가 의식의 라디오 세트에 불과하다는 것을 증명하는 것이다. 의식의 본체는 따로 있어 그것이 대뇌나 위장이나 심장에 감응하여 동일 리듬의 생활 현상을 연락적連絡的으로 계속하고 있는 것이다. 인체는 대소 각종의 라디오 세트(각 기관)가 동일 방송을 받아 일대 교향악을 연주함과 같으니 그 라디오 세트는 독립된 것이 아니다. 복잡 미묘한 연락을 가지고 있으므로 기관 상호의 연락이 단절되었을 때에는 각 세트의 기능도 상실되어 각 기관에 생명의 파송波送이 재현되지 않는 것이다.

　이 현상을 우리는 '사死'라고 하는데 실은 생명 그것이 죽은 것이 아니라, 다시 말하면 인간이라는 생명이 죽어 없어진 것이 아니라 생명이 이용하여 온 라디오 세트가 파괴되었다는 것에 불과한 것이다. 이 경우에 있어서 육체인 라디오 세트의 제조자는 누구인가 하면 그는 생명, 즉 인간 자신인 것이다.

　육체라는 것은 그 생명이 '심념心念'의 실로써 짜서 만든 것인데 그 파손이 적은 경우에는 다시 '심념'의 실로써 수선하여 재용再用할 수 있으되 그 손상이 다대한 경우에는 수선하느니보다 새로이 근본적으로 개조함이 편의하거나, 또는 그 환경과 위치를 변화하는 것이 생명 그 자신의 진화에 유익한 경우에는 그 생명은 라디오 세트(육체)를 그대로 수선하지 않고 새로운 위치태胎를 물색하여 새로운 육체를 조성하는 것이다.

　그러므로 사람은 죽지 않고 영생 불멸인 것이다. 이 진리를 깨달을 때 우리는 생로병사의 사고四苦 중에 가장 큰 공포와 불안을 갖게 하는 사고死苦에서 완전히 해탈할 수 있고, 그리함으로써 모든 곤고困苦와 결박에서 해방되어 인류는 일대 환희를 가질 수 있는 것이다.

전란 이후 부모를 잃고 자식을 잃고 남편이나 아내를 잃고 애통하는 모든 사람을 위하여 나는 이러한 이치를 들어 위안코자 한다.

22. 人의 九

인간이 행복하려면 '자애심'을 가지지 않으면 안 된다. 우리의 마음속에 사랑이 깃들 때 그곳이 곧 천국이다. 만상萬象은 우주의 사랑의 현현現顯이니, 태양은 우리에게 온열溫熱을 주고, 물은 우리의 목마름을 적시고, 식물은 우리에게 의식주衣食住를 주고 있다. 우리의 안이비설眼耳鼻舌, 수족, 내장 등 모든 것이 사랑의 현현이다. 아! 공기, 아! 태양. 그중의 극소부분에 있어서 아직 불완전이 있다 할지라도 우리가 그의 사랑 속에서만 생활할 수 있는 것은 엄연한 진실이다.

이 무한 무량의 사랑 속에 싸이어 있으면서도 한 가지 두 가지로 불행을 말함은 그 마음 자체가 그만큼 행복을 받을 마음의 문을 닫고 있는 것이 된다.

우리는 먼저 감사하자. 우리가 받고 있는 이 커다란 사랑을 생각하고 만물에 대하여 우리도 항상 그 사랑을 갚아야 한다. 이 감사하는 마음을 가진다는 것은 행복으로 늘어가는 제1의 분이다. 모는 사람은 자기를 위하여 보내온 나의 사랑스러운 형제이다. 한 사람도 나에게 대하여 해심害心을 가진 자는 없는 것이다. 만약 해칠 마음을 가지고 나에게 도전하는 자가 있다면 그는 내가 먼저 해칠 마음을 내 마음속에 그린 반영이므로 그런 것은 본래 없는 것이다.

어떠한 물건도 나에게 해를 주는 것은 없다. 전지 전능과 지인 지자至仁至慈의 사랑의 본체가 우리에게 해가 될 물건을 창조할 리가 없는 까닭이다. 물이나 불이나 돌이나 흙이나는 모두 우리를 살리기 위하여 존재한 것이다. 만약 그것이 우리에게 해를 끼치는 일이 있다면 그것은 우리가 그를 반역한 때문이거나 또는 우리의 마음이 그를 반역한 때문이다. 사랑이 있는 곳에 '화和'가 있고 화和가 있는 곳에 해악은 없다. 하물며 음식물이 우리를 해한다 함은 무지한 말이다.

위장병 환자는 음식물이 인간을 해한다 하나 그러한 반역하는 마음으로 '음식물에 대한 화和'를 잃어버렸으므로 위장병이라는 것이 반영되는 것이다. 이를 증명하는 실례로 연전에 신념을 가진 수도자가 콜레라균이 섞인 식사를 섭취하고도 그 반응이 없었다는 오사카大阪 의대 병원의 실험 기록을 나는 본 일이 있다.

23. 人의 十

한 개의 고귀한 금강석이 있어 그것이 사람의 사념邪念에 더럽힘을 받지 않을 때 한하여 그것은 그대로 고귀한 것이다. 이같이 금강석의 미는 그 스스로 어디까지나 고귀한 것이다.

"내가 이를 가진다면 사치한 것이라고 할 것이다."

"내가 이를 가진다면 가짜라고 할 것이다."

"내가 이를 가진다면 도적한 것이라고 할 것이다."

고귀한 보석을 가짐에 있어 이같이 사치, 가짜, 절도 등이라는 사념邪念으로부터 나온 악명이 붙게 된다.

이리하여 무상無上의 가치를 가진 보석도 그 가지는 사람의 마음에 따라 그것은 보석이 아니라 사치가 되고 가짜가 되고 도적이 되는 것이다. 그러나 이러한 비평을 초월하여 금강석 자신은 의연히 그 자신의 광휘를 발하고 있는 것이다. 좋은 일, 착한 일을 듣고 또는 보면서도 그것이 자기의 영靈을 기르는 양식으로 받아들이지 못하는 사람은 불쌍한 사람이다. '이는 누구를 훈계하기 위하여 하는 말'이다. '이는 누구를 공격하기 위하여 쓴 글'이다. '이는 제가 잘난 체하기 위하여' '이는 남의 말과 글을 빌려서 제 말과 제 글인 체한 것' …… 이 같은 사념을 가지고, 듣고, 보고 할 때 아무리 착한 말, 좋은 글이라도 자기에게 일점의 플러스도 안 될 뿐 아니라 도리어 분쟁의 씨가 되기 쉬운 것이다.

그 어조나 문맥에 있어 그것이 훈화이거나 공격이거나 독선이거나 차작借作이나 간에, 그 말과 그 글이 진리이면 서슴지 말고 허심 담회虛心淡懷로 취득하여 자기 영혼의 양식을 삼는 것으로 족하다.

중도에서 무너져버리는 성공은 참된 성공이 아니다. 시대를 초월하여 지속되는 성공이 참된 성공이다. '나폴레옹'의 유럽 정복은 성공이 아니었으나 '그리스도'의 십자가는 성공이었다.

24. 人의 十一

성공이라는 말은 가치가 있는 것을 실현한다는 뜻이다. 우리가 스스로 반성할 때 우리는 현재의 생활에 있어, 현재의 행위에 있어, 현재의 사념思念에 있어 참으로 가치 있는 것을 실현하고 있는가? 만약 가치 있는 것 이외의 것을 우리가 추구하고 있다면 우리는 즉각으로 그 생활을 변경하지 않으면 안 된다.

그러면 실현이라는 것은 무엇인가? 물질 상태로 드러나는 것만을 실현이라고 볼 때에는 인간을 물질 목적만의 추구자가 되어 심적 태도에 일종의 공리 수단이 되어 버리고 유심론자이면서 유물론자로 떨어지는 것이다.

가치의 실현이라는 것은 마음속에 있다는 것을 깨달아야 한다. '오스카 와일드'의 말과 같이 런던의 안개는 시인이 이를 시로써 표현하였을 때 비로소 그 가치가 실현된 것이다. 그 전에도 런던의 안개는 존재하였으나 마음이 이를 인지 못하였을 때는 런던의 안개는 가치 존재가 아니었던 것이다.

이같이 가치만이 가치요 그 외의 것은 가치가 아니다. 이것이 판명되면 물질 그것만을 추구한다는 것은 어리석은 일임을 알 수 있다. 우리는 마음의 세계에만 가치를 실현하면 족한 것이니 가치는 마음의 세계에만 있기 때문이다. 우리는 사랑과 선과 지혜와 관용 등 마음속의 가치를 실현하면 족한 것이다.

이는 주관적 가치요 객관적 가치가 아니라고 생각하는 사람도 있겠으나 그렇지 않으니 객관은 주관의 반영이므로 주관이 성취되면 반드시 객관도 성취되는 것이다. 따라서 주관의 가치가 성취되지 않고 객관의 성공만을 바라는 자는 설사 그것이 일단 성공된 것처럼 보일지라도 그 성공은 조만간 붕괴·파멸되고야 마는 것이다.

25. 人의 十二

　자기 자신이 그 환경의 중심자가 되지 않으면 안 된다는 말이 있다. 이는 주위에 의하여 자신이 교란되어서는 안 된다는 뜻이다. 주위가 악하므로 자기도 괴롭다고, 즉 거세개탁擧世皆濁에 오독청吾獨淸을 탄식하는 사람이 있는데 그럴듯한 말 같이 들리나 실은 이러한 말은 비겁한 노예 근성에서 나오는 비명밖에 아무 것도 아니다.

　주위라는 것은 자신을 떠나서 독립되어 있는 것이 아니라 자기의 주위라는 것은 언제나 자기가 존재의 중심자인 것이다. 자기 자신의 자각이 굴복되지 않는 한 주위가 자신을 굴복케 할 수는 없는 것이다. 우리는 굴복하지 말자. 노예가 되지 말자. 그렇다고 고집쟁이가 되라는 말은 아니다.

　허심虛心 담회淡懷로 주위의 사정을 감수感受하는 것은 주위를 지배하는 왕자의 도道이다. 그러나 주위가 교란된다는 것은 침착을 잃어 주위의 사정을 올바르게 감수하지 못하는 때문이니 항상 침착하여 주위와 자신의 처지를 확인한 뒤에 행동을 결정하였으면 그 방향으로 일로 매진이 있을 뿐이다. 일단 결의한 이상 어떠한 중상이 있고 오해가 있더라도 좌고우면左顧右眄은 절대 금물이다.

　우리는 고결하게 살기를 원하자. 고결한 것만을 생각하고 그리고 남을 도와주고 남을 사랑하기에 힘쓰자. 우리가 남을 사랑할 때 그 사랑은 자기에게 다시 돌아오는 것이다.

　악인이라는 것은 본래 없는 것이다. 지옥도 그러하다. 악한 말, 악한 일이 나타날 때 그곳이 지옥이 되고 그에 관여한 자가 악인이 되는 것이다. 그러므로 천국

정토淨土의 실현을 바랄진대 우리는 악을 말하지 않아야 하며 또 생각지 말아야 한다. 천국을 바라보면서 악한 것, 추한 것, 거짓인 것을 생각할 때 그는 함정에 빠져 지옥으로 추락하는 것이다.

26. 人의 十三

고래古來로부터 인간의 세계관에는 세계를 상호간 아무 연락도 없는 물질과 물질과의 우연적 집합으로 성립된 존재로 보는 유물관과 세계의 운행에 목적 의지를 인정하는 유심관이 있다.

전자는 이 세계에서 생활하는 인간은 요컨대 우연히 출생하여 우연히 여러 환경을 겪어 희비 양단간을 왕래하다가 우연히 파괴되어 없어지는 것이라고 보므로 인생이란 아무 의의도 없고 물론 영원 가치라는 것을 인지하지 않으므로 그 결과는 이 인생이라는 것이 암담한 것이 되고 찰나적 자포자기적인 무목적한 퇴폐 생활에 빠지게 된다.

이에 반하여 어떤 심적 지도자에 의하여 전체가 통일되고 운행되어 있다고 보는 후사는 나시 그 세계를 지배하는 '마음'을 선악 여러 가지 복수도 보는 다원적 유심론과 신의 마음과 악마의 마음이 대립되었다고 보는 이원적 유심론이다. '쇼펜하우어'의 맹목적 일원 유심론 등이 있어 그 사람의 세계관의 여하로 그 사람의 인생의 명암과 행·불행이 나타나는 것이다.

세계를 지배하는 심적 지배자를 인정하는 점에 있어 유심관은 동일하나 그 지배자가 복수로 각기 세력을 주장하고 있다고 보는 다원적 유심관은 통일과 질서를 상징하는 이 우주를 이해하기 곤란한 주장이며 이원적 유심관도 그 결과로 보아 본인이 고난에 영합하는 잠재의식을 갖게 되어 결국 불행을 초래하는 자기 학대의 병적 인생관을 빚어낸다.

이와 같이 다원적 또는 이원적 유심관은 세계를 지배하는 의지가 복수로 되어 있어 그것이 서로 화합 통일되지 않음을 인정하므로 이러한 세계관을 가지는 사람은 피아간彼我間에 모순·충돌을 상정想定하고 그를 극복하기 위하여 고통과 곤란을 예상하므로 그의 인생은 '마음의 법칙'에 의하여 고통과 곤란이 구상화具象化된 환경을 조작하게 되는 것이다.

이에 대하여 일원적 유심관은 세계 전체가 유일의 마음에 의하여 지배되는 조화있는 세계관이므로, 그리고 유심적 일원이 전지 전능과 지인 지자至仁至慈의 본체로 보므로 이러한 세계관을 가진 사람에게는 천고天鼓의 소리와 '만다라'의 꽃으로 충만된 사랑과 선과 미의 인생이 전개되는 것이다.

그러나 만약 이 천지에 충만하고 관통하고 있는 심적 존재를 맹목적 의지라고 볼 때, 불완전한 세계의 성립을 예상하는 '쇼펜하우어'와 같이 그의 인생은 염세적이 되고 현실 생활에 불행을 초래하게 되어, 마침내 역경과 병과 빈곤이 구상화되는 것이다.

27. 人의 十四

신의 일원一元을 인정하면서 물질 세계와 심적 세계 쌍방을 신이 모두 창조한 것이라고 생각하여 물질의 법칙도 신의 법칙이요 '사랑의 법칙'도 신의 법칙이라고 보는 사람이 있다. 혹한의 물속에 빠지는 소아를 구하려는 사랑의 행동을 하였기 때문에 그 사람이 폐염에 걸리어 사망한 경우와 폐병 환자를 간호하다가 도리어 전염되어 사망한 경우가 있다 할 때 물질의 법칙은 결국 사랑의 법칙을 타멸한 셈이 된다.

그리하여 이 물질의 법칙이 신이 만든 자연계의 법칙이라고 하면 물질 법칙에 순종함이 신의 뜻에 순종하는 것이 될 것이므로 추위 속에 소아의 익사를 시이불고視而不顧하는 것은 선일 것이며 폐병 환자를 간호치 않는 것이 신의 법칙에 순종하는 것이 되어 모든 미덕은 전연 유린되어 이 지상에는 사랑도 없고 이상도 없는 오직 박정하고 냉혹한 자만이 물질의 법칙에 편승하여 승리를 획득한다는 불합리한 세계가 되고 말 것이다. 그러므로 "두 가지를 섬길 수 없다"는 예수의 말과 같이 물질의 법칙을 신의 법칙이라고 인정하는 한 '사랑의 법칙'이라는 것은 이 세계에 확립할 수 없는 것이 된다.

물질의 법칙이라는 것은 제이 염第二念 세계에 있어서 '염念의 구상화 법칙'이므로 염이 변하면 물질의 화학적 반응도 변하는 한 환상에 대한 법칙에 불과한 것이니, 물속에 뛰어들 때 폐염에 걸린다는 염을 가진 자는(그 염은 잠재의식적이거나 현재의식적이거나) 폐염에 걸리고, 결핵균에 접촉하면 폐병에 걸린다는 염을 가진 자는 폐병에 걸리는 것이나, 그렇지 않은 자는 결코 병에 걸리지 않는 것이다. 오직 '염의 구상화 법칙'에 의하여 좌우되는 것이니, 그러므로 물질의 법칙도 신의 법칙이요 사랑의 법칙도 신의 법칙이라고 믿는 자에게는 코끼리가 바늘 구멍으로 들어갈 수 없음과 같이 참된 행복의 문으로 들어갈 수 없다.

요컨대 물질적 법칙은 신이 만든 법칙이 아니므로 우리는 이를 초월할 것이며 이를 초월함으로써만 모든 미덕을 용감히 천행踐行할 수 있는 것이다.

28. 人의 十五

애행愛行의 생활과 물질의 법칙이 서로 충돌될 때 애행愛行의 생활이 물질의 법칙에 비참히 유린되는 것이 당연한 것이라고 하면, 인간은 결국 외계로부터의 물질적·맹목적 압력에 좌우될 뿐이므로 인간의 참된 자유라는 것은 있을 수 없게 된다. 행위자의 참된 자유라는 것이 확립되지 않으면 인격적 행위라는 것이 성립될 수 없으니 그렇다면 기계적 행위만이 횡행하게 되어 선도 없고 악도 없는 것이 된다.

혹자는 말하기를, 마음만 착하면 외계는 그 마음대로 현현되지 않더라도 선은 선이요, 또 인격의 자유라는 것도 '마음만의 자유'를 말함이요 외계의 자유가 아니라고 한다. 그러나 그렇다면 내외 일관된 도덕적 자유라는 것은 존재치 않게 되고 자유라든지 선이라든지 결국 마음속에서 허무하게 그리는 공상에 불과한 것이 되고 따라서 인간의 '선'이라는 것은 현실로 성립되지 않게 된다.

그러나 우리가 외계 생활에 있어서도 선을 말하고 또 우리의 마음이 선을 요구하며 인도라든가 사랑이라든가 연민이라든가에 관심을 안 가질 수 없음은 인간 존재의 근저에 있어서, 우리는 내계에 있어서 자유인 동시에 외계에 있어서도 자유라는 근본 자각을 가지고 있는 때문이다. 창세기의 인간은 신과 같이 만들었고 또 외계 일체를 완전히 지배할 기능이 부여되었다는 말과 같이 우리는 만물을 지배하는 자유가 있는 것이다.

외계와 내계가 대립되고 선과 악이 대립되고 있다는 생각을 가지고 있는 한 내외 양면이 서로 관통된 자유가 없고 따라서 내외 양면이 서로 관통된 선이라는 것이 존재치 않게 된다. 그곳에는 오직 공상만의 선, 유린된 선만이 존재하게 된다.

그러므로 인간 세상에 내외 양면, 주객 상관相貫된 '선'이라는 것의 가치와 권위를 확립하려면 마음의 자유가 동시에 행위의 자유가 되고 마음의 세계가 객관의 세계에 실현되므로, 객관 세계는 마음의 세계의 반영이라는, 다시 말하면 마음의 세계와 객관 세계는 하나의 양면이라는 진리를 밝히지 않으면 안 된다.

29. 人의 十六

윤리의 기초로서의 인격의 자유가 확립되었을 때 우리는 자유인 주체가 무엇을 행하는 것이 선이 되고 악이 되는가의 문제에 봉착된다. 우리는 어릴 때부터 선과 악의 변별에 대한 교육을 받아 왔으나 "선악의 요소는 무엇?"이라는 질문에 대할 때마다 당황하기 쉽다.

"선은 즉 신이다." 굿good(선)은 즉 갓God(신)의 별명이다. 신이 있는 곳에 선이 있고 신이 없는 곳에 선이 없다는 것이다.

신은 일원적 심적 존재이므로 만물의 창조가 그로부터 이루어졌고, 신이 나타나는 곳에 만물이 존재하는 것이니, 모든 것은 신에 있어서 일체인 것이다. 만물은 주체자의 생명이 분화된 것이므로 자타가 서로 떨어져 있으나 실은 본래 일체인 것이다. 신을 사랑하려면 신과 신에게서 나온 모든 것을 사랑하지 않으면 안 된다.

"마음을 다하고 정신을 다하고 생각을 다하여 신을 사랑하라. 이것이 첫째요, 자기의 몸과 같이 네 이웃을 사랑하라. 이것이 둘째이니. 이보다 더 큰 계명은 없다."

"간음하지 말라. 살인하지 말라. 도적하지 말라. 탐욕하지 말라. 그러나 이는 자기의 몸과 같이 제 이웃을 사랑하라는 말 속에 모두 포함된다."

"형제여. 너희는 너희에게 자유를 주기 위하여 부름을 받은 것이나, 다만 그 자유를 육肉에 따르는 기회로 삼지 말고 사랑으로써 서로 섬기라. 율법의 전체가 자기와 같이 네 이웃을 사랑하라는 한 말로써 완전한 것이다."

"사랑하는 자여, 서로 사랑하라. 사랑은 신으로부터 나오나니 무릇 사랑이 있는 자는 신으로부터 생겼고 또 신을 아는 것이다. 사랑이 없는 자는 신을 알지 못하나니 신은 즉 사랑인 때문이다."

신은 즉 사랑이다. 남을 내 몸과 같이 사랑하는 것이다. 자타는 일체이므로 자타 일체는 즉 사랑이요, 그것이 즉 신이다. 자타 일체를 생활함은 신을 생활함이요, 신을 이 세상에 나타내는 것이다. 즉 유일의 선은 신이요, 사랑이다.

30. 人의 十七

사랑이라 함은 남을 자기와 같이 본다는 말이다. 신을 사랑이라 함은 신은 만물의 본원이므로 만물을 자신과 같이 본다는 말이다. "내가 내 아이를 사랑한다"함은 그 아이를 자기처럼 본다는 말이다. 자모慈母는 애아愛兒의 코 묻은 얼굴을 더럽다 생각지 않고 뺨을 비빈다. 이것은 그 아이를 나라고 보는 까닭이다. 더럽다는 생각, 또는 경멸하는 생각은 자타가 서로 소격疎隔되 느낌에서 생기는 것이다.

우리는 입 속에 약간의 타액을 항상 가지고 있으나 그 타액을 더럽다고 생각지 않는다.

그것은 그 타액을 자기의 일부로 알기 때문이다. 일단 그 타액을 토하여 자기와 떨어진 곳에 둘 때 벌써 그 타액은 더러워 재차 입 속에 받아들이기를 꺼려한다. 이는 자기와 떨어져 있다는 감각적 인상에 따라 자기와 소격疎隔한 느낌, 더럽다는 생각을 가지게 되는 때문이다. 또 예를 들면 우리는 자기의 장관腸管 속에 다소의 분변糞便을 가지고 있으나 누구나 이를 더럽다고 하지 않는다.

분변이 있다는 것을 모르는 것은 아니나 그러나 더럽다고 생각지 않는다. 이것도 그 분변을 자기의 일부로 보는 까닭이니 일단 체외에 배출되어 자기와 격리되면 비로소 더럽다는 감을 가지게 되는 것이다.

이와 같이 무엇이든지 '자기의 일부'로 볼 때 더럽다는 감은 없어지는 것이다.

'미'라는 것은 그곳에 생명이 표현되어 있다는 뜻인데 어떤 미술품은 얼핏 보아서는 어떠한 곳에 미가 있는지 알기 어려운 때가 있다. 그러나 자세히 보면 그 미를 발견할 수 있으니 그것은 작품에 나타난 생명을 발견하고 그 생명을 자기의 생명과 일체인 것으로 느끼는 때문이다.

즉 자타 일체의 감을 받으므로 미를 느끼는 것이다. 그러므로 미나 사랑이나에 자기와 동일한 생명을 발견할 때 그곳에서 미를 느끼고 사랑을 느끼는 것이다.

31. 人의 十八

'신의 아들'로, 신과 같은 형상으로 창조된 진실 인간리얼·맨은 신의 생명을 자기의 생명으로, 신의 만덕 원만萬德圓滿, 완전한 상태를 상징화한 것을 자기의 상태로, 신 그대로의 생활을 환희하고, 신을 사랑하고, 신의 아들인 모든 인류와 우애하는 것에 기쁨을 느끼고, 형제를 배척하거나 형제를 밀어내고 자기만 승리하는 것에 부조화를 느끼게 만들어진 것이다.

그런데 왜 현상계의 인간은 낙원 정토淨土의 행복을 누리지 못하고 서로 싸우는 참담한 생활로서 이 세상을 고해苦海로 만들고 있는가?

『법화경法華經』 수량품壽量品의 "정토는 무너지지 않았는데 중생은 근심과 두려움의 모든 고뇌가 충만한 것처럼 본다" 함과 같이 실상 세계는 이미 창조되어 산야의 과수·야채는 이미 번무繁茂하고 진실 인간은 이미 신같이 완전히 창조창세기 제1장되었는데 국토에는 아직 식물이 나지 않고 인간을 다시 진토塵土로 불완전하게 만들어 뱀의 지혜에 속아서 '에덴' 동산에서 쫓기어 나고 일생 동안을 고생하다가 본래의 진토로 돌아가는 것이다.

이것이 실상 인간으로부터 가상 인간에로의 추락인 것인데, 그러면 이러한 추락이 어찌하여 생기었나 하면 실상 인간은 결코 본래 추락할 수 없는 완전한 것인데도 불구하고 스스로 추락하였다고 보는 망념妄念(뱀의 지혜)에 기인한 것이다.

실상 인간은 본래 불괴 불훼不壞不毀, 추락한 일 없이 지금 상락常樂의 실상 국토에서 유유히 환희의 창조를 계속하고 있음에도 불구하고 여몽 여환如夢如幻 진토로 만든 물질 인간을 진실 인간으로 잘못 보는 까닭이다.

그러므로 법화경이나 창세기의 기록과 같이 실상 인간, 즉 영적 실재 인간은 없어진 것이 아닌데 이를 없어졌다고 보고 물적 인간만을 실존한 것으로 보는 전도顚倒된 망상이 우리의 예지를 가려버린 때문에 실實을 실대로 보지 못하고 가假를 실이라고 미신하는 제일의 신성 은폐가 생긴 것이다. 이것이 기독교의 원죄요 불교의 무명無明이라는 것이다.

요건대 제일의 신성 은폐라 함은, 영적 실재를 은폐하여 물실적 존재도 보고 영적 인간의 실상을 은폐하여 물질적 인간으로 보고, 혹은 신국神國을 현세 이후에 오는 세계로 보아 인간의 물질적 존재가 끝나지 않으면 신국에 왕생할 수 없다고 보며, 신국이 기존한 영원 무변의 세계임을 깨닫지 못하고 진실 인간이 구원 상주久遠常住의 존재임을 깨닫지 못하여 스스로 추락되었다고 망상하는 데서 이 추락이 생기는 것이다.

이리하여 인간을 진토 즉 물질적 육체로만 보고, 세계를 물질적 존재로만 보고, 자기를 물질적 존재라고만 보는 한, 이 육체는 각인 각개로 되어 있으므로 그곳에 이기주의의 움싹이 터져, 물질은 일견 유한한 것이므로 주면 감減하다는 관념이 증식하여 마침내 쟁투 겁략爭鬪劫掠이 현출되는 것이다.

32. 人의 十九

"육체에서 조차 난 것은 육신이요 신으로 조차 난 것은 신이니, 육체로 들어가거나 육체로부터 나오거나 한 뒤에 비로소 인간의 영혼이 신의 나라로 들어간다"는 것은 잘못이다. 육체는 몇백 번 환생하여도 육肉으로부터 나온 것은 육이 될 뿐이요 현상으로부터 생긴 것은 현상일 뿐이다. 그러므로 현상 생활을 끝마친 뒤에 실상實相 세계로 이주한다 함은 잘못이다. 인물 사진에 있어서 사진의 현상現像이 끝난 뒤에 실제의 인간이 출현되는 것이 아니요, 실제 인간은 이미 엄존儼存하고 있어 여러 가지 포즈의 사진이 현상되는 것과 같이, 또 사진을 여러 장 현상하였다고 실제 인간이 그 사진에 일일이 출입하는 것이 아님과 같이, 우리들 실상 인간 즉 영적 인간은 실재하고 있어 여러 가지 상태의 현상 인간이 나타나고 있는 것이다. 렌즈를 '요凹' '철凸' 각양의 왜곡된 렌즈로 고치면 그에 응한 여러 상태의 현상이 나타나는 것과 같이 실상 인간은 현상 인간의 왜곡 여부에 불구하고 의연히 본래의 인간 그대로 엄존하고 있는 것이다. 그러므로 인간은 일개의 현상 인간 상태로부터 다음의 현상 인간 상태로, 또는 이 생의 현실계에서 저 생인 사후 명계冥界로 전전轉轉히 이주하는 것이 아니라 현세나 명계나 모두 현상 세계로서 오직 실상 세계의 상이한 렌즈와 종판種板에 의하여 나타나는 일개 현상에 불과한 것이다. 사진이 왜곡되었다고 실제의 인간이 왜곡된 것이라는 생각은 잘못이다. 그와 같이 현상 인간이 불행에 빠져 있다고 실상 인간도 불행하리라는 생각은 잘못이다. 실상 인간은 육안肉眼으로는 볼 수 없으니 '너희들은 바람이 어디서 오고 어디로 가는지 알지 못함'과 같다. 영으로조차 갱생한다 함은 현상 인간으로부터 심안心眼을 일전一轉하여 실상 인간을 본다는 말이다. 신으로조차 난 자, 즉 실상 생계生界에서 출생한 자, 즉 실상 인간만이 실상 세계로 들어갈 수 있는 것이다. 육체가 십자가에 못박히어 그가 사멸할지라도 인자人子(신으로부터 출생한 자), 즉 실상 인간은 '아브라함'이 출생하기 전부터 실재한 구원久遠의 실재이다. 그러므로 인자를 믿으라. 실상 인간을 믿으라. 구원久遠의 실재로서의 실상 인간을 믿는 자에게는 육체가 사멸되어도 영원의 생명을 얻을 것이다. (신약 요한 이와 같이 구원久遠의 실재로서 실상 인간을 믿는 자는 영원의 생명을 누릴 수 있다. 모든 인간은 구원久遠 실재의 현현顯現이니 현상 세계가 선하거나 악하거나 그런 것은 사진 현상의 호불호好不好 문제와 같은 것으로 실상 인간은 신이 창조할 때부터 항상 선한 것이다. 이를 깨닫지 못하고 인간은 자기 자신을 경멸하나 이것이 신성神性 은폐隱蔽요 원죄이며 무명無明이다.

신성神性을 은폐하고 현상계를 영출映出할지라도 완전한 신성이 영출되지 않음은, 얼굴을 가리고 사진을 찍더라도 완전한 인간의 얼굴이 영출되지 않음과 같다. 그와 같이 자기의 신성을 은폐하고 '나는 죄인이다, 제도濟度할 수 없는 중생이다' 하는 관념의 렌즈로 현상계를 영출할 때 그 현상계가 완전한 것이 못될 것은 명백하다. 따라서 이 자기 경멸의 관념은 모든 현상계의 죄악의 모태가 되고 '나는 신으로조차 출생한 실상 인간'이라는 관념은 진선미의 현상계를 창조하는 모태가 되는 것이다.

33. 人의 二十

제일의 신성 은폐원죄 이래 죄악의 관념은 모든 육체 인간의 마음속 깊이 횡재橫在한 관념으로서 "나는 이대로 죄 없는 자"라는 자각을 가진 사람은 고금에 걸쳐 오직 두 사람이 있었을 뿐이다. 그는 출생하자 "천상천하 유아독존天上天下唯我獨尊'을 부르짖고 7보를 걸었다는 석가와, 스스로 '신의 독생자'라고 명언한 기독이다.

본래 무죄 청정한 인간에게 어찌하여 죄의 관념이 생기었는가? 그것은 우리 인간이 본래 무죄한 것이므로 죄의 관념이 생겼다고 할 수 있으니 생래의 맹인은 암흑 중에 있으면서도 암흑감을 가지지 않으며, 정중지와井中之蛙는 자유의 호수를 모르므로 부자유를 느끼지 않음과 같이 이 현상계가 실상 세계가 아니라는 자각이 우리의 마음속 깊이 감추어 있음으로써 죄의 관념이 발생할 것이니 그는 본래의 완전한 실상, 즉 본래의 자유상을 나타내고자 허덕이는 마음의 신음인 것이다.

이제 우리의 본래상本來相을 숯불에 비한다면 불 위에 여러 가지 진애塵埃가 덮일 때 그 진애로부터 연기를 낸다. 이 연기가 즉 죄의 의식인 것이다. 본래 불이 없었다면 또 불을 덮은 진애가 없었다면 연기라는 것은 없었을 것이다. 그러나 그렇다고 불 그것이나 진애 그것이 연기냐 하면 그렇지도 않다. 진애가 없어지면서 불이 되려고 하는 그 활동이 즉 연기인 것이다.

그와 같이 우리의 완전한 실상은 죄도 없고 미迷도 없는 것이므로 죄라는 의식은 인간 자신의 본성에는 없는 것이니 그것은 숯불만으로는 본래 연기가 나지 않는 것과 같다. 그러나 이 실상이라는 숯불에 미迷라는 진애塵埃가 덮일 때 그 미迷를 소진키 위하여 죄의 의식이라는 연기가 생기는 것이다. 그는 숯불의 화력의 현현顯現이요 진애를 소진하여 화염을 만드는 활동인 것이다. 만약 숯불의 화력이 약하면 진애에 덮이더라도 연기는 나지 않을 것이니 그와 같이 우리 생명의 실상이 깊이 잠들고 있을 때는 죄의 의식이 생기지 않는 것이다. 또 숯불의 화력이 강하다면 연기를 내지 않고도 진애는 그대로 화염이 되고 말 것이다. 그와 같이 우리 생명의 실상이 완전히 눈을 뜨고 있을 때에는 죄의 의식이 없이 미迷는 일순一瞬 소진되어 전 생활이 광명화하는 것이다.

이와 같은 것을 우리는 인간의 죄의 의식에 있어서도 볼 수 있다. 어떤 종교에서 "너는 도저히 신의 용서를 받을 수 없는 대죄인이라"는 선고를 받자 그 사람은 죄의 의식에 압도되어 그만 발광하고 말았다 한다. 이것은 죄의 의식이라는 연기의 독소에 생명의 숯불이 질식하여 버린 것이니 그러므로 범부凡夫이니 죄인이니 하고 죄의 의식이라는 연기만을 많이 내게 하면 생명의 숯불도 자연 왕성할 것처럼 생각하는 종교가 있으나, 연기라는 것은 그 연기만 많이 내려고 애쓰지 않더라도 화력만을 왕성히 하면 연기도 왕성하여지고 진애塵埃도 일시에 연상燃上하여 광명이 빛나는 화염이 되는 것이다.

'미迷', 즉 마음의 진애塵埃를 한꺼번에 연상燃上시켜 광명이 빛나는 화염이 되게 하려면 무엇보다 마음의 통풍을 왕성히 하지 않으면 안 된다. 다시 말하면 탄산가스나 여러 가지 독소를 가진 연기를 비산飛散시켜 새로운 산소를 공급한다는 말이다.

죄의 의식이라는 연기가 심하여지면 그 연기 전체가 화염으로 화하거나 생명의 불이 그대로 질식하거나의 위기에 봉착하게 된다. 그때에 통풍이 잘 되고 안 되고에 따라 그 위기는 해결되는 것이니 이 통풍이라 함은 즉 생명의 실상에 대한 자각을 말한 것으로서 지금까지 암흑한 연기를 자기의 정체로 오관誤觀하였던 것을 연기는 연기요 불이 아니며 죄는 죄요 자기가 아닌 것이니 연기는 연기대로 사라지게 버려두어야 한다는 자각을 말하는 것이다.

지금까지 죄의 의식이라는 연기가 자기의 주위로부터 떠나지 않은 것은 '죄는 자기의 것'이라는 망념妄念의 울타리를 만들어 죄를 자기에게 붙들어 두어 죄의 의식이 자정自淨하여 외계에 비산飛散하는 것을 막고 있었던 때문이다.

인간은 본래 신으로조차 생긴 것이요. 불은 본래 불이요 연기가 아니라는 진리를 깨달을 때, 지금까지 죄와 자기를 가두어 두었던 울타리로부터 완전히 해방되어 자유로운 본래의 면목을 찾음으로써, 마음이 비로소 명랑화히여지고 띠리서 연기의 독소를 헤치기 위한 통풍이 되는 것이다. 이와 같이하여 죄라든지 미迷라든지에 향한 마음을 일전하여 신으로조차 생긴 실상 인간이 자기의 본면목이라는 자각을 가질 때 이를 '영의 전향'이라고 하는 데, 종교식으로 말하여 회개 혹은 해탈이라는 것이다.

그러나 이 영의 전향에는 죄를 혐오한다는 것이 또한 필요한 것이다. 다시 말하면 연기가 나는 것은 불이 있다는 증거이나 그렇다고 연기를 가지고 불로 보아서는 안 되며 죄의 자태를 신의 자태로 오인하여서는 안 된다는 것이다.

그러므로 화염을 왕성히 하려면 첫째로 연기에 대한 혐오감을 강렬히 하여야 할 필요가 생기는 것이다. 연기가 싫어서 견딜 수 없으므로 그 연기를 쫓기 위하여 큰 부채로 통풍을 시킬 때 그 연기는 홀연 광명이 빛나는 대화염이 되는 것이다.

이와 같이 죄의 의식이 왕성하여지면 일방으로는 죄의 의식에 압도되어 질식하는 자도 있으나 신으로조차 생긴 생명이라는 자각의 불이 왕성히 연화燃火하면 그 죄를 혐오하는 끝에 영의 전향통풍이 시작되어 그 사람의 혼은 종교적 대화염이 되어 홀연 타오르게 되는 것이다. 이와 같이 죄의 의식으로부터 어떤 사람은 죄에 압도되어 다시 일어나지 못하고 어떤 사람은 도리어 그 혼이 환희의 대화염이 되어 타오르는가 하면, 자기가 신으로조차 생긴 실상 인간이라는 신념의 화력이 강하냐 약하냐에 달려 좌우되는 것이다.

35. 人의 二十二

죄를 범한 뒤에는 자기 책벌이 수반된다. 이는 불을 진애塵埃로 덮으면 연기가 나는 것과 같은 것이니 이를 양심의 심판이라고 한다. 주 '예수'를 은 30량에 팔아 먹은 '유다'는 격렬한 양심의 가책에 못 견디어 마침내 목을 매고 장부臟腑를 노출한 채 죽고 말았다. '유다'와 같은 대죄를 범치 않은 사람에게도 그 죄에 대한 자책 관념이 있는 것이니 이는 자기 내재의 신성神性의 불이 죄의 진애를 통하여 연상燃上코자 하는 활동인 것이다. 고래로 고덕한 성자일수록 죄에 대한 자기 책벌의 관념이 강렬하였던 것이다.

죄의 의식에 따르는 불안, 즉 자기 책벌을 분석하여 보면 그 불안은 혼 내부의 부조화라고 할 수 있다. 혼의 내부에 부조화가 생김으로써 스스로 불쾌하여지고 따라서 자기 가책을 일으키는 것이다. 죄를 범하면 어찌하여 그 같은 부조화가 생기느냐 하면 자기의 신성에 맞지 않는 것이 자기에 접촉하고 있음을 느끼는 까닭이다. 마치 자기의 피부에 부적한 조잡한 면이 접찰接擦될 때와 같이 불쾌감을 느끼는 것이다.

죄의 관념 또는 행위가 이같이 불쾌감을 주는 것은 우리가 가진 신성神性에 적합치 않기 때문이다. 만약 우리의 본성이 신성이 아니라면 우리의 양심은 죄에 대하여 부조화를 느끼지 않을 것이다. 이 양심이라는 것은 즉 우리가 가지고 있는 신성의 현현顯現인 것이다. 그리하여 이 양심이 느끼는 부조화는 최초는 단순한 심적 존재이나 "염念은 구상화"한다는 삼계유심三界唯心의 법칙에 의하여 점차로 육안으로 보이고 5관으로 느끼는 상태로 실현화하여 모든 불행이 현실로 나타나는 것이다.

이와 같이 자기의 관념 그대로가 사진과 같이 객관화되어 나타나는고로 우리의 육체나 환경은 우리 마음의 자기 심판이라고 할 수 있다. 그러므로 개인의 역사는 개인의 자기 심판의 역사요 세계의 역사는 세계의 자기 심판의 역사인 것이다. 전 세계에 충만한 질투, 선망羨望, 공포, 불안, 분노, 증오 등등의 마음의 투쟁은 항상 간단間斷없이 구상화하여 그것이 형태로 나타난 포학, 쟁투, 약탈, 배척, 압박 등이 되어 전 세계의 심적 내용을 폭로하고 있는 것이다. 만약 이 세계에서 한 사람도 질투, 선망, 불안, 공포, 분노, 증오 등등의 마음의 악덕을 가지지 않는다면 이 같은 형태의 수라장은 결코 현출하지 않을 것이다.

36. 人의 二十三

"죄는 반드시 벌을 받지 않는다. 천벌, 불벌佛罰이란 것은 없다"고 악인이 번영하는 실례를 들어 말하는 사람이 있다. 신벌神罰이니 불벌佛罰이니 하여 지인지자至仁至慈한 신이나 대자대비한 불佛이 현상계의 각 개인개인을 일일이 심판한다 함은 믿을 수 없는 말이다. 그러나 신이나 불이 그 죄를 책하는 것이 아니다. 신으로조차 생긴 실상 인간을 은폐하고 있는 자태, 즉 죄는 그 자신의 불완전, 부조화한 자태를 구상화하여 죄 자신의 형상을 외계의 거울에 영출映出한 것이다.

일찍이 '예수' 시대에 죄라는 것과 불행, 재액災厄, 병기 등의 사이에 인과관계가 있나 없나를 질문한 사람이 있었다. 그에 대하여 '예수'는 "이 갈릴레아 사람들이 이런 해를 받은고로 모든 갈릴레아 사람들의 죄가 더 큰 줄로 생각하느냐? 나너희에게 이르노니 아니라. 오직 너희도 만일 회개치 아니하면 다 이같이 망하리라. 또 '실로암'에서 탑이 무너져 열여덟 사람을 눌러 죽였으니 저들의 죄 지은 것이 에루살렘에 사는 모든 사람보다 더 중한 줄로 너희가 생각하느냐? 너희에게이르노니 아니라. 오직 너희도 만일 회개치 아니하면 다 이와 같이 망하리라"고대답하였다.

죄는 그 자신을 형形으로 구상화하여 나타내는 것이므로 지금 아직 나타나지않았다 하여 회개치 않는다면 죄, 즉 '완전한 실상의 복면한 자태', 즉 불완전·부조화는 장차 구상화하여 너희들도 불행을 받게 되리라는 것이 '예수'의 철학이요윤리학인 것이다. 이와 같이 사람이 죄를 범하고도 회개하지 아니하면 염念의 구상화 법칙에 의하여 일찍 품었던 무수의 악념은 현실계에 상징화하여 자기 자신을 책벌할 때까지 없어지지 않는 잠재적 '업業'의 집적集積이 된다는 것이다.

그리하여 이 집적된 업, 즉 죄가 그 형을 나타내는 것은 죄 자신이 자괴自壞하기 위함이요, 죄 자신이 그 존재를 주장하는 것은 아니다. 죄가 현상계에 불행한상태를 나타내는 것은 신이 창조한 실상이 나타나기 위한 때문이니 다시 말하면죄가 현실적 불행으로 객관화하여 나타나는 것은 죄 자신이 그 존재권을 주장하기 위함이 아니요, 신의 영광, 즉 신이 창조한 완전한 실상이 나타나기 위한 것이다. 즉, 회개한다는 것은 혼의 전향이, 신이 창조한 실상 세계와 실상 인간을 직각적으로 파악함으로써 죄를 그대로 초월하여 버린다는 것이다. 이것이 우리가 죄를 해방하는 유일의 길이다.

37. 人의 二十四

죄라는 것은 인간 본래의 진상을 이기적 진애塵埃로 덮어 버리어 신성神性을 나타내지 못하고 있는 것을 말하는 것이다. 신에 대한 죄라는 것은 신과 자기와의 관계를 자각치 못하고 자기가 신으로조차 생긴 신의 아들이라는 진상을 찾아내지 못하는 것을 말하는 것이다. 예수는 "제일 최대의 계명은, 마음을 다하고 정신을 다하고 전 생명을 들여 신을 사랑하는 것이라"고 말하였는데 이는 인간이 본래 신과 일체인 실상을 자각하라는 말이다.

이 제일의 계명을 지킬 수 있다면 이외 일체의 계명은 모두 그 속에 포함된다는 것이 예수의 교훈이다. 그리하여 예수는 제2의 계명으로 "네 이웃을 네 몸과 같이 사랑하라"고 하였다. 그러므로 이웃에 대한 죄는 이 제2의 계명을 깨뜨리는 것이 되어 제2의 신성 은폐가 생기는 것이다. 왜 이웃을 사랑하여야 하는가? 그것은 나와 남과는 본래 일체인 때문이다. 자타가 일체라는 사실은 신아일체神我一體라는 제일 최대의 진리에서 필연 생기는 결론인 것이다. 갑은 신과 일체이요 을도 신과 일체이요 병도 신과 일체이니 그러므로 갑·을·병 3자는 일체인 것이다.

이웃을 사랑하지 않는다 함은 이 자타 일체의 진리를 배역하는 것이니 육안으로 볼 때 자타는 각개임이 틀림없으나 그는 오관五官에 사로잡힌 때문이요, 오관을 떠나서 볼 때 자타는 본래 일체임을 알 수 있는 것이다.

고독을 즐긴다는 말이 있으나 사람은 누구나 진심으로 고독을 바라는 사람은 없는 것이다. 어떠한 형식으로든지 자기와 타인을 결부시켜 그곳에 자타 일체의 사실을 형태로 나타내어 이를 기뻐한다. 연애라든지 우정이라든지 학벌, 정당, 동지애, 동포애, 애국심, 이러한 여러 가지의 현현顯現을 보게 되는데, 이는 즉 자타 일체의 실상이 ㅗ 일면의 형태를 나타낸 것이다.

그리하여 자타 일체의 보편적 사실이 완전히 그 전상全相을 나타내지 못하고 한 국부에 편도偏倒하여 나타나는 경우가 있게 되는데, 이같이 불완전한 자타 일체의 집단은 어느 정도까지 자타 일체를 실현하였다는 점에서 그만큼 실상을 나타내었고, 실상을 나타낸 그만큼 인류의 진보에 공헌한 것이 된다.

다시 말하면 두 사람만의 자타 일체인 연애라는 것은 통절히 자타 일체를 나타내고 있으나, 그것은 두 사람의 자타 일체인 고로 타에 대하여는 고립적이요 이기적인 활동을 가지게 되므로 가정 전체나 사회 전체에 대하여는 자연 마찰을 보게 되어 자칫하면 가정의 안녕이 위협되고 사회의 질서가 파괴되는 경우를 초래하게 된다.

　　그러나 이 두 사람의 자타 일체가 지순至順한 해조諧調를 가짐으로써 가정이나 사회나 국가라는 '보다 더 큰 자타 일체'와 조화하여, 보다 큰 자타 일체에 융합하고자 노력할 때에는 그 당사자의 영혼은 진보되고 따라서 그들은 정화된 사랑 속에서 우주 만생萬生과 더불어 함께 행복을 누리게 되는 것이다.

—『영남일보』, 1954.9.9.

38. 人의 二十五

　　제일의 신성神性 은폐隱蔽로서의 죄는 '신아神我 일체의 진상'을 은폐한 죄이나 제이의 신성 은폐로서의 죄는 이기심, 즉 '자타 일체의 진상'을 은폐한 죄임은 전술한 바와 같다. 이같이 죄라는 것은 모두 신성 은폐로부터 생긴 것이므로 죄를 씻는다 함은 즉 진성眞性 개현開顯을 말하는 것이 된다. 죄 자신은 인간의 진성에 배반된 것이요 또 죄와 인간은 완전히 융합할 수 없는 것이므로 죄가 축적되어 어떤 포화점 이상에 달하면 그는 자연히 자괴自壞하여 우리의 신성으로부터 분리되고 석출析出되어 표면에 나타나서 구상화한 불행과 병액病厄이 되는 것이다.

　　그러므로 보다 더 큰 자타 일체로 진전하지 못한, 작은 자타 일체의 집단은 일시는 발전하는 것같이 보이나 전체로부터의 생명의 공급이 저지되어 그 자신이 무너지고 마는 것이다. 주위와 반대하면서 무리하게 성취된 연애가 일시는 그럴듯이 보이나 미구에 부부애에 파탄을 초래하는 예가 있는데, 국가도 역시 이기적 단체로서 타국을 침략할 때 일시 우세를 유지하나 그 영화는 영속하지 못하는 것이다.

　　그러면 인간은 어찌하여 이기적 동기에 빠지게 되는가? 이는 오관五官으로써만 사물을 보는 결과 그 인상에 환혹幻惑하여 '물질 유한'의 감을 가지는 까닭이다. 물질이 마음의 반영임을 깨닫는다면 무일무중 무진장無一無中無盡藏으로 마음대로 물질을 좌우할 수 있을 것인즉, 남을 억제하고까지 이를 축적할 필요는 없는 것인데, 물질무한의 진리에 암매暗昧한 탓으로 남을 억제하고라도 자기만이 축적하겠다는 이기심이 생기고 이것이 전개되어 소위 근대의 자본주의라는 것이 출생하여 모순 투성이의 모든 제도 속에서 자기 자신을 속박하고 있는 것이다.

이기주의는 물질을 실재로 보고 그에 사로잡히는 결과 물질의 영적 진상眞相과 사람의 영적 진상을 보지 못하고 오직 물질에 집착하여 그 결과 참된 인간과 참된 인간 관계를 보지 못하는 것이다. 따라서 물질에 대한 탐욕과 피상적인 감각적 쾌락주의와 물질의 양적 다량과 찰나적 쾌감을 맛보는 기회를 많이 가졌다는 자랑, 즉 오만이라는 것이 생기는 것이다.

이 탐욕과 쾌락주의와 오만은 모두 물질에 사로잡힌 미혹에서 생긴 3개의 '죄의 아들'이니, 탐욕은 물질 유한이라는 착각에서 이를 소유하고자 전 생명을 걸게 되고, 그리하여 그 생명은 물질의 노예가 되는 것이며, 감각적 쾌락주의는 쾌快와 고苦가 본래 물질 중에 있는 것이 아닌데 이를 있다고 망상하고 추구하는 결과, 도리어 진상 본연의 쾌감으로부터 멀리 떠나게 되고 따라서 자연 그 혼이 고통을 느끼게 되어 그 반영의 결과 물질적 감각으로부터도 점차 쾌미감快美感을 잃게 되어 무엇을 하든지 흥미가 없는 우울한 '데카당적 정조情調'가 생기는 것이며, 그리고 제3의 물질의 양적 다량 및 물질의 감각량의 풍부에 대한 자랑은 자기만이 물질에 의한 잘못된 자랑을 가짐에 그칠 뿐 아니라 타인도 그러한 미혹에 빠뜨리게 하는 것이므로, 즉 자기의 신성을 은폐하는 이외에 그 이웃까지도 신성 은폐에 유혹케 하는 것이므로 이중의 죄를 범하는 것이 된다.

"생명을 얻고자 하는 자는 이를 잃고, 생명을 버리는 자는 도리어 이를 얻으리라"는 교훈의 '생명'이라 함은 개생명個生命을 말하는 것으로 자기만의 생명을 지키기 위하여 전체의 생명을 망각하고 자기 자신의 생명 중에서만 행복을 얻고자 하는 결과, 도리어 전체의 생명으로부터의 공급이 저지되어 자기 생명까지 고갈한다는 말인데, 참된 행복은 자기 자신의 진성眞性＝神性에 있는 것이므로 이에 반하여 이기주의적 만족에서 행복을 구하려 하여도 이를 얻지 못하는 것이다.

—『영남일보』, 1954.9.13.

39. 人의 二十六

　제1의 신성神性 은폐隱蔽와 제2의 신성 은폐 이외에 이들의 신성 은폐를 변명하고 은폐하려는 마음이 있는데 이러한 마음에서 제3의 신성 은폐를 보게 되는 것이다. 죄가 있을 때 그를 감추어 버리지 말고 적나라한 채로 방치하면, 즉 남이 알까 하여 염念의 힘으로 묶어 두지만 않는다면 신성은 실實이요 죄는 허虛이므로 자연 죄는 소산消散하여 신성이 현현顯現하는 것이지만, 죄를 죄가 아니라고, 즉 신성 은폐를 다시 은폐하려고 할 때 변명 은폐를 초래하고 은폐는 변명을 초래하여 신아 일체神我一體의 진상眞相은 더욱 깊이 은폐되고 마는 것이다. 이에 반하여 신성 은폐를 죄라고 솔직히 자인하고 이를 참회하여 버리면, 마치 여름의 소낙비가 과잉의 공중 수분을 일시에 씻어 버리는 것과 같이 그 뒤에는 상명爽明한 신아 일체의 진상이 나타나는 것이다.

　또 죄의 변명에는 양심의 마비가 수반하게 되는데, 양심이라는 것은 죄를 범한 육아肉我의 마음이 아니라 인간이 본래 가지고 있는 진아眞我의 마음을 말하는 것이다. 그러므로 죄에 대한 변해辯解의 마음은 필연으로 '진아'를 암매暗昧케 하고 일시 승리한 듯이 보이는 것은 위아僞我만이므로 진아의 고통은 더욱 심하여지고 따라 진아에 대한 수습은 더욱 곤난하게 되는 것이다.

　그러나 패배한 것은 진아가 아니요 의연히 위아 뿐이므로 아무리 죄를 변해하고 아무리 죄를 은폐하더라도 마음속에는 감추면 감출수록, 덮으면 덮을수록, 압력을 주면 줄수록 반발하는 압착 공기와 같이 양심의 부르짖음은 더욱 강하여지고 그것을 다시 잠재의식의 깊은 속에 파묻어 둔 채로 잊어버릴 때 그는 미구에 구상화된 불행과 병고의 자태로 표면에 나타나는 것이다.

　이 제3의 신성 은폐 외에 또 한 가지 제4의 신성 은폐가 있다. 이는 외계가 내계內界의 투영이라는 진실을 깨닫지 못하고, 외계는 자기와 별개로 독립된 존재와 같이 생각하는 곳에 진상 은폐, 즉 죄가 생기는 것이다. 이는 마치 활동사진과 같이 그것은 각본의 작자와 영화감독 합작이요 그들의 마음으로 구상할 것이 외계에 나타난 것에 불과하니 즉 그들 마음의 투영인 것이다. 따라 활동사진이라는 것은 본래 작자와 감독의 내심의 영상이요 작자와 감독의 내계적內界的 산물인 것이다. 일견 그것은 외계에 독립하여 있는 것 같다. 스크린에 비친 영화를 보면 그것은 작자와 감독의 심내心內 존재라고 생각되지 않고 자기와 독립하여 활동하는 듯이 보인다.

그리하여 작자 자신도 영화의 비극을 보고 슬퍼하며 희극을 보고 기뻐한다. 그와 같이 우리의 일상생활에서 여러 가지 문제가 번갈아 생길 때 우리는 감각에 의하여 그 사건을 보므로 그것을 외계에서 독립된 사물인양 오인하는 것이다. 그리하여 일희일비一喜一悲, 심하면 신경쇠약으로 죽는 사람도 있다.

불교에서는 "삼계三界는 유심소현唯心所現이니 심외心外에 따로 존재가 없다"고 하였고, 기독의 "입으로 들어가는 것이 너를 더럽히지 않고 입으로부터 나오는 것이 너를 더럽힌다"는 말과 같이 외계에 있는 듯이 보이나 실은 독립성을 가진 것이 아니므로 그 자신 더럽힐 힘은 없으며 또 외계의 것으로 더러우니 않으니 하나 실은 외계는 내계內界의 투영이므로 만약 더러워졌다면 그것은 안으로부터 나온 것, 즉 마음에 의하여 또는 마음에 의하여 발한 언어에 의하여 더러워진다는 말이다.

즉 신아神我 일체의 진성眞性이 은폐되어 삼계유심三界唯心의 대진리를 각득覺得치 못하므로 일체의 대타적對他的 악덕인 제5, 제6의 신성 은폐인 선망, 질투, 분노, 증오 등을 보게 되는 것이다.

―『영남일보』, 1954.9.14.

40. 人의 二十七

육아肉我라고 해서 별아別我인 것이 아니라 다 같이 신이 창조한 것으로 진아眞我의 연장延長이라 할 수 있으니, 이것을 만족케 하고 생장케 하고 무한히 발달케 하면 결국 실상아實相我에 근접하게 된다는 사상은 창세기 제2장의 "여호와 신이

흙으로 사람의 형상을 만들어 이에 생명의 기氣를 불어넣었다”고 생각하는 사상
으로서, 이러한 사상에서 출발하는 인간은 지혜 나무의 열매를 먹으면 극히 현명
하여져서 마침내는 신과 같은 예지에 도달한다고 믿고 인간 소지小智만에 의존코
자 하므로 결국 구제할 수 없는 중생이 되고 마침내 ‘에덴 낙원’으로부터 추방되
고야 마는 것이다.

‘아담의 낙원 추방’은 본래 존재치 않은 육체아肉體我가 실상 상락實相常樂의 실
재 세계에 용납되지 못하여 비非실재의 세계로 추방된 것을 말함이다. ‘워털루’전
쟁에서 ‘나폴레옹’은 “신은 천상에서 벽력하고 나는 지상에서 벽력한다. 어떤 편
이 더 위대한가?” 하고 오언傲言하였으나 그는 필경 패전하여 ‘센트헬레나’의 작
은 섬으로 유배되었다. 그는 육체아가 자각할 수 있는 최고봉에 도달하여 신과
더불어 그 높이를 비견比肩코자 한 것이다.

그는 “나의 사전에는 불가능이라는 문자가 없다”고 장담하였으나 그는 신과
일치하여 신의 무한한 힘이 자기를 통함으로써 불가능이 없다는 자각을 가진 것
이 아니었으므로 육체아의 교만의 극치에 도달하자 결국 ‘에덴 낙원’으로부터 추
방된 것이다.

교만은 이와 같이 육아肉我를 강조하는 끝에 “나는 신이다” 또는 “나는 신과 더
불어 그 높이를 다투노라”는 자각에 들어간 것이나 육아는 본래 실재가 아니므로
그는 아무리 강하다 하더라도 괴멸되고 마는 것이다.

교만의 반대로 진아를 은폐하는 죄로서 자비自卑라는 것이 있다. 자비와 겸손
은 그 근사한 것이 교만과 자존이 근사한 것과 같으나, 교만은 육아에 대한 과도
한 신뢰요 자존은 진아에 대한 완전한 신뢰인 것이며, 겸손이라 함은 육아의 무
가치함에 대한 자각이요 자비는 진아를 자비하는 것이다.

그리하여 겸손의 이면에는 실상에 대한 자각이 있어 실상을 척도로 그 부족을
반성하고 반성하여 자기를 신장케 하므로 무한히 신장할 가능성이 있으나 자비
自卑의 이면에는 자비가 있을 뿐이므로 신장이 없고 항상 스스로의 불완전을 탄
식하여 실망과 낙담과 자기自棄가 있을 뿐이다.

41. 人의 二十八

신에 대한 불신은 여러 가지 형태로 나타나고 있다. '아들을 믿지 않음은 그 아버지를 믿지 않는 자'로, 신의 아들인 인간 자신을 믿지 않고 자비自卑하는 자는 결국 '신에 대한 일대 불신'의 죄를 범하는 것이 된다. 실상을 볼 때 신은 무한력이요 그 무한력으로부터 공급을 받는 신의 아들, 즉 인간은 역시 무한력에 연결되어 있는 것이다. 이 실상 무한력의 자각이 없기 때문에 초조, 불안, 공포 등의 악덕이 생기는 것이다. 그러므로 인간이 신의 아들로서 그 무한력과 연결되었다는 신념을 가질 때 우리는 자연 이러한 악덕으로부터 원리遠離되는 것이니, 즉 반야심경般若心經 "심무괘애고 무유공포 원리일체전도망상心無罣碍故 無有恐怖 遠離一切顚倒妄想"인 것이다.

공포는 결국 자비심自卑心의 일종인데 초조·불안의 상태를 환기하여 신에 대한 순명, 즉 절대자에 전탁全托하지 못하는 상태에 도달케 한다. 이 전탁하는 마음이 없으므로 공포하고, 공포하므로 전탁할 수 없는 것이니, 이 두 가지의 진성 은폐는 상호 반영하여 더욱 실상 무외無畏의 상태를 은폐하는 것이다. 이 결과 어떠한 물질적인 육안으로 볼 수 있는 자를 신뢰코자 하는 마음이 생기게 되어 이 때문에 여러 가지 미신이 발생하고 우상이 숭배되는 것이다.

또 실상의 무한력을 믿지 않음으로써 화폐의 축석, 즉 황금 숭배라는 신성 은폐를 보게 되는데 이것도 신의 무한력을 믿지 않으므로 위급한 때에는 신보다 황금이라는 망상에 사로잡혀 그것이 망상이라는 허다한 실례를 목격하면서도 비아박등飛蛾撲燈과 같이, 꿀 함정에 빠져드는 파리 떼와 같이 도도히 황금 숭배자의 열중列中에 뛰어들고 있다. 실상의 무한력은 우리에게 상락정토常樂淨土의 환희를 무한으로 공급하는 원천이라는 진리를 자각치 못하고 황금에서 인간의 쾌락과 환희를 얻고자 하므로, 일방으로 화폐의 축적에 급급하고 일방으로는 쾌락의 추구에 화폐의 남비濫費가 생기어, 이러한 화폐의 제 곳을 얻지 못한 과잉의 축적과 또한 제 곳을 얻지 못한 산재散在로, 실상 본원이 상락常樂의 무한 공급의 본원인 것을 깨닫지 못하는 미혹이 발로하는 것인데, 근대 자본주의의 축적 경제도 이

미혹의 발로인 것이다.

만물의 영장인 인간이 '물物'로부터 생명의 환희를 찾고자 한다 함은 큰 망상인 것이다. 물질은 본래 실재가 아님에도 불구하고 이로부터 생명의 환희가 공급되리라고 믿음은 큰 잘못인 것이다. 참된 환희는 '실재가 아닌 물질'에 그 마음이 집착되지 않을 때 비로소 대생명으로부터의 은총이 반영하여 현상계에 '물物'의 무한 유통으로 나타나는 것이니 다시 말하자면 물物은 무한이나 무로 보면 무요 유로 보면 유로 나타나 용用과 시時에 따라서 무한히 순환하는 것으로 이것이 실상 본원의 신에 연결된 완전무결한 경제 생활인 것이다.

—『영남일보』, 1954.11.7.

심령학상心靈學上으로 본 생전生前과 사후死後

부록 : 광명철학光明哲學의 주장

사랑하는 이를 잃고 비탄하는 세상의 모든 사람에게 이 책을 보내며 이를 읽는 그들에게 신神의 평화와 축복이 있기를 기원한다.

내세來世의 일을 밝히는 것은 현세의 생활을 바르게 하고 죄에서 벗어나기 위하여 필요하다.
—단테

보이지 않는 것만이 진실한 존재이다.
—톨스토이

육肉을 좇는 자는 죽을 것이요, 영靈을 좇아 육의 행하는 바를 멸진滅盡하는 자는 살리라. 무릇 신의 영에 순순順하는 자는 곧 신의 아들이니, 너희가 받을 영은 노예와 같이 두려워함을 다시는 모르리라.
— 로마서 8, 13-15 (私譯)

크도다, 마음이여. 하늘의 높음은 불가극不可極이나 마음은 천상에 출出하고, 땅의 깊음은 불가측不可測이나 마음은 지하에 출出하고, 일월의 광명은 불가유不可踰나 마음은 일월광명의 표表에 출出하고, 대천 사계大千沙界는 불가궁不可窮이나 마음은 대천사계의 밖에 출出하도다. 기태허호其太虛乎아, 기원기호其元氣乎아. 마음은 즉 태허太虛를 포포包抱하고 원기元氣를 잉잉孕한 자이니, 천지도 나를 기다려 복재覆載하고, 일월도 나를 기다려 운행하고, 사시四時도 나를 기다려 변화하고, 하물下物도 나를 기다려 발생하나니, 크도다, 마음이여!
— 영서 선사塋西禪師

머리말

생명이란 무엇인가? 그는 어디로부터 와서 어디로 가는 것인가? 그리고 인간은 무엇 때문에 무엇을 하기 위하여 이 지상에 태어난 것인가? 이 질문은 모든 종교가 다루어 왔고 또한 모든 인간이 알고 싶어 한 문제이나 아직 완전한 해결을 보았다 할 수 없고, 또 설사 해결이 되어 있다 할지라도 근대인이 분명히 납득할 수 있는 형식으로 된 답안은 없다.

그러나 이 문제를 푸는 데 두 가지 방법이 있으니, 그 하나는 주관적 방법으로서, 즉 직감에 의하여 일약 생명의 실상에 뛰어드는 방법이요, 또 하나는 객관적인 방법으로서, 즉 근대 정신이 요청하는 실증을 제공함으로써 생명의 기원과 그 행방을 알려는 방법이다.

이에 있어서 심령학자들의 연구 태도를 보건대 세 가지 종류로 나눌 수 있다. 그 하나는 심령 현상에서 재료를 모아서 연구하는 것이니, 즉 어떤 사람의 죽음의 순간에 일어난 정신 교감交感 현상이나 환영幻影의 현상과, 생전에 약속한 사항을 사후에 실행한 듯이 보이는 현상과, 심령 사진의 현상을 수집하여 세밀한 조사를 하고 우발적인 부합과 사술詐術을 제거하여 순수히 현상을 현상 그대로 편견 없이 긍정하는 방법이다. 이에는 증거의 풍부라는 것이 유력한 입증의 요소가 되는 것이니, 즉 A의 죽음의 순간에 A의 환영이 우인 B에게 나타났다는 현상도 한 번이나 또는 수차 있었다는 것만으로는 우주 무한의 현상 중에 있을 수 있는 우연의 부합으로도 볼 수 있고, 설사 이 환영이 A의 영혼의 물질화Materialization한 것이라는 확증이 있다 할지라도 유사의 현상을 다수 입증하지 못할 경우에는 A의 영혼의 '사후 존속'의 이유를 가지고 B · C · D 등 또는 인간 전체의 영혼의 '사후 존속'을 결론 지을 재료가 되지 못한다. 프랑스의 천문학자로 심령 연구가인 후라마리온 씨의 삼부작 "죽음과 그 신비"(제1부 Death and Its Mystery, 제2부 At the Moment of Death, 제3부 After Death)는 유사한 무수의 재료를 종합하여 일정의 결론을 인출하고자 노력한 대저로 작자가 천문학자인 만큼 사실을 사실대로 공평히 나열하여 영혼의 사후 존속을 과학적 방법으로 입증코자 한 양서인데 이 같은 연구 태도가 이에 해당한다.

그 둘째는 연구자 자신이 영적 능력을 가지고 자기의 영시靈視, Clairvoyance나 영혼 유리遊離의 방법에 의하여 '영계靈界'를 탐구하는 방법이니 스웨덴볼그 씨의 '영계', 런던 심령대학 명예학장J. H. 막켄지 씨의 '유명幽明의 교통Spirit Intercourse', 옥스포드 대학 웨이드 씨의 Gone West 등이 이것이다. 이들은 모두 영계가 7층으로 구분되어 있다는 점에서 일치되어 있으나 막켄지 씨는 동물의 영계를 따로이 하고 인령人靈이 사는 영계는, 그 최하층이 우리가 거주하는 지상보다도 상층에 있다고 하였음에 반하여, 웨이드 씨는 최하층의 영계를 이 지상의 세계보다도 하층에 있다고 하였다. 이러한 경우 냉정한 독자는 어떤 것을 믿어야 될지 모른다. 원래 이 같은 영계 탐구란 것은 주관적 가치는 여하간에 객관적으로는 별로 큰 가치가 없다. 참으로 그 사람의 영혼이 육체를 유리遊離하여 영계를 탐구한 것인지 분별하기 어렵다. 영능자靈能者가 교양있는 학자요, 또 미신에 빠지지 않을 인물이라고 해서 그가 영시靈視한 영계가 진실하다고 판정할 증거는 되지 않는다.

제3의 방법은 우수한 영매靈媒를 통하여 그 영매에서 일어나는 현상을 냉정한 실험자가 충실히 기록하는 방법이다. 우리의 심령현상 연구의 목적은 인간에게 출생 전 또는 사후의 생활이 있는 것인가, 육체 사후에 영혼은 존속하는 것인가, 존속한다면 사후의 생활은 어떠한 상태로 존속하는가에 대한 정확한 지식을 갖고자 함에 있다. 따라서 우수한 영매라 함은 다만 물리적 심령현상, 즉 사지를 쓰지 않고 물체를 부양케 하는 영능靈能이 있다든지, 밀폐한 상자 속의 물체를 부시하는 영능靈能이 있다든지, 독신술을 행한다든지, 물품 초집招集을 자유로 한다든지의 이상 능력을 가진 것만으로는 그 자격이 부족하다. 영매는 영계에 대한 선입관념이 없는 무학자일수록 좋고, 또 심령현상에 대한 아무 소양이나 예비지식이 없는 자일수록 좋다. 그리고 속세의 경험과 여러 가지 학술에 접할 기회가 적은 연소자가 좋다. 요컨대 영매의 잠재의식이 영혼 문제에 대하여 백지에 가까운 편이 좋은 것이다. 그리고 영혼 문제에 대하여 아무 지식도 없는 영매가 빙의憑依 상태, 황홀 상태, 이중인격 상태에 들어갔을 때 영계의 상태, 영혼의 각종 계급, 그리고 ㄱ 수업 상태, ㄱ 진화 상태에 대하여 심령학자도 착상할 수 없는 정도로 합리적인 설명을 하는 경우에 비로소 그 영매는 우리의 연구에 있어서 우수한 영매라고 할 수 있다.

본서가 소개하는 다음의 기록은 프랑스의 화가 콜니리에 씨가, 18세 소녀인 자기의 모델인 레이누 양이 우연한 기회에 영매의 소질이 있음을 발견하고 수차의 연습 끝에 그녀를 통하여 영계 통신에 성공한 기록에서 요점만을 발췌하여 편집한 것이다. 이 기록의 실험자 콜니리에 씨는 직업 심령 연구가가 아니고 따라서 영혼의 사후 존속을 긍정하는 심령학설이 승리하든지, 일체를 잠재의식설로 판정하려는 심리학적 설명이 승리하든지, 아무 아픔을 느끼지 않는 순수한 미술가로서, 또는 공정한 관찰자로서의 자격을 갖추어 있다는 점, 그리고 레이누 소녀가 영매로서의 전술한 조건을 구비하였다는 점에서 본 기록은 심령 연구서 중에서 가장 믿음직한 양서이다. 씨는 이 현상의 기록을 공표하면서

"나는 스펜서의 '현자는 자기가 간직한 신앙을 우연한 것이라고 생각지 않는다. 그는 자기가 목격한 진리를 두려워하지 않고 발표한다. 그는 자기의 대담한 발표가 어떠한 사태를 야기하든지 그는 오직 자기의 사명을 다하고 있음을 알고 있을 뿐이다'라고 한 말에 격려를 받은 바 있어 이 발표로 인하여 자기에게 어떠한 판단이 내려진다 하더라도 조금도 개의치 않는다"고 말하였다.

이 기록은 1912년 초에서부터 시작하여 1914년 2월에 이르는 동안에 무려 100여 면에 달하는 영계 통신을 수집한 것인데, 본서에서는 최초 레이누 양이 영매로서 완전한 기능을 발휘하기까지의 수십 면의 실험 기록은 할애하고, 또 실험자와 영매 간에 문답체로 된 세밀한 기록을 일일이 소개하는 번잡을 피하여 그 요점만을 발췌한 것을 소개키로 하였다. 즉 영매가 영계 유리遊離 중에 목격한 현상의 보고와, 실험자의 질문에 대하여 영매의 지도령指導靈, Control 벳테리니 씨가 영매를 통해 대답한 것 중에서 요점만을 채택하였다.

1. 차별심差別心으로 본 영계 소식

영계인靈界人, Spirit의 출현

영계인이 보인다. 내 육체에서 탈출한 연기같이 보이는 나의 유체幽体, 靈魂體가 내 육체보다 더 참된 내 자신 같다. 작고 비천하게 보이는 영계인이 나를 둘러싸고 있어 여러 가지 어리석은 말을 지껄이고 있다. 그러나 내가 높이 올라감에 따라 나를 도와주려는 영계인이 나를 인도하려는 듯이 보인다. 그들 영계인은 몸이 없다. 처음엔 반작거리는 빛이 왔다갔다 하더니 이 빛은 광채를 띤 구름처럼 되었다가 그것이 점차로 형상을 이룬다. 이들 영계인이 모여들어 나를 둘러싸고 위로위로 떠오르게 하여 준다. 내 눈 아래는 파리의 거리가 전개되어 있어 집이며 한길이며 군중들이 보인다. 그런데 그 군중들은 누구나 다 복체複体, double를 가지고 있다. 우왕좌왕하면서 움직이고 있는 사람의 복체는 대부분이 신체 밖으로 한 치쯤 밀려 나와서 육체를 싸고 있는 것 같다. 간혹 어떤 때는 반 이상 육체 밖으로 나와서 육체 위에 나타나 있다. 복체는 사상이다, 의식이다, 아니 의식의 좌座이다.

내가 이같이 영계를 유행遊行하고 있을 때 나의 지상의 육체에 위험이 당도하면 나의 복체는 곧 나의 육체로 돌아간다. 나의 육체와 복체는, 나의 복체가 유리 중에는 광선과 같은 기는 선으로 연결되어 있어 나의 육체가 필요할 때 즉시 제자리로 돌아갈 수 있다.

인간의 유체幽体

인간의 유체복체, Astral body는 그 인격이 상이함에 따라 밀도·색채·태도가 각기 다르다. 적색으로 보이는 유체는 중탁重濁한 물질에 가까운 열등의 것이고, 이에 반하여 청색 또는 백색으로 보이며 일층 희박하게 보이는 것이 고급의 유체이다. 유체 중에는 정숙한 것도 있고 경솔한 것도 있으며 간혹 그 육체의 행동에 반항하며 도전하듯이 보이는 것도 있다.

영혼의 색과 형

나는 머리만 있고 동체胴体가 없는 영계인과 같이 있을 때 가끔 무서운 생각이 든다. 어떤 영인靈人은 머리까지도 없는 것이 있다. 이들 영인은 본래는 빛나는 한 조각의 연기 같은 것인데 나에게 인식시키기 위하여 머리나 기타 일부를 꾸며 보이는 것이다. 나를 수호하여 주는 벳테리니 씨는 회색 수염과 긴 머리를 갖춘 엄격하게 보이는 노인이다. 이 분은 선령善靈이다. 결코 나를 나쁘게 인도하지 않는다.

동물의 영

동물의 영은 인간과 판이하다. 말이나 개 같은 동물의 주위에는 모종의 빛이 떠돌고 있다. 어쨌든 그는 인간의 것과는 아주 다른 것이다. 완전히 다르다.

심령 현상과 고급 영

나는 더 일층 높은 영권靈圈으로 유행遊行하게 된다. 나는 새로이 두 능력을 획득하였기 때문이다. 하나는 어떤 장소로 가고 싶으면 생각만으로 즉시 그 장소에 자기의 영체靈体를 유행遊行시킬 수 있는 것,[1] 또 하나는 사상의 파동波動에 의하여 직접 상대자의 사상을 이해할 수 있어 언어의 중개가 필요치 않다는 것이다.[2]

물리적 심령 현상(물체 부양, 유령 현상, 물품 초집招集 등의 심령 현상)을 나타낼 수 있는 것은 저급령低級靈뿐이다. 저급령에게 이것이 가능한 것은 그 유체幽体가 일층 물질적이고 일층 중탁重濁하기 때문이다. 고급령은 우리의 감각기관으로는 인지할 수 없는 전혀 우리와는 실질이 다른 실체를 가지고 있다. 고급령이 우리들의 감각기관에 시현示現하려고 할 때는 저급령을 중개적 도구로 쓴다.

영계인이 영계에 있을 때의 정상적 상태는 찬연히 빛나는 중심(심령의 중핵)을 가진 빛나는 광체이다. 그러나 현세인에게 그 자태를 보일 필요가 있을 때는 그가 자기라는 것을 인지시키기 위하여 그가 지상에 있을 때의 물질적 외모를 꾸민

---

1 이는 불전佛典의 "神足通"의 해석과, 극락 세계에서 오직 염송만으로 욕구하는 것을 부를 수 있다는 가능성과 통한다.
2 막켄지 씨는 그의 저서 "유명幽明의 교통" 중에 영계에서 다른 인종간의 영혼들이 서로 만났을 때 관념의 파동만으로써 서로의 의사를 통한다는 것과 일치.

다. 그리고 그는 지상에서 항상 입고 있던 의상과 그 부속품을 착용하여 그 자태를 나타낸다. 그 의상이나 부속품은 실질적으로 존재하는 것이 아니고 영인靈人의 사념과 의지에 의하여 창조한 실질이 아닌 영상에 불과한 것이다. 현세인의 뇌수에 인상을 주는 것은 이 주관적 영상에 불과한 것이다. 그러나 특수 조건 하에 있어서는, 즉 영매를 사용하는 교령회交靈會에서는 객관적으로 존재하는 상像을 창조할 수 있다. 이것이 심령의 물질화이다. 그리고 이는 전자와는 전연 상이한 현상이다. 자기의 자태를 나타내려고 하는 영계인은 영매의 육체로부터 그 형상에 필요한 요소를 추출한다. 또 의상과 부속품도 그 주위에 실제로 존재하는 유사의 의상과 부속품 중에서 그 요소를 추출하여 몸에 걸치고 나타난다. 이와 같이 영계인은 그 부근에 존재하는 물체로부터 자기가 생각하는 의상을 만들 요소를 추출할 수 있다. 그리고 이 영계인이 현현顯現시킨 의상 등의 확실성의 정도는 그 현존한 물체로부터 차용한 실질의 양에 비례한다.

1) 출생과 수태受胎의 신비

성교性交와 수태

영혼이 육체에 완전히 몰입하는 것은 출산의 찰나이다. 그러나 회임懷妊의 순간부터 임신의 전 기간을 통하여 형성 중인 모태 속에 간헐적으로 그 영혼은 출입하고 있다. 그것은 영혼이 자기의 궁전이 될 모태에 자기 독자의 개성을 인印치기 위하여 출입하는 것이다. 그리고 거기서 진행되고 있는 생리적 운영과 육체적 유전을 수정하여 자기 독자적인 음영陰影을 부여한다. 그러다가 그는 출산 시에 그때까지의 자기 자신에 대한 기억을 전연 상실하고서 육체 속으로 몰입한다. 이것이 일반 법칙이다.

그러나 어려서 죽기로 정해진 소아는 그 영혼이 이미 높은 진화를 마치고 있으므로 그러한 영혼은 완전히는 그 육체에 몰입하지 않는다.

성교性交는 영혼이 그에 빠지게 되는 함정이다. 그것이 저급령인 경우의 무의식적이든지 또는 고급령인 경우의 의식적이든지 간에 이 함정에 빠진 이후는 그 영혼은 지상 생활에 예속하게 된다. 수태 후 2, 3개월간은 모태 내에서 만들어지고 있는 그의 육의 궁전을 그 영혼은 비교적 자유로이 때때로 출입하고 있으나, 때가 지남에 따라 육의 궁전이 진척되면 그 영혼은 더욱 빈번히 출입한다. 그는 만들어지고 있는 자기 육체에 자기 자신의 특징을 부여하고 자기의 희망을 주입시키기 위하여, 즉 자기의 인격의 각인刻印을 찍기 위하여 내방한다. 임신 7개월 경이 되면 그는 그 작은 육체에 머물러 거기 정주定住하고 그 육체를 자기의 것으로 삼는다. 그 후로는 영혼의 탈출이란 극히 희소하다. 그리하여 출산의 찰나 직전에 그 영혼은 완전히 육체 내에 유폐幽閉된다. 그가 완전히 육체에 유폐되는 것은 그 육체인 기관器官과의 결합이 친밀해진 까닭일 뿐 아니라 영혼 자신의 의식과 기억 등이 심령화학적 조건에 의하여 완전히 망실忘失되기 때문이다.

그러나 이는 일반적 법칙이요, 경우에 따라 그 통용의 상이와 양식의 변화를 보게 된다. 즉 저급령은 그 영혼 자신으로는 불가사의적인 높은 위력威力에 지배되어 우연적으로 그 '함정'에 빠진다. 그리하여 이들 영은 혹은 태내胎內의 유폐 상태에 만족하고, 혹은 우리 속에 갇힌 동물과 같이 불만을 가지고 될 수 있는 한 빈번히, 될 수 있는 한 멀리 그 육체 밖으로 탈출하려고 애를 쓴다. 그러나 결국은 이 같은 영도 출산 2, 3개월 전까지에는 육체 내에 안주한다. 이 같은 상이가 생기는 것은 그 영혼 독특의 반동 작용(개성), 즉 성격에 기인한다. 만약 그가 자기의 육체의 궁전을 정리하고 준비하기 위하여 적당한 시기에 입주하지 않으면 자기의 요구에 부적당한 육의 궁전이 될 위험이 있다. 즉 그 구조에 불만족한 점, 다시 말하면 육의 궁전과 그 거주자 사이에 조화의 결핍이 생긴다. 이같이 영혼과 육의 궁전과의 사이에 생기는 부조화는 저급령의 나태 상태와, 또는 그 반항 상태에서 기인하는 것인데 물론 속죄를 위하여 또는 정신 생활을 세련하고 발달시키기 위하여 영혼이 의식적으로 일부러 불완전한 태중에 입주하는 경우도 있다.

고급령은 의식적으로 자기의 선조를 선택하여 입주한다. 그는 우주에 전생轉生의 법칙이 있음을 알고 그 법칙이 섭리의 자수慈手로써 이루어지는 것임을 아는 고로 아집을 버리고 자진 순종한다. 여기 자진이라 함은 영혼이 물질에 동화되어 의식이 무의식중으로 서서히 흡수되는 것은 작지 않은 고통이며, 또 영혼이 물질 중에 동화되는 것은 오직 그것만으로도 시련의 불과 같은 고통이나, 이로 말미암아 영혼은 한 급 높은 진화를 얻게 된다.

사산死産의 소아령小兒靈

사산한 소아의 영은, 반산半産으로 죽은 태아의 영혼과 같이 높은 진화를 마친 영혼이다. 어려서 죽은 아동의 영혼도 또한 고급령이다. 이들 영혼은 전연 그 육체의 기관에 몰입하지 않는 일이 가끔 있다. 그는 자기의 운명을 미리 알고 있으므로 자기의 육의 궁전 건설에 노력하지 않고 다만 동물적 영위대로 방치한다.

간혹 생후 그 육체가 조금도 발달치 않고 백치 상태로 늙는 일이 있다. 이것은 전세에 있어서의 중대한 과실에 대한 속죄 중에서도 가장 괴로운 속죄이다. 왜냐하면 이 같은 영혼은 영인靈人으로서의 의식이 남아 있기 때문이다. 그 영혼은 완전히 육체 중에 입주하지 않고 영계에 있으면서 그 육체와 연결되어 있으므로, 영인靈人 그 자신으로서의 의식의 일부가 남아 있어 그 때문에 날카로운 고통을 느낀다. 우리는 이 같은 사람에게 사랑을 베풀고 그들을 위하여 힘을 도와주어야 한다. 그러나 이들에게 동정은 금물이다. 그것은 그 영혼의 고통을 더하게 할 뿐이다.

회임懷妊 7개월 이후의 태아에게는 이미 개성이 이루어져 있다. 그러므로 그러한 태아를 살해함은 죄악이다. 이를 범한 자는 갚음을 받게 된다.

많은 부인들이 계속하여 출산하고 있는 산원에서 출산 도상의 영혼들은 서로를 인지하지 못한다. 그들은 육체라는 장벽이 그들을 상격시키고 있다. 유계幽界에서 가졌던 감각이 마비되어 완전히 그 연결이 상실된다.

생식 세포의 문열

최초의 생명의 맹아萌芽에 있어서 생식 세포의 분열을 일으키는 원인은 세포 그 자신의 화학적 구성에 의하는 것이며 세포의 형상에 변화가 일어나는 것은 물질의 화학적 반응에 의한 것으로 이 점에 있어서는 입태入胎할 영혼의 간섭은 없다.

영을 부르는 신호기信號旗

성적 결합은 영혼을 지상의 세계로 초래키 위한 신호기다. 그의 가장 명료하고 긴요한 조건은 정충이 난자를 관천貫穿하는 일이다. 이 정충의 관천이 생기는 것은 교합의 찰나에 자궁 내에서 영위되는 것이 정상이나 각인의 체온, 건강 상태, 기타에 기인하여 이 현상에 차이가 있다.

육체 없는 영혼이 전생轉生하여 이 세상에 나타나려면 그가 의식적이건 무의식적이건 정충과 난자와의 결합에 의하여 일어나는 진동Vibration에 유인되어서 그의 포로가 된다. 정충이 이 난자와 접촉한 후에는 그에게 잡혔던 영혼은 다시 자유로 난자로부터 떠나 영계에서 활동한다. 그러나 그 찰나 이후 그 영혼은 영적 유동체Spiritual fluid로 된 끈條線에 의하여 난자와 연결되어 있다.

남녀의 성별

2인 이상의 영혼이 동시에 회임될 수는 없다. 1회의 교접은 오직 한 아이밖에 획득하지 못한다. 이 법칙은 절대적이다. 수정 기간은 수일간에 달하므로 제2인째의 영혼이 붙들리는 것은 오직 교합의 반복에 의하여서만 된다. 즉 재차로 그 난자에 다음 번 교접으로 다른 하나의 정충이 관입貫入한다. 이 난자는 앞의 것과 동일한 난자이다. 왜냐하면 한 번의 수정란은 오직 한 개밖에 존재치 않기 때문이다. 몇 개의 정충이 동시에 한 개의 난자에 돌입突入할 수 있으나 수정受精 작용이 결정되는 것은 오직 한 개뿐이다. 나머지 정충은 자연적으로 난자 밖으로 나가서 소멸된다. 따라서 수정 작용을 일으킨 정충만이 그곳에 존재한다. 그리고 남녀 성별의 결정은 회임 시에 그 정충의 바이브레이션의 성질, 강약에 의하는데 이 진동의 성질은 그 부모되는 자의 특수 상태에 기인한다.

높이 진화된 영혼은 의식적으로 이 세상의 전생轉生을 선택하는 데 적당하다고 인정한 양친의 생리 상태를 이용하여, 또는 양친 될 자의 상태를 자기 요망대로 수정하여 자기가 희망하는 성별을 선택하여 출생한다.

기형아의 출생

수정 후 8일 내지 10일까지는 난卵의 회임 상태를 변화케 할 수 있다. 난자는 재차로 행하는 성교, 또는 어떤 쇼크로 수축하고, 그 뒤에 개구開口하여 이미 받은 정충을 도로 방출하는 경우도 있고, 또는 이와 반대로 1개 내지 몇 개의 정충의 침입을 받는 경우도 있다. 그러나 다시 다른 정충이 난자에 수정되기까지에 일정한 태아 형성의 기초(난卵 중에 독립된 세포의 구획)가 되어 있어야 한다. 동일 난卵에 제2의 수정이 되기까지에 난 중에 독립된 태아가 될 세포의 구획을 형성할 시간의 여유가 없을 때는 기형아가 출생한다.

수태의 적기適期와 반산半産, 사산死産

수태에 적당한 생식 세포가 최대 활력을 갖게 되는 시기는 월경기 후의 1, 2일 간이다.

태아가 형성되고 있으면서도 영혼이 입주하지 않는 경우도 있다. 이 같은 상태에는 태아는 반산半産한다. 이는 진화를 빠르게 하기 위하여 운명이 그 어미에게 부여한 일종의 부하負荷요 고역苦役이다.

난자는 월경이 끝난 뒤에만 자궁으로 강하하나 월경 중에 수정하는 경우도 있다. 그러나 이러한 경우에는 성교 그것이 강렬한 바이브레이션을 야기해서 난자가 돌연 자궁 내로 내려와서 임신을 가능케 한다. 단 이 순간의 수정은 월경 중의 생리 상태에 고유한 불순물을 난卵 중에 도입케 될 염려가 있다.

정충은 수일간 살아 있어 훨씬 후에 난자와 결합하는 경우도 있다. 그러나 이러한 경우에는 스피릿이 와 있지 않으므로 영혼이 들지 않는다. 성교만으로는 반드시 수정 작용의 원인이 되지 않으나, 그러나 그는 스피릿을 불러 영혼을 포착하는 요인이 된다. 스피릿이 오지 않았더라도 정충은 난자와 결합할 수 있으나 영혼은 입주할 수 없다. 간혹 이러한 때에도 태아가 형성되나 그 태아는 생활 불능에 빠져 반산半産 또는 사산死産한다.

인공 수정

인공 수정의 경우에는 의식적으로 전생轉生하려는 영혼이 입숙入宿한다. 이는 숙려熟慮와 획책된 행위로서, 영혼 자신이 이를 선택한다. 위대한 스피릿이 간혹 가지는 의식적 수태이다. 그러나 이는 극히 희소한 일이다. 만약 인공 수정이 일반적으로 성행된다 하더라도 산 태아의 출생은 극소할 것이다.

동물 수태에 대한 법칙은 사람의 경우와 전혀 다르다. 그들은 1회의 교합에도 그 동급의 영혼이 몇 개 입숙入宿한다.

세간의 학설

상술한 모든 문제에 대하여 세간의 학설과는 일치되지 않는 점이 있을 것이다. 그러나 과학상의 학설은 항상 개변改變되고 있다. 이 문제에 대한 세간의 학설도 점차로 수정될 것이다.

2) 죽음의 신비

사기死期

사기死期는 미리 결정되어 있다. 병과 재액은 미리 결정된 운명을 성취시키기 위하여 영계靈界의 불가시不可視의 사자使者, 스피릿가 그 사람을 인도하는 수단이다. '생'은 임박한 '사死'에 대하여 극력 반항한다. 이는 죽음의 신비를 두려워하는 미발달 영혼에 있어서 특히 그러하다. 그러나 영계의 메신저가 영혼의 탈출을 기다려 그를 도와주고 또 필요한 경우에는 강제로 그 영혼을 탈출케 한다.

영혼의 고하高下와 재생再生

육체를 떠난 영혼은 고급령, 즉 백색 스피릿의 집회 앞으로 인도된다. 고급 스피릿은 이 신참 영혼의 진화 정도를 감별한다. 만일 진화 정도가 얕으면 그 영혼은 어떠한 기간 지상의 분위기 속을 방황하면서 자기의 과거 육체적 생활을 회고하며 인생의 투쟁을 관찰하면서 자기의 책임을 자각하고 자기의 의식을 발달시키기 위한 학습을 한다. 처음에는 고급령의 인도를 받게 되나 얼마 후부터는 단독으로 또는 같은 정도의 진화를 가진 영혼들과 함께, 혹은 무관심한 태도로(이 같은 다름은 영의 진화 정도에 따름) 공간을 우회한다. 그러다가 때가 오면 영계의 사배역司配役인 스피릿이 그를 다시 지상으로 보낸다. 이는 다시 신생시켜서 더욱 그 영혼을 향상케 하기 위한 경험을 주기 위함이다.

육체를 떠난 영혼이 높은 진화를 한 영혼인 경우에는 자진하여 어떤 일정한 목적을 위하여 다시 지상 세계로 전생轉生하는 일도 있다. 그 일정한 목적이라 함은 자기 희생의 행위에 의하여 자기를 일층 높은 진화권 내로 들어가게 하려 하기 위함이다.

진화가 높은 백색 스피릿은 지상 세계에 관한 모든 사건에 대하여 비교적 최상 권을 가진 심판역이 된다. 백색의 스피릿은 다시 진화를 계속하여 다른 영권靈圈 으로 들어가는데 이 영권에 대하여는 인간으로서는 이해하기 어렵다. 이 영권 내 의 스피릿은 모든 지상적인 흥미를 전연 초월하고 있다. 이 같은 흥미는 그들에 게 있어서는 전연 무의의한 일이다. 그들은 지상적인 것보다 일단 높이 생장하여 버린 것이다.[3]

사후의 심판

지상 세계의 관계를 표현하는 말로써 영계의 생활 상태를 설명할 때 왕왕 혼잡 과 차이가 생긴다. 영계에서 신참의 영이 심판을 받는다는 표현을 써 왔는데 이 영계의 심판이란 것은 지상인이 의미하는 그러한 의미가 아니며 백색령이 선고 하는 판결이나 유죄·무죄의 선고 같은 것을 말하는 것이 아니다.

사후 육체를 떠나 귀유歸幽한 영혼은 이 고급령 앞으로 생전에 어떠한 생활을 하였는가에 대한 책임을 '자각'케 하기 위하여 인도되는 것이다. 귀유歸幽한 영혼 에 계급이 생기는 것은 이때에 생기는 영혼 자신의 양심의 심판에 의한다. 다시 말하면 신참의 영혼이 백색령의 앞을 통과함은 마치 우리가 거울 앞을 통과함과 같다. 그는 그때 자기 자신의 참된 자태를 자각한다.

영계 전주轉住의 상태

죽음에 있어서 다음의 각 계급의 영혼이 지상 생활로부터 영계로 전주轉住하는 상태는 다음과 같다.

① 제1계급, 이는 최저급령의 경우이니, 이 계급의 영혼은 자기가 가진 육체를 최후의 극도까지 사용한다. 이 영혼들은 자기의 기관인 육체에 글자 그대로 집착 하고 있다. 이러한 영혼을 육체로부터 분리시키기 위하여 때로는 영계의 스피릿

---

3 영국 심령心靈 대학의 학장 막켄지 씨의 저서 『유명幽明의 교통交通』에 의하면 영권은 7권으로 나누 어져 있고 지상의 영혼을 지도하기 위하여 내려오는 것은 대체로 제2 영권의 상층에 있는 스피릿으 로서 이들은 청색 스피릿인데 이 청색령이 다시 높이 진화되면 백색령이 된다. 이 백색령은 좀처럼 지상 세계에 관계치 않는다. 보통 영매靈媒에게 빙의憑依하는 영은 저급의 부랑영浮浪靈이 많고, 인 간 지도를 위하여는 제2권의 청색령이 작용하고 백색령은 극히 드물게 지상에 나타난다.

의 간섭이 필요하다. 이 계급의 영은 사후에 전혀 의식을 가지고 있지 않고 지구의 분위기 내에서 혼수 상태로 방황하면서 다음의 전생轉生 시기를 기다리고 있다. 소위 지전地縛의 영earth bound spirit이다.

② 제2계급에 있어서는 육체를 버리고 귀유歸幽한 영혼은 영계의 스피릿 군群에 의하여 영접된다. 이들 스피릿들은 귀유한 영혼의 의식을 자각케 하고 그 책임의 관념을 환기시킨다. 그들은 귀유한 영혼의 능력에 응하여 죽음의 현상이 무엇인가를 이해케 한다. 이러한 영혼이 인세人世에 재생할 때는 앞 생애에서 행한 생활(그것이 선이든 악이든)의 반동적 생활을 영위한다. 그리하여 이 반동적 생활을 통하여 그는 자기의 책임감의 일부를 나타낸다.

③ 제3계급의 귀유의 영혼은 이미 어떤 정도의 발달된 의식을 가지고 있다. 그리고 그는 책임을 자각하고 있다. 그는 귀유 전에 있어서도 수면 중 또는 혼수 상태 중에 벌써 자기를 기다리고 있는 영계의 상태를 예견하는 수가 있다. 죽음에 당면하여 그 사람이 일정의 태도를 보이는 것은(공포든 평안이든) 이 예견에 의한다. 즉 수면 중이나 혼수 중의 예견에 기초하여 의식이 혼수로부터 깨어날 때 막연히 그 예감을 느낀다. 이러한 영혼이 육체를 떠나 영계의 안내자에게 인도되어 백색령이 모인 앞으로 가면 그는 자기의 과거 생활을 명백히 의식하게 되고 또 그 책임을 느낀다. 이 정도의 진화 상태에 있어서는 귀유의 그 영혼은 자기 미래의 생활에서 당면할 시련의 수행을 이해와 체념으로써 받는다. 필요하면 그 자신이 스스로 시련의 불이 필요함을 알기 때문이다.

④ 제4계급, 이 계급의 영혼은 임종에 있어서 운명의 수정을 요청할 수 있다. 운명에 의하여 결정된 사기死期가 임박하였을 때 어느 정도까지 발달한 영혼은 육체의 수면 중이나 무의식 상태 중에서 육체를 탈출하여 사배역司配役인 스피릿과 상의하는 일이 있다. 이 사배역의 조력으로 그가 자기 생활에 대하여 부담할 책임과 그 결과를 완전히 의식한다. 이때 만약 그 영혼이 좀 더 이승에 재생할 필요가 있다고 생각하면 그는 미리 결정된 시각에 죽지 않고 그 순간까지 겪어온 고통의 상태를 수년간 내지 수개월간 계속하기로 함으로써 전생轉生의 완만한 과정을 거치지 않고 지상에서의 수행을 고속도로 완수한다 .이는 백색령의 대단한 은혜적 호의이다.

급격한 죽음

급격한 죽음도 예정된 것이다. 결코 우연히 돌발하는 것이 아니다. 그는 영구히 이승에서의 윤회를 반복하지 않으면 안 되는 영혼의 진화를 빨리 하기 위하여 불가해의 섭리에 의하여 결정되는 것이다. 급격한 죽음으로 인하여 받는 쇼크는 그 사람의 영혼에 강한 반동을 야기하여 즉시 진화의 정도正道를 진행케 한다. 이러한 영혼은 반역하려 하고 또는 이해하려고 한다. 이 이해하려고 하는 노력이 곧 진화이다. 이 급격한 죽음이 즉 희생의 행위(남을 구조키 위한 죽음)에 원인될 때 그는 자기 희생의 공덕이 기계적인 쇼크 상에 추가되어 이 영혼은 대비약적으로 진화의 단계를 뛰어 오르게 된다.

개성과 유전

육체에 입숙入宿한 일이 없는 영혼의 영적 유동체幽体는 특수한 바이브레이션을 가지지 않은 소위 백지적 또는 비정적非晶的 실질實質인 것이다. 그런데 이 영적 유동체가 수태 작용의 와중에 붙들려 들어가서 태아 형성 중에 모태 속에서 부모가 가진 바이브레이션의 인상을 강하게 받는다. 부모는 자기 자신에서 추출한 실질로써 기관을 만들어 자녀에게 주므로 자녀의 영적 유동체는 씻을 수 없는 인상을 받아 그를 영원히 갖고 있다. 생후에 처음으로 개성적인 생활이 시작될 때 그 영혼은 자기의 영적 유동체의 바이브레이션에 다시 다른 바이브레이션을 가하려고 하는 것은 그의 반동이다. 그러나 부모로부터 받은 바이브레이션을 파괴하지는 않는다. 육체가 죽을 때 이 영혼은 다시 영계로 들어가는데 그때 그는 최초 부모의 바이브레이션의 영향을 받은 다음 현세 생활 중 자기 영혼의 반동적 개조에 의하여 영향된 영적 유동체를 가지게 된다. 이 영혼이 다시 현세에 전생하는 경우에는 첫째 부모로부터 받는 불식할 수 없는 인상, 둘째 영적 유동체에 첨가된 자기 자신의 반동적 개조, 이 두 가지 영향이 이전에 존재한 바이브레이션 상에 접목된다. 그러나 선재하였던 바이브레이션은 결코 파괴되지 않고, 이 영혼이 몇 번 갱생하든지 계속된다. 이들 상호 영향하는 바이브레이션은 상합相合하여 그 영혼에게만 독특한 배합의 영적 유동체를 형성한다. 그러나 그 배합 상태가 독특하다고 하나 그의 선조 전체의 진동적 영향은 의연 존속하므로 이를 판별할 수 있다.

현세에 출생한 영혼은 그 영적 유동체를 중개로 하여 육체를 지배하는 반동을 가진다. 육체(즉 지상의 기관)가 일층 델리케이트해지고 정묘해지고 세련되어지는 것은 영혼이 가진 이 경향, 즉 향상의 열망과 의지가 영적 유동체를 개재하여 육체에 영향을 주는 것이다. 그리고 이 육체의 기관의 진화 세련은 유전에 의하여 계승되어 그의 자손은 일층 진화된 기관을 가지게 된다.

자손을 가지지 않은 사람도 육체 기관의 진화에 다소 조력을 한다. 그것은 사후 그 육체를 구성한 제요소는 공간에 방산되어 그를 이용하여 새로운 육체의 조직이 만들어지므로 그만큼 공헌하는 셈이 된다.

운명의 신비

인간의 생애는 불가지의 손으로 다스리는 섭리에 의하여 미리 결정되어 있다. 항성과 유성의 운행의 영향 하에서 일정한 임신을 하고 출산하고 그리고 일정한 시일에 사망한다는 것이 섭리의 손으로 정해져 있다. 그러나 이 운명은 수정할 수 있다. 심판 계급의 스피릿이 간섭할 수 있음은 이 점이다. 즉 운명의 수정으로 개체 영혼의 진화를 도울 수 있는 경우에는 별의 운행에 의하여 예정된 죽음의 시기를 빠르게 하거나 더디게 할 수 있다.

죽음의 사자使者

죽음의 사자Messengers of Death는 이 일에만 종사하는 특수 계급의 스피릿이 아니라 새로 귀유歸幽한 영혼에 대하여 일체 지도를 하는 한 무리의 스피릿에 속한 것으로 죽음의 사자는 몇 사람일 경우도 있고 단독인 경우도 있다.

자기의 책임을 알 수 있는 정도로 의식이 발달된 영혼은 유계幽界에 이행移行하자 곧 그가 생전에 행한 행위를 거울에 비춘 듯이 본다. 그리고 자기 행위를 정사精査함으로써 생기는 비탄과 회한의 정은 그가 다음에 지상으로 전생轉生할 때 일단 높은 진보를 보기 위한 노력을 환기케 한다. 그리고 자책의 의식이 발달되지 않은 영혼도 영계의 심판정으로 가게 되는 것은 그는 그때 아무 것도 자각하지 못하지만 막연히 어떠한 집요한 인상을 받아 때가 오면 이 인상이 그에게 반성과 회찰悔察의 기회를 준다.

운명의 선택

높은 정도로 발달된 영혼은 자신의 이 세상에서 받을 운명을 선택할 수 있는 특기를 가지고 있다. 그는 윤회의 파동에 오직 수동적으로만 순종치 않는다. 그는 자기가 원한다면 영계에 그대로 머물러 있어 거기서 자기의 진화를 계속할 수 있다. 또 그는 다른 인간의 진화를 돕기 위하여 주도한 고려 하에 상당한 자리에 출생하여 남을 이롭게 함으로써 자기의 진화를 더욱 이롭게 한다. 영계에서의 진화는 빠르기는 하나 그만큼 곤란한 것이다. 그래서 많은 영혼들은 지지遲遲하더라도 고통이 적은 현세의 수행을 선택한다. 지상의 인간은 이 영계에서의 진화가 어떠한 것인가를 명확히 알 수 없다. 오직 우리 인간이 파악할 수 있는 한 가지 점은 자기 자신을 모든 현세적인 계박繫縛과 모든 지적인 흥미로부터 해탈하는 것이다. 그리하여 서서히 그에게 주어진 운명을 수정할 수 있을 정도에까지 진화하고 그리하여 운명의 왕좌로 접근한다. 그러나 운명 그 자체의 본질은 의연히 '불가지不可知'이다.

고급령들은 운명의 신비에 대하여 그 진상을 구명하려고 일부의 노력을 바치고 있다. 이들 스피릿들은 운명이 불가항력적으로 각인의 생활상에 부과되고 있음을 알고 있다. 행이든 불행이든 이 부과된 운명은 피할 수 없다. 불가지不可知의 손의 위대한 힘은 미리 준비되어 있는 것이다.

다시 말하면 어떠한 생명이 받는 여러 가지 경우의 반분은 '업운業運'의 법칙에 의하여 결성되어 있나. 그 나머지 중에서 반분은 개제가 자유로 할 수 있는 것이고, 또 나머지 반분은 고급령의 수정으로 좌우된다.[4]

---

4 불교 교리 기타에 의하면 '인간의 실상'을 현상 세계(현세, 유계, 영계)에 실현하는 것이 인생의 목적이다. 인간의 운명은 인간의 실상因子이 현상 세계에 투영될 때 시간적 공간적으로 전개함에 있어서 일정한 순서를 밟아 전개되는 것과 같이 대체로 정해져 있다. 꽃 종자 속에는 이미 꽃의 인자가 내장되어 있으나 그것이 현상계에 꽃이 되어 완성하기까지는 일광과 습기를 만나 싹이 나고 줄기가 자라서 마침내 꽃을 피게 함과 같이 대체로 일정한 순서를 따라 전개된다. 이와 같이 실상 인간도 그 투영을 현상계에 완성시키려면 대체로 일정한 시간이 필요하고 식물이 일광과 우로雨露를 맞아야 하듯이 혹 행복하기도 하고 혹 역경에서 싸움으로써 마침내 실상 인간이 현상계에 있어서의 투영을 완성하는 것이다. 그러나 그 투영을 완성하는 데는 그 투영은 '염念의 집적集積'으로 성립되어 있고 인간은 마음의 자유를 가지고 있어 자유로 자기의 염을 정화 또는 탁화시킬 수 있으므로 현상 세계에 실상 인간을 현현하는 과정(진화의 과정)을 마음대로 연장 또는 단축시킬 수 있다. 영혼 진화의 과정을 단축케 함에는 염念을 정화함에 있으나, 첫째, 인간의 실상이란 것을 자각하여야

자살

자살도 운명(이 경우의 운명이라 함은 업운業運, 즉 업業의 유전을 말함이니 악염파惡念波의 집적集積이 자괴自壞하는 필수의 과정이다)이 그 사람에게 부여한 결정이다. 그러나 그의 4분의 1은 자유의지로써 그 운명을 거부할 수 있다. 그리고 그는 또 유전적 경향에도 항거할 수 있다. 그리고 경우와 그 자신의 가치에 따라서 보호역의 스피릿이 도와주기도 하고 도와주지 않기도 한다.

태만한 영혼

고급의 발달을 마친 스피릿은 자기가 지금까지 다대한 노력의 결과로 획득한 우월한 지위를 이기적으로 남용하여 영계에서 나태한 생활을 하려면 할 수도 있다. 그러나 이 태만 행위는 오래 계속하지 못한다. 어떤 시기가 오면 강력한 자력磁力의 유동流動이 우주를 휩쓴다. 이 힘에 휩쓸려 그러한 스피릿은 지상으로 떨어진다. 이렇게 하여 그 태만한 영혼은 지금까지의 무활동 상태를 부득이 포기하게 된다.

자연사와 변사變死

보통 사망의 경우에는 영혼이 서서히, 고요히 육체의 전 표면에서 안개와 같이 탈출한다. 그리하여 영적 유동체複体 전체의 분리가 완전히 행하여진다.

급격한 사망의 경우에는 영혼이 돌연 입으로부터 탈출한다. 마치 증기가 기관汽罐의 파열구에서 분출하듯이 나가는데 이때 지상으로부터 견인되어 있던 영적 유동체의 중탁重濁한 부분을 남겨놓은 채 정묘精妙한 염파적念波的 존재인 영적 유동체만이 영계로 이행한다. 이 남겨진 중탁한 영적 유동체야말로 그의 지적知的

할 것이요, 둘째, 물질욕을 버려야 할 것이다. 물욕을 버리려면 인간의 실상이 완전 원만하여 '물진物塵을 초월한 실재'임을 자각함이 근본이나 이 경지에 도달치 못한 자는 물질적 쾌락에 빠지지 않기 위하여 자진 고苦를 구하여 자락自樂하는 길과, 물질의 쾌락을 구하여 도리어 고난을 얻는 체험을 통하여 마침내 물욕에서 벗어나는 두 가지 길뿐이다. 전자는 자진 감수하는 고행이요, 후자는 업운業運으로써 받는 타동적 고난이다. 이 외에 과거의 숙업宿業이 자괴自壞하는 과정으로 영적 유동체에 요란을 일으키는 병고도 있다. 많은 영혼들이 고난의 가치를 역설하는 이유도 이에 있다. 그리고 또 업운만이 절대적이라면 이승의 도덕은 전복되고 진화는 중단되어 버리고 말 것이나 개체 각인의 자유의지와 고급령의 수정이 있음으로써 그 조화를 기할 수 있음도 알 수 있다.

계박繫縛(악경향, 악취미, 악습관)으로 구성된 부분인데, 이 부분은 통상 죽음의 경우에는 그대로 영계에까지 가지고 가서 재차 이승에 출생할 때에도 그 염파적 존재가 집요하게 붙어 있어 악경향을 지속한다. 비유해서 말하면 보통의 죽음은 넉넉히 준비 시일을 가진 이사와 같다. 이것은 시간이 넉넉하므로 지금까지 살던 주가住家와 같이 새 집을 장식할 가구, 미술품, 기념품을 빼지 않고 옮긴다. 그리하여 그는 그 집이 바뀌어졌어도 종전의 습관에 좋아 생활을 계속한다. 그러나 급격사는 마치 화재로 인한 이사와 같다. 그는 가구나 재물을 건져내지 못하고 알몸둥이로 피신치 않을 수 없다. 그는 신생활을 꾸미고 신재물을 얻기 위하여 전부를 새로 시작하지 않으면 안 된다. 그러므로 급격사는 진화의 본과정을 거치지 않고 지상 생활에 집착한 영혼에게 급속 진화를 강요하는 결과가 된다. 이 원칙은 지진, 홍수, 전쟁 등에 의한 수천만의 인간의 참사의 경우에도 적용된다.

신神과 수호령守護靈

현세(지상에의 출생)는 인간의 진화를 위하여 인간에게 부여된 시련Ordeal이다. 현세 생활 중에 우리는 자기 자신의 경향, 또는 갈앙渴仰의 여하에 따라 고급 또는 저급의 스피릿의 영향이나 간섭을 받는다. 우리는 자기가 있는 상태 또는 사고에 의하여 선령善靈이나 악령惡靈을 이끌 수 있고 배척할 수도 있다. 다시 말하면 현세인의 영혼은 현세에 있으면서 유계幽界의 동료를 가지고 있다. 그러나 그 사람의 현재 의식은 이를 의식하지 못한다.[5]

각자의 수호령Spirit Protector은 그들보다 일층 진화된 스피릿(우리 인간의 운명을 수정하는 힘을 가진 영인靈人)의 지휘하에 있다. 그리고 이 고급의 영인은 또 그 이상의 영인에게 지배되어 있다(이를 보면 유계幽界에는 엄중한 계급적 교직敎職 정치가 있는 것 같다).[6]

---

5 크리스천 사이언스 일파의 '상념想念의 과학(Science of Thought)'이 주장하는 자기의 사념思念 또는 사상의 힘으로 자기 운명을 지배할 수 있다는 것과, 불교의 '삼계三界는 유심소현唯心所現'이라는 철학적 주장은 유심소현唯心所現의 과정의 일부로서 선사념善思念이 선령善靈, Good spirit을 초래하여 그 선령의 운명 수정력을 이용할 수 있다는 심령학적 해석과 합치된다.

6 이 영계 통신의 기록 중에는 한 번도 '神'이라는 말이나 관념을 발견할 수 없다. 다만 한 번 영매靈媒 레이누 양이 벳테리니 씨(영매에게 통신을 제공하는 스피릿)에 직접
"당신은 고급의 영인이니까 신을 본 일이 있겠지요?"

고통과 변재變災

　병을 비롯한 인간의 모든 고통은 일반적으로는 진화의 기간을 빨리 하기 위한 섭리의 결과인데, 특수한 경우에는 각 개인의 고통을 완화하기 위하여 수호령守護靈이 그 고통을 자신에게 인수하는 일이 있다. 일례를 들면 길위에서 가련한 자현세인가 무거운 짐을 지고 고생하는 것을 스피릿이 보았다고 하자. 그들은 피로의 절정에 달하여 장차 넘어지려고 한다. 그때 스피릿은 그중에서 자기와 인연 있는 자에게 접근하여 그 사람의 무거운 짐을 대신 짊어지고 가다가 그 사람의 정력이 회복되었을 때 다시 그 짐을 본인에게 돌린다. 이같이 스피릿은 그 사람 본래의 짐을 아주 제거해 주지는 않고 가련한 인간이 곤란한 일을 성취하려고 악전고투하는 것을 보고 잠시 동안 짐을 붙들어 주어서 그 사람의 숨을 돌리게 할 뿐이다. 즉 그 곤란 자체를 면제시키는 힘은 스피릿에게 허가되어 있지 않기 때문이다.

　육체적 고통도 마찬가지다. 병고라는 것은 영적 유동체의 부조화한 진동과 영적 파동의 교란이다(원념怨念의 파동). 스피릿은 이 불쾌한 영적 파동을 자기 자신에게로 불러 그 영파靈波의 충격을 자신이 받는다. 이러한 영적 파동은 즉시로 소멸시킬 수는 없다. 오직 그것을 견디지 않으면 안 된다. 순수順受함으로써 그것은 점차 소멸되는 것이다. 한 사람의 생애를 계속하는 육체적 고통은 그리함으로써 전생에 범한 죄장罪障을 소멸시키는 것이다. 때로는 자기의 죄장을 소멸시키려고 영혼이 자진하여 불건강한 육체에 입숙入宿하기도 한다.[7]

하는 질문에 벳테리니 씨는 명확한 대답이 없고 다만 극히 높은 스피릿 위에도 더 높은 스피릿이 있다는 것만을 확언하였다.

요컨대 신은 절대적 존재요 내재적 또는 본질적 존재라 함을 전제로 하고 생각할 때 외재적 또는 비교적 존재로 보다 높은 영, 더 높은 영으로 소급하여 보더라도 그러한 비교적 세계에서는 신의 존재를 발견할 수 없을 것이다.

실험자인 콜니리에 씨의 수차에 걸친 질의에 대하여 영인靈人인 벳테리니 씨는 영매를 통한 회답 중에 이러한 말을 하였다.

"스피리추얼리즘Spiritualism이라고 하는 스피릿의 다수는 극히 고급의 진화를 한 영이다. 그들은 어떻게 하여 영계 통신의 독자에 접근하고 어떠한 수단이 독자의 심리 상태에 적당한가를 알고 있다. 스피릿의 존재와 스피릿의 통신으로 종교로 나아갈 수 있는 사람들은 항상 신, 즉 인격적 신을 믿고자 하는 강렬한 내적 요구를 가지고 있다. 왕인 동시에 아버지가 되는 신을 가지지 않는 종교는 그들에게 무의의하다. 그들은 체험자 없는 이상을 파악할 수 없다. 이러한 이유로 스피릿은 높은 견지에서 관찰하여 그들에 필요한 심적 자양제滋養劑, 즉 그들이 소화할 수 있는 유일의 것이며 그들을 기를 수 있는 유일의 것인 '신'을 주는 것이다."

영혼의 품등品等

실험자 콜니리에 씨는 30년 전에 사망한 자기의 우인 R의 영을 불러 보기로 하였으나 성공하지 못하였다. 그 이유에 대하여 레이누 영매를 통한 벳테리니 씨의 회답은 다음과 같다.

"이 영혼은 아직 무의식 상태에 있다. 30년이라 하면 지상 인간에 있어서는 중요한 기간이긴 하나 영계에 있어서는 그리 긴 기간은 아니다. 이 영혼이 혼수 상태에서 깨어나지 않는 이유는 간단하다. 그는 지금부터 시작하고 있기 때문이다. 그는 얼마 후 자신이 속한 윤회 태생의 물결에 휩쓸려 맹목적으로 세상에 출생할 것이다. 그는 아직 인간으로서 2, 3차 출생하였을 뿐이다. 그러나 이번 출생에 있어서는 완전한 육체를 가진 인간으로서 조금만 향상하면 그 자력으로 진화의 본도本道를 걸어갈 수 있게 될 것이다. 그는 영계 일에 대하여 아무 지식도 없으며 또 자기 영혼의 진화에 대하여서도 이승에서 무엇이 필요한가를 조금도 알지 못하고 있다."

지상에 있어서 영혼의 진화 정도를 측정하는 표준에 대한 질문에 벳테리니 씨는 다음과 같이 말했다.

"직각적 인식, 즉 영에 의한 영의 인식 외에 밖으로부터 볼 수 있는 징증徵證도 많이 있다. 그중 한두 예를 들면 첫째, 아량이다. 아량이라 함은 인간 영혼의 깊은 인식에서 출발한 남에 대한 용서이다. 그는 총명하고, 관대와 준엄을 겸한 바의 아량이다. Beau-sévérité, 즉 관대한 준엄이야말로 향상된 영혼의 특징 중 하나이다. 둘째는 비약자卑弱者에 대한 사랑, 즉 사회적 성공, 명예, 지위 등에 대한 무관심에서 나온 사랑이다. 셋째는 철학적 사색의 경향, 영계의 신비를 알고자 하는 열망과 그 신비에 관통하려고 하는 노력이다."

영계 생활과 예술

모든 예술의 발생의 근원은 영계에 있다. 예술의 정수精髓는 영계에서 창조되는 것이니, 지상의 예술적 표현은 그의 빈약한 Copy복사에 불과하다. 여기 한 작

---

7 무의식의 속죄라는 것은 업業의 자괴작용自壞作用이다. 병의 자괴작용이 일어날 때 발열과 동통疼痛이 생긴다. 그러나 병은 본래 실재가 아니므로 역파동逆波動을 일으키면서 소멸해 버린다. 그리고 자진하여 역파동을 일으키게 하는 것이 고행이다

품이 있어 그것이 고귀하고 생명 있는 작품이라면 그를 마음에 묘출描出한 것은 스피릿이요, 그 미를 인정한 것도 스피릿이다. 사람의 영혼이 그 물질적 육체로부터 이탈한 뒤는 그 영혼이 육체의 가쇄枷鎖 중에 있을 때보다도 예술 창작의 진수眞髓에 일층 쉽게 통달할 수 있다. 그 영혼은 물질적 조건 때문에 속박이나 번민을 받지 않는 것만 해도 큰 이익이다. 영계에는 악기 같은 것은 물론 없다. 그러나 그들은 여러 가지 무수한 바이브레이션을 조합하여 가장 영묘한 느낌의 음악 시가를 창작할 수 있다. 현세인은 영계로부터 오직 암시를, 또는 오직 미묘한 감응을 받고서 그의 몇 분의 일을 표현할 뿐이다.

또 대자연의 미를 감상하고 그에 도취함도 그 사람의 영혼, 즉 유폐되어 있는 스피릿의 감응에서 생기는 것이다. 그리하여 한 번 육체의 가쇄枷鎖로부터 영혼이 해방된 뒤 그 사람의 정서의 가능 범위는 무한히 확대된다.

음악이라는 말은 영계의 그것을 표현함에 있어서는 매우 빈약하고 천박하다. 강렬한 심신의 탕연蕩然! 완전한 해조諧調의 진동!

고급 스피릿은 모두 매력 있는 멜로디를 발하고 있는데 다수의 스피릿이 집합하여 조자調子를 맞출 때 그 음악의 미는 더욱 고조되어 숭고화한다. 엄숙한 묵상이나 인류 구제의 활동을 행한 후에는 이 매우 아름다운 음악이 연주되어 그것을 들으며 즐기고 있다.

영계인은 공간을 자유자재로 유행游行할 수 있고 또 세계의 운행을 관찰하며 각종의 현상을 보고 즐길 수 있는데 특히 음악적 선율은 스피릿에 있어서 극진한 유락愉樂의 원천이다. 그들은 악기를 가지고 있지 않은데 그것은 그들에게 필요치 않기 때문이다. 우리가 음악이라고 하는 음률의 조화를 그들 영인靈人은 여러 가지 파동을 조합하여 만든다. 그들은 이 목적을 위하여 회합하며 또 그들은 인간 세계의 예술을 감상하기도 하는데 특히 인간의 예술에 인스피레이션을 주는 것을 기뻐하고 있다. 우수한 음악 예술을 표현하기 위하여 개최되는 세인世人의 회합 석상에는 반드시 스피릿이 참석하고 있다.

회화繪畵에 대하여는 영계에서 그것과 합치되는 존재를 찾기 어렵다. 만약 있다면 Image 또는 Scene의 창작이다. 그것은 지상의 관념의 범주 이상의 것이다.

애정과 우정

애정의 환희, 우정의 행복은 유계幽界에도 존속한다. 영혼에서 나오는 모든 것, 영혼에 속하는 모든 것은 유계로 가면 더욱 강렬해진다. 영계에서 이루어지는 우인友人의 집합이란 것은 동일 경향의 영이 서로 모이는 유유상종의 법칙에 의한 것인데, 어떤 스피릿은 서로 유열愉悅을 느끼는 회심會心의 친우라는 것이 있어 그들은 서로 모여서 진보 향상에 이바지하고 있다.

스피릿의 색별色別

① 적색 스피릿. 새빨간 빛깔이 아니라 적색을 띈 이 영혼은 저급령이다. 될 수 있는 대로 피해야 한다.

② 청색 스피릿. 광채를 띤 하늘빛과 같은 청색을 가진 스피릿은 높은 진화를 한 영혼이다. 이 영은 세인世人을 교도敎導하고 원조하는 임무를 가지고 있다. 이 스피릿의 색은 살아 있는 인간의 복체複體의 청색과도 다르고 보통 계급인 스피릿의 빛 없는 회색과도 다르다.

③ 백색 스피릿. 이 계급에 속한 스피릿은 황금색으로 빛나는 백색이다. 이들의 스피릿은 출산 찰나에 죽은 영아의 영혼이다. 그들은 죄를 가지고 있지 않으므로 괴로워할 이유도 없고 속죄의 필요도 없다.

그러나 이들 백색 영들은 출산의 찰나에 죽었다는 이유만으로 백색이 되는 것은 아니다. 그들이 출산 찰나에 죽은 것을 지상에서의 진화의 진과징을 완료하고 또 지상의 출생이 줄 수 있는 한의 최대 혜택을 완전히 받아버린 때문이다. 그들은 다시는 지상에 출생치 않는다. 간략히 말하면 자궁 내의 생활은 지상에 있어서의 고통의 최후의 악센트로서 그들의 진화는 이미 완수되는 것이다. 그러나 이 과정은 일정 고도에 진화한 모든 영혼의 전부가 꼭 밟아야 하는 것은 아니다. 영계에서도 이 체험 과정과 필적할 만한 시련이 있으므로 이를 선택하려는 영에게는 이러한 수태 출산의 체험이 필요치 않다.

극히 높은 진화를 완수한 영혼이 수개월 또는 수개년간의 수명을 가지고 지상에 출생하는 경우에는 그는 자기에게 부족한 어떤 심적 요소(마음의 리듬)를 획득키 위하여 지상에 출생하는 것인데, 이 같은 경우에는 이 영혼은 영계에 본지本地

를 가지고 있어 육체 내에 그 전 영혼이 완전히 입숙入宿하지 않는다. 따라서 그 영혼은 육체를 완전히 구성하려는 노력을 하지 않기 때문에 그 육체를 선천적 불구자와 같은 형태로 방치한다. 이 정도의 영혼 진화 단계에 있어서는 육체의 속박과 간난은 그 영혼이 구하는 체험의 필수조건은 아니다. 그는 육체와는 일개의 부표浮漂에 영선靈線으로 영혼이 결부되어 있을 뿐으로 그로써 그는 물질 세계에서 얻지 않으면 안 될 지상 최후의 경험을 획득한다. 이 단계의 영혼이 육체의 불완전한 상태를 문제 삼지 않는 것은 그 영혼이 육체에 입숙치 않기 때문이다.

출산과 수명

어려서 요사夭死키로 정해진 소아의 경우 외에는 각자의 수명은 출산 시에는 아직 결정되어 있지 않다. 죽음의 일시는 그 사람의 생활 중에 결정된다. 그 생활의 방법, 각자의 '업業'의 가산에 의하여 결정되는 것이다. 그들의 의식의 발달은 운명을 빠르게 하기도 하고 늦게 하기도 하나, 어떤 경우에라도 임종이 오기 훨씬 이전에 결정되어 버리므로 예지豫知할 수 있다.

백치와 불구자

정신적으로 열등한 백치와 같은 육체라도 그가 어릴 때 사망한다는 것은 비상히 높은 진화를 완수한 영혼의 징조라 함은 정확하다. 육체 기관의 저급은 영혼 자신의 진화 정도와는 아무 상관이 없다. 그들은 자기 육체의 죽음을 예지하고 있으므로 기관을 개선하려는 노력을 하지 않는다.

그러나 저급의 영혼은 될 수 있는 대로 여러 가지 경험을 겪어 진화의 기회를 얻기 위하여 장수할 필요가 있다. 물론 고급령도 이유가 있으면 장수를 누린다. 그 이유라 함은 그 사람이 지상에서 행할 사명이 있을 때, 또는 그 사람의 존재가 주위의 사람의 진화에 필요할 때, 또는 그 영혼이 지상의 생존을 좀 더 향수하려고 원할 때이다.

백치나 불구자만을 4~5백 명 수용하고 있는 특수 고아원의 아동 중에는 대개 3세 내지 12세까지에 사망하는 운명을 가지고 있는데, 그들은 서로 동일한 계급, 즉 상당히 높은 계급의 영혼들이다. 이 세상에 출생하려는 순간 그들은 자기의 앞길에 어떠한 운명이 횡재하고 있는가를 예지하고 있다. 그러나 그들은 이 고통 많은 운명을 감수한다. 때로는 자진하여 이 고통의 운명을 선택하는 영도 있다. 그것은 일층 높은 진화에 더 일층 속히 도달코자 하기 때문이다.

지상의 노고勞苦

지상은 노고와 분투奮鬪의 세계이다. 영계는 수획收獲의 세계로 때로 행복할 수 있으나 다시 지상에 출생하여야 되는 영혼에게는 일종의 집행 유예 기간, 휴전 기간이라고도 할 수 있다.

사태아死胎兒의 영

출생에 임하여 사망하는 사태아死胎兒는 그것이 조산아이든 지산아遲産兒이든간에, 또는 돌발 사건 때문이든 외과적外科的 시술 때문이든간에 예외 없이 고급의 진화를 완수한 영혼이다. 의식을 완전히 가진 고급영에 있어서는 물질 중에 유폐되는 것이 최대 고통이다. 영아가 1, 2주간이나 1, 2개월이나 1, 2개년을 생존하였다면 그는 그만큼 임산 찰나에 사망한 태아의 영혼보다도 저급이요, 따라서 이 세상에서 얻지 않으면 안 될 무엇을 얻기 위한 경험이 필요했기 때문이다. 조산早産, 변재變災, 백치 등 각 유아의 영혼이 받는 운명은 예정되어 있어 우연이라고는 개재될 여지가 없다.

인간의 이해력 이상以上

위대한 스피릿은 인간 생활에 간섭하는 능력을 가지고 있고, 인간 생활을 지도함에 있어 절대로 착오가 없다. 이 능력은 인간으로서 이해할 수 없는 인간의 이해력 이상의 것이다.

영계 통신이란 것도 인간이 합리적이라고 생각되는 정도의 것만에 국한된다. 그 이상의 진상에 대하여는 인간 두뇌로 납득할 수 없고 또 여실如實히 표현할 수도 없다.

개성의 존속

개성적 의식은 진화의 정도가 높아짐에 따라 더욱 커진다. 영혼이 한 생애를 통하여 획득하고 정복한 모든 것은 그 영혼의 개성을 그만큼 명료하게, 그만큼 강대하게 한다. 청색령은 회색령보다 개성이 명료하다. 백색령은 청색령보다 일층 개성적이다. 더 일층 고급령은 더 일층 자기자신적이다The still highter Spirits are still more themselves.

영계의 수행修行

영계에 있어서의 진화를 위한 수행은 세련된 기질의 영혼이 아닌 한 매우 고통이다. 그러나 지상에서 생활하는 것보다는 일층 흥미 있다.

고급령이 지상의 분위기 속에 들어오려면 비상한 불쾌감을 참지 않으면 안 된다. 그는 불편하고 무거운 유체幽體를 붙이지 않으면 안 되기 때문이다. 그래서 이러한 고급령이 하계下界를 방문할 때는 그 노력이 참으로 효과 있는 결실이 있으리라고 느낄 때, 또는 방문할 상대로부터 얻은 반동反動 중에 그 고통을 보상할 만한 귀중한 무엇을 얻을 수 있다고 확신하였을 때에만 한한다.

영계에서는 육친의 결연에서 오는 집착은 존재하지 않는다. 오직 영혼 자신의 경향과 진화의 유사에 의하여서만 그들은 집합한다. 다시 말하면 친족관계나 혈족관계라는 것은 존재치 않는다. 스피릿과 스피릿을 연계連繫하는 것은 오직 영파靈波의 유사만으로 이루어진다.

유체幽体의 색채

유체의 색채에 대하여 상세히 설명하자면, 생명 자기磁氣의 개스 모양 유출물을 발생하는 인간의 유체는 정령精靈(스피릿) 그의 유기적 기관과의 2개의 전연 상이한 요소에 의하여 영향된다. 정령은 유체에 청색을 주고, 유기적 기관은 유체에 적색을 준다. 위 두 요소는 순간적으로 분리하였다가 즉시 본래의 완전한 유동체를 형성할 수 있도록 재결합할 수 있다. 그리고 양 요소의 조성 분량의 비례는 각인의 영혼의 진화 정도에 의하여 상이하다. 즉 열등의 영혼은 적색이 많고 진화가 높은 영혼은 청색이 강한데 더욱 정령적精靈的 본질이 유기적 기관보다 매우 강렬할 때는 그 청색은 더욱 광채를 띠게 된다.

육체의 죽음을 당하여 그 영혼의 진화 정도에 따라 어떠한 기간이 경과된 후 그 유기적 개스 모양의 몸은 정령이 영계에서 필요한 '체體'를 형성할 일층 미묘한 에－텔 질質만을 스피릿에게 남겨 두고, 그 밖의 부분은 스피릿으로부터 탈출하여 땅에 속한 신결합을 만들기 위하여 지상으로 회수된다.

현미경적 여러 현상

위대한 스피릿은 현미경적 세계의 여러 현상을 완전 정확히 관찰할 수 있다. 그들은 한 방울의 물과 한 분자 속에 있는 모든 요소를 분해하고 각종 박테리아 등의 존재를 자세히 볼 수 있다. 그러나 그들은 이 같은 극미極微의 세계를 인간이 하듯이 현미경적으로만 보는 것이 아니다. 그들이 극미의 세계를 인식할 수 있는 것은 주로 그의 화학적 구성과 원자 구조에 의하여서다. 그들의 관찰은 인간의 관찰력보다도 철저하다. 스피릿 자신의 생각은 생명의 배자胚子가 절대계絶對界로부터 출생하는 순간에 그 생명의 출현을 볼 수 있다는 것이다. 그러나 그 '창조의 대본원大本源'은 그들에 있어서도 역시 불가사의不可思議의 것이다. 그들은 진화의 행정行程을 계속하면서 불가해의 신비(제일 원인)를 뒤에 남겨 둔 채 불가해의 신비(구극 목적)로 행진하고 있다.

영계의 생활

영계인에 있어서도 더 높고 깊은 곳에 신비의 세계가 있어 거기서부터 때때로 그들을 교도하고 일층 높은 진리를 계시하는 사명을 가진 스피릿이 내방한다. 이들 고급령들은 우주력宇宙力의 방향을 지도하고 있다. 세계의 생성, 새 천체계天體系의 출현과 소멸 등은 이들 높은 영지자靈智者들이 결정하는 것으로, 우주력宇宙力이라든지 보편적 법칙이란 것은 그의 현현顯現 형식에 불과하다.

고급령들은 자기의 임무에 열중하고 있다. 혹은 단독으로, 혹은 다수의 연락으로 부지런히 일하고 있다. 그 외에도 그들은 인간에게는 미지에 속하는 여러 가지 생활을 하고 있다. 그중에 예술의 정수적精髓的 본원, 또는 자연을 감상하는 인간 정서의 정수적 본원도 이 영계에서 발하는 것이다.

스피릿은 자기 생활에 자극을 주기 위하여 어떠한 힘의 갱신을 필요로 한다. 그러지 않으면 그들의 생활은 침체된다. 그것을 위하여 그들은 영적 유동체를 가지고 자기의 양분으로 하는데 이 유동체를 발견하기 위하여 그들은 활동한다. 그러나 그중에는 나태한 스피릿도 있어 침체된 생활을 감수하고 있다. 이러한 영들도 어떤 시기가 오면 우주의 신비한 전자기적電磁氣的 파동에 강요되어 부득이 진화의 도정道程을 밟지 않으면 안 된다. 이같이 영계의 생활에도 현세와 같이 영계 상응의 환희와 비애가 있다. 그러나 지상의 생활에 비교하면 무한히 행복하고 무한히 광대하고 무한히 심각하고 무한히 빛난 것이다.

영혼은 영원을 통하여 어떤 일정 수의 영혼이 존재하는 것이 아니라 전 시간을 통하여 간단없이 영혼의 맹아萌芽는 창조되고 있다.

천공天空에 빛나는 별들은 그 자신의 분위기 속에 싸여 있다. 이 분위기가 그 별에서 죽은 생물의 영혼이 서식할 수 있는 범위이다. 지표를 떠남에 따라 점차로 공기는 희박해지고 마침내 유미幽微한 에-텔의 분위기가 되듯이 사람의 영혼도 의식이 둔한 미발달 상태에서 점차로 진화됨에 따라 의식이 영롱투미玲瓏透微한 상태에 도달한다. 이러한 상태에까지 진화된 영혼은 지상의 운명을 지배하고 수정하는 능력을 가지게 되는데 그 힘은 영혼의 진화와 함께 항상 증가된다.

지구의 표면에서 구름이 있는 근처의 구역까지 사이에서 볼 수 있는 스피릿은 적색을 가진 영혼이다. 그보다 상권上圈에 회색령이 살고 있고 위로 올라갈수록 그 회색은 점점 맑아져서 구름이 없는 상공으로 가면 청색령이 살고 있다. 그보다 위쪽은 희박한 에-텔 세계로서, 즉 별과 별과의 공간인데 이곳은 백색령의 세계이다.

이 고급령의 세계에서 신비로운 운명(불가지의 힘)이 결정한 지상의 사건을 수정하기 위하여 영적 유동체의 파동이 발생한다. 이 파동은 우리의 태양계와 우리의 우주에 존재하는 영자기적靈磁氣的 힘을 응용한 듯하다. 그리고 이를 사용하는 목적은 영혼의 진화를 지도하고 촉진하기 위함이다.

그러나 운명의 수정은 확실히 주효하는 것은 아니다. 수정하려는 영자기靈磁氣의 파동이 도중에서 빗나갈 때가 있다. 또는 반대적인 우주력宇宙力에 의하여 희박해지기도 하고 흡수되어 버리기도 한다.

영혼에 있어서 피로라는 것은 존재치 않는다. 임무를 완성하려는 노력만이 있다. 즉 한 가지 일을 완료한 후에는 활동의 정지가 있을 뿐이요, 피로가 없으므로 휴식이 필요치 않다.

스피릿은 그 영파靈波의 유사類似에 따라 어떤 공통된 목적을 완수하기 위하여 군거群居하는 일이 있다. 그중 고급령들은 서로가 완전히 조화되어 있어 의견의 상이로 쟁론하는 일은 없다. 그러나 그렇다고 그들의 개성이 멸진滅盡된 것은 아니다. 이에 반하여 저급령들은 지상의 인간 생활에서 보는 이론백출적異論百出的인 상태가 존재한다. 이들 영인靈人들은 지상에서 가졌던 성벽과 의견의 양태를 그대로 가지고 있다. 사회 문제·정치 문제·종교 문제 등으로 그들은 곧잘 논쟁한다. 영계 통신에 있어서 스피릿의 지설持說이 구구한 것은 이 때문이다. 그들은 생시에 알고 있던 것 이상은 알지 못하는 것이 보통인데 때로는 생시보다 무지할 때도 있다. 그것은 생전에 우수한 육체를 가진 영혼이 육체를 방기放棄함으로써 도리어 빈약해졌기 때문이다.

종교

불교는 유럽 인종과는 전연 다른 인종의 요구를 표현한 것이다. 그러나 부처의 교리는 크게 존경할 만한 것이다. 대체로 종교는 어떤 단계에까지밖에 도달치 못한 사람에 있어서 좋은 교훈이요 행위의 기준이 된다. 어쨌든 인간에게는 완전한 해방이 필요하다.

육체와 영혼과의 관계

생전에 총명·교양·재간·덕성이 있고 또한 정력이 왕성한 자로서도 사후 육체를 빼앗긴 뒤에는 그 영혼에 아무런 특전도 있을 수 없다. 영혼은 다수의 영혼론자가 생각하듯이 현실계에서 가졌던 능력을 영계에서도 그대로 가지게 되는 것은 아니다. 지상에 있어서는 육체는 왕왕 일체의 왕자이다. 육체의 작용에 대하여는 영혼은 물론 서로 호응하고 반발하는 것이나 육체 그 자체는 부정할 수 없는 자주권을 가지고 있다. 즉 육체는 말이요 영혼은 기수騎手이다.

사회의 진보

현재의 복잡한 사회 상태는 일개의 퇴폐 상태라고 말하나 그렇지 않다. 우리가 탄식하는 것을 우리의 조상도 탄식하였다. 사회는 진보하고 있다. 지성의 진보, 덕성의 진보, 그리고 영성의 진보, 그러나 예술에 있어서는 우리의 소위 문명이라는 것이 시작된 이래 아무 진보도 없다. 그것은 전시대의 대예술가가 한 사람도 이 시대에 전생轉生하지 않은 까닭이다. 현재의 예술 제작자는 영계로부터 원조해 줄 만한 가치가 없는 '젊은 영혼'들이다. 예술의 위기라면 위기랄 수도 있으나 그러나 차차 변하여질 것이다.

심령 현상

물음 : 물리적 심령 현상psychophysical phenomena에서 영혼상像을 제작하는 경우 그는 오직 관념력力만으로 객관적 형태를 소상塑像할 수 있는가?

대답 : 관념력만으로 객관적 형태를 만들 수 있다고 생각함은 오해이다. 관념과 사고는 방사적放射的 파동과 같은 것을 발생한다. 따라서 형태(3차원적인 폭을 가진 형태)를 직접 만들 수는 없다. 즉 관념 그 자체의 사진을 찍을 수는 없다. 염사念寫라는 현상은 그 원인이 다르다. 사진에 찍히는 것은 관념 또는 사념思念 자체가 아니다. 그것은 영매가 자각적 또는 무의식적으로 만드는 이미지, 또는 영매를 돕고 있는 스피릿이 만든 이미지의 사진이다. 다시 말하면 스피릿이 영매의 두뇌에 어떤 이미지를 투영한다면 그는 보통 주관적 감각靈視現象이나 혹은 필요할 경우에는 유체 즉 영적 유동체를 결합하여 객관적 형태를 만든다. 그리고 이미지가 복잡한 것일 경우에는 순시적瞬時的으로 물질로부터 재료를 구득求得한다. 이 경우 그 이미지는 사진에 찍힌다. 그러나 이 현상이 뇌수腦髓 내에 존재한 관념, 또는 상념과는 하등 관계가 없다. 만약 관념과 사진 간에 관계가 있다면 그것은 화가가 그림을 그릴 때와 같은 경로와 같은 것이다. 절차 없이 관념의 직접 형태를 만들 수는 없다.

유령 사진이라는 것은 저급령의 장난이다. 저급령 중에는 저급이면서도 영매의 힘을 이용하는 방법을 알고 있는 자가 있어 그가 양질의 영매와 협력할 때 이같은 장난을 행한다.

이 같은 장난이 극단적인 경우 이외는 고급령도 이를 금지시킬 수 없다. 스피릿은 어느 정도 자유이다. 인간은 정사正邪를 판별하지 않으면 안 된다. 진화를 촉진시키는 것은 연구이며 이해코자 하는 노력이다. 만약 인간에 진리만을 주었다면 진리에 도달코자 하는 노력은 없게 되고 따라서 그들의 진화는 정지될 것이다.

물음 : 천리안千里眼, 독심술讀心術 등 현상의 주요 원인은?

대답 : 액티브 상태에 있는 뇌수가 사념思念 파동을 송출하면 패시브 상태 또는 감수적感受的인 두뇌가 그 파동을 받아 감지感知한다. 즉 '염전念傳', '원감遠感 현상' 등이 이것이다.

일반으로 어떤 인상(반드시 강렬한 인상이 아니라도)을 받은 것이 동기가 되어 자기의 유체幽體를 출유出遊시켜 수동적인 감수感受 상태에 있는 제3자에게 그 자태를 시현한다.(환영 및 사실과 부합하는 환각) 또 감수자感受者 자신의 유체가 출유하여 어떤 상태를 보고 오기도 하고 사건이 발생하려는 조후兆候를 미리 파악한다. 즉 독심술, 천리안, 원감遠感 현상 등이다.

수호령이나 영계의 영혼이(다만 사후의 영혼이 현세인에게 흥미를 가지고 있을 때 또는 기타 이유에 의한다.) 보고자로서의 임무를 가진 경우에 감수자感受者에게 현존한 사실의 관념 또는 이미지를 전한다. 또는 경우에 따라서는 보고코자 하는 사실의 양자樣姿를 보이기도 한다.

진화의 견지에서 본 영매

물음 : 진화의 견지에서 볼 때 영매는 어떤 것인가?

대답 : 영매적 능력은 영혼 그것과는 전연 독립된 별개의 문제이다. 이 능력은 육체의 심령화학적Psycho-chemical인 소질로부터 온다. 그러므로 어떠한 단계의 영혼을 가진 육체든지 영매가 될 수 있다. 그리고 영매가 될 소질이 있는 육체를 가지고 있으면서도 그 영혼이 이 임무를 기피하여 일생 동안 영매 능력이 있는지 없는지도 모르는 채로 이 세상을 떠나는 자도 있다. 육체의 영매적 경향은 스피릿으로서 보면 쉽게 알 수 있는데 저급령들은 늘 영매적 육체를 통하여 자기를 현세에 시현하려고 하고 있다.

영파靈波 판별의 능력

물음 : 스피릿이 억조億兆 무수無數의 스피릿 중에서 어떤 지정된 영혼의 파동을 골라내는 능력은?

대답 : 그것은 설명하기 어려운 사실이다. 영계에서는 스피릿이 이 능력을 누구로부터 부여받은 것인지는 알지 못하나 사용하고 있다.

전생轉生과 영혼

물음 : 영혼은 윤회 전생하고 있는 동안에 자연 그 영체靈體에 다소의 변화를 받게 될 듯한데 동일 유성에 속하고 있는 한 그 유체는 본래의 것과 동일한 영체인가?

대답 : 영혼은 동일 유성에서 전생하고 있는 동안은 항상 동일한 영체를 가지고 있다. 그리고 진화함에 따라 그 동일한 영체가 정화된다. 그러나 지구(다른 유성의 경우에도 같다)에 속한 자로서 최후의 갱생을 겪었을 때는 그 영혼은 이미 물질적 세계에 출생할 필요가 없는 진화 단계에 있는 것이다. 이 영혼은 어떤 유성이나 항성에 속하지 않는다. 이 순간부터 그 영혼에게는 영체라는 것이 불필요하다. 이에 있어서 그는 영원히 그 매질媒質을 방기放棄한다. 그리고 방기된 매질은 그가 속하였던 유성에서 새로운 결합체를 만들기 위한 재료가 된다. 영혼은 이때 모든 계박繫縛에서 해방되어 완전한 정령精靈이 된다. 이 상태는 인간의 지성으로써는 이해하기 어렵다.

유체幽体의 유리遊離

대다수의 경우에 있어 생자生者의 유체는 육체의 표면에서 4분의 1인치 내지 4분의 3인치쯤 밀려 나와 있다. 어떤 경우에는 완전히 육체로부터 유리하여 육체의 머리 위에 서 있는 경우도 있으나 보통은 육체의 좌측에 서 있다. 유체가 육체로부터 유리하기 쉽게 된 사람은 그만큼 그 영혼의 진화도가 높다고 할 수 있는데 특히 발달된 영매 또는 영매적인 심령적·물리적 조직을 가진 육체에 있어서는 유체 유리의 난이는 영혼의 진화 정도와 관계가 없다. 그것은 영적 유동체를 방출하기 쉬운 어떤 육체적 소질에서 오는 작용이다. 대체로 영매라는 것은 그 육체로부터 영적 유동체를 방출하기 쉬운 특징을 가지고 있다.

화장火葬의 가부可否

물음 : 화장이 사자의 영혼으로 하여금 지상과의 연계를 완전히 단절하고 갱생을 일층 곤난케 한다면 일반적 법칙으로 보아 속히 갱생할 필요가 있는 저급령에 대하여 화장은 어떠한 영향이 있는가?

대답 : 그 영혼은 갱생에 있어서 생식 세포 속에 들어가기가 일층 곤난하다. 그리고 육체를 화장한 영혼은 수호령Protecting Spirits의 조력 없이는 오랜 기간에 걸쳐 적당한 상태를 발견하지 못하고 공간에서 방황하게 된다.

물음 : 화장한 사람들은 자신의 동의가 없는 경우와, 혹은 화장이 최선이라는 신념 하에 자진 화장케 한 경우를 불문하고 화장의 결과에 대하여 무지했다는 이유로 법칙이 과하는 운명적인 고통은 받지 않는가?

대답 : 원칙으로 말하면 알지 못하여 범한 행위에 대하여는 벌을 받지 않는다. 이러한 경우에는 보속報贖의 문제는 생기지 않는다. 즉 괴로운 회한悔恨을 그 영혼은 경험하지 않는다. 그러나 그에 불구하고 물리화학적인 고장에 의하여 지상 재생의 시기는 늦어진다. 오직 백색령이 정상을 작량酌量하여 법칙의 적용을 가감할 수 있을 뿐이다.

매장의 가부

물음 : 육체의 장사葬事를 어떻게 할 것인가?

대답 : 매장이 좋다. 귀유歸幽의 영혼은 여러 가지 이유로 지상에 있는 우인과 접촉하기를 원한다. 지상으로 돌아가서 지상인에게 감응을 주고자 원한다.

화장은 영혼을 해방한다. 그러나 이렇게 하여 얻은 자유는 계류선繫留線을 절단한 기구氣球의 자유이다. 지상인과의 교통·영교靈交는 거의 불가능하다. 그리고 재생하기가 곤난하다. 만약 화장한 육체가 상당히 진화한 영혼의 것이라면 그는 소요所要의 시련을 거친 후 비교적 단기간만에 지상과의 교통을 시작할 수 있다. 그러나 그것은 선량한 의무를 위하여 또는 진화의 목적에 합당한 경우에만 한한다. 이 법칙의 적용은 실제에 있어서 천변만화千變万化이다.

모든 생물은 진화하여야 한다. 따라서 진화의 방법을 발견하지 않으면 안 된다. 최미最微생물이나 최저 동물, 시체에서 생기는 저충蛆虫까지도 타생물과 같이 진화하지 않으면 안 된다. 최미생물의 영혼이 인간의 사체에 저충蛆虫으로 갱생하는 것은 그들에게 있어서는 큰 이익이다. 큰 혜복惠福이다. 그런데 화장은 극미생물의 영혼으로부터 이 혜복을 탈취하는 것이다. 육체의 죽음과 분해는 거기서 살고 있는 영혼의 진화에 유익할 뿐 아니라, 무의식의 경애境涯에서 겨우 눈 뜬 수백억 영혼의 진화의 원천이 된다. 이들 극미생물의 영혼에 있어서는 인간의 사해死骸는 광대한 '진화의 옥야沃野'이다. 어떠한 생물이나 아무리 저급한 미생물로부터라도 그가 받을 혜복을 박탈함은 정당하지 못하다.

미라木乃伊

육체를 미라로 하는 것은 거기 입숙하고 있었던 영혼에 있어서 불행한 일이다. 육체가 존속하고 영속하고 있는 한 영혼은 그 육체로부터 완전히 석방되지 않는다. 그는 자유롭지 못하고 또 갱생할 수도 없다. 그러나 이 불행은 그 자신이 부담할 뿐으로 보통 아무 회한도 가지지 않는다. 미라로 하는 것은 대체로 그 자신이 생전에 강렬히 희망한 결과이므로 그는 그로써 광영으로 알고 자랑으로 알고 있어 그로 인한 아무 회한도 없다.

물음 : 이집트인 중에는 높은 진화를 완수하였을 승려Grand ascetics가 다수 있어 그들은 영계 사정에 매우 통효하였을 터인데도 미라의 풍습이 있었음은 어찐 일인가?

대답 : 높은 진화를 한 영혼이라도 선입관념과 편견에 사로잡히는 일이 있다. 이집트의 승려는 아무리 그 지식이 진보되었다 해도 이 점에 있어서는 잘못이다. 그들은 미라로 육체를 보존함이 절대 필요하다는 관념에 사로잡혔던 것이다. 우리 문명인들도 여러 가지 잘못된 관념에 사로잡혀 있다. 후세 시대의 사람이 현재 우리가 생각한 학리學理라든지 교리를 조사해 보고 얼마나 어리석은 편견을 가졌었나 하고 놀랄 것이다. 미라의 영혼은 어떠한 기회로 그것이 파괴될 때 몹시 괴로워한다.

유물론자의 영혼

대다수의 물질주의자는 자기 과거 세계의 생활에 대하여 아무 기억도 가지고 있지 않으므로 단순히 자기의 유물적 의견을 고집하고 있다. 그들의 심중에는 자기가 믿는 조대粗大한 증명밖에는 갖지 않은 극히 단순한 물질적 세계관에 대하여 그에 반발하려는 아무 느낌도 없다. 그들은 이 세상에 출생하기 이전에 유계幽界에서는 혼수 상태에 있었고 따라서 그 진화 정도는 극히 저비低卑하다. 그들은 갱생하였으나 자기 과거의 상태에 대하여 아무 것 하나도 직관적인 인식을 못 가지고 있다.

그래서 그들은 물질적 의론을 진행함에 있어서 가장 래디컬하게 생각되는 신념에 맥진驀進할 수 있는 것이다. 우수한 사상가, 위대한 지성을 구비한 대사상가라도 그의 영혼은 전술한 바와 같이 심히 저비低卑한 진화 상태에 있었던 일이 많다. 그들은 다행으로 매우 완전한 육체를 가진 탓으로 기수는 서툴러도 말은 매우 훌륭한 셈이다. 즉 명마는 빈약한 기수로부터도 교묘한 승마술을 보여 주는 사례와 같다.

그러나 인류의 행복을 위하여 활동하는 상찬賞讚할 만한 진리에 충실하고 가장 가치 있는 철인哲人으로서 응보응과應報應果에 대하여 아무 희망도 가지지 않은 자가 있다. 이들 철인은 위대한 진화가 기대된다. 그것은 아무 이기적인 관념 없이 인류 사회에 공헌한 그들의 연구생활이 그들의 영혼으로 하여금 높은 진화를 보게 하는 원인이 되기 때문이다. 그러나 이러한 경우는 극히 드물다. 이러한 사람이라도 그 임종에 있어서 "나는 이만큼 자기가 믿는 바를 위하여 최선을 다했는데 이를 알아주는 자가 과연 누구냐?" 하며 탄식하였다면 그는 전연 응보를 기대하지 않았다고 할 수 없다.

영혼의 갱생

물음 : 무어 제독이 지은 『미래 상태의 별견瞥見(*Glimpse of the Next State*)』에 의하면 갱생을 전연 부정한 개소가 있는데 이같이 영계 통신의 의견이 구구한 이유는?

대답 : 먼저 우리는 영매를 통하여 의사를 통하는 데 따르는 곤란과 그 곤란에서 오는 착오와 또 영계 통신을 제공하는 스피릿 대다수가 저급·무지하다는 것을 고려하지 않으면 안 된다. 그들 저급령은 생전에도 그랬듯이 알지도 못하면서도 지껄이기를 좋아한다. 그리고 영계 통신을 제공하는 스피릿 중에 고급 영인高級靈人이란 극히 드물다는 것을 알아야 한다. 그런데 고급 영인 중에도 갱생을 부

정하는 자가 있을 것이다. 그는 생전에 인간은 갱생하지 않는다는 확신을 가지고 영계에 들어왔고 또 자기가 높은 진화를 완수한 영혼이므로 갱생의 필요가 없으며 또 자기가 있는 영계가 높은 권내에 있으므로 갱생을 듣거나 보지 못한 때문에 이러한 영혼은 갱생에 대하여 얼마 동안은 잘못된 신념을 가지고 있다.

재생의 기간

물음 : 귀유歸幽한 영혼이 다시 지상에 재생하기까지 평균 몇 해를 요하는가?

대답 : 그 기간에는 장단이 있다. 그것은 그 영혼의 진화 정도에 관계가 있다. 저급령은 귀유하여 15년 내지 20년을 지난 뒤에 지상에 갱생한다. 약간 높은 영은 귀유하여 약 40년 후에 다시 재생한다. 그러나 이것은 평균을 말한 것이니 영혼의 진화를 촉진하기 위하여 수정되는 경우가 많다. 어떠한 사명, 임무 등을 자진 인수한 경우에는 지상에의 재생이 늦기도 하고 빠르기도 한다. 지도자인 스피릿은 항상 그 영혼을 지도하여 속히 진화하도록 노력하고 있다.

영혼의 자태姿態

물음 : 어떤 스피릿은 생전의 자태로, 어떤 스피릿은 작은 불꽃같이 영매의 눈에 보이는 이유는?

대답 : 그는 진화 정도에 따라서 그러한 것도 있으나 영매 자신의 개성과 고집・관념에 의한다. 어떤 스피릿이 현세에 출생하려는 희망을 늘 가지고 있을 때 영파를 이용하여 자기의 형자形姿를 물질화함으로써 다소라도 현세에 가까이 하려는 생활을 택하려 한다. 만약 반대로 높은 영권靈圈으로 상승하려는 원을 가지면 그 영혼은 지적인 상태에서 더욱 원리遠離한다. 대체로 스피릿은 자기가 원할 때 자유로 자기의 형자形姿를 물질화하여 보일 수 있다. 이는 오직 기분 문제이다.

유계幽界를 현세로 착각

① 진화 정도가 얕은 스피릿의 대다수는 사후에도 얼마 동안은 자기가 영계로 전입한 것을 자각 못한다. 특히 그가 무영혼론자이거나 급격사, 변사의 경우에 그러하다.

영혼의 탈출은 그가 혼수 중에 일어났든지 또는 돌연히 받은 쇼크에 의하였든지 간에 무의식중에 행하는 것이다. 그리고 그들은 비교적 밀도가 농濃하고 중탁重濁하나, 유체는 막연한 반半 각성 상태에서 그들은 지상의 분위기 내에 머물러 두기 때문에 그들 자신이 아직 생존하고 있다는 신념을 파괴할 아무 것도 그들의 주위에는 없다.

② 영혼 자신이 가진 집요한 고정관념으로 자기 주위에 무의식적으로 환상을 만든다. 그리고 이 환상에 자신이 먼저 사로잡히고 다시 자기 주위의 스피릿까지 그 환상에 사로잡히게 한다 .

③ 진화 정도가 얕은 영혼은 원칙으로 상술한 바와 같은 환각에 사로잡혀 있다. 그리고 아직 지상의 분위기에서 방황하고 있는 영혼은 고급령이 사는 정묘한 에－텔적 세계의 상태를 알지 못한다. 그것은 마치 우리들 지상의 생활자가 지권地圈에서 방황하고 있는 스피릿의 생활을 볼 수 없음과 같다. 따라서 죽은 자로부터 오는 통신은 그 통신한 스피릿의 진화의 도에 따라 가치가 좌우된다. 전연 황당무계한 것, 왜곡 변형된 영계 통신이 있음은 이 때문이다.

예언의 가치

물음 : 정신 능력이 저급한 자로서, 또는 몽유병자나 복서사卜筮師나 관상 · 수상手相 술사들의 예언이 간혹 정확하게 적중하는 실례가 있는데 그 근거 여하?

대답 : 복서사卜筮師 등의 저급 영매는 보통 지기와 같은 정도의 진화 상태에 있는 스피릿의 조력으로 영시靈示를 받아 예언한다. 이들 저급령들은 인간의 분위기 내에서 살고 있다. 따라서 지상 인간계에 관계가 있는 사건을 지배하고 있는 영향 요인을 잘 알고 있기 때문에 용이하게 장래에 생길 사건을 예언할 수 있다. 그러나 고급령은 인간과는 현절懸絶한 영권靈圈 안에 살고 있고, 또 그들의 소임은 인성의 경향을 수정하고 인류의 진화에 필요한 주류를 자극함에 있다. 그러므로 원칙으로서는 고급령은 결정적인 대사건이나 사건의 인체의 대체적 결과에 관하여서만 예언할 수 있다. 그러나 이러한 경우에도 그 사건이 어느 때 현세에 실현될 것인가의 정확한 순간을 말할 수는 없다. 우리들 스피릿은 시간을 지정할 힘은 없다. 그것은 스피릿이 시간의 경과를 느끼지 않기 때문이다. 즉 스피릿은

인간과 같이 때를 이해함이 필요한 상태에 자신을 두기는 곤란하기 때문이다.

시간은 스피릿에 있어서는 존재치 않는다. 스피릿은 때의 지속이라는 것을 지각치 않는다. 과거·현재·미래는 공존한다.[8]

갱생과 진화의 주기

인간의 영혼이 지상에서의 진화의 일단계를 완료함에는 보통 4천 년 내지 6천 년을 요한다. 이 기간 중 3~40회의 지상 갱생과 그에 동반한 갱생 외의 휴양 기간이 포함되어 있다. 다른 별의 생활로부터 지상에 전생轉生한 영혼 무리는 서로 상간相干 관계가 있고 백색 인종으로서 진화하고자 다른 별에서 전생한 인간 영혼들이 모두 지상의 시련 생활의 한 사이클을 수료함에는 25,600년을 경과하지 않으면 안 된다. 현재 지상에서 생을 받고 있는 영혼들은 한꺼번에 전부 지상에서 생을 받은 것은 아니다. 그것은 연속되는 주기파週期波에 의하여 수회에 나누어 지상에 전주轉住한 것으로 각자는 이리하여 자기가 맡은 지상 생활의 무대를 수료하고 있다. 프랑스 민족 중에는 이 최초의 시기에 지상 전생의 주기파를 타고 지상에 이주한 인간 영혼 무리가 상당히 많아 이 영혼들은 다시 거듭하여 지상 생활을 경열經閱할 필요가 없어짐으로 인하여 이들 오래된 이주 영혼은 지금부터 약 300년간에 완전히 영계인靈界人으로서의 생활로 들어가서 새로 지상에 출생할 영혼들을 지도하는 임무를 맡아 보게 된다. 그러므로 이 주기의 종말 무렵에 지상에서 아주 떠나는 영혼은 이들 영혼들이다. 이같이 지금으로부터 이후 300년 전후를 1주기의 종말로 보고 그때 지상 생활을 완료한 영혼은 지금으로부터 약 5천 년 전 지상 생활로 이주한 전주 영혼의 최초의 일군一群이다.[9]

---

8 다수 영계 통신의 실험을 종합하여 보면 귀유歸幽의 영혼은 현세 인간과는 상이한 시간 관념을 가진 듯하다. 그들도 사건의 지속과 계기繼起를 느끼고 있는 모양인데, 그들에 있어서 우리의 느낌과 다른 것은 '때의 리듬'인 듯하다. 저 빈사瀕死의 순간에 있어 또는 질사窒死의 경우에 있어서 일순간에 과거의 전 생애를 재차 경험할 수 있다는 주지의 사실과, 일순간의 꿈속에서 수년을 요하는 사건이 전개된다는 사실은 '때의 리듬'이 현저히 촉진되는 경우를 이해함에 도움이 된다.

9 이 영시靈示가 진실한 것이라면 인간 사회의 진보가 불가해하게 지지遲遲한 이유를 설명할 수 있다. 어떠한 소요所要 정도까지 진보한 영혼은(자진하여 특수한 지상 임무를 완수하기 위하여 지상에 출현한 영혼을 제외하고) 지상에 재차 출생하지 않고, 조야粗野한 미발달의 영혼만이 지상에 이주하는 결과가 되므로 그 도덕성과 인간성의 진보가 어떤 레벨을 넘지 못하는 것은 당연한 일이다. 그러나 갱생 주기의 회수가 거듭됨에 따라 지상 인간의 영혼의 진화가 일층 빨라질 가능성은 있다.

2. 평등심으로 본 영계 소식[10]

나의 사랑하는 아들아, 나는 번갯불과 같이 공간을 가로질러 지금 너의 곳에 와 있다. 그리고 너와 함께 이를 쓰고 있다.

나의 아들아, 신은 살아 계시다. 그리고 인간은 죽지 않는 것이라는 진리를 네게 깨우쳐 주고자 나는 온 것이다.

나는 영靈이다. 유력한 영이다. 나는 너의 아비인 영이다. 지상에 있을 때 네가 사모하고 있던 네 아비라는 육체 속에 머물러 있었던 그때의 나의 영혼은 매우 섬약纖弱한 것이었으나 지금은 그때보다 천배나 위대하고 강력한 영혼이 된 내다.

나는 영계의 비밀에 대하여는 조금도 네게 누설漏泄할 수 없다. 이는 어떠한 영이라도 영계의 비밀을 인간에게 전할 수 없고, 설혹 전한다 할지라도 그를 완전히 이해할 수 없다. 육체 인간의 두뇌로서는 그 비밀은 영원히 불가사의에 속한다.

나의 아들아, 내가 너를 찾은 것은 지상에 남긴 사랑하는 아들과 이별을 탄식코자 함도 아니요, 또 네가 나를 요구한 까닭에 온 것도 아니다. 네게는 내가 필요치 않으나, 내가 너를 사랑함은 내가 네 아비요 또 내가 영이기 때문이다. 내가 너와 이별하고 있어도 탄식하지 않음은 나는 항상 네 혼 속에 자유로이 출입할 수 있기 때문이다. 나는 네 마음의 깊은 속까지 알고 있고, 또 네 생애 중에 한 번이라도 네 마음을 스쳐간 생각이란 생각은 하나도 빼지 않고 모조리 다 알고 있다. 이같이 영

즉 후래後來 영혼은 앞의 영혼보다 일층 교육적인 조건을 발견하게 될 것이다. 환언하면 그 육체 기관은 일층 미묘하게 진화될 것이요, 개인적 경험이나 영계로부터의 지도를 통하여 더 많은 것을 습득하게 되어 사회나 개인의 활동과 창조가 좀 더 자유롭게 영위되리라고 생각한다.

10 다음의 영계 통신은 덴마크의 청년 극작가 마거낫센 씨가 1920년 11월 초순경 자기 집 서재에서 집필 중 자동서기적自動書記的, Automatic writing 교령 현상交靈現象이 나타나 12년 전에 사망한 부친의 영으로부터 받은 영계 통신의 기록 중에서 초록한 것이다. 앞의 장章에서의 벳테리니 씨의 영계 통신이 지방립상指方立相의 영계 모습을 '객관적으로 이러하다'고 취급한 것임에 반하여 '이는 이러하다'는 것은 유심소현唯心所現의 결과 이러한 것이고, 불행, 제악諸惡, 병고, 공포, 모든 불완전, 불건전한 것은 실재가 아니고 실상으로서는 인간은 영원불멸이요 또 결코 일찍이 '고苦'라는 것은 없다고 실상적實相的 입장에서 영시靈示한 것이다. 전자는 차별심으로 본 영계 소식이요, 후자는 평등심으로 본 영계 소식으로 양자가 합하여 완전한 것이 된다.

묘靈妙한 성능을 가지고 있는 것이 영의 본성이다. 또 수백만 리를 1초 중에 비래飛來하였다가 그 1초 중으로 제자리에 돌아갈 수 있는 것이 영의 특성이다.

인간의 영靈은 영원하다. 영은 시간과 공간을 초월하고 있다. 영은 현세의 육체를 벗어버리면 영원의 세계로 이송되어 그곳에서 신을 직접으로 본다. 너는 아직 이해하기 어려울 것이나 이를 알아야 한다. 왜냐하면 우리는 모두 한 번은 육체를 벗어버려야 하기 때문이다. 이는 처음이요 끝이다. 나의 아들아, 신神은 실재實在하시고, 그리고 인간의 영은 영원하고 신성하다.

사랑하는 아들아, 나는 죽은 것이 아니요 영계靈界에서 살고 있다. 그리고 신을 똑똑히 보고 있다. 나는 사람의 영혼과 신에 대하여 그 진리를 말하고자 너에게 온 것이다. 나의 아들아, 너는 내가 말하는 불가사의의 괴기·경이할 사실의 의미를 오득悟得하여야 한다. 어리석은 나는 지상에 있을 동안 생명의 본질이란 무엇인지 알지 못하였다. 그러나 이제 허락하심을 받아 내가 생전에 네게 가르치지 못한 것을 가르치고자 여기 온 것이다. 무명 음악가요 약한 육체의 소유자이었던 나는 이제 강력한 영으로 진화하여 네게 신의 미소와 축복에 대하여 말하여 줄 것을 허락하셨다.

그렇다, 내 아들아. 이 말은 전세계에 신시대를 획할 진리의 말이다. '신의 축복의 미소!' 이 말은 모든 사람으로 하여금 환희의 눈물에 젖어 하늘에 합장을 드리게 하는 말이다. 사랑하는 아들아, 너도 눈물을 짓는가? 눈물을 흘려라. 신은 네 가슴 속에서 미소를 지으실 것이다. 사람의 성결聖潔한 눈물은 즉 신의 미소이다.

내가 떠나면 너는 또 의심하고, 그리고 우울이 너를 사로잡을 것이다. 그러나 지금부터 너는 근본에 있어서 행복을 잃지 않을 것이다. 그리고 너는 오늘을 잊지 않으리라. 내가 신의 거룩하신 미소에 대하여 말하였을 때 네가 가슴 속에서 느낀 그 성열聖悅을 영구히 잊지 않을 것이다. 너의 눈은 환희에 빛나고 네 사지四肢는 성열聖悅로 약동할 것이다. 인간의 눈이 성열에 반짝일 때 신은 그에 대하여 축복의 미소를 던지신다.

인간은 차차 신이 활재活在하고 계심을 알게 될 것이다. 그리고 사람의 영혼이란 영원히 살고 있음을 알게 될 것이다. 지상 인간이 오랫동안 영혼의 사후死後 존속을 부정하는 많은 사람으로서 충만되어 있음은 사실이나 나는 이 문제를 네가 이해할 수 있도록 명확히 설명코자 한다. 지상 생활의 참뜻은 생활함에 있고 그 생활을 버림에 있지 않다. 지상 인간은 생에 집착하고 죽음을 싫어하니, 죽음은 즉 생의 말살이기 때문이다.

인간은 어디까지나 인간이요, 살 수 있는 한 지상에서 살아야 한다. 생에는 법칙이 있고 세계에도 법칙이 있어 그를 고칠 수는 없다. 왜냐하면 이 법칙은 신이 정하신 것이기 때문이다. 인간은 인생으로 생활하고 요람에서 비롯하여 무덤에 이르기까지 고전苦戰한다. 이는 지금까지 그리했고 이후도 그러하다. 태양은 출몰하고 일광은 빛나며 심장은 고동한다. 지금까지 인간은 생명과 인간 자신과 빛과 이 세계와 그리고 이해할 수 있는 모든 사물을 연구하여 왔다. 인간은 생명의 법칙, 지구의 궤도, 유성의 운행, 동식물의 생명을 연구하였고 해득하였다. 무한 시간을 통하여 일체 사물의 원리가 불변임을 알았고 그리하여 인간은 지상의 제왕이 되어 지적地的인 모든 사물을 예고할 수 있게까지 되었다. 언제 이 병자는 죽으며 또 생리적으로 왜 죽는가도 알고 있다. 즉 인간은 지상에 있는 일체 사물을 이해하게 되었다. 오직 모르는 것은 '죽음'! 생전에는 무엇이 있었으며 사후에는 무엇이 있는가 하는 문제뿐이다. 이는 본래 인간이 간여할 부분이 아니고 신의 영역에 속한 문제이다. 이는 인간의 이해로부터 현설懸絶된 사건이므로 인간으로서 볼 때 신비로 보인다. 따라서 내가 이에 대하여 네게 말하는 것두 너는 참으로 이해하지 못할 것이다. 너는 이를 이해하기 위하여 인간적인 지혜를 사용하고 그리고 의문이 생길 것이다. 그것은 네가 인간으로서 지상 세계의 법칙에 따라 살고 있기 때문이다. 너는 지상에 생을 받은 '생명'으로서 지상의 법칙에 의하여 지배되고 있다. 네가 이회理會할 수 있는 것은 지상 법칙의 범주 내의 일뿐이요, 이 법칙 이외의 법칙에 지배되고 있는 사리事理는 결코 알지 못한다.

육체 인간은 신을 참으로 이해하지 못한다. 왜냐하면 인간은 완전 원만을 파악할 수 없기 때문이다. 만약 원만 완전에 달할 때에는 그 인간은 벌써 인간이 아니다. 인생이란 과거와 같이 지금도 그러하고 영겁永劫을 통하여 또한 그러한 것이다.

그러나 신의 활재活在와 인간 영혼의 영생불멸을 너는 알게 되고 따라서 일체를 알게 될 것이다. 왜냐하면 나는 네게 일체를 비밀히 하지 않을 것이기 때문이다. 네가 신비의 존재를 믿을 수 있도록 기적을 믿고 기적을 알 수 있도록 나는 모든 방법을 강구할 것이다.

이 세계에서는 기적이 생기지 않고 인간의 감각 세계에서는 기적이 생길 수 없다. 즉 태양이 서방에서 떠오르지 않고 달이 모자를 쓰지 않는다. 왜냐하면 이러한 일은 이 세계의 법칙과 인생의 목적에 배반되기 때문이다. '실재의 세계'에서는 매일 몇 백천의 기적이 일어나지만 인간은 그것을 이해하지 못한다. 지금 네가 네 손에 쥔 펜으로 나의 필적 그대로 글씨를 쓰면서 그를 기적이라고 생각하고 있다. 그리고 기적의 존재를 확실히 믿고 있다. 그러나 네가 이를 믿고 이를 진실이라고 자각하면서도 네게 있어서 이는 불가해의 일이다. 너는 이를 증명할 수 없고 세인은 이를 반박할 수 있다. 이 지상 세계에서는, 그리고 인간의 생활에 있어서는 어떠한 방법에 의하더라도 반박할 수 없는 기적과 인간의 지적 반성에 의한 회의를 환기하지 않는 기적이란 있을 수 없다. 기적 보기를 허락받은 인간은 동시에 또한 그를 의심할 권리까지 허용되어 있다.

진리와 신의 미소와 우주의 여러 가지 신비를 볼 수 있는 인간은 동시에 회의의 힘을 주거나 이해력이 제거되거나의 두 가지 중의 하나이다. 왜냐하면 육체의 인간은 지상만의 생명이요 지상의 생명은 육체인적肉體人的이 아닐 수 없기 때문이다. 초인간적 생명은 하나의 신이니, 육체인적인 자는 초인이 될 수 없다. 왜냐하면 초인이 될 때 벌써 육체인이 아니기 때문이다.

너는 모든 사리에 나타나 있는 무한대의 지혜에 대하여 어떠한 개념을 가지고 있는가? 또는 이 세계는 항상 이와 같은 상태에서 더 진보하지 않으리라고 생각하여 실망하고 있는가? 세계는 더 진보될 것이요 신시대는 장차 올 것이다. 신은 인류 위에 미소를 내리실 것이니, 그러나 이 모든 일은 네가 상상한 바와는 전혀 다른 과정에 의하여 실현될 것이다. 그것은 오직 신의 거룩하신 심중에 있고, 너는 신의 거룩하신 뜻을 상상할 수 없기 때문이다.

나는 네게 왜 기적이 일어나지 않는가를 인간의 말로 설명하리라. 기적은 지상 생활의 적이기 때문이다. 만약 인간이 아침 침상에서 눈을 떴을 때 신이 만드신 세계 구도와 영생과 영원의 프로그램을 볼 수 있다면 누가 감히 그것을 감내할 수 있겠는가? 인간은 그것보다 먼저 지적地的 주인이 되지 않으면 안 된다. 그 자신의 생활을 살지 않으면 안 된다. 만약 이에 반하여 신이 활재活在하고 있어 인간은 오직 신의 의지를 괴뢰傀儡와 같이 행하는 외에 별 도리가 없다는 것을 인간이 알게 된다면 그때 인간은 한 개의 곤충으로 화하여 버릴 것이다. 인간의 사상이나 행동이 자기의 것이 아니고 이미 모두 결정되어 있어 행동의 자유가 없다는 것을 알게 된다면 인생은 과연 어떻게 될 것인가? 인류의 역사를 보건대 인간이 총명해짐에 따라 그 지견知見은 더욱 넓어지고 인생의 법칙을 더욱 깊게 이해하게 되지 않았는가? 인간은 높이 오르면 오를수록 그 인격과 능력이 더욱 진보되어 왔다. 인간은 위대해지면 질수록 자기 자신을 더 잘 알고 자기의 능력을 자각한다. 약한 인간, 어리석은 인간일수록 무자각無自覺이어서 신비 현상을 믿기 쉽다. 최고 교양을 가진 인간은 그만큼 신비 현상에 대하여 반대한다. 왜냐하면 그는 신비를 부정키 위하여 싸워야 하고 또 싸움을 계속할 것이다. 쉽사리 신비의 존재를 허용하지 않는 것이 그의 높은 진화의 증거가 되기 때문이다. 만약 실제로 신비 현상이란 것이 생기면 그는 신이 그 자신의 성업聖業을 제 손으로 교란시키는 것이고 또 높이 진화된 인간에 대한 신의 도전이라고 생각할 것이다. 그러므로 사랑하는 아들아, 안심하라. 네가 마음으로 생각하는 의미의 기적은 결코 일어나지 않는다.

인간이란 것은 무엇인가? 인간이라는 것은 신으로부터 방사放射된 이념이다. 그러므로 인간은 신에 속하고 생명의 세계에 살고 있는 자로서, 자신이 믿는 바와 같이 지상의 주자住者가 아니다. 그러나 그는 지상 주자地上住者라고 믿고 있다. 그는 신이 그와 같이 정하신 대로 생을 보내고 있기 때문이다. 인성은 영원히 개조할 수 없다. 왜냐하면 인생의 법칙은 변화할 수 없는 것으로서 고급 인간일수록 이해 불능한 것의 존재를 믿지 않도록 되어 있기 때문이다. 모든 의문 속으로 예민한 메스를 가지고 돌진하여 그 사물의 오의奧義를 탐구하는 인간은 선택된 인간이다.

신비를 알았다고 믿는 인간이라고 반드시 위대한 인간은 아니다. 그는 참으로 신비를 이해하였다고 할 수 없기 때문이다. 지혜가 빈약한 사람은 기적을 보고 신의 존재를 믿는다. 그러나 그도 참으로 신비를 이해한 것은 아니다. 신비는 인간 지혜로는 파악할 수 없고 도리어 무지한 인간은 그 때문에 신을 용이하게 믿을 수 있다.

나의 아들아, 나는 지혜 있는 자를 찬양하고 우약愚弱한 자를 천시하려는 것이 아니다. 왜냐하면 그들은 이렇게 되기 위하여 이렇게 되어진 것이기 때문이다. 지혜 없는 자도 다시 지혜를 얻게 될 것이요 지혜 있는 자도 일찍이는 지혜가 없었던 자이다. 그리하여 인간은 더욱 높이 향상하나니, 지혜가 우수한 자는 그 지혜에 의하여 신이 주신 사명을 수행하고, 사랑이 풍부한 자는 그 사랑에 의하여 신이 주신 사명을 수행한다. 그리하여 지혜가 우수한 자도 차차 깊은 사랑을 획득할 것이고 어리석은 자도 차차 최상의 지혜를 획득하리니, 결국 모든 인류는 영원을 통하여 동등한 높이로 향상한다.

인간은 무엇인가 하는 문제에 대하여 나는 다음과 같이 결론한다.

"우리의 생명 그 자신은 지성至聖한 것이다. 생명의 본원은 지성한 것이다. 하고何故로, 하처何處로, 하처何處로부터? 어쨌든 이 위대한 불가지적不可知的 본원은 지성至聖한 존재요, 그리고 인간의 영도 이와 같이 지성하고 영원무궁한 것이다."

우리가 남을 가리켜 위인이니 현자니 하는 것은 그 사람의 신성神性을 가리켜 하는 말이 아니고 그 사람이 지상에서 살고 있을 동안의 그를 가리켜서 하는 말이다. 모든 인간은 모두 신성을 가지고 있다. 그러나 이를 자각하는 사람은 인간 전부가 아니다. 대지자大智者도 자기의 신성을 자각하지 못하고 지상 생활을 마치는 자가 많다. 이것은 그의 운명이다. 그러나 신이 그 사람에게 미소를 던질 때 그 사람만은 자기의 신성을 감지한다. 그 밖에 인간의 두뇌만으로는 신을 이해하기 어렵다.

신의 미소가 강림할 때 우리는 영혼의 환희를 느낀다. 이 법열法悅이야말로 기적이 아니고 무엇인가? 어리석은 무리들이 기적이라고 생각하는 현상보다도 이혼의 법열이야말로 몇 천백 배나 심원한 기적이다.

사랑하는 아들아, 내가 신의 '축복의 미소'에 대하여 말하였을 때 너는 법열에 충만하여 감격의 눈물을 흘리었다. 축복의 미소가 신의 것이 아니었으면 네 혼이 그같이 전동戰動하고 네 눈이 그같이 눈물에 젖지 않았을 것이다. 신의 축복! 나의 아들아, 이것이 시작이요 끝이니, 우리는 신의 축복을 전세계에 고하지 않으면 안 된다.

"모든 인류들아, 신은 살아계시니 너희들도 또한 신의 축복의 미소를 보리라."

"어머니들아, 눈물을 거두고 보라. 네 아들은 죽은 것이 아니요, 그는 지금도 살아 있어 매우 행복하다."

"아내들이여, 남편을 잃은 자들아, 네 남편은 아직도 살아 있고 또 영원히 살아 있을 것이다. 영계에서 신의 축복을 받으며."

"애인을 잃고 비탄하는 처녀들아, 너의 애인은 죽은 것이 아니다. 신의 축복 아래 그는 지극히 행복하고 건재하다."

이 복음을 전세계에 전하려고 함이 나의 사명이다. 그리하여 이 복음은 전세계에 퍼질 것이다. 따라서 지상에는 새로운 시대가 올 것이다.

나의 아들아, 붓대를 꿋꿋이 쥐어라. 신은 살아 계신다. 생을 가진 일체 중생으로서 죽는 것은 하나도 없다. 오직 그 사는 곳이 이변移變될 뿐이다. 젊은이나, 늙은이나, 선자善者나, 악자惡者나 모두 그들은 신의 축복 안에서 건재하다.

사람은 신이 정하신 그내로밖에는 생장될 수 없다. 네가 아무리 사색하고 인긴 지혜로 추량推量하더라도 신이 정하신 바는 일호一毫도 이를 개변改變할 수 없다.

이 세계가 심령의 세계에 대하여 장차 눈뜰 시기가 올 것은 예정의 사실이다. 우리는 결국 승리한다. 그러나 너는 아직 이 일을 믿지 않을 터이요, 또 우리가 이 물질 만능의 세계를 영적 신앙으로 정복하는 수단을 네게 말할 때 너는 자기 자신이 발광하였다고 생각할지 모른다. 그러나 영의 세계에서 살고 있는 우리는 결코 승리하지 않는 일이라고는 없다. 우리는 영계에 있어 모든 것을 알고 있다. 알고 있다 함은 만사가 모두 예정되어 있기 때문이다. 모든 지상의 사건은 마음의 세계에서 이루어진 사건의 영상映像이기 때문이다. 모두 예견할 수 있고 예지豫知할 수 있다.

어리석은 물리적 심령 현상을 만들어내고 당치 않은 신화를 지껄이는 것이 영혼의 본성은 아니다. 인류는 훌륭한 기다幾多의 종교를 가지고 있지만 인간은 그 사후 생활에 대하여 어리석은 망상을 가지고 있다. 이는 인간으로서 피하기 어려운 운명이다. 만약 그렇지 않았더라면 영혼이라는 것을 창백 우울蒼白憂鬱한 유령의 자태로 인간이 그려내지 않았을 것이다. 테이블 기울이기의 심령 현상[11]이나 자동 서기식自動書記式 심령 현상을 만들어 우리 영계의 소식을 전하고, 신의 존재를 인식시키려는 여러 가지 어리석은 형식을 밟아야 된다는 것을 생각하면 실로 귀찮은 일이다.

인간은 아직도, 신神이란 명랑한 웃음이요, 작은 섬의 노래요, 장미꽃의 방향芳香임을 알지 못한다. 인류는 이들 명랑한 존재를 오직 인생에만 속한 것, 지상에만 속한 것, 현실에만 속한 것으로 알고 있어, 심령계心靈界라고 하면 그림자와 같이 실재성이 희박한 것이요, 사자死者의 영이란 암담暗澹 몽롱朦朧한 세계에서 퇴색된 백합화를 손에 들고 처량한 풍금 곡조나 듣고 있는 정도로밖에는 생각지 않는다. 그러나 그 반대야말로 진실이고, 현실계는 도리어 '심념心念의 그림자'에 불과하다.

영계의 생활에 대하여 그 진상을 이해하는 인간은 없다. 왜냐하면 현실계의 인간은 우리와 전혀 다른 관념을 가지고 있기 때문이다.

내가 살고 있는 영계를 비유하여 말하면 '신의 나라의 수풀'이라고 할까, 수풀이라면 너는 너대로의 해석이 있을 것이나, 우리는 이곳에서 참으로 행복하게 생활하고 있다. '신의 나라의 수풀'! 공중에서는 수백 가지의 음악을 일시에 연주함과 같은 미묘한 멜로디가 흘러내린다. 그리고 새벽 채운彩雲 속에서 신은 우리에게 축복의 미소를 보여 주신다. 우리가 말로써 형언할 수 없는 행복으로 취하고, 이해키 어려운 법열法悅에 잠길 수 있음은 이 세계에서뿐이다. 아들아, 지상에서의 가장 아름다운 사물을 상상하라. 아기의 눈동자에 빛나는 귀여운 미소를 상상하라. 이 미소, 이 환열歡悅이 1초간에 수십억 회나 충일充溢하는 것을 상상할 수 있다면 우리가 살고 있는 이 세계의 환희의 백만분의 일은 이해하였다고 할는지.

영혼이라는 것은 육체를 떠나면 에텔 계에서 부동浮動한다. 그리고 얼마 후 이

---

11 테이블을 기울인 상태에서 물이 거꾸로 거슬러 올라가게 하는 심령술을 말함.

‘수풀’로 인도되면 새벽 채운彩雲 속에서 신의 미소를 본다. 나는 신의 미소가 어떤 것인가를 네게 알리고자 이 영계의 소식을 쓰고 있다.

　사랑하는 아들아, 3년 전 너는 병원 침상에 누워 있었다. 수술 후 몹시 쇠약하여 패혈증이 일어나고 있었다. 너의 혼이 장차 육체를 떠나려고 하고 있었다. 얼마 후 네 심장은 한때 멈췄으나 다시 숨을 돌려 숙수熟睡 후에 너는 다시 소생하였다. 그때 너의 침상 옆에는 한 여성이 너를 간호하고 있었다. 이 젊은 여성의 가슴에는 네 죽음을 비탄하는 나머지 미칠 듯이 고동하는 심장이 있었다. 때는 밤이어서 하늘에는 별이 빛나고 있었는데, 그 여성은 비탄과 두려움으로 눈물을 흘리며 거리를 헤매고 있었다. 그녀는 너를 사랑하고 있었으나 신을 알지 못하였다. 그 괴로움 속에서 그녀는 나를 불러 찾았다. 벌써 죽어 있어, 불러도 들리지 않을 줄로 알고 있으면서도 안타까운 심정에 내 이름을 부르며 거리를 헤매고 있었다.
　“당신에게 신이 있다면 그 신에게 원하여 이 사람을 살려 주소서.”
하는 애소哀訴를 부르짖으며 나의 이름을 부르고 있었다.
　그때 나는 이 부르짖음을 들었다. 너는 이 편지를 잘 읽고 신이 현재 살아 계신다는 것을 진심으로 믿어라. 나는 영계로부터 그 여성의 소리를 들었다. 이미 지상에서 떠나 있는 이 아비는, 비오듯 별빛이 내리는 밤거리를 미친 듯이 달리며 부르짖는 그녀의 호소를 들었다. 그리하여 나는 곧 네게로 와서 네게 다시 혼을 머물게 하였나. 네게 생명을 다시 불어 넣은 것은 네 아비인 나이있다. 그리하여 너는 소생한 것이다. 너는 그때 눈을 뜨고 네 애인의 눈물짓는 눈을 보면서 미소하였다. 그때 너도 눈물지은 것을 너는 기억하는가? 신은 너희들 사랑 속에 강림하시어 네게 미소를 보내시었다. 네 애인도 네 침두枕頭에서 신이 주신 축복의 미소를 처음으로 본 것이다.
　너는 그 다음날 친우로부터 보내온 꽃다발을 받은 것을 기억하리라. 그 향기야말로 신의 미소인 것이다. 사랑하는 마음은 모두 신의 미소이며, 사랑을 보내는 자의 미소는 모두 신의 미소이다.

　사랑하는 아들아, 오늘은 내 자신의 죽음의 문제에 대하여 쓰고자 한다. 나는 거리에 나갔다가 돌연 병에 걸리어 병원으로 운반된 후 그곳에서 죽었다. 가족 중에서 너만이 임종 때까지 내 옆에 있었다.

너는 절명絶命한 나의 육체를 들여다보고 있었다. 그때 너는 너의 불행한 모친을 생각하고 있었다. 어떻게 하여 이 불행한 어머니를 도와주고 위로해 줄까 하고. 이것이 너의 생각이요, 동시에 나의 생각이었다. 그때 우리는 아직 신을 알지 못하였다. 신에 대한 신앙이란 염두에도 없었던 우리들이었다.

내가 죽으면 이 불행한 나의 아내는 낙담하여 좀처럼 회복하지 못할 것이 아닌가? 내 아내에 앞서 내가 죽는다는 것은 그녀에게 있어 실로 잔혹한 운명이다. 그녀에게 있어서는 태양이 없어진 것과 같이 절망과 비탄이 그를 침습侵襲할 것이다.

이러한 생각이 나와 네게 동시에 떠올랐다. 그때 네 모친이 들어왔다. 그리고 그녀의 통곡하는 소리를 들었다. 그때 너는 모친을 위로하고 있었고 나는 그리하는 네게 와 네 모친에게 힘을 도와주고 있었다. 그녀가 민절悶絶하지 않고 슬픔을 견딜 수 있었음은 이 때문이다.

밤은 깊어졌다. 너는 집으로 돌아가야 했다. 이튿날 아침 너는 병원으로 돌아왔다. 나는 침상에 누운 채로 있었고 내 시체 위에는 백포白布가 덮여 있었다. 그리고 내 발목에는 병원 사람이 매어 둔 내 명찰이 달려 있었다. 사체가 바뀌지 않게 하기 위한 조처이다.

너는 아비 사체의 이 꼴을 보고 엎디어 울고 있었다. 아비의 죽음에 대하여 너는 그때 처음으로 큰 슬픔을 느낀 것이다. 죽음! 그것은 네게 있어서 불가해의 소멸이요 분해라고 느낀 것이다.

그러나 사랑하는 아들아, 생명이라는 것이 이같이 비참하고 아무 값없이 종결하는 것이라고 너는 참으로 믿고 있는가? 네 아비의 음악가적 생명, 염원과 동경의 생명, 사랑과 정의 생명이 이 장식 없는 백포白布로 덮이고 발목에 철사로 명찰을 단 채로 종결된다고 너는 믿는가?

너는 아직도 생명이란 것이 육체의 사후에도 존속한다는 진리를 믿지 못하고 있을 것이다. 그러나 일층 믿기 어려운 것은 나의 노래와 음악, 나의 희망과 동경, 나의 사랑과 우정이 아무 것도 없는 '무無'로 해소된다는 것이 아닌가?

자기가 이때까지 간직하였던 힘과 재능은 과연 어떻게 되었는가? 나의 심장을 고동하게 하고, 나의 폐장을 호흡하게 하고, 나의 생명을 생활하게 하고, 나의 수족을 움직이게 하고, 나의 눈과 입에 미소를 짓게 하던 그 힘은 어떻게 되었는가? 내 가슴 속에 무량무수無量無數의 음악의 멜로디를 울리게 한 그 힘, 내 마음속에 델리케이트한 우아優雅와 미칠 듯한 정열을 자아내게 한 그 힘은 어떻게 되었는가? 나의 냉정한 이상理想에 반항하여 내 자신의 생애를 이끌어가면서 괴로운 운명과 싸우고 모든 불행, 차질, 빈궁, 절망에 도전하면서 자기 혼 속의 음악을 살리고 향기로운 조율調律을 살리게 하던 힘은 어떻게 되었는가? 너는 이 힘이, 하루 아침에 나의 육체가 병상 위에 늘어져서 관의棺衣에 덮이자말자 그대로 전연 소멸해 버린다고 생각하는가?

아들아, 너는 네가 사랑하는 아비의 사체 옆에 섰을 때 풀기 어려운 이 생명의 수수께끼에 직면한 것이다. 누구나 자기가 사랑하는 자의 사체를 볼 때 일순간 그 마음속에는 어떤 신성한 느낌을 맛보지 않을 수 없다.

보라. 그 죽은 이의 차디찬 육체를, 그 꽉 닫힌 입술을. 그 순간 너는 현실 세계에서 멀리 떨어진 세계로부터 불가사의의 초현실적인 능력이 지배하고 있음을 느꼈을 것이다. 높은 창공, 맑은 심정. 네 마음은 한때 정결해져서 모든 잡념은 사라져 있었다. 네가 사랑하는 자를 잃은 슬픔은 심각하였으나 이 순간에 맛본 불가사의의 혼의 떨림, 신성유수神聖幽邃한 느낌을 너는 잊지 않았으리라.

나의 아들아, 이 무한의 슬픈 순간에 혼으로부터 솟아 나오는 성결聖潔의 감정은 어느 때나 우리를 버리지 않으시는 신의 축복의 미소인 것이다.

너는 이 세계를 모순이 충만한 세계라고 믿고 있다. 이 세계는 실로 비참한 묘장墓場이니, 지하에는 수천만의 인간이 죽어 누워 있다. 애아愛兒는 굶주려 빈사瀕死 상태에 있고 노처老妻는 상혼낙담喪魂落膽, 이 세계는 실로 공포와 추악의 세계라고 생각하고 있다.

그러나 나는 네게 말하노니 "사람은 신의 아들이므로 신은 아무리 작은 자에게도 축복의 미소를 보내고 계신다." 그 육체를 버리고 가는 어떠한 작은 혼에게도 그 미소를 잊지 아니 하신다. 장차 전세계의 인류는, 신이 만드신 이 세계에는 인간 자신의 신념으로 창조하지 않는 한, 추악이란 하나도 존재치 않고 아무 공포와 불안이 없는 세계임을 깨칠 때가 올 것이다. 모든 추악, 모든 공포는 하나도 실재가 아니다. 그것은 실재와 같은 외관外觀을 보이고 있으나 결코 실재가 아니고 오직 그 사람 그 사람의 신념의 그림자에 불과한 것이다.

인간의 진성眞性은 신의 아들인 영성이다. 신의 아들인 인간의 영은 본래 성정聖淨하여 항상 신의 축복의 미소만이 함께 있을 뿐이다. 일체의 신의 아들인 인간은 누구나 신의 사람의 품속에서, 그리고 신의 은총으로 영원히 생활하고 있다. 죽음이란 것은 육체로부터 그 혼의 자리가 바꾸어졌다는 의미에 불과한 것으로 모든 사람은 영생하고 신과 함께 영복榮福을 누리는 것이니 이 생의 세계나 저 생의 세계에는 두려워할 아무 것도 없는 것이다.

나는 다시 내 자신의 죽음과 매장 문제로 돌아가겠다. 내 아들아, 나는 이제 흥미 있는 사실을 쓰려고 한다. 그것은 내가 내 자신의 매장 의식儀式에 참렬參列한 일이다. 너는 이를 흥미 있는 사실이라기보다 희극적인 것으로 생각하리라. 그러나 나는 이를 말하려고 한다. 그리고 장차 전세계의 인류는 죽은 자의 영혼이 그 자신의 장례식에 참렬한다는 것을 이해케 될 것이다.[12]

네가 좀 더 상상을 활용하면 이 영계 통신에 의하여 어떠한 혁명이 전세계에 일어날 것을 이해할 것이다. 물론 모든 인류는 이 계시啓示를 믿지 않는다 하더라도 네가 믿는 정도로는 그 일부를 믿을 것이다. 그리하여 장차는 너나 전세계가 이 영계 통신을 처음서부터 끝까지 진리임을 이해하고 깨닫고 느낄 때가 올 것이다. 이야말로 네가 동경하는 신시대이다. 한 번 지나간 구시대는 다시 돌아오지 않을 것이요, 모든 사물은 하나의 목표를 바라보고 운행되고 있다. 이 신시대에서는 인간은 결코 죽지 않는다는 것을 인류가 오득悟得할 것이다. 인간의 장례식이란 것은 오직 육체의 그것일뿐이고 '참 인간'의 사장死藏이란 있을 수 없다는 진리를 깨우칠 것이다. 일찍이 친하였고 일찍이 이 사랑하던 사람들은 항상 우리의 주위에서 그 생전보다 더욱 위대하고 더욱 선량하고 영원히 행복하게 유구 무궁토록 신의 축복을 받으며 살고 있는 것이다.

나의 아들아, 너는 오늘 내가 네게 가져온 이 통신이 무엇을 목적하는 것인지

---

12 죽은 이의 영혼은 이 영과 같이 각성覺醒 상태로 의식하면서 묘지로 수반隨伴되는 것도 있고, 또 혼수昏睡한 채 무의식 상태로 수반되는 것도 있다.

해득하겠는가? 왜 나는 일순간 전까지는 인류가 침몰해가는 불행의 심연深淵, 비참한 죽음을 말하여 네 마음을 충격하였는지 그 이유를 이해할 수 있겠는가? 동시에 너는 육체의 죽음이 결코 불행한 것이 아님을 이해할 수 있겠는가? 너는 신의 실재實在를 이해하고 신을 이해할 능력이 없이는 결코 지상의 왕자가 될 수 없는 시대가 도달할 것임을 이해할 수 있겠는가? 만약 지금까지 인간이 신을 이해하고 있었다면 인류의 불행이란 없었을 것이다. 그러나 인류는 그리 오랫동안을 인내한 것은 아니다. 겨우 1초간 정도를 지냈을 뿐이다. 왜냐하면 실상은 영원이요, 지상의 불행을 맛본 영혼은 오직 육체 인간으로서 고통을 겪었음에 불과하다. 그러나 그 육체 인간은 실상이 아니므로 그 고통도 실재가 아니다. 실상을 볼 때 인간은 영원이니, 그러므로 인간은 결코 아직 일찍이 고통한 일이 없다.

사랑하는 아들아, 나는 빛의 일섬一閃을 네 혼에 던졌음에 불과하다. 내가 네게 고하려는 위대한 메시지의 한 작은 부분을 이에 의하여 이해하라. 망언절려忘言絶慮, 신비 불가사의神秘不可思議의 관념, 즉 영원과 신을 이에 의하여 이해하라.

우리는 생명의 수수께끼를 직접적으로 풀기란 어렵다. 왜냐하면 인간은 육적 계박肉的繫縛을 벗어나지 않는 이상 그에 대하여 겨우 희미한 해결의 빛을 파악함에 불과하기 때문이다.

우리는 순서를 밟아 조직적으로 진행하지 않으면 안 된다. 너는 생명과 죽음과 영원에 대하여 지각知覺하지 않으면 안 된다. 너는 아직 인생을 참으로 알지 못하며 너와 같이 선세계노 또한 그러하나. 그러나 예성한 내로 째는 올 것이나.

사랑하는 아들아, 나는 지난 번 편지에 내가 내 자신의 장례식에 참렬參列한 일을 썼다. 그리고 너는 그로써 큰 감명을 받았다. 장례식 중에 네가 무엇을 생각하고 있었던가를 나는 잘 알고 있다. 나는 네 모친의 사상 속에 앉아서 그 혼魂에 미소를 보내고 네 어린 누이동생의 두 뺨을 애무하고 있었다. 그날처럼 부드러운 햇빛이 온 누리를 비추고 있었음을 나는 일찍 보지 못하였다. 너의 뺨은 눈물에 젖어 있었고 네 목은 체읍涕泣에 막혀 있었다. 너는 나의 사체를 묘지까지 옮기었다. 수풀 속에서는 새 우는 소리가 들리었고 묘지의 화원에서는 방향芳香이 흐르고 있었다. 백운白雲은 서서히 푸른 하늘에 피어오르고, 회당에서는 풍금 소리가 고요히 들리었다. 너는 고개를 숙이고 의자에 앉은 채, 손에는 찬송가 책을 들고 있었다. 그러나 그때 태양의 빛을 본 것은 나뿐이었다. 다른 사람들은 슬픔에 잠기어 태양의 빛 속에 있으면서도 그 빛을 볼 수 없었으나 나만은 태양에 대하여 미소를 짓고 있었다. 나는 참으로 행복하였고 또 신의 미소를 느끼고 있었다. 나의 귀에는 무한무수의 즐거운 음악의 멜로디가 들리었고, 무량無量의 꽃이 하늘에서 비오듯 하였으며 사랑스러운 뭇 새의 노래와 사랑하는 사람들의 축복의 눈이 나를 둘러싸고 있었다. 그러나 너는 울면서 최후의 안식소로 나를 옮기었다.

너는 이 말을 이해하는가? 내만이 생명을 보고 내만이 태양을 보고 내만이 환희를 느끼고 내만이 너를 사랑하였다. 나는 울지도 않았고 너를 동정하지도 않았다. 왜냐하면 나는 영이요, 나는 그대로 정성淨聖한 자요, 너도 영이며 그대로 정성淨聖한 자로서 모두 신의 축복 속에 있는 것임을 알고 있었기 때문이다. 슬픔과 근심은 우리 세계에서는 알지 못한다. 왜냐하면 이 세계는 "인간이 자기 상상으로 슬프다고 믿는 사물 이외에는 아무 슬픈 사물이라고는 존재치 않기 때문이다." 너도 이 세계에 올 때는 알게 될 것이지마는 애곡哀哭할 사물이란 오직 인간의 상상 속에서만 존재하는 것이다. 인간의 상상이 애곡할 사물을 만드는 것은 그들이 신을 알지 못하기 때문이다. 신이 그의 영성에게 주신 생명을 자각하지 못하는 한 사람은 인간적인 고뇌를 느끼지 않을 수 없다. 너는 아직도 이를 이해하지 못하나 장차 깨달을 때가 올 것이다.

아들아, 나는 나를 매장하던 날의 너의 슬픔을 알고 있다. 나는 너와 함께 생활할 때에도 네 심정의 파동을 느끼면서도 그에 심입深入하려고 하지 않았다. 그것은 마치 애인끼리 아무 이해나 성찰 없이 유희遊戲하고 있음과 같은 것이리라. 그러나 사후에 나는 일체를 이해하였다. 나는 지금 지상에 있었을 때보다 너를 더욱 사랑하고 있다. 왜냐하면 이 세계의 공기는, 그리고 영원의 실재계實在界에는 오직 사랑의 멜로디만이 관통하고 있기 때문이다.

너는 회당 안에 앉아있으면서 잠시 동안은, 또 그리고 관의 줄을 잡고 회당 밖으로 관을 옮길 때는, 자기 자신이 얼마나 처참하게 보일까 하고 스스로 수줍어하는 태도이었다. 그러나 너는 결국 끝까지 침착하게 행동할 수 있었다. 그날 그때의 네 행동은 내 자신의 염念의 반영이었다. 왜냐하면 나의 혼은 내 관을 장식한 장미화 향기 속에 있었고, 그리고 네 모친의 혼에 입 맞추고, 네 어린 누이의 혼을 위무慰撫하고, 네 사상 속에 앉아서 네 마음에 염송을 방송하고 있었다.

사랑하는 아들아, 인간이라는 것이 사후에는 어떻게 되며 무엇을 느끼고 무엇을 보는가를 너는 알고 싶어 한다. 이 문제에 대하여는 순진한 영혼이 유치한 인간들에게 여러 가지 영계 통신으로 설명하고 있다. 어떤 이는 말하되 그는 백색 일광이 교착交錯하는 세계라고. 또 어떤 이는 말하되 인간은 그곳에서 안면安眠하고 있고 동경憧憬에 충만되어 있다고. 또 어떤 이는 말하되 그곳은 백화 만발百花滿發의 아름다운 세계라고. 그러나 이들 설명은 정당함과 동시에 착오가 있다. 사후 세계에 있어서 인간이 듣고 있는 것은 모두 인간 자신이 발명한 것에 불과하다. 왜냐하면 현실계의 인간은 영계 생활에 대한 진상을 알지 못하며 설사 알게 된다 하더라도 그것을 여실히 표현할 관념과 언어가 이 현실계에는 없기 때문이다. 어떠한 인간이 이야말로 영계 통신에 의한 정확한 영계 상태라고 주장할지라도 그것은 인간 자신이 알려고 하는 노력의 표현이요 자기 자신의 상상을 묘출描出한 것에 불과하다. 왜냐하면 우리들 영혼이라도 현실 인간이 도저히 이해할 수 없는 것을 설명할 방도가 없기 때문이다. 우리가 영계의 일을 말하는 것도 영계의 그것이 아니라 인간의 관념을 가차假借하여서 형용하는 것이다.

사랑하는 아들아, 우리는 시인이다. 우리는 영계 생활에 대하여 시를 쓸 수 있으되 진상을 말로써 전하기는 어렵다. 그것은 인간은 오직 두 개의 눈과 심정과 이해력과 오관五官밖에 가지지 않았기 때문이다. 네 눈동자를 수천으로 증가하라. 네 감관感官을 수백만 종류로 증가하라. 그러면 너는 이해키 어려운 신비 세계의 편린片鱗을 파악할 수 있으리라.

그러면 네가 그것을 이해할 수 있도록 우리로 하여금 영계의 시를 짓게 하라. 아니다, 우리로 하여금 진상을 시화詩化하여 말하게 하라.

인간의 영혼이 육체를 떠나 자애로운 여러 혼들에게 인도되어 십만억 리의 저 생으로 간다고 하면, 그것은 진상인 동시에 시다. 형언할 수 없는 멜로디 속에서, 아름다운 채광彩光 속에서, 빛나는 황금색 햇빛 속에서, 그리고 복욱馥郁의 방향芳香 속에서, 영혼은 상락常樂의 생활을 하고 있다 하면, 그것은 소설인 동시에 진상眞相이다. 멀리 멀리 사후의 영이 천공을 유행游行할 때 자애의 품속에 안기어 미묘한 찬미의 노래를 들으면서 오색 채운에 싸인 신의 미소를 본다는 것은 진상을 시화한 노래이다.

미묘한 천악天樂, 복욱馥郁한 방향芳香, 채운彩雲의 수풀, 기화요초奇花瑤草와 평화로운 사슴의 뛰놀음. 이것은 진리의 상징시요, 상징화한 진리시眞理詩다.

진리의 신선담神仙譚이란 얼마나 훌륭하고 아름다운 것인가! 그리고 진리를 설명하자면 신선담이 될 수밖에 없다. 우리는 전세계의 비탄하는 사람에게 이 진리의 신선담을 전하기 위하여 보내어 온 사자使者이다. 비탄하는 자여, 눈을 들어 진리를 보라. 내가 말하는 진리를 오득悟得하라. 신은 항상 너를 위하여 빛과 미소를 보내고 계시다.

3. 광명철학의 주장

1) 제1의 신성 은폐

영원 가치의 생활

우리에게 있어서 가장 중요한 문제는 무엇인가 하면 그것은 인생의 목적이 무엇이냐 하는 문제이다. 그러나 이에 대하여 관심을 가지지 않은 사람도 물론 많다. 그들은 오직 오관五官의 세계에서만 살고 있어, 인간이란 육체적 존재에 불과한 것이며 육체만을 즐겁게 할 수 있으면 족하다고 막연히 생각하는 사람들이다. 그러다가 지상의 생활 시기가 끝나 육체가 장차 그로부터 분리하려는 때를 당하면 비로소 무엇 때문의 자기 인생이었던가, 자기의 인생에 영원적 가치가 있는 무엇이 남았는가 하고 장탄식한다. 육체라는 형체가 있던 것이 소멸하려할 때, 형체가 없는, 그리고 영원히 가치가 있는 어떤 것의 존속을 욕구하는 것이 인간의 상정인데, 그러나 지금까지 그는 형태의 세계, 즉 오관의 세계에서 환락만을 구하고 있었으므로, 그의 인생에는 형태를 초월한 영원히 존속하는 가치라는 것을 하나도 창조하지 못하였고, 그리고 창조하지 않은 것은 존재할 수 없으니, 그의 전도前道에는 오직 암담한 공허가 있을 뿐이다. 제군이여, 제군은 이러한 공허한 인생을 생활하기를 원하는가?

인생의 목적이란 결국은 이 세상에 신의 생명을 현현顯現함에 있다. 신이 이 세상에 현현한 생활을 인간이 시현함에 있다. 음악은 음악가의 영원한 생명이 오관으로 지각되는 형식으로 시현된 것임과 같이 인생은 신의 영원한 생명이 오관으로 지각되는 형식으로 시현된 것이라야 할 것이다. 완전한 의미에 있어서는 인간이란 신의 분신分身이요, 인생이란 신적神的 생활이라야 할 것이다.

'신神'인 영원의 가치자와 해화諧和한 생활을 함으로써만 그 사람의 인생은 영원 가치가 있다고 할 것이다.

유물적唯物的 세계관과 유심적唯心的 세계관

옛날부터 우리의 세계관에는 유물적 세계관과 유심적 세계관이 있다. 유물적 세계관이라는 것은 이 세계는 피차가 아무 연락도 없는 물질과 물질의 우연적 집합에 의하여 성립된 존재로서, 거기에는 우리를 진보로 지도하는 일사불란의 목적의지와 통일적 지성이 없다고 보는 세계관이다. 그러므로 그 세계에서 생활하고 있는 인간도 우연히 출생하여 우연히 여러 가지 사건에 봉착하여 고뇌하고, 그리고 또 우연히 파괴되어 아무 의미도 없이 소멸한다고 생각한다. 따라서 이 관법觀法에 의하면 인생엔 의의라는 것이 없고 영원의 가치란 인정되지 않아 영원 가치의 생활이란 찾을 수 없으며, 그 삶도 무목적하고 사는 보람 없는 암중모색적인 생활이 되고 만다. 그리하여 자포자기적 퇴폐 생활이 생긴다.

이에 반하여 유심적 세계관은 세계의 운행에 어떠한 목적 의지를 인정한다. 이 세계는 잡연雜然한 물질의 우연적 집합에 의하여 목적 없이 서로 견인하고 반발하는 것이 아니라 어떤 심적 지도자에 의하여 전체가 통일되고 운행되고 있다고 본다. 그러나 이 유심적 세계관에도 세계를 지배하는 '마음'을 선악 각색善惡各色의 복수의 마음이라고 보는 다원적多元的 유심론唯心論과, 신의 마음과 악마의 마음이 대립되어 있다고 보는 이원적二元的 유심론과, 쇼펜하우어의 입장과 같은 맹목적 일원유심론一元唯心論과, 광명철학이 주장하는 유신 실상唯神實相 세계관이 있어 각자가 가지는 바의 세계관에 따라 그 사람의 인생이 암흑, 명랑, 불행, 행복으로 나누어진다.

다원적 유심론

다원적 유심론이라는 것은 우주의 여러 가지 신을 인정하여 여러 가지 신이 각각의 목적 의지를 가지고 통일 없이 각기 부분을 지배하고 있다는 세계관이다. 이 세계관으로 볼 때 종교에도 각기 국경이 있어 서로 싸운다. 불교의 신, 기독교의 신, 무슨 종교의 신이라는 것이 있어 그 신의 영역 다툼을 하고 있다. 그리고 자기가 믿는 종교로 한 사람이라도 많이 끌어들이는 것이 자기 신의 영토를 넓히는 것으로 생각하여 신자의 쟁탈전을 진심으로 실행하고 있다. 이러한 사람들은 소나무는 소나무로서 신의 생명을 살고 있고, 대나무는 대나무로서 신의 생명을 살고 있으며, 기독교는 기독교로서 신의 생명을 살고 있고, 불교는 불교로서 신의 생명을 살고 있음을 알지 못한다. 비유하면 식물을 모두 소나무나 대나무 하나로 만들지 않으면 생명 있는 수목이 안 된다고 생각한다. 그러나 소나무에도 시든 소나무와 산 소나무가 있듯이 기독교나 불교에도 그 믿는 사람에 따라 본원의 산 생명을 가진 종교와 그렇지 않고 외형만 남은 고목과 같은 종교가 있다. 소나무라고 모두 산 것이 아니요, 불교나 기타 종교라고 모두 살아 있는 종교라고 결정된 것은 아니다. 생명이 있고 없음은 소나무라는 총괄적 명칭에 불구하고 한 나무 한 나무 각각의 그 나무 자신에 있다. 그와 같이 종교에 있어서도 그 종교의 생명은 자기가 믿는 종교의 총괄적 명칭에 있는 것이 아니라 그 신자가 참된 생명을 파악하고 있는 종교는 살아 있고 같은 이름의 종교라도 형해形骸와 명칭만을 파악하고 본원 진실의 생명을 파악치 못한 사람의 종교는 고사枯死한 것이다. 그리하여 소나무와 각종 수목이 있고, 어떤 종교의 신과 각종의 신이 있어, 그것이 저마다 임의로 살면서 각기 세력을 주장한다고 보는 것이 다원적 유심론으로, 즉 한 생명이 다른 생명과 세력을 다투고, 한 종교가 다른 종교와 세력을 다투고 있다. 세계를 지배하는 심적 지배는 인정하나 그 심적 지배자가 복수로 되어 있어 하나로 통일되어 있지 않다.

이원적 유심론

다원적 유심론은 이와 같이 세계를 지배하는 '마음'을 복수적으로 인정하는데 그 복수의 마음을 그대로 보면서 그 복수의 마음을 본원 진실의 유일심唯一心에서 기인한다고 인정할 때 그것은 일원적 유심론이 된다. 그런데 여기 이원적 유심론이 있다. 이는 세계를 지배하고 있는 심적 존재에 악마와 신, 선과 악의 2대 조류가 있음을 인정하고 그것이 서로 대립하고 있다고 보는 세계관이다. 이 이원적 세계관은 진정한 기독교에 있어서는 있을 수 없는 것인데, 다수의 신자가 가지고 있어 신은 악마와 싸우고 있으므로 인간도 악과 싸워서 서서히 악을 극복하고자 내고耐苦하여야 한다는 것이다. 고통을 통하여서만 인간은 진화할 수 있으므로 고통은 인간에게 정해진 운명이라고 보고 자기 학대를 예찬하는 병적 인생관은 여기서 생기게 되어, 규모의 대소는 있으나 성 프란치스코와 같이 고통과 병에 영합하여 기뻐하는 경향이 생기고, 깊은 신앙을 가진 사람이면서도 항상 고난으로 충만된 생애를 보낸다는 것은, 본인이 고난에 영합하는 잠재의식을 가지기 때문에 잠재의식의 가작 능력假作能力에 의하여 그 사람의 인생에 불행을 양출釀出하는 것이니 건전한 세계관·인생관이라고 할 수 없다.

이 같은 다원적 유심 세계관과 신과 악마가 대립한 이원적 유심 세계관은 세계를 지배하는 의지가 복수로 되어 있어 그것이 서로 화협·통일되어 있지 않다고 인정하므로, 이 같은 세계관을 가진 사람은 나의 욕구와 그의 욕구 간에 모순·충돌이 있을 것을 상정하고 그 모순·충돌을 극복함에는 고통과 곤란이 있을 것을 예상하게 되며, 예상하는 것은 현현顯現한다는 '심적 법칙'에 의하여 그의 인생에는 고통 곤란이 구상화하는 것이다. 그러므로 세계관과 인생관이라는 것은 철학자의 한가한 사업에 불과하고 우리에게는 아무 긴요한 바가 없다고 생각함은 큰 잘못이니, 아무리 부지런히 활동한다고 그 사람의 인생이 반드시 행복해지는 것도 아니며 진정한 세계관·인생관이 확립되지 않으면 도리어 고난을 초래하는 활동이 되므로 우리는 먼저 바른 방향을 정하지 않으면 안 된다. 아무리 전진을 계속하더라도 그 방향이 잘못되었으면 목적지에 도달할 수 없음과 같이, 활동만이 목적을 달성하는 것이 아님을 알고 먼저 세계관·인생관의 방향 전환을 결정하는 것이 긴급한 일이다.

다원적 세계관과 이원적 세계관을 탈각脫却하여 일원적 유심세계관에 도달하면 두 개 이상의 대립·상쟁하는 의지가 없다는 것이 되므로 세계 전체가 하나의 마음으로 지배하는 조화된 세계관에 도달한다. 세계를 지배하는 심적 존재를, 천지를 관통한 하나의 힘이라고 인정함에 있어서 그 하나의 힘을 쇼펜하우어와 같이 맹목적 의지라고 보는 한 그 사람은 이 세계를 '어리석은 지혜'가 지배하는 불완전한 세계라고 판정하게 되고 그 불완전한 세계의 성립을 예상하기 때문에 '염念의 구상화' 법칙에 의하여 그 사람의 인생관은 쇼펜하우어와 같이 염세적이 되고 현실 생활이 불행하게 나타나 병과 역경과 빈곤이 구상화된다.

그러므로 우리가 가지는 세계관·인생관은 유심·일원만으로는 건전한 것이 못되는 것이니 그 유심적 일원이 무한히 완전한 지혜와 사랑과 능력과 조화를 구비한 전지전능·대자대비·대조화자大調和者인 신에 의하여 이 세계는 무한히 완전하고, 불완전과 악은 신의 창조가 아니라는 것이 광명철학이 주장하는 유신적唯神的 실상 세계관이다.

물질의 법칙은 신의 법칙인가

또 이외에 신의 일원一元을 인정하면서 신이 물질세계와 마음의 세계를 창조하였다고 보고, 물질의 법칙도 신의 법칙이요 '사랑의 법칙'도 신의 법칙이라고, 물질의 법칙과 사랑의 법칙을 대립시키는 관법觀法이 있다. 이 관법에 의하면 왕왕 사랑의 법칙이 물질의 법칙에 의해 파괴된다. 비유하면 혹한 중에 강중에 떨어져 익사하게 된 소아를 구조하는 사랑의 행위를 하였기 때문에 도리어 그 사랑의 행위를 한 사람이 폐렴에 걸려 죽었다는 경우와, 콜레라 환자를 간호하다가 도리어 감염되어 자기가 먼저 죽는 경우가 있다 할 때 물질의 법칙은 결국 사랑의 법칙을 타파했다는 결론이 되는데, 이 물질의 법칙이 신이 정한 자연계의 법칙이라면 물질 법칙에 순종하는 자는 신에 순종한 자가 되고, 따라서 그 소아를 구조치 않는 자가 도리어 신의 법칙에 순종하는 자가 된다. 그렇다면 사랑의 법칙은 전혀 유린蹂躪되어 세계는 물질의 법칙에 의하여서만 승부가 결정되므로 지상에는 천국이나 이상세계란 있을 수 없고 오직 각박·잔혹한 이기주의자만이 승리를 획득한다는 불합리한 세계로 된다. 그러므로 물질의 법칙을 신이 정한 법칙이라고 인정하는 한 사랑의 법칙이란 것은 이 세계에 확립할 수 없게 된다.

참으로 사랑의 법칙이 확립된 세계를 인정하려면 물질이란 것은 본래 '비실화非實化'요, 무無이며, 물질의 법칙이란 것은 '염念의 구상화'의 법칙으로서 염이 변하면 물질의 화학적 반응도 변한다는 진리를 각득覺得함으로써만 이루어진다. 추위 속에서 물에 뛰어들 때 감기에 걸린다고 생각하는 사람은 감기에 걸리나 그러한 생각을 가지지 않은 사람은 감기에 걸리지 않는다. 콜레라균에 접촉하면 병이 전염된다는 생각을 가진 사람은 병에 걸리나 그 생각을 가지지 않은 사람은 병균에 접촉하더라도 병에 걸리지 않는다. 그 사람의 사랑의 행위가 병에 걸리느냐 아니 걸리느냐는 물질의 법칙에 의하는 것이 아니고 염念의 구상화 법칙에 의한다는 것이 광명철학의 주장이요 그 세계관이다. 사랑도 신의 법칙이요, 물질도 신의 법칙이라고, 두 주인을 섬기려는 불투명한 생각으로서는 참으로 신의 법칙, 사랑의 법칙을 무시하고 단연 애행愛行에 매진한다는 용기를 기대할 수 없다.

윤리의 기초로서의 인격의 자유

"애행愛行의 생활도 물질적 환경에 배역하면 불행한 실제생활을 초래한다." 든지 애행의 생활과 물질의 법칙이 서로 충돌할 때 애행의 생활이 물질의 법칙에 타파된다고 하면 인간은 물질적 맹목적 압력에 좌우되므로 참된 자유란 가질 수 없게 된다. 행위자의 진정한 자유가 확립되지 않고는 인격적 행위란 성립될 수 없나. 인격적 행위가 성립되시 못하고 기세적 행위만이 있다면 선도 없고 악도 없다. 이 인격적 자유라는 것이 마음만의 자유요, 외계에 대한 자유가 없는 것이라면 내외일관內外一貫된 인간의 도덕적 자유라는 것도 존재하지 않게 되어 자유니 선이니 하는 것은 결국 마음속으로서만 헛되이 그린 공상에 불과할 뿐이다. 그렇다면 인간의 선이란 것은 현실로 성립될 수 없다. 그러나 우리가 외계생활에 있어서도 선을 운위하고 또 우리의 혼의 선을 요구하여 인도나 사랑이나 연민이나에 관심을 안 가질 수 없는 것은 우리의 존재의 근저에 우리는 내계에서 자유임과 동시에 외계에서도 자유라는 근본 자각을 가졌기 때문이다. 창세기에도 그 작자가 영감에 의하여 인간의 본성을 설파하되 인간은 신의 상과 같이 창조되고 만물을 지배하는 권능을 부여하였다는 말과 같이 우리는 내외계 일체를 지배할 자유를 가지고 있다. 그런데 만일 외계와 내계를 대립시켜 선한 주체가 악한 객관과 대립하고 있다고 생각하는 한 인간에는 내외 양면을 관통한 선이라고는 존재할 수 없게 되고 공상만의 선이나 현실생활에서는 '유린蹂躪된 선善'만이 존재하게 된다. 따라서 우리는 내외 양면 주객이 상통한 선의 가치와 권위를 확립하려면 마음의 자유는 동시에 행위의 자유가 되고 마음으로 염念한 것이 반드시 객관세계에도 실현되어야 한다. 그것은 마음의 세계와 객관세계는 하나의 양면이므로 객관세계는 마음의 세계의 반영이라는 주장이 이 광명철학의 기본 원리이다.

선善의 일반적 요소

윤리의 기초로서 인격의 자유가 확립되면 다음에, 그 자유의 주체인 인격이 무엇을 함이 사람으로서 선이 되고 악이 되는가가 문제가 된다. 우리는 어릴 때부터 선과 악과의 구별에 대하여 배웠으므로, 선이 무엇이고 악이 무엇인가를 누구나 알고 있을 터이나, 막상 사람의 어떠한 마음 또는 행위에 대하여 선이라고 인정하는 요소가 무엇이며 또 악이라고 인정하는 요소가 무엇인가 하고 질문하면 별로 신통한 대답을 들을 수 없다.

이에 대하여 광명철학의 윤리적 해설은 간단하다. 즉 선이라는 것은 고정된 율律이 아니고 선이 확립되는 근본원리는 "유일의 선은 신이다"라는 것이다. 선 Good은 즉 신God의 별명이니 신이 계신 곳에 선이 있고 신이 계시지 않은 곳에 선은 있을 수 없다는 것이다.

여기서 말하는 신은 만물의 창조주를 말하는 것이다. 다시 말하면 신이 나타나서 만물이 화생化生한다. 그러므로 일체一切는 신에 있어서 일체一體이다. 즉 창조의 우주에 있어서는 신은 그 어버이요 일체는 그 어버이로부터 나온 아들이다. 모든 것은 어버이의 생명의 분화로서 신에 있어서 일체一體이다. 자自와 타他, 아我와 피彼, 심心과 물物이 각기 분리되어 있는 듯이 보이지마는 실은 분리되어 있지 않고 원래 일체이다. 따라서 신을 사랑함에는 신과 신에서 나온 일체一切를 사랑하지 않으면 안 된다. 마태 복음 22장에 보면 한 사람의 율법교사가 예수를 시험키 위하여 묻기를 "스승이여, 율법 중에 어느 계명이 가장 중대합니까?" 예수 대답하시되 "너희들은 마음을 다하고 정신을 다하고 생각을 다하여 주이신 너희 신을 사랑하라. 이것이 크고 제일되는 계명이다. 제2도 또한 이와 같으니 자기와 같이 네 이웃을 사랑하라. 율법 전체와 예언자는 이 두 가지 계명에 의거한다.”(사역私譯)

바울로도 로마서 중에

“너희들은 서로 사랑을 갖는 외에 아무 것도 가지지 마라. 남을 사랑하는 자는 율법을 완전히 한 자다. 간음하지 말고, 살인하지 말고, 도적질 하지 말고, 탐욕을 내지 말라는 외에도 여러 가지 계명이 있으나 자기와 같이 이웃을 사랑하라는 말 속에 모두 포함된다.”(私譯)

갈라디아 서에는

“형제여, 너희들을 부르신 것은 자유를 주시기 위함이다. 율법의 전체는 자기와 같이 네 이웃을 사랑하라는 한 마디로 완성된다”(私譯)고 하였다. 사랑 가운데 일체의 인륜人倫이 포함되어 있다. 예수와 그 제자 바울로는 자기와 같이 네 이웃을 사랑하라고 말씀하였는데, 광명철학도 자타는 이체異體이므로 네 이웃을 사랑하라고 말한다. 자타는 한 몸이므로 자기는 즉 남이므로 자기를 사랑한다는 것은 필연히 남을 사랑한다는 것이 된다. 사도 요한은

“사랑하는 자여, 우리는 서로 사랑하여야 한다. 사랑은 신에서부터 나오는 것이니 대저 사랑이 있는 자는 신으로부터 나온 자며 신을 아는 자다. 사랑이 없는 자는 신을 모르는 자이니, 신은 사랑이기 때문이다”(私譯) 하였다. ‘신은 사랑이라’함은 요한 제1서 이래 금일에 이르기까지 신에 대하여 말한 가장 요령을 얻은 정의이다. 그러면 사랑이라는 것은 무엇인가?

“내 몸과 같이 이웃을 사랑하라.”

왜냐하면 신은 모든 것의 어버이이므로, 그리고 자기와 남은 한 몸이므로, 즉 자타일체自他一體, 그것이 신인 까닭이다. 자타일체를 생활한다 함은 신을 생활한다는 것이요, 신을 현세에 현현顯現하는 것이다. 자기와 같이 타인을 사랑함이 신을 생활함이 되므로 신을 생활한다, 즉 영원 가치의 생활을 산다는 것은 사랑을 생활한다는 것이 된다.

신은 사랑이란 말은 무엇을 의미하는가?

신은 사랑이라고 요한은 말하였다. 이는 사랑이란 남을 자기와 같이 본다는 뜻이다. 신은 사랑이라 함은 신은 만물의 본원이므로 신께서는 모두를 자기로 보신

다는 뜻이다. 내가 내 아들을 사랑한다 하면 내 아들을 내 몸과 같이 본다는 뜻이다. 아기를 사랑하는 어머니는 아기가 씹어 뱉은 것을 그대로 입으로 받아 먹으면서 더럽다고 생각지 않는다. 그것은 자기 아기를 자기라고 보기 때문이다. 더럽다는 느낌, 경멸하는 느낌은 자타격리自他隔離의 감정에서 생긴다. 우리는 입 속에 늘 약간의 타액을 가지고 있다. 그러나 그 침을 더럽다고 생각지 않는다. 그것은 그 타액을 자기의 것으로 느끼기 때문이다. 일단 그 타액을 토하여 자기와 격리된 곳에 두고 볼 때 벌써 그 타액은 더럽게 느껴지고 다시 자기 입 속에 받아들일 생각이 나지 않는다. 이것은 자기와 분리되어 있다는 감각적 인상에 따라 더럽다는 느낌이 생기기 때문이다. 또 우리는 항상 자기의 장관腸管 안에 다소의 분변糞便을 가지고 있으나 누구나 이를 더럽다고 생각지 않는다. 그렇다고 분변이 있음을 모르는 것은 아니다. 이것은 자기의 장관 안에 있을 동안은 분변도 자기의 일부로 보는 까닭이니 한 번 체외에 배출되어 자기와 격리된 감을 받을 때 그 분변은 더럽게 느껴진다.

이와 같이 무엇이든지 자기의 것으로 생각할 때 더럽다는 느낌은 생기지 않는다. 미美라는 것은 그곳에 생명이 나타나 있음을 말하는 것임은 물론이나, 어떤 미술작품은 얼른 보아서는 어디에 아름다움이 있는지 알기 어렵다. 그러나 자세히 보면 그 미를 느끼게 되는데 그것은 그 작품에 나타나 있는 생명을 발견하고 그 생명을 자기의 생명과 동일하게 느끼는, 즉 자타일체감自他一體感을 받음으로써 아름답다고 느끼는 것이다. 따라서 미와 사랑은 동일한 것이며 자기와 상통하는 생명을 발견할 때 우리는 미를 느끼고 사랑을 느끼는 것이다.

신과의 일체

신은 사랑이다. 사랑의 느낌은 자타일체의 느낌이라 하면 사랑의 반대는 자타 소격疎隔의 느낌이다. 자타 소격이라 함은 무엇을 대하든지 뱉어버린 타액과 같이 그것은 자기 자신이 아니라는 느낌을 가진다는 말이다. "우리는 신과 일체다. 신의 아들이다. 신과 동성이다" 하고 주장할 때 "인간이 신의 아들이라니? 그러한 불손의 말이 어디 있느냐? 신은 인간의 주님이요 인간은 신의 종이다" 하며 반대하는 사람이 많은데 특히 이같이 공격하는 자가 기독교 신자 중에 많다. 그

러나 기독은

　"너희들 마음을 다하고 정신을 다하여 주이신 너희 신을 사랑하라. 이것이 크고 제일되는 계명이다."

하셨는데 여기서 '주主'라고 함은 종에 대한 주인이라는 소격疎隔된 의미로 한 말이 아니고 지고자至高者라는 의미의 형용으로 볼 것이다. 그러므로 이는 "지고至高하신 너희 신을 사랑하라"는 의미이다. 그러면 신을 사랑한다 함은 어떤 뜻이냐 하면, '사랑한다' 함은 자기와 일체로 인정한다는 뜻이라는 일반 정의에 의하면 "신을 사랑한다" 함은 신과 일체임을 인정한다는 것이다. 처를 사랑한다 함은 처와 일체라고 인정하는 것, 아들을 사랑한다 함은 아들과 일체라고 인정하는 것, 이웃을 사랑한다 함은 자기 이외의 모든 사람과 일체라고 인정하는 것이니, 이 일체라고 인정하는, 즉 사랑한다는 것이 제일의 계명이요, 살인·강탈·간음하지 말라는 등 여러 가지 율법은 신과 내가 한 몸이라고 인정하면, 즉 신을 사랑한다는 중심자각만 확립되면 자연 조정된다는 말이다. 내가 신과 일체라는 중심자각이 서지 못하면 신을 사랑하려고 노력하여도 참으로 신을 사랑할 수 없다. 그것은 마치 의붓자식을 사랑하려고 노력하여도 "이 아들은 참으로 내 실자實子니 자기와 아들은 일체"라는 자각이 없으면 참으로 사랑할 수 없고, "이 아들은 실자가 아니므로 자기 생명은 이 아들에게 연결되어 있지 않다. 그의 생명과 자기 생명과는 일체가 아니라"고 자각하고서는 도저히 그 아들을 사랑하려고 노력할지라도 사랑할 수 없다. 신을 사랑한다 함도 농일하니, 참으로 신을 사랑하려면 "신과 나는 일체"라는 중심 자각이 없어서는 안 된다. 그런데 신과 인간을 주인과 노비 관계로 보고, 신을 사랑하지 않으면 질책과 벌을 받는다고 생각하여 사랑하려고 노력하고, 사랑하는 듯이 형식形飾하더라도 그것은 억지로 사랑하는, 외형을 꾸민 것밖에 안 되고 참으로 신을 사랑한다는 것이 못 된다. 그러므로 신을 사랑한다 함은 "자기는 신의 아들이다. 신의 생명과 자기의 생명은 일체이다" 하는 자각과, 다시 나아가서는 "자기는 신 그대로이다" 하는 중심 자각이 확립되어야만 우리는 완전히 신을 사랑한다는 것이 된다. 이 중심 자각이 없이 신을 사랑한다는 것은 실아實兒가 아닌 아이를 사랑한다는 경우와 같이 자기와 일체가 아닌 생명을 사랑하려는 헛된 노력의 사랑으로 되어 버려 완전하고 참된 사랑을 할 수 없다. 따라서 우리가 지목하여야 할 중심 선善은 무엇이냐 하면 기독의 구조口調를 빌어 말하면 "너희들은 먼저 신과 일체임을 인정하라. 이것이 크고 제일되는 계명이니 이 중심 선善을 자각하라. 모든 선은 자연히 네게 이루어지리라" 할 것이다. 우리가 신과 일체임을 인정함은 결코 신을 모독하는 것이 아니요, 도리어 신아神我 일체를 인정치 않는 것이 신을 사랑하지 않는 것이 됨을 해득解得하여야 할 것이다.

처음에 말한 "인생의 목적은 현세에 신의 생명을 현현顯現함에 있으니 이는 신이 현세에 현현한 생명을 우리가 시현하는 것이다" 하였는데, 우리가 그 본래 모습에 있어서 신과 일체인 사실을 긍정하지 않으면 우리는 현세에 신의 생명을 현현케 할 수 없고, 또 신이 현세에 현현한 생활을 시현할 수 없다. 그리고 오직 신만이 신의 생명을 현세에 시현할 수 있으니 본래 인간이 신이 아니라면 아무리 노력하더라도 신의 생명을 현세에 시현할 수 없다. 그리고 신만이 선이므로 본래 신이 아닌 인간이라면 그것은 미래 영겁에 이르기까지 선에 도달할 수 없다. 그러나 다행히 인간은 본래 신의 아들이요, 그 본성에 있어서 신 그대로이므로 이 참인간real man이 생활할 때 그곳에 "신이 현세에 현현되고, 신인 생명이 현세에 시현"케 된다.

신의 아들로서의 실상 인간

신의 아들로서, 신의 이미지像로서 창조된 실상 인간은 신의 생명을 자기의 생명으로 하고, 신의 만덕원만萬德圓滿한 상태를 상징화한 것을 자기의 형태로 하고, 신 그대로의 생활을 생활함을 환열歡悅하여 신을 사랑하고, 신의 아들인 형제와 협력하는 동시에 형제를 사랑함에 있어서만 기쁨을 느끼고, 형제를 배척하여 자기만의 승리에 기쁨을 느끼지 않도록 창조되어 있다. 그런데 어찌하여 현상계의 인간은 그 실상 정토淨土의 생활을 생활치 않고 상쟁상식相爭相食하는 생활을 하고 있는가? 이것은 "정토는 훼멸毁滅치 않았는데 중생은 그것이 소진燒盡되어 없어지고, 우포憂怖의 모든 고뇌만이 충만되었다고 본다"는 법화경 수량품法華經壽量品의 말과 같이 실상의 천지는 이미 창조되어 산야의 과수와 채소는 이미 번무繁茂하고, 실상의 인간은 이미 신의 상과 같이 완전히 창조되었는데(창세기 제1장) 국토에는 아직 식물이 나지 않았고 인간은 만들어져 있지 않아 인간을 다시 진토塵土로 불완전하게 만들고 그리함으로써 뱀의 지혜에 속고 에덴 낙원에서 추방되어 노고하다가 본래의 진토로 돌아간다고 함에서부터 기인된 것이다. 이것이 실상인간에서 가상假相인간에로의 추락, 참인간에서 가假인간으로의 추락이다. 이 추락은 어찌해서 생겼느냐 하면 실상인간은 결코 추락되지 않았는데 추락되었다고 인식하는 까닭이니, 실상인간은 본래 불괴불훼不壞不毁, 추락하지 않고 현재도 실상 상락常樂의 국토에서 유유히 환희의 창조를 계속하고 있음에도 불구하고 여몽여환如夢如幻, 물질의 인간만이 있다고 보고 진토로 만든 인간이 있다고 본다.

그러므로 법화경法華經이나 창세기에는 동일한 의미가 기술되어 있다. 실상인간은 불괴不壞요 영적 실재 인간은 불훼不毁인데 그것을 없다고 보고 물질 인간만이 있다고 보므로 이것이 최초의 미망迷妄이요, 실상을 은폐한 최초의 죄이다. 따라서 죄의 최초의 본원적 단위는 실상인 영적 실재 인간을 보지 않고 가상假相인 물질 인간만을 보아 그 물질적 현상인간을 실재라고 보는 데 있다. 신의 나라, 즉 신의 창조로 된 실상 국토實相國土는 망념妄念으로써 있다고 생각하면 있고, 없다고 생각하면 없다는, 결코 그러한 불확실한 것이 아니다. 우리가 망념으로써 있다고 생각하든지 없다고 생각하든지 간에 그것은 불생불멸不生不滅, 부증불감不增不滅의 실상 정토實相淨土이다. 그러나 현상 세계의 사물은 있다고 생각하면 있고, 없다고 생각하면 소멸한다. 가령 병도 있다고 생각하면 있고, 없다고 생각하면 소멸한다. 또 빈곤도 인간 본래 빈곤이 있다고 믿으면 빈곤이 오고, 인간 본래 무빈곤無貧困이라고 믿으면 빈곤이 없어진다. 이와 같이 현상 세계의 사물은 염念에 따라 생멸증감生滅增減되는 것으로 자기의 염념으로 부채賦彩하고 투영된 상태에 불과하니, 현상 세계가 소진燒盡되어 우포憂怖와 고뇌가 충만되어 있다고 보이는 때에도 상락常樂의 실상 세계는 영원 불훼不毁인 것이다. 또 상락의 실상 세계가 완전히 엄존儼存하고 있는데 그 일부로서 고뇌 충만苦惱充滿한 현상 세계가 존재할 리도 없다. 진실은, 고뇌 충만의 현상 세계는 없고 물질 세계는 없다. 그러면 고뇌 충만한 현상 세계는 상락의 실상 세계로부터 전연 분리된 몽환 세계夢幻世界냐 하면 그렇지 않다. 실상 세계의 표면을 덮고 있는 망념妄念인 바투명막을 통하여 부채賦彩된 것을 보임이 현상 세계인 것이다. 실제는 실상 세계만이 유일 존재이고 현상 세계는 본래상本來相이 아니라 반투명인 망념의 렌즈를 통하여 현상된 세계이다. 이 렌즈를 통하여 보이는 바의 현상 세계는 여러 가지로 변모되어 우포비희憂怖悲喜의 각종 모습으로 보이지만 상락常樂의 실상 세계는 불괴 불훼不壞不毁, 엄연히 존재하고 있어 우리는 현재도 항상 그 실상 세계 내에서 생활하고 있다. 결코 현상 세계가 실상 세계의 한 구역 내에 존재한다든지 육체의 사후에만 실상 세계로 이주한다는 것은 아니다.

창세기의 제1장에 기록된 완전한 실상인 영적 인간은 엄존하고 있는데, 그 제2장에는 인간은 흙으로 만든 불완전한 것으로 보는 그것이 최초의 미망迷妄, 최초의 죄이다. 왜 미망이냐 하면 실상을 깨닫지 못하였기 때문에, 왜 죄냐 하면 실상을 배반한 것이기 때문이다.

요컨대 제일 최초의 죄라는 것은 영적 실재를 은폐하여 물질적 존재로 보고, 영적 인간의 실상을 은폐하여 물질적 인간으로 보며, 혹은 신의 나라를 현세의 다음에 오는 세계로 보아 우리의 물질적 존재가 종료되지 않으면 신의 나라에 출생할 수 없다고 보며, 신의 나라가 기존 현재의 영원무변永遠無邊한 세계임을 깨닫지 못하고 신적 인간을 구원상주久遠常住의 존재라고 깨닫지 못하는 것이 제일 최초의 죄, 기독교식으로 말하면 '아담의 원죄'인 것이다.

이 제일의 신성 은폐神性隱蔽(원죄)에 의하여 인간을 진토塵土, 즉 물질적 육체로 보고, 세계를 물질적 존재라고 보고, 자기를 물질적 존재라고 보는 한, 육체는 각인 각자가 서로 분격分隔된 것으로 인식되므로, 거기서 이기주의의 맹아萌芽가 생기어, 물질은 일견 유한한 것으로 되는 까닭에, 주면 감한다는 관념이 증장되고, 그리하여 쟁탈과 겁략劫掠을 현출하게 되는 것이다. 실상 인간은 쟁탈과 겁략을 행하지 않는데 현상 인간은 쟁탈과 겁략의 상태를 현출하고 있다.

육체와 신성神性

영적인 신의 아들을 육체적 존재로 보는 제일의 신성 은폐神性隱蔽가 아담의 원죄인데, 현대 기독교도의 다수는 이 아담의 원죄를 범하고 있다. 그리스도를 육체인 예수에게서만 발견하려고 하여 아브라함의 출생 전부터 살아 있는 영원의 기독神性을 보지 못하고, 육체 예수를 통하지 아니하면 인간은 구제되지 않는다고, 육체로써 신성神性에 대代하고 미迷로써 실상을 대신하고 있는 기독교도가 얼마나 많은가? 영원의 신성을 우리 구제의 본존本尊으로 추앙할 때 그 영원의 신성은 누구나 모두 자기 안에 가지고 있으므로, 즉 그 영원의 신성만이 진실한 존재요 진아眞我이며 따라서 구제라는 것은 이미 자기 속에 간직되어 있는 것이므로 외적으로 육체 예수를 통하여야만 비로소 인간이 구제된다는 것은 어리석은 생각이다.

기독교에서는 형체 있는 것을 숭배함을 우상숭배라 하여 매우 경멸한다. 그런데 영원의 신성神性을 예배의 대상으로 하지 않고 2천 년 전 유다에서 출생한 육체 예수를 통하지 않으면 구제되지 않는다고 육체를 예배의 대상으로 함은, 스스로 경멸하는 우상숭배를 스스로 범하고 있는 것이 된다. 이와 같이 영원의 신성을 배반하고 어떤 특정의 육체를 숭배의 표적으로 함은 신의 실상을 보지 않는, 즉 참된 신을 자기의 미망迷妄으로써 은폐하는 죄를 범하는 것이 된다.

종교 싸움은 우상숭배로부터

물질적인 형체 있는 것을 예배의 대상으로 하게 되면 물질적 형체가 있는 것은 유한하므로 영역의 한계라는 것이 생기고, 그 때문에 중상과 투쟁이 생긴다. 인간의 화합을 위하여 활동하여야 할 종교가 육체 예수라는 물질적 현상에 사로잡혀서는, 육체 예수나 육체 석가는 서로 다르므로 신자 쟁탈과 영역 싸움이 생기는 것은 낭연한 일이다. 다시 말하면 그 종교가 우상숭배의 종교냐 아니냐는 다른 종교를 배척하는 정도로써 판단할 수 있다. 요컨대 모두 싸움의 제일의 맹아萌芽는 물질적 형체가 있는 것을 숭배하는, 즉 우상숭배로부터 온다. 즉 모든 죄 중에서 가장 무거운 죄가 무엇인가 하면 우상숭배가 제일이 된다고 광명철학은 주장한다.

그리스도를 육체 예수라는 물질적 형체에서 구하지 않고 아브라함 이전부터 나는 생존하였노라 한 영원신성永遠神性에서 구할 것이며, 부처도 이를 육체 석가에서 구하지 않고 "과거 제불諸佛은 모두 내 제자니 나는 억천만겁 이전부터 부처이었다" 하고 아난阿難 제자에 대답한 구원久遠의 여래에서 구할 때 모든 종교는 여기서 저기까지는 내 영역이라는 영역 싸움이 없어질 것이다.

인간의 자유

그러나 이에 반하여 조금이라도 물질적 형태에 사로잡히게 되면 인간은 본래의 자유를 자기 스스로의 마음으로 고정시켜 드디어 부자유를 초래하게 된다. 싸움이란 것도 부자유의 일면의 자태이다. 즉 본래의 전체로서의 자유를 상실하였으므로 싸움이 생긴다. 시계의 바늘도 전체로서의 자유를 상실하지 않으면 어떤 바늘이나 부자유롭게 상충하여 싸우는 일이 생기지 않으나 전체로서의 자유가 상실될 때 바늘과 바늘은 서로 조화로운 운행을 하지 못하고 서로 충돌되어 시계는 쉬어 버린다. 이 전체로서의 자유를 상실한 상충이 싸움이다. 종파 싸움에 열중하여 화협 합동을 못하는 것은 이 상충 때문인데 인류의 화협 합동을 설교하는 종교가 그에 배반되는 추태를 연출하고 있는 현실은 큰 모순이 아닐 수 없다. 이는 예배의 본존本尊을 영원의 신성神性, 구원본불久遠本佛에서 구하지 않고 물질적 형체인 예수나 석가에서 구하려 하는 제일의 신성 은폐神性隱蔽이다.

이와 마찬가지로 개인의 생명을 구원 생명의 흐름 속에서 발견하지 못하고 육체라는 물질적 형체 중에서 발견하려고 할 때는 물질로써 생명에 환치換置한 원죄, 즉 제일의 신성 은폐로부터 출발케 되므로 모든 죄악이 여기서 발생하는 것이다.

기독과 니코데모

성경에 의하면 예수께서 에루살렘에 오셨을 때 바리사이인으로 니코데모라는 유태인 제사장이 있었다. 밤에 예수께 찾아와서 "스승님, 나는 당신이 신에게서부터 오신 줄을 알고 있습니다. 신께서 당신과 함께 계시지 않는다면 당신이 행하신 모든 영적을 아무도 할 수 없을 것입니다"고 말하였다. 예수께서는 니코데모가 신을 봄에 있어 신성을 보지 않고 형체로 나타난 영험만을 보고 신을 본 듯이 생각하는 것을 안타까이 여겨 "참으로 참으로 네게 말하노니 사람이 갱생하지 않으면 신의 나라를 볼 수 없다"라고 하며 신의 나라라는 것은 네가 생각하듯이 물질적 영험이 아니라고 하셨다. 그 말에 니코데모는 갱생한다 함은 어머니 태내胎內에 다시 들어갔다가 다시 나오거나 또는 한 번 죽었다가 다시 환생한다는 뜻으로 착각하였다. 그래서 예수께 "사람이 늙으면 어떻게 갱생할 수 있습니까? 다시 모태 속에 들어갈 수 없지 않습니까?" 하고 다시 물었다. 예수 말씀하시되

"육체에 의하여 출생한 것은 육체요 영에 의하여 출생한 것은 영이다. 너희들은 내가 말한 갱생이란 말을 이상히 생각지 마라. 바람은 제 뜻대로 부나니 너희들은 그 소리를 들어도 어디서 와서 어디로 가는가를 알지 못한다. 무릇 영에 의하여 출생하는 자도 이와 같다"고 대답하셨다. 심령학 일파의 설과 같이 육체는 장차 올 신국神國의 준비 시대라고 하여 육체의 수행 여하에 의하여 신국에 입주하는 여부가 결정된다고 생각하는 자는 이 예수의 "육체에 의하여 출생하는 자는 육체이다" 하신 말씀을 숙고하기 바란다. 육체로부터 나오거나 들어가거나 한 뒤에 비로소 인간의 영혼이 신국에 출생하는 것은 아니다. 육체는 몇 번 갱생하더라도 육체에 의하는 이상 육체이다. 현상에 의하여 출생하는 자는 현상이다. 그리고 현상 생활을 마치고 실상 세계로 이주하는 것이 아니다. 인물 사진을 예로 들면 사진의 현상이 끝난 뒤에 실제의 인간이 출생하는 것이 아니고 실제의 인간은 먼저 엄존하고 있어 여러 가지 포즈의 사진 현상이 된다. 또 사진을 여러 장 현상하였다고 실제 인간이 그 사진에 나왔다가 들어갔다가 하는 것이 아니다. 그와 같이 우리의 실상 인간(영적 인간)이 실존하고 있어 현상 인간이라는 것이 현현顯現하는 것이다. 또 사진 렌즈를 요철凹凸 각양의 렌즈로 바꾸면 여러 가지 양태의 현상이 나타난다. 이와 같이 실상 인간은 현상 인간이 왜곡되어 있더라도 의연히 본래의 인간 자태를 잃지 않고 있어 하나의 현상 인간 상태로부터 다음의 현상 인간 상태로, 또 현실계로부터 명계冥界로 전전轉轉히 이주하고 있는 것은 아니다. 현세나 명세冥界는 모두 현상 세계로서, 실상 세계를 영출映出하는 렌즈와 종판種板에 따라 상이한 현상이 나타난 것이라고 보면 그 대체를 알 수 있다.

그러므로 사진이 왜곡되어 영출되었다고 실제 인간까지가 왜곡된 것이라고 생각해서는 안 된다. 현상 인간이 병에 걸려 있다고 실상 인간도 병들었다고 생각해서는 안 된다. 실상 인간은 육안으로는 보이지 않는다. 너희들은 바람이 어디서 와서 어디로 가는지 그 형체를 볼 수 있는가? 실상 인간은 육안으로 볼 수 없음이 이 바람과 같다. 영에 의하여 신생한다 함은 현상 인간으로부터 심안心眼을 일전一轉하여 실상 인간을 보라는 뜻이다. 이것이 예수께서 니코데모에게 말씀하신 진리이다. 그런데 니코데모는 그 의미를 깨닫지 못하고 "어찌하여 이 같은 일이 있을 것이냐?" 하며 반박하였다. 현대에도 많은 니코데모가 있어 이 광명철학의 주장을 반박하리라. 그래서 예수께서는 안타까운 듯이 "너희들은 이스라엘에서 선생이라는 대접을 받고 있으면서도 이만한 것을 알아듣지 못하느냐? 참으로 말하니, 내가 하는 말은 내가 직접 체험으로 알고 있는 일이다. 현상계를 바람의 비유로써 말해도 알지 못하니 실상 세계를 말해보았자 너희들은 알지 못할 것이다. 하늘에서 내려온 자, 즉 실상 세계에 출생한 자, 즉 실상 인간만이 실상 세계에 들어간다. 사람의 아들은 그 육체가 십자가에 못박혀 육체가 멸망할지라도 사람의 아들, 즉 실상 인간은 구원久遠의 실재임을 알 때가 올 것이다. 그것은 모든 믿는 자가 그에 의하여 영원의 생명을 얻기 때문이다"고 대답하셨다. '모든 믿는 자가 그에 의하여 영원의 생명을 얻기 때문이다' 한 말씀이 지금까지 기독교도들이 예수를 통하지 않으면 영원의 생명을 얻을 수 없다고 주장하는 근거의 한 구절이다. 그러나 예수 자신의 말로써 왜 "나에 의하여"라고 하지 않고 삼인칭으로 표현하였는가? 예수는 여기서 특히 '사람의 아들'이라고 하였고, 또 '그'라는 어구를 쓰셨다. '사람의 아들'이라고 함은 예수 자신께서 주석하시되 '하늘에서 내려온 자'라 하였으니 바꾸어 말하면 실상 세계에 출생한 자, 즉 실상 인간 전체를 보통명사로 말하신 것이다. 예수는 "나를 믿으라"고 말하시지 않고 "사람의 아들을 믿으라, 나는 그 일례이니 구원 실재로서의 실생 인간을 믿는 자에게는 육체가 죽든지 살든지 영원의 생명을 얻을 것이다"고 하신 말씀이다.

구원 신성久遠神性의 구제救濟

어떠한 육체적 현상을 통하지 않더라도 구원의 실재로서의 실상 인간을 믿는 자에게는 영원의 생명이 부여된다. 이것이 광명철학이 주장하는 진리이다. 모든 인간이 구원 실재의 현현이요, 현상 세계가 좋든 나쁘든 간에 그것은 사진의 영출映出이 좋았느냐 나빴느냐의 문제이고 실제의 인간리얼 맨은 완전한 것이다. 자기는 보잘것없는 존재라고 생각하여 신성을 은폐한다. 이렇게 신성을 은폐하여 두고 현상계를 영출하더라도 완전한 신성이 영출될 리 없다. 인간을 보자기로 싸놓고서 사진을 찍는다면 완전한 인간 자태가 영출될 리 없다. 그와 같이 자기의 신성을 은폐하여 자기는 보잘것없다는 염念의 렌즈로 현상계를 영출할 때 그 현상계가 완전히 출현될 리가 없다. 따라서 "나는 죄인이다" 하는 관념은 모든 현상계의 죄악의 모태가 되고, "나는 신의 아들이다" 하는 관념은 완전한 현상계를 만드는 모태가 된다.

죄악 관념의 기원

아담의 원죄(제일의 신성 은폐) 이래 죄악의 관념은 모든 육체 인간의 마음속 깊이 횡재橫在되어 있는 관념이다. '나는 죄 없는 자'라는 자각을 가졌던 인간이 지금까지에 오직 두 사람이 있었으니, 그들은 출생하자 곧 '천상 천하 유아 독존天上天下唯我獨尊'이라고 선언한 석가와, 신의 독생자라고 자칭한 예수 그리스도이다.

"자기는 죄 없는 자라고 자각하는 동시에 모든 인간도 죄 없는 자라고 깨닫고 이를 전 인류에게 선전하는 것이 인류를 구제하는 유일의 정도正道"라고 광명철학은 주장한다.

죄 없는 자, 본래 무죄 청정無罪淸淨한 인간에 어찌하여 죄의 관념이 생기었나 하면 우리는 본래 무죄인 까닭에 죄의 느낌이 생기지 않는다. 출생할 때부터 빛을 보지 못한 맹인은 암흑 중에 있어도 암흑을 느끼지 않는다. 유아 때부터 유폐幽閉하여 보통 인간의 세계를 접촉하지 못하게 하고 두 사람을 한 사람과 같이 배합背合시켜 봉합수술을 한 사족 사수四足四手 양두兩頭 인간의 생활을 묘사한 소설이 있는데, 그들은 인간이라는 것이 자기와 같은 부자유한 자태가 본래의 자태로 알았으나 이족 지수二足二手인 보통 인간의 자유로운 자태를 본 뒤로는 비로소 사족 사수四足四手가 인산의 본사本姿가 아님을 알고 고통하기 시작하였다 한다.

이 본래의 상相이 아니라는 자각이 죄의 관념이다. 그것은 본래의 완전 상, 본래의 자유 상을 현출코자 허덕이는 마음의 부르짖음이다. 우리의 본래 상을 숯불에 비하면 숯불 위를 여러 가지 먼지로 덮을 때 그 먼지로부터 연기가 나는데 이 연기를 죄의 의식에 비교할 수 있다. 본래 불이 없으면 연기가 나지 않을 것이요, 또 불을 덮는 먼지가 없어서도 연기는 나지 않는다. 그렇다고 불 그것이 연기냐 하면 그렇지 않다. 먼지 그것이 연기냐 하면 그렇지 않다. 먼지가 소멸되어 불로 화하려고 하는 활동이 연기이다.

그와 같이 우리의 완전한 실상은 본래 죄나 미迷가 없는 것이므로 죄의 의식은 우리 자신의 본성에는 없다. 그것은 숯불만으로는 본래 연기가 날 수 없음과 같다. 그런데 완전한 나의 실상이 '미迷'로써 은폐되면 그 '미迷'를 태워 없애기 위하여 죄의 의식이라는 연기가 난다. 그것은 탄화력炭火力이 나타남이요 먼지를 소진하여 화염이 되려는 활동이다. 너무 숯불 화력이 약하면 먼지에 덮이어 있더라도 연기가 나지 않는다. 그와 같이 우리의 생명 실상이 너무 깊이 잠들어 있으면 죄의 의식은 생기지 않는다. 또 화력이 강하면 미처 연기를 내기 전에 곧 그 먼지는 화염화한다. 이와 같이 우리 생명의 실상이 똑똑히 눈떠 있으면 죄의 의식 없이 '미迷'는 일순간에 소진되어 전 생활이 광명화한다.

종교라는 것은 이 생명의 실상 속에 잠들고 있는 탄화炭火의 화력을 치성熾盛케 하려는 활동이다. 화력이 강하면 먼지로부터 연기가 더욱 왕성히 나온다. 다수의 종교가 죄의 의식을 불러일으키려고 함은 당연한 일이다. 그러나 이 죄의 의식은 연기와 같은 것으로 이 연기만을 왕성히 하면 그 속에 있는 탄화가 어떻게 되든지 무관하다고 생각한다면 이는 본말을 전도한 것이다. 연기나 탄산가스는 일종의 독가스이므로 밀폐된 채로 연기나 탄산가스를 과다하게 만들면 탄화는 그만 꺼지고 만다. 이 같은 일이 인간의 죄의 의식에 있어서도 있다. "너는 도저히 신의 용서를 받지 못할 죄인이다" 하는 선고를 받고 그 사람은 그로써 죄의 의식에 압도되어 그만 발광하였다는 사실이 있다. 이것은 죄의 의식이라는 연기의 독가스로 '생명의 불'이 질식된 것이다. 그러므로 생명의 실상에 대한 자각은 부족한데 죄의 의식만 증장增長케 하면 마치 화력은 적은데 연기만 많게 하려고 먼지를 덮음과 같이, 그 생명을 갱생할 화력이 도리어 소진되고 만다.

많은 종교가가 인간은 '말세 범부末世凡夫'니 '죄악 심중罪惡深重'이니 하여 죄의 의식, 즉 연기만을 내게 하면 생명의 불도 치성熾盛해지리라고 생각하나, 연기라는 것은 그같이 연기만을 내려고 먼지만을 쑤시지 말고 화력만을 성하게 하면 자연 연기도 따라서 성해져서 일체의 먼지가 한꺼번에 염상炎上하여 광명이 빛나는 화염이 된다.

이 마음의 먼지, 즉 '미迷'를 한꺼번에 염상炎上시켜 광명이 빛나는 화염으로 하려면 '마음의 통풍'을 왕성히 하여야 한다. 마음의 통풍은 무엇인가 하면 탄산가스 등 독가스를 품은 연기를 불어 날리어 새로운 산소를 공급하는 통풍을 말하는 것이다. 죄의 의식이라는 연기가 점점 많아지면 그 연기 전체가 화염으로 화하든지 생명의 불이 질식하든지 한다. 즉 마음의 통풍이 불완전하면 생명의 불은 그대로 질식하여 버리고 마음의 통풍이 완전하면 일체의 마음의 먼지가 그대로 광명혁혁光明赫赫한 조세照世의 일대 화염一大火焰이 된다.

그러면 마음의 통풍을 어떻게 하느냐 하면 생명의 실상을 자각하는 것이다. 지금까지 암흑한 연기를 자기의 정체라고 생각하고 있었는데, 그 연기는 연기일 뿐 불이 아니며 죄는 죄일 뿐 자기가 아니니, 연기로 하여금 날아가는 그대로 날아가게 한다는 자각이다. 지금까지 죄의 의식이라는 연기가 자기의 주위로부터 떠나지 않은 것은 '죄라는 것은 자기의 것'이라는 염念의 울타리를 만들어 죄를 자기의 것으로 견인牽引하여 두었기 때문에 죄의 의식이 자정自淨하지 못하여 외계로 비산飛散하지 못한 것이다.

그러나 인간은 본래 신이다. 불은 본래 불이요 연기가 아니라는 진리를 자각하면 지금까지 죄를 자기와 결부시키고 있던 염念의 울타리가 해방되어 '나는 신인 실상實相'이라는 편으로 마음이 전향되고 따라서 우리의 혼이 명랑하여지므로 통풍이 완전하게 된다. 자기의 혼이 죄나 미迷의 편으로 향하고 있던 것이 일전하여 신神인 자기 생명의 실상을 향하게 되는 것이니 이를 '혼魂의 전향轉向'이라고 한다.

그리하여 이같이 전향을 하려면 죄의 혐오라는 것이 필요하다. 죄를 신의 상으로 보든지 죄 그대로 좋다고 생각하여 스스로 자위하는 것은 참된 자기 진아眞我를 거짓인 자기(가아假我)로 바꾸어 버리는 것이다. 연기가 나는 것은 불이 있다는 증거이나 연기를 불이라고 보아서는 안 되며 죄의 보습을 보고 신의 모습으로 보아서는 안 된다. 불을 더욱 밝게 하려면 연기의 혐오라는 것이 있어야 하니 여기를 혐오하여 그 연기를 없이 하려고 큰 부채를 가지고 부치면 그 연기는 홀연 빛나는 대화염으로 변한다. 그와 같이 죄의 의식이 치성해지면 죄의 의식에 압도되어 다시 일어나지 못하는 사람도 있으나, 내부 생명이 신의 분신이라는 자각의 불씨가 왕성해지면 그 죄를 혐오하는 끝에 혼의 전향이 시작되어 그 사람의 혼이 종교적 대화염이 되어 홀연 연상燃上한다. 이같이 죄의 의식으로 말미암아 죄의 압도壓倒로 넘어지는 자와 도리어 그 사람의 혼이 환희의 대화염이 되는 자의 다름이 생기는 것은, 내부에 나의 실상은 신의 분신이라는 대신념이 불씨가 되어 있는 사람은 그 혼이 대화염이 되어 타오르고, 그 신념의 화력이 약한 사람은 죄의 의식이라는 연기에 생명의 불씨까지 질식되어 절망 끝에 재기하지 못하게 되는 것이다. 그러므로 사람의 혼을 구원코자 하는 종교가는 이 죄의 의식의 취급에 현명한 지혜가 필요하다.

죄의 자기 심판과 그 목적

죄를 범하면 자기 책벌이 수반된다. 그것은 불을 먼지로 덮으면 연기가 나는 것과 같다. 이를 양심의 심판이라 한다. 가리옷 사람 유다는 주 예수를 은 30량에 판 뒤에 격렬한 양심의 가책으로 마침내 목을 매어 죽었다. 유다의 죄와 같은 죄를 범하지 않은 사람도 자기 죄에 대한 자책의 관념이 있다. 이는 자기 내재內在의 신성神性의 불이 '죄의 은폐'를 뚫고 연상燃上하려는 훈화燻火이다. 성 프란치스코도 죄의 자책 관념이 강하였던 분인데, 고덕高德한 성자일수록 죄의 자기 소벌所罰의 관념은 강하였다.

죄의 의식에 따르는 불안(불안 그것이 자기를 채찍질하는 자기 소벌所罰이다)을 분석하여 보면 그 불안은 혼 내부의 부조화라고 할 수 있다. 혼의 내부에 부조화가 생기므로 스스로 불쾌해지고 또 자책에 쫓기게 된다. 죄를 범하면 우리의 혼의 내부에 어찌하여 부조화한 것이 생기느냐 하면, 자기의 신성과 조화되지 않는 것을 자기가 접촉하고 있다고 느끼기 때문이다. 자기 피부가 호적好適한 활면체滑面體와 접촉하면 쾌감을 느끼나 자기 피부가 부적不適한 조잡면粗雜面과 마찰하면 불쾌를 느끼듯이, 죄의 마음 또는 행위가 우리의 혼에 불쾌한 감을 주는 것은 죄 그것이 우리의 신성에 적합치 않기 때문이다. 우리의 본성이 신성이 아니라면 우리의 양심은 죄에 대하여 부조화를 느끼지 않을 것이다. 양심이라는 것은 우리에게 있는 신성의 현현顯現이다. 그리고 양심이 느끼는 부조화는, 최초에는 단순한 심적 존재이나 "염念은 구상화具象化한다"는 법칙에 따라 점차로 눈에 보이고 오관으로 느껴지는 형체로 객관화하여 육체의 병과 환경의 불안 등이 되어 그것이 현실로 나타난다. 이를 광명철학에서는 "육체나 환경은 각자 심념心念의 반영"이라고 말한다. 자기가 사념思念한 그대로의 것이 마치 판결문과 같이 객관화하여 나타나므로 우리의 육체와 우리의 환경은 우리 마음의 자기 심판인 것이다. 따라서 개인의 역사는 개인의 자기 심판사審判史요, 세계의 역사는 세계의 자기 심판의 역사이다. 전세계를 덮고 있는 질투, 선망羨望, 공포, 불안, 분노, 증오 등의 마음의 싸움은 항상 끊임없이 구상화되고 있어 형체로 나타난 선고문, 즉 전쟁, 약탈, 배척, 파업, 압박 등이 되어 전세계의 심적 내용을 폭로하고 있다. 만약 이 세계에 한 사람도 질투, 선망, 공포, 불안, 분노, 증오 등의 악덕의 마음을 가지지 않는다면 그와 같은 형체로 나타나는 수라장은 결코 현출하지 않을 것이다.

세계의 역사는 세계의 염念의 자기 심판

그러므로 이 세계의 수라장 출현은 세계의 염念의 자기 심판이다. "죄의 값은 죽음"이라고 바울로가 말한 것과 같이 죄가 있는 곳에 신이 창조하신 완전한 세계의 실상은 은폐되어 버린다. 그러나 이는 신이 창조하신 실상 세계가 없어진 것이 아니요 파괴된 것도 아니다. 오직 그 진상을 은폐한 것에 불과하다. 묘법연화경妙法蓮華經의 수량품壽量品에도 "겁劫이 진盡하여 대화大火에 소실된 듯이 보이더라도 나의 땅은 안온하여 천인天人이 충만하여 있다. 나의 정토淨土는 불훼不毀인데 소진되어 우포憂怖의 모든 고뇌가 충만된 듯이 중생은 본다"고 하였듯이 신이 창조하신 실상 세계는 없어지거나 파괴되지 않고 그대로 엄연히 존재하고 있는데 그 실상을 보지 않고 자기의 우포 증오憂怖憎惡 등 염念을 영현映顯시켜 고뇌가 충만된 세계 역사를 현출하고 있다. 즉 세계 역사는 인류의 '미迷' 자체의 자기 심판이다.

인류의 불행이 있는 곳에는 반드시 인류의 '미迷' 즉 실상 은폐가 있고, 개인의 불행이 있는 곳에는 반드시 개인의 '미迷' 즉 실상 은폐가 있다. 개인의 역사는 개인의 마음의 거울이요, 세계의 역사는 세계의 마음의 거울이다.

죄는 구상화具象化한다

"죄는 반드시 죄를 받는 것이 아니다. 천벌, 신벌神罰이라는 것은 없다"고 악인의 번영을 실례로 증명코자 하는 사람이 있다. 광명철학도 신벌이라는 것을 인정하지 않는다. 신이 벌을 주시는 것이 아니라 죄(완전한 실상이 은폐된 자태)는 그 자신의 불완전한 자태를 구상화하여 죄 자체의 상相을 외계라는 거울에 현출現出한다. 일찍이 예수 시대에도 죄라는 것과 불행, 재액, 병고 등 사이에 인과관계가 있

나 없나를 질문한 사람이 있었다. 그에 대하여 예수는

"저 갈릴래아 사람들은 그 같은 재액을 당하였기 때문에 안 당한 다른 사람보다 죄 많은 사람이라고 생각하는가? 나는 말하니 그렇지 않다. 너희들도 회개하지 않으면 모두 멸망하리라. 또 실로암의 망루望樓가 넘어져서 압살壓殺된 18명은 예루살렘에 사는 다른 사람보다 뛰어나게 죄가 중한 자로 생각하는가? 나는 말하니 그렇지 않다. 너희들도 회개하지 않으면 모두 이같이 멸망하리라."

고 대답하였다.

죄는 그 자신을 형체로 구상화하여 나타내는 것이니, 지금 즉시로 나타나지 않는다고 회개하지 않으면 죄, 즉 완전한 실상이 은폐된 자태, 즉 불완전은 얼마 후 구상화하여 너희들도 불행을 받을 때가 오리라는 것이 예수의 철학이요 윤리학이다.

또 요한복음 제9장 첫머리에는 제자들이 소경을 보고 "스승님, 이 사람이 소경으로 출생한 것은 누구 죄입니까? 자기의 죄입니까, 부모의 죄입니까?" 하고 질문한 즉, 예수는 "이 사람의 죄나 부모의 죄가 아니다. 그의 위에 신의 성업聖業이 나타나기 위함이다"고 대답하여 죄와 병 사이에 아무 인과관계가 없음을 말씀하였다. 죄와 불행은 결국은 인과관계가 있어 완전한 실상을 은폐하기 때문에 그 죄는 불완전한 상태불행로서 외계에 투영되는 것이나 그리 됨에는 불회개라는 하나의 조건이 있어야 한다. 만약 회개하지 않으면 염念의 구상화의 법칙에 의하여 일찍이 가졌던 무수의 악념惡念은 그것을 상징화한 자태를 현실계에 나타내어 자기 자신을 벌하기까지는 소산消散하지 않는 잠재적 '업業'의 집적集積이 된다.

죄를 해방하는 방법

죄가 어찌하여 그 자태를 현상계의 불행으로 구상화하여 나타나는가 하면, 죄 자신이 그 존재를 주장하기 때문이 아니다. 죄라는 것은 실상을 은폐하는 것이므로 맹인은 죄를 나타내기 위하여 소경인 것이 아니요, 신의 아들인 실상을 나타내기 위하여, 즉 신의 영광을 나타내기 위하여 소경이 된 것이라고 할 수 있다. 죄가 형태를 나타내는 것은 죄 자신이 자괴自壞하기 위함이다. 병상病狀이 형체를 나타내는 것은 병 자신이 낫기 위함이다. 발이 저리다고 느끼는 불쾌감은 발이 저리는 병상病狀이 나으려고 할 때 일어난다. 이같이 죄가 현상계에 불행이라는 자태로 나타남은 죄 그 자신이 자기존재를 주장하기 위함이 아니요, 신이 창조하신 실상이 나타나기 위한 것이라고 할 수 있다. 이상 서술로 설명된 바와 같이 죄가 현실적 불행으로 객관화하여 나타남은 죄 자신이 그 존재권을 주장하기 위함이 아니고 신의 성업聖業, 즉 신이 창조하신 완전한 실상이 나타나기 위한 것이라면 '회개', 즉 마음이 실상 쪽으로 완전히 전향되면, 다시 환언하면 '나는 신의 아들'이라는 실상과, 신이 창조하신 실상 정토實相淨土를 직접 체험으로 파악하면 죄를 그대로 초월하게 된다는 것이다.

2) 제2의 신성 은폐神性隱蔽

이웃에 대한 죄

죄라는 것은 실상을 은폐하여 그 상相이 본래의 그대로 나타나지 않는 것을 말함이다. 신에 대한 죄라 함은 신과 자기와의 정당한 관계를 발견하지 못하고 자각하지 못하고, 자기가 나면서부터 신의 아들이라는 실상을 여실히 나타내지 않는 것을 말하는 것이다. 그러므로 예수는 제일이요 최대의 계명은 마음을 다하고 정성을 다하고 전 생명을 받들어 신을 사랑하는 것이라고 말씀하셨다. 환언하면 신과 본래 일체인 실상을 자각하라는 말이다. 이 제일이요 근본인 계명을 지킬 수 있다면 나머지의 일체 계명은 자연히 조정된다는 것이 예수의 교시임은 전술한 바이다. 그 다음에 제이의 계명은 "내 몸과 같이 네 이웃을 사랑하라"이었다.

이웃에 대한 죄는 제이의 계명을 깨뜨린 것인데, 왜 내 몸과 같이 이웃을 사랑하지 않는 것이 죄가 되는가? 그것은 나와 이웃은 본래 일체이기 때문이다. 나와 이웃이 일체라는 사실은 어디서 유래되는가 하면, 나는 신과 일체라는 제일이고 최대의 진리에서 필연적으로 생기는 것이다. 갑도 신과 일체이요 을도 신과 일체라면 갑과 을 사이도 신과 일체가 됨은 물론이다.

이웃을 사랑하지 않는다는 것은 이 자타가 일체라는 실상을 보지 않기 때문이다. 그는 오관五官의 눈으로 자기와 타인을 보면 자기라는 것이 타인과 분리되어 있다고 결론할 수밖에 없다. 육체는 사람마다 별개이요 두뇌도 사람마다 별개이다. 그러나 이는 오관의 현혹에 사로잡힌 때문이니, 오관을 떠나서 볼 때 자自와 타他는 본래 일체임을 알 수 있다.

고독을 즐긴다는 사람이 있으나 그 사람도 실상은 고독을 좋아하는 것이 아니다. 누구나 어떠한 형식으로써나 자기와 남을 결합시켜 거기서 자타 일체의 사실을 형체로 나타내어서 기뻐한다. 투고投稿, 연애, 우정, 학벌, 정당, 동지애, 동포애, 애국심 등은 모두 이 자타 일체의 실상이 그 일면의 자태를 나타낸 것이다.

사랑의 정화淨化

자타 일체의 보편적 사실이 완전히 그 전상全相을 나타내지 않고, 한 부분에 편중하여 나타날 때 이는 비록 불완전한 자타 일체이나 그래도 그 정도만큼 실상이 나타난 것이며, 실상을 나타내고 있는 그 정도만큼 인류 진보에 공헌하는 것이 된다. 연애라는 것은 두 사람만이 통절히 자타 일체를 맛보는 것인데 그것은 두 사람에 국한된 자타 일체이므로 두 사람 이외의 남에 대하여는 고립적이요 이기적인 활동을 하게 되고 따라서 간혹 가족 전체나 사회 전체에 대하여 충돌하거나 가정의 안녕을 위협하고 사회의 질서를 파괴하는 경우가 있다. 그러나 이 두 사람의 자타 일체가 가정이나 사회나 국가의 보다 더 큰 자타 일체와 조화하여 보다 더 큰 자타 일체에 융합하려는 노력에 의하여 그 당사자의 혼은 진화를 보게된다. 연애라는 작은 자타 일체가 큰 자타 일체와 융합되는 것을 연애의 정화라고 한다. 연애뿐만 아니라 학벌, 정당, 동포애, 애국심이라는 국한된 좁은 범위의 자타 일체가 일층 광대한 자타 일체에까지 융합하는 그 정도에 따라서 그것은 이기적이 아니고 인류 전체에 대한 공헌의 정도가 커지는 것이다. 요컨대 사랑의 정화라 함은 어떤 국한된 범위의 자타 일체를 보다 광대한 범위의 자타 일체에까지 높이는 것을 말한다.

자타 일체인 실상의 은폐

제일의 신성 은폐로서의 죄는 신아일체神我一體의 실상을 은폐한 죄요, 제이의 신성 은폐로서의 죄는 이기심, 즉 자타 일체의 실상을 은폐한 죄다. 어느 것이나 죄라는 것은 신성을 은폐한 것이므로 죄의 정화는 요컨대 진성 개현眞性開顯을 말하는 것이다. 죄 자체는 인간의 진성眞性에 배반된 것이요, 죄와 인간과는 완전히 융합될 수 없으므로 죄가 축적되는 동안 그것業이 어떤 포화점飽和點 이상에 달하면 자연히 자괴自壞하여 우리의 신성神性으로부터 분리·석출析出되어 표면으로 구상화하여져 병이나 불행으로 나타난다. 그러므로 보다 더 큰 자타 일체로 진전하려 하지 않는 작은 자타 일체의 전체는, 일시는 대발전을 하는 듯이 보이지만 얼마 후에는 전체로부터의 대생명의 공급이 저지되어 그 자신이 넘어지게 된다. 주위에 반대하여 무리하게 성취한 연애가 일시는 잘된 듯이 보이지만 얼마 후 부부의 사랑에 이상을 일으켜 파탄을 초래하는 사례가 왕왕 있는데, 이는 역시 전체로부터의 생명의 공급이 저지되는 결과 그 연애가 정상적 발달을 못하게 되는 것이다. 국가도 그러하니, 이기적 전체로서 일시 타국을 침략하여 우세를 유지하더라도 그 영광은 결코 영속하지 못한다. 로마 대제국을 비롯하여 세계 역사 중 일단 번영하였다가도 쉽사리 멸망한 국가는 모두 그 번영의 절정 시대에 이기적 요소가 더욱 발달하여 자기 스스로 전체적 생명의 유입을 거절한 결과 쇠멸한 것이다.

우리가 왜 이기적 동기에 빠지는가 하면 오관으로써 사물을 보는 결과 그 인상에 현혹하여 물질 유한의 감을 가지기 때문이다. 물질은 '마음의 그림자'임을 자각하면 마음에 따라 얼마든지 또 무엇이든지 현현케 할 수 있으므로 타를 제압하여 자기만이 집적集積하려고 할 필요가 없게 되고, 또 집적하더라도 물질은 무한이므로 타를 제압할 필요가 전연 없다. 이 타를 제압하여 자기만이 집적한다는 이기심의 전개로 근대의 자본주의가 생겼고 그 결과로 여러 가지 난문세가 야기되는 것이다.

탐욕·쾌락주의·오만

이기주의는 물질을 실재로 보고 그에 집착하는 결과, 물질의 영적 실상을 보지 못하고 신의 아들인 인간의 영적 실상을 보지 못하여, 오직 물질에만 집착하고 물질의 노예가 되는 결과 참된 인간의 존재가 상실되고 참된 인간과 인간과의 관계를 상실하게 한다.

실상 인간성이 상실된 결과, 물질에 대한 탐욕과, 피상적이고 감각적인 쾌락주의와, 물질의 양적 다량, 감각적 쾌락을 느끼는 기회의 다량에 대한 잘못된 자랑

傲慢을 일으키게 된다. 이 탐욕과 쾌락주의와 오만은 모두 물질을 실재라고 보는 미망迷妄에서 발생하는 3개의 죄의 아들이다. 탐욕은 물질을 실재로 보고서 이를 축적·소유하기에 전 생명을 걸고 그 결과 생명이 물질의 노예가 되어 버리는 것이며, 감각적 쾌락주의는 쾌고快苦가 본래 물질 중에 있는 것이 아닌데 있다고 착각하여 이를 추구하는 결과 도리어 실상 본연의 쾌감에서 원리遠離되고 그 결과 자연 혼은 고통만을 맛보고 그 혼의 고통이 반영되어 물질적 감각도 점차로 쾌미감快美感이 없어져서 무엇을 하든지 우울한 데카당적 정조情調가 발생한다. 제삼의 오만, 즉 물질의 양적 다량과 물질의 감각량의 풍부에 대한 자량은 자기만이 물질에 의하여 잘못된 자량을 가지는 것일 뿐 아니라 타인까지도 동종의 물질적 미망迷妄으로 인도할 우려가 있으므로 매우 위험하다. 즉 자기만이 신성神性을 은폐하고 있을 뿐 아니라 그 이웃까지 신성 은폐에 유인하게 되므로 이중으로 죄를 범하게 된다.

인간의 행복이라는 것은 자기 자신의 진성眞性, 神性에 있으므로 자기 자신의 진성에 반하여 이기주의의 만족에 행복을 구할지라도 참된 행복을 얻을 수 없다. 예수는 "생명을 얻고자 하는 자는 이를 잃고 생명을 버리는 자는 도리어 이를 얻는다" 하셨는데 이 생명을 얻고자 하는 자의 생명이라 함은 개생명個生命을 말한 것으로 자기 혼자만의 생명을 얻기 위하여 전체의 생명을 잊어버리고 자기 자신의 생명에서만 행복을 얻고자 하는 결과 도리어 전체 생명으로부터의 공급이 단절되어 생명이 고갈되므로 참된 행복이란 있을 수 없다는 말이다.

신眞性을 향하지 않고 일시적인 감각적·이기적 행복감을 맛보더라도, 그것은 갈욕渴慾이라는 것으로서 만족한 행복감이 아니다. 언제까지나 늘 목마르고 또 늘 욕심이 나는 것이다. 본시 물질과 이기에 행복감이란 있을 수 없다. 없는 행복감을 있는 듯이 환상하고 있으므로 그 환상이 소실되지 않도록 계속해서 물질적 자극을 받지 않으면 안 되는 것이다.

창세기 제2장에 있는 뱀은 지혜 나무의 열매를 먹으면 신과 같이 되리라고 유혹하였다. 뱀, 즉 오관五官의 미망적迷妄的 지혜에 속아 물질적 풍요를 무한히 축적하면 얼마 후에는 신과 같은 무한자가 되리라고 상상한 것이었으나, 결국 유한에서는 무한이 생길 수 없다. 무한은 무한에서만 찾을 수 있고 유한에서는 유한

만이 있으므로 결국은 감각적 환희를 아무리 축적하더라도 실상의 환희는 얻지
못한다.

3) 제3의 신성 은폐

죄의 변호

신과 일체인 자기의 실상을 자각 못함은 제1의 신성 은폐요, 자타일체인 자기
실상을 자각 못함은 제2의 신성 은폐인데, 이 신성 은폐를 변호하고 덮어 버리려
고 하는 마음을 제3의 신성 은폐라고 한다. 죄를 범하였을 때 그를 은폐하지 말고
노출·방치하면, 즉 남이 알지 못하리라고 염念의 힘으로 붙들어 두지 않으면 신
성은 실實이고 신성 은폐는 허虛인 고로, 죄는 스스로 소산消散되고 신성이 발로
되는 것인데 구실을 잡아 신성 은폐(죄)를 죄가 아니라고 강변하려고 할 때 변호
는 다시 은폐를 만들고 은폐는 다시 변호를 초래하여 죄는 연련상속連連相續하여
실상實相인 진아眞我는 더욱 깊이 은폐되어 버린다. 이에 반하여 은폐가 죄인 줄
을 솔직히 인정하여 그것을 참회하고 사죄하여 버리면 그것은 마치 여름의 소낙
비가 과잉한 공중의 수분을 씻어 내듯이 그 후는 맑고 깨끗한 신의 아들인 자기
실상이 나타난다.

죄의 변호에는 양심의 나비가 수반된다. 양심이라는 깃은 범죄한 육아肉我의
소리가 아니라 자기 속에 머물러 있는 신眞我의 소리이다. 그러므로 죄의 변호는
필연히 진아眞我를 은폐하게 된다. 진아를 은폐하면 진아가 나타날 수 없으니 자
기의 죄를 변호하여 말로써 기만·가식假飾하더라도 당장의 승리자는 '위아僞我'
만이요, 진아는 더욱 은폐되어 결국 내적 패배는 도저히 은폐할 수 없게 된다. 그
러므로 진아는 패배한 것이 아니고 내적 패배는 의연히 가아假我뿐이다. 아무리
죄를 변호하고 은폐하여 보아도 마음의 깊은 속에는 은폐하면 은폐할수록, 압력
을 주면 줄수록 반발하는 압착壓搾 공기와 같이 양심의 반발은 그 힘이 더욱 강하
여지고, 그것을 다시 잠재의식의 속 깊이 덮어두어 잊어버리면 그것이 다시 육체
의 병이라는 다른 형자形姿로 표면에 나타난다.

4) 자심自心의 전개로서의 객관세계

제4의 신성 은폐

전술한 바와 같이 죄라 함은 신성 은폐로서 그 제1은 자기와 신이 일체인 신아일체神我一體의 실상實相을 은폐한 것이요, 제2는 자타일체自他一體의 실상을 은폐한 것이요, 제3은 은폐가 은폐를 낳아 자기 변호라는 제3의 은폐죄를 낳게 되는 것인데, 이같이 죄라 함은 실로 실상의 은폐인 것이다.

왜 죄라는 것이 생기었나 하면, 외계는 일견 자기 외부에 있는 듯이 보이므로 외계가 내계內界의 투영이라는 진실을 망각하고 외계 그대로 자기와는 독립된 존재라고 생각하는 곳에 죄, 즉 실상 은폐가 생긴다. 그것은 마치 영화는 각본 작자와 영화감독의 합작으로 그들의 마음이 외계에 나타난 것에 불과하니, 즉 그들 마음의 투영이다. 따라서 영화는 본래 작자와 감독의 '마음속의 영상影像'이며 작자와 감독의 내계의 산물인데 일견 그것이 외계에 존재한 듯이 보인다. 스크린에 영출映出된 영화를 보면 그것은 작자와 감독의 마음 안의 존재라고 생각되지 않고 독립적 활동인 듯이 보인다. 작자 자신까지도 영화의 비극을 볼 때 같이 슬퍼하는 마음이 생기고 희극을 볼 때 함께 기뻐하는 마음이 생긴다. 그와 같이 우리의 일상생활에 있어서 여러 가지 문제가 교대로 일어날 때 감각에 의하여 그 사건을 보면 외계에서 사건이 기멸起滅하는 것처럼 보이므로 그것을 외계의 사물이라고 착각하고 마음이 그것에 집착되고 그것에 끌리어서 일희일비한다. 일희일비만으로 그치지 않고 마침내 신경쇠약에 걸리어 사망하는 자도 생긴다.

불교에서는 삼계三界는 유심소현唯心所現이니 심외心外에 별로 존재란 없다고 하였고, 기독교에서도 입으로부터 들어가는 것은 너를 더럽히지 않고 입에서 나오는 것이 너를 더럽힌다고 한 것은 밖에 있는 듯이 보이는 것은 그 실은 밖에서 독립성을 가지고 있는 것이 아니므로 그 자신이 더럽게 할 힘은 가지지 않았고 또 밖의 사물로 인하여 더럽혀졌다면 그것은 안으로부터 나온 것, 즉 마음에 의하여 또는 마음에서 나오는 '말'에 의하여 더럽혀진다는 말이다. 우리는 일상생활에 있어서 '이는 외계의 일이니 우리 마음으로써는 어떻게 할 수 없다'고 생각되던 사건과 주위 사람의 행위와 심사가 우리 자신의 마음 여하에 따라 변한다는 사실이 있음을 보아, 외계는 우리 자신의 내계의 투영이라는 것을 인정할 수 있다. 이는 이론이 아니고 진실이니 누구나 실제로 체험할 수 있는 일이다.

모든 것이 자기 마음 안의 존재라는 것을 자각하는 것이 진정한 지혜이다. 모든 것은 자기 마음 안에 있다고 자각하면 참으로 자타일체의 실상을 알게 되는데 편의상 자타일체라고 하지마는 타는 본래 없고 자기만이 있는 것이다. A도 자기요 B도 자기요 C도 자기니, 즉 삼계三界는 유심소현唯心所現인 것이다.

죄라는 것은 자타일체의 실상을 자각하지 못한 것인 동시에 삼계유심三界唯心의 진리를 은폐하는 것이다. 객관세계는 오직 자기 마음의 전개라는 것을 자각하지 못하기 때문에 외계에 나타난 사물을 내계內界 존재로 생각지 않고 그 외계에 마음이 집착되어 여기에 오관적 존재에 집착하는 죄가 생긴다. 이것을 제4의 신성 은폐라 한다.

광명철학은 오관적 존재를 전연 배척하는 것이 아니고, 오관적 존재를 자기 마음의 전개라고 보고 자유자재로 이를 구사할 수 있는 경지를 가지는 것을 이상으로 한다. 일례를 들면 신경통은 분명히 오관으로 느끼는 감각적 존재의 병이다. 그러나 이는 '마음의 아픔'을 감각적으로 육체에 투영한 것으로, 마음을 고치면 그 신경통도 소실한다. 즉 번뇌하는 마음의 객관화가 병이니, 번뇌하는 마음이 없어질 때 병통이 소실됨은 당연한 일이다.

감각석 동통疼痛은 염念의 변모

촉각적인 '아픔'이라는 것이 '아픈 마음'의 오관적 감각에의 변모라는 것을 이해하게 되면 이 외의 감각상의 쾌고감快苦感이라는 것도 외부에 있는 대경對境의 성질에 따라 쾌고快苦의 구별이 생기는 것이 아니라 오직 자기 마음의 전개로서, 혹은 쾌감을 느끼고 혹은 고통을 느낀다는 것을 이해할 수 있다. 가령 식탁 위의 요리를 갑은 맛이 있다고 하고 을은 맛이 없다고 할 때, 음식물 그것에 쾌미감이 있다는 것이라면 갑이 먹거나 을이 먹거나 같은 맛일 터인데 갑을의 미감味感이 상이함은 오관의 쾌고감快苦感이라는 것이 객관물에 있는 것이 아니고 우리의 마음속에 있는 것임을 알 수 있다. 동일 음식물을 동일인이 먹는데도 마음이 기쁠 때와 불쾌할 때는 그 맛이 다르다. 이로써 보더라도 오관적 쾌고감은 객관물의 속성이 아니고 오직 자기 마음의 전개임을 더욱 분명히 알 수 있다. 오관적 쾌고 감이 객관물 그 자체의 속성이 아니고 오직 자기 마음의 전개라면 동일하게 쾌락한 심경에 있어서도 정교히 요리된 음식물은 맛나고 조잡한 요리의 음식물은 그 맛이 열등할 것이 사실이니, 객관물 그 자체에도 혹은 좋은 맛을 느끼게 하고, 혹은 나쁜 맛을 느끼게 하는, 본래의 맛이란 것은 없는 것이 아닌가 하는 의문이 생긴다. 같은 것을 먹는 경우에도 마음에 따라 좋은 맛과 안 좋은 맛이 생기며, 또 같은 기분으로도 다른 종류의 음식물은 또한 다른 종류의 맛이 있다면, 음식물의 맛이라는 것은 오직 자기 마음의 전개로서의 감각만이라 할 수 없다. 따라서 물질 자체에 속한 성질, 즉 맛이 있다고 함은 당연한 말이다. 그러나 더 깊이 생각하여 보면 물질 그 자체에는 그 물질 특유의 성질과 맛이 있지만, 각기 특유의 성질과 맛을 가진 식품이 각인의 식탁에 오르게 된다는 것은 이 또한 오직 자기 마음의 전개이므로 각 식품은 각 식품으로서의 특유의 성질과 맛을 가지고 있으면서도 의연히 그것은 그 사람의 자기 마음의 전개인 것이다.

욕구하는 사물이 출현하거나 출현치 아니하거나 함은 모두 자기 마음의 전개이며 나타난 사물의 성질과 상태도 모두 자기 마음의 전개라는 것을 알게 되면 삼계三界는 유심소현唯心所現이요 일체 사물은 자타일체라는 사실을 인지할 수 있으니 "중생의 시름과 고통은 오직 나의 허물이다"라고 한 위대한 옛 성인의 말은 의미심장한 바 있다.

감각세계의 자주적 정복

삼계三界는 오직 자기 마음의 전개라는 진리를 자각할 때 모든 감각적 사물에 대한 자기의 노예적 굴종이 해소된다. 모든 악덕은 일체 사물을 자기 마음 안의 존재라고 인식하지 못하고 독립된 외계 구성의 사물이라 하여 자기의 내계內界를 조정하지 않고 외계만을 가능한 한 다량으로 소유코자 하여 남을 제압하고 남과 쟁탈하는 이기주의와, 자기를 망각하고 외계에 예속하려는 감각적 탐닉에서 유래한다. 그리하여 이 이기주의와 감각적 사건에서의 예속이 교체로 생기는 곳에 쟁투, 질투, 선망, 분노, 증오, 초조, 탐욕, 허식 등의 죄악진리 은폐이 삼계유심三界唯心이란 근간적根幹的 진리의 은폐의 지엽枝葉으로서 번무繁茂하게 된다.

쟁투라는 것은 일체가 오직 자기 마음의 전개라고 보지 않고 행복의 원천이 물질에 있다고 보고, 또는 자기의 행복을 탈취하려는 남이 있다고 보아 남의 침범을 막기 위하여 방어하고, 남을 침범하여 그로부터 물질을 탈취함으로써 자기의 행복을 증대케 하려는 데서 생긴다. 그러나 모든 것이 자기 마음의 전개임을 깨달으면 우리의 행복은 서로 싸우는 것에 있지 않고 오직 자기 마음만 조정하면 자기가 사는 동시에 남도 자타일체이므로 공존공생한다는 행복된 환경이 전개되어 일체의 싸움은 스스로 소멸된다.

선망, 질투, 분노, 증오 등, 대타적對他的 악감정은 싸움의 경우와 같이 일체를 자기 마음의 전개라고 보지 않기 때문에 일어나는 제5, 제6의 신성 은폐에서 생기는 것이므로, 선망하지 말라, 질투하지 말라, 분노하지 말라, 증오하지 말라고 일일이 악덕에 대하여 금단주의禁斷主義의 수양적 윤리학에 의하여 이를 제약코자 하여도 좀처럼 목적을 달성하기 어렵다. 그보다도 일체는 자기 마음의 전개라는 진리를 자각하여 그것을 실증적으로 자기 신상에 체험함으로써만 이루어지는 것이다. 자기 마음을 풍부히 가지면 물질도 풍부히 나타나고 자기 마음을 날카롭게 가지면 자기를 날카롭게 찌르는 첨예한 환경이 나타나는 것이니 이같이 자기 마음 그대로 나타난다는 것을 여실히 깨달을 때 자연 일체의 대타적 악덕은 소멸된다.

5) 신상 은폐實相隱蔽의 종종상種種相

제1의 신성 은폐(죄)가 신아일체神我一體의 실상을 자각하지 못한 것, 제2의 신성 은폐가 자타일체自他一體의 실상을 자각하지 못한 것, 제3이 은폐의 은폐인 것, 제4가 외계는 유심소현唯心所現인 것을 인식하지 못하고 외계는 자기에 대립된 유한의 세계로 보고서 자기 마음의 조정을 먼저 하지 않고 물질에 집착하여 형제가 상쟁하는 것이니, 이 4개의 근본적 신성 은폐가 서로 얽히고설키어 각종 죄를 구성하게 된다는 것은 전술한 바와 같다.

물질이 있다고 생각하므로 물질에 집착하여 미혹한다. 그러나 물질은 자기 마음의 전개임을 자각하게 되면 물질을 획득하는 길은 자기 마음을 조정하는 길밖에 없으므로, 집착은 스스로 소산消散한다.

자타일체의 사실을 깨닫지 못하므로 이기주의가 생기고, 이기주의가 물질은 있다는 미망迷妄과 서로 얽히어 탐욕, 분노, 증오, 질투, 허영 등 여러 죄를 구성한다.

우리가 자타일체라고 하는 말은 현상인간을 가리켜 하는 말이 아니다. 현상인간은 개개로 분리되어 있어 내가 밥을 먹었다고 다른 사람의 배가 부를 리 없고 내가 금전옥루金殿玉樓에 살고 있다고 해서 다른 빈자貧者들의 구조가 되지 않는다. 이와 같이 현상인간은 개개로 분리되어 있어 A의 쾌감이 B의 쾌감과 공통될 수 없고, 또 B의 고통은 A와 공통되지 않는다. 따라서 A는 B의 고통을 희생으로 하여 자기의 쾌락을 탐구한다는 것이 이기적 쾌락주의이다. 그러나 이것은 현상인간이 개개인 사실로 보아 당연한 것이니 그것을 죄악이라 할 수 없고, 또 육체아肉體我를 유일의 '아我'로 보고 혹은 육체아를 본래의 실재라고 보는 한 이기적 쾌락주의를 비난할 수 없다. 그런데 이기적 쾌락주의를 도덕상 비난함은 왜인가? 도덕상, 즉 천지에 충만한 무상無上 명령의 법칙상 이기적 쾌락주의가 도덕상의 비난을 받는 것은 천지에 충만된 생명의 실상이 본래 자타일체인데 그것을 배반한 것이 되기 때문이다. 예수께서 "생명을 얻고자 하는 자는 도리어 이를 잃고 나를 위하여 생명을 버리는 자는 도리어 생명을 얻으리라" 함은, 전자의 생명은 육체아肉體我, 현상아現象我의 생명이요, 버림으로써 얻는 생명은 실상아實相我의 생명을 말한 것이다. 그리스도는 실상아久遠我의 현현顯現으로서의 '나'를 위하여 생명을 버리는 자는 도리어 생명을 얻으리라고 말씀하신 것이다. 가상假相인 육체아의 생명은 실상의 반영인 본래 무無이므로 이를 실상아를 위하여 버리고 실상아만을 살리도록 하면 참된 생명을 얻게 된다는 뜻이다.

오만의 제일인자인 나폴레옹

"육체아肉體我라는 별아別我가 있는 것은 아니다. 다같이 신이 만드신 것이요 진아眞我의 연장이니 그를 만족케 하고 생장케 하고 무한히 발달케 하면 결국 신實相我에 접근하는 것이라"는 생각은 창세기 제2장의 야훼 신이 먼지로 사람의 상을 만들어 이에 생명의 숨을 불어 넣었다는 사고방식과 같은 것이니, 이러한 사고방식에서 출발하는 인간은 지혜수智慧樹의 과실을 먹으면 한없이 현명하여져서 신과 같은 예지에 도달되리라고 생각하여, 인간 지혜로써 이론에 이론을 짜내고 있지만, 결국은 구제받지 못하고 에덴 낙원에서 추방된다. 아담의 낙원 추방은 본래 비존재인 육체아가 실상 상락常樂의 실재세계에 용납될 수 없으므로 비실재의 세계로 추출된 것이다. 워털루의 싸움에서 나폴레옹은 "신은 천상에서 벼락을 울리고 나는 지상에서 벼락을 울린다. 어느 것이 위대할까?" 하고 호언하였다. 그러나 그는 패전하여 센트헬레나의 작은 섬으로 유배되었다. 나폴레옹은 육체아가 자각할 수 있는 최고봉에 도달하여 신과 그 높이를 비견코자 하였다. 그는 나의 사전에는 불가능이라는 자구가 없다고까지 호언하였으나 불행히도 신과 일체되고 신의 능력과 연결된 자기의 힘에 불가능은 없다는 자각이 없었으므로 육체아의 오만의 극정極頂에서, 즉 에덴 낙원에서 추방된 것이다.

실상아實相我를 은폐하는 자비自卑

오만은 육체아를 강조하는 극단에 "나는 신과 그 높이를 다툰다"는 자각을 가진 것인데 육체아란 본래 '무無'이므로 아무리 강조하더라도 결국은 파멸되는 것이다. 오만의 반대로 실상아를 은폐하는 죄로서 자비自卑가 있다. 자비自卑와 겸손이 유사함은 마치 자존과 오만이 유사함과 같다. 오만은 육아肉我에 대한 과도의 신뢰요, 자존은 실상아實相我에 대한 완전한 신뢰인데, 겸손은 육아의 가치없음을 자각한 태도요 자비自卑는 실상아의 완선함을 깨닫지 못하고 아我 선제를 불완전하고 무능력한 존재로 자비自卑하는 것이다. 겸손의 표면에는 실상의 자각이 있어 실상을 척도로 반성하고 항상 부족하다고 자기를 신장시키므로 무한히 진전할 가능성이 있으나 자비의 표면에는 자비가 있을 뿐이므로 생장과 진전이 없다. 항상 자기의 불완전을 탄식하므로 실망과 낙담과 자기自棄가 있을 뿐이다.

공포로부터 병기倂起하는 죄의 제상諸相

신에 대한 불신은 여러 가지 형태로 나타난다. "아들을 믿지 않는 자는 아버지를 믿지 않는 자"로, 신의 아들인 인간 자신을 믿지 않고 자비自卑하는 자는 결국 신에 대한 일대 불신의 죄를 범한 것이다. 실상을 보면 신은 무한력無限力이요 신의 아들인 인간도 역시 무한력이다. 이 실상 무한력의 자각이 없기 때문에 초조, 불안, 공포, 소극 등의 악덕이 생긴다. '사전 근심'을 하지 않겠다 하면서도 '사전 근심'에 초조하는 것이 보통 인간이다. 그러나 신은 무한력이요 나 또한 신의 아들로서 무한력과 연결되어 있다는 신념을 가지면 자연 공포와 근심이 없어져서 불안, 초조로부터 완전히 해방된다.

불신앙은 미신의 원인

공포와 초조는 결국 자비目卑의 일종이니 초조·불안의 상태를 불러오고 신에 대한 순종, 즉 지대至大한 이에게 전탁全託하지 않는 상태에 도달케 한다. 전탁하지 않으므로 공포하고, 공포하므로 전탁하지 못한다. 이 두 개의 은폐(죄)는 서로 반영하여 더욱 '실상 무외實相無畏'의 진상을 은폐한다. 실상 본원의 신에 전탁하지 않고 실상 무외의 상태가 은폐되면 무엇이든지 육안으로 보이는 영묘한 활동을 하는 것에 의뢰하려고 하게 된다. 이 때문에 여러 가지 미신이 발생하여 우상 숭배, 약물 숭배가 되어 본원의 신을 잊어버리고 미신에 빠지는 죄를 범한다.

황금 숭배도 불신앙에서

실상 본원實相本源인 신의 무한 공급을 믿지 않는 자는 황금 숭배, 화폐의 축적 숭배에 빠진다. 신이 평상시나 위급시에 구주救主임을 알지 못하는 자는 만일의 경우 돈 밖에는 믿을 것이 없다고 생각하게 된다. 그리고 실상 본원의 신이 상락常樂의 환희를 무한히 공급하시는 원천임을 알지 못하기 때문에 인간의 쾌락과 환희는 돈으로밖에 살 수 없다고 생각하여 화폐의 축적이 되고 일방 쾌락의 자기 만족을 위한 화폐의 남비濫費가 생긴다.

물질에서 우리 생명의 환희를 얻을 수 있다고 생각함은 큰 잘못이니 물질은 본래 '무無'인데 이 '무'인 물질에서 생명의 환희를 어떻게 구할 수 있단 말인가? 참된 환희는 이 본래 무인 물질에 마음이 집착되지 않을 때 오직 대생명으로부터 얻을 수 있는 대생명의 은총이 현상계에 반영하여서 물질의 무한 유통이 나타나는 것이다. 그러므로 물질의 무한한 존재에 부즉불리不卽不離, 용용用用에 따라 시時에 따라 무한 순환한다고 보는 것이 실상 본원인 신에 연결된 경제생활이다.

악을 범할 수 있는 자유

인간이 악을 범할 수 있는 자유를 어째서 신이 주셨는가? 무릇 선善이라는 것은 정正하고 직直한 것만으로는 부족하다. 선이라는 것은 인격(즉 자유의 주체)의 그 자유로운 생명의 발로로서 바른 길에 올라선 것을 말한다. 따라서 강제로써 바른 길을 걷고 있다고 그것을 선이라 할 수 없다. 그것은 인격적 자유 없이 오직 외면만이 부득이 정도를 걷고 있음에 불과하다. 진정한 선과 사이비한 강제된 선과의 구별은 육필肉筆로 된 선線의 미美와 정규척定規尺으로 그린 선線의 미의 상이와 같다. 정규척으로 그린 선은 일견 반듯하고 아름답게 보이나 그것은 예술이 아니고 생명이 없고 맛이 없다. 왜냐하면 그것은 정규척에 의하여 강제된 직선에 불과하기 때문이다. 만약 인간이 정도를 걷는 외에 아무 자유도 없다면 우리의 행위는 정규척에 의하는 것과 동일한 것이 되어 일생 동안 정도만을 행진할 수 있을지는 알 수 없으나 정규척에 의한 직선과 같이 조금도 흥미 없고 생명이 없는 인간의 행동이 되고 만다. 그리고 정규척에 의한 직선이 예술이 아니고 기계적 필연적인 선임과 같이 우리 인간의 행동은 기계적 필연적 지배하에 있게 되어 그것은 생활도 아니고 도덕도 아닌 것이다. 그러므로 참된 선善이라는 것, 참된 생활이라는 것은 조각에 있어서 끌의 움직임이 가로로나 세로로나 벗어지는 자유가 있으면서도 그 끌이 바른 윤곽을 파내는 곳에 미가 나타나듯이 생활에 있어서 부정으로 벗어날 수 있는 자유를 가지고 있으면서도 선하고 바른 생활을 한다는 뜻이다.

회개와 세계의 변모

바울로가 "만일 육肉에 의하여 살고자 하면 죽으리라"(로마서) 한 말과 석가의 "남을 원망하는 마음을 가지고서는 그 원망을 풀려고 해도 안 된다"(법구경) 한 말은 그 의미가 같다. 우리는 남을 원망하는 것이 좋지 못한 것임을 알고 그 원망하는 마음을 버리고자 한다. 그러나 완전히 버려지지 않음은 무슨 까닭인가? '남을 원망하는 마음', 그 마음으로써 원망을 풀려고 해도 그것은 풀리지 않는다. 원망하는 마음을 풀려면 원망하는 마음이 아닌 마음, 즉 '본래 원망하지 않은 마음'으로써만이 그 원망을 풀 수 있다.

바울로는 로마서에서 "성령이 우리의 영과 함께 우리가 신의 아들임을 증명하신다" 하였는데, 우리가 신의 아들이라는 말은 육체가 신의 아들이라는 말이 아니다. "육의 아들은 신의 아들이 아니다" 하고 그는 명언明言하였다.

따라서 우리는 신의 아들인 자기와, 신의 아들이 아닌 자기, 다시 말하면 본래 원망하지 않은 마음의 자기와, 원망하는 마음의 자기라는 이중의 자기가 있음을 알 수 있다. 그러나 이중의 자기라고 해도 실은 '신의 아들인 자기'만이 독재獨在하고 있고, 원심怨心의 자기, 육肉의 아들인 자기는 있는 듯이 보이나 실재가 아니니 본래 없는 것이다. 원심怨心의 자기가 원심을 풀려고 생각해도 그는 본래 없는 바의 자기이므로 사랑한다는 적극적 힘이 생길 수 없다. 본래 없는 바의 자기의 힘으로 선을 행하려고 생각해도 그것은 불가능하다. 선이라는 것은 실재의 별명이니(실재는 모두 신에 의하여 창조된 것이므로 모두 선하다.) 본래 '무無'인 자기의 힘으로 아무리 선을 행하려 하여도 불가능한 일이다. 본래 '무無'의 힘은 비실재(악의 별명)이므로 비실재의 힘으로 살려고 하여도 결국 죽음밖에 없다

이 본래 '무無'의 자기(거짓 존재의 자기)는 없다고 완전히 인식하고, 본래 실재인 자기, 즉 신의 아들인 자기, 선밖에는 행치 않는 자기를 완전히 인식하는 것이 '완전한 나의 전환轉換', 즉 회개이다.

회개는 얼핏 생각하면 마음만의 문제 같지마는 실은 자기의 내용 전부가 완전히 일전一轉된 상태이므로 환경도 또한 일변하여 별세계로 현현한다. 즉 자기가 변하면 그 사람의 세계가 또한 변하는 것이니, 자기가 눈을 뜰 때 세계는 명랑하고 자기가 눈 감을 때 세계는 어두워짐과 같다.

우리의 마음이 일전一轉하여 '거짓 존재인 나'를 보지 않고 '참 실재인 신의 창조 그대로의 나'를 보는 것을 기독교는 회개라고 하고, 불교에서는 대각大覺이라고 하며, 이 각자覺者를 불佛이라 한다. 보통 인간은 꿈속에서 보는 그 환경을 실재라고 생각하나 한 번 꿈을 깰 때 그 환경은 완전히 변화한다. 비극 중에 있었다고 생각한 것이 깨고 보니 이불 속이다. 그러나 꿈꾸고 있는 사람을 보고 "그것은 꿈이니 깨고 보면 네 주위의 사정은 네가 지금 보고 있는 불완전한 상태가 아니라"고 깨쳐 주어도 깰 때까지는 알지 못한다. 이와 같이 일각一覺하면 환경까지 변한다는 것을 우리는 알아야 한다.

번뇌 즉 보리菩提

그러면 이 자각은 어떠한 경로를 거치게 되느냐 하면 '미迷의 자괴自壞'에서 생긴다. 그 미망迷妄의 정도가 깊어질 때 깨닫게 된다. '미迷'는 본래 비非존재이므로 적취積聚의 극極에 달하면 자괴自壞한다. 비유하면 공기 중에 약간의 수증기가 있는 정도는 좀처럼 쾌청하지 않으나 수증기가 심하고 구름이 짙어지면 그 구름은 자괴自壞하여 비가 되고 따라서 쾌청을 속히 보게 되는 것과 같이, 미迷의 정도가 약한 사람일수록 깨닫기 어렵고 그 정도가 강한 사람일수록 깨닫기 쉽다.

회개의 선행 상태(거짓 나의 부정)

회개의 선행 상태는 거짓 나의 부정이다. 지금의 자기가 선하다고 생각하는 한 '자기 전환'의 필요를 느끼지 않는다. 자기는 죄악이 심중深重한 범부凡夫이니 아무리 노력해도 착해질 수 없다고 자기를 포기할 때, 소낙비에 대공大空의 암운暗雲이 일소되어 일광이 찬연燦然한 푸른 하늘을 보게 되듯이 옛 '나'가 홀연 없어지고 새로운 '나'가 빛나며 나타난다.

위아만심僞我慢心

검은 구름에 덮인 하늘을 쾌청으로 생각하여 검은 하늘의 검은 색을 하늘의 본색으로 생각하고 이 검은 하늘을 참된 나의 나타남이라고 생각함을 위아만심僞我慢心이라고 하는데, 이것은 회개의 신행 상태가 되지 않는다. 즉 자기 속에 자기가 아닌 것, 참된 내가 아닌 것을 자기로 보기 때문이다. 아미타불과 일체인 자기가 아니고 그리스도와 일체인 자기가 아니라는 것을 깨닫고 이 옛 나를 내버림으로써 완전한 회개가 이루어진다.

바울로의 "내가 미워하는 바를 내가 행하니 이를 행하는 것은 내가 아니요, 내 속에 있는 죄의 소행이다" 한 말과 같이 내 속에 내가 아닌 것이 날뛰고 있다고 볼 때, 참 나와 거짓 나의 선별選別이 생긴다. 바울로의 이 '내가 아닌 것'의 자각이 곧 회개의 선행 상태이다. 그러나 내가 아닌 것, 즉 죄라는 명칭의 '내가 아닌 것'을 실재라고 생각하는 동안은 아직 해뜨기 전의 암흑 상태이니 이 상태를 극복한 뒤에라야 거짓 나는 본래 비실재라고 깨닫는 경지에 도달한다. 이것이 취우일과후

騷雨一過後의 맑은 하늘이라고 할 대각大覺의 상태이다. 바울로는 자기 속에 악을 행케 하는 힘, 즉 죄의 힘이 그리스도의 십자가 보혈寶血로 완전히 소멸되었다고 자각한 순간, 이때까지의 거짓 나는 박락剝落되어 본래의 '무無'로 돌아간 것이니, 그가 이르는 곳에 기적이 생기어 감옥 속에 갇히었으나 옥문이 저절로 열리고 손으로 만지면 병이 완치되는 등, 이 모든 것은 참된 나, 즉 실상의 '참된 나'가 나타난 것이다.

이와 같이 회개에는 죄의 자각에서 비롯하여 참 나와 거짓 나의 선별 과정을 거쳐 죄와 본래 '무無'라는 자각에 의하여 오직 순수한 '참 나'만의 독재獨在를 인식함이 필요하다. 나는 신의 아들이라고 생각하든지 또는 죄악 많은 범부凡夫라고 생각하든지 간에 '참 나'와 '거짓 나'의 판별을 하지 못하면 거짓 나를 신의 아들의 나타남이라고 오인하여 위아만심僞我慢心에 빠질 뿐 아니라, '참 나'까지를 죄악 많은 것으로 알게 되어 언제까지나 죄의 가책에 고민하게 된다.

색즉시공色卽是空 공즉시색空卽是色 상락아정常樂我淨

이 거짓 나를 본래 무無라고 깨닫고 참된 나의 독재獨在만을 고조高調하여 "나는 신의 아들이니 그러므로 모든 선한 것이 나에게 부여되어 있어 불행과 불건전이란 나에게 없다"는 자각을 얻고자 함이 이 광명철학의 주장이다. 비실재非實在인 죄아罪我를 본래 무無라고 깨닫고 내버림이 색즉시공色卽是空의 경지로서 이것만으로는 아직 소극적이다. 공空 속에 무진장이 있다는, 즉 공즉시색空卽是色을 깨닫고 나아가 '공무아空無我'가 아닌, 즉 열반경의 '상락아정常樂我淨'의 실상을 파악함으로써 참으로 무한자유인 실상을 향수享受하게 된다.

실상자각實相自覺이 대각大覺

자각을 못한 자에게는 오관으로 보이는 세계만이 실재라고 생각되고 오관으로 보이는 인간만이 실재의 인간이라고 생각된다. 생존경쟁을 하고 있는 자기와 피투성이의 싸움에 충만된 이 세계가 실재로 보이는 자타일체自他一體로, 완전히 조화된 일대 교향악과 같은 상락실상常樂實相의 세계가 오관으로 볼 수 없는 깊은 속에 진실로 존재하고 있음을 믿지 않는데 깨닫고 보면 생존경쟁을 하며 서로 싸우고 죽이는 세계는 '없다'는 것을 알게 된다. 사자와 양이 의좋게 서로 놀고 있는 대조화의 세계는 이사야의 공상에 불과한 것으로 생각되지마는 사자가 풀을 먹지 않고 양을 잡아 먹는 세계가 도리어 실재가 아니고 그것은 우리의 망상이 영화와 같이 반영된 것에 불과하다. "회개하라, 천국은 거기 있다"로 마음이 일전하여 실상으로 향할 때 꿈속에서 현실세계로 돌아온 때와 같이 약육강식의 쟁투 세계가 홀연 소멸되고 상락대조화常樂大調和의 실상 세계가 나타나는 것이다.

기독의 세족洗足, 조주趙州의 세발洗鉢

신의 앞으로 나아가려는 자는 평범한 일을 할 수 있는 자라야 한다. 평범하고 당연한 일을 행하지 못하는 자는 신의 앞에 설 수 없다. 평범한 행사 중에 참됨이 있고 사랑이 있고 신성神性이 빛난다. 장님에게 한 손가락을 댈 뿐으로 눈을 뜨게 하고 한 마디 외침으로 앉은뱅이가 일어났다는 호화로운 일보다 일상 다반사茶飯事에 더욱 광채로운 장면이 있다. 호화로운 일보다도 제자의 발을 씻는 평범한 행위에서 신은 더 기뻐하신다. 그리스도의 치병 기적 중에는 물론 그의 신성神性이 나타나 있다. 그러나 그 신성은 남에게 자랑할 수 있는 가운데 있는 것이 아니요 그 자신의 강렬함과 사랑의 심대深大함 가운데 있다. 그가 병을 고친 것은 깊은 사랑과 자기 신성神性의 자각이 강하였던 때문이요, 결코 남에게 자랑코자 함이 아니다. 그러므로 그는 병을 고칠 때마다 "감추어 남에게 말하지 말라"고 경계하였다. 무문관無門關 제7의 공안公案 조주세발趙州洗鉢에도 평범한 일 중에서 참된 신성이 빛난다는 것을 말하고 있다. 조수趙州 스님의 곳에 수행 온 한 숭이 스님에게 도닦음에 명심할 것의 교시를 청하였다. 그때 조주는 "조반을 먹었는가? 먹었으면 식기를 씻고 오라"는 한 마디뿐이었다. 그 중도 비범한 터라 조주의 한 마디 말에 크게 깨우쳤다. 그는 무엇을 깨달았는가? 인간 생명의 위대함은 인간 지혜의 작위作爲에 있는 것이 아니다. 생명은 신의 분신이므로 평범한 일을 평범한 대로 하더라도 그대로 위대한 것이니 인간적 지모와 기교가 필요치 않은 것이다.

죽음은 없다.

우리에게 죽음이 온 듯이 보이는 때가 당도하더라도 그것은 결코 죽는 것이 아니다. 감각에 의하여 보이는 죽음은 '사람은 죽는 것'이라는 인류 대다수의 신념

에서 생기고, 또 미움과 원망의 정신 파동으로 인한 암살적暗殺的 효과에 의하여
서도 생긴다. 그러나 이 같은 죽음은 거울에 생긴 오문汚紋과 같이 표면에 나타난
미迷의 파동일 뿐 거울 그것, 생명 그것의 실상의 명징明澄에는 아무 관계도 없다.

우리의 실상은 일찍이 고苦가 없고 병이 없고 죽음이 없다. 나는 그리스도 이
전부터 있었고 석가 이전부터 있었던 것이다. 이 자각에 도달할 때 우리는 자재
무애自在無礙, 무공포無恐怖의 경지에 서게 된다.

인생은 강물과 같다

인생이란 강물과 같다. 사람은 강물을 보고 여러 가지 상념을 일으킨다. 어떤
자는 수영을 생각하고 어떤 자는 낚시를 생각하고 어떤 자는 뱃놀이를 생각하고
어떤 자는 관개灌漑를 생각한다. 인생도 또한 이와 같이 각각 이를 보는 자에 따라
서 가치의 표준이 다르다. 어떤 이는 이득을 생각하고 어떤 이는 공업功業을 생각
하고 어떤 이는 명예를 생각하고 어떤 이는 쾌락을 생각한다.

그러나 인생이란 것은 사랑하기 위한 것, 관용하기 위한 것, 혼을 정화하기 위
한 것, 신의 분신으로서 무한선無限善을 개현開顯하기 위한 것이라고 우리는 주장
한다. 이득을 위한 인생이라고 생각하는 자는 이득에 구속되고, 공업을 위한 인
생이라고 생각하는 자는 공업에 구속되고, 득명得名을 위한 인생이라고 생각하는
자는 명성에 구속되고, 쾌락을 위한 인생이라고 생각하는 자는 쾌락에 구속되어,
이를 얻지 못할 때 오뇌懊惱, 고민한다. 그러나 인생은 사랑하기 위한 것, 관용하
기 위한 것, 혼을 높이기 위한 것, 신의 아들로서 무한 완전성을 개현開顯하기 위
한 수련이라고 생각할 때, 우리는 아무 것에도 구속되지 않고 또 슬픔을 모르는
완전한 자유를 얻게 된다.

참된 행복

참된 행복을 원하려면 이미 자기가 행복하다는 것을 자각하여야 한다. 이미 자
기가 행복하다는 것을 아는 자는 그 자각이 외계에 투영되어 그의 환경에 행복이
나타난다. 즉 외계는 내계內界의 반영이기 때문이다.

미래에 대하여 심려함은 어리석은 일이다. 미래는 이미 '지금'에 있다. 이미 구

원을 받고 있는 자각이 미래로 향하여 전개될 때 미래는 행복할 수밖에 없다.

인간과 모든 생물에 대하여 마땅히 하여야 할 우리의 의무는 그들을 모두 신의 분신分身으로서 찬양하는 것이다. 실상 중에는 무한의 보장寶藏이 있으므로 실상을 깨달은 자에게 부족의 감이 있을 리 없다. 부족의 감이 있음은 아직 실상을 깨닫지 못한 증거이다. 행복은 손 앞에 있고 손을 뻗치지 않더라도 이미 자기 품속에 있다.

이미 있는 실상을 자각하지 못하고 무상無常한 것에 의존하면서 행복을 추구하는 자는 항상 실망한다. 참된 행복은 구원久遠을 파악하였을 때 나타나는 것이니 "이미 구원救援되어 있다"는 자각은 구원久遠을 파악한 행복이다. 참된 건강도 '구원久遠의 건강'을 파악할 때 자각된다. 이변移變하는 그날그날의 육체의 건강은 참된 건강이 아니다. 육체는 무상無常하여 나날이 생멸生滅하고 있다. 어제의 세포는 오늘의 세포가 아니다. 자기는 신의 아들이라는 자각만이 구원 건강久遠健康의 자각이다.

완전한 생활

한 생명이 전체의 생명을 위하여 그 생명을 던질 때 그 생명은 전체의 생명과 일체가 된다. 그러나 하나하나의 생명이 각각 분리하여 움직일 때에는 충돌과 마찰이 생긴다. 우리가 전체를 떠나서 각각 분리하여 개별적으로 활동하는 것은 마치 시계의 바늘이 바늘 자체의 힘만으로 움직이려 함과 같다. 그곳에 무리가 있고 마찰이 있고 잘못하면 그 시계 바늘이 부러질지도 모른다. 그러나 시계가 전체의 힘으로 움직일 때는 실로 작은 태엽만의 힘으로 장시간 원활히 그 운전이 계속된다. 전체와 함께 움직이는 생활, 전체의 힘으로 사는 생활, 자기 힘만으로 살지 않는 생활, 이것이 완전한 생활이다.

병病은 염念의 그림자

증오심을 버리라, 그리면 병은 낳는다. 증오심을 방하放下하여도 병이 낳지 않음은 과거의 증오심의 파동이 아직 남아 있는 때문이다. 과거의 이 파동을 소진消盡하려면 그 반대의 파동을 마음에 일으키라. 즉 '사랑'은 증오의 정신 파동을 중화한다.

경이驚異는 천재의 모태

어떤 소설의 주인공은 "나의 소원은 경이하고 싶은 것이다"고 말하였다. 경이는 공포와는 다르니, 그 사상事象의 속 깊이 있는 생명의 불가사의에 경이한다는 말이다. 능금이 떨어질 때 그 떨어지는 힘의 기이함에 놀라고, 솥뚜껑이 열릴 때 그것을 치켜드는 증기의 힘에 놀라고, 아름다운 꽃을 볼 때 그것을 피게 하는 힘에 놀라고, 또는 자기 자신의 생명력에 경이한다는 말이다.

떨어지는 능금을 보고 경이한 뉴턴과 증기의 힘을 보고 경이한 제임스 와트는 과학계의 대천재가 되었고 생로병사의 사고四苦를 보고 경이한 석가와, 자기에게 육체의 부친이 없다는 사실에 놀라 하늘에서 부친을 발견한 예수는 모두 종교적 대천재가 되었다. 자연과 인생의 미美를 보고 경이한 많은 사람 중에는 라파엘이 있고 미켈란젤로가 있고 밀레가 있고 로댕이 있고 셰익스피어가 있다.

4. 펜위크 홈즈 씨의 행법行法

석가는 법화경에서 인간은 미래 모두 불자佛子라고 설법하였는데 관 보현보살 행법경觀普賢菩薩行法經에서 인간 본래의 불성佛性을 실현하는 방법으로 '단좌 사 실상端坐思實相'이라 하였으나 구체적인 설명이 없다.

그런데 때와 곳을 달리하여 홈즈 씨는 그의 저서 *Law of Mind in Action*에서 마음의 법칙이란 것을 다음과 같이 밝히었다.

법칙의 제1은, 영지靈智 있는 대생명이 모든 곳에 이르러 존재하고 있다.

법칙의 제2는, 이 영지적 우주 생명은 동시에 창조하는 힘이다.

법칙의 제3은, 우주의 창조적 생명은 그 위에 인印친 가장 강렬한 인상·사고·관념 등에 따라 활동한다.

법칙의 제4는, 우주령宇宙靈은 우리 개인에 대한 관계에 있어서는 무상 무집無常無執으로서, 우리가 마음에 그린 주형鑄型(관념)에 따라서 사물을 창조하여 준다.

는 것으로 요컨대 육체와 환경은 유심소현唯心所現인 매일 이 마음의 법칙에 순응한 사념思念을 가짐으로써 우리가 욕구하는 바를 자유자재로 초래할 수 있다는 것이다. 홈즈 씨의 사상은 크리스천·사이언스의 계열에 속하는데 우연히도 그 저서 중의 행법이 관 보현보살 행법경觀普賢菩薩行法經의 미진한 점을 보충한 감이 있음은 신기한 일이다.

이 행법은 1개월을 30일로 보고 매일 새로운 말로써 사념하는 방법을 서술하였는데, 신의 예지를 유입시켜 자유자재성에 자각을 주고 그 운명을 암흑에서 광명으로 전회케 함에 큰 복음이 될 것이다. 이 행법에 의하여 매일 20~30분간 정좌靜坐하여 선한 사념을 묵상함으로써 인생의 승리자가 되고 참된 행복을 누리는 올바른 신앙생활을 가지기를 염원하는 바이다.

묵상默想 (1)

나는 이제 나의 생활을 의식적으로 내 자신이 지배한다. 나는 이제부터 내가 생각하고자 하는 사물만을 사고한다. 나의 생활에 어떠한 사건이 돌발하든지 내 마음을 내가 지배함으로써 그것을 지배한다. 나는 나의 사상을 더욱 정화시켜 창조를 맡으신 우주령宇宙靈이 나에게 일층 행복한 상태로 이 세계를 창조하여 주실 것을 믿는다. 나는 지상의 지혜를 받기 위하여 진리만을 생각하고 신적 평화를 얻기 위하여 신앙의 일만을 생각한다.

나는 이제 사랑의 영靈에 충만되어 있다. 나는 이제 거룩하신 우주의 마음과 조화하고 있다. 나는 이제 의식적으로 사랑과 지혜인 자유의 마음과 접촉되어 있고 또 신이 나의 힘을 새롭게 하여 주실 것을 기다리고 있다. 따라서 나는 모든 사람에 대하여서나 내 자신에 대하여 평화하니 어떠한 재화도 나를 침습侵襲하지 못한다. 행주좌와行住坐臥, 사랑의 천사가 나의 주위를 둘러싸고 있으므로 나에겐 아무 공포도 없고, 또 신의 아들로서 자처하므로 노예와 같은 굴종이란 알지 못한다. 나는 법칙을 지키고 법칙은 나를 지킨다. 나는 무아無我의 성열聖悅에 충만되어 모든 것을 신에게 전탁全托하였음에 신의 자수慈手가 내 몸을 수호하고 있음을 나는 느낀다.

묵상 (2)

나는 이제 능력과 용기를 가지고 새로 태어났으므로 새로운 생활을 향하여 새로운 발족을 한다. 나는 나의 일에 넘치는 열성과 충만된 기쁨으로써 전진한다. 그것은 내가 구하는 바를 모두 신께서 주실 것을 믿기 때문이다. 나는 이제 내 마음속에 신이 함께 계심을 자각하고 있으므로 나를 수호하여 주시는 무한 전능의 힘이 나에게 충만되어 있음을 느낀다. 나에게 지혜가 필요하면 그 지혜는 이미 주셨고, 나에게 용기가 필요하면 그 용기는 이미 주셨다. 전능하신 힘이 나를 수호하여 주시니 오늘 나를 만나는 사람은 나의 분위기에서 불가사의不可思議의 위력偉力이 빛나고 있음을 느낄 것이다.

묵상 (3)

나는 이제 심안心眼을 열어 내 혼의 신적인 성질을 의식한다. 만생萬生의 아버지이신 이와 내가 완전히 결합되어 있음을 나는 의식한다. 신은 모든 것 위에, 또 모든 것에 걸쳐, 그리고 자기 속 모든 곳에 내재하여 계시다. 이 높은 자각을 얻었으므로 나는 감히 모든 것 중에서 가장 좋고 가장 선한 것을 요구할 수 있다. 나는 이제 다른 곳에서 힘을 구하지 않는다. 왜냐하면 신만이 일체 전부의 전 능력이심을 알았기 때문이다. 나는 내 속에 절대絶大한 능력이 머물러 있음을 확인한다. 이 능력이 현재 완전히는 발휘되지 않고 있으나 그 능력을 내가 소유하고 있음을 자각한다. 따라서 나는 나에게 내재한 신의 능력을 점차로 발휘하고 있는 중이다. 나는 무한의 생명과 일체이다. 나는 무한의 지혜와 일체이다. 나는 무한의 사랑과 일체이다. 신이신 아버지께서 소유하신 일체를 나도 또한 소유하고 있다. 나는 아무 것에도 내 혼이 속박되지 않은 것을 자랑한다. 그리고 나는 신이신 아버지와 완전히 결합되어 일체임을 알므로 평화하다. 만약 아버지와의 결합을 깨뜨리는 감정이 있다면 나는 이제 그것을 영원히 방하放下한다. 내 혼에게 이 느낌을 가지게 하여 주신 신에게 감사한다.

묵상 (4)

나는 이제 선과 융합하여 일체가 되어 있음을 느낀다. 따라서 나는 선과의 사이에 아무 소격疎隔도 없다. 나는 아버지의 집에서 살고 있는 신의 아들로서의 권리를 자각하고 기쁨에 충만되어 있다. 나는 악몽에서 깨어나 아버지의 품속에 있으니 나에게 내재한 신의 생명과 사랑과 지혜를 분명히 인식한다. 나는 나의 환경과 운명이 자기 자신의 상념의 반영에 불과한 것임을 오득悟得하였다. 그러므로 나는 가장 선한 것, 가장 정결한 것, 가장 참된 것, 가장 아름다운 것만을 생각한다. 나는 신의 지혜와 능력으로 충만되어 있고, 우주 생명과 일체이므로 내가 구하는 것은 무엇이든지 반드시 성취될 것을 믿는다.

묵상 (5)

나는 이제 나의 본성이 신과 완전한 한 몸임을, 또 신만이 전부이며 따라서 신 이외에는 어느 것도 이 세상에 존재하지 않는다는 것을 자각하였다. 그러므로 내가 존재하는 한 신과 나는 일체이다. 나는 존재한다, 그러므로 나와 신과는 일체이다. 신과 일체이므로 나에게는 신의 본성으로부터 선한 것 일체가 부여되어 있다. 즉 신이 소유하신 것 일체를 나도 소유하는 것이다. 그리고 나는 깊은 성열聖悅에 충만하여 신께 감사를 드린다. 신은 전능하시니 나도 또한 전능하고, 일체를 주재主宰하시는 예지叡智가 나를 지도하고 있으므로 나 또한 전지全智하다. 신은 피로를 모르시므로 나에게도 실패와 피로는 없다. 나는 신에게 내 자신을 맡겼으므로 태산泰山의 부동不動과 같이 내 마음도 부동이다.

나는 이제 타인의 편견과 비탄과, 시대의 전통으로부터 완전히 자유이다. 나는 이제 자기 자신의 판단과 자기 자신의 표준을 가지고 있다. 나는 인간이요 또 인생의 주인이다. 나는 타인에게 인간이란 이러한 것이라고 말로써 주장하지 않고 내 생활로써 인간은 이러한 것이라고 행시行示한다. 나는 이제 모든 의식의 해방을 얻어 환희용약歡喜踊躍한다. 자기에게 신의 속성이 부여되어 있고 자기의 마음만큼 큰 마음이 우주의 어느 곳에도 존재하지 않는다는 것을 자각한 기쁨보다 더한 기쁨이 있을 것인가? 나는 본성에 있어서 신과 분리할 수 없으니 나는 영원이요 나는 진리요 나는 생명이요 나는 지혜이다.

묵상 (6)

항상 내가 구하는 바를 선응善應하여 주시는 신에게 감사한다. 내가 구하기 전에 내가 말하지 않은 말을 들어주시는 거룩하신 아버지에게 감사한다. 나는 이제 내가 살고 있는 이 세계가 나의 상념의 반영임을 깨우쳐주신 것을 감사한다. 이 자각이 내게 있으므로 나는 항상 참되고 선하고 아름다운 것만을 생각하고 말하고 또 듣는다. 나는 나와 신이 일체라는 진리를 항상 마음에 간직하고 당신 앞으로 전진하고 있다. 신과의 일체감에 의하여 나의 상념은 바르고 나의 감정은 바르다. 따라서 나의 상념과 감정의 반영인 나의 세계도 바로잡히고 있음을 나는 믿는다. 천상에서나 지상에서 나는 모든 능력을 가졌으므로 나는 이제 창조의 기쁨과 무상無上의 평화로 충만되어 있다. 신국神國의 영원한 구도를 신과 함께 창조하는 기쁨을 느끼며 영원한 생명과 사랑을 주신 신에게 감사한다.

묵상 (7)

나는 이제 나의 환경과 운명이 자기의 사고에 의하여 지배된다는 진리를 오득悟得하였다. 나의 심정이 선할 때 나의 상념은 선하고, 나의 상념이 선할 때 나의 말은 선하고, 나의 말이 선할 때 나의 세계는 선한 이상 세계로 이루어진다는 진리를 깨달았다. 그러므로 나는 앞으로 내 입술에 봉인封印하여 악을 말하지 않을 것이다. 나는 이후 불행과 불건전을 생각하지 않을 것이요 또 말하거나 듣지 않을 것이다. 따라서 남을 심판코자 하는 성벽과 남의 악을 발견코자 하는 습관은 완전히 소멸되었다. 나는 이제 자신과 자기의 친지와 자기의 직업에 대하여 비관하고 악평하지 않는다. 나는 낙관이요 희망이다. 나는 만인에게 기쁨을 주고 만물을 축복하고 만생萬生에게 용기를 준다. 그리하여 나의 상념은 살이 되고 형상形相의 세계에 그 자태를 나타낼 것이다. 나의 말은 창조의 작용을 가졌으므로 내가 욕구하는 사물은 명령만 하면 반드시 자기의 주위에 나타난다. 이 진리를 깨우쳐 주시고, 모든 것을 지배할 능력을 주시고 동시에 확신을 주신 신에게 감사한다.

묵상 (8)

나는 내 마음속에 광대무변한 우주를 포장包藏하고 있다. 별을 보고 서 있는 나는 별보다도 더 위대하다. 나는 별 이상의 존재이니 그것은 내가 별을 이해하는 동시에 내 자신까지 이해할 수 있기 때문이다. 나는 신과 같이 만들어져 있어 별들의 궤도를 활보하는 위대한 자요, 영원의 길을 걷는 자요, 또 마음을 가졌으므로 세계의 왕자이다. 나는 별보다도 위대하므로 이 우주를 창조한 능력과 동체同體이다. 이제 나는 모든 공포와 약소와 비열을 초월하여 생활한다. 나는 대지를 창조하시고 천공天空을 이룩하신 신이 나를 안고安固히 수호하심을 믿노니 그러므로 나는 항상 평화하고 안강安康하다.

묵상 (9)

나의 생명은 무한의 생명이다. 그러므로 우리는 완전히 건강하다. 내가 받고 있는 사랑은 무한의 사랑이다. 그러므로 우리는 완전히 행복하다. 나를 지도하시는 지혜는 무한의 지혜이다. 그러므로 우리는 평화하고 조화하다. 우리는 신의 무한 생명 속에서 살고 있고 무한의 사랑 속에서 살고 있고 무한의 지혜 속에서 살고 있다. 나는 이제 평화와 안심과 풍부와 건강과 팽창된 능력을 주신 신에게 감사한다.

묵상 (10)

나는 선을 구한다. 선한 것만을 구한다. 나는 만물 중에, 또 만인 중에 신의 '선'이 편재遍在하였음을 본다. 신은 즉 신이다. 그리고 내가 생각하는 바와 내가 구하는 바를 나에게 주시는 인자하시고 유순하신 신이신 줄을 나는 아노니, 그러므로 만물 중에서 신의 조화와 우주에 가득한 사랑의 마음을 나는 느낀다. 신은 만생만물萬生萬物의 아버지시니, 만인은 나의 벗이요 나의 형제이다. 이 세계에서 아무도 나에게 적대하는 자도 없고 나도 또한 이 세계의 아무에게도 적대하지 않는다. 전 인류는 나의 동포요 나는 전 인류의 벗이다.

나는 만물과 만인과 우주를 주재하는 법칙이란 것이, 나의 마음이 반영되어 만물이 창화創化되는 법칙임을 아는 고로, 나는 높고 선한 상념만을 마음에 그리고 있고, 따라서 나는 이제 가장 빛난 신앙과 명랑한 정서로 충만되어 있다.

나는 악이 본래 무력한 것임을 안다. 악이 가진 힘은 우리가 그에게 부여한 힘

외에 아무 것도 없다. 나는 이제 악에게 부여한 힘을 도로 찾았다. 즉 "악은 실재한다"는 사상을 철회한다. 그러므로 악은 이제 본래 무로 돌아갔다. 나는 이제 원만 완전한 신의 아들이다. 나는 건전과 조화만을 사고한다. 나는 이제 건전과 조화만을 우주로부터 받고 있다. 우주심은 나의 상념과 완전히 상응된 사물을 창조하여 주신다. 나의 상념은 완전 원만하고 나의 신앙은 확고부동이니, 내가 완전 건강을 사고할 때 나는 무병이요 무노쇠요 무사無死이다. 나는 신과 함께 말하며 신과 함께 거니니 그러므로 나는 나를 믿으며 신을 믿으며 모든 것을 믿는다.

묵상 (11)

나의 생활을 지배하는 법칙은 사랑과 신앙과 번영과 진리이다. 나는 정확히 나의 미래를 투견透見할 수 있다. 왜냐하면 나는 오늘 미래의 추수를 위하여 좋은 종자를 뿌리고 있기 때문이다. 나는 좋은 수확을 예기豫期한다. 그러므로 나는 평화와 신앙 속에서 안연자재롯然自在하다. 나는 신의 자수慈手에 나의 전부를 맡기었고 신의 법칙은 사랑이니 그러므로 나는 신에게 감사한다.

묵상 (12)

신은 생명이요 사랑이요 지혜임을 나는 확고히 믿는다. 나와 신은 일체이므로 신의 생명과 사랑과 지혜가 나에게도 머물러 있음을 확신한다. 나에게는 광대한 신앙의 뿌리가 박혀 있고, 무한애無限愛이신 신으로부터 흘러오는 새로운 신념을 느낀다. 내 속에, 내 위에, 내 주위에, 그리고 나의 모든 세포와 모든 기관에 이르러 신의 사랑이 스며있음을 나는 확인한다. 신의 모든 능력, 모든 사랑이 나에게 부여되어 있다. 나의 마음은 완전히 정결하여 신이 주시는 최고 최선의 것을 받고 있다. 나는 이제 깊은 환희와 감사로써 이를 받고 있다.

묵상 (13)

나는 창조자이신 우주령宇宙靈과 일체이다. 이 우주심宇宙心은 나에 의하여, 나를 통하여, 완전히 자기를 표현코자 하고 있다. 그리하여 나는 신과 함께 창조하는 사명을 완수하려는 생활을 계속하고 있다. 이제 나는 창조코자 하는 이념과 구도를 사념思念하고 있다. 나는 일체를 창조하신 지혜와 한 몸이다. 따라서 무엇을 사고하고 무엇을 창조할까는 우주심이 지도할 것이다. 그러므로 이제부터는 신의 영이 지도되어, 교묘하고 진실하게 창조할 새로운 능력이 나에게 있음을 느낀다. 나는 마음이나 육체가 모두 신생新生되었으므로 기쁨과 희망으로 충만되어 있다. 나에게는 이제 지혜와 진리가 함께 하고 있으므로 나의 창조력은 완전할 수밖에 없다.

묵상 (14)

나는 이제 보이지 않는 능력과 연결되어 있다. 나는 신과 일체이므로 신이 가지신 모든 것을 나도 가지고 있다. 나는 신의 아들이므로 신의 능력은 동시에 나의 능력이요, 신이 가지신 일체의 계승자는 나이다. 신은 능력이시므로 나는 능력이요, 신은 지혜이시므로 나는 지혜이다. 신은 빈곤을 모르시므로 나는 빈곤을 알지 못하고, 신은 사랑이시므로 나는 자비와 사랑으로 충만되어 있다. 신이 들어주시지 않는 욕망은 나에게 하나도 없다. 신의 눈은 미충微虫까지 보살피시니 하물며 그의 아들이요 만물의 영장靈長인 우리를 수호하여 주시지 않을 것인가? 나는 내가 가진 신성神性을 자각하고 환희 용약한다. 나는 신과 함께 있으므로 어떠한 재화災禍에도 두려워하지 않으며, 신의 소유는 나의 소유이니 아무 부족도 느끼지 않는다. (이같이 높은 의식에 도달하였을 때 제군은 자기가 욕구하는 사물을 마음에 그려 우주심에 이를 인상印象케 하고 반드시 주시리라고 예기豫期한 뒤에 다음과 같이 묵념默念하라.) 나의 구하는 바를 들어 주시고 이루어 주시니 감사를 드린다.

묵상 (15)

신은 우리의 빛이시요 우리의 구주救主이시다. 그러므로 나에게 무슨 두려움이 있으리? 신은 우리 생명의 근원이시요 힘이시니, 그러므로 내가 무엇을 두려워할 것인가?

나는 내가 경험하는 일체 사물 중에 나를 지도하시는 신이 계심을 느낀다. 신이 나를 수호하시므로 나에게 아무 재액災厄도 없고, 신이 나를 위무慰撫하시니 나에게 아무 슬픔도 없다. 신은 무소부재無所不在이시요 그 사랑은 완전하시니, 내가 신의 수호守護에서 빠질 염려란 없다. 선의 품속에 내가 있고 내 품속에 선이 있으며, 신의 사랑 속에 내가 있고 내 주위와 내 속에 신의 사랑이 계시니, 내가 버리심을 받을 리가 만무하다. 신은 빛이시니 내 앞을 막는 어두움에 등불이시요, 항해에 나침반이시다. 내가 홀로 있을 때 항상 신께서 함께 하시니 나에게는 두려워할 사람이나 사물은 없다. 나에게는 죽음이 없나니 그것은 생명만이 모든 것이요 전부임을 알기 때문이다. 비록 암흑의 골짜기를 지나더라도 생명은 언제든지 생명이니 나에게 재화災禍란 있을 수 없고 재화라고 보이는 것은 진일보進一步의 과정이다. 나는 생명, 신은 생명, 인체는 생명이다. 나는 이제부터 신앙과 자신을 가지고 행진한다.

묵상 (16)

나는 두려워하지 않는다. 신 이외에 존재란 없으니 신은 선이시므로 악이란 존재치 않으며, 신이 수호하시고 신이 기르시고 신이 사랑하시니 어떠한 재화나 어떠한 병도 나와 나의 가정엔 침습侵襲지 못한다. 인생행로에 신께서 함께 하시고 내 가는 곳마다 신의 천사가 나를 수호하신다. 나는 진리를 자각하였으므로 자유이다. 나는 병고와 빈곤과 공포를 생각하지 않으며 오직 진리와 사랑과 생명만을 생각한다. 모든 것은 신의 것이요 신의 힘만이 실재이시니 신께서 가지신 모든 것은 나의 소유이며 아버지인 신이 가지신 만덕萬德을 내가 계승하였으므로 나도 완전 원만하다.

묵상 (17)

신은 영의 세계에 계시니 영의 세계에 악은 없다. 나는 악을 두려워하지 않나니 왜냐하면 신은 나와 함께 계시기 때문이다. 어떠한 재난도 내 몸에 덤벼들지 못하며 어떠한 병마도 나의 가정을 침습侵襲지 않나니, 그것은 내가 있는 곳에 항상 신의 사자가 수호하여 주시기 때문이다. 신의 사자는 그 자수慈手로 내 몸을 받쳐 주시므로 나의 앞길에는 나를 넘어지게 하는 한 개의 돌도 없고, 사랑의 품 속에서 일체의 공포심은 소멸되어 나는 최고, 지미至美한 것만을 생각할 뿐이다. 실망이여 공포여, 나는 이제 너를 정시正視하고 너를 거절한다. 나는 너 이상의 존재이니 너와 나는 아무 상관도 없다. 나는 스스로 연민하지 않나니 자기 연민은 공포심을 일층 증대케 하기 때문이다. (독자 중에 병에 걸린 듯한 감이 있을 때 그것을 두려워함은 병을 일층 증오케 함에 불과하다.) 나는 본래 건전하다는 신념과 진리의 묵념 앞에는 어떠한 병이라도 굴복하는 것이니 건강 회복의 유일의 방도는 공포심을 정지하고 건전과 희망만을 사념할 것이다. 나는 천상에서나 지상에서나 신으로부터 모든 능력이 부여되어 있어 이 능력을 구사하여 일체의 욕구를 성취하고 있다. 따라서 자기 연민과 공포심은 나에 대하여 아무 힘도 없다. 또 나는 누구나 나를 연민하는 것을 용허치 않나니 왜냐하면 그것으로부터 연민을 감수함은 자기의 약소를 긍정하는 것이기 때문이다. 나는 신의 아들이므로 결코 약하지 않으며 나는 신과 완전히 연결되어 있으므로 결코 두렵지 않다. 들백합까지 치장하시는 신께서 나를 수호하여 주시니 나의 사업이 현재 실패 상태로 보일지라도 이것은 더욱 좋은 일의, 더욱 큰 성공의 서곡임에 불과하다고 확신하고 안심한다. (재래로부터 축적된 실패·비애·부조화의 상념이 파산 또는 천재지변에 의하여 일소되어 다음의 대성공을 위하여 새로운 길을 개척하는 실례가 부지기수이다. 이와 같이 다수의 사람이 일층 높이 오르기 위하여 한 번 떨어진다. 실패의 공포는 아무 도움도 되지 않나니 신념을 가지라. 이것이 가장 필요하다. 자기를 믿고 남을 믿고 미래를 믿고 신을 믿으라. 용기와 신념만 있으면 그 싸움은 벌써 반쯤은 이긴 것이다. 근면은 나머지 반승半勝이다.) 나는 성공할 힘이 있다고 믿으므로 나는 성공한다. 나는 성공이요, 나는 신념이요, 나는 승리이다. 신앙은 세계를 지배하는 승리자요, 우주를 포용하는 힘이다. (이때 독자는 자기가 욕구하는 적극적 사물을 마음에 그리고 잠시 그것에 사념을 집중하라. 그리고 오직 최선 최상의 것만을 획득한다고 결의하라. 제군은 그것을 어하히 하여야 획득하는가를 알지 못할지라도 제군에게는 그것을 알고 계시는 전지全智가 내재內在되어있다. 그 전지를 신뢰하라. 모든 것을 알고 계시는 신의 예지叡智가 인도하고 있다고 믿으라. 신의 예지는 제군의 마음속에 그 길을 직각적直覺的으로 교시하실 것이다. 건강, 부유, 사랑, 기타 소원하는 바를 얻기 위하여 신념으로써 신개척의 제일보를 전진하라.) 이 일이 나에게 이루어지이다. 최선의 형태로 나에게 이루어지이다. 나를 신의 예지로 인도하여 주시고 나를 통하여 신의 영광靈光이 나타나게 하여지이다. 내가 구하는 것을 구하기 전에 먼저 주실 것을 나는 아나이다. (이 순간 자기에게 이미 신의 예지가 충만되어 있다고 잠시 생각하고) 성지聖旨에 합당하시면 이 일이 이루어지이다.

묵상 (18)

나는 이제 가장 높은 이의 궁전 속에서 살고 있다. 나는 신을 모시고 있어 극히 평화롭다. 이 세상의 것은 나의 안계眼界에 없다. 나는 이제 오관五官의 세계를 떠나 영의 궁전에서 살고 있다. 나는 편재遍在하신 이, 전 우주의 주재자主宰者와 함께 있다. 나는 그이로부터 생명과 평화와 풍요의 샘물을 긷고 있다. 신은 나의 능력을 새롭게 하여 주시니 나의 마음은 활짝 열리어 신의 계시를 기다리고 있다. 나와 육체는 신의 무한의 치유력과 접촉하고 있다. 그리하여 이 영의 궁전에서 나는 아무 두려움도 없이 평안하다. 어떠한 재난도, 어떠한 악도 나를 침습侵襲하지 못하나니 왜냐하면 나는 악을 두려워하지 않으며 악은 실재의 힘이 없기 때문이다. 나는 오직 선만을 보고 선만을 듣는다. 따라서 나의 앞에는 모든 것이 아름답고 모든 것이 선하다. 나는 신이 가지신 신생력新生力과 창조력에 전탁全托하나니 그러므로 나는 신을 믿고 법열法悅에 충만되어 있다.

묵상 (19)

(1일 3회 일정한 간격을 두고 3~4분간 고요한 휴양 시간에 자기 자신에 대하여 다음과 같이 사념思念하라.)

신이 나와 함께 계시니 나에게는 아무 두려움도 없고 또 나에게는 불가능이란 없다. 신대륙은 곧 접근하고 있으니 1~2마일 지점을 남겨두고 콜롬부스의 선원들과 같이 부질없은 의혹과 불안의 악마에 넘어져서는 안 된다. 나는 신을 믿고 신을 사랑하므로 나에게는 만사 원만의 대조화가 있을 뿐이다.

묵상 (20)

예수는 "나를 믿는 자는 나보다 더 큰 일을 하게 되리라" 하셨다. 나는 이 말씀을 자기의 영성靈性에 대하여 하신 말씀이라고 믿는다. 나는 나에게 내재한 신성神性을 믿는다. 나에게 희망의 빛이신 신성이 머물러 계신 것을 믿는다. 나의 높은 영성을 믿는다. 나에게 생명과 사랑과 신통 자재神通自在한 능력이 부여되어 있음을 믿는다. 예수께서 말씀하신 "나보다 더 큰 일을 행할 수 있다"는 진리를 믿는다. 참으로 나는 "천상에서나 지상에서나 모든 권세를 부여 받고" 있다. 그러므로 나는 내가 신념으로써 사념한 바가 그대로 실재될 것을 믿는다. 이제부터 나의 말은 신의 위력을 가지게 되었다. "내가 구하는 바가 나에게 이루어지이다." (이같이 사념하여 자기가 욕구하는 사물이 이미 성취되었다고 믿으라.) 이미 신은 내가 구하는 것을 나에게 주어 계시니 나는 기쁨과 감사로 충만되어 있다. 신은 이끌어 주시고 축복하여 주시고 번영케 하여 주시고 인류에 대한 광명이 되게 하여 주시니, 이는 내가 신과 신의 약속을 믿기 때문이다. 생명과 신앙을 주신 신께 감사한다.

묵상 (21)

나는 이제 나의 생명에 아무러한 결함도 느끼지 않는다. 나는 재난과 생명의 이완弛緩이 아무 힘도 없음을 확인하였다. 나는 악과 불행을 보지 않는다. 나는 악과 불행을 듣지 않는다. 나는 악과 불행을 말하지 않는다. 누구나 나에 대하여 부정과 불완전을 말하는 것을 거부한다. 나는 소극적인 사상과 암시를 느끼지 않는다. 그러한 것은 나를 움직이지 못하나니 그것은 내가 그 이상의 것이기 때문이다. 나는 모든 약소弱小를 초월하고 있다. 나의 마음은 적극적이니 나는 과단果斷과 용기와 그리고 신과 인간과 자기에 대한 신뢰의 염念으로 충만되어 있다. 따라서 나는 내가 행하는 바를 권위로써 행한다. 나는 강하고 침착하고 평정하다. 나의 배후에는 신의 무한의 생명, 무한의 사랑, 무한의 지혜가 있으므로 나는 강한 자신감으로 충만되어 있다. 나는 천상에서나 지상에서나 모든 권력을 부여받고 있다.

묵상 (22)

나는 이제 신앙에 의하여 불안이 없는 평화 가운데 정좌靜坐하고 있다. 나는 두려워하지 않나니 나에게는 무한의 사랑과 신앙이 있기 때문이다. 이 평화로움! 이 평화로움! 지금의 이 평화로움! 나는 평화롭다. 나는 육체적으로도 평화롭고 정신적으로도 평화롭다. 나는 아버지와 한 몸이므로 무한한 영적 평화 중에 앉아 있다. 어떠한 때에도 신의 아들에게는 하나의 평안한 곳이 준비되어 있다. 나는 의식의 무한한 신전伸展을 느낀다. 나는 이제 무한의 생명과 융합되어 있으므로 어떠한 사물을 당하더라도 항상 신께서 나를 인도하여 주신다. 나는 이제 작은 자아自我가 아니요 보다 큰 참된 자아이다. 왜냐하면 나는 무한한 생명과 무한한 지혜와 한 몸이기 때문이다. 나는 나를 인도하시고 나를 고무鼓舞하여 주시는 무한의 지혜와 신앙의 빛을 품고 나의 일터로 돌아간다. 무한의 지혜와 신앙을 주신 아버지이신 신에게 감사를 드린다.

묵상 (23)

나는 영이요, 생명이다. 나는 신의 품 속에 있으니 신 외에 아무 것도 존재란 없고, 어떠한 재난도 신령한 자를 침범하지 못한다. 나의 마음은 바르니 "신은 그에게 마음을 집주集注하는 자를 항상 평화롭게 수호"하신다. 나는 이를 확신하므로 나의 마음은 평화롭다.

묵상 (24)

나는 이제 지상至上의 예지에 대하여 예민한 감수성을 가지고 있다. 그러므로 자기와 남을 위하여 최상의 것을 선택할 수 있다. 나는 이를 선택한다. (그 내용을 사념思念하라.) 나는 이를 성취시키기 위하여 맹진猛進한다. 나는 이제 사람과 경우를 두려워하지 않는다. 나는 환경을 만드는 나의 운명의 주인이다. 지구는 태양의 주위를 공전할까 말까 하고 선택할 수 없으나 나는 무엇을 의지하든지 행동하든지 자유이다. 나는 내 속에서 활동하는 신의 힘, 영묘靈妙한 위력偉力을 느끼고 있다. 나의 견고한 의지는 일종의 자석과 같으니 이 자석은 내가 필요한 모두를 견인牽引한다. 나는 용기 있는 영혼으로 최고 진리의 계시를 받고 있다. 따라서 나는 나의 사업에 우수한 지혜만을 기울인다. 나는 이제 무한의 능력을 자각하고 신의 사랑과 지혜로 충만된 자의 능력으로써 자기의 임무를 완수한다. 나는 승리자가 되고자 하는 의지를 가지고 있다. 신은 능하시니 그러므로 나도 또한 능하다.

묵상 (25)

나는 이제 신의 아들의 권위로써 자기 자신의 천국을 만들고 있다. 오늘 하루는 나의 소조所造요, 나의 환경은 나의 소조所造이다. 나는 오늘 축복하였으므로 오늘 하루 나는 축복된 날을 가진다. 나는 좋은 여인을 가졌다고 믿으므로 나에게는 좋은 여인만이 모인다. 나는 모든 사람을 사랑하므로 모든 사람은 나를 사랑한다. (만약 제군의 상업이 번창하기를 원한다면 그 상점에 가서 다음과 같이 축복하라.) 이 장소는 내가 만든 장소이다. 그것은 나의 상념의 반영이니 누구든지 자기 이외의 자는 이에 실패와 쇠미衰微의 관념을 주지 못한다. 이곳에는 실패와 쇠미의 상념은 결코 용납하지 않는다. 이 장소는 성공과 번창과의 분위기로 충만되어 있고 이곳에 오는 관객은 모두 마음이 풍부한 축복자만이다. 나는 여러 사람에게 신용의 염念과 이 상점의 상품은 우량하다는 미묘한 분위기를 방사放射한다. 고객은 이 분위기를 느끼고 나는 나의 상업이 번창한다는 신앙을 항상 가지고 있다. 나는 실패와 쇠미를 생각하지 않고 오직 성공과 번창만을 생각한다. 나는 이때까지 겪은 일이 성공하지 못한 것이었다면 그것을 당장에 망각하여 버린다. 나는 이제 이 장소에 새로운 광명의 등불을 켜기로 한다. (이와 같이 사념하여 자기 점포를 축복하고 동시에 종일 그 기분을 잃지 않게 하라. 그리고 매일 이같이 점포를 축복하여 성공의 분위기가 점포에 충만하여 사실상 점포가 융성할 때까지 계속하여 이 기분을 잃지 않도록 하라. 그러는 한편 전력을 다하여 그 상점이 만사 순편順便하게 운영되는 듯이 보이도록 활동하라. 은행은 신용 없는 사람에게 돈을 대부하지 않나니, 그와 같은 이유로 제군은 높은 심적 태도를 유지하여 출입하는 고객에게 안심을 주도록 할 것이다. 그리고 만약 제군의 가정이 원만하지 못할 때는 다음과 같이 묵상하라.) 이 집은 내 혼의 주택이요 내 마음의 가정이다. 나는 조화調和요 사랑이니, 조화와 사랑만으로 이 집은 충만되어 있다. 집안 사람은 모두 사려가 깊고 진질하니 나는 그들을 신뢰하며 이 신뢰는 결코 배반 당하지 않는다. 따라서 집안은 조화와 화희로 충만되어 있다. (제군은 결과가 나타날 때까지 이 진리를 매일 사념·묵상하라. 그리고 자기의 신앙이 우주심을 대상하게 된 것과 사념에 따라 점차로 자기가 구하는 사물이 실현의 도정에 있음을 의심치 말고 믿으며 신께 감사하라.)

묵상 (26)

나는 이제 감추어져 있는 영적 실재의 세계에 있다. 나는 이제 일체의 근원인 자와 접촉하고 있다. 육안으로 보이는 세계는 일체 사라지고 나는 이제 실재의 품속에 있다. 생명과 사랑과 평화인 신은 나를 품고 계시니, 나는 신의 품속에서 생활하고 호흡하고 존재한다. 내가 마시는 숨息은 모두 신의 영이다. 나는 생명수를 마음껏 마시고 있다. 순결한 성애聖愛의 흐름은 내 몸의 구석구석까지 관류貫流하고 있다. 이 사랑의 흐름은 나로부터 모든 불순, 이기적 사고, 모든 약점, 모든 악, 모든 비열함, 모든 죄를 깨끗이 씻어 주고 있다. 그것은 나의 육체, 나의 마음의 구석구석으로부터 모든 죄를 깨끗이 씻어버린다. 이제 나에게는 청정淸淨함과 사랑 외엔 아무 것도 없다. 신의 생명은 나에게 충만되어 있고, 신의 사랑은 나에게 충만되어 있고, 신의 평화는 나에게 충만되어 있다. 공포와 불안, 그리고 신이 만드시지 않은 모든 불완전은 나의 심신으로부터 완전히 일소되었다. 나는 신의 사랑 속에 있고 신은 이곳에 계심을 믿으며 신께 감사한다.

묵상 (27)

　나는 이제 나를 통하여 활동하시는, 나에게 내재하신 신의 힘을 신뢰한다. 나에게 내재하신 예지를 신뢰한다. 이 예지는 나의 것이 아니나, 그렇다고 나와 분리된 지혜가 아니고 나와 함께 계신 신이시다. 나의 영혼은 신과 한 몸이 되어 빛나고 있다. 나는 즉 빛이다. 나의 현재 의식은 알지 못할지라도 전지하신 자는 나와 한 몸이 되어 있다. (이 느낌을 최고의 상태까지 긴장시킨 뒤 다음과 같이 염하라.) 이 문제에 관하여 나를 지도하여 주시기를 원한다. 신은 내가 어떠한 방법을 택함이 최선인가를 교시하여 주신다. (그리하여 직각直覺의 지도를 예기豫期하고 잠시 무상無想 상태로 들어간다.) 나는 이제 우주의 예지의 창조적 활동이 이 문제에 대하여 활동하고 있음을 자각한다. 내가 구하는 대로 만들어 주심을 감사한다. (감사의 마음을 반복한 뒤에 신이 적당한 시기를 선택하여 자기가 무엇을 함이 최선인가를 반드시 교시하여 주신다는 확신의 염을 가지고 자기 실무에 나아가라. 만약 제군이 현재 행하고 있는 일이 최선의 방법이면 이로써 만사가 형통된다는 확신이 마음속에서 솟을 것이다. 또 우리가 치료가로서 타인을 치료할 경우에는 우리는 환자의 내부 기관이 어떠한 상태에 있고 어떠한 형상을 하고 있는가를 알 필요가 없다. 그러나 우리의 잠재의식은 이미 알고 있으므로 우리는 심중으로 상대자의 육체의 모든 기관이 완전하다고만 사념하면 육체의 병적 부분은 어떠하든 간에 치유된다. 운명의 융창隆昌을 회원하는 사념을 행하는 경우에도 이 병 치료의 경우와 동일한 원리를 응용한다. 즉 제군은 신의 완전한 지혜를 신뢰한다는 뜻을 선언하고 오직 운명 융성의 관념만을 사념하면 제군과 한 몸인 신의 예지가 운명의 융성을 초래하는 최선의 방도를 지도하여 주신다. 제군과 함게 있어 관념을 형성하여 주는 마음이나 그것을 구체화하여 주는 마음은 하나이다. 그러므로 사고는 현상화하지 않을 수 없다. '말씀은 육쳬이 되는 것'이다. 그리고 제군은 무한한 예지로 교시하여 주심에 대하여 감사의 사념을 반복하면서 묵상을 마친다.)

묵상 (28)

신은 모든 것이시요 또 모두를 보고 계시다. 신은 위풍당당히 천공을 달리는 태양 속에도, 아름답게 반짝이는 별빛 속에도, 길가에 핀 무명의 꽃봉오리 속에도, 흙을 파헤치는 곤충 속에도, 모든 것에 이르도록 존재하신다. 한 마리의 참새도 천부天父의 허락하심 없이는 땅에 떨어지지 않으며, 물속의 작은 고기도 완전하고 아름답게 기르시고 계시다. 그런데 하물며 신의 생명을 부여받은 인간이 어찌하여 신의 보호에서 누락되거나, 구하는 바를 주시지 않을 도리가 있겠는가? 우리는 신의 선택 의지의 주체로서 이 지상에 나타난 것이다. 그리하여 우리는 지상자至上者의 품속에서, 전능자의 수호 속에서 완전하고 항상 행복하다.

내 속에 신은 함께 계시고 천국은 지금 여기에 있다.

묵상 (29)

무한한 생명이여, 나는 당신 속에서 생활하고 당신 속에서 호흡하고 있다. 나는 당신이요, 당신의 생명이 현현顯現한 것이다. 나는 당신의 자기 실현의 중심이나. 나는 당신의 사랑이 사태로써 나타난 것이나. 나는 당신의 시혜가 개체화한 것이다. 나는 생명이요, 사랑이요, 지혜요, 평화이다. 나는 영이요, 구원久遠의 생명이요, 실재요, 모든 것에 가로놓인 본질이다. 나는 죽지 않나니 그것은 내가 생명인 까닭이요, 나에게는 병고가 없나니 그것은 내가 완전인 까닭이요, 나에게는 불쾌가 없나니 그것은 내가 환희인 까닭이다. 나는 대긍정大肯定을 하기 위하여 모든 부정적인 것을 의식으로부터 축출하여 버렸다. 나는 실재요, 실유實有요, 실상實相이니 나에게는 두려움이란 없다. 나는 실재이니 여하한 위험도 나에게 접근할 수 없으며, 나는 실유요 영이요 생명이요 영원이요 불멸이니, 그것은 내가 신의 품속에 신과 함께 있기 때문이다. 무소부재無所不在이신 신이시여, 나로 하여금 오늘도 안온安穩과 평화 중에 있게 하소서. 만약 불완전, 부조화할 것에 당면케 될 때에는 나로 하여금 전능하신 비호庇護의 품속으로 돌아가게 하소서.

묵상 (30)(특히 불교 신자를 위하여)

나는 이제 내가 살고 있는 이 세계를 관음묘지력觀音妙智力의 현현세계顯現世界로 본다. 천공天空의 별은 관세음보살이 나를 수호하시는 눈동자이며, 나뭇가지를 스치는 바람 소리나 시내의 잔잔한 물소리는 모두 관세음이 나에게 속삭이는 사랑의 말씀이다. 자연계의 모든 힘은 나를 살리기 위한 나타나심이니, 내가 살고 있는 이 세계는 이제는 미지의 세계가 아니요, 나는 이 세계를 이해하고 이 세계는 나를 이해하고 있다. 그러므로 나는 아무 공포도 없다. 나는 이제 우주에 편재遍在하신 묘지력妙智力의 품속에 있으니 우주의 모든 힘과 조화하고 있다. 나는 이제 참된 사랑, 참된 지혜에 인도되어 평화의 길을 걷고 있다. "혹 목숨을 뺏는 도적들의 에워쌈을 만나 각각 칼을 잡고 해를 가할 때 저 관세음의 힘을 생각하면 모두 자비의 마음을 일으키리라. 저주와 많은 독약으로 몸을 해치려 함에도 저 관세음의 힘을 생각하면 도리어 본인에게 붙으리라或值怨賊繞 各執刀加害 念彼觀音力 咸即起慈心 咀呪諸毒藥 所欲害身者 念彼觀音力 還著於本人" 하는 관음묘지력에 수호되어 있다. 관세음보살은 우주 정화의 지혜요 우주를 화육化育하시는 대자비이다. 내 이제 관세음보살과 함께 있으므로 나에게 항거하는 힘은 아무 곳에도 없다. 관세음의 대자비는 이제 나를 사랑하시고 나를 지도하시고 나에게 새로운 생명을 주신다. 관세음의 묘지력은 두루 존재하여 계시니 그러므로 세계의 모든 것은 조화되어 있다.

제5부
수필

누대樓臺 순례기

감개 깊은 촉석루

외로운 성은 예와 다름없이 찬 강물 옆에 있고	孤城依舊枕寒流
창 부러진 모래밭엔 마을이 보이지 않네.	折戟沙平不見州
고향 떠나 슬퍼하니 변방 생활 쓸쓸하고	關塞蕭然悲去國
누대 올라 매화 보니 강산은 여전하구나.	江山如此梅登樓
먼 역에 매화 피니 봄꿈을 생각케 하고	梅花遠驛生春夢
빈 강가 누대에 비 내려 밤에 일어나게 하네.	竹雨盧江起夜秋
말 전하노니 태평 시대 여러 장수들아,	寄語昇平諸將師
오로지 군악 연주로만 즐기지 말지어다.	莫專笳鼓管娛遊

1.

강산은 의구依舊[1]하건만 그를 알 사람 몇인가?
냇가에서 빨래하는 무심한 표모漂母[2]의 방망이 끝에서
헛되이 세월만 늙어

소백산맥小白山脈이 경상慶尙과 전라全羅의 도경道境을 서남으로 향하고 달려나

---

1   의구依舊 : 옛날과 같음.
2   표모漂母 : 빨래하는 여자.

다가 중간에서 한 작은 지맥支脈이 동東으로 갈리어 남강 평야南江平野에 이르자 아름다운 두 산을 이루었으니, 그 하나는 수려하기 옥과 같아서 일컬어 옥봉玉峰이요, 또 하나는 고운 자태가 날아오르는 봉鳳과 같으니 부르기를 비봉飛鳳이라 합니다. 이 두 명산名山의 정기精氣를 받으며 그 품속에서 일폭의 승구勝區[3]를 지으니, 이곳이 거렬성居列城이라는 이름을 가지고 있던 백제 시대로부터 조선사상朝鮮史上에 중대한 지위를 가지고 있는 금일의 진주읍晉州邑입니다.

진주는 그 위치가 영남嶺南의 중진重鎭이 되어 있는 관계로 옛날로부터 해륙 교통상, 또는 군사상軍事上으로 중대한 지위를 가지고 있었던 만큼, 정부에서도 삼국시대부터 이곳에는 특히 절도사節度使, 정해군定海軍, 안무사按撫使, 도호부都護府 등의 책임이 무거운 관원을 두었고, 따라서 외적의 방비에도 힘을 다하여 그 견고한 성벽城壁은 건축학상으로나 군방상軍防上으로도 완전한 것이라 합니다. 이 진주성晉州城은 본시는 토성土城이었으나 고려 말기 신우辛禑 5년 기미己未에 석축石築으로 수복修復[4]케 하여 당시의 목사 김중광金仲光, 판관 이사충李仕忠 등이 이를 완성하였으니, 일본국사日本國史에 실린 'モクソ木曾' 성성城이라는 것이 이 진주성을 말한 것입니다. 내성內城의 주위가 1846미터로 3면은 망진望晉, 옥봉玉峰, 비봉飛鳳의 모든 산이 둘러 있고, 남면의 일대는 낙동강의 지류인 남강南江이 가로막아 단애절벽斷崖絶壁[5]이 천험天險[6]을 이루어 있습니다. 이 촉촉矗矗[7]한 강 언덕 암벽 위 남장대南將臺 위의 웅건장위雄建壯偉[8]한 한 누각이 구름 속에 솟았으니 이것이 유명한 촉석루矗石樓입니다.

이 촉석루는 영조英祖 28년(서기 1752년)에 건설한 것으로, 그 경건勁健[9]한 수법과 침중沈重[10]한 형태는 안주 백상루安州百祥樓와 더불어 조선 근대 건축사상의 대표적인 것이라 합니다. 용용溶溶[11]한 장강長江의 흐름을 굽어보며 촉촉연矗矗然,[12]

---

3 승구勝區 : 경치가 좋은 구역.
4 수복修復 : 고쳐서 본모습과 같게 함.
5 단애절벽斷崖絶壁 : 깎아 세운 듯한 낭떠러지.
6 천험天險 : 땅의 모양이 천연적으로 험함.
7 촉촉矗矗 : 높이 솟아 삐죽삐죽함.
8 웅건장위雄建壯偉 : 웅대하고 건장하여 우뚝함.
9 경건勁健 : 굳세고 튼튼함.
10 침중沈重 : 무게가 있음.

남강을 건너서 쳐다본 촉석루

외외연魏魏然[13] 청공靑空을 찌르고 있으니, 아침 저녁에 흰구름, 푸른 안개가 왕래하매 붉은 기와, 푸른 기와가 5색의 영롱한 빛을 토하니 옥경玉京[14] 보전寶殿[15]이 있다면 이러할 것이며, 맑은 물결이 굽이쳐 금룡 은룡金龍銀龍이 뛰노니 그 사이 은은한 기둥과 난간의 단청丹靑은 완연히 수궁 패궐水宮貝闕[16]이라는 것을 꿈속에서 보는 것 같습니다.

　누구든지 진주라면 기생의 명산지인 것을 아는 동시에 이 촉석루가 있다는 것을 잊지 않습니다. 그리고 이 촉석루를 말하는 때는 반드시 일대一代의 의기義妓 논개論介의 행적을 생각지 않는 사람이 없습니다. 그만큼 이 촉석루와 논개의 행적은 인구人口에 회자膾炙[17]케 되어 이곳을 지나는 사람은 누구나 논개가 몸을 날려 창파蒼波[18] 중에 던졌다는 의암義巖이라는 바위를 찾아 그때의 정경을 다시 눈앞에 그리고 회고의 감개에 깊이 빠지는 것이며, 발을 돌릴 때에는 반드시 촉석

11　용용溶溶 : 흐르는 모양이 조용하고 질펀함.
12　촉촉연矗矗然 : 높이 솟아 삐죽삐죽하게.
13　외외연魏魏然 : 매우 높고 우뚝하게.
14　옥경玉京 : 하늘 위에 옥황상제가 산다고 하는 가상적인 서울.
15　보전寶殿 : 보배로 꾸민 궁전.
16　수궁패궐水宮貝闕 : 바닷속의 보배로 꾸민 궁궐.
17　회자膾炙 : 칭찬을 받으며 사람의 입에 자주 오르내림.
18　창파蒼波 : 푸른 파도.

루 옆에 있는 그의 사당에 참배하여 그의 명복冥福을 비는 것입니다.

그렇다, 의암義巖은 의구하고 장강의 물소리도 의구하건만 그 사이 세사世事는 변하고 변하여 3백 년이라는 긴 간극間隙을 만들었으니, 냇가에서 지저귀는 표모漂母[19]와 하동河童[20]이 아무리 무심치 않다 한들 이 강산이 감추고 있는 피와 눈물을 어디서 구할 수 있으랴?

—『매일신보』 8928호, 1932.7.26, 2면.

2.

천공불락千攻不落 진주성도 필경에는 함락되어
9만 2천여의 대병大兵을 움직여서
8주야晝夜 동안 시산혈해屍山血海의 일대 격전
귀갑차龜甲車 활동 주효

때는 서기 1592년 선조宣祖 25년 10월입니다. 파죽지세破竹之勢[21]로 국도國都 경성京城을 점령한 가등청정加藤淸正의 제2군은 당시 동전 북어東戰北禦[22]하여 가등加藤 군대의 연락을 크게 교란시켜 천공불락千攻不落[23]의 이름을 날리던 진주성을 치고서, 촉석루 맞은편 망진산望晋山에 가등의 부장 장곡천등오랑長谷川藤五郞이 인솔한 2만 5천의 군병이 둔屯[24]을 치고 있었습니다. 그리하여 진주성을 포위·공격한 지 6주야 경과하였으나 진주성을 굳게 지키고 잘 싸운 김시민金時敏, 이광악李光岳,

---

19 표모漂母 : 빨래하는 여자.
20 하동河童 : 강물에서 노는 아이.
21 파죽지세破竹之勢 : 적을 거침없이 물리치고 쳐들어가는 기세.
22 동전 북어東戰北禦 : 동쪽으로는 싸우고 북쪽으로는 방어함.
23 천공불락千攻不落 : 천 번이나 쳐도 함락되지 아니함.
24 둔屯 : 많은 사람이 떼를 지어 모이는 일.

성수경成守慶, 최덕량崔德良, 권관權管, 이찬李纘 등 모든 장수의 힘으로 진주성은 무사히 되고 가등청정의 군사도 할 수 없이 포위包圍를 풀고 돌아가게 되었습니다.

그리하여 그 이듬해에 이르러 두 나라 사이에 강화講和[25]가 성립되어 조선 천지를 휩쓸던 풍신수길豊臣秀吉의 군사도 조선의 땅으로부터 철퇴撤退[26]하게 되었습니다. 그러나 풍신수길은 조선 국도인 경성까지 함락을 시켰음에도 불구하고 이 진주성만이 끝끝내 대항하였다는 것을 매우 분하게 생각하였던지 그의 정복심을 더욱 불지르게 된 것입니다. 그는 강화 조약이 성립되었음에도 불구하고 진주성을 보복하고자 선조 26년 2월17일 제2차로 진주 공격의 명령을 내렸습니다. 그 후 3월 10일의 『モクソ城 トリマキ衆』이라는 것이 곧 이때의 진주성 공격의 소임을 맡은 우시가하羽柴加賀 재상宰相 이하 공격군의 진용입니다. 그때 공격군의 진세를 보면(『日本戰史』에 의함) 제1대 2만 5천6백24명, 제2대 2만 6천182명, 제3대 1만 3천8백22명, 제4대 1만 3천6백명, 제5대 7천7백44명, 합계 9만 2천9백72명이라는 대병을 움직이게 하였으니, 그 얼마나 풍신수길이가 진주성 공격에 심혈心血을 기울였는가를 짐작할 수 있습니다. 그리하여 공격군이 제2차로 진주성을 포위하기는 그해 6월 21일입니다. 그때 진주성에서는 창의사倡義使 김천일金千鎰, 진주 목사 서예원徐禮元을 비롯하여, 최경회崔慶會, 황진黃進, 고종후高從厚, 강희보姜希輔 등 모든 장수들이 6만 군사를 거느리고 성을 지키게 되었습니다.

진주성을 포위한지 실로 8주야, 그 동안 양군은 현천玄川 등지의 대격전을 계속하여 피 흘러 내가 되고 시제는 쌓이어 뫼가 되나시끼 하였나 합니다. 그러나 공격군이 발명한 소위 귀갑차龜甲車[27]로 말미암아 천공불락의 진주성도 마침내 개성開城[28]을 하고 말았습니다. 그 당시 이순신李舜臣이란 이가 거북선을 만들어 남해안에서 풍신수길의 해병을 격퇴시켰다는 것과 이 귀갑차는 실로 좋은 대조가 되겠습니다. 어떻든 진주성은 함락되고 말았습니다. 성을 지키던 모든 맹장도 모다 베개를 나란히 하여 전사戰死를 마치고 말았습니다.

---

25 강화講和 : 싸우던 두 편이 싸움을 그치고 평화로운 상태가 됨.
26 철퇴撤退 : 거두어 물러남.
27 귀갑차龜甲車 : 지금의 탱크와 비슷한 것인 듯.
28 개성開城 : 성문을 열고 적에게 항복함.

『징비록懲毖錄』의 저자인 류성룡柳成龍은 진주성 함락의 이유를 말하기를, 진주 목사 서예원이가 명병明兵의 접대역으로 함창咸昌에 있다가 적병이 이르렀다는 소리를 듣고 창황히 성으로 돌아와 미처 방비할 틈이 없었음과, 또 모든 장수가 제각기 군사를 거느리고 달려와서 군율軍律의 통제統制가 미처 서지 못한 것과, 주변周邊을 지키지 아니하여 사면을 모두 적의 포위에 맡기게 된 것이라고 말하였습니다. 그러나 그 밖에 더 큰 이유가 있으니, 그것은 공격군이 귀갑차龜甲車라는 것을 만들어 성벽 파괴에 사용한 것일 것입니다.

촉석루에서 바라본 남강과 진주교晋州橋

—『매일신보』 8929호, 1932.7.27, 2면.

3.

임진壬辰의 난亂을 장식한
장壯흡다, 논개論介의 최후
장대將臺의 촉암矗岩을 탕탕 치는 물결 소리

원한 깊은 의기義妓의 추추啾啾한 하소인 듯
의암義岩아 옛일을 기억하는가

풍신수길이와 조선 정부와의 사이에 강화조약이 성립되었음에도 불구하고 오로지 보복報復이라는, 일시의 통쾌한 맛을 위하여 10만 대병을 움직이어 진주성을 재차로 공격케 한 것은 그 보는 점을 따라 여러 가지 비평을 피할 수 없을 것입니다. 싸움을 좋아하고 사람의 피를 즐기는 이 일세의 영웅 풍신수길이가 만약 이 세상에 태어나지 아니하였더라면 실로 그 후의 조선 역사를 금일과는 아주 다르게 꾸미어 주었을는지도 모를 것입니다.

남강南江을 사이에 두고 두 나라 군사가 제각기 결사적 최후의 힘을 다하여 2백여 시간을 쉬지 않고 격전을 계속하였을 때, 그 광경은 실로 이 세상에 있어서의 장절壯絶,[29] 쾌절快絶[30]한 것임에 틀림이 없었을 것입니다. 그러나 그 때문에 화살대 밑에서 헛되이 고혼孤魂을 지은 두 나라의 맹장과 용병이 얼마나 많았는가를 생각할 때, 또는 그 때문에 무고無辜[31]한 생민生民[32]이 도탄塗炭[33]의 괴로움에 얼마나 시달리게 되었을까를 생각할 때 전쟁은 확실히 큰 죄악이라고 볼 수 있을 것입니다.

석양이 비낀 촉석루 위에 올라서서 망진산望晋山의 죽림竹林을 건너다보며 허리를 굽혀 남강의 물소리를 들을 때, 옛 전쟁터를 조상弔喪[34]한다는 일종의 감상적感傷的 회포가 용연聳然[35]히 북받쳐 오름을 금힐 수 없습니다.

풍상風霜이 다른 이국의 땅에서 갈 길을 잃고 헤매고 있는 가련한 고혼孤魂! 이 땅에 천추千秋의 여한을 남기고 아직도 옛 성토를 떠나지 못하는 불쌍한 고혼! 이 촉석루 돌기둥 사이를 스쳐 지나는 바람결과 장대將臺[36]의 촉암矗岩[37]을 탕탕 치

---

29 장절壯絶 : 아주 장하고 뛰어남.
30 쾌절快絶 : 아주 유쾌함.
31 무고無辜 : 아무런 잘못이나 허물이 없음.
32 생민生民 : 살아있는 백성, 일반 국민.
33 도탄塗炭 : 몹시 곤궁하거나 고통스러운 지경.
34 조상弔喪 : 남의 상사에 대해 조의를 나타냄.
35 용연聳然 : 우뚝함.
36 장대將臺 : 장수가 올라서서 명령·지휘하던 대.

비봉산에서 굽어본 진주 시가

는 물결에 싸여 그들의 추추啾啾[38]한 하소연이 귀에 들리는 것 같습니다.

촉석루의 좀먹은 기둥을 의지하여 눈 아래 전개되는 장쾌한 조망眺望을 마음껏 맛보며 지나간 옛날을 생각하고 깊은 감개에 빠졌던 나는 석양이 비낀 바윗길을 조차 다락 아래 강가로 내려왔습니다. 이 고을에서는 달포를 두고 비가 오지 아니하여 군민들이 기우제祈雨祭 드릴 준비를 하고 있다는데, 그래도 남강 상류 지방에는 비가 왔음인지 강물은 진흙빛으로 흐리어 보통 때보다 다소 증수衆水[39]까지 한 누른 물결이 도도히 흐르고 있습니다. 비를 기다리는 진주 인사들이 이 탁랑濁浪[40]을 볼 때 더한층 비를 기다리는 마음이 간절하리라는 걱정까지 하면서 강 언덕을 거닐며 있었습니다. 우유빛 같은 두 무릎을 아무리 석양이라 한들 아낌없이 드러내 놓고 빨래하는 젊은 부녀들의 뒷모양이 매우 사랑스러웠습니다. 도청을 빼앗기고 그 대신 얻은 진주교晉州橋, 공사비 26만 원을 소비하였다는 남강의 진주교가 꿈속의 색 여윈 무지개와 같이 그 그림자를 흐르는 강물에 흔들리고 있는 것도 그린 듯이 아름다웠습니다.

그러나 이 같은 모든 점경點景에 싸여 그에 알맞지 않은 한 개의 존재가 있으니, 그것은 진주 인사가 이 촉석루와 함께 자랑하는 의암義巖이라는 보잘것없이 생긴

---

37 촉암矗岩 : 무성한 바위들.
38 추추啾啾 : 벌레, 새, 말, 귀신 따위의 우는 소리가 구슬픔.
39 증수衆水 : 물의 흐름이 많아짐.
40 탁랑濁浪 : 흐린 물결.

바위입니다. 한 간 남짓한 평방형으로 된 바위로, 강 언덕에서 한 걸음밖에 안 되는 강중에 그 머리를 내어놓고 있습니다. 바위에 새긴 '義巖'이라는 두 글자는 이끼가 앉아 자세히 획을 가릴 수 없으나, 바윗머리는 바람에 씻기고 물에 씻기어, 또는 낙하대落下台 대신으로 사용하는 무심한 수영객水泳客의 발바닥 세례에 닦이어 얼른얼른합니다.

아! 의암義巖! 살풍경한 진주성 난리의 최후의 한 페이지를 가장 장렬하게, 가장 아름답게 색채 선명히 물들인 논개論介의, 하늘을 찌를 만한 높은 지조志操와 철석鐵石을 녹일 만한 뜨거운 눈물을 감추고 백세 천세의 후인으로 하여금 감격케 하는 바위가 이것입니다.

—『매일신보』 8930호, 1932.7.28, 2면.

4.

옛일을 추억하는듯
의암義岩은 남강南江을 묵시默視
망진산望晉山 내밭에 빗소리는 나직하고
촉석루 다락 위엔 음풍陰風이 습습習習하니
의기義妓 논개의 하소인가

진주성이 함락되자 성안으로 물밀듯이 몰려드는 공격군은 성을 지키던 나머지 군사를 한 사람도 남기지 않고 대도살大屠殺[41]을 행하였다 합니다. 이종인李宗仁, 강희열姜希悅, 이유李有, 이잠李潛, 김준민金俊民 등 모든 장수는 전사를 마치었고, 목사 서예원徐禮元은 가등청정의 부장 강본권지윤岡本權之允의 손에 참살되고,

---

41　대도살大屠殺 : 사람이나 짐승을 함부로 참혹하게 마구 죽임.

김천일金千鎰, 최경회崔慶會, 고종후高從厚 등 성장城將[42] 등은 대세가 이미 그릇된 것을 깨닫고 촉석루에 모여 북향통곡재배北向痛哭再拜[43]한 후 남강에 몸을 던져 자살하고 말았습니다.

진주성이 염염焰焰[44]한 불꽃 속에 처참한 자태를 감출 때 길거리에는 생존한 유족들이 죽은 부모 형제와 처자의 시체를 찾노라고 울음소리, 발악하는 소리, 싸우는 소리가 코를 찌르는 시체의 썩은 악취와 피비린내 속에 뭉치어 용솟음치고 있었습니다. 그 한편 촉석루에서는 전쟁에 이긴 장수와 병졸 등이 개선의 기쁨에 술을 마시며 노래를 불러 그 환성歡聲은 이 죽음의 거리를 흔들고 있었습니다. 이때 그들 날뛰는 색다른 갑옷 투구를 입은 장병들 중에 섞이어 배반杯盤[45]이 낭자狼藉[46]한 사이를 왕래하며 그들 적병을 위하여 흥을 돕고 있는 분홍 저고리, 남색 치마의 아리따운 미인 10여 명이 있었으니 그의 얼굴에는 웃음을 띠었고 그의 노래는 아름다웠으나, 멀리 불타는 진주성을 바라보며 적병의 개선을 축복하는 찬미의 노래를 부를 때 그들의 두 눈에서는 비분의 눈물이 흘렀고, 그들의 두 손은 술잔을 든 채 발발 떨리었을 것입니다. 그중에서 양협兩頰[47]에 홍조紅潮[48]를 머금고 아미蛾眉[49]에 웃음을 띤 채 술취한 한 장수를 업고 의암義岩 위에서 미친 듯 뛰놀고 있는 한 미인이 있었으니 그가 읍기邑妓[50]로 당시의 서 목사徐牧使를 비롯하여 여러 장수의 사랑을 한 몸에 받아오던 논개論介이었습니다.

논개論介는 전쟁이 시작되자 성 밖으로 피란하였다가 싸움이 끝나자 평소에 극히 사랑하여 주던 서 목사의 시체이나마 거두어 장사 드리고자 성내로 들어왔으나 이미 적병이 수급首級[51]을 베어간 서예원의 시체를 어디서 찾으리요? 그처럼 번화하던 진주성이 오랜 옛날같이 무섭게도 변한 목전目前의 현실에 넋을 잃은

---

42 성장城將 : 성을 지키는 장수.
43 북향통곡재배北向痛哭再拜 : 북쪽으로 임금을 향해 통곡하고 두 번 절함.
44 염염焰焰 : 활활 타고 있음.
45 배반杯盤 : 술상에 차려놓은 그릇이나 거기 담긴 음식.
46 낭자狼藉 : 여기저기 흩어져 어지러움.
47 양협兩頰 : 양쪽 뺨.
48 홍조紅潮 : 얼굴의 붉은 빛.
49 아미蛾眉 : 미인의 눈썹.
50 읍기邑妓 : 읍에 소속된 기생.
51 수급首級 : 전쟁에서 베어 얻은 적군의 머리.

그녀는 공연히 수만의 시체 사이를 헤매고 다니다가 가등청정의 부장副將 모곡촌
류조毛谷村六助에게 발견한 바 되어 붙들리어 그의 본신本身[52]이 읍기邑妓이므로
이날 촉석루 잔치에서 개선 장병의 주흥酒興을 돕게 된 것입니다.

잔치에 참석한 논개는 그 전날 성내로 들어올 때 만일의 준비로 가슴에 품었던
은장도銀粧刀의 자루를 몇 번이나 힘주어 쥐었습니다. '서예원의 죽은 혼이 영감靈
感이 있어 이를 본다면' 하는 생각이 번득이자 그는 은어銀魚 허리와 같은 연하고
어여쁜 손가락에 힘을 주어 칼자루를 단단히 쥐었습니다. 자기의 정인情人 서예
원의 목을 벤 자가 강본권오랑岡本權五郎이란 장수임을 알 길이 없는 논개에게는,
자기를 안고 술이 취함에 따라 지긋지긋이 귀찮게 구는 자기를 붙들어온 모곡毛
谷의 피비린내와 술 냄새 끼치는 얼굴을 볼 때 '오! 이 원수를!' 하는 생각에 얼굴
이 새파랗게 질리고 이는 갈리어 날카로운 소리를 내었을 것입니다. 그러나 무예
로 수련된 적장의 몸에는 바늘 하나 들어갈 빈틈도 없었습니다. 그러나 그는 원
수를 갚겠다는 한번 굳게 가슴 속에 새긴 결의를 버릴 수는 없었습니다. '그리하
려면, 그리하려면, 오! 그렇다. 그것은 내 몸을 희생하는 길밖에 없다' 이렇게 생
각한 논개는 촉석루에서 내려와 지금 의암義巖이라는 바위로, 자기 자색姿色[53]에
십분 탐혹耽惑[54]한 모곡毛谷을 꾀어내었던 것입니다.

의암 위에서 모곡毛谷을 얼싸안고 장강의 물결 소리를 반주 삼아 비창한 곡조
로 자기의 회포를 길게 노래 부르고 있던 논개는 거침없이 흘러내리는 두 줄기
눈물을 막을 길이 없었습니다. 어제까지 번화하던 저 진주성은 염염焰焰한 화염
속에서 아지도 불타고 있습니다. 거리에서 들리는 통곡 소리는 가슴을 에는 듯이
아프게 들립니다.

그는 떨리는 두 팔을 들어 모곡의 목을 안고 바위의 끝까지 인도하였습니다.
그 다음 순간에 논개의 남색 치맛자락이 날리며 두 몸둥이는 그 바위 위에서 그
만 사라지고 말았습니다.

후세의 사람들이 이 가련한 논개의 방혼芳魂[55]을 위로하기 위하여 강 언덕에

사당을 짓고 매년 그의 명일命日[56]에는 성대한 제전祭奠[57]을 올린다 합니다.

망진산望晉山 대밭에 빗소리 나직하고, 촉석루 다락 위에 음풍陰風[58]이 쌀쌀할 때 그의 혼백은 아직도 이 바윗가를 떠나지 않고 강물의 흐름과 같이 흘러, 쉬지 않는 세태의 변천을 명랑한 눈동자로 묵시默視[59]하고 있을 것입니다. (끝)

조선에서 유일한 습관을 가진 진주의 투우鬪牛

—『매일신보』 8931호, 1932.7.29, 2면.

---

55 방혼芳魂 : 아름다운 여자의 죽은 영혼.
56 명일命日 : 죽은 날.
57 제전祭奠 : 제사.
58 음풍陰風 : 음산하게 부는 바람.
59 묵시默視 : 말없이 잠자코 바라봄.

모범 농촌 순례기

수항리를 찾아

수항리 전경

1.

배산 임야背山臨野의 유곡幽谷

거족巨族 강姜씨 문중 은둔처로

3백 년 전에 개척한 세거지世居地

함흥咸興서 북으로 함경선을 따라 약 150km 되는 곳에 송단松端이라는 조그마한 역驛이 있으니 그 역에서 다시 서편으로 10리 가량 가면 이원벌利原平野이 있고 그 벌 서남 모퉁이로 중첩한 산악을 등지고 평화로운 햇빛에 빛나는 한 마을이 있으니 이곳이 함경남도의 수많은 모범 농촌 중에서 가장 이름난 이원군 남면 수항리利原郡南面壽巷里 모범 농촌이다.

지금으로부터 한 300년 전까지는 짐승의 그림자밖에 볼 수 없는 한 공적空寂한 골짜기에 지나지 못하였으나 당시 문벌門閥이 상당하고 일시 권세가 등등하였다는 강姜아무개라는 선비의 한 가족이 이곳으로 은둔隱遁한 후 300년 후인 오늘에는 그의 자손이 번성하여 금일에는 총 호수 149호 874명의 인구를 포용한 한 큰 촌락을 이루었으니 지금도 이 촌을 강씨촌姜氏村이라고 부근 사람은 부르는 만큼 강씨 성 가진 사람이 동민의 대부분을 차지하고 있다.

그들은 오래 동안 이 세상의 시끄러운 풍운을 저편에 두고 글자 그대로의 주경야독晝耕夜讀의 태평 생활을 향락하여 왔었다. 그러나 시세의 변천은 그들로 하여금 안일安逸의 꿈을 길게 계속케 하지 아니하였으니 한 나라의 정치상 큰 변천의 물결은 곧 그들 산간 벽지에서 평화의 꿈에 취한 이 은사隱士의 마을 앞까지 파문을 던지었다. 그들은 무엇보다 첫째 양반의 자손이라는 타고난 특종의 자부심에 여지없는 유린과 모욕을 받게 된 새 제도에 적지 않은 불만과 불평을 가지게 되었고, 다시 한편으로는 외래자外來者의 이주, 물가 앙등, 납세 증액 등 기타 모든 문제에 원인된 생활난의 큰 위협에 공포를 느끼게 되었다. 그리하여 시대의 급격한 변천에 순응할 모든 힘과 지혜를 준비치 못한 그들은 그날그날을 저주하는 완고하고 우매한 백성으로 화하게 되어 마침내 자포자기로 타락의 길을 걷게 되었으니 옛날 평화롭던 이 마을에는 어느덧 술과 싸움과 발악과 노름과 빈한의 모든 악덕이 횡행하는 죄악의 마을로 변하고 말았다. 그들이 당시의 제도를 얼마나 저주하였고 또 당국의 지도에 얼마나 완강히 비난과 조소를 일삼고 있었는지는 본 군 상황록本郡狀況錄 중에 뚜렷하게 기재되어 있는 것을 보아도 짐작할 수 있다. 어떻든 그들의 생활은 나날이 쪼들리기 시작하였으니 5, 6년 전까지도 부조父祖의 무릎을 버리고 간도間道 지방으로 유리遊離하여 가는 촌민이 매년 6, 7호에 내리지 않았다는 것을 보아도 그때 그들의 생활이 얼마나 절박한 상태에 빠졌던가를 알 수 있다.

그러나 오늘에 이 수항리의 밭고랑 논두렁에서 들리는 격양가擊壤歌 노래와 앞뜰과 뒷동산에서 피어나는 웃음의 꽃을 볼 때 누가 그때의 빈한하였고 쓸쓸하였던 수항리를 연상조차 할 수 있으랴. 그만큼 오늘의 수항리는 농촌 피폐가 그 극에 달한 조선에 있어서 보기 드문 살찐 농촌이요, 기름 흐르는 농촌이요, 평화에 빛나는 농촌이다. 아직도 이상적 향토 건설에 정진하고 있는 도정道程에 있는지라, 영롱한 그의 완전한 전체를 보기는 좀 더 시일을 기다릴 바가 많다 하겠으나 그가 꿋꿋이 나아가고 있는 현재의 활약으로 미루어 보아 그의 내일을 미리 점침은 그다지 어려운 일이 아니라 하겠는 동시에 이 같은 농촌을 우리 땅에서 보게 된 기회를 가진 인연을 나는 못내 기뻐하는 바이다.

그러나 그가 오늘을 보게 됨은 결코 우연히 된 것이 아니니, 당국의 적절하고 성의 있는 친절한 지도 외에 이 동네 선각자 몇 분의 헌신적 정신과 열렬한 분투의 위대한 공로를 감출 수 없으니, 무엇보다 이 수항리가 한 개의 기계같이 규율 있고 통일 있는 활동력을 발휘하고 있는 유쾌한 현상을 볼 때 사람의 정신의 힘이 얼마나 위대한 것이며 또 그것이 많은 인간을 얼마나 행복되게 하는 것인가를 알 수 있다. 당시의 반역자요, 이단자요, 정신병자라는 명목 아래 사랑하는 이웃 사람으로부터 쓰라린 조소와 억울한 비난을 용감히도 무릅쓰고 싸워 온 선각자야말로 이 땅에서 가장 존귀한 존재라 할 수 있으니, 오늘 그들이 동민의 존경과 신임을 한 몸에 받으며 많은 후계자後繼者의 힘있게 자라는 자태를 즐기게 됨도 또한 우연히 획득한 보수가 아님을 알 수 있다.

—『매일신보』8256호, 1930.9.11, 2면.

2.

자작농이 대부분, 소작농은 불과 10호
이상적 향토 건설에 정진 중

이 수항리는 총 호수 149호 중 농업에 종사하는 집이 123호인데 그중에 소작농은 10호밖에 없고 전부가 자작농이라 한다. 그만큼 그들의 생활은 유족한 것이니 몇 년 전까지도 다른 땅으로 옮겨가는 동민이 매년 6, 7호에 내리지 않던 이 수항리는 지금은 전부가 토착하여 여유 있는 생활을 하고 있다. 현재 호세戶稅 6등(약 1만 원 재산 정도) 이상의 납세자가 20명에 달하고 5만 원 이상의 재산가가 두 명이나 된다 한다. 이제 이 수항리의 생산 상태를 몇 가지 통계로 보면 다음과 같다.

- 농산물 경작 면적별 : 쌀 697단보段步,[1] 콩 412단보, 조 641단보, 피 327단보, 보리 386단보
- 농산물 수획고(농가 총 124호) : 쌀 907석,[2] 콩 227석, 조 459석, 피 27관 8석, 보리 246석
- 누에고치 : 봄누에春蠶고치솜 73매枚,[3] 고치 32석, 여름·가을 고치솜 31매, 고치 163석, 합계 고치솜 104매, 고치 48.3석
- 뽕밭 경작 면적별 : 중고예中高刈 15단보, 입진立進 87단보
- 축산물 사육수 : 소 66마리, 돼지 68마리, 닭 101마리
- 부업 상황 : 명주 79필, 마포 230필, 새끼줄 18,500관,[4] 가마니 2,100관, 돗자리 2,000관

이상의 통계에 의하여 보면 한 집에 대략, 논 5.6단보, 밭 14.2단보, 소 2집에 약 1마리, 마포·명주 약 2필 반의 비례가 되어 있으니 금일 빈약한 조선 농촌에 있어서 이만큼 부富의 정도가 향상된 곳은 실로 드물 것이다. 그리하여 그들은 근로勤勞의 정신 아래에서 동민이 일치 단결하여 한편으로 농사 개량에 힘써 물질 생활을 증진케 하는 동시에 수양 방면에도 노력을 아끼지 아니하여 장래의 이상적 향토 건설에 정진하고 있으니, 이것의 중심 세력이 되어 모든 지도와 그의 발육을 조장하고 있는 단체에 농사 개량계農事改良契와 진흥 청년단振興靑年團이 있

---

1   1단보는 300평.
2   1석은 10말.
3   1매는 300그램.
4   1관은 3.75kg.

다. 전자는 강진벽姜鎭壁, 강현기姜顯奇, 강태구姜泰求 제씨가 중심 인물이 되어 활동하는 단체요, 후자는 강귀영姜貴英, 강석준姜錫俊 제씨가 중심 인물이 되어 활동하는 단체이다. 이들은 이 수항리의 선각자로 오늘의 수항리를 만들게 한 사람이요, 또 현재의 수항리를 두 어깨에 지고서 분투하고 있는 사람들이다. 그들의 대부분은 이미 백발이 성성한 노인이나 그중에는 신진 기예新進氣銳의 신지식을 가진 청년도 있다. 어떻든 그들은 동민에게 많은

사진은 퇴비 제조 광경과 중심 인물.
좌로부터 姜貴英 姜秀珉 姜顯奇 姜錫俊 제씨

숭경崇敬을 받고 있는 만큼 그들의 지도에는 모든 동민이 절대로 순종하고 있다. 농사 개량계는 지난 1925년에 창설된 것으로, 지금은 이 동리 농가 124호가 전부 그 계원이 되어 있다. 신흥 청년단은 작년에 비로소 조직된 것으로 아직 현저한 수확은 없으나 이상적 향토 건설에 중요한 일꾼이 될 장래의 동민을 훈련 양성코자 조직된 기관으로, 이제 이 두 단체의 사업을 들면 아래와 같다.

· 쌀농사 개량

① 우량 품종 재배 : 1925년 농사 개량계를 설치하자 곧 이원군利原郡 당국의 지도를 받아 다년간의 시험으로 조생 대야종早生大野種이 이 지방 토질에 가장 적절함을 알고 곧 동민 전부가 실시하여 지금은 재래종은 아주 볼 수 없게 되고 쌀농사 총 호수 92호에 665단보(총 쌀농사 면적 697단보)가 조생 대야종을 심게 되었다.

② 묘판苗板 개량 : 종래는 전부 재래식으로서, 비옥한 땅을 가려 특별히 비료를 쓰지 않고 정지整地 기타 작업도 졸렬하여 평당坪當 7홉 2승을 뿌리던 것이 통례였고, 피 뽑기와 기타 배양 관리培養管理에 대하여는 전혀 자연에 내

맡겼던 것을 개량계의 자각과 당국의 지도에 따라 지금은 전부 아래와 같은 조건 아래 개량 모판을 실시케 되었는데, 특히 노력의 경제와 배양 관리의 주밀함 및 완전을 기도코자 3,900평의 집합 묘판集合苗板을 설치하여 일반에 모범을 보이는 동시에 점차 공동 묘판共同苗板 완설을 준비하고 있다.

— 묘판苗板은 폭 4척, 통로 1척의 단책형短冊形인데, 현재는 전부 정식 단책형 묘판正式短冊形苗板으로 평침종 삼합시 집합 묘판坪浸種三合蒔集合苗板은 9,400평이다.

— 비료는 평당 퇴비 1,000몸메,[5] 유황소다 8호 150몸메, 잿물 50몸메를 실시.

— 종자는 염수선鹽水選 종자로 단보 당 4되 이내.

③ 본묘本苗에 채종답採種畓과 모범답 등을 설치하여 반에서 모범을 보이는 동시에 동민의 자각을 촉구하여 지금은 단보 당 평균 3석 5두斗 이상의 수확을 얻어 해마다 개량 진보의 자취가 역력한데, 그 실행 성적의 대강을 들면 다음과 같다.

— 비료 증시增施 : 단보 당 퇴비 200관, 콩 지게미 1매, 과린산 석회過燐酸石灰 5관을 표준하고 기타 인분뇨人糞尿, 유안硫安, 온박鰮粕[6] 등을 추가함.

— 삽앙揷秧[7] 개량 : 전부 정조正條 및 편정조片正條 식으로 개량하여 둔덕 폭을 1척, 9촌, 7촌 중에서 선택하여 한 그루에 3 내지 4본식本植을 실행.

— 배양 관리 : 현재 미작米作 농가 2호에 평균 1대의 제초기를 가지고 있어 피 뽑기 제초를 권장.

— 『매일신보』 8257호, 1930.9.12, 2면.

---

5   1몸메는 3,750그램.
6   온박鰮粕 : 생선 찌꺼기.
7   삽앙揷秧 : 모내기.

3.

부녀자의 저축계, 근검 절약 미풍 함양
조석마다 밥쌀 한 술씩 모아

· 퇴비 제조

1926년 퇴비 지도리堆肥指導里 지정과 동시에 적극적으로 장려한 결과 농가는
한 집도 빼지 않고 모두 제조하게 되어 1929년에는 제조 총량이 219,090관으로
한 집 평균이 1,932관에 달하였는데, 제조 상황의 개략은 다음과 같다.

① 시용施用 표준 : 논은 200관, 밭은 100관 이상 시용을 표준하여 제조.

② 재료 수집 : 짚, 볏줄기, 기타 농작물의 줄기, 진흙, 잡초, 논밭의 잡풀, 둔덕
풀, 낙엽 쓰레기, 가축 분뇨, 축사의 깔개풀 등을 수시로 수집하도록 노력하
는 외에 돼지 축사에서 유효 재료의 증산을 시도.

③ 시기 : 8 · 9월의 1, 2, 15, 16일의 8일간을 특히 들풀 채취일로 정하여 주민
총출동으로 작업함.

· 밭 품종 개량

① 콩 개량 : 1921년부터 '오이 알콩' 종과 단천 담청端川淡靑종으로 품종을 통일
하여 종자는 겨울 동안에 엄중히 입선粒選한다.

② 밭벼 재배 보급 : 비교적 수확이 적은 피와 기장의 대작代作으로 밭벼의 재
배 보급을 도모하여 채종전採種田을 설치하고 장려한 결과 현재의 경작 면
적이 11정보町步[8]로, 1단보에 2석 이상의 수확을 보고 있다.

· 부업

농사의 부업으로 돗자리 짜기, 새끼 삼기의 필요는 물론인데, 특히 이 지방은

---

8 1정보는 3천 평임.

근년 정어리 잡이의 발흥에 따라 정어리 찌끼 포장용의 새끼줄과 가자리의 수요가 격증하여 매년 수많은 수량을 다른 지방으로부터 공급을 받는 상태이므로 본군本郡에서 특히 이를 장려중인데 이 수항리는 그 소요 수량의 태반을 생산케 되었다. 현재의 생산 상황은 다음과 같다.

① 가마니·돗자리 짜기 종업 가구수 32호, 기계수 33대인데 곡식용 가마니와 정어리 찌끼 포장용 자리를 합하여 4천여 매를 생산하여 이 판매가가 1천여 원에 이른다.

② 새끼 삼기 종업 가구수 37호, 장승기裝繩機 37대, 생산 수량이 실로 18,000관에 달하여 이 가격이 3천여 원이다.

· 금비金肥 시용施用

장차 논은 1단보 당 평균 대두박大豆粕[9] 1장, 과린산過燐酸 5관을 사용하고, 밭에는 좁쌀 경작에 단보 당 유안硫安 4관, 과린산 3관, 밭벼 경작에 단보 당 콩을 계획 장려하여 온 결과 현재 사작 1장을 표준하여 사용코자 용량이 대두박 213매, 유안 35가마니, 유조硫曹 64가마니, 과린산 11가마니를 사용하고 있다.

· 양잠

1925년 전까지는 소립掃立[10] 매수가 겨우 10매밖에 안 되었고 그것도 사육법이 매우 졸렬하여 보잘것이 없었으나 1925년부터 극력 장려한 결과 1가구 평균 춘잠春蠶 2매, 추잠秋蠶 1매의 계획을 세워 현재는 다음과 같다.

① 뽕밭 증식 : 뽕밭 12보步[11]를 소유하여 춘잠 75매, 추하잠秋夏蠶 31매를 사육하는데, 그중 누에고치 520관은 군 농회의 공동 판매에 부쳐 그 값이 2,500여원에 달한다.

② 농잠 전습소 : 건실한 양잠가를 양성코자 농잠 전습소를 설치하여 양잠기 중 4개월간 이에 관한 기술과 지식을 습득케 하여 매년 15명 이상의 전습생

---

9 대두박大豆粕 : 콩 찌끼.

10 소립掃立 : 누에 떨기.

11 1보는 3.3㎡.

을 졸업시키고 있다.

③ 새끼누에 공동 사육 : 어린 누에의 사육에 만전을 기하고자 공동 사육을 하
  는 기관을 둔다.

·축산

① 축우畜牛 증식 : 농가 1가구에 평균 1마리의 계획을 세우고 씨암소의 배치,
  값싼 농경 소의 대여 등 오로지 그 증식에 노력한 결과 현재 사육 가구수 68
  호, 소 68마리를 소유하여 매년 산출이 10마리를 내리지 않는다.

② 양돈 : 장차 1가구 당 평균 2마리 이상 사육 계획으로 매년 개량 종돈種豚의
  배부를 받아 오는데, 현재 사육 가구수 67호에 돼지 수 97마리로서 전부 '바
  ―크샤' 종이다.

③ 양계 : 1가구 평균 5마리 이상 사육 계획으로 달걀을 구입 배부하여 온 결과
  매년 산란 수 5여 과顆로 자가 사용을 제하고 매년 매각하는 가액價額이 200
  여원에 달한다.

·부녀 저축계

부녀자에게 근검 절약의 미풍을 함양케 하는 동시에 장래 유익한 사업의 자금
에 충용케 하고자 1925년 7월부터 설치한 것인데 그 방법은 아침 저녁 밥지을 때
마다 가족 한 사람 앞에 한 술씩 밥쌀을 따로 저축하여 두었다가 월말에 이를 모

부녀 저축계원의 밥쌀 모으는 광경

아 개인별로 금융조합에 저금하는 것이다. 이를 실시한 지 이미 5년이 되었는데 현재 실행하고 있는 호수가 89호이며 그들이 저축한 수량이 35석이 넘었는데 이를 팔아 돈으로 바꾸어 예금한 액수가 902원에 달하였다. 1호 평균 10원 가량으로 최고가 20원, 최저가 8원 가량이라 한다.

—『매일신보』 8258호, 1930.9.13, 2면.

4.

이들 종교는 근로,
금주, 색의色衣, 미신 타파,
경로, 체육 장려, 교육 보급 등

· 금주 실행

풍기 숙정風紀肅正과 소비 절약의 미풍을 함양케 하기 위하여 농사 개량 계를 설치하자 곧 일반 촌민 전부가 금주 단행을 맹세하였는데 만약 이 맹세를 깨뜨리는 자를 발견하는 경우에는 즉시 수항리로부터 축출을 시킨다는 엄격한 제재도 있고 또한 촌민 자신이 자진하여 이를 엄수한 결과 지금은 이 동리에서는 술이라고는 그림자도 볼 수 없는, 술 모르는 동리가 되고 말았다. 또 술을 먹지만 않을 뿐 아니라 어떠한 구실로든지 이 동리 구역 안으로는 술이라 명색한 물건은 일체 들이지를 못하게 하였으니 관혼 상제의 대사 때에도 물론 술이라고는 쓰지 못하게 되어 있다. 이로 말미암아 동민이 받는 이익은 물질상, 정신상으로 막대한 바 있어, 첫째 그만큼 불필요한 비용이 없어지게 되고 한편으로는 범죄가 완전히 소멸되고 말았다. 모범 동리가 된 뒤로 이 동리에서 한 사람의 범죄자도 나지 않았다는 것을 보아도 그들이 잘 살기 위하여는 어떠한 곤란이라도 무릅쓰겠다는 굳은 결심이 있었음을 알 수 있다.

선조의 제사 때에는 의식상 제주祭酒를 쓰지 않을 수 없으나 그렇다고 술을 쓰게 한다 하면 규율이 문란될 염려가 있고 또 술이라는 것을 직접 보게 되면 그만큼 그 유혹이 있기 쉬우리라는 견지 아래에 제주 대신에 단술이라는 알코올 분이 없는 일종의 음료수를 만들어 쓴다 한다. 어떻든 금주 단행이 말로만 되는 것이 아니라 실지로 이같이 완전히 금주 단행이 된 것에는 듣는 자와 보는 자로 하여금 일종의 경의와 만강滿腔의 감격을 금치 못하게 한다.

· 미신 타파

조선 농촌에서 무당 없고, 산왕당山王堂 없는 동리는 우리 동리라고 자랑하는 만큼 이 수항리에는 미신의 악습이 전혀 일소되어 있다. 부지런한 곳에 복이 있다는 모토를 충실히 믿는 그들에게는 따로 복을 빌 필요와 시간이 없었던 것이다. 그들에게 대하여 유일의 종교는 근로이니, 그 가운데서 그들은 살길을 찾았고 안심을 얻었고 기쁨을 맛보는 것이다.

· 단발斷髮과 색의色衣 실행

경제 · 위생 · 활동의 여러 견지로부터 보아 단발이 필요한 줄을 알게 된 그들은 일제히 머리 자르기를 실행하였고, 또 흰옷이 경제상 · 활동상에 큰 장애가 됨을 깨닫고 겨울 동안의 의복은 반드시 색옷을 쓰기로 하였다. 그러나 이 색옷 입기는 아직도 적지 않은 곤란을 느끼는 모양인데 그것은 무엇보다 옷감을 사 올 때 경제적 이유로 색옷만을 사기가 어려운 까닭이라 한다. 그러나 적절한 방법을 구하여 2, 3년 안으로 여름 옷을 제하고는 술 끊기 단행과 같이 흰색 옷 안 입기의 단행을 하겠다고 촌민은 말한다.

· 건강 증진 운동

이것은 청년 자제를 훈련코자 진흥 청년단이 중심이 되어 실시하고 있는 사업으로 다음과 같은 일을 하고 있다.

— 조기 체조회 : 아침 5시가 되면 나팔을 불어 동내 청년을 전부 소집한 후 간단한 체조를 시키는데 그 성적이 매우 좋다 한다.

미화 작업 광경

- 운동 경기 장려 : 현재는 「테니스」 코트를 동내에 설치하고 이를 장려하는 중인데 다른 도회지에서 열리는 정구 대회에도 여러 번 출전한 선수가 5조나 된다 한다.
- 운동회 : 1년에 한 번씩 농한기를 타서 동내 청년의 운동회를 개최하여 남녀노소가 하루를 즐겁게 보낸다 한다.

· 소형 도서관

신문 잡지 기타 수양에 유익한 서적을 비치하여 야간에 임의로 열독할 수 있도록 한 것인데 이외에 강화회講話會와 독서회를 열어 항상 수양 방면에 힘을 쓰고 있다.

· 경로 모임

1년에 한 번씩 동내 노인들을 청하여 한 자리에서 즐기는 것으로 연중 행사가 되어 있다 한다. 그때는 상당한 음식도 장만하는데 이날 잔치에 쓰는 돼지 10마리와 개 5마리며 기타 비용은 청년단원이 공동 작업으로 수입된 돈을 적립하였다가 사용한다고 한다.

· 미화 작업

이는 이 촌락의 외관을 미화한다는 것이 목적인데 현재 실시 사업으로는 다음
과 같다.

- 도로 교량 수리 : 이는 동리 청년들이 한가한 틈을 타서 무보수로 동리의 도
  로와 교량을 수축하며 또 아름답게 장식하는 것인데 그보다도 자기의 동리
  를 자기의 집, 자기의 몸과 같이 사랑하는 아름다운 정신을 함양하는 큰 목
  적을 가지고 있다.
- 애림 사상 함양 : 길가에 나무를 심고 동리 동산에 화초를 기르며 방풍 수림
  防風水林과 풍치림風致林을 경영하는 등이니, 이들의 공력이 차차 완성됨에
  따라 그들의 정신도 완전히 미화될 것은 물론이다.
- 청결 : 현재 공동 목욕장을 설치하고자 계획 중이라 한다.

· 육영 기관

읍이 10리밖에 안 되는 터이라 대개는 그곳 공립 보통 학교로 통학하나 그 여
유가 없는 동리 아동을 위하여 4년제 동립洞立 학교가 있으니, 협성학교協成學校가
그것이다. 현재 직원 4명, 재적 학생 68명인데, 경비는 물론 동민 전부가 부담하
고 있으며, 이 밖에 야학 강습소가 있어 본교를 마치고 가사를 조력하고 있는 청
년을 위하여 농사에 대한 여러 가지의 지식을 강습하고 있다.

이상은 기자가 주마 가편走馬加鞭적으로 본 수항리의 현상이다. 그들은 아직도
이상적 향토 건설의 도중에 있는지라, 물론 위에 기록한 사업만으로만 만족하고
있음은 아니다. 그 외에도 많은 좋은 사업의 계획이 있을 것을 믿는 동시에 그의
장래에 많은 축복이 있기를 빌어마지 않는다. (끝)

—『매일신보』 8259호, 1930.9.14, 2면.

승원僧院 생활 보고

금강산 순례기

「승원 생활 보고─금강산 순례기」 삽화

1.

송풍 나월松風蘿月[1] 벗 삼아
정토淨土[2]의 길을 닦는 이들
참선 수도參禪修道, 각행覺行[3] 구만俱滿[4]의 생활

---

1 송풍 나월松風蘿月 : 소나무 사이로 부는 바람과 담쟁이덩굴 사이로 비치는 달이라는 뜻으로, 운치 있는 자연 경치를 이르는 말
2 정토淨土 : 번뇌의 굴레를 벗어난 아주 깨끗한 세상.
3 각행覺行 : 스스로 깨달은 바를 설파하고 자비를 행함으로써 남을 깨닫게 함.
4 구만俱滿 : 만족함을 갖춤.

홍진 만장紅塵萬丈[5]의 도회지에서 하잘것없는 속무俗務[6]에 마치 먼지와 같이 부대껴 오던 나의 귀에는 심수深邃[7]한 계곡溪谷에 앉아, 기암奇巖과 괴석怪石을 쉬지 않고 기며 흐르는 시냇물 소리가 극히 아름답고 신비적이었습니다. 다 같은 물이지만 흐르는 그곳을 따라 들리는 소리는 천종만태千種萬態[8]라고 생각됩니다. 흉흉洶洶[9]한 대양大洋의 파도 소리, 곤곤滾滾[10]한 장강長江의 흐름, 그리고 죄악의 돌밭을 흘러 씻고 있는 도회지의 개울, 한인閑人의 창밖에 들리는 처마 물방울 떨어지는 소리, 이것은 모두 일종의 주악奏樂으로 볼 수 있으나, 그중에서 가장 인상적이요 몽상적이요 여운적餘韻的인 것은 유수幽邃[11]한 계곡에서 흘러내리는 물소리인가 합니다. 내가 이번 금강산 찾는 길에 제일 먼저 나를 기쁘게 한 것이 이 소리입니다. 이 신비한 일종의 주악을 밤낮으로 벗 삼고 거룩한 심령心靈[12]의 길을 닦고 있는 산중 승려의 신세를 나는 얼마나 부러워하였는지요.

만폭동萬瀑洞 하류인 만천강萬川江 물소리에, 여섯 시간 철마를 달린 피곤한 몸이 잠을 이루지 못하고 은은한 물소리에 실리어 희미한 꿈길이 흐르고 흐르다가 새벽 안개를 헤치고 먼 절, 가까운 절에서 들리는 제행무상諸行無常[13]을 아뢰는 쇠북소리에 소스라쳐 깨니 때는 만산천수萬山千水[14]가 아직도 푸른 장막 속에서 꿈을 깨지 않은 오전 3시이었습니다. 숙소에서 나와 풀밭 이슬을 헤치며 만천교萬川橋라는 다리를 건너 얼마 못 가서 한 산문山門이 보이니, 이것이 임제 제일 가람臨濟第一伽藍이라는 장안사長安寺입니다. 이 장안사는 금강산 4대 사찰의 하나로 상낭히 큰 절인데 소속 승려가 현재 30명이나 된다 합니다.

옛 기록을 보면 담무갈曇無渴 보살이 금강산에서 수도한 이래(주 · 장엄경莊嚴經에 말하기를 "동북 바다 중에 금강산이 있으니 1만2천봉이라 하여, 담무갈曇無渴 보살이 으뜸이다."

---

5 홍진 만장紅塵萬丈 : 벌겋게 일어나는 먼지가 높이 쌓임.
6 속무俗務 : 여러 가지 세속적인 잡무.
7 심수深邃 : 깊숙하고 그윽함.
8 천종만태千種萬態 : 천 가지 종류와 만 가지 모습.
9 흉흉洶洶 : 물결이 세차고 물소리가 매우 시끄러움.
10 곤곤滾滾 : 흐르는 큰 물이 출렁출렁 넘칠 듯함.
11 유수幽邃 : 깊숙하고 그윽함.
12 심령心靈 : 정신의 근원이 되는 의식의 본바탕.
13 제행무상諸行無常 : 우주의 모든 사물은 늘 돌고 변하여 한 모양으로 머물러 있지 아니함.
14 만산천수萬山千水 : 많은 산들과 냇물들.

삼장경三藏經에 말하기를 "1만2천봉에 담무갈이 으뜸이다.") 수천 년이 되었으니, 금강산의 이름은 오랜 옛날부터 중국과 인도 등지까지 알려 있어서 삼한三韓 시대 전부터 그곳에서 순례자가 끊이지 않았음은 확실한 듯합니다. 그때에는 금강산 안에는 3백여 개의 불사佛寺가 있었다 하며, 삼한 시대에도 108사寺의 칭호가 있었고, 한 절에 최다 수백의 승려가 있었다고 합니다. 현재는 많은 변천을 겪어 큰 절, 작은 절을 합하여 마흔이 조금 넘으며 승려도 2백여 명에 불과하다 합니다. 절에는 각각 사령寺領[15]이 있어 그곳에서 나는 수입으로 사원의 경비와 그들 승려의 생계를 세우고 있는데, 승려 중에는 목세공木細工 등의 내직內職[16]을 가진 자도 있으나 대개는 탁발托鉢[17]과 노동으로 생계를 보충하고 있다 합니다. 승려는 남승·여승을 물론하고 본시는 속인俗人으로 진세塵世의 무상無常에 발심發心하여 입산入山한 자도 있고, 고아孤兒와 걸인乞人으로 의지할 곳이 없어 입산한 자도 있다 합니다. 어떤 암자에 있는 B라는 여승은 본시 어떤 부자의 소실로 남부러울 것 없이 속세의 영화를 누리다가 하루 아침에 사랑하며 의지하던 남편이 죽음에 크게 깨달은 바 있어 생로병사生老病死의 화택火宅[18]을 영구히 벗어나고자 많은 유산과 사랑하는 두 딸을 데리고 입산하여 조그마한 암자 하나를 세우고 승려 생활에 들었는데, 그 딸들도 모친을 따라 삭발하고 모녀의 관계는 스님·상좌上佐[19]로 고친 후 송풍나월松風羅月을 벗 삼고, 정토淨土[20]의 길을 닦고 있다 합니다. 그러므로 같은 사원에서 수도하고 있는 승려 중에는 재산이 있는 승려도 있고 그렇지 않은 승려도 있어서 물욕物慾을 떠나야 할 그들에게도 자연히 빈부貧富의 차별이 있게 된다 합니다. 스님과 상좌의 관계는 어느덧 원래의 본뜻이 몰각沒却[21]되고, 오직 생계를 담당할 수 있는 재력의 많고 적음에 따라 한 명의 상좌를 둔 스님도 있고 다섯 상좌를 둔 스님도 있게 된다 합니다. 불도가 쇠퇴함인지, 불은佛恩[22]이 광대光大[23]한

---

15 사령寺領 : 절에서 소유한 땅.
16 내직內職 : 본직 외에 따로 가진 직업.
17 탁발托鉢 : 도를 닦는 승려가 경문經文을 외면서 집집마다 다니며 동냥하는 일.
18 화택火宅 : 번뇌와 고통이 가득한 이 세상.
19 상좌上佐 : 승려가 되기 위해 출가한 사람.
20 정토淨土 : 번뇌의 굴레를 벗어난 아주 깨끗한 세상.
21 몰각沒却 : 아주 없애 버림.
22 불은佛恩 : 부처님의 은혜.

장안사 전경

소치인지는 모르나 승려의 육식 처대肉食妻帶[24]가 무관(?)하게 된 이후로 이 영산靈山에도 '에로'가 침입하여, 분 바르고 향내 피우는 여성 처사處士[25]를 곳곳에서 볼 수 있으니, 생사 해탈生死解脫[26]을 목표로 전미 개오轉迷開悟[27]에 힘쓰는 불제자의 법장法場을 이 때문에 더럽히게 되지 않을까 염려도 되었습니다. 아침이 되면 불전佛殿에 나아가 삼세三世[28]의 십이인연十二因緣[29]을 깨달았다는 얼굴로 사제四諦[30]의 길을 닦고, 저녁이면 속취俗臭[31] 분분紛紛[32]한 사관私館[33]에서 '에로'를 향락하는 그들 후손을, 이 영산을 개척한 법기法起[34] 보살님께서 지하가 아닌 극락에서 굽어보실 때 감상이 어떠할까 하는 생각이 없지 않았습니다. 그러나 이는 산중 승

---

23 광대光大 : 크게 번성함.
24 육식 처대肉食妻帶 : 고기를 먹고 처를 거느림.
25 처사處士 : 벼슬하지 않고 시골에 묻혀 사는 사람.
26 생사 해탈生死解脫 : 삶과 죽음에서 벗어남.
27 전미 개오轉迷開悟 : 어지러운 번뇌에서 벗어나 열반의 깨달음에 이름.
28 삼세三世 : 전세와 내세와 현세.
29 십이인연十二因緣 : 인간의 괴로운 생존이 열두 가지 요소의 순차적인 상관 관계에 의한 인연임을 설명한 것.
30 사제四諦 : 영원히 변하지 않는 네 가지 성스러운 진리.
31 속취俗臭 : 속된 냄새.
32 분분紛紛 : 여럿이 한데 뒤섞여 어수선함.
33 사관私館 : 개인 소유의 집.
34 법기法起 : 금강산에 있는 많은 보살들의 우두머리. 위의 담무갈 보살의 다른 이름.

려 중의 일부분이요 전부는 아닙니다. 버들에 관음 미묘觀音美妙[35]의 빛이 물들고, 송풍松風에 설법 도생說法度生[36]의 소리가 들리는 동산에서 일생을 바쳐 부도浮屠[37]의 길에 정진精進하고 있는 각행 구만覺行俱滿의 도승道僧도 적지 않을 것입니다.

—『매일신보』 8587호, 1931.8.14, 2면.

2.

명경대明鏡臺의 유경幽境과
마의태자麻衣太子가 쌓은 석성石城
곳곳마다 걸승傑僧의 끼친 자취

절에는 주지가 있고 그 아래 법무法務와 재무財務가 있어서 그 사원의 모든 사무를 처리하고 있다 하며, 또 강사講師, 별좌別座, 공양供養, 부목負木 등의 소임이 있다 합니다. 이 밖에 대웅전을 맡은 중, 명부전을 맡은 중, 강당을 맡은 중, 쇠북을 맡은 중, 무엇무엇 등 소임도 있다 합니다. 주지라는 이는 학행學行[38]이 구비한 사람으로, 비교적 정치적 수단이 있는 승려를 추대하는 모양이니 주지라고 반드시 학행이 구비한 승려인 것만은 아닌 듯합니다. 상좌로 있으며 학행을 닦아 스님이 되고, 다시 중망衆望[39]이 있으면 주지 노릇을 할 수 있으나, 그중에는 속인으로 중간에 입산하여 자기 재력으로 절을 세우고 그 절 주지가 되는 경우도 있으니, 그가 죽은 후에는 생전의 그의 상좌가 그 뒤를 이어 주지가 되어 자리를 계승하게 된다 합니다. 사원에는 사령寺領[40]이 있어 그 수입으로 사원의 경비를 쓰는

---

35 관음 미묘觀音美妙 : 아름답고 미묘한 관세음보살.
36 설법 도생說法度生 : 불법을 설명하여 중생을 구제함.
37 부도浮屠 : 부처.
38 학행學行 : 학문과 덕행.
39 중망衆望 : 여러 사람에게서 받는 신망.

외에 소속된 모든 승려를 기르게 되는데, 그
들의 생활은 극히 질소質素[41]하여 한 명의 1년
간 생활비는 얼마 안 되는 쌀값과 의복값인 소
액의 비용밖에 안 되며, 또 승려 중에는 자기
가 가지고 온 재산이 있으면 자기의 생활에
필요한 한도만을 제하고 나머지는 전부 소속
사원에 기부하게 되는데, 그가 죽은 뒤에는
그의 상좌가 그 재산까지 상속하게 된다 합니다.

장안사 경내를 두루두루 구경한 후 다시 숙
소로 돌아가서 조반을 먹고 내금강 탐승의 길
을 떠났습니다. 어제까지 여러 날 이어 오던 장
맛비가 나의 탐승의 길을 축복하는 듯이 하늘
은 활짝 개어 구름 한 점 볼 수 없고, 이 골짜기
저 골짜기를 봉하였던 아침 안개도 사라져 한
고개를 넘고 한 개울을 건널 때마다 영롱한 먼
산과 가까운 봉우리의 아름다운 자태가 눈앞

명경대와 황천강

에 전개됩니다. 양장羊腸[42]과 같이 굴곡한 세로細路를 좇아 5리를 채 못 가서 높이
100자, 너비 40자나 되는 널찍한 기봉奇峰 하나가 청공靑空에 솟아 있으니 이것이
명부冥府[43]로 가는 사바娑婆[44]의 사람들의 지은 죄를 역력히 비춘다는 명경대明鏡臺
입니다. 명경대 서쪽으로 높은 꼭대기에 석문石門 하나가 보이니 이것이 지옥문地
獄門이라 하며, 명경대 밑으로 한 못이 있어 물빛이 누르니 이것을 황천강黃泉江이
라 합니다. 이외에도 극락굴極樂窟이니 흑사굴黑蛇窟이니 하여 마치 염라국에나 온
듯한 느낌이 없지 않습니다. 본시 지세의 생긴 품이 하늘을 찌를 듯한 기암괴봉奇巖
怪峰[45]이 갑갑하게 사방을 둘러막고 천인절벽千仞絶壁[46]의 동학洞壑[47]이 심수深邃[48]

---

40 사령寺領 : 절에서 소유한 땅.
41 질소質素 : 꾸밈이 없고 수수함.
42 양장羊腸 : 양의 창자.
43 명부冥府 : 사람이 죽은 뒤에 심판을 받는 곳.
44 사바娑婆 : 인간 세계.

하여 일광이 아니 들어 음침하기 짝이 없는데, 푸른 안개가 자욱이 서린 늙은 소나무 가지에서 떨어지는 찬 이슬 소리와 황천강의 침적沈寂[49]한 물소리까지 역시 음침한 맛이 있어 이 골짜기 저편 수풀에서 귀곡성鬼哭聲[50]이 들리는 듯하였습니다.

황천강 뒤로 옛 성터가 있으니 이것이 신라 경순왕敬順王의 아들 마의태자麻衣太子가, 나라가 망함에 이곳에 들어와 은신隱身 후 고려 추격군을 막기 위하여 몸소 쌓은 태자성太子城이라 합니다. 무너진 성돌을 어루만지며 거칠은 풀밭 사이를 잠잠히 배회하노라니 조국의 천년 사직을 위하여 일전一戰으로써 나라를 지키기를 부왕께 간하다가 용납되지 않아 이 산으로 들어와서 마의초식麻衣草食[51]으로 일생을 마친 그의 눈물과 발자취가 아직도 역력히 남아 있는 듯하였습니다.

앞길이 바빠 영원암靈源菴, 망군대望軍臺를 찾지 못하고 다시 장안사로 내려와서 만폭동萬瀑洞 탐승의 길로 나섰습니다. 도중에서 나옹瀨翁 화상과 김동金同 거사의 전설이 있는 명연담鳴淵潭의 시석屍石과, 그들의 작품이라는 삼불암三佛岩의 3개 대불상과 60소불상을 예배하고 백화암白華菴 옛터 거친 풀밭에 초라하게 서 있는 서산대사 기적비西山大師紀蹟碑며, 임진란 때에 공을 세웠다는 서산西山·사명당四溟堂 등 걸승傑僧[52]의 초상을 모신 충영사忠影祠를 둘러 한참 올라가니 함영교涵影橋라는 긴 다리가 있고 그 다리 건너서 웅장한 한 산문山門이 보이니 이것이 금강산 4대 사찰의 하나인 표훈사表訓寺입니다. 산문 오른편에 어향각御香閣이 있으니 불법을 독신篤信[53]하신 선조대왕宣祖大王께서 주필駐蹕[54]하신 기념 누각이라 합니다. 대웅전에는 이 영산靈山을 개척하였다는 법기法起 보살을 모셨는데, 한편 옆에 구리로 만든 큰 시루가 놓였으니 이것도 선조宣祖께서 하사하신 것이라 합니다.

—『매일신보』8588호, 1931.8.15, 2면.

---

45 기암괴봉奇巖怪峰 : 기이하게 생긴 바위와 봉우리.
46 천인절벽千仞絶壁 : 천 길이나 되는 절벽.
47 동학洞壑 : 깊고 큰 골짜기.
48 심수深邃 : 깊고 그윽함.
49 침적沈寂 : 아주 고요함.
50 귀곡성鬼哭聲 : 귀신의 울음소리.
51 마의초식麻衣草食 : 삼베옷을 입고 풀이나 채소만을 먹음.
52 걸승傑僧 : 뛰어난 스님.
53 독신篤信 : 골똘히 믿음.
54 주필駐蹕 : 임금이 거둥하는 중간에 어가御駕를 멈추고 머무르거나 묵던 일.

3.

헐성루憩惺樓 상의 조망眺望
일모지리一眸之裡에 일만이천 봉
수도승 염불성念佛聲도 반가울사

표훈사表訓寺에서 잠깐 땀을 들인 뒤에 정양사正陽寺를 찾았습니다. 정양사는
고려 태조께서 이곳에 오시자 오색 영광靈光이 빛났다 하여 그 이름을 가진 방광
대放光臺의 중복中腹[55]에 있는 조그마한 절이니, 이곳에 금강산 3고탑古塔의 하나
인 5층 석탑이 있고, 또 건물에 있어 정교함을 극한 육각당六閣堂이며, 대반야경大
般若經을 소장한 반야전般若殿이 있습니다. 절에 들어가는 바른편에 헐성루憩惺樓
라는 다락이 있으니 이 다락에 올라서면 금강산 1만2천봉을 한 눈으로 다 볼 수
있으니 그 조망이야말로 금강산 중에서 제일일까 합니다. 정면으로 법기法起봉,
어깨 위로 일출日出, 월출月出, 혈망穴望, 망군望軍의 여러 봉우리며, 바른편으로 백
마白馬, 관음觀音, 천일千日, 마면馬面, 우두牛斗, 차일遮日, 지장地藏, 염라閻羅, 석가
釋迦의 여러 봉우리며, 왼편으로 구름 밖에 비로毘盧봉을 비롯하여 중향성衆香城,
영랑永郎, 수미須彌, 가섭伽葉 등의 여러 봉우리가 일모一眸[56]에 들어옵니다. 채색
이 희미하니 먼데 있는 봉우리임을 알 수 있으며, 윤곽이 신명하니 가까이 있는
봉우리임이 확실합니다. 톱날을 휘어 세운 듯, 칼끝을 우러러 꽂은 듯, 보살이 중
생을 데리고 설법하는 모양 같기도 하며, 산중의 대왕이 뭇 중생을 모아 놓고 호
령하는 모양과도 같아서, 30리 내외로 연긍延亘[57]한 40여의 주요한 봉두峰頭[58]가
구름 밖과 안에서 홀현 홀몰忽顯忽沒[59]합니다. 안개가 일어나자 만봉萬峰이 자취
를 감추며, 해가 들자 천악千嶽[60]이 하늘을 찌르니, 변화가 무궁한 이 경치야말로

---

[55] 중복中腹 : 산의 중턱.
[56] 일모一眸 : 한눈에 바라봄.
[57] 연긍延亘 : 길게 뻗침.
[58] 봉두峰頭 : 산봉우리의 맨 꼭대기.
[59] 홀현 홀몰忽顯忽沒 : 문득 나타났다 홀연히 사라짐.

필설筆舌[61]을 초월한 장절壯絶,[62] 기절奇絶[63]한 것입니다.

다시 표훈사로 내려오니 큰 법당에서 목탁 소리에 따라 염불 소리가 유한有閑[64]히 들립니다. 아마 낮 재齋를 올리는 모양입니다. 무아 삼매無我三昧[65]의 경지에 들어가고자 하여도 들어가지 못하여 한 찰나 사이에 구백 번의 생멸生滅[66]과 다투며 초려焦慮[67]하는 수도修道 고행苦行의 피와 기름이 이 염불 속에도 섞이어 있으련마는, 조그마한 인연으로 바람결같이 왔다가 지나가는 속세 나그네의 귀에는 그것이 한없이 아름답고 신비하고 처량하게 들립니다.

저편 향로봉香爐峰에서 오색 안개가 일고 이편 청학대靑鶴臺에서 청학이 춤을 춘다 하고, 그에 격이 맞는 음악을 구한다면 목탁 장단에 맞추어 흘러나오는 표훈사 수도승의 염불 소리의 가락밖에 없으리라고 생각하였습니다.

그들은 일상 생활이라고는 아침서부터 저녁까지 세 끼 밥 먹는 외에는 불전에 나아가 염불과 송경誦經과 참선參禪이 전부이니 단조한 생활이라면 극히 단조하나, 날은 저물었는데 수도의 앞길이 아직도 멀어 애달파하는 승려의 내적 생활을 본다면 그다지 단조한 것이라고만 못할 것인가 합니다.

승원의 아침은 매우 일러, 밤새도록 별시 염불別時念佛[68]의 근행勤行[69]에 목소리까지 세어버린, 부지런한 수도승의 방을 비취는 희미한 등불이 아직도 꺼지지 않은 새벽 3시가 되면 큰 법당에서는 목탁 소리와 염불 소리가 들리기 시작합니다. 그에 따라 이 승방, 저 승방에서 모든 승려가 일어나 아침 근행을 닦고, 한편으로 공양供養[70]과 부목負木[71]이 제 소임에 바쁘게 됩니다. 그 동안이 30분, 다시 아침

---

60 천악千岳 : 천 개의 산.

61 필설筆舌 : 글과 말.

62 장절壯絶 : 아주 장하고 뛰어남.

63 기절奇絶 : 아주 신기하고 뛰어남.

64 유한有閑 : 시간의 여유가 있어 한가함.

65 무아 삼매無我三昧 : 잡념을 떠나서 자기의 존재를 잊어버린 상태.

66 생멸生滅 : 우주 만물이 생기고 없어짐.

67 초려焦慮 : 애를 태우며 생각함.

68 별시 염불別時念佛 : 정한 때의 염불이 아닌, 수시로 하는 염불.

69 근행勤行 : 부지런히 행함.

70 공양供養 : 절에서 음식 이바지를 맡은 중.

71 부목負木 : 절에서 땔나무를 하여 들이는 중.

정양사의 헐성루

쇠북이 울리면 한 곳으로 모든 승려가 모여 둘러앉아 제각기 가진 목발木鉢[72]에 밥 한 그릇, 국 한 그릇, 채소 한 그릇, 물 한 그릇, 모두 네 그릇을 받아가지고 불은佛恩[73]을 찬미하며 아침밥을 먹습니다. 그 동안이 겨우 10분, 조반을 마치면 혹은 강당과 법당으로, 혹은 선방禪房으로, 혹은 제각기 헤어집니다. 점심과 저녁도 역시 쇠북으로 신호하여, 그들이 취침하는 오후 10시까지 군대의 생활에 지지 않을 만큼 극히 엄격하고 규칙적인 생활을 하고 있습니다. 질소質素[74]한 의복과 질소한 음식으로 사는 그들의 이 규칙적 생활은 도심道心이 박약한 승려로는 가장 견디기 어려운 점이라 합니다. 모처럼 입산하였다가 중도에서 산을 벗어나 다시 속세로 돌아가는 파도승破道僧[75]의 대개는 이 단조하고 규칙적인 생활이 한 가지 큰 고통이 되는 까닭이라 합니다.

—『매일신보』 8589호, 1931.8.16, 2면.

---

72 목발木鉢 : 나무로 만든 쟁반.
73 불은佛恩 : 부처의 은혜.
74 질소質素 : 꾸밈이 없고 수수함.
75 파도승破道僧 : 불도를 깨뜨리는 중.

4.

낸가에 발을 씻는
젊은 여승은 보살의 현신現身
옥황玉皇의 청풍과 용왕의 수성水聲

　표훈사에서 나와서 만폭동의 계곡을 찾아 올라갔습니다. 큰 바위 둘이 이마를
마주 대고 있는, 천작天作[76]으로 된 금강문金剛門이라는 석문을 지나서 얼마 못가
니 길가 반석 위에 양봉래楊蓬萊[77]가 썼다는 봉래풍악 원화동천蓬萊楓岳元化洞天이
라는 여덟 글자를 구경하고 다시 그 옆에 역시 양봉래가 놀았다는 바위에 새긴
바둑판을 보았습니다. 4면의 천인千仞[78] 절벽은 하늘에 닿았고 암두岩頭[79]의 노송
가지에서는 흰 구름이 왕래하는데, 발 아래에는 기암괴석을 기어가며 벽옥 같은
맑은 물이 소리를 쳐 흘러 내리고 있습니다. 저편 쪽 봉두峰頭[80]에서 안개를 헤치
며 골짜기를 타서 청풍이 불어오니 물소리가 바람 소리인지 바람 소리가 물소리
인지 과연 신선이 놀 만한 곳이라고 생각이 듭니다. 표연飄然[81]히 진세塵世[82]를 떠
나 만폭동 반석 위에 바둑판 그려 놓고 금강의 풍월을 제 혼자 맡아 노닐던 양楊
처사의 풍류도 그럴듯하였으리라고 생각하였습니다.
　이 바둑판 있는 곳에서부터 화룡담火龍潭에 이르기까지 약 10리 동안이 만폭동
입니다. 얼마 못 가서 방선교訪仙橋가 있고, 세두분洗頭盆이 있고, 사선대四仙臺, 영
아지影娥池가 있으며, 영아지에서 상류 편으로 보면 법기봉法起峰의 산록이 석벽石
壁에 의지하여 길다란 동주銅柱[83] 하나가 버티고 있는 보덕굴普德窟이라는 조그마

76　천작天作 : 사람의 힘을 가하지 않고 하늘의 조화로 만들어짐.
77　양봉래楊蓬萊 : 16세기 조선 시대에 생존했던 서예가 양사언을 말함.
78　천인千仞 : 천 길의 높이.
79　암두岩頭 : 바위의 위.
80　봉두峰頭 : 산봉우리의 맨 꼭대기.
81　표연飄然 : 훌쩍 나타나거나 떠나는 모양이 거침없음.
82　진세塵世 : 티끌 세상.
83　동주銅柱 : 구리 기둥.

한 암자 하나가 있으니, 이 암자는 고려 말년에 회정懷正 법사라는 이가 창건한 것으로 법사에게 관음보살이 현신現身하였다는 기적을 남긴 전설이 있는 곳입니다. 어떤 미인이 세두분에서 머리를 감고 있으므로 방선교를 지나서 쫓아 와보니 그 미인이 사선대로 올라가기로 그 뒤를 따랐으나 미인은 간 곳 없고 물소리만 잔잔한데 영아지에 그 미인의 그림자가 비춰었기로 다시 그 뒤를 찾아가니 석굴 하나가 있고 그 석굴 앞에서 미인의 자취는 영영히 사라지고 말았는데, 이 미인이 즉 관음보살의 현신이었다 합니다. 그리하여 법사는 미인이 사라진 석굴에 보덕굴이란 암자를 세우고 관음보살의 상을 모셨다 합니다.

영아지에서 조금 가면 벽파□碧波□ □□□ □□□□□[84] 여기서 화룡담火龍潭까지 모두 여덟 개의 담潭[85]이 있으니, 만폭동의 특색은 이곳에 있습니다. 벽옥碧玉[86] 같은 물이 흐르고 흐르다가 자리가 깊어져 소沼[87]가 되고 괴석이 가로막힘에 분류격단奔流激湍[88]을 이루어 폭포가 되니, 한 걸음에 소沼요 두 걸음에 폭포가 있어 만폭동의 이름이 과연 허언虛言이 아닙니다. 물이 청공靑空에서 떨어지니 뇌성벽력이 대지를 흔드는 듯, 일동一洞[89]이 안개에 잠기고 오색 무지개가 다리를 놓으니, 한 없이 장려壯麗하며 잔잔한 물결이 고이고이 흐르다가 넓은 곳을 만나 다시 비스듬한 곳으로 넘쳐흐르니, 구슬이 구슬을 물어 진주眞珠의 발을 친 듯하며 그 빛이 영롱하여 월궁 항아月宮姮娥[90]의 치마를 가린 듯하니 끝없이 아름답습니다. 머리 위의 청풍이 옥황玉皇의 노래를 전하고 발아래 수성水聲이 용왕의 가락을 아뢰니, 이것이 땅이 땅이 아니요 전국과 용궁이며, 이것이 사람이 사람이 아니요 제 곳을 찾은 신선인가 싶습니다. 이러한 대자연을 배경 삼고 탁발托鉢[91] 가는 노승이 □□□□□ □□□ 멈추고 염불을 외우니 서방정토西方淨土가 십만억 불토佛土 밖이라 함이 거짓 같고, 재齋를 올리고 내려오는 젊은 여승이 시냇가에

---

84 원문이 보이지 않음.

85 담潭 : 못.

86 벽옥碧玉 : 푸른 빛의 고운 옥.

87 소沼 : 늪.

88 분류격단奔流激湍 : 내달리듯이 아주 빠르고 세차게 흐르는 물줄기와 몹시 빠르게 흐르는 여울

89 일동一洞 : 한 골짜기.

90 월궁 항아月宮姮娥 : 달 속에 있다는 선녀.

91 탁발托鉢 : 승려가 경문을 외며 집집이 구걸하는 일.

서 발을 씻으니 보살현신菩薩現身이 참인가 하였습니다.

표훈사 전경

—『매일신보』 8590호, 1931.8.17, 2면.

5.

전세 인연 짧음을
한하는 나그네의 마음
천계만곡千溪萬谷에 사무친 모종성暮鍾聲

청룡靑龍이 깊이 잠겨 아침 저녁으로 안개를 뿜으니 이곳이 청룡담靑龍潭이요,
백옥 같은 물결 속에 보살의 궁전(=보덕굴普德窟)이 영롱하니 이곳이 벽파담碧波潭
이요, 백옥 같은 비말飛沫[92]이 안개다리를 그리니 이곳이 분설담噴雪潭이요, 찬란
한 백진주白眞珠·황진주黃眞珠가 물속에서 솟아나오니 이곳이 진주담眞珠潭이요,

---

[92] 비말飛沫: 날아 흩어지거나 튀어 오르는 물방울.

남해 용왕을 금강산에 모셔다 놓고 경치가 하도 좋아 돌아갈 줄을 잊은 거북이가 그대로 천만년 풍우에 화化하여 돌이 되니 이곳이 귀담龜潭이요, 금강산이 영산靈山이라기로 보살의 설법도 들을 겸 목욕차로 은하수 건너 하강한 월궁 선녀가 타고 와서 때 가는 줄 모르고 있다가 깜짝 놀라 황망히 돌아갈 제 버리고 간 그 배가 지금까지 남았으니 이곳이 선담船潭이요, 선담서 조금 올라가면 만폭동 8담潭의 마지막인 화룡담火龍潭이 있습니다.

화룡담火龍潭 서편으로 방형方形[93]의 바위를 첩첩이 쌓아놓아 마치 책을 쌓아놓은 듯한 큰 바위가 있으니 이것이 장경암藏經岩이요, 화룡담 북편으로 사자獅子가 내려다보고 있는 듯한 바위가 있으니 이것이 사자암獅子岩입니다. 이 화룡담과 장경담과 사자암을 합하여 한 전당을 이루니 그것은 옛날 파륜波倫이라는 보살이 법기法起 보살의 반야경般若經 설법說法을 듣고자 산중대왕山中大王인 사자에 팔만대장경을 싣고 만폭동으로 들어와서 사자봉獅子峰에 매어 놓고 파륜봉波倫峰 기슭에 대장경을 쌓아 둔 채 법기 보루寶樓에 올라 설법을 들으니 백마과극白馬過隙[94]과 같은 속세의 성광星光[95]이 흐르고 흘러 몇 천 년이 되는 동안에 대장경과 사자는 그대로 바위로 화化하여 장경암과 사자암이 되었다 합니다. 그때 이 화룡담에는 화룡이 살고 있었는데, 사자는 화룡을 보고 그곳에서 물러가기를 요구하여 화룡과 사자 사이에는 큰 싸움이 시작되었습니다. 그러나 화룡이 제 아무리 신통력이 있다 할지라도 보살을 모시고 온 산중대왕을 경멸히 할 수 있었으리요? 결국은 두 짐승 사이에 화해가 성립되었는데, 그 조건으로 사자가 먼 길에 오느라고 앞다리 하나가 꺾이었으므로 앉아서 주인을 기다리기가 하도 곤란하여 화룡에게 자기 발을 괼 돌 하나를 갖다달라고 요구하였습니다. 화룡도 할 수 없이 건너편 법기봉에서 거기 맞을 돌 하나를 뽑아다가 그의 발밑에 괴어주었다는데, 지금도 사자암의 오른편 앞발 밑에 네모반듯한 큰 돌이 일부러 끼어놓은 듯이 있고 건너편 법기봉에는 그만한 돌이 뽑힌 자리가 있습니다. 그 뒤 화룡은 어찌되었는지 자취가 사라졌으나 그때의 전설만을 이 화룡담에 감추고 있을 뿐입니다.

---

93 방형方形 : 네모 반듯한 모양.
94 백마과극白馬過隙 : 흰 말이 작은 틈을 빨리 지나듯 세월의 빠름.
95 성광星光 : 별빛, 세월.

화룡담과 사지암

　화룡담 위쪽 바위에 앉아서 북편으로 바라보면 중향성衆香城의 여러 봉우리가 보입니다. 대리석으로 된 첩첩한 기암奇巖이 석조夕照[96]에 비쳐 영롱한 광채를 발하면서 미인의 면사포綿絲布 같이 엷은 안개 속에 은은히 보입니다. 한참 보고 있노라니 무슨 꿈의 나라에나 온 듯합니다. 저곳이 극락세계를 둘러막은 성벽 같기도 하고 신선이 사는 궁전 같기도 합니다. 죄 많은 속세의 중생이 멋모르고 선경仙境을 침입하였다가 큰 벌이나 받지 않을까 하는 겁이 나서 다시 진세塵世[97]를 향하고 내려오니, 만곡萬谷 천계千溪에서 일어나는 저녁안개가 앞길을 막고 원사 근암遠寺近菴[98]에서 들리는 저녁 종소리는 산곡山谷[99]에 울리어 전세前世의 인연이 너무 박약함을 한하는 나그네의 마음을 어둡게 하였습니다. (끝)

—『매일신보』 8591호, 1931.8.18, 2면.

---

96 석조夕照 : 석양.
97 진세塵世 : 속세.
98 원사 근암遠寺近菴 : 먼 곳의 절과 가까운 데의 암자.
99 산곡山谷 : 산골짜기.

총독 수행기

1.

통군정統軍亭에서 고사古事 회상

제1선의 경관을 위로하다

삭주朔州 온천에서 여진旅塵을 세척洗滌

10월 27일 오전 7시, 쌀쌀한 북풍의 새벽 바람에 가는 빗방울같이 엉기어 내리는 짙은 안개에 싸여 바야흐로 잠을 깨려는 신의주新義州 역두驛頭[1]에는 서선西鮮[2] 시찰의 도途[3]에 나아가 그 제1보를 인印[4]하는 우가키宇垣 총독을 맞기 위하여 1천여 관민官民이 환영의 인성人城[5]을 짓고 있었다. 역전으로부터 근 십수 정町[6]에 긍亘[7]하는 순로順路[8]에 도열堵列[9]한 군중에게 총독은 일일이 납례하며 이시카와石川 평화平和 지사의 안내로 평안도 신사神社에 참배하여 일로一路[10]의 평안을 빈 뒤에, 평안북도 도청에 도착하여 도청의 고등관高等官, 각 과장, 부내府內 각 기관장, 공직

---

1   역두驛頭 : 역 앞.
2   서선西鮮 : 한반도 서부.
3   도途 : 길.
4   인印 : 찍음, 자취를 남김.
5   인성人城 : 사람이 성을 이루었다는 뜻으로, 아주 많은 사람이 빙 둘러 있는 상태를 이르는 말.
6   정町 : 약 1만 평방미터.
7   긍亘 : 걸침.
8   순로順路 : 원래의 순서에 따른 길. 또는 방향.
9   도열堵列 : 많은 사람이 죽 늘어섬. 또는 그런 대열.
10   일로一路 : 진행해 가는 길.

자, 민간 유력자 등과 접견한 후 평북 지사로부터 관내 상황 보고를 청취하고, 일반 청원廳員[11]에게 총독은 '일일진월보一日進月步[12]의 현대에 낙오되지 않도록 분투 노력하라'는 간독懇篤[13]한 일장의 훈시를 여與[14]하여 청원에게 다대한 감격을 주고, 이어 신의주 가토加藤 상공회두商工會頭[15]로부터의 다사도多獅島 축항築港[16]의 건件, 여자고보女子高普[17] 설치 요망의 건 등의 진정이 있었다.

총독 일행은 도청을 나와 법원, 세관, 수비대, 비행장 등을 들러 각기 상황의 보고를 청취하고 오전 11시 20분 자동차를 몰아 의주 통군정義州統軍亭으로 향하였다. 통군정은 거금距今[18] 약 500년 전 세종조 때에 여진을 평정하고 그 개선 기념으로 창건한 것으로, 그 후 약 100년 후 중종 시대에 개축改築한 것이다. 통군정은 의주 읍내의 북구北丘[19]에 흘립屹立[20]하여 정하 백인亭下百仞[21]의 압강 강반鴨江江畔[22]에 임하여 있으니, 중국의 호산虎山 구운성九運城이 지호指呼[23]의 거리에 있으며, 벽파취만碧波翠巒[24]이 일모지중一眸之中[25]에 들어 풍광이 웅대雄大[26]하여 조선 팔경朝鮮八景의 하나라 한다.

이 정자는 또 기다幾多[27]의 사실史實을 장藏[28]하였으니, 임진란 때에는 선조께서 난을 이곳에 피하셨으며, 일청日淸・일로日露의 양 전역戰役[29]에는 일본군이 분

---

11 청원廳員 : 도청 직원.
12 일일진월보一日進月步 : 하루에 한 달치의 진보를 함.
13 간독懇篤 : 정성스럽고 돈독함.
14 여與 : 베풀어 줌.
15 상공회두商工會頭 : 상공회의소 소장.
16 축항築港 : 항구를 구축함.
17 여자고보女子高普 : 여자 중학교.
18 거금距今 : 지금을 기준으로 지나간 어느 때까지 거슬러 올라가서.
19 북구北丘 : 북쪽 언덕.
20 흘립屹立 : 산이나 바위, 나무 따위가 깎아지른 듯이 높이 솟아 있음.
21 정하 백인亭下百仞 : 정자 아래가 100길이 되게 높음.
22 압강 강반鴨江江畔 : 압록강 강변.
23 지호指呼 : 손짓하여 부름.
24 벽파취만碧波翠巒 : 푸른 파도와 비췻빛 산.
25 일모지중一眸之中 : 한눈에 들어오는 거리.
26 웅대雄大 : 웅장하고 큼.
27 기다幾多 : 상당히 많음.
28 장藏 : 간직함.
29 전역戰役 : 전쟁.

전투戰鬪[30]한 곳으로, 총독은 왕년 전적戰跡[31]을 회상하며 최근 비적匪賊[32]이 습래襲來[33]한 상보詳報[34]를 청취하면서 주식晝食[35]을 마친 후, 의주 군청의 농업학교를 시찰하고 오후 2시 이번 순시의 목적인 국경의 제1선을 향하고 출발하였다.

아침서부터 지척을 분간키 어렵도록 내리던 농무濃霧[36]도 어느덧 천랑기청天朗氣晴,[37] 국경서 드물게 보는 좋은 날씨였다. 그리하여 총독 일행은 장강長江을 옆에 끼고 동북으로, 동북으로, 오늘의 숙박지인 삭주朔州로 향하여 자동차를 달리었다. 추기秋氣[38]는 소삭蕭索[39]하나 만산滿山[40]의 초목은 온양溫陽[41]에 조요照燿[42]하여 황단黃緞[43]을 두른듯 한데 장강의 녹파綠波[44] 또한 잔잔潺潺[45]하여 일행으로 하여금 근 400리의 자동차 행정行程[46]에도 그 단조로움을 잊게 하였다.

일행은 시시로 대안對岸[47] 만주국계滿州國界를 지호指呼[48]하며, 국경 경비와 비적匪賊 소탕의 신고辛苦[49]를 생각하고, 다시 판막령坂幕嶺의 준험峻險[50]을 넘으면서 세로世路[51]의 기구崎嶇[52]함을 연상하였다. 때때로 연로沿路[53] 주재소駐在所[54]에 이

---

30 분전奮戰 : 온 힘을 다해 싸움.
31 전적戰跡 : 전쟁을 한 흔적.
32 비적匪賊 : 무장을 하고 떼를 지어 다니면서 사람들을 해치는 도둑.
33 습래襲來 : 습격해 옴.
34 상보詳報 : 자세히 보고하거나 보도함. 또는 그런 보고나 보도.
35 주식晝食 : 점심밥.
36 농무濃霧 : 짙은 안개.
37 천랑기청天朗氣晴 : 하늘이 맑고 날씨가 갬.
38 추기秋氣 : 가을의 기운.
39 소삭蕭索 : 고요하고 쓸쓸함.
40 만산滿山 : 온 산에 가득함.
41 온양溫陽 : 따뜻한 햇볕.
42 조요照燿 : 밝게 비쳐서 빛남.
43 황단黃緞 : 누른 비단.
44 녹파綠波 : 푸른 물결.
45 잔잔潺潺 : 흐르는 물소리가 가늘고 나지막함.
46 행정行程 : 멀리 가는 길.
47 대안對岸 : 강 건너편에 있는 언덕.
48 지호指呼 : 손짓하여 부름.
49 신고辛苦 : 어려운 일을 당하여 애씀.
50 준험峻險 : 산세가 높고 험악함.
51 세로世路 : 세상을 살아가는 길.
52 기구崎嶇 : 세상살이가 순탄하지 못하고 가탈이 많음.
53 연로沿路 : 큰 도로 좌우에 잇대어 있는 곳.

르러 총독은 간독懇篤[55]한 태도로 경관의 노勞[56]를 사謝[57]하고 예例[58]의 기운 있는 어조로 격려하였다. 오후 4시 삭주朔州 군청을 시찰하고 온풍溫豐 경찰관 요양소를 방문한 후, 첫째 날의 행정行程[59]을 무사히 마치고 삭주朔州 온천에 들어 여진旅塵[60]을 씻으니 시간은 정확히 오후 6시.

—『매일신보』 9027호, 1932.11.5, 1면.

2.

삭주朔州와 초산楚山 사이의
최전선을 시찰
초산楚山 와인동瓦仁洞 모범 촌락 방문

삭주朔州 읍내를 상거相距[61]하기 남방 약 2리. 수청기상水淸氣爽[62]한 정양지靜養地[63]요, 수질과 수량이 우수하고 풍부하므로 사계절 욕객浴客이 부절不絶[64]하는 삭주 온천에서 국경 시찰의 첫날밤을 보낸 일행은 28일 오전 8시반 삭주를 출발. 이날 기온은 급저急低[65]하여 찬 서리가 대지를 덮었고, 한기寒氣는 뼈를 쏘는 듯 국

---

54 주재소駐在所 : 일제 강점기에, 순사가 머무르면서 사무를 맡아보던 경찰의 말단 기관. 8·15광복 후에 지서支署로 고침.
55 간독懇篤 : 정성스럽고 돈독함.
56 노勞 : 수고로움.
57 사謝 : 감사함.
58 예例 : 이미 잘 알고 있는 바.
59 행정行程 : 멀리 가는 길.
60 여진旅塵 : 여행을 하면서 뒤집어 쓴 먼지.
61 상거相距 : 서로 떨어짐.
62 수청기상水淸氣爽 : 물은 깨끗하고 대기는 상쾌함.
63 정양지靜養地 : 몸과 마음을 안정하여 휴양하는 곳.
64 부절不絶 : 끊이지 않음.
65 급저急低 : 급히 낮아짐.

경 기분이 점차 농후함을 깨닫겠다. 어느덧 자동차는 냉평령冷坪嶺의 험준險峻을 넘어 오제암鳥啼岩의 기승奇勝[66]을 구경하고 창성昌城을 향하는 도중, 구곡면九曲面에서 총독은 자동차를 머물러 신연新延 금광을 원망遠望[67]하고 최근의 상황을 청취하였는데 산금産金[68] 장려에 크게 힘을 쓰는 총독인 만큼 매우 열심이었다. 오전 9시 15분, 창성에 도착한 총독은 곧 수비대에 들어가 미와三輪 경비대장과 접견하고 대안對岸의 병비兵匪[69] 상황과 우리 월경越境 부대의 활약 상황을 청취하고 장교를 대하여 그 노고를 호쿠犒[70]하는 동시에 격려의 말을 베풀었다. 군청에서는 관민 유지有志와 접견하고 석상席上[71]에서 관영官營 산금 제련소産金製鍊所 설치에 관한 진정이 있었다. 그리하여 총독은 벽동碧潼에 이르기까지 국경 최전선의 경찰 주재소 및 출장소 6개소를 위문하고, 결빙기結氷期를 앞두고 그들의 긴장에 만족한 듯이 일일이 수긍하는 바 있었다. 특히 강안江岸 경비 최전선인 묘동廟洞·창주昌州 주재소에서는 엄보掩堡[72]와 방탄벽 감시장의 설비를 보고 대길大吉 주재소에 도착하였다. 이곳은 관세창關稅廠·영림창營林廠 등이 있는 곳으로, 대안對岸 백채지白菜地로부터 만주국滿洲國 집안현輯安縣의 공안국장이 관민 대표 등을 인솔하고 월경越境하여 총독을 송영送迎[73]하였다.

도중, 대안의 지나支那 촌락마다 보통 민가임에도 불구하고 반드시 4, 5층의 망루가 있음이 상례임을 보았다. 이는 상시 비적匪賊의 습래襲來[74]에 극도로 협위脅威[75]를 느끼는 대안對岸의 지나인支那人이 비적의 침래를 감시하는 망루로, 얼마나 그들이 비직의 학행虐行[76]에 전율戰慄[77]하고 있는가를 알 수 있다. 그러한 위험 지

---

66 기승奇勝 : 기묘하고 뛰어난 경치.
67 원망遠望 : 멀리 바라봄.
68 산금産金 : 금을 생산함.
69 병비兵匪 : 군병과 비적.
70 호쿠犒 : 음식을 보내어 군사를 위로함.
71 석상席上 : 누구와 마주한 자리. 또는 여러 사람이 모인 자리.
72 엄보掩堡 : 보이지 아니하게 가린 둑.
73 송영送迎 : 가는 사람을 보내고 오는 사람을 맞음.
74 습래襲來 : 습격해 옴.
75 협위脅威 : 위협.
76 학행虐行 : 포학한 행농.
77 전율戰慄 : 몹시 무섭거나 두려워 몸이 벌벌 떨림.

대를 근근⁷⁸히 지호지간指呼之間⁷⁹에 두고 있는 조선측 국경 주민의 불안도 우리의 상상 이상임을 알겠는 동시에 이곳 경관의 신고辛苦가 여하如何함을 짐작할 수 있다.

일행은 마전령魔轉嶺을 넘어 벽단碧團을 지나 벽동읍碧潼邑에 도착. 이곳은 석자昔者⁸⁰ 여진女眞의 토지로, 공민왕 때 현감縣監을 둔 곳이며 읍내 호구戶口는 1,400여 호, 인구 8,000여로, 군청 수비대, 헌병 분주소分駐所, 법원 출장소 등이 있으며, 오사헌五事軒, 탄금정彈琴亭, 육각정六角亭 등의 명소가 있어 아담하고 정결한 산간의 소도시이다. 일행은 이곳에서 점심을 취한 후 총독은 수행하던 니시하라西原 어용괘御用掛⁸¹로 하여금 벽동碧潼 수비대를 위문케 하고, 충만강忠滿江을 건너 탄령炭嶺을 넘어 초산군楚山郡 초산면 와인동瓦仁洞에 도착하였다.

와인동은 초산군 내의 유일한 모범 농촌으로 총92호 중 소작小作⁸²이 45호, 그 나머지가 자작농과 반소작농인데, 양잠 호수 53호, 축우畜牛 161마리로, 특히 이색적인 것은 퇴비의 보급과 우사牛舍의 방한防寒 설비 완전 등이다. 총독은 특히 면장 이헌국李憲國 씨를 불러 격려를 하고 두어 민가를 친히 왕방하여 생활 상태를 시찰한 후 5시반 초산에 도착하여 여장을 풀다.

초산군은 평북의 중앙 북부에 위치하여 만주국 집안현 및 관전현寬甸縣과 상대하여, 전면적의 90%가 산지이며 일찍 도호부사都護府使를 두었던 곳이다. 읍내의 호구 2천여 호, 인구 1만 1천여 인, 경지 면적 171,583반反⁸³에, 화전火田이 34,837반反, 군청, 경찰서, 법원 지청, 도립 의원, 수비대 등이 있다. 오늘 행정行程⁸⁴은 실로 380리, 연일連日⁸⁵의 좋은 날씨로 외투를 입고는 오히려 더움을 느낄 정도였다.

—『매일신보』 9028호, 1932.11.6, 1면.

78　근근近僅 : 겨우.
79　지호지간指呼之間 : 손짓하여 부를 만큼 가까운 거리.
80　석자昔者 : 옛적.
81　어용괘御用掛 : '담당관'의 일본식 표현.
82　소작小作 : 남의 땅을 빌려 농사를 지음.
83　1반은 991.74㎡.
84　행정行程 : 가는 길의 거리.
85　연일連日 : 여러 날을 계속함.

3.

유劉 집안현장輯安縣長과 회견

일만日滿 친선 역설

위원渭原 용문동龍門洞 모범 촌락 시찰

29일 오전 8시 초산楚山을 떠난 총독 일행은 위원군渭原郡 서태면西泰面 용문동龍門洞의 모범 농촌을 방문하였다. 본동本洞은 광무廣袤[86] 약 2평방리의 산촌으로 계변溪邊에 작은 면적의 경지가 산재한 것 외에는 전부가 급경사지의 산악지대이다. 총호수 199호, 그중 농가가 8할 9푼을 점하였고, 민풍民風[87]이 극히 순박하여 관의 시설에 신뢰하며, 농사 개량 및 제반의 장려 사항을 준수하고 또 근농勤農[88] 정신이 왕성함으로써 유명한 촌락이다. 석일昔日[89]의 빈한한 소산촌小山村으로부터 오늘의 모범촌이 되게 된 것은 본동의 중심 인물인 지금 면장 최형호崔亨鎬씨와 구장區長 송윤서宋允瑞씨, 서태면西泰面 주재소 순사부장 미야야마宮山淸雄씨의 노력이 절대絶大[90]하였음이라 한다.

이제 용문동의 주요 시설을 보건대, 전작畑作[91] 개량 지도단 설치와 비료 개량·증제增製이니, 특히 이색을 발하는 것은 우사牛舍·돈사豚舍의 개량과 퇴비사堆肥舍의 긴설이다. 총독은 친히 농가를 방문하여 이들 개량 시설의 현황을 시찰하고 일일이 상세한 질문까지 하는 열심을 보이어 동민으로 하여금 감격케 하였다. 또 본동에는 생활 개선 동맹회라는 것이 있어, 동민의 생활 개선, 풍속의 쇄신 등을 목적하고 활동하고 있다 한다. 본회에서 실행하고 있는 사항을 보건대 모범 작포作圃[92] 경영 1호마다 축우畜牛 또는 돼지 한 마리 이상과 닭 5마리 이상 사육

---

86 광무廣袤: '광廣'은 동서東西, '무袤'는 남북南北의 뜻으로, '넓이'를 달리 이르는 말.
87 민풍民風: 민간 생활과 결부된 신앙, 습관, 풍속, 전설, 기술, 전승 문화 따위를 통틀어 이르는 말.
88 근농勤農: 농사를 부지런히 지음.
89 석일昔日: 지난 날, 옛날.
90 절대絶大: 견줄 바가 없이 큼.
91 전작畑作: 화전으로 농사 지음.
92 작포作圃: 농삿일, 또는 농삿일을 행함.

하고, 전답의 제석除石[93] 여행勵行,[94] 우사牛舍의 방채防寨[95] 설비, 가옥 주위에 식상植桑,[96] 의복 재료의 자작자급自作自給,[97] 초혜草鞋[98]의 상용, 구매 조합의 설치, 면호面戶별 세금 등급에 의한 관혼상제 비용의 제한, 문맹의 계발啓發,[99] 납세 기일 엄수 등으로 그 실적이 볼 만한 것이 많다 한다. 총독은 동민의 노력을 칭상稱賞[100]하고 일층 분발하라고 격려하였다.

용문동을 출발한 총독 일행은 위원군 서태면西泰面 사무소 앞에서 마침 수비 상황을 시찰중인 우메자키梅崎 20사단장, 이데이出井 군의부장軍醫部長, 나카이中井 고급부관高級副官과 회견하고 총독과 피차의 노고를 위로하였는데, 우메자키 사단장은 총독에게 만포진滿浦鎭 부근에서 집안현輯安縣 통구通溝에 파견된 시바타柴田 부대장이 월래越來[101]하여 토벌 상황 등을 보고할 뜻을 고한 후 작별하다. 그리하여 일행은 오전 9시반 위원渭原 군청에 도착, 위원 공립 보통학교渭原公立普通學校를 방문하고 이곳의 명산인 위원 단계연渭原端溪硯[102]의 제작 실습 상황을 시찰하였다.

단계연端溪硯은 지금으로부터 약 3백 년 전 효자 이 아무개라는 자가 미려美麗한 하석河石[103]을 구하여 부모의 묘비를 만들었음이 최초의 발견이라 하는데, 왕일往日[104]에는 그 벼루 생산량이 극히 미미부진微微不振[105]하였으나, 근년 점차로 수요가 증가하여 이제는 공급에 망쇄忙殺[106]하고 있는 상태라 한다. 위원 공립학교에서는 보통 수공과手工科[107]를 제3학년 이상의 아동에게 과하여 지금은 그 기

---

93 제석除石 : 돌을 제거함.
94 여행勵行 : 힘써 행함.
95 방채防寨 : 외부로부터의 침입을 막기 위한 울타리.
96 식상植桑 : 뽕나무 심기.
97 자작자급自作自給 : 스스로 만들어 공급함.
98 초혜草鞋 : 짚신.
99 계발啓發 : 슬기나 재능, 사상 따위를 일깨워 줌, 여기서는 문맹 퇴치.
100 칭상稱賞 : 칭찬하여 기림.
101 월래越來 : '건너옴'의 일본식 한자어.
102 단계연端溪硯 : 위원에서 단단하고 질 좋은 돌인 단계석端溪石으로 만든 벼루.
103 하석河石 : 강가의 돌.
104 왕일往日 : 지난 날.
105 미미부진微微不振 : 보잘것없이 아주 작고 일이 활발하지 않음.
106 망쇄忙殺 : 정신을 차릴 수 없을 정도로 매우 바쁨.
107 수공과手工科 : 손 공예 과목.

술 방면에 있어서도 타他에 손색이 없고 도리어 지방 제조업자를 지도하는 위치에 있다 한다. 총독도 그의 공적을 칭상稱賞하고 특히 생도가 만든 제품의 단계연端溪硯을 두어 개 기념으로 샀다.

위원을 출발한 총독은 만포진滿浦鎭으로 향하는 도중, 입석 도선장立石渡船場에서 시바타柴田 부대장과 회견하고 대안對岸의 비적匪賊 토벌 상황을 청취하였으며, 또 총독을 송영送迎키 위하여 월강越江[108]한 집안현輯安縣 유劉 현장縣長 등 만주국 관민官民 유력자 등 15명과 회견하고, 총독은 특히 유 현장에 대하여 일본과 만주의 관계는 지금까지와 달라 금후今後 일층 피차에 친밀히 하여 가지 않으면 안 된다고 일만日滿 친선을 역설한 바 있었다. 그리하여 오후 1시 25분 총독 일행은 만포진에 도착, 점심 후 다시 방향을 남으로 회전하여 일로一路 독로강禿魯江을 연沿[109]하여 질주 4시간, 오후 4시 50분 강계江界에 들어와 제3일의 여장旅裝을 풀다.

—『매일신보』 9029호, 1932.11.7, 1면.

4.

독로상반禿魯江畔에 흘립屹立한
인풍루仁風樓 위의 가조佳眺
묘향산妙香山 승방僧房의 고요한 하룻밤

29일 오후 4시 50분, 강계江界 읍내에 도착한 총독은 곧 군청에 이르러 야마모토山本 군수 이하 군민 유지 30여 명과 접견하였는데, 석상席上[110] 군민 대표는 서면으로써 형무소 설치, 수도 신설, 안만선安滿線[111] 철도 공사 촉진 등 3건을 진정

---

108 월강越江 : 강을 건넘.
109 연沿 : 따라감.
110 석상席上 : 누구와 마주한 자리. 또는 여러 사람이 모인 자리.

하였다. 이어 총독은 인풍루仁風樓에 오르니, 이 누각은 강계읍의 서북단 독로강
禿魯江과 북천北川이 합하는 곳에 참연嶄然[112]히 솟아있어 누각 아래 수백 척 조망
眺望이 좋아 관서 팔경關西八景의 하나라 한다. 누각 위에서 총독은 사방의 경치를
완상玩賞[113]하며 마쓰이松井 영림창장營林廠長으로부터 독로강의 유벌流筏[114] 상황
기타를 청취하고 강계관江界舘에서 여장을 풀다.

이튿날은 총독 여정의 제4일인 30일, 오전 8시 여사旅舍[115]를 출발하여 강계 농
사 시험소江界農事試驗所에 이르러 가토加藤 기사로부터 평북의 전작畑作[116] 개량
사업, 다각적 농업 경영 등의 설명을 듣고, 수비대로 향하여 마스코增子 대장隊長
대리 이하 대원 일동을 위문・격려하고 주효酒肴[117] 요금 일봉一封[118]을 증정하였
다. 그리하여 일행은 독로강의 계곡을 타서 안만 도로安滿道路[119]를 질주하여 오
전 10시반 전천前川에 도착하였다.

먼 산의 봉두峰頭[120]에는 백설白雪이 쌓이어 있어 북국北國다운 기분이 있었으
나 기온은 그다지 저하低下[121]치 않아 소춘일화小春日和[122]를 자랑하고 있다. 전천
前川에 도착한 총독은 금년 가을 금융조합 대회에서 표창된 희천熙川 금융조합과
독로강禿魯江 호안護岸 공사를 시찰하고 경찰서에서 점심을 취한 후 강계 양조회
사 지점을 보고, 조선 제일의 준험峻險[123]이라는 구현령狗峴嶺을 넘어 오후 4시에
희천熙川에 도착하였다. 이 희천군은 고려시대의 청새진淸塞鎭으로 읍내의 인구 7
천여, 원흥元興 온천, 영파루映波樓, 제연정題然亭 등의 명소名所가 있다. 군청에서
상황 보고를 청취한 후 민간 유력자와 접견, 석상席上 군대표로부터 원산-초산선

---

111 안만선安滿線 : 평안남도 안주와 평안북도 만포진을 연결하는 철도.
112 참연嶄然 : 한층 높이 뛰어나 우뚝함.
113 완상玩賞 : 즐기며 구경함.
114 유벌流筏 : 뗏목.
115 여사旅舍 : 여관.
116 전작畑作 : 산에 불을 질러 밭을 만들고 거기에 농사를 지음.
117 주효酒肴 : 술과 안주.
118 일봉一封 : 사례금이나 상금으로 얼마의 돈을 넣은 봉투.
119 안만 도로安滿道路 : 평남 안주에서 평북 만포진까지의 도로.
120 봉두峰頭 : 산봉우리의 맨 꼭대기.
121 저하低下 : 낮아짐.
122 소춘일화小春日和 : 음력 10월에 날씨가 온화함.
123 준험峻險 : 산세가 높고 험악함.

도로 개수改修, 군용지 불하拂下[124]의 진정이 있었는데, 총독은 철도의 개통도 좋으나 일면 도회지의 나쁜 풍조를 이입移入[125]함을 주의치 않으면 안 된다고 경계하였다. 다시 일행은 청천강淸川江에 임하여 남하南下, 5시 월림 도선장月林渡船場을 건너 모색暮色[126]이 창연蒼然[127]한 중에 금일의 숙박지인 묘향산妙香山으로 향하다.

묘향산의 보현사普賢寺는 조선 본산本山[128]의 하나로 고려시대의 창건이다. 산수의 명미明美함과 전당殿堂의 웅대雄大함으로 고래古來로 유명한 가람伽藍이다. 누누屢屢[129]이 축융祝融[130]의 액厄[131]을 만나 지금은 겨우 당시의 면영面影[132]만을 머물고 있을 뿐이다. 본사本寺는 900여 년 전, 고려 현종顯宗 19년에 탐밀 선사探密禪師가 안심사安心寺를 개척하였음이 기단基端[133]으로 이 선사에게서 수선受禪[134]한 굉곽선사宏廓禪師는 학덕이 높고 영문令聞[135]이 있어서 학도가 운집雲集하여 그 수가 3천에 이르렀다 한다. 이와 같이 선문禪門[136]이 대진大振[137]함에 마침내 880여 년 전 고려 정종靖宗 8년, 안심사의 동남에 대가람을 창건케 되었으니 이것이 지금의 보현사普賢寺이다. 그 후 누누이 회록回祿[138]의 화禍를 만나 수많은 전각殿閣과 불상이 오유烏有[139]에 귀歸[140]하였다 한다. 현재의 전당은 160여 년 전 부사府使 원중회元重會와 도백道伯[141] 이창수李昌壽, 남몰南沒 스님, 향악香嶽 선사 등의 기

---

124 불하拂下 : 국가 또는 공공 단체의 재산을 개인에게 팔아넘김.
125 이입移入 : 옮겨 들임.
126 모색暮色 : 날이 저물어 가는 어스레한 빛
127 창연蒼然 : 날이 저물어 어둑어둑함.
128 본산本山 : 불교 일종一宗, 일파一派의 본종本宗이 되는 큰 절.
129 누누屢屢 : 여러 번 반복함.
130 축융祝融 : 불을 맡은 신.
131 액厄 : 재앙. '축융의 액'은 화재를 뜻함.
132 면영面影 : 얼굴 모습.
133 기단基端 : 기초가 되는 단서.
134 수선受禪 : 임금의 자리나 불교 법통의 자리를 물려받음.
135 영문令聞 : 좋은 명성이나 명예.
136 선문禪門 : 불교와 같은 뜻.
137 대진大振 : 크게 떨침.
138 회록回祿 : 화재.
139 오유烏有 : 있던 사물이 없게 됨.
140 귀歸 : 돌아감.
141 도백道伯 : 관찰사.

획으로 제6회째의 창건이라 한다.

운상雲上[142]에 표묘縹渺[143]한 연봉連峰[144]에는 낙조落照[145]를 받아 서색瑞色[146]이
어리었고, 만산滿山[147]의 홍엽紅葉은 때 아닌 꽃동산을 이루었다. 총독은 주지住
持[148] 김해룡金海龍씨의 안내를 받아 본당本堂 등에 참배參拜한 후 깊어가는 가을의
보현사 승방에서 고요한 하룻밤을 쉬다.

—『매일신보』 9030호, 1932.11.8, 1면.

5.

조화造化의 일대 괴작怪作
돌룡굴䴏龍窟의 기관奇觀
이를 탐험한 최완규崔完圭군의 공적

영산靈山의 승방僧房에서 창밖의 빗소리를 들으면서 고요한 하룻밤을 쉰 총독
일행은, 야래夜來[149]의 비는 활짝 개고 연봉連峰[150]에 오직 그 자취만 남아 왕래하
는 아침 안개 속에 영롱玲瓏 수장秀壯[151]한 영봉靈峰을 치어다보며 제5일의 여정旅
程에 오르다. 산문山門을 나오는 도중 서산대사西山大師의 묘를 참배한 총독은 여
러 성상星霜에 풍마우세風磨雨洗[152]되어 초루草漏[153]하기 짝이 없는 성사聖師의 석

---

142 운상雲上 : 구름 위.
143 표묘縹渺 : 끝없이 넓거나 멀어서 있는지 없는지 알 수 없을 만큼 어렴풋함.
144 연봉連峰 : 죽 이어져 있는 산봉우리.
145 낙조落照 : 저녁에 지는 햇빛.
146 서색瑞色 : 상서로운 빛.
147 만산滿山 : 온 산에 가득함.
148 주지住持 : 한 절을 주관하는 승려.
149 야래夜來 : 야간, 밤중.
150 연봉連峰 : 죽 이어져 있는 산봉우리.
151 수장秀壯 : 빼어나고 우수함.

비를 어루만지며 감개가 깊은 듯하였다. 그리하여 청천강을 연沿[154]하여 남하하기 약 2시간, 오전 9시40분 구장球場[155]에 도착하여 신흥新興 여관에서 소게小憩[156]한 후 지하 금강地下金剛의 칭稱[157]이 있는 조선 유일의 종유동鍾乳洞[158]인 동룡굴蝀龍窟을 탐색探索[159]하고자 총독 이하 일행은 맥고모麥稿帽,[160] 지하 족대地下足袋,[161] 직공복職工服을 입고 출발하다.

동룡굴蝀龍窟은 구장球場[162]의 동쪽 약 1리의 지점 용문산龍門山 이래에 있어 그 규모가 굉대宏大[163]한 세계적 대종유동大鍾乳洞으로, 굴 안에 천태千態[164]의 유석乳石[165]과 만양萬樣[166]의 석순石筍[167] 등 그 장현미관壯顯美觀[168]은 형용을 절絶[169]하여 있다. 전설에 의하면 약 1260여 년 전 고구려 보장왕 26년에 신라의 군사가 고구려 국경에 침입하자, 봉명鳳命[170]을 받은 선사禪師가 불상과 경전 및 폐물幣物[171]을 이 굴 안에 봉안奉安[172]하고 그 이름을 동룡굴이라 칭하였다 한다. 최근에는 청일·노일의 양 전쟁 때에 지방민이 굴 안에 피난한 일이 있어 지금도 굴 안에 온돌

---

152 풍마우세風磨雨洗 : 바람에 갈리고 비에 씻김.

153 초루草漏 : 거칠어짐.

154 연沿 : 길이나 강 따위를 따라감.

155 구장球場 : 땅이름.

156 소게小憩 : 잠깐 쉼.

157 칭稱 : 일컬음, 명칭.

158 종유동鍾乳洞 : 지하수가 석회암 지대를 용해하여 생긴 동굴. 카르스트 지형의 하나로, 천장에 종유석이 달리고, 바닥에 떨어진 것이 서순을 만들어 경관을 이룸. 종유굴.

159 탐색探索 : 드러나지 않은 사물이나 현상 따위를 찾아내거나 밝히기 위하여 살피어 찾음.

160 매고모麥稿帽 : 밀짚 모자.

161 지하 족대地下足袋 : 지하에서 신는 일종의 버선.

162 구장球場 : 땅이름.

163 굉대宏大 : 어마어마함.

164 천태千態 : 천 가지의 모습.

165 유석乳石 : 젖 모양의 돌.

166 만양萬樣 : 만 가지의 모양.

167 석순石筍 : 종유굴 안의 천장에 있는 종유석에서 떨어진 탄산칼슘의 용액이 물과 이산화탄소의 증발로 굳어 죽순竹筍 모양으로 이루어진 돌기물.

168 장현미관壯顯美觀 : 웅장하게 드러난 아름다운 모양.

169 절絶 : 다시없게 뛰어남.

170 봉명鳳命 : 임금의 명령.

171 폐물幣物 : 선물 받은 물건.

172 봉안奉安 : 받들어 모심.

등의 유적이 있다. 그러나 굴 안을 충분히 탐험한 자가 없었는데, 1929년 4월, 영변寧邊 군수 김예현金禮顯씨가 이를 답사하고, 다시 영변 읍내의 청년 모험가 최완규崔完圭씨가 고심 탐험한 결과 굴 안에서 다시 일층 웅대한 동굴을 발견하여 이를 조사·발표한 결과 크게 세인世人의 이목耳目을 이끌게 되어 이제는 탐승자探勝者가 상종相踵[173]하는 명승지가 되고 또 학술상 귀중한 동굴이 되었다. 이제 동굴을 개관하건대, 지동支洞[174]을 제하고 간동幹洞[175]의 전 길이가 1,463미터로 용천동龍泉洞으로 그 종점이 되어 있고, 굴의 폭은 굴 입구로부터 세심동洗心洞까지는 3, 4미터밖에 안 되나, 그 외에는 대개 50미터 내외로 특히 세심동, 다불동多佛洞, 용연동龍淵洞, 금강동金剛洞은 100미터로부터 150미터에 달한다. 보통 탐승의 간동幹洞만으로 자세히 보려면 약 5, 6시간이 걸린다 한다. 굴 안 도처마다 위로는 빙주氷柱[176]와 같은 종유석鐘乳石이 다수 수하垂下[177]하여 있고, 아래로는 죽순竹筍과 같은 석순石筍이 다수 족립簇立[178]하여 있다. 게다가 굴 안 도처에 단애斷崖[179]가 있고, 폭포가 있고, 강연江淵[180]이 있어, 기절奇絶[181]한 경상景狀[182]의 천태만상千態萬相에는 그 몸이 지하 수백 척의 동굴 안에 있음을 깨닫지 못하게 한다. 총독 일행은 구장球場 소년단원이 밝혀 주는 가스등으로 앞길의 인도를 받으며 강선대降仙臺까지 탐색하고 귀로에 취就[183]하다. 굴 안에서는 특히 총독 이하 일행을 비롯하여 소년단원에 이르기까지 기념 서명을 하였고, 총독 각하를 뵈옵고자 달려온 전기前記 최완규 군에 대하여 총독은 "훌륭한 일을 하였다"고 격상激賞[184]하여 최군으로 하여금 감격케 하고, 다시 우리를 돌아보며 이러한 명소의 소

---

173 상종相踵 : 서로 이음.
174 지동支洞 : 원 굴에 대해 갈려나온 굴.
175 간동幹洞 : 원 굴, 중심 되는 굴.
176 빙주氷柱 : 고드름.
177 수하垂下 : 아래로 죽 늘어짐.
178 족립簇立 : 여럿이 빽빽하게 섬.
179 단애斷崖 : 깎아 세운 듯한 낭떠러지.
180 강연江淵 : 강과 못.
181 기절奇絶 : 아주 신기하고 기이함.
182 경상景狀 : 경치.
183 취就 : 나아감.
184 격상激賞 : 격찬.

개에 노력하라고 말하였다.

일행은 구장球場[185]에서 주식晝食을 취한 후 자동차를 달려 개천价川[186]에 이르니, 개천에는 후지하라藤原 평남 지사, 사에키佐伯 경찰부장 등 평안남도 측에서 다수 출영出迎하여 일행에 더하여 안주安州로 향하다. 안주에서는 자동차에서 내려 시구市區 개정의 상황과 쇼와昭和 수리 기공水利起工에 관한 지원민地元民[187]의 진정을 받고, 오후 5시반 신안주新安州 역에 도착. 여기서는 경관 주재소 앞의 고대高臺[188]로부터 안주 평야를 부감俯瞰[189]하며 후지하라 지사로부터 쇼와昭和 수리水利에 관한 설명을 청취하고, 오후 5시 이시카와石川 평북 지사, 시라이시白石 평북 경찰부장 등과 상별相別한 후 2시간 특별열차의 몸이 되었다가 7시 평양에 도착, 관민 다수의 출영리出迎裡에 금야今夜의 숙사인 철도 호텔로 들어 여장을 풀다.

—『매일신보』 9031호, 1932.11.9, 1면.

6.

육천여 생도에게
총독의 대연설
군국君國에 충실히고 전도前途에 희망 가지라

31일 동룡굴 탐승 중에 경미한 촉한觸寒[190] 기미를 보인 총독은 같은 날밤 평양 철도 호텔에서 약간 발열이 있었으나 익조翌朝[191]에는 거의 전쾌되어 오전 8시반

---

185 구장球場 : 땅이름.
186 개천价川 : 평안남도의 땅이름.
187 지원민地元民 : 원주민, 현주민.
188 고대高臺 : 높이 쌓은 대.
189 부감俯瞰 : 높은 곳에서 내려다 봄.
190 촉한觸寒 : 추운 기운에 부딪침, 감기.

호텔을 출발, 평양 신사神社[192]에 참배한 후 곧 도청으로 가서 지사실에서 도청 간부와 각 관청의 기관장을 접견, 이어 회의실에서 도청원에 대하여 "제씨의 과거 및 현재에 이르기까지의 노력을 불拂[193]하여 일진월보日進月步의 사회에 선처하라"는 의미의 훈시를 베풀고 도청을 나와 여단旅團 사령부 및 법원을 시찰하고, 승격이 문제되어 오던 의학 강습소에 들어가니 교정에는 부내府內의 남녀 중등학교 생도와 직원 5,600명이 정연히 총독을 맞고 있었다.

총독은 그들 학생에 대하여 마이크를 통하여 약 15분간 열렬한 대연설을 행하였으니 이제 그 대요大要를 적으면 다음과 같다.

"나는 지난밤부터 좀 신열身熱이 있어 실은 여기서 말하는 것을 중지코자 하였으나 제군을 만나고 본즉 한마디 부탁을 안 할 수 없다. 오늘 나는 제군에게 두 가지를 말하여 두려 한다. 하나는 인격의 수양과 학술의 연구에 기초를 두고 국체國體[194]를 존숭尊崇하며 군국君國[195]에 충실하라는 것이다. 국체에 충실치 않는 자는 국가에 대하여 무용할 뿐 아니라 유해한 인간으로서, 그 같은 인간을 만드는 학교도 또한 무용 유해한 것이다. 제군은 국체를 존숭하고 군국에 충실한 국민이 되기에 힘쓰지 않으면 안 된다. 둘째는, 제군은 악착齷齪[196]하지 말고 유유히 전도前途에 희망을 가지지 않으면 안 된다는 것이다. 농산업은 물론 상공업도 조선의 현황은 자못 유치한 바 있다. 이 유치하다는 것은 제군에게 활동의 여지가 있다는 것을 입증하는 것으로 조선 개발은 장차 제군의 쌍견雙肩[197]에 달리어 있다. 제군은 이러한 광명 있는 전도를 가지고 있은즉 안심하고 힘껏 노력하여야 할 것이다. 운운." 일반 생도에게 다대한 감동을 준 대연설을 마치고 총독은 다시 자동차로 대동군大同郡 원암면猿巖面의 대동강 개수改修 운하運河의 갑문閘門[198] 공사 예정

---

191 익조翌朝 : 다음날 아침.
192 신사神社 : 일본에서 왕실의 조상이나 고유의 신앙 대상인 신, 또는 국가에 공로가 큰 사람을 신으로 모신 사당.
193 불拂 : 떨쳐냄.
194 국체國體 : 나라의 형편, 또는 상황. 체면.
195 군국君國 : 임금과 나라를 아울러 이르는 말.
196 악착齷齪 : ① 일을 해 나가는 태도가 매우 모질고 끈덕짐, ② 도량이 몹시 좁음. ③ 잔인하고 끔찍스러움
197 쌍견雙肩 : 양 어깨.
198 갑문閘門 : 운하나 방수로 따위에서 물 높이가 일정하도록 물의 양을 조절하는 데 쓰는 문.

지를 시찰, 마치야마待山 토목 출장소장의 설명을 듣고 호텔로 돌아와 점심 후 청류정淸流亭으로 자동차를 달려 부근의 경치를 완상玩賞[199]하면서 을밀대乙密臺 앞의 새 박물관 공사 현장을 방문, 후지하라藤原 지사로부터 총 공사비 6만 원으로 250평의 연와煉瓦[200] 평가平家[201]를 축조 중임을 설명 듣고, 다시 유람 도로로 나와 고구려 성지城址를 본 뒤에 일로一路[202] 강동군江東郡 하리下里 장항동獐項洞의 강동 금융조합江東金融組合 양계 촌락을 시찰하다.

장항동獐項洞은 강동읍江東邑에서 동쪽의 약 20정町[203] 되는 촌락으로 총 36호에 199인 전부가 농민인데, 중심 인물 윤관섭尹觀燮, 윤응섭尹應燮, 윤민섭尹敏燮 제씨의 노력으로 현재 도내 유일의 모범촌이 되어 있다. 이 마을의 특색은 부업이 매우 발달된 것으로 양잠업, 축산업, 임업 등 볼만한 것이 많으며, 특히 양계를 여행勵行[204]하여 그 계란을 팔아 소를 구입한 것이 47마리, 돼지를 구입한 것이 37마리, 토지를 구입한 것이 4,390평, 임야를 구입한 것이 3천평, 매달 수업료를 납부하고 있는 생도가 357명 등으로, 총독도 2, 3농가를 친히 방문하고 생활 상태와 부업 상황을 자세히 시찰하고 일일이 격려하는 바 있었다.

일행의 자동차는 오후 3시경 성천成川 읍내에 도착, 고구려 동명왕이 비류국沸流國을 공복攻服[205]하고 이곳에 전도奠都[206]할 때 창건한 것이라는 동명관東明館에 들어 강선루降仙樓에 올라 추색秋色이 영롱玲瓏한 성천 십이봉成川十二峰의 절경을 감상하고 기념 촬영을 한 후 다시 화창化倉으로 향하여 구원久原 금광의 설명을 듣고, 다시 차안에서 시사로부터 평원선平元線[207] 연상이 필요하나는 신술을 청취하년서 오후 6시50분 양덕陽德 온천 구룡각九龍閣에 들어 여정 제6일의 여진旅塵을 썼다.

—『매일신보』 9034호, 1932.11.12, 1면.

---

199 완상玩賞 : 즐기며 감상함.
200 연와煉瓦 : 벽돌.
201 평가平家 : 서까래를 받치는 도리를 셋이나 넷을 얹어서 지은 집, 평집.
202 일로一路 : 외곬으로 나가는 일.
203 정町 : 1정은 3천 평.
204 여행勵行 : 행하기를 장려함.
205 공복攻服 : 쳐서 정복함.
206 전도奠都 : 나라의 수도를 정함.
207 평원선平元線 : 평양과 원산을 잇는 철도.

7.

모범 청년 김지우金志宇군
총독 친방親訪에 감격
장구長驅 3천리 서선西鮮 순시巡視 무사 종료

양덕陽德 구룡각九龍閣 온천에서 연일連日의 여로旅勞[208]를 청류淸流[209]한 총독 일행은 20일 오전 9시 출발하여 최후의 여정에 취就[210]하다. 도계道界[211]에 이르기 전 양덕읍陽德邑 내의 도립 임업 묘포苗圃[212]를 시찰. 본도는 시정始政[213] 당시는 조림 사업에 반반伴[214]한 수묘樹苗[215]의 공급이 충분치 못하여 도내 몇 군데에서 임업 묘포를 경영하였으나 이래爾來[216] 민간 양묘업養苗業의 발전에 반반伴하여 밤, 도토리 등 비교적 육성이 용이한 수종樹種은 모두 민간의 경영에 의하게 되고, 임업 묘포는 다만 특수 수묘樹苗의 양성 및 시험을 하기로 개혁하여 쇼와昭和 6년(1931년)부터 낙엽송 시업施業[217]에 가장 적당한 이곳에 용지 1만 1천여 평을 시설하고 사업을 개시하였는데, 산업 기사·임업부林業夫 각 1명을 배치하여 금년도는 낙엽송을 위주로 약 383만 그루를 생산케 할 예정이라 한다.

다시 일행은 양덕군陽德郡의 모범 농촌인 대평리大平里를 방문. 이 마을은 5부락으로 나뉘어 있고, 총 호수 115호 중 농가 호수가 105호이다. 면장을 지도자로 1925년 이세里勢 발전 조합을 설치하고 부락의 개선에 노력하였다는데, 이제 뚜렷한 사업을 보면 ① 음주 도박의 폐풍弊風 타파, 관혼상제의 비용 절약, 결발結髮

---

208 여로旅勞 : 여행의 피로.
209 청류淸流 : 깨끗이 씻어 보냄.
210 취就 : 나아감.
211 도계道界 : 도와 도 사이의 경계.
212 묘포苗圃 : 묘목을 기르는 밭, 모밭.
213 시정始政 : 정치를 시작함.
214 반반伴 : 따름, 함께 함.
215 수묘樹苗 : 묘목, 어린 나무.
216 이래爾來 : 그 후.
217 시업施業 : 업무를 베풀어 행함.

(예전에, 상투를 틀거나 쪽을 찌던 일) 개량. ② 근검 저축의 방법으로 매달 20전씩 저금하기(현재 저금액 1,500원). ③ 농사 개량에 주력하여 퇴비 증산(1호당 4천 관), 콩 종자 개량, 밤 재배의 증수增收. ④ 부업을 장려하여 양잠(1호당 1매 반), 돗자리 제조(매년 1,500원), 마포 및 견포絹布 제조(매년 1,100원). ⑤ 축산(종모우種牡牛[218]의 생산을 목적으로 함. 현재 사육 소 190마리). ⑥ 삼림의 보호(보호 조합을 조직하여 조림 및 보호에 노력) 등으로 총독도 동민의 노력에 크게 만족한 빛을 보이었다. 9시 50분, 평남과 황해의 도계道界에 이르자 황해도 지사와 친견, 경찰부장 다니야마谷山 군수 등의 출영을 받고 후지하라藤原 평남 지사, 사에키佐伯 경찰부장 등과 헤어진 후 하람산霞嵐山의 고령高嶺을 넘어 곡산谷山을 향하니 도중 이태조李太祖 잠룡潛龍[219] 때에 치마술馳馬術[220]을 연습한 곳이라는 치마대馳馬臺와 산밑의 성조성聖祖城을 멀리 바라보며 웅담熊潭과 선암仙巖을 지나 신평新坪에 도착하다.

동행한 황해도 지사의 관방주사官房主事[221] 쇼도諸當씨의 설명을 듣건대 신평新坪의 동남방 곡산군谷山郡 서촌면西村面에 있는 대각산大角山의 중복中腹[222]에는 원당願堂이란 건물이 있어 이곳은 이태왕李太王[223] 신축년辛丑年[224] 엄비嚴妃[225]께서 이은李垠 전하의 장수 다복을 기원키 위하여 건립한 곳이라 하며, 다시 곡산谷山의 동방 약 10정町[226] 지점인 운중면雲中面 임격리林激里에는 용봉龍峰이라는 곳이 있는데 이곳은 이태조의 둘째 황후인 신덕황후神德皇后 강康씨가 탄생한 땅이라 한다. 이곳에 '聖后私第□□'라고 새긴 어필御筆의 석비가 있으니, 500여 년 전 이태소께서 대지大志를 품고 동분서주할 때 이곳에 와서 구갈口喝[227]을 느껴 물을 구하매 묘령妙齡[228]의 한 소녀가 바가지에 물을 담고 버들잎을 띄어 헌상하므로 태

---

218 종모우種牡牛 : 씨를 받을 황소.
219 잠룡潛龍 : 임금이 왕위에 오르기 전이나, 잠시 피해 있음.
220 치마술馳馬術 : 말을 타고 달리는 기술.
221 관방주사官房主事 : 일제 강점기에, 장관에 직속하여 관리의 진퇴 · 문서의 출납 · 관인의 보관 따위를 맡아보던 부서의 책임자.
222 중복中腹 : 산의 중턱.
223 이태왕李太王 : 일제 강점기에 고종 임금을 일본인들이 가리키던 이름.
224 신축년辛丑年 : 1901년.
225 엄비嚴妃 : 고종의 계비繼妃, 공식 명칭은 순헌황귀비純獻皇貴妃. 이은李垠 전하를 낳음.
226 정町 : 1정은 약 109미터.
227 구갈口喝 : 목마름.

조께서 괴이히 여기시어 그 연고를 물은즉 소녀가 답하되, 구갈이 심한 때에는 일기一氣[229]로 다량의 물을 마시면 신체에 해가 되므로 그리한 뜻을 말하니 태조께서 그 현명함을 사랑하시어 마침내 거두어 왕비를 삼으시니 이분이 즉 강씨였다 한다.

오후 12시 30분 곡산군청에 도착, 총독은 군청 직원과 민간 유지를 대하여 이 고장은 양덕陽德에 비하여 땅의 이利를 얻고 있음에도 불구하고 화전火田식 경작의 지역을 면치 못한 상태에 있음은 유감이니 더 일층 노력하기를 희망하는 의미의 훈시를 하고 점심을 취한 후 신계新溪로 향하는 도중 곡산의 고원 지대를 시찰, 신계군청을 둘러 기탄岐灘 교량 공사를 시찰하고, 오후 5시반 평산平山 군청에 도착. 총독은 특히 기차의 연착 시간을 이용하여 이 지방의 모범 청년 김지우金志宇(39세) 군을 남천리南川里 자택으로 방문하다. 김군은 본래 신의주 출생으로 7년 전에 이 남천리로 이사한 후 부근의 산림과 농장을 사들여 근검 정려精勵,[230] 가히 남들의 모범이 됨직한 행적이 많으며 그 감화는 부근 마을에까지 미치어 총독도 그의 공로를 극구 칭찬하는 바로, 이번 총독의 돌연한 심방尋訪[231]은 그를 극히 감격케 하였다. 총독은 다시 그에게 대하여 순순諄諄[232]히 금후의 농촌 자력 갱생 등을 간유懇諭[233]하고 곧 남천역南川驛으로 돌아와 열차 안의 몸이 되어 같은 날 7시 무사히 경성京城 역에 도착하다. 총독이 여정旅程[234]에 나아가 7일간 원기 왕성히 실로 3천여 리를 장구長驅[235]하여 무사히 평북 국경 제1선 경비 상태로부터 평남·황해 양도에 걸친 순시를 마쳤고, 또 연일 천기가 청랑晴朗[236]하여 조금도 한기를 깨닫지 못하였음은 이번 일정이 얼마나 축복된 것이었는지를 알 수 있겠다. (끝)

—『매일신보』 9036호, 1932.11.14, 1면.

---

228 묘령妙齡 : 스무 살 안팎의 여자 나이.

229 일기一氣 : 한 호흡, 한 숨.

230 정려精勵 : 힘을 다하여 부지런히 노력함.

231 심방尋訪 : 방문하여 찾아봄.

232 순순諄諄 : 타이르는 태도가 아주 다정하고 친절함.

233 간유懇諭 : 간절하게 타이름.

234 여정旅程 : 여행의 길.

235 장구長驅 : 오래 달림.

236 청랑晴朗 : 날씨가 맑고 화창함.

실제록失題錄

사람이 산다 함은 무엇을 욕구한다 함이다. 이 욕구가 있으므로 우리는 사는 것이다. 사람은 누구든지 약하고 강하다는 차이는 있을지언정 무슨 욕구 없이는 살지 못하는 것이다.

우리는 황금을 사랑하므로 그것을 욕구한다. 지식을 사랑하므로 그것을 욕구한다. 명예, 지위, 권세, 극락, 이 모든 것을 사랑하므로 우리는 그것을 욕구한다. 그렇다. 우리는 사랑하므로 그것을 욕구한다. 만약 이 세상에서 아무것도 사랑할 줄 모르는 자, 또는 아무것도 사랑할 수 없는 자가 있다 하면 얼마나 그는 불행한 자이요 가련한 자일까?

이와 같이 우리는 많은 것을 사랑하므로 많은 욕구를 가졌다. 이것이 즉 우리의 생활이다. 그러나 이 중에서 가장 큰 욕구가 있다. 그것은 신생명의 창조이다. 신생명을 창조하여 자손이라는 것으로써 자기를 영구히 보존코자 하는 욕구야말로 우리의 생활 중 가장 큰 욕구일 것이다. 마치 태양계의 온갖 활동이 태양을 중심으로 하여 영위되는 것과 같이 우리의 생활은 이 신생명 창조의 욕구와 만족을 중심 삼고 온갖 생활이 시작되는 것이다.

우리는 이 목적을 위하여 이성異性과의 결합을 구하고, 생식 작용을 행한다. 그리하여 자기를 영구히 보존코자 한다. 자녀가 없는 자는 불효 중에 그 죄가 가장 크다는 사상과 옛날 도덕이 관허寬許한 축첩蓄妾의 악풍惡風은 그 근거가 이 점에 있다 할까? 어떻든 생식 작용은 인간 생활에서 가장 중대한 것이다. 그러나 이 생활은 인생에게만 있는 것은 아니다. 이 세상에 있는 온갖 생물은 다 그러하다. 오직 다른 것은, 사람은 이성과의 결합이 연애라는 것으로 성립되고 그 밖의 생물은 그렇지 않다 함이다. 연애는 사람에게만 있는 아름다운 인생의 꽃이다. 나는 옛 사람의 말을 고쳐 '인간이 만물의 영장靈長인 까닭은, 사람은 연애라는 꿈을 향락할 수 있다는 까닭이라' 한다. 이에서 나는 연애 지상 논자戀愛至上論者 되기를 주저하지 않는다. 그러므로 만약 연애가 없는 생식 작용을 행하였다 하면 그의 생활은 사람의 생활이 아니라 야수의 생활을 하는 자요, 곤충의 생활을 하는 자라 하겠다. 다시 말하면 우리는 우리의 생활을 영구히 보존키 위하여 이성과의 결합을 구하는 데에 연애를 전제로 한다. 그러므로 연애는 신성하다. 또 우리의 생활 중 가장 큰 욕구를 만족케 하는 근본인 고로, 연애는 우리의 생활 중 가장 거룩하고 가장 아름답다 하겠다.

연애는 신성하다. 우리의 생활 중 가장 크고 가장 참되고 가장 아름답다. 그러나 연애만이 우리의 전 생활은 아니다. 우리는 빵만으로써 생활할 수 없는 것과 같이 연애만으로써는 생활할 수 없다. 이에 이상가들은 부르짖는다. "왜 우리는 연애만으로써는 살 수 없다 하는가?" 하고. 그러나 그 이상가 자신은 공중에 떠 있는 두뇌만이 아니요 오장五臟을 버틴 두 다리가 대지에 붙어 있는 사실은 아주 잊은 것같이 모르는 체 한다.

빵과 연애의 충돌은, 육肉을 가진 한편에 영靈을 가진 우리의 면하지 못할 사실이다. 그러나 이 두 가지는 대립치 못할 성질을 가진 것이 아니다. 자기의 연애만을 위하여 빵의 생활을 돌아보지 않고 우리가 살 수 없는 것과 같이 빵을 위하여 자기의 연애를 희생한 생활은 완전한 생활이라 할 수 없다. 완전한 사람의 생활이라 할 수 없다. 왜냐하면 인간 생활 중의 가장 큰 생활을 잃어버린 까닭이다. 빵만에 급급하여 자기의 연애를 희생하고 가장 승리자인 체하는 자가 가소로운 것과 같이 자기의 연애만에 열중하여 육을 죽이는 자도 가련한 자이다. 두 개의 바퀴 중 그 한 개가 손상한 경우에 우리는 그것을 다시 고쳐 완전케 할 지혜와 능력이 있음을 필요로 한다.

신성한 연애는 반드시 혼인을 전제로 한다. 신생명의 창조에는 이성 결합을 요하기 때문이다. 그러므로 혼인을 망각한 연애는 방탕아의 일종 유희다. 자기 스스로 자기 정조貞操를 희롱하는 죄악이다. 그러나 반드시 형식적 수속을 요하지는 않는다. 연애로써 성립된 결합이면 그것으로써 족하다. 수치스러운 저능아들의 비웃는 야합이라는 비난은, 실은 연애가 없이 결혼한 자가 받을 비난이다. 그

러므로 연애가 없는 혼인은 여하히 세간世間의 법식法式을 갖추었다 할지라도 이
는 매음부의 생활, 방탕아의 생활에 지나지 못한다.

　연애는 인생 생활의 최고 최선의 도덕이다. 그러므로 연애 생활은 다른 도덕
생활과 충돌될 까닭이 없다. 부모에게 불효를 끼칠까 하여 자기의 연애를 희생하
였다 하는 자가 있다 하나, 우리가 부모를 효로써 섬긴다 함은, 전혀 부모만 위하
여서의 행위가 아니다. 그보다도 자기 자신을 위하여 부모에게 효순孝順하는 것
이다. 만약 자기 자신을 억지로 죽이고 부모를 섬긴다 하면 이는 효가 아니라 자
기를 속이고 부모를 속인 대악인大惡人이다. 그러면 자기를 위한 연애 생활이 자
기를 위한 효행에 무슨 지장이 되리요? 다 같이 자기 생활의 충실을 위한 노력이
다. 현대의 도덕은 자기 생활의 완성을 근거로 한 도덕이 아니면 거짓이다. 자기
가 있은 후에 우주가 있는 것과 같이 자기가 있은 후에 연애가 있고 부모도 있다.

　연애는 또 시기의 제한이 없다. '공부할 시기이므로, 사업할 시기이므로' 라는
이유로 연애를 버리라 하여도 그것은 불가능한 일이다. 만약 이상의 이유로 연애
를 중지하였다 하는 자가 있다 하면 그것은 바른 의미의 연애가 아니다. 대지를
뚫고 나오는 연한 싹이 비록 약하다 할지라도 그의 살고자 하는 힘은 매우 크다.
누가 그 힘을 시기가 이르지 못하였다는 이유로 막을 수가 있을까?

　그러나 연애는 맹목적이 아니다. 더욱이 근대인의 연애는 맹목적이 아니다.
누가 돋아 나오는 싹을 보고 맹목적이라 하랴? 비록 단단한 흙과 모진 돌이 자기
의 살고자 하는 노력을 방해한다 할지라도 그것은 결국 부드러운 곳을 가려내고
따뜻한 햇볕을 좇아 자기의 목적을 달하고야 만다. 누가 이를 가르쳐 맹목적이라
하랴?

　연애는 또 국경을 초월하여 있다고 한다. 어찌 국경뿐이랴? 모든 도덕, 법률,
인습을 초월하여 있다. 그러나 어디까지든지 일부일부주의一夫一婦主義다. 일부
일부주의라 함은 법률상으로의 의미가 아니다. 진정한 혼인은 진정한 연애만으
로써 성립된다 하면 연애가 없는 부부는 진정한 부부가 아니다. 비록 법률상 배
우자 있는 자가 배우자 있는 다른 이성과 결합이 되었다 할지라도 그것은 엄격한
일부일부주의의 철저한 숭봉자 됨에 조금도 부끄러울 바가 없다. 법률상의 간통
이 진정한 도덕상으로 간통이 되지 않는 경우가 있을 것과 같이 법률상 정당히

일부일부一夫一婦로 된 혼인이 진정한 도덕으로 보아 간통죄에 율律할 경우가 많지 않다고 할 수 없다.

연애는 신성하다. 인간 생활 중 가장 크고 가장 참되고 가장 아름다운 것이다. 그러나 연애만이 우리 인간 생활의 전부는 아니다.

하늘의 별들이여, 힘껏 뛰어라. 땅 위의 꽃들이여, 힘껏 웃어라. 그리하여 붉은 피 뛰노는 젊은이의 사랑에 고조高調된 높고 굳센 노래를 축복하자.

—1925.6.3

—『朝鮮文壇』10호, 1925.7.

오해 받기 쉬운 우담愚談 두어 편

東京에서

"타인이 자기를 오해할 때 느끼는 불쾌보다 자기가 자기 스스로를 오해하였을 때 느끼는 불쾌가 더 크며 더 견디기 어려운 것이다" 하고 부르짖을 때 청중은 잠잠하였다. 그날 밤 잠들기 전에 오늘 한 말을 고요히 생각하고 나는 또 한 번 '자기가 자기 스스로를 오해한 것'을 깨달아 극도의 참괴慚愧를 느끼었다.

더욱이 그 일이 온순한 공중公衆의 앞에 조금의 부끄럼도 없이 득의양양得意揚揚히 폭로되었다는 점에서 더욱 쓰리었다.

자기가 남의 오해를 받을 때 그 우인友人은 그를 위하여 위로하였고, 남을 위하여 석명釋明의 수고까지 취하였다. 공격자는 다시 그 독시毒矢를 그 우인에게 향하였나.

그때 자기는 그 우인이 얼마나 괴로워할 것인가를 누구보다 가장 잘 알았다.

그러나 우인이 오해케 되었다는 사실로써 이때까지 자기의 오해는 가장 완전히 씻겨 내리게 된 것을 생각할 때 자기는 자기를 위하여 마음으로 그 우인을 팔았다. 마지막에는 그 우인을 묻을 묘혈墓穴까지 자기의 손으로 준비함을 사양치 않았다. 그리고 우인을 보내는 만가輓歌 대신으로 당당한 장논문長論文의 심판서審判書를 읽어 주었다. 우인은 잠잠히 받아 읽고 잠잠히 돌려주었다.

그리고 사후死後에 받을 심판에 비하여 이 상세詳細를 극極한 심판서가 얼마나 권위 있는가에 대해 우인은 탄복하지 않을 수 없었다.

그러나 우인의 장례 비용까지 자담自擔하라는 판결에는 우인은 물끄러미 판관

判官의 뽀족한 코가 치어다 보일 뿐이요, 아무 말도 나오지를 않았다.

갑과 병 사이에 관계된 오해를 풀기 위하여 갑은 매우 괴로워하였다. 그러나 그 오해를 풀 길이 없음을 깨닫고 갑은 병에게 말하였다. "우리의 온갖 오해는 시간이 해결을 주리라" 하고 마지막으로 이같이 말하였다.

"우리의 오해를 풀길이 오직 하나가 있으나 그로 하여금 나는 나와 을과의 비밀을 공개하지 않으면 안 된다" 하였다. 그리고 갑은 설마 병이 그같이 잔혹치 않으리라 생각하였다.

과연 병은 눈물을 흘렸다. 그러나 그 눈물에 빛나는 병의 안채眼彩에는 무엇을 애원하는 빛이 역력歷歷히 흐른다. 갑은 일시 흥분을 느꼈으나 다시 고요히 눈을 감고 마음으로 을에게 사죄를 하였다.

병에게 대한 의리를 세우기 위하여 갑은 을에게 대한 의리를 죽였다.

그러나 그 후 갑은 을에게 대하여 일층의 애착을 느끼는 한편에 병에게 대하여 완전히 적시敵視에 가까운 감정을 가지게 되었다.

나는 지금까지 각자의 손득損得이 어떻게 되었는가를 아무리 계산하려 하여도 결국 알 수가 없었다.

"나의 형제여, 차라리 건전한 육체의 노래를 드릴지어다. 이것이야말로 보다 정직하고 또 보다 순수한 노래니라. 보다 정직하고 보다 순수하게 건전한 육체는 말하는도다. 완전하고 또한 방정한 육체는 말하는도다. 그리하여 그것은 땅의 의미를 말하는도다" 하고 '늬―체'는 말하였다. (이하 삭제)

—『매일신보』 6979호, 1927.2.20, 3면.

망여단상忙餘斷想

바쁜 중의 짧은 생각

유능한 선장名船長

수지樹枝[1]가 참연參然[2]하여 청공靑空을 마摩[3]하는 거목巨木도 그 중심이 텅 빈 것이 있으니, 식물학자로서 이를 설명케 한다 하면 물론 여러 가지 과학적 근거가 있을 것이나, 그러나 어떻든 이는 그 노쇠老衰를 표증表證[4]하는 것이며, 재용材用[5]에 결여欠如[6]한 것임은 확실하니 차견지此見地[7]로써 이를 볼진대 그 외관外觀 여하如何는 실로 일분의 가치도 점點[8]할 수 없는 것이다. 그러나 이와 비슷한 것이 어찌 이것에만 그친다 하리요? 인간에 있어 그러하며, 사회에 있어 그러하며, 국가에 있어 또한 그러하다. 그러하므로 방대尨大한 나라도 그 심장을 타打함에 □□한 음향에 의하여 그 중심이 공허한 대목大木과 같은 것임을 알기 어렵지 않으니, 오직 그 외관의 장연壯然[9]·찬연燦然[10]함에 현혹하여 그 허실을 살피는 밝음이 없다 하면, 우자愚者임을 면치 못한다 할 것이다

---

1 수지樹枝 : 나뭇가지.
2 참연參然 : 빽빽이 들어섬.
3 마摩 : 어루만짐.
4 표증表證 : 증거로 삼음.
5 재용材用 : 목재로 사용함.
6 결여欠如 : 마땅히 있어야 할 것이 빠져서 없거나 모자람.
7 차견지此見地 : 이러한 관점.
8 점點 : 점검함, 세어 봄.
9 장연壯然 : 웅장함.
10 찬연燦然 : 영광스럽고 훌륭함.

역사는 흥폐興廢의 역사이요, 파란波瀾[11]의 역사라 할진대, 항구한 평화를 희망함은 역사를 알지 못하는 자의 일편一片 공상空想이라 할까? 평화와 혼란의 두 면은, 역사를 구성하는 유력한 요소이니 그중 하나를 결몰欵沒[12]한다 하면, 역사 존재의 필요와 흥미의 전부가 소멸된다 하여도 과언이 아니다. 보라, 세계 어느 국가나 어느 민족의 역사에 백 년 이상의 평화를 지속한 일이 있었던가? 그 실례는 양지동서洋之東西[13]와 국지대소國之大小[14]를 불문하고, 명연明然[15]한 바이니, 길어야 백 년, 짧은 것은 30년을 일기一期로, 혹은 50년을 일기一期로, 평화와 혼란을 반복한 기록이다. 모든 역사의 한 페이지 페이지는 평화에서 전쟁에, 전쟁에서 흥폐興廢로 행진한, 또는 행진코자 하는 노력이고, 초조·고난·흥분의 한 걸음 한 걸음이니, 이에 따라, 인간 사회에 향상이 있고, 진보가 있고, 도태淘汰[16]가 있고, 확청廓淸[17]이 있어, 진부陳腐[18]와 삽체澁滯[19]와 권태와 쇠멸의 모든 위험에서 구제되는 것이다.

중국이 혁명에서 갱생更生[20]코자, 그 모태母胎 중의 고난으로부터 현재에 이르기까지 전후 기십년幾十年[21]의 세월을 경열經閱[22]하였으니, 이 무렵의 혼란 상태를 어떤 이는 우려할 현상이라 하여 평화를 갈망하며, 어떤 이는 공포恐怖할 현상이라 하여 안일安逸을 전구專求[23]함은 우자愚者의 우거愚擧이다. 금일의 혼란·불안이 있으므로 명일의 평화와 안일에 희망과 광명을 촉기囑期[24]할 수 있는 것이며,

---

11 파란波瀾 : 순탄하지 아니하고 어수선하게 계속되는 여러 가지 어려움이나 시련.
12 결몰欵沒 : 빠뜨리거나 없앰.
13 양지동서洋之東西 : 동양과 서양.
14 국지대소國之大小 : 큰 나라와 작은 나라.
15 명연明然 : 명확함.
16 도태淘汰 : 여럿 중에서 불필요하거나 부적당한 것을 줄여 없앰.
17 확청廓淸 : 지저분하고 더러운 물건이나 폐단 따위를 없애서 깨끗하게 함.
18 진부陳腐 : 낡아서 새롭지 않음.
19 삽체澁滯 : 일이 잘 진행되지 아니하고 늦어짐.
20 갱생更生 : 거의 죽을 지경에서 다시 살아남.
21 기십년幾十年 : 몇 십 년.
22 경열經閱 : 겪으며 바라봄.
23 전구專求 : 오직 한 가지만 구함.

그 기간이 지구遲久[25]하고, 그 상태가 격심할수록 그 복운復運[26]이 재근在近[27]하며, 그 서광이 육리陸離[28]할 것임을 탁복度卜[29]할 수 있는 것이다, 부질없이 평화를 망망望[30]하고 안일을 탐하는 여餘[31]에 망연자실茫然自失[32]하여 소조所措[33]를 획변劃辨[34]치 못하는 자는 실로 민소憫笑[35]에 치치値[36]한다 할지니, 지자智者[37]는 차간此間[38]에 처하여 안연이좌安然而坐[39]하며 한연이보閑然而步[40]하여 마치 명선장名船長[41]이 광풍노도狂風怒濤[42]의 사이에서 유연悠然[43]함과 같다 할까?

금일의 중국 시국時局은 흉흉노도洶洶怒濤[44]의 대양大洋 위에서 표랑漂浪하는 일대 노함一大老艦[45]의 관관觀觀[46]이 있으니, 다소의 불안이 불무不無[47]하나, 명선장名船長의 출현을 대대待[48]하여, 그 조종에 적의適宜[49]를 실실失[50]치 않으면 능히 수천방불水天

24　촉기囑期 : 부탁하고 기대함.
25　지구遲久 : 더디고 오램.
26　복운復運 : 운세가 회복됨.
27　재근在近 : 가까이 있음.
28　육리陸離 : 여러 빛이 서로 뒤섞이어 눈이 부시게 아름다움.
29　탁복度卜 : 헤아려 점쳐 봄.
30　망望 : 희망함.
31　여餘 : 나머지.
32　망연자실茫然自失 : 멍하니 정신을 잃음.
33　소조所措 : 몸 둘 곳.
34　획변劃辨 : 분별하여 분명히 함.
35　민소憫笑 : 비웃음.
36　치値 : 값함, 알맞음.
37　지자智者 : 지혜로운 사람.
38　차간此間 : 이러한 시기.
39　안연이좌安然而坐 : 편안히 앉아 있음.
40　한연이보閑然而步 : 한가하게 걸어감.
41　명선장名船長 : 유능한 선장.
42　광풍노도狂風怒濤 : 미친 듯이 사납게 이는 바람과 무섭게 밀려오는 큰 파도.
43　유연悠然 : 침착하고 여유 있음.
44　흉흉노도洶洶怒濤 : 물결이 세차고 물소리가 매우 시끄러운 거센 파도.
45　일대 노함一大老艦 : 하나의 커다란 낡은 함정.
46　관관觀 : 모양새.
47　불무不無 : 없지 아니함.
48　대待 : 기다림.
49　적의適宜 : 무엇을 하기에 알맞고 마땅함.

彷彿[51]의 사이에 이미 일말一抹[52]의 영자影子[53]를 인認한 피안彼岸에 도달하기는 결코 태난太難[54]의 사事가 아니다. 과연 그렇다 하면 도리어 금일의 혼란·고난은 명일의 중국을 위하여 축하할 일이 아닐까?

도처청풍 만흉금到處淸風滿胸襟(곳곳의 깨끗한 바람이 가슴에 가득하네)

근일近日 세간에서 흔히, 속인俗人·속물俗物·범속凡俗의 무리 등의 용어를 많이 쓴다. 이 말은 '범속의 말, 그는 범속의 사람, 여사거조如斯擧措[55]는 범속의 일' 등처럼, 우리는 혹은 의식적으로, 혹은 무의식적으로 이런 용어를 많이 쓰는 것이다. 그러나 무엇을 가지고 표준하여 속비속俗非俗을 구분하는가에 냉정한 고찰을 하여 엄정한 그 정의定義를 찾고자 하면 간혹 불소不少[56]의 곤란을 느끼는 경우가 많다. 혹은 그 이유가, 고찰考察이니 정의正義니 하여 이 같은 속사俗事에 속되게 뇌를 썩히는 나도 또한 속물인 소이所以[57]이므로서일까?

불가佛家에서는 출가한 자를 탈속脫俗, 그렇지 않은 자를 속인이라 한다. 그러나 현세의 승려라는 자의 다수가, 선남선녀善男善女의 희사喜捨가 아니라, 악남악녀惡男惡女에게서 사취詐取한 의식衣食으로 생활하는, 일종의 걸족乞族[58]에 다름이

---

50 실失 : 잃음.
51 수천방불水天彷彿 : 물과 하늘이 거의 비슷하다는 뜻으로, 멀리 보이는 바다의 수면과 하늘이 서로 한 빛깔로 맞닿아 그 경계를 지을 수 없음을 이르는 말.
52 일말一抹 : 약간.
53 영자影子 : 그림자.
54 태난太難 : 아주 어려움.
55 여사거조如斯擧措 : 말이나 행동 따위를 하는 이러한 태도.
56 불소不少 : 적지 않음.
57 소이所以 : 까닭.
58 걸족乞族 : 거지 족속.

없다 하면, 속인속물俗人俗物을 황진만장리黃塵萬丈裡[59]에서 구하려 함보다 영산기수간靈山奇水間[60]에서 구함이 도리어 첩경捷徑[61]이 아닐까? '산중유발승山中有髮僧[62]'이 옛날에는 진귀한 자의 하나로 일컬었으나, 주지육림酒池肉林[63]과 홍등녹상紅燈綠裳[64]의 사이에서 허다한 원정圓頂[65]을 발견할 수 있는 사실로 보아, 영탑보상靈搭寶像[66]의 사이에서 왕래하는 허다한 속물을 구하기가 어찌 난사難事[67]라 하리오?

어떤 이는 고풍아회高風雅懷[68]의 경지를 가리켜 탈속脫俗하였다 말하고, 이욕利慾에 분주한 자를 가리켜 속물이라 칭한다. 영영자자오월승營營孜孜五月蠅[69]은, 이 점으로 보아 속물 중에도 극속물極俗物이라 할까? 그러나 비금주수飛禽走獸[70]가 먹을 때는 반드시 머리를 부俯[71]하고, 우리도 역시 의식衣食을 얻고자 함에는 머리를 숙인다. 따라서 의식衣食을 얻고자, 금일의 삶에서 내일의 삶으로 구치驅馳[72]하여 일사一絲[73]의 옷, 일완一椀[74]의 쌀에 영영營營[75]하는 우리같이, 영구히 속물 무리에서 피면避免[76]할 길이 없는, 연민憐憫에 치値[77]한 자이랴? 그러나 관리의 봉급

---

59 황진만장리黃塵萬丈裡 : 속세의 너절하고 귀찮은 현상 안.

60 영산기수간靈山奇水間 : 신령스러운 산과 기이한 물속.

61 첩경捷徑 : 지름길.

62 '산중유발승山中有髮僧 : 산중의 머리털 기른 중.

63 주지육림酒池肉林 : 술로 연못을 이루고 고기로 숲을 이룬다는 뜻으로, 호사스러운 술잔치를 이르는 말.

64 홍등녹상紅燈綠裳 : 붉은 등불과 푸른 치마, 붉은 등을 밝힌 환락가와, 푸른 치마를 입은 고운 여인.

65 원정圓頂 : 깎은 중의 머리, 도를 깨친 스님.

66 영탑보상靈搭寶像 : 신령스러운 수레와 보배로운 불상.

67 난사難事 : 어려운 일.

68 고풍아회高風雅懷 : 고상하고 뛰어난 품격과 고상하고 아름다운 생각.

69 영영자자오월승營營孜孜五月蠅 : 먹이를 얻기 위하여 몹시 분주하고 바쁘며 꾸준하게 부지런한 오월의 파리떼.

70 비금주수飛禽走獸 : 나는 새와 기는 짐승.

71 부俯 : 굽힘.

72 구치驅馳 : 몹시 바삐 돌아다님.

73 일사一絲 : 한 오라기.

74 일완一椀 : 한 주발.

75 영영營營 : 이익을 얻기 위해 몹시 바쁨.

76 피면避免 : 어떤 일을 피하여 면함.

이 국민의 고혈膏血[78]이며, 호아豪兒[79]의 만유滿遊[80]가 부조父祖의 혈한血汗[81]이며, 상인의 예금이 세민細民[82]의 고루苦淚[83]라 하면, 이 세상의 인간에 속물 아닌 자가 어디 있으랴? 고풍아회高風雅懷의 선비도 위장胃臟[84]의 소유자인 이상 또한 속물 됨을 면치 못할 것이다,

남의 장례식장에서 술 먹고 취가醉歌[85]하는 자, 장상長上[86]에게 아첨할 줄만 알고 동배同輩[87]나 후배에게 배를 내어 미는 자, 남의 것 얻어먹고 제가 한턱 낼 줄 모르는 자, 기지불욕己之不欲[88]을 강시어인强施於人[89]하는 자, 장씨張氏인 적敵을 박씨朴氏에게 수讎[90]코자 하는 자, 무엇 무엇 등은 그야말로 속취분분俗臭紛紛[91]한 자일까?

도처청풍 만흉금到處淸風滿胸襟,[92] 이러한 지개志槪[93]와 품위를 갖춘 인물의 낭음朗音[94]과 옥보玉步[95]에서야말로, 탈속脫俗의 취취趣[96]와 비범非凡의 미味[97]를 찾을

77　치값 : 알맞음.

78　고혈膏血 : 사람의 기름과 피.

79　호아豪兒 : 호화롭게 지내는 아이.

80　만유滿遊 : 실컷 놂.

81　혈한血汗 : 피와 땀.

82　세민細民 : 가난한 사람.

83　고루苦淚 : 고통의 눈물.

84　위장胃臟 : 밥통과 창자.

85　취가醉歌 : 술에 취해 노래 부름.

86　장상長上 : 지위가 높거나 나이가 많은 사람.

87　동배同輩 : 나이나 신분이 같거나 비슷한 사람.

88　기지불욕己之不欲 : 내가 원하지 않음.

89　강시어인强施於人 : 억지로 남에게 행함.

90　수讎 : 원수 삼음.

91　속취분분俗臭紛紛 : 세속의 더러운 냄새가 갈피를 못 잡게 많음.

92　도처청풍 만흉금到處淸風滿胸襟 : 곳곳의 깨끗한 바람이 가슴에 가득함.

93　지개志槪 : 의지와 기개.

94　낭음朗音 : 명랑한 소리.

95　옥보玉步 : 귀하신 걸음.

96　취취趣 : 뜻.

수 있다 할지니, "심상일양 창전월尋常一樣窗前月,[98] 자유매화 편부동纔有梅花便不同"[99]이라고, 우리는 모름지기 탁濁[100]에 처하여 청淸[101]을 토吐하며, 오수汚水[102]에 욕浴[103]하면서 청공靑空[104]을 앙仰[105]하는 기개氣概를 욕欲[106]할지며, 범凡[107]에 혼混[108]하여 능히 범凡에 화化하며, 속俗에 입入하여 능히 속俗을 탈脫하는 아회雅懷[109]를 포抱[110]할 것이다.

—『매일신보』 7748호, 1929.4.13, 3면.

---

97 미味 : 맛.

98 심상일양 창전월尋常一樣窗前月 : 창 앞의 달은 변함없이 여전함.

99 자유매화 편부동纔有梅花便不同 : 방금 핀 매화는 곧 서로 같지 않네.

100 탁濁 : 흐림.

101 청淸 : 맑음.

102 오수汚水 : 더러운 물.

103 욕浴 : 목욕함.

104 청공靑空 : 푸른 하늘.

105 앙仰 : 우러러봄.

106 욕欲 : 원함.

107 범凡 : 평범함.

108 혼混 : 섞임.

109 아회雅懷 : 고상하고 아름다운 마음.

110 포抱 : 마음에 품음.

오보誤報와 책임

사람에게는 자기를 남에게 알리려는 욕구와 함께 자기 이외의 일을 알고자 하는 욕구가 있다. 자기를 남에게 알리려 함에 있어서는 될 수 있는 대로 자기에게 유리하게, 다시 말하면 추한 것을 아름답게, 평범한 것을 위대하게 선전하려고 한다. 그러나 자기 이외의 일을 알려고 할 때에는 사실 그대로의 정확한 것을 요구하여마지 않는다.

이러한 욕구와 필요에서 신문이라는 것이 생긴 것인데, 그렇다면 신문이 보도하는 기사는 과연 사실 그대로를 정확하게 알려고 하는 독자에게 충분한 만족과 신뢰를 주고 있는가?

우리는 사실을 전함에 있어 말로나 글로써 이를 남에게 알리고 있는데, 이 말이나 글로써 자기의 본 바나 들은 바를 꼭 그대로 여실如實히 표현할 수 있는 것인가? 시각이나 청각의 감도感度가 사람마다 균등하지 못한 이상, 자기가 보고, 또는 들어, 인식한 사실이 과연 사실 그대로를 틀림없이 파악하였다고 할 수 있는 것인가? 이러한 의문을 가질 수 있다면 엄밀한 의미에 있어서 정확한 보도라는 것은 우리 인류 사회에서 바랄 수 없는 것이 아닌가?

어떤 심리학 연구회원의 회합에서 이러한 실험이 있었다. 강의 중에 돌연 한 괴한이 실내로 돌입하자 뒤쫓아 또 한 괴한이 흉기를 들고 추격하여 와서 여러 회원이 둘러 앉은 그 속에서 격투를 한 바탕 한 뒤에 그만 둘이 다 도주하여 버렸다. 물론 이는 일종의 연극인데 이러한 연출이 있은 직후 회장은 방금 목격한 그 광경을 여러 회원에게 자기가 본 대로 써 보라고 하였는데, 사십 명 회원 중 정확하게 기록한 회원은 한 사람도 없었다 한다. 우리가 어떠한 사실에 접촉하였을

때 그 사실이 크면 클수록, 급하면 급할수록, 우리의 모든 감각은 정상을 유지할
수 없고, 따라서 그러한 감각을 통하여 파악된 인식으로서는 도저히 그 표현에
있어서 정확을 기할 수 없을 것이다.

이러한 까닭이 위의 심리학회의 실험과 같이, 자기가 직접 목격한 사실을 그
즉석에서 기록한 것도 믿을 수 없는 결과를 자아내게 되는 것이다. 따라서 자기
가 직접 목격하지 못한 사실을, 목격하였다는 사람의 입을 통하여, 또는 한 다리
두 다리를 건너서 들은 사람의 입을 통하여, 균등한 감도를 가졌다고 볼 수 없는
각 신문사의 신문 기자가 각자의 주관으로 제한된 시간 안에서 취재하고 집필한
기사가 정확을 기하기 어렵다는 것은 오히려 당연한 일이다. 이에 있어서 우리는
보도의 정확을 기하기 어려운 또 한 가지의 큰 원인을 발견할 수 있으니, 그것은
이 사회의 인간이라는 것이 모두 거짓말쟁이이기 때문이다. 만일 우리가 매일 지
껄이고 있는 말을 자기 모르게 일일이 녹음하여다가 다시 그 사람에게 들려 준다
면 그 사람은 자기가 자기도 모르게 큰 거짓말쟁이라는 것을 발견하고 놀랄 것이다.

대개 거짓말이라는 것은 자기의 이해관계로 의식적으로 하는 거짓말도 있으
나 그 대부분은 이해관계 없이 무의식적으로 행하는 거짓말인 것이다. 자신도 없
는 공약을 걸고 출마하는 입후보자나, 실력 없는 교원이나 설교자들은 전자에 속
하는 거짓말쟁이요, "손바닥만한 붕어를 한 사십여 수 낚았지요." "이번 사냥 갔
다가 소만한 노루 한 마리를 놓쳤지요" 하며 친구만 보면 자랑도 하고 분하다고
하는 낚시꾼이나 사냥꾼의 풍뜨는 꼴은 다소 애교로 볼 수 있으나, 거짓말쟁이라
는 데 있어서는 후자에 속한다.

이같이 우리 인간에게는 그 일상생활에 있어서 좋은 일이나 나쁜 일이나 간에
도무지 거짓말로 꾸며져 있는 느낌이 있다. 더욱이 우리가 표현 도구로 쓰고 있
는 말이나 글에는 그 형용에 있어서 대부분이 거짓말인 것임에는 놀라지 않을 수
없다. 조그마한 일에도 "큰일 났소!" "죽을 뻔 했소!"는 보통 매일 몇 번씩 무심히
하는 말이요, 극단의 예이지만 "백발삼천장白髮三千丈" 따위나 또는 그에 가까운
형용은 글 쓰는 사람의 상투어이다. 이같이 거짓말이 무책임하게 항용恒用되는
사회라, 보는 이 듣는 이는 으레 그러할 것이니 하고, 그러한 거짓말 표혀이 아니
고는 도리어 납득하지 못하는 형편에까지 이르고 있다. 간혹 그 정도가 지나친

것에 한해서 설화니 필화니 하고 문제가 되는 수도 있으나, 간혹 걸리는 이러한 화난禍難이 있다는 것만으로는 이 사회에서 거짓말을 일소할 수는 없는 것이다.

이 거짓말 사회에서 독자는 거짓말 아닌 정확한 보도를 요구하고 있고 신문 제작자는 보도를 정확히 하려고 애를 쓰고 있다. 기자가 취재함에 있어 그 대상자가 이미 거짓말 사회에 속하는 인간이요, 그 기자 자체가 또한 무심코 거짓말을 항용하고 있는 인간의 일원인지라, 제 아무리 제도를 만들고 애를 쓴다 할지라도 간혹 오보誤報라는 것이 생겨 관계자가 해를 보고 사회에 난동을 일으키며, 따라서 사회의 공기公器라는 신문이 그 위신을 잃어버린다는 것을 우리는 부인할 수 없는 일이로되, 독자의 요구가 엄연한 이상, 정확한 보도를 하기 위하여 존재 가치를 인정받고 있는 신문인 이상, 신문 기자는 보도의 정확을 위하여 이 거짓말 사회와 분투를 계속하지 않으면 안 될 운명에 놓여있는 것이다.

오보라는 것 중에는 위에 말한 따위의 숙명적인 오보가 대부분이나, 이 외에 또 두 가지로 나눌 수 있는 오보가 있다. 그 하나는 어떠한 목적이 있어 고의로 사실을 오보하는 것이니 어쨌든 이것은 독자를 고의로 속여 먹으려는 오보이므로 악덕이 틀림없는 것이니 말할 것도 없고, 또 한 가지는 사실을 사실대로 보도하였음에도 불구하고 그 결과가 오보와 같은 피해를 나타내는 것이다. 덕행이 높아 신도의 존경이 두터운 어떤 종교가가 깊은 밤 청루靑樓 앞에서 변사한 사실이 있다 할 때, 기자가 이 사실을 사실 그대로만 보도하였다면 신도인 독자가 그 기사를 보고 어떠한 추단을 내릴 것인가 하는 문제이다. 오비이락烏飛梨落의 사실에 있어서 배 떨어짐의 책임을 까마귀에게 지우려 하는 독자의 심리는 저지할 길이 없는 것이다. 그러나 이것도 그 종교가가 급한 용무가 있어 목적지를 향하는 도중 청루 앞을 지나다가 우연히 흉한을 만나 오살誤殺을 당하였다는 설명을 붙여 줄 기자의 노력과 친절이 있었다면 문제는 없는 것이다. 어쨌든 오보라는 것이 기자의 부주의에서 빚어낸 건수가 태반을 차지하고 있음은 사실이니, 그중에는 다소 억울한 것이 있다 할지라도 아직까지는 오보에 대한 책임은 기자가 질 수밖에 없다.

—『영남일보』, 1952.9.24, 1면

전장戰場에도 정서를

날이 밝아 오는 새벽이나, 밤이 짙어 야삼경夜三更이나, 또는 갑자기 빗방울이 뚝뚝 떨어질 때나, 찬바람이 낙엽을 몰아칠 때나, 언제나 어머니의 마음은 전선으로 달리고 있다. 가정은 전선에 결부되어 있으며 아들들을 전선으로 보내지 않은 가정은 없을 것이니, 도시는 물론이지만, 파도 소리 높아가는 황혼의 어촌에도, 낙엽진 감나무에 꽃 같은 열매만이 달려 있는 심산 벽촌에도, 한 개의 고지高地 전선 탈환의 기쁨과 상실의 쓰라림이 스며들고 있는 것이다.

전선의 용사들도 또한 그러할 것이다. 오직 한 가지 임무 완수가 있을 뿐, 생명도, 사랑하는 사람도 생각할 여유가 없이 탄우彈雨를 뚫고 돌격 전진하여 목표의 고지를 점령하였을 때 산정에는 흰 눈이 날리고 한기가 손발을 아프게 한다 할지라도 기쁜 마음은 멀리 고향으로 달아나 부모님을 뵐 것이오 애인을 껴안게 될 것이다. 전선은 또한 가정에 결부되어 있다.

요즘 자를 타고 멀지 않은 여행을 한다든가 버스에 몸을 싣고 지방으로 오고 갈 때는 반드시 소박한 차림을 한 농촌 부인이 보자기에 싼 것을 좌우편 손에 들고 복잡한 차내에서 앉지도 못하고 서 있는 광경을 보게 된다. 모든 풍상을 혼자 겪은 듯한 잔주름이 잡히고 기름기가 없는 얼굴은 그들의 생활 상태를 말하고도 남음이 있다. "어디를 가시느냐?"고 물으면 대부분이 아들을 만나려고 대구나 부산이나 제주도 같은 곳으로 가노라고 대답하게 된다. 두어 마디 말이 오고 가게 되면 솔직한 그들은 필요 이상의 모든 것을 말하고 만다. 무관하니까 그렇게 말하기도 하겠지만, 묻고 말하지 않고는 찾아갈 수 없는 아들의 있는 곳이기 때문일 것이다. 처음 타보는 차요 처음 해보는 여행일 것이다.

그들은 영양英陽이나 청송靑松이나 또 어딘지 알 수도 없는 지명을 말하면서 거기서 사노라고 말할 것이다. 농사를 많이도 못하는데 흉년이 들어서 살기가 곤란하다는 말도 할 것이고, 쌀을 내賣고 벼를 팔아서 여비를 마련했다고도 할 것이고, 아들이 먹게스리 떡이라든가 감이라든가 삶은 밤, 고구마 같은 것을 가지고 가노라고 두 손에 들고 있는 보자기를 보여주기도 할 것이다.

"백마고지白馬高地라든가 하는 데서 부상을 당해 가지고 대구 육군병원에서 치료 받고 있어요. 단지 하나뿐인 아들, 이 애가 며느리구요"라고 하면서 옆에 있는 젊은 여인을 가리키기라도 한다면 차라리 듣지 않은 것이 나을 듯해서 창밖으로 시선을 돌리고 말아야 할 것이다. 창밖으로는 멀리 보이는 중첩한 산악의 날카로운 능선이 중부 전선의 격전장인듯 착각을 일으키게 할 것이다.

한 사람의 이등병이라 할지라도 가정적으로는 이와 같이 귀중한 존재이며, 국가적으로도 그러할 것이며, 사회적인 인권으로는 군의 최고 사령관에 다를 바 없을 것이다. 인간 생명은 권위 있는 것이 아닐 수 없고, 인명은 귀중한 것이 아닐 수 없다. 미군과 국군과의 교체설이 있지마는 유엔군이나 우리 국군이나 다 이같은 생명의 가치를 가지고 있을 것이다.

일본은 한때 특공대라는 인간 무기를 사용한 일이 있었다. 중공군뿐 아니라 공산국가들은 인해전술을 즐겨 사용한다. 전쟁이란 승리를 위해 싸워지는 것이니, 승리를 위하는 방법과 수단에 있어 결사대도 사용할 수 있고 인해人海로 침공도 할 수 있을 것이다. 한 사람의 병사를 죽임으로써 천백千百의 인간을 구하는 것이 아니라면 이는 인간의 존엄성을 무시하는 일이라 할 것이다.

전쟁은 인정을 거칠게 하기 쉬운 것이다. 인명을 아낄 줄 아는 지휘관은 살풍경한 전장에서도 정서의 꽃을 피게 할 수 있을 것이다.

—『전선문학』(대구시 동인동 대학당, 육군종군 작가단) 제2집, 1952.12.5.

해중奚仲의 차륜 염각車輪 拈却

『영남일보』 입사入社의 말에 대신하여

대로大路가 평탄하여 직립直立하여 걷는 자가 있으니 그를 오만 무례하다 할 것인가? 산길이 험준하여 포복匍匐하는 자가 있으니 그를 가리켜 험로險路에 견디지 못하여 넘어진 자라 비난할 것인가? 세상 평의 어리석음이 종종 이와 같으니, 직립은 평탄한 도로에 응한 자세요, 포복은 비탈길에 응한 자세일 따름이다. 이제 나를 물속에 던져 넣는다 하면 나는 올챙이처럼 물을 차고 돌진할 것이니, 평하는 이가 또한 "그는 올챙이 무리에까지 타락하였다"고 비웃을 것인가? 이와 같은 평자는 자기가 집착하고 있는 타입으로써 모든 인간의 가치를 헤아리고자 하는 자이며, 자기가 요구하는 타입에 맞지 않는 자를 모두 그르다고 하는 무리이다. 직립만이 인간의 자세가 아니요, 포복만이 인간의 자세가 아님은 물론이다. 인생에 처하는 길이 어찌 오직 직립만이며 포복만이랴? 때에 따라, 곳에 따라, 그리고 기회에 따라 천변만화千變萬化할 것이니, 이른바 도적도道的道는 도道가 아니다.

무문관無門關[1] 제8직則 공안公案에 보인 "해중奚仲[2]이 백폭百輻의 수레를 만들어 두 바퀴를 염각拈却[3]하고 다시 수레 축도 빼버렸지만 자연스러웠다" 함은 무엇을 말함인가? 궤도가 있는 곳에서 수레의 바퀴는 그 자유를 빼앗기게 되는 것이니, 궤도가 없음으로써 비로소 수레 바퀴는 사유四維[4]와 위아래와 사방에서 자유 자재를 얻게 되는 것이다. 이에 인생 만사의 수행修行은 수처 작주隨處作主[5]가 요긴

---

1 무문관無門關 : 중국 송나라 때의 스님 무문 혜개無門慧開가 설법한 것을 1228년에 제자 종소宗紹가 엮은 선종禪宗의 입문서
2 해중奚仲 : 수레를 처음 만들었다는 중국 고대 사람.
3 염각拈却 : 떼어 버림.
4 사유四維 : 서북 · 서남 · 동북 · 동남.
5 수처 작주隨處作主 : 환경을 따라 항상 주인이 됨.

한 바이니, 이는 즉 그때 그곳의 주인공이 되라는 말이다.

　평탄한 길에 처하여 그 길의 주인공이 되고, 비탈길에 처하여 그 길의 주인공이 되며, 수중에 처하여 수중의 주인공이 될 것이니, 포복匍匐은 비탈길과 일체가 되었을 때 자연히 생기는 자세일 뿐, 만약 나를 안락한 자리에 던진다 하면 나는 등바닥으로 포복할 뿐이라 할까?

—『영남일보』 33호, 1945.11.13, 1면.

양계 일기養鷄 日記 [발췌]

1960년[1]

8월 16일. 맑음.

황청동 박씨의 양계장에서 단관單冠 백색 레그홍 암컷 50마리를 마리당 1,200
환씩에 매입하기로 되어, 홰에 오르기를 기다려 오후 9시경 운반하다. 아우 창준
昌俊이가 일부러 와서 일박하다.

8월 17일. 맑음.

하룻밤을 지난 닭들의 컨디션은 극히 양호. 닭 사료점에서 사료를 가져오다.
밀 1가마, 밀기울 1가마, 쌀겨 1가마, 조개껍질 가루 1포대가 배달되다. 아우 창
준이가 개구리를 50여 마리 잡아 생으로 닭에게 먹이다. 사료는 술찌끼·엿밥에
밀과 물과 생선가시를 이갠 것을 섞어 오전 6시, 10시, 오후 2시, 6시 등 4회를 주
기로 하다.
혜인惠仁이가 알 낳았다고 소리치는 바람에 가보니, 비둘기 알보다 조금 큰 알

---

1   양계 일기는 1962년도까지 매일 빠짐없이 기록되어 있지만 양계에 관한 기록만일 경우 여기 옮겨
    싣지 않기로 한다.

이 한 개 닭집 구석에 낳아 있었다. 처음 받은 알이라 하여 아내의 권고로 내가 먼저 먹기로 하다. 아이들이 모두 싫다 하지 않고 풀을 캐고, 사료를 만들고, 개구리·메뚜기를 잡는다고 야단들. 닭들이 건강하게 잘 자라기를 심축心祝하다. 창준 아우 귀가.

8월 18일. 맑음.

동네 이웃인 배동기裵東己씨 소개로 마른 아까시 나뭇잎 한 가마를 350환에 매입. 오늘도 알 한 개를 낳았다. 박씨 조언으로 오후에는 생선찌끼를 주지 않다. 설사하는 놈이 있는 듯하기 때문에. 그래서인지 오후 2회는 모이 그릇에 모이가 많이 남겨져 있었는데, 혹은 급여량이 과다한 탓인지?
동수東秀에게서 편지 오다.[2]

8. 19. 맑음.

오늘 오전 모이는 남기지 않고 깨끗이 먹었다. 오후도 역시.

8. 20. 맑음.

동수에게서 엽서 오다.
엿밥과 술찌끼를 못 구해서 밀기울과 쌀겨, 아이들이 채취한 아까시 나뭇잎, 개구리를 배합하여 모이로 주다. 그러나 깨끗이 모이를 먹어 치우다. 암컷 강아지 1,300환에 매입.

---

2 이 무렵 장남 동수는 포항의 폐결핵 병원에서 요양하고 있었음.

8. 21. 맑음.

술찌끼만은 구하다. 이웃 부인이 와 보고 닭 몸에 이가 생겼다 한다. 내일 구충
驅蟲하기로 하다. 모든 닭의 컨디션은 양호.

8. 22. 맑음.

아침 청소 때 린덱과 크레솔로 닭집을 소독하다.
경북대 이사회 부회장部會長 회의가 있어 회장 서돈수徐墩洙씨가 학교 지프차로
맞으러 왔다.[3] 종로 다방에서 회의한 후 전 총장 고병간高秉幹 박사 댁을 왕방. 다
시 김상렬金祥烈 총장을 청하여 의견을 교환하다.
생선찌끼를 구하지 못한 채로 닭모이 주다.

8. 23. 태풍우.

밤중부터 폭풍우. 동남풍이 되어 닭집 정면이 비에 젖어 창 문지방 밑의 흙이
군데군데 떨어져 있었다. 오늘은 산란産卵 2개. 숯을 모이 속에 섞여 먹이다.

8. 24. 맑음. 아침 저녁 선선.

동수로부터 편지. 나의 편지는 아직 받지 못한 모양. 약값 관계가 있어 속히 송
금하여 달라는 내용이다.
아침 9시 시내에 들어가 하생何生을 만났으나 별다른 말이 없고, 나채연羅采淵

씨를 만나 나의 사정 이야기를 하고, 우선 외상으로라도 닭 50마리쯤 갖다 놓겠다고 말하다. 수일 내 나채연 씨가 내방하겠다고 약속.

석식 후 서돈수 씨가 내방. 경북대 이사회를 오는 26일 오전 10시에 개최한다는 통고를 하기 위하여 온 것. 밭에 배추씨를 뿌리다.

8. 26. 맑음.

산란 4개.

오전 10시 경북대 기성회 이사회에 출석. 감사의 결산 보고가 있었는데 13항목의 위법 사실을 지적하여서 회의 공기가 급박하였으나 경고에 그치고 결국 결산안을 승인하다.

오후 4시반경 귀가하니 앞집 서울댁 부인이 오셔서 닭의 구충제를 뿌리고 있었다. 더운데 닭장 속에서 아내와 함께 수고하심이 미안하였다.

동수에게서 편지 오다. 내 답장을 받고 한 편지인데 내용은 앞 편지와 동일.

8. 27. 맑음.

산란 5개.

종로다방까지 나가서 徐墩洙 씨를 만났으나 金祥烈 총장이 서울서 오지 않아서 내가 부탁한 용건의 상의는 4, 5일 늦을 것 같다고.

동생 집에 들러 점심을 먹다. 2, 3일 내로 새집으로 이사한다고.

8. 28. 맑음. 바람.

둘째 미사에 참례.

산란 6개.

아내가 방천시장에 간 사이에 남산동 제수씨와 질녀 수녀 둘이 내방. 큰 질녀는 이번에 하양 유치원으로, 둘째는 인천에서 대구로 전근되었다고.

오후 닭 먹이에 숯가루를 섞어 먹이다. 이웃집에서 생선찌끼를 제공하는 대신, 계란을 모아 달라고 하는 조건으로 생선찌끼를 가져오다. 이해타산은 여하간에 생선찌끼를 앉아서 얻을 수 있다는 점에 감사히 생각하다.

8. 29. 소나기. 저녁에 맑음.

아내는 오전 8시반 버스로 포항에 동수를 찾아가다.
산란 7개.
신입 교우의 상사喪事가 있어서 김 회장과 같이 조문弔問하고 연도煉禱.
소나기 한 줄기에 밭에 뿌린 배추 싹이 소생한 듯.
오후 9시경에야 아내가 귀가, 기차를 이용한 때문.

8. 30. 맑음.

산란 7개. 밀기울 2되, 쌀겨 2되, 술찌끼 5되로 1일 분량으로 하다.

동네 양계 청년을 우연히 만나 그의 닭에 칠 뉴캐슬 예방액을 우리 닭에게도 주기로 하여 저녁 무렵 그 청년이 가져온 것을 그에게 청하여 닭 50마리 전부에게 약을 치다. 닭 콧구멍에 점안點眼 약 치듯 한 방울씩 치는 것인데 근육 주사와 같은 효능이 있다 한다.

복희 어머니가 저녁에 다녀가다.

김 회장과 같이 황청동 교우亡者(조 마리아)의 상가 연도에 참석.

8. 31. 맑음.

산란 7개. 밀알갱이 모이를 빼고 밀기울, 쌀겨, 술찌끼, 생선 찌끼, 아까시 마른
잎만 가지고 먹이를 주다.

9. 1. 목요. 맑음.

산란 7개.
고故 조 마리아 장례가 있어 성당 예식에 참례.
뉴캐슬 예방액을 가져와 놓아 준 동네 청년에게서 『생산 양계』 책을 빌리다.

9. 3. 토요. 소나기.

조식 후 박재관朴在寬 씨를 방문코자 계란 30개를 가지고 시내 행. 도중에 김기
수金基洙 노인을 만나 태백다방까지 동행. 마침 정명진鄭命辰 · 김한수金漢秀 양씨
도 동석. 박씨를 만나보고 종로다방을 들른즉 서돈수 씨, 배부근裵富根 씨가 나를
기다리고 있었다. 경북대 일로 상의할 것이 있어 마침 내 집까지 자동차를 보내
려던 차라고 한다. 같이 해양다방까지 가서 수의하고 서씨와 함께 점심을 먹다.
경북대 도서관 촉탁 건으로 김상렬 총장과 서씨가 만났었는데, 오는 월요일 다시
만나기로 하였다고.
산란 11개.

9. 4. 일요. 흐림. 밤에 비.

닭집의 창문을 떼어버리다. 닭이 올라가서 거기서 산란하기 때문, 어제도 파란

破卵이 두 개나 있었다고.

주일 미사 참례. 청년회 월례회는 이달에 한하여 제3주 미사 후에 하기로 하다.

산란 11개, 그중 1개 파란破卵.

저녁 때부터 본격적인 비가 내리기 시작.

9. 5. 맑음.

밤중에 충분히 비가 온 듯.

조반 후 동소東昭의 보험료를 내러 시내에 들어가다. 갔던 김에 나채연羅采淵씨, 정기택鄭基澤 씨를 전화로 찾았으나 모두 상경 중. 약속한 서돈수 씨를 정오까지 종로다방에서 기다렸으나 만나지 못하였다. 이 다방에서 김영달金永達 씨를 만나 사대당社大黨 총무위원으로 입당하여 줄 것을 권유받고 고려해 보겠다고 약속.

산란 11개. 그중 이중란二重卵 1개(무게 16돈).

채소밭 나머지 부분을 동네 영감이 갈다. 노인이 좀 힘드는 모양. 나오기 시작한 채소밭에 구충약을 뿌리다.

동수에게서 편지. 엑스레이 결과 기적적으로 양호하여 금년 내로 퇴원해도 좋다는 주치의의 언명이 있었다고. 신께 감사함을 드리다.

9. 6. 흐림. 가랑비.

영감이 어제 갈아붙인 채소밭 일부에 거름을 뿌리다.

아내는 계모임 관계로 시내 행.

산란 11개.

9. 7. 수요. 흐림.

3호 닭집 창문도 떼다. 오늘도 한 마리가 창문 위에서 산란하여 한 개 파손이 있었다. 산란 13개. 이웃에서 얻은 자청파를 밭에 심다.

9. 8. 목요. 맑음.

시내에 들어가다. 정기택鄭基澤·나채연羅采淵 씨 등은 상경 중 아직 귀구하지 않았다. 서돈수徐墩洙 씨를 찾았으나 만나지 못하고, 소운笑雲 댁에 들러 점심 대접을 받고 귀가.

저녁에 서돈수 씨가 경북대 지프차로 내방. 내일 경북대 기성회 부회장部會長 회의를 열겠다고. 용건은 전前총장 고병간高秉幹 박사의 사택을 한일은행에서 사겠다고 하는데, 값은 천백만 환 가량 내겠다고 한다.

산란 14개.

9. 9. 금요. 맑음.

경북대 기성회 부회장 회의에 참석코자 시내 행. 종로다방에서 모여 의과대 학장실에서 회의하다. 안건인 고병간 박사 주택을 천백만 환에 한일은행에 매각키로 결정. 청수원淸水園에서 점심. 귀가하였다가 주영柱榮네 집에 다시 가다. 집을 사려는데 상의할 일이 있다고 주영 어머니가 내방하였다고 한다. 보았다는 집을 주영 아비와 함께 가보고 술 대접을 받은 후 오후 9시반 경 귀가.

산란 12개. 수가 줄어진 것은 무슨 까닭인지.

9. 10. 토요. 맑음.

산란 14개. 오늘도 술찌끼가 입수되지 않았다. 생선찌끼는 입수.

9. 11. 일요. 맑음.

술찌끼는 저녁에나 들어온다고 해서 대금 250환만 맡기고 왔다 한다.
둘째 미사 참례.
아내와 혜란惠蘭이 주영네 집에 가다. 오후 8시경 귀가.

9. 12. 월요. 흐림. 비 약간.

정기택·나채연 씨를 만나러 시내에 들어갔으나 귀구치 않아 못 만나고, 경북대 측 연락을 받아 청수원에서 기성회 부회장 회의가 있었다.

박명득朴命得 씨를 찾아, 오는 25일까지 채무 잔금 상환토록 김환수金煥秀 대서인 입회하에 약속하다.

웅덩이에 심을 평초萍草 두 포기를 100환에 사오다. 오는 길에 주영네 집에 들러 윤중령[4]과 함께 집을 보러 대봉동·하동 등으로 돌아다니다.

6시경 귀가. 오랜만에 동기東基가 와 있었다.[5] 내일부터 월배月背 성당에 건축 맡은 것이 있어서 약 1개월간 나가 있게 되었다고. 석식 후 돌아가다.

청수원 마담 부탁으로 우리집 앞에 있는 경지耕地를 사게 하여 달라는 청이 있어 마침 동기東基에게 부탁하여 소유주에게 교섭시켰는데, 값은 추후 연락하겠다는 회답.

산란 21개.

동수에게 엽서 보내다.

4　윤중령은 주영의 아버지. 먼 친척. 당시 육군 중령.
5　동기東基는 조카. 당시 건축 일을 하고 있었음.

9. 14. 수요. 비.

산란 25개. 내순이[6]가 주영네 집에 다녀오다.

9. 15. 목요. 맑음.

산란 22개. 외 파란破卵 2개.

채소밭에 충분한 비가 와서 무배추가 하루 사이에 청청하게 자랐다.

조반 후 시내 행. 정현곡鄭玄谷은 서울서 아직 오지 않았고, 노상에서 나채연 씨를 만나다. 어저께 서울서 왔다 한다. 전에 약속한 돈 문제는 아직 형편이 호전되지 않은 모양인데, 자기도 미안한 생각을 하였는지 현금 1만 환과 9월말로 된 5만 5천 환 수표를 주기에 감사히 받다. 수표는 김종인金鍾仁 씨에게 맡기고 그 대신 그의 수표를 얻어 청수원에 맡기고 내일 쯤 우리집까지 나오는 길에 현금으로 바꿔달라고 부탁하다.

나채연 씨와 함께 역전까지 가서 오전 10시반 대구에 오는 윤보선 대통령의 환영식의 시민 운집雲集 광경을 구경하다.

오늘이 어머님 연도煉禱 날이지만, 남산동 동생 집에 들러 저녁 연도에 참석 못한다는 것을 알리다. 막걸리를 받아 와서 쾌음快飮하다.

밀기울과 쌀겨 각 한 가마를 외상으로 들여오다. 밀기울 1,900환, 쌀겨 1,700환.

9. 16. 금요. 맑은 후 흐림.

산란 21개. 비둘기 장을 고치다.

---

6 '내순'이는 함께 살면서 집안일 돕던 여자 아이.

9. 17. 토요. 비.

온종일 가는 비가 내리다.
범어성당 청년회 부회장의 외조부 기일忌日이라 하여 초청이 있어 연도에 참여.

9. 18. 월요. 비.

온종일 내리는 비가 밤이 되어도 그치지 않는다. 밤 자정 무렵에 깨어 보니 부엌에 물이 들고 집밖에 노상으로 물 천지다. 대문 앞 도랑 다리의 토관土管이 토사土砂에 미어져 있었다. 오전 3시반까지 부엌의 물을 푸노라 자지 못하였다.
산란 26개. 그중 파란破卵 2개.

9. 19. 일요. 맑음.

약속한 청수원이 어제 비 때문에 나오지 못한 듯.
아내가 몸이 불편한 듯 점심도 먹지 않고 안정을 취하다.
산란 16개.
황청동黃靑洞 박씨가 다녀가다.
이웃 양계 청년이 내방. 경산군 고산면孤山面에 햇닭 팔 것이 있는데 (1마리 1,150환씩) 사지 않겠느냐고 한다. 닭집과 자금 준비가 되지 않아 살 수 없다고 사절하다.

9. 20. 화요. 맑음.

산란 28개.
조반 후 시내 행. 정현곡은 아직 서울서 오지 않았다. 청수원에 들러 일전 부탁한 김종인 수표 건으로 55,000환을 바꾸어 받다. 하생何生을 만나 청수원까지 점심 식사하러 갔다가 제일은행 지점장 의당毅堂과 김수근金壽根 대성공장 사장을 만나 합석하여 점심하다.[7]

주영네 집에 들러서 오후 4시경 귀가.

9. 21. 수요. 맑음.

산란 21개.
황청동 박씨가 석반 후 내방. 급히 쓸 일이 있다고 3천 환을 빌려가다.

9. 22. 목요. 비.

산란 24개.
내순이가 주영이네 집까지 심부름. 계란 70개를 보내고 대금을 개당 30환으로 받아 오다.

9. 23. 금요. 맑음.

성희星姬 모[8]에게 편지. 한참 소식이 없기 때문.
약한 놈을 따로 두기 위하여 제3 계사鷄舍에 임시로 침목寢木을 만들다.
산란 25개.

---

7   김수근 사장은 대성그룹 창업주.
8   성희 모는 소암의 장녀 혜순惠順. 성희는 그녀의 장녀.

9. 24. 토요. 안개.

산란 23개.
혜인惠仁이는 성환星煥 네 집에서 자고 온다고 한다.

9. 25. 일요. 맑음. 동남풍 후에 흐림.

산란 26개.
아내는 주영 네 집에 가다.
석반 후 이웃 신자(마리아)가 위중하다 하여 그녀의 집에 김회장과 함께 기도하
러 가다.

9. 26. 월요. 맑음.

암토끼 한 마리를 5백 환에 사오다. 토끼장을 만들어 계사鷄舍 안에 놓다.
산란 26개. 그중 이중란二重卵 1개.

9. 27. 화요. 맑은 후 폭풍우.

산란 21개.
조반 후 시내 행. 현곡玄谷은 아직 오지 않았고 박명득 씨는 또 약속을 위반, 만
나보고 또다시 잔소리를 하다.
오후 3시반경부터 폭우가 쏟아져 동네 일대는 완전히 물나라가 되다. 밤이 들
자 비는 멎었으나 풍세風勢는 여전하고 기온도 저하低下.

9. 28. 수요. 맑음.

술찌끼 선금으로 250환 지불. 오늘 분 반말(1/2斗)을 가져오다. 산란 25개.
뜻밖에 동수東秀가 포항 요양원에서 귀가. 아침 6시반 기차로 도착하여 집 찾
노라고 두어 시간 고생한 모양. 치료비 계산 관계로 부랴부랴 떠났다고.

9. 29. 목요. 흐림.

동수가 천식 발작으로 일어나지 못하였기로 약을 사려고, 또 주사 놓을 사람을
구하노라 아침부터 부산하다. 다행히 동네 동일약국 주인이 의과대 병원 약제사
라 부탁하여 주사를 놓다. 아미노필린 외국제 주사.
산란 24개.

9. 30. 금요. 비온 후 흐림.

고 배 마리아 출상식出喪式에 참례.
동수의 천식은 여전. 밤 10시부터 오전 2시경까지 간호하노라고 나도 잠을 자
지 못하여 피로를 느끼다. 주사 듣는 시간이 단축된 듯.
산란 27개.

10. 1. 토요. 맑음.

김회장께 청하여 침으로 천식을 다스려 보기로 하다.
산란 24개.

10. 2. 일요. 흐림.

동수 천식은 아직도 계속.

조반 후 시내 행. 나채연·박재관 양형에게 계란을 보내다. 현곡玄谷이 마침 어제 서울서 왔다 하여 만나서 같이 점심하고 2개월분 이자도 받다.

산란 25개. 동수, 침 맞다.

10. 3. 월요. 맑음. 개천절.

동수 천식이 멎은 듯. 아내는 시내에 들어가다.

산란 21개.

10월 4일. 화요. 맑음.

동수 침.

산란 27개.

석암石岩과 경북대 총장에게서 술과 소고기를 보내어 오다.

오후 5시부터 본당 김회장 및 기타 청년회원들과 함께 교우들의 집을 방문하고 연례에 따라 추석 연도를 드리다. 11시경 귀가.

10월 5일, 수요. 맑음. 추석.

동은東垠네 가족, 주영네 가족, 경자京子 형제가 내방.

산란 22개.

10월 6일, 목요. 맑음.

산란 21개. 동수, 침.
안에서 동네 부인들을 초청하여 점심을 대접하다.

10월 8일. 토요. 맑음.

시내 행. 동수 용 데카비타민을 매입.
성몽城夢 · 남초南樵 · 죽촌竹村 등 제형을 만나다.
오후 1시경 귀가. 오후는 들깨를 털고 상추밭을 갈다.
산란 27개.

10월 9일. 일요. 맑음.

산란 26개.
둘째 미사 후 본당 노盧 신부 본명 첨례 축하식이 있어 교우 대표로 축사를 낭독하다. 동소가 원고를 쓴 것이다. 유치원 아이들의 여흥이 있은 후 산회.
밀기울, 쌀겨 각 2가마니 매입.

10월 10일. 월요, 맑음.

산란 24.
동수, 침 맞다.
노 신부 본명 첨례 기념 오찬회에 참석. 손님은 없고 남녀 교우 대표 약 70명 참석. 교우를 두 패로 나누어 배구와 릴레이 시합이 있어 함께 즐기다.

10월 11일. 화요. 맑음.

산란 23.
시금치 밭의 김을 매다.

10월 12일. 수요. 맑음.

산란 23.
동수, 침.

10월 14일. 금요. 맑음.

동수, 오전 10시 발 관광버스로 포항 요양원에 다시 가다.
서돈수씨를 만나 함께 점심 하다.
산란 26.

10월 15일. 토요. 맑음

산란 22.
석양 때 현곡玄谷 내방. 8촌 된다는 사람과 동행.

10월 16일. 일요. 비.

채소밭에 알맞은 비가 종일 내리다.

조반 후 현곡과 약속한 바 있어 시내 행. 그러나 급한 일로 오늘 새벽 상경하였다고. 성몽城夢을 만나 하생何生이 나를 만나려고 한다는 이야기를 들었으나 하생도 오늘 아침 상경하여 18일에나 온다고.

10월 17일. 월요. 맑음.

산란 24.
닭 한 마리가 병사. 발육이 불충실한 것이 모이를 제대로 못 얻어 먹어 영양실조에 계두鷄痘로 죽은 듯.

10월 19일. 수요. 맑음.

산란 23.
시내 행. 김용식金龍式씨 상배喪配, 장례에 참석. 하생何生도 만나 가나다다방에서 상담하다. 나보고 UN한국협회 경북지부에 상무이사로 일보아 달라고. 그리고 수당은 월 3만 환 가량 될 듯한데 이력서 2통이 필요하다고.
서돈수 씨를 만나 성몽城夢과 같이 중식.

10월 20일. 목요. 비.

산란 23.
우중에 시내 행. 가나다다방에서 하생何生을 만나 이력서를 전하다. 何生 말은 오는 29일 상경하여 결정한다고.
남당南堂 만나다. 후임 대구시장에 민주당 측에서 자기에게 신임 교섭이 있는데, 직선을 기다려 출마하는 것이 낫지 않겠느냐고 나에게 묻길래, 찬스로 알고 우선 취임하였다가 그때 가서 출마하는 것이 유리하지 않겠느냐고 권하다.

동수에게서 엽서 오다.

10월 21일. 금요. 맑음.

산란 21개.
술찌끼 한 말(250환) 외상으로 매입.
내순이를 주영네 집에 심부름.

10월 23일. 일요. 맑음.

아내 시내 행. 귀가하여 신열로 눕다.
산란 22.

10월 24일. 월요. 맑음.

아내는 밤새 앓더니 새벽이 되자 열도 내리고 일어남.
시내 행. UN데이 행사식장을 보다. 하생何生, 성몽城夢, 서돈수 씨를 만나 함께 중식. 오는 길에 주영네 집에 들르다.
동수에게서 편지 오다. 지난 19일부터 천식으로 고생한다고. 약을 사 보내라는 용건.
산란 26.

10월 25일. 화요. 맑음.

시내 행. 동일약국에서 예방 약 15일 분(1,500환), 아스파산 50개(2,500환), 아미
노필린 100개(2,000환)를 매입하여 윤 중령에게 부탁. 오늘 밤 차로 포항 가는 사
병이 있어 그 편에 부치다. 따로 동수에게 엽서를 쓰다.
　산란 24.

10월 26일, 수요. 비.

동수에게 엽서.
아내는 주영네 집에 가다.
산란 24.

10월 27일. 목요. 비.

내순이, 주영네 집에 심부름.
산란 21.

10월 30일. 일요. 맑음.

산란 28.
동수에게서 편지 오다. 천식이 진정되었다고.

10월 31일. 월요. 맑음.

산란 26.

경북대 기성회 이사회에 참석. 하생何生은 낮차로 상경. 서돈수 회장은 내일 김상렬 총장과 만나 내 문제를 결정짓겠다고. 내일 오후 2시 종로다방에서 만나기로 하다.

11월 1일. 화요. 맑음.

산란 26.

오후 3시경 서돈수 씨를 만나다. 김상렬 총장과 상의한 결과 이력서가 필요하다고.

11월 2일. 수요. 맑음.

산란 33.

오후 2시경 시내 행. 거상巨象다방에서 서돈수 씨 만나다.

11월 3일. 목요. 맑음.

산란 35.

시내 행. 거상다방에서 나채연 씨를 만나다. 나씨로부터 현금 1만환 받다. 가나다다방에서 열부悅夫 · 남초南樵를 만나 열부가 점심을 내다.

밀기울 1가마, 쌀기울 1가마, 외상으로 매입.

11월 7일. 월요. 맑음.

산란 29.
오전 10시부터 개최되는 경북대 기성회 부회장部會長 회의에 참석. 청수원에서 점심. 하생何生을 만나 UN협회 건은 연말까지 보류키로 하였다는 말을 듣다.

11월 8일. 화요. 맑음.

산란 34.
석암石巖을 만나 대구일보 건을 부탁.
동수에게서 퇴원 문의의 편지 오다.

11월 9일. 수요. 흐림.

동수에게 엽서 보내다. 오는 11일 퇴원토록 하라고 하다.
나채연 씨를 만나 대구일보 건을 부탁.
산란 22.

11월 10일. 목요 맑음.

산란 31.
현곡玄谷은 아직 서울서 돌아오지 않았다. 내일 포항 행 여비조로 한일은행에서 1만 환을 찾다.
하생何生을 만나 성몽城夢, 장 마담과 같이 송월관松月館에서 중식.
박재관 씨를 찾아가 내일 저녁 지프차를 빌려 달라고 부탁.

대구일보 건으로 하생·성몽과 함께 서돈수 씨와 상면, 서씨 초청으로 아송원
雅松園에서 회식. 밤 9시반 귀가.

11월 11일. 금요. 맑음.

산란 25.
동수를 데리러 포항 가다. 퇴원 수속을 마치고 오후 2시반 포항 출발. 5시에 대
구 착. 석암石岩의 지프차로 집까지 무사히 도착.

11월 12일. 토요. 흐림.

산란 30개.
거상다방에서 서돈수 씨를 만나 같이 중식한 후 동인국민학교의 시장 합동 강
연회를 방청하다. 서씨는 대구일보 건을 단념하였다고. 다방에서 남초南樵·성
몽城夢·하생何生을 만나다.
닭 1마리 급사, 원인 불명.

11월 13일. 일요, 맑음.

산란 29개.
본당 가톨릭 청년회 월례회. 교무금 사정査定.
아내는 주영 네 집에 가다. 창준昌俊 아우가 오다.

11월 14일. 월요. 맑음.

산란 24개.
정명진鄭命辰씨 영애令愛 혼인식에 주례 차 참석. 오후 8시 귀가.

11월 18일. 금요. 맑음.

산란 24개.
서돈수徐墩洙 · 성몽城夢과 함께 대학병원으로 김상렬 총장 문병. 김태희金泰熙
씨 초청으로 금광金光 식당에서 중식. 현곡玄谷을 만나 이자 1만8천 환을 받고 같
이 대구일보를 방문. 춘당春堂 · 전학수田學秀 · 하생何生을 만나다.

11월 19일. 토요. 맑음.

산란 31개.
동수東秀와 함께 적십자병원과 김종인 병원을 방문.
석암石岩 · 신암愼岩 양형兩兄과 전화로 연락. 내일 대구일보 주주총회에 관하
여 나의 입사 문제를 부탁하다.
밀기울 1가마 외상 매입.

11월 20일. 일요. 맑음.

산란 34개.
새벽에 절도 침입, 다소 실물失物.
동기東基 내방.

11월 21일. 월요. 맑음.

산란 28개.
제일생명 대구지점, 적십자병원, 주영네 집 들르다.
서돈수徐墩洙씨를 만나 함께 중식.

11월 22일. 화요. 맑음.

오후 2시반 경북대 공제회 이사회에 참석. 5시경 귀가.
산란 31개.
서울의 제일생명과 성희星姬네에게 엽서 보내다.

11월 23일. 수요. 비.

산란 25개.
제일예식장에서 결혼 주례. 피로연을 마치고 남초南樵와 함께 거상다방에 가서 현곡玄谷을 만나다. 현곡에게로부터 다음달 5일에 받을 이자 15,000환을 당겨서 받다.
　오후 5시경 귀가. 석식 후 동촌 성당의 권 신부 회갑연 축사를 쓰다. 나도 참석할 예정이었으나 우천雨天 관계로 사양하다.

11월 24일. 목요. 비.

종일 안거安居. 산란 27개.

11월 26일. 토요. 맑음. 영하 7도 6분.

산란 24개.
무·배추를 뽑다.

11월 27일. 일요. 맑음.

산란 26개.
경매 광고 건으로 정丁 과장 자택 방문. 막걸리 대접을 받으며 한담閑談.

11월 28일. 월요. 맑음.

산란 19개.
나채연羅采淵 씨를 거상다방에서 만나다. 박재관朴在寬 씨 병중이라 전화로 연락. 김태후金泰厚 일행과 같이 중식.
거상다방에서 서돈수 씨 만나 경북대 촉탁 건을 묻다. 인사위원회를 거쳐 곧 결정될 것이라고.

11월 29일. 화요. 맑음.

산란 25개.
장용달張龍達 군 내방. 내일 주례 건으로.

11월 30일. 수요. 맑음.

미예美藝예식장에서 주례. 장용달 군과 함께 중식.

오후 2시 가나다다방에서 하생何生을 만나 대구일보 건에 대하여 자세한 말을 듣다. 결국 1월 1일부터 취임케 될 듯.

거상다방에서 서돈수씨를 만나 경북대 촉탁 건이 결정된 것을 알다. 월 수당은 2만 환 정도로 11월부터 소급 지불될 것인데, 다음달 5일경 자기가 찾아 주겠다고.

산란 19개.

12월 1일. 수요. 맑음.

구공탄 스토브를 매입. 연통까지 합쳐서 모두 5천2백 환.

산란 25개.

12월 2일. 금요. 맑음.

산란 19개.

거상다방에서 나채연羅采淵씨를 만나 같이 중식.

서돈수 · 김도원金燾元 · 배원접裵苑接 · 경북대 경리계원 김봉진 군과 같이 해광식당에서 스기야끼 대접을 받다.

12월 3일. 토요. 맑음.

산란 21개.

종일 씨 심을 마늘을 까다.

12월 4일. 일요. 맑음.

미사 후 본당 신도회장과 같이 집으로 와서 한담하다가 함께 중식.
동기東基 모자와 혜자惠子 내방.
산란 17개.

12월 9일. 금요. 맑음.

산란 15개.
동일약국 외상대 3,100환 청산.

12월 10일. 토요. 맑음.

산란 15개.
거상다방에서 서돈수 씨와 만나 같이 중식. 동인국민학교의 시장 합동 강연회
방청.

12월 12일. 월요. 맑음.

산란 16개.
대구일보 방문.
거상다방을 둘러 주영네 집에 가서 윤중령[9]과 같이 군의 신축 가옥을 구경.

---

9   윤중령은 주영의 아버지. 먼 친척.

1961년

1월 16일. 맑음.

산란 21개. 생후 4개월 된 닭 72마리(그중 수탉 5마리) 매입. 한 마리 1,400환.

1월 23일. 맑음.

산란 59개.
서돈수徐墩洙 회장에게 계란 25개 선물.

3월 12일. 일요. 맑음.

동소東昭, 경북대 전체 수석으로 합격.
산란 58개.

3월 14일. 화요. 맑음.

성희星姬 모母 어제 서울서 왔다가 오늘 귀경.
산란 62개.

3월 23일. 목요. 맑음.

동소, 서울 구경차 상경.
산란 77개.

4월 24일. 월요. 흐림. 동풍.

닭 72마리 새로 매입. 한 마리 1,100환씩.

1962년

1월 23일. 화요. 맑음.

시사일보時事日報 고문 취임.[10]

3월 3일. 토요. 맑음.

산란 59개. 혜인, 대구여고 입학식. 혜란, 대구여중 입학식.

---

10 이 시사일보는 광복 직후 소암과 함께 영남일보를 창간하여 편집국 차장(당시 소암이 편집국장이
    었음), 출판국장 등을 역임한 조약슬趙若瑟이 1951년 9월 영남일보를 떠나 『시사신보時事新報』를 창
    간하여 그 사장이 되고, 다시 그 이름을 1958년 『시사일보』로 바꾼 것이다. 1961년 『대구 경제 신
    문』으로 고쳐 전국 유일의 지방 경제지로 등장했으나 경영난으로 1972년 4월 폐간되었다. 지령
    6,640호. 소암과의 옛정을 생각하여 소암을 고문으로 추대하고 약간의 수당을 지급하였으나 당시
    『시사일보』도 경영 사정이 좋지 못하여 이 자리를 오래 유지할 수 없었다고 한다.

6월 10일. 일요.

화폐 개혁. '10환'을 '1원'으로.

8월 6일.[11]

산란 49개.

후기

이 양계 일기 공책의 뒷부분에 다음과 같은 비망록 형식의 기록이 들어 있다.

・그리스도교적 자유는 죄의 그림자조차도 없이 다만 부드러운 말씀과 아름다운 덕행만을 가져 성신聖神을 뫼시고 생활하는 것이다.

・기쁨과 사랑과 태양의 광선을 항상 뿌리고 다니는 사람이 있다. 우리기 마음으로 기쁨을 방사放射할 때 그 염파念波는 영구히 사라지지 않는다. 즉 상념想念은 씨이므로, 우리가 뿌린 기쁨의 상념의 씨가 수만 낱의 기쁨의 과일이 되어 우리의 가정을, 우리의 세계를 아름답게 꾸미리라.

・결벽潔癖(부정이나 악을 극도로 미워하는 성질)과 견개狷介(굳은 절개, 또는 고집)를 미덕으로 아는 사람이 있다. 청렬淸冽(물이 맑고 차디참)한 물속이 아니면 살지 않는

11　이것이 소암의 양계 일기의 마지막이고 사실상의 절필絶筆이라 할 수 있다. 소암은 이미 7월경부터 간경화 증세를 보여 입퇴원을 반복했다.

은어와 같이 고결한 군자로 자처하는 사람의 말로末路를 보라. 관용과 아량의 미덕이야말로 가장 큰 덕성德性이니, 그러므로 남의 죄악에 대해 분노하는 일은 그 죄악보다 더한 악덕惡德이다.

　•필요에 응하여 필요한 사물을 주옵시고, 필요에 응하여 필요한 지혜를 주옵시는, 전지전능하시고 지인지자至仁至慈하신 신을 믿지 않기 때문에 이 세상의 얼마나 많은 사람이 항상 불안에 쫓기고 공포에 사로잡혀, 여기저기서 구원을 빌고, 저기서 돈을 빼앗기고 여기서 재물을 빼앗겨, 나날이 육체의 생명을 좀먹이고 있는가? 모든 공급은 신으로부터 오고, 참된 평화는 신으로부터 오나니, 그 신은 우주에 충만한 무한의 공급인 동시에, 그 무한의 공급은 내면에 있어서 우리와 연결되었음을 자각할 때에만 참된 평화, 참된 안심이 우리의 혼을 점령케 된다.

제6부
그 밖

민원식 씨의 죽음을
울며 추도함泣悼閔元植氏之死

『영남일보』 창간사

이목우의 『시대풍』 서문

민원식 씨의 죽음을 울며 추도함泣悼閔元植氏之死

오전 9시 30분,

2월 16일,

지사志士 민원식 씨가

수도 동경東京에서 피살되었다.

푸른 하늘에 높이 빛나는 백일白日 아래에서

조선 민족 일천칠백만을 위하는

귀한 생명은

붉은 피에 물들이며 영구히 눈을 감다.

나와 나의 몸을 적에게 던진,

용자勇者 중에 용자인 그는,

남자다운 그의 죽음 가운데서 길게 살았다.

벽력 같은 그의 죽음이 보도되었을 때

세계의 많은 주의자主義者들의 최후가, 번개같이

나의 마음을 스쳤다.

조선 민족의 대초석大礎石인 그는,

저를 기다리던 죽음을 죽음에 의하여

영원히 불멸하는 승리를

확실하게 자기 손에 쥐었다.

조선 민족의 일인인 그는, 또
조선 민족의 자랑거리가 될 한 사람이다.

삼십오 세, 봄,
그의 너무도 짧은 생명은,
우리 전 민족에 의하여 슬퍼할 따름이다.
우리 동포가 구하는 것이 무엇임을 이해하고,
우리 동포가 하여야 할 무엇을 알았기에,
어려운 우리 동포의 제일인자인 그는,
조선 민족 영원의 자랑을 위하여
비장한 죽음을 죽었다.

생각하라, 넓은 그의 이마에 넘치는 이지理知와
청징淸澄한 그의 두 눈은, 한없는 동포에의 동정과 이해에 빛났다.
장부다운 존엄을 표현하는 그의
고미苦味를 띤 얼굴을 생각하라.
고투苦鬪와 신산辛酸과,
웅장雄壯한 의지意志의 힘과, 열화熱火 같은 희생의 정신과,
타는 불꽃 같은 이상理想을 깊이 감춘
그의 얼굴의 화려함이여.
눈을 감으면 지금도 오히려 나의 앞에 있다.

오호嗚呼, 신일본주의新日本主義의 제창자提唱者,
우리 민족의 권리를 위하여 분투한 지사志士,
조선 9백만 청년의 부父,
의지의 권화權化,
그의 짧은 일생에, 나는 예배한다.

그는 드디어 주의主義를 위하여 죽었다.
자기의 피로써 자기의 주의를 단련하였다.
그의 시체를 타넘고, 이제야
용감히, 그의 계승자는 약진하여야 한다.
빌건대, 그의 죽음으로써
우리 민족의 존영存榮을 위하여 영광 있게 하라.
우리 민족의 장래를 위하여 광림光臨 있게 하라.

—『매일신보』 4761호, 1921.2.27, 1면.

우리는 또다시 그 눈으로 주는,
정의의 질책을 맛볼 수 없으나,
그의 전 생명인, 그의 주의主義야말로,
영구히, 그 주의자主義者의 나약懦弱을 질책하리라.

보라, 동림東林의 초두梢頭로 오르는 태양의 빛,
무심히 그리는 석양의 채운彩雲,
그러나 민중은 탄식에 괴로워하는도다.
길거리로 방황하는 자,
책상머리에서 집무하는 자,
아— 부정키 어려운 민중의 고민과 곤비困憊.

저의 계승자 제군은 전진하라.
용맹,
저의 사체死體를 타넘고, 나서라.
그곳에 저의 영생의 길은 있도다.

어디든지, 대담히 맹진猛進하라, 주의主義를 향하고,
그는, 죽여서는 안 될 사람이다.

그의 통한痛恨한 죽음을 생각할 때마다,
세계의 많은 주의자主義者의 고난이 생각된다.
그리고 그의 죽음은, 또 너의 죽음이 아닐까,
그러나 온갖 고뇌苦惱 중에서
너는 각오하라, '아행정진 인종불회我行精進 忍終不悔'

아— 조선 민족을 위하여 힘써야 할
지사志士인 그대는 동경東京서 죽었다.
살아가지 아니하면 안 될 그는,
죽은 것이다.
우리 동포 일천칠백만을 위하여,
나는 울지 않을 수 없다.

바라건대 경모敬慕하는 나의 지기知己 그를 위하여
그 묘비명墓碑銘의 찬撰을 내 손에 빌려라.
그는 우리 동포의 누구든지 믿어야 할 것이다, 즉
'조선 민족의 존경과 감사를 받을 수 있는 그는,
동시에 우리 동포의 가장 옳은 이해자요, 오직 한 사람인 신뢰할 자이었다고.'

—『매일신보』 4762호, 1921.2.28, 1면.

『영남일보』 창간사

원시元始에 우리들은 찬연燦然히 빛나는 태양의 국민이었다. 그리고 세계에서 누구에게도 뒤떨어지지 아니한, 숭고하고도 아름다운 문화에서 훈육 받아온 고결하고도 진정한 백성이었노라.

그러하나, 8월 15일 전에 우리들은 일본 제국주의의 요운妖雲에 가리어, 자기의 본성을 발휘하지도 못하고, 타력他力에서 살고 압제의 가혹한 채찍 아래 생명조차 보장하기 어려운 빈사瀕死의 병자같이 창백한 얼굴의 소유자이었음이다. 그 무시무시하고, 생각만 하여도 전율戰慄의 몸서리가 나는 일본 제국주의의 기반羈絆에서, 사형의 가시관을 쓴 동물처럼 도살장의 문을 두드리게 되던 위기일발의 시간을 두고, 비로소 우리의 생명은 우리 조선의 선배와 세계 각제국의 힘으로써 훌륭히 구제되어, 건전한 자주 생명을 창조하려는 열과 역량을 가지고 무궁화 삼천리 강산을 새로이 건국하려는 참다운 일꾼이 되고자, 우리는 강호첨위江湖僉位 앞에 일간 嶺南日報를 여기에 창간하여 널리 동포 앞에 보내게 되었다.

처음 세상에서 고고呱呱의 첫 소리를 낸 이 직은 문화 기관은 산모의 무세한한 모성애로 판정하여 본다 하더라도 너무도 비건강체이며 저능아이며 기형아이며 조생아早生兒같이도 보인다.

그러나 우리들은 일치단결하여, 정성스러운 열과 역량을 결속하여, 과거에 일본 제국주의의 요운妖雲을 헤치고, 우리 조국의 절대의 광명을 이 결성아缺性兒에게 영양소로 공급시켜 소생의 거보巨步를 힘차게 내어 딛게 될 때까지 고민, 곤태困怠, 난심亂心, 손실, 파멸, 모든 장애물 앞에서, 모성애로써 굳센 투쟁을 계속하게 되리라.

상기하여 보라.

'하늘에 두 태양이 없는 것과 같이 땅에 어찌 충성을 다할 2종의 민족이 있을 사실이 있으랴?'는 알렉산더의 말처럼 과거 일본 제국주의 압정 아래에 충식蟲息의 생명을 계속하려고, 협소한 자아에 몰각하여 익찬 총독정치翼贊總督政治에 주구적走狗的 행동과 함께 필첨筆尖으로써 동포 대중을 위만僞瞞하며, 아름다운 우리 동포의 민족성을 해독으로써 전파시킨, 미균黴菌 제조자의 일역을 감히 행한 우리 과거 신문인의 죄상은, 양심적으로 삼천만 동포 앞에 엎드려 어떠한 규탄과 질책이라도 받을 용의가 있음을 여기에서 참회의 눈물을 머금고 새삼스럽게 맹서하여 두는 바임이다.

그러나, 청류淸流도 정지성停止性을 가짐에 부식腐蝕됨과 같이 과거의 전비前非를 진정으로써 반성한 우리들의 앞에 갱생과 속죄의 역할을 발견하였으니, 현하 조선 독립의 역사적 성업聖業 앞에 공수방관空手傍觀이 어찌 조상의 혈통을 이어받은 우리들의 태도로서 만족할 것인가?

무릉武陵의 길이 묘연杳然하며 봉래도蓬萊島를 어디에서 찾으리요? 신국가 건설의 도상에 있어 공연히 춘면적春眠的 태도는 결코 현하 우리 조선 민족으로서는 취할 바가 아님을 발견하자, 궐연蹶然히 일어서서 건국 성업聖業의 초석礎石이 되어, 당파와 알력軋轢을 초월하고, 삼천만 동포에게 진실한 보도 전사報道戰士가 되려고 하는 바임이다.

강호江湖의 삼천만 동포여! 미력微力이나마, 갱생更生의 도생 과정渡生過程에 있어 기유杞由 없는 지도와 편달鞭撻을 삼가 엎디어 희구希求하여 마지아니하는 바이다.

—『영남일보』 창간호, 1945.10.11, 1면.

이목우의 『시대풍』 서문

　과학자는 과학자대로 그가 의거依據한 각도에서 독특한 인생관과 우주관을 가지게 되는 것과 같이 신문기자는 신문기자로서의 색다른 철학을 가질 수 있는 것이니 진리 탐구에 있어 비록 그 양태와 향미가 다름은 있다 할지라도 인생 생활의 내용을 풍부롭게 하는 점에 있어서는 마찬가지라 할 것이다. 특히 기자 생활은 그 간間에 있어 폭이 넓고 그 촉觸에 있어 깊이가 두터운 만큼, 그의 생활을 통한 모든 호소呼訴는 복잡한 환경에 대처하고 있는 우리에게 다채롭고 여운 있는 관찰력을 주고 있는 것이 사실이다.

　외우畏友 목우沐雨군은 눈으로 볼 줄만 아는 많은 기자 중에서 과학자 같이 예리한 관찰력과 시인과 같이 주밀綢密한 저작咀嚼[1]력을 가진 비범한 기자임은 나의 독단만이 아닌 것 같다. 그의 촌철寸鐵적 풍자를 품은 유려한 문장은 또한 시詩요 철학이다. 이제 다년간의 기자 생활에서 발효醱酵된 주옥珠玉을 한 권의 서책으로 집성함에 있어 군의 노고와 기쁨을 같이 나누고자 하는 정이 간절한 나머지 공히 권두를 빌어 다정다한多情多恨한 일 기자의 인생 기록인 이 책을 여러 독서인들에게 권하여 마지않는 바이다.

　　　　임진년(1952년) 1월 영남일보사 사장실에서 김영보金泳俌 적다識

1　저작咀嚼 : 음식물을 씹음.

제7부
전기

전기

연보

저작 목록

소암 김영보 전기

1. 가계家系와 어린 시절

소암 김영보蘇岩 金泳俌는 1900년(대한 광무 4년) 1월 28일 당시 경상남도 부산에서[1] 아버지 김윤혁金胤奕[2]과 어머니 이씨(본관 전주)의 5남 3녀 중 3남으로 출생하였다.[3] 이 집안은 순천順天 김씨 절재공節齋公(김종서金宗瑞) 파 후손으로, 소암의 집안에서 전해오는 말에 의하면, 1453년 수양대군의 난(계유사화癸酉士禍)으로 김종서 장군과 그 다섯 아들들·손자들이 모두 죽임을 당할 때에, 절재공의 둘째 아들 승벽承璧의 장남인 중남仲男이 피신하여 기적적으로 목숨을 건지고,[4] 개성開城에서 피신 생활을 하며 일가를 이루어, 이후 속칭 순천 김씨 개성파開城派로 불리면서 19세기 말까지 세거世居해 왔다.

대대로 과거를 하다가[5] 그 후손 정규廷圭, 1818~1897(소암의 할아버지)에 이르리

---

1   호적 등본에 의하면 정확한 출생지 주소는 그 당시 지명으로 부산시 사중沙中 북부면北部面 초량리草梁里 산막동山幕洞 46통 3호이다.

2   이분의 이름이 호적등본에는 '允燮윤섭'으로 되어 있으나 호적 담당 직원의 실수로 잘못 기록된 듯하다. 아래에서 말할 파보派譜에는 '胤奕윤혁'으로 되어 있고, 이분의 족보상의 이름은 '종립鍾岦'이다.

3   지금까지의 모든 기록에는 김영보가 개성에서 출생한 것으로 되어 있지만 이것은 잘못 알려진 것이다. 출생지는 부산이었는데 어려서 개성으로 양자를 가서 거기서 자랐기 때문에 개성에서 출생한 것으로 알려졌던 것이다.

4   이때 승벽의 여종이 승벽의 부인과 같은 시기에 아들을 출산하였는데 이 여종의 아들을 승벽의 아들인 것처럼 꾸며 죽게 하고, 승벽의 아들 중남은 충성스러운 여종이 안고 피신한 것으로 전해 온다. 그러나 족보에 의하면 승벽의 장남인 중남이 장사랑將仕郞(종9품) 행 후릉 참봉行厚陵參奉(종9품) 벼슬을 하였다고 기록되어 있는데, 성명을 바꾸고 철저히 다른 인물로 꾸몄다 하나 그 시기에 이렇게 벼슬하는 일이 가능했을까 의문이나. 후릉은 개성 근교에 있던 소선소 정종과 그 비의 무덤이다.

5   소암의 증조부인 관형觀亨은 통훈대부通訓大夫 사헌부司憲府 지평持平(정5품) 벼슬을 하였고, 5대조인

인삼과 약용 작물을 재배하여 상당한 재산을 모았으나 말년에는 무슨 이유에서
인지 빈한한 생활을 했던 것으로 짐작된다.[6]

이러한 경제적인 이유와 관련되는지는 알 수 없으나 소암의 친아버지 윤혁은 소
암을 낳기 전 가족들을 데리고 부산으로 옮겨와 객주업客主業에 종사하였다고 하는
데, 부산에서 소암을 낳고 얼마 후 이 아이를 개성에서 살고 있는 동생 종업鍾業(자
字는 윤기胤基)에게 양자로 보내게 되어, 결국 소암은 다시 조상들이 대대로 살던 개
성으로 돌아가 그곳에서 성장한다.

소암의 양부 종업은 고향에서 그 아버지의 생업인 인삼과 약용 식물 재배를 하
고 있어서 경제적으로 그렇게 빈한하지는 않았던 듯하다.[7] 어쨌든 소암은 이 양부
모 슬하에서 자라고 교육을 받게 되었는데, 개성 최초의 신식 교육기관인 한영서
원韓英書院, Anglo-Korean School[8] 초등과에 입학한다.[9] 1912년 3월 이 초등과를 졸
업하고 계속해서 3년 과정의 중등과와 역시 3년 과정의 고등과를 다녀 9년의 전과
정을 수료하게 된다(화보 〈사진 2〉). 이 학교에서 어떤 교육을 받았는지 자세히 알
길은 없으나, 소암이 지녔던 장서藏書와 소암의 저술 등을 통해서 미루어 보면 아
마도 영어, 일본어, 한국과 동양의 역사·지리, 산술 등의 신식 학문과, 농업·재
봉·상업·법률 등 실용적인 과목을 배운 것으로 보인다. 그리고 소암은 이 무렵
에 기독교에도 접하게 된 듯하다.

익려益礪는 동몽교관童蒙敎官(정9품), 중흥조中興祖인 성갑誠甲, 1564~1627은 병조정랑兵曹正郎(정5품),
평안도사平安都事(종5품) 등의 벼슬을 한 것으로 족보에 기록되어 있다.

6 순천 김씨 개성파(=절재공파)의 파보派譜에 의하면 김정규는 "稟賦方直 操守廉介 至行克家 雅望著鄉
少業功令 可惜一擧 嘗師金初庵憲基품성은 바르고 곧았으며, 지조 있고 청렴하며, 좋은 행실로 집을 잘 다스리고, 아름
다운 명망이 고향에서 뚜렷하였다. 젊어서 이룬 학업은 빛났으나 과거에 급제하지 못해 가석하다. 일찍이 초암 김헌기에게 배
웠다"로 되어 있다. 김영보의 창작 희곡집 『황야에서』의 비문扉文에는 "빈한, 병고와 싸호면서, 오히
려, 부富에 굴하지 아니하며, 귀貴에 절折하지 아니하고, 오직 사계斯界를 위하야 살며, 사계를 위하
야 죽은, 나의 조부 영전에, 이 책을 밧치나이다"라고 하여 이 김정규가 빈한한 생활을 한 것처럼 말
하고 있는데, 이 글扉文과 관련해서는 더 논의해야 할 점이 있다. 아래 주7) 참조.

7 그러나 이 '빈한'이란 말의 뜻이 현대의 그것과 다르다는 해석이 있다. '빈한'은 부호가 아닌 상태를
겸손하게 일컫는 의미가 있었다고 한다. 또 소암이 어렸을 때 신식 학교에 다녔던 것을 보면 결코
일반적 의미의 '빈한한' 집 출신은 아닌 듯하다.

8 한영서원은 1906년 10월 미국 남부 감리교의 지원으로 설립되었으며, 초대 원장은 민족주의자이
며 실용주의자였던 기독교도 윤치호尹致昊였다. 이러한 설립자의 성향이 다소간 소암에게 영향을
끼쳤을 것으로 생각된다.

9 정확한 입학 연도는 알 수 없으나 초등과를 3년 과정으로 본다면 1909년(10세)일 듯하다.

한영서원 고등과 재학 시절인 1916년 9월, 조선총독부에서 시행한 보통문관 시험에 소암이 최연소의 나이로 합격한 일이 있었다. 이때 일본인 면접관이 소암의 나이 어린 것을 귀엽게 보아 "너는 커서 장차 어떤 사람이 되고 싶으냐?"고 물었는데 소암은 "총리대신總理大臣이 되고 싶습니다"라고 대답해서 면접관을 놀라게 했다는 일화가 전해 온다. 이렇게 관리 채용 시험에 합격했는데, 소암이 관계官界로 나가지 않은 이유는 알려지지 않고 있다. 그리고 초등과 재학 시절인 1911년(12세) 능성綾城 구씨具氏 용업嫆業과 결혼하고, 결혼한 지 7년만인 1918년 11월에 장녀(구씨의 소생으로는 유일한 외동딸) 혜순惠順을 출산한다. 결혼 생활에 관해 알려진 것은 거의 없고, 다만 남아 있는 사진에 의하면 부인 구용업은 당시로는 비교적 미인에 속했던 듯하다(화보 〈사진 3〉).

2. 희곡 작가 시절 (1920년~1927년)

한영서원 고등과를 졸업함으로써 소암은 정규적인 학업을 마치고 1921년 2월 개성학당 상업학교開城學堂商業學校[10]의 교유教諭[11]로 첫 직장을 갖는다. 위에서 말한 대로 총독부에서 시행한 보통문관 시험에 합격하고도 관리의 길을 가지 않고 교직의 길로 들어간 이유는 전혀 알려져 있지 않지만, 혹시 개성학당 상업학교의 교장으로 있던 일본인 승려 마쓰오 신젠松尾眞善[12]의 영향과 권유 때문이 아닌가 한다. 이 학교는 당시 일본어와 한국어, 한국과 동양의 역사, 그리고 상업 관계의 학문을 가르치는 중등 교육기관이었다고 하는데,[13] 실제로 소암이 무슨 과목을

---

10 개성학당은 1901년 6월에 일본 정토종淨土宗 개교부사開教副使인 이토 유코伊藤祐晃가 개성에 와서 조선인에게 포교할 의도로 설립한 학교이다. 이나바 게오稻葉繼雄, 「淨土宗の旧韓國における教育活動 ー日本語教育を中心として」 참조.

11 '교유'는 중등학교의 교사임.

12 마쓰오 신젠은 1904년 여름에 개성 상업학교 교무주임으로 취임하여 1912년 5월부터 교장으로 근무했다. 이나바 게오의 위의 글, 71면 참조.

가르쳤는지는 기록이 없어 자세히 알 수 없다. 다만 남아 있는 소암의 장서를 통해 짐작할 수 있는 것은 한국 역사, 한국어 등이 아니었을까 하는 것이다. 그리고 이 일본인 승려 마쓰오 교장의 감화를 받아 불교에 깊이 탐닉하게 된다(화보 〈사진 4〉 · 〈사진 5〉).[14]

개성학당 상업학교 교유로 부임하기 전인 1920년 9월과 10월에 소암 최초의 창작 희곡 작품인 〈시인의 가정〉과 〈정치삼매情痴三昧〉(모두 전1막)를 완성한다.[15] 소암이 어떻게 해서 희곡 작가의 길을 걷게 되었는지에 대해서 전혀 알려진 바 없다. 잡지『개벽開闢』35호(1923년 5월호)에 의하면

開城개성에 籍적을 둔 金泳俌김영보, 李基世이기세, 崔善益최선익, 高漢承고한승, 秦長燮진장섭, 趙淑景최숙경, 馬海松마해송의 일곱 동무는 지난 4월 1일로써 綠波會녹파회를 조직하였다. 그 성질은 대개 京城경성의 文人會문인회와 같을 것이다. 4월 17일부터 23일까지 이 회원들이 간직한 문예 도서의 전부를 고려 청년회관 안에 공개하여 개성 사람 일반의 열람을 허한다 하며, 5월 1일부터는 회원간의 회람에 供공할『風帆풍범』이란 작고도 얌전한 책을 간행하리라 한다.[16]

---

13 "일본 불교가佛敎家가 조선인에 대하여 중등 정도의 교육기관을 시설한 일은 극히 드문데, 개성학당이 유일한 것인지도 모르겠다. 이 학교는 정토종淨土宗이 경영하지만 반드시 종교에 얽매이지 않고 지방 사정에 순응하여 상업 교육으로 자제의 훈도薰陶에 힘쓰고 있다." 이나바 게오稻葉繼雄의 위의 글 72면에서 번역 · 인용. 또 아오야기 쓰나타로靑柳綱太郎의『朝鮮宗敎史』, 1911, 朝鮮硏究會. 140면의 다음 글도 참조할 것. "또 정토종淨土宗 부속 사업에 준할 만한 것으로는 명치 34년(1901년) 6월 경기도 개성군 개성에 사립 개성학당開城學堂을 설립하여 **일반 조선인에게 상업교육 및 보통교육을 베푼다.** 이 학당은 조선인 유지有志와 함께 공동으로 경영하고 본 정토종으로부터 개교사開敎師를 파견하여 교육 사무를 관장하고, 경영비의 대부분은 본 정토종에서 부조扶助한다."

14 기독교와 불교, 그리고 말년의 천주교의 영향은 소암의 저술, 특히 초기의 논설인「새 문화 창조의 이상理想과 종교」에서부터 후기의 논설「영광록靈光錄」,「심령학心靈學 상으로 본 생전과 사후」에 이르기까지 잘 나타나 있다.

15 1921년 10월 16일 서울 단성사團成社에서 예술협회 창립 기념 및 제1회 공연으로 이 연극 〈정치 삼매〉가 다른 연극들과 함께 상연되었고, 다시 1921년 12월 12일에 예술협회 제2회 공연으로 〈시인의 가정〉 등이 상연되었다.

16 같은 내용의 기사가『동아일보』1923년 4월 20일자에도 있다. 다만 이 신문 기사에는 동인들의 이름이 '최선익1905~?, 이기세1888~1945, 진장섭1903~?, 고한승1902~1950, 김영보1900~1962, 조숙경?~?, 마해송1905~1966'의 순서로 되어 있다(생몰 연대는 김동소가 조사해서 집어넣은 것임). 이 이름의 순서는 나이순도 아니고, 당시 지명도의 순서도 아닌 듯한데,『개벽』지에서 김영보의 이름이 맨 앞에 나오는 이유는 무엇인지 알 수 없다. 또 윗글에 나오는『풍범風帆』이라는 동인지는 발간되었는

라고 되어 있는 것을 보아, 개성 출신의 이기세와, 역시 작가·연극인이었던 윤백
남尹白南 등 선배 연극인들의 영향으로 연극에 관여하게 된 듯하다. 이렇게 개성
의 연극인들과 함께 연극 운동을 시작하면서 극작에 힘쓰게 되고, 다시 1921년에
는 한국 최초로 빅토르 위고의 희곡 〈Angelo, Tyran de Padoue파도바의 독재자 안젤
로〉를 번안한 〈구리 십자가〉(전5막)와, 창작 희곡 〈연戀의 물결〉(전3막), 그리고
1922년 1월에 창작 희곡 〈나의 세계로〉(전2막)를 완성한다.

이 무렵 소암은 다시 『매일신보』(1921년 2월 27~28일자)에 「민원식 씨의 죽음을
울며 추도함泣悼閔元植氏之死」이라는 조시弔詩를 발표하고, 또 「새 문화 창조의 이
상과 종교」라는 장편 논설을 잡지 『낙원樂園』 창간호(1921년 6월 20일자)에 발표하
여, 비교적 왕성한 저술 활동을 한다.

민원식은 잘 알려진 친일 인사로, 소암이 이 민원식의 죽음을 애도하는 글을
쓴 것은 다소 의외의 일이다. 소암은 한영서원에서 그 초대 교장 윤치호尹致昊의
교육 철학인 민족주의적이고 실용주의적인 교육을 받았다고 생각되는데, 어떻
게 민원식을 추도하는 시를 쓴 것인지 이해하기 어렵다. 물론 윤치호는 뒤에 변
절하여 친일파가 되었고, 소암도 조선총독부 기관지인 경성일보사京城日報社에
입사하여 기자와 부장(통신부장, 학예부장?, 지방부장)으로 활동하였지만 소암의 전
생애를 통하여 그에게서 적극적인 친일 언행은 찾아볼 수 없는데도 이런 글을 발
표하게 된 데에는 민원식과의 개인적인 친분이 작용한 것이 아닌가 한다.[17] 어쨌

지 아니었는지 알 수 없고, 이 모임에서 1922년에 『성군星群』이라는 잡지를 내었다고 하는 기록이
있는데(이재철, 「초창기 회원 약력과 활동」, 『색동회 어린이 운동사』, 학원사, 1975, 426면; 마종기,
『아버지 마해송』, 정우사, 2005, 30면) 이 연도와 잡지 이름이 서로 다른 것을 어떻게 해결해야 할지
알 수 없다. 이 두 잡지 모두 국내에서 아직 발견된 바 없지만, 최근에 발견된 1924년 3월 발간의 잡
지인 『신문예』 2호의 권말 광고에 잡지 『星群성군』('녹파회 동인 합작집'이란 소갯말이 있고 책의 호
수는 기재되어 있지 않다)의 목차가 나오는데, 여기에 소암의 희곡 〈가을〉과 소설 「엇던 부부」가
기재되어 있다. 『근대서지』 제10호, 827면 참조. 이 『신문예』에 관해서는 오영식, 「임화의 유일한
(?) 수택본 『신문예』 2호」, 『근대서지』 제2호, 2014, 522~525면 참조. 또 1924년 3월 15일자 『동아
일보』의 신간 소개란에 "星群성군 녹파회 합작집. 黃鳥(황조) 외1편(마해송), 가을 외1편(김영보), 마
리아의 결혼(秦金星진금성), 젊은 봄날 외2편(高漢承고한승), 懷疑회의의 東秀동수 외1편(孔鎭恒공진항),
어린 혼의 하소연(金鶴炯김학경), 독갑이 외3편(任英彬임영빈), 새 우는 집(李基世이기세). 개성 北本町
북본정 112 文化館문화관 발행. 振替진체 4907番번. 價一圓三十錢가1원30전"이라는 기사가 있는데, 이 기
사는 바로 『신문예』 2권의 광고와 일치한다.
17　그러나 두 사람의 친분에 관한 증거는 발견된 바 없다.

든 이 글에서 소암은 민원식을 '경모敬慕하는 나의 지기知己'요, '우리 동포의 가장 옳은 이해자'로 부르고 있다. 이미 관계官界로의 진출을 포기하고 문학을 하려 한 소암이 구태여 민원식을 칭송할 이유도 없었을 것인데, 이런 시를 지어 발표한 의도가 무엇인지 현재로서는 전혀 알 수 없다.

소암의 최초의 논설인 「새 문화 창조의 이상과 종교」(1921년 3월 21일 작성)는, 당시 스물을 갓 넘은 청년으로서 이렇게 해박한 세계 사상사의 자취를 훑은 것이 놀랍다. 이 논설에서 소암은 현대의 사상이 점차 '물질적으로 경주傾注'하고, 이미 있어 온 동서양의 종교가 모두 세속화하고 타락한 것을 개탄하고, 새로운 문화 창조의 이상理想을 실현하기 위해서 정신의 개조改造가 필요하며, 그것을 위해서는 '사람을 떠나서 신神을 구하려 하지 말고,' '신의 자유와 불佛의 평화를 지상에 건설코자 하는' 태도를 지닌 '신종교新宗敎 사상에 신순信順'하여 나아갈 것을 역설하고 있다.

소암이 1920년에서 1922년 초까지 완성한 희곡 다섯 편은 모두 1922년 출판된 한국 최초의 창작 희곡집인 『황야에서』[18]에 수록되어 있다. 이들 작품의 문학적 평가는 이미 많은 연구가들에 의해 이루어진 바 있으므로[19] 여기서는 다만 간략하게 김영보의 희곡들을 정리·소개한 조동일 교수의 글을 인용하면 다음과 같다.

극단 예술협회에서는 1921년 10월의 제1회 공연에서 윤백남의 〈운명〉, 이기세의 〈희망의 눈물〉, 김영보金泳俌의 〈정치삼매情痴三昧〉를, 그 해 12월 제2회 공연에서 조대호趙大鎬의 〈무한의 자본〉, 이기세의 〈눈 오는 밤〉, 김영보의 〈시인의 가정〉을 무대에 올렸다. 민중극단과 예술협회는 개량신파의 극단이라 줄거리만 꾸려 공연을 하지는

---

18 이 희곡집은 또한 장정가裝幀家의 이름이 알려진 한국 최초의 단행본이라는 점에서 출판 미술사적인 의미가 있다. 박대헌, 『우리 책의 장정과 장정가들, 韓國近代圖書裝幀小史』, 열화당, 1990, 33면.
19 예컨대 다음과 같은 연구 논문들이다. 권순종, 「한국의 가정극 연구—1920년대를 중심으로」, 『희곡문학 총서』 2, 형설출판사, 1982, 37~70면; 권순종, 「1920년대의 개량신파와 김영보의 희곡 세계」, 권순종 편, 『김영보 희곡집 황야에서』, 중문출판사, 1999, 199~218면; 김원중, 『김영보 희곡집』, 형설출판사, 1986, 174~175면; 민병욱, 『한국 근대 희곡의 형성 과정』, 해성, 1993; 민병욱, 『한국 근대 희곡 연구』, 민지사, 1995; 민병욱, 「김영보 희곡의 작품 구조와 그 의미」, 권순종 편, 『김영보 희곡집 황야에서』, 중문출판사, 1999, 181~198면; 서연호, 『한국 근대 희곡사』, 고려대 출판부, 1994, 224~225면·242면; 심상교, 「김영보 희곡 연구」, 『어문논집』 34, 안암어문학회, 1995, 421~452면; 안당, 『드라마 시소러스』, 예술의 전당 (주)케이아트, 1994, 224~229면; 유민영, 『한국 현대 희곡사』, 홍성사, 1984, 124~125면; 이두현, 『한국 연극사』, 학연사, 1985, 259~262면.

않고 확실한 각본을 필요로 했으며 창작극을 요구했다. 그래서 극작가가 나타나기 시작했다. 윤백남과 이기세는 연출과 연기를 하면서 극작도 아울러 했으며, 조대호는 예술협회의 자금을 대면서 작품을 쓰다가 곧 세상을 떠났다. 김영보(1900~1962)는 이 사람들과 다르게 극작에 전념했으며, 윤백남의 〈운명〉보다 앞서 1922년에 희곡집『황야荒野에서』를 냈다. 이것이 최초의 희곡집이다.

『황야에서』에는 공연하지 않은 것 세 편을 보태 모두 희곡 다섯 편을 실었다. 그 가운데 〈구리 십자가〉라는 것 한 편만 서양 작품의 번안이고 나머지는 창작이라고 했는데, 창작에도 번안의 요소가 더러 있는 것 같다. 창작이라 한 〈나의 세계로〉·〈시인의 가정〉·〈연戀의 물결〉·〈정치삼매〉는 상류 사회의 가정극이라는 뚜렷한 공통점이 있다. 응접실을 차려놓고 가족들이 번갈아 등장하며 숨겨져 있던 내막, 특히 남녀관계의 부정 같은 것이 드러나 수습하기 어려운 사태에 이르는 것이 공식이어서, 오늘날의 연속방송극으로까지 이어지는 관습을 마련했다. 〈나의 세계로〉에서는 일제에게 작위를 받은 남작의 딸이 불륜의 관계로 사생아를 낳고서 아버지의 만류를 뿌리치고 자기 세계를 찾아 가출을 했다. 〈연의 물결〉에서는 실업가와 귀족 두 가문에 얽힌 불륜의 관계를 다루고, 실업자의 약점을 잡고 협박하는 악인이 정당하다고 밝혀진다 했다. 이런 설정은 당시 우리 사회의 풍속과 맞지 않아 일본의 소재를 빌려오지 않았던가 하는 의문을 자아낸다.

〈시인의 가정〉도 상류사회의 가정극이지만 숨은 내막은 없고 가볍고 흥겨운 내용이어서 이채롭다. 시인인 남편과 피아노를 치는 아내가 사치스러운 신혼생활을 즐기는데, 부엌일을 하는 할멈이 욕을 걸판지게 하고 도망쳐서 문제 아닌 문제가 생겼다. 하는 수 없이 아내가 밥을 짓는 천한 일을 하게 되었다. 시인이 시를 지어 귀천이 있을 수 없다고 하면서도 예사 사람들과는 유리된 별세계에 머무르다가 표리가 어긋났다는 것을 비로소 깨달았다. 그렇게 해서 상하층의 간격을 좁히려고 했는데, 대사가 어색하지 않고 격에 맞아 뜻하는 효과를 거두었다. 이 작품도 기본 설정은 번안일 가능성이 있으나, 시에서 쓰는 고상한 표현에서 하층의 상소리에 이르기까지 말이 얼마나 다르게 쓰이고 있는가 여러 겹 들추어낸 수법을 평가할 만하다. 사건보다 대사가 큰 구실을 하는 희곡을 이룩해 신파극의 폐단을 극복했다.

— 조동일(1990) :『한국문학 통사』5(제2판), 199~200면.

이 『황야에서』의 판권란(화보 〈사진 7〉)을 보면 저작자가 '金泳俌'로 되어 있고, 그 주소는 '開城郡 松都面 京町 311番地'이다. 이 주소는 바로 소암의 양부 김종업 金鍾業의 거주지이고, 소암이 1938년 3월 서울 체부정體府町으로 주거지 및 본적을 이동할 때까지 소암이 거주하여 온 곳으로 각종 문서에 기록되어 있다. 『황야에서』의 발행소(출판사)는 서울 관훈동에 있던 조선 도서 주식회사朝鮮圖書株式會社이다. 이 책은 앞서 말한 대로 장정가의 이름이 기재된 한국 최초의 단행본으로 알려져 있기도 하다.[20] 이 책은 "제본과 인쇄 방식 등에서 완전한 양장의 형태를 보여준다. 앞표지에 제자題字 없이 벗은 여인의 뒷모습만을 중앙에 그려 넣었다.[21] 두꺼운 표지의 정장본精裝本으로 홈모등[22]이며, 실로 옆매기를 했다. 책등은 1.6cm 가량의 섶[23]을 내어 흰 광목으로 감싸고 이곳에 저자명을 압인해,[24] 전체적으로 깔끔한 느낌을 준다. 이와 같은 고급스러운 제본 방식은 양장 도서 초기에 주로 나타난다. 본문은 갱지에 인쇄했고 면주와 면 번호가 양 바깥쪽에 위치해 있으며, 목차가 없다. 작가가 조부에게 바치는 헌사와 판권면이 같은 문양의 장식괘로 꾸며져 전체적인 통일성을 지닌다."[25]

『황야에서』의 속표지에 '戱曲集 / 荒野에서 / 金泳俌 作 / 同人 裝幀[26] / 無斷興行禁止'란 글씨가 네모 상자 안에 적혀 있다. 속표지 다음의 비문扉文에는 "貧寒빈한, 病苦병고와 싸호면서, 오히려, 富부에 屈굴하지 아니하며, 貴귀에 折절하지 아니하고, 오직 斯界사계를 爲위하야 살며, 斯界를 爲하야 죽은, 나의 祖父조부 靈前영전에, 이 冊책을 밧치나이다"라는 헌사獻詞가, 아름다운 무늬의 장식괘 네모 상자 안에 들

---

20 『황야에서』는 1922년 처음 발행되었을 때 몇 권을 찍었는지 잘 알 수 없으나(500권?), 현재 알려진 원본은 ① 서강대학교 도서관에 1권, ② 서울 역사박물관에 1권, ③ 아단문고에 1권, ④ 이 글의 필자인 김동소에게 2권, 도합 5권이 있다. 고서 수집가인 박대헌 박사와 하동호 교수가 소장했던 책은 지금 행방을 알 수 없다. 서울 국립 도서관에도 원본이 1권 있었는데, 언젠가 분실되고 현재는 복사본이 등록되어 있다.
21 소암은 이 벗은 여인의 뒷모습 그림 모양을 고무 도장으로 만들어 장서인藏書印으로 사용했다. 670면 주 53의 사진 참조.
22 책등이 둥글지 않고 모가 나있으며, 책등과 책표지 연결 부분에 홈을 만들어 둔 제본 방식.
23 책표지와 책등을 연결하는 헝겊.
24 책등 표제에 가로쓰기로 '戱曲集', 세로쓰기로 '荒野에서 / 金泳俌'라고 적혀 있다.
25 박대헌, 『-우리 책의 장정과 장정가들, 韓國 近代 圖書 裝幀 小史』, 열화당, 1999년, 33면.
26 '裝幀장정'이 '裝幀장정'으로 잘못 적혀 있다.

어있다. 희곡 평론가 유민영柳敏榮 교수는 이 글 속의 '斯界'라는 말로 미루어 소암
의 조부는 '광대'일 것이라고 추측하다가, 이런 집안에서 광대가 있을 것 같지 않
게 생각되었던지 후에 '예술가'일 것이라는 모호한 말로 바꾸어 버렸다.[27] 여기
나오는 '斯界'라는 말은 '그 전문 분야'라는 뜻으로 사용되지만 이 전문 분야는 연
극계라기보다 넓은 의미로 '문학계, 학문계'를 가리킨 듯하다. 따라서 소암의 조
부는 '빈한과 병고에 시달리면서도' 돈이나 벼슬을 구하지 않고 학문을 골똘히 해
왔다는 뜻으로 봄이 옳겠다. 이 '빈한'이란 말도 위에서 말했듯이, 이 조부의 생애
를 보면 '아주 가난함'의 뜻이 아니라 '굉장한 부자가 아니라'는 말을 완곡하게 쓴
말인 듯하다.

　희곡집 『황야에서』에는 잘 알려진 대로 5편의 희곡이 수록되어 있다. 현재까
지 알려진 한국 최초의 창작 희곡집이자, 장정가가 표기된 최초의 단행본인데,
이렇게 최초란 말이 두 번씩 붙은 책인데도 제본 상태가 놀랄 만큼 세련되어 있
어, 이보다 늦게 나온 최남선의 『尋春巡禮심춘순례』(1926년)・『百八煩惱백팔번뇌』(1926
년)・『時調類聚시조유취』(1928년), 이광수・주요한・김동환의 『詩歌集시가집』(1929년)
등에 못지않게 정제된 제본・장정의 모습은 경탄스러울 정도이다. 여기 수록된
희곡 중 〈情痴三昧정치삼매〉는 1921년 10월 17일 예술협회 창립 및 제1회 공연으
로 서울 단성사에서 상연되었고, 〈시인의 가정〉은 1921년 12월 12일 예술협회
제2회 공연으로 역시 단성사에서 상연되었다.[28] 이 두 번의 공연은 당시의 신문
보도를 통해 알 수 있듯이 굉장한 인기를 끌었던 듯하다.[29]

<hr>

27　유민영, 「초창기 희곡의 양태(하)」, 『연극평론』 11호, 1974; 유민영, 『한국 현대 희곡사』, 기린원,
　　1988, 123면.

28　「시인의 가정」은 1931년 2월 6일 세브란스 의전醫專, 1998년 10월 대구가톨릭대학교 국어국문학과
　　등 대학생들의 아마추어 연극제에서 몇 차례 더 공연된 바 있다. 또 「연의 물결」은 2015년 11월 18
　　일부터 29일까지 대구의 한울림소극장에서 한울림극단에 의해 상연되었다.

29　그러나 이 2회의 공연에 대한 현재 남아 있는 관극평은 대체로 좋지 않은 것이다. 다음 글들 참조. 현
　　철, 「예술협회 극단의 제1회 試演을 보고」, 『開闢』 17호, 1921.11, 130~131면; 현철, 「예술협회 제2회
　　試演을 보고」, 『開闢』 19호, 1922.1, 45~49면; 이기세, 「예술협회 극단의 試演에 대한 玄哲 군의 극
　　평」, 『每日申報』, 1921.11.12; 수정탑, 「예술협회 연예부의 제2회 試演을 보고서 (1~6)」, 『每日申報』,
　　1921.12.17~22. 현철의 「예술협회 극단의 제1회 시연을 보고」(1921)에서 현철은 소암의 〈情痴三
　　昧〉가 "〈戀愛三昧〉라고 한 독일 희곡을 모작한 것 같기도 하나 확실히 그러하다고 할 수도 없는 것
　　같다"라고 하였고, 이두현은 "김영보의 〈정치삼매〉는 〈연애삼매〉(슈닛츠러 지음)를 모방한 것 같
　　다"고 하였으나, 아르투어 슈니츨러Arthur Schnitzler, 1862~1931의 희곡 이름은 'Liebelei'로서 한국어로는

이 희곡집에서 우선 지적해 둘 일은, 이 희곡 등장인물들의 성명이 상당히 세련된 것이었다는 점이다. 이름이 드러나는 등장인물 모두를 열거해 보면 '勝英승영(남작), 雪子설자(남작의 딸), 玉順옥순(남작의 딸), 相鎬상호(설자의 아들), 東淳동순(교사), 冕植면식(자작) 이상 〈나의 세계로〉, 石江석강(시인), 春子춘자(가정 부인), 개똥어멈(하녀), 玉蟾옥섬(하녀) 이상 〈시인의 가정〉, 鎭洙진수(실업가), 禧永희영(진수의 아들), 順卿순경(진수의 장녀), 蕙卿혜경(진수의 차녀), 道漢도한(백작), 敬愛경애(백작의 처), 敎昌교창(방랑자), 雪坡설파(타락한 문사文士), 貞順정순(백작의 누이) 이상 〈연의 물결〉, 允錫윤석(의사), 綠姬녹희(윤석의 처) 이상 〈정치 삼매〉, 茶卿다경(백작의 처), 錦子금자(백작의 첩), 鍾洙종수(방랑객), 千一천일(탐정), 本實본실(탐정), 春月춘월(시녀), 雪竹설죽(시녀), 花蟾화섬(시녀), 툼보(옥리獄吏), 가막새(옥리), 進善진선(백작의 시종) 이상 〈구리 십자가〉' 등인데, 이중에서 특히 여성의 이름인 '玉蟾옥섬, 順卿순경, 蕙卿혜경, 敬愛경애, 茶卿다경' 등은 그 이전의 문헌에서 찾아볼 수 없는 이색적이고 세련된 이름이라 아니할 수 없고, 또 이런 이름들은 일본의 영향을 받은 것 같지도 않다.

『황야에서』에 나오는 유일한 번안 희곡인 〈구리 십자가〉는 위에서 말한 대로 빅토르 위고의 희곡 〈Angelo, Tyran de Padoue 파도바의 독재자 안젤로〉를 번안한 것이다. 원작은, 이탈리아 파도바의 주지사州知事(원문 용어로 podesta)인 '안젤로 말리피에리'와 그의 부인 '카타리나 브라가디니', 그리고 '안젤로 말리피에리'의 정부情婦인 무희舞姬 '라 티스베', 또 '라 티스베'의 정부情夫인 '로돌포'의 4인 사이에 벌어지는 이중 삼각관계와, 그들의 과거사와 관련 있는, 그리고 당시 이탈리아의 정치적인 배경과 관련 있는 파란만장한 이야기인데, 소암은 이 대작을 5막극으로 아주 적절히 요약하여 번안해 냈다. 이 번안 희곡 〈구리 십자가〉는 한국 최초로 빅토르 위고를 소개했다는 점과 아울러, 한국에서는 빅토르 위고의 〈Angelo, Tyran de Padoue〉의 전무후무한 소개라는 점에서 큰 의미가 있다. 위고의 이 작품은 그 후 국내에서 한 번도 번역·공연은 물론, 소개조차 이루어진 바 없다. 참고로 〈Angelo, Tyran de Padoue〉의 등장인물과 〈구리 십자가〉의 등장인물의

장미영 교수에 의해 〈사랑의 유희〉로 번역되었다(1999, 성균관대 출판부). 이 슈니츨러의 희곡과 소암의 〈정치삼매〉는 아무런 공통성이 없는데, 이런 오해가 생긴 것은 슈니츨러의 이 희곡이 일본의 작가 모리 오가이森鷗外에 의해 일본어로 〈戀愛三昧연애삼매〉라고 번역되었기 때문인 듯하다.

이름을 다음에 비교·소개해 본다.

Angelo Malipieri	鄭伯爵정 백작
Catarina Bragadini	茶卿다경
La Tisbe	錦子금자
Rodolfo	安鍾洙안종수
Homodei	吳千一오천일
Anafesto Galeofa	具本實구본실
Reginella	春月춘월
Dafne	雪竹설죽

또 소암의 첫 희곡인 〈정치삼매〉(1920년 10월 9일 완성)와 〈나의 세계로〉(1922년 1월 8일 완성)는 위에서 조동일 교수가 지적한 대로 '응접실을 차려놓고 가족들이 번갈아 등장하며 숨겨져 있던 내막'을 조금씩 대화로 드러내는 기법의 한국 첫 효시로 보인다. 이런 기법은 현재의 텔레비전 드라마에서도 빈번히 활용하는 방식으로, 한국에서의 그 최초의 등장을 소암의 이름과 함께 기억해야 할 것이다.

『황야에서』에 실린 5편의 희곡 외에 소암의 작품으로는 현재까지 2편의 희곡 제목이 알려져 있다. 1925년 1월 25일부터 27일까지 극장 개성좌開城座에서 개성 고려 청년회 회관 건립 기금을 모금하기 위해 공연된 문사극文士劇이 김영보의 〈황금의 무도〉, 이광수의 〈개척자〉, 공진항의 〈전선〉, 유상섭 각색의 〈위맹〉, 고한승 각색의 〈유랑의 석〉이었다 한다. 그러나 이 〈황금의 무도〉 희곡은 아직 발견되지 않았다. 다시 앞에서 언급한 『신문예』 제2호의 광고에 등장하는 『성군星群』 목차 속에 소암의 희곡 이름 〈가을〉이 있다.

그런데 1925년 11월 10일자 문예지 『조선문단』 제13호에 실린 춘원 이광수의 「우리 문예의 향방」이라는 글에 다음과 같은 말이 있다.

이러한 경로를 지나서 『소년』에서부터 말하면 17~18년, 기미독립운동에서부터 말하면 7년간에 신문예는 조선인의 정신의 토양에 뺄 수 없는 근저根底를 박게 되었다. 우리가 가진 모든 일간신문은 반드시 1~2종의 연재소설을 가지고, 또 비록 흔히는 부인·가정란과 병합한 살림이나마 문예란이란 것을 두게 되어 매일 몇 편의 문예평론과 신시와 시조와 감상문을 산출하게 되고, 또 『조선문단朝鮮文壇』이라는 순문예 잡지와 기타 언론·사상 등 여러 잡지를 통하여 매달 십수 편의 소설과 더 많은 시가와 몇 편 문예평론이 수만, 아마 수십만의 조선의 정신을 비록 미약하게나마 흔들고 있다. 그러한 결과로 신문예의 단행본으로 장편·단편의 소설·희곡·시집도 아마 40~50은 되게 되었다. 이리하여 어찌하였으나 조선에도 신문학 또는 신문예라는 것이 확실히 있게는 되었다. 염상섭廉想涉·김동인金東仁·전추호田秋湖·나도향羅稻香·현빙허玄憑虛 하면 소설가로 누구나 허許하고, 김안서金岸曙·주요한朱耀翰·소월素月·파인巴人 하면 시인으로 허하고, 박월탄朴月灘·박회월朴懷月·김기진金基鎭 하면 비평가라고 알게 되고, **김영보金泳俌·김정진金井鎭하면 극작가라고 말하게 되었다.** 이 밖에도 많이 있거니와, 예를 든 것이다.

이 글 속에 '김영보·김정진 하면 극작가라고 말하게 되었다'라는 구절이 있는데, 이 말은 1925년 당시 이미 '소암 김영보'는 극작가로 널리 알려져 있었다는 말이 된다. 또 『인문평론』 제2권 제7호(1940년 7월 1일 발행)에 실린 민병휘閔丙徽의 「문학 풍토기(개성편)」이란 글에도 "희곡 작가 **김영보**金泳俌며 공탁孔濯이며 진장섭秦長燮이며 임영빈任英彬이며 마해송馬海松 등 당대에 혁혁한 문청文靑으로 『성군星群』이란 창작집까지 발간하였고 개성의 문화적 행사를 주관하기도 하였다"라는 말이 나온다. 소암 김영보가 『황야에서』에 실린 희곡 다섯 편만 저술한 것이라면 아무리 문학 인구와 문학 작품이 귀한 당시였다 하여도, 이렇게 널리 알려진 희곡작가로 인정받을 수 있었을까 하는 의문이 생긴다. 이 말은 소암이 『황야에서』에 실린 다섯 편의 희곡 말고도 〈황금의 무도, 가을〉을 포함한 다른 희곡 작품들이 또 있었을 것이라 생각하게 한다.

1922년 11월에 김영보의 이름으로 소설 작품이 발표되었다. 『시사평론時事評論』[30]

---

30 『시사평론』은 친일주의자 민원식閔元植이 1920년 4월 1일 창간한 신문인 『시사일보』가 노골적인 친일 논조로 독자들의 호응을 받지 못하던 중에 이듬해인 1921년 2월 16일 민원식이 도쿄에서 피살되자 폐간되었고, 1922년 4월에 잡지 『시사평론』으로 개제하여 월간, 또는 격월간으로 1928년 1월까지 통권 57호를 발간하였다.

제6호에 실린 「어떤 자의 선언」이라는 단편으로, 지금껏 알려진 소암의 유일한 소설이다.[31] 200자 원고지 90장 분량의 이 단편은, 어떤 목사가 다른 여자와의 사랑에 빠져 그의 정숙한 아내를 죽이기까지의 고뇌와 그 후 양심의 가책을 이기지 못해 자살해 버리는 이야기를 그린 단순한 줄거리로, 당시 이런 제재의 소설이 많이 있었는지는 모르나, 상당히 파격적인 소설인 듯하다. 살인자인 남자 주인공이 왜 교회의 존경 받는 목사로 설정되었는지도 많은 생각을 하게 한다.

1923년 1월부터 9월까지 소암은 『시사평론』에 5회에 걸쳐 괴테의 소설 *Die Leiden des Jungen Werthers*젊은 베르테르의 슬픔의 축약 번역본을 「웰텔의 悲歎비탄」이라는 제목으로 연재한다. 이것도 한국 최초의 『젊은 베르테르의 슬픔』에 대한 소개이다.[32] 축약이라고는 하지만 전체의 분량은 200자 원고지 400장이 넘는, 비교적 방대한 양이다. 괴테의 「젊은 베르테르의 슬픔」의 최초의 한국어 번역으로 문예사적인 가치가 있다고 하겠다. 먼저 그 첫머리와 마지막 부분만을 현대어로 바꾸어 아래에 붙인다.

一, 1771년 5월 11일

이 같은 고독의 적막을 이같이 즐겁게 하는 나의 마음의 평화로움은 그 얼마나 큰 것일까요? 봄 아침의 맑고도 여유로운 마음으로써, 나는 홀로 나의 사랑하는 전원의 생활을 시작하였습니다.

그리므로 나는 이제 다시 이 세상의 공명功名에 분구하게 활동하는 것보나, 산촌으로 돌아가서 고요히 청산녹수에서 자연의 낙을 꿈꾸는 것이 도리어 유쾌한 것임을 깨달았습니다. 나는 그리하여 나의 온갖 오락을 버렸습니다. 나는 나의 붓을 던졌습니다. 그러나 나는 이 전보다 더 교묘한 화가가 되었음을 기꺼합니다. 한 줄기 아침 안개가 고요히 언덕의 수림을 둘러, 구슬과 같은 찬이슬이 방울방울 옷깃을 적시는 아침과, 또는 아리따운 뭇 새의 노래를 깊이 감춘 녹음에 서너 가닥의 햇빛이 나의 사랑하는 평상을 비출 때, 나는 홀로 맑은 그늘을 밟아 거닐며, 혹은 가늘게 흐르는 냇가의 향내나는 풀

---

31 위에서 말한 잡지 『성군』에 「엇던 부부」라는 소암의 또 다른 소설이 실려 있는 것으로 전한다.
32 "한국에서 나온 베르테르의 첫 번역은 심영보1900~1962의 「웰텔의 悲歎」이다." 최석희, 『녹일 분학 그리고 한국 문학』, 2007, 푸른사상, 155면.

밭에 자리하고 누워서, 자연의 장대한 변화를 맛봅니다. 봄을 장식코자 푸릇푸릇 돋아나오는 천 가지 나무와 만 가지 풀들, 그 잎 끝에서 이슬에 쌓여 자연을 노래하는 수없는 작은 벌레들, 이것들은 다 나의 귀와 눈에 무심히 부딪쳐 오던 것이었지만, 이제는 깊이 나의 마음을 끌어, 나로 하여금 새삼스레 우리를 창조한 자연의 힘을 깨닫게 하며 인생을 붙잡아 주시는 하느님의 존재를 생각케 하옵니다. 나는 항상 침상을 나오기 전, 이 온갖 것의 보고 들은 바를, 또 다시 마음에 그리며 스스로 즐기고자 할 때마다, 연인의 입술을 접한 것같이, 여러 가지의 감정은 나의 마음을 이상한 기쁨으로 충만케 하여, 때때로 몽환夢幻의 경지에서 거닐게 하옵니다.

六十九,

이제야 밤은 요적廖寂(고요하고 적적함)[33]하고 나의 마음도 극히 고요하다. 나는 삼가 하늘에 향하여 나의 최후에 이 같은 용기와 굳센 정신을 주시옴을 사례하노라. 아―'챠―롯' 양이여, 그대의 절요窈窕(그윽하고 고상함)한 영상은 지금 나의 눈앞에 있도다. 내가 그대의 사변四邊(주위)에 있음을 나는 보노라. 이 즈음에 이르러 무엇을 다시 노노呶呶(구차한 말로 자꾸 지껄임)하리요? 오직 한 마디 그대에게 청할 것은 ○○교회 동편 모퉁이에 두 그루의 '라임'나무가 있으니 그곳에 나의 시체를 묻어 주실지어다. 부디부디 나의 소원을 용허容許하여 주소서. 선량한 기독교도들은 혹 그들의 시체가 내 곁에 있음을 불만히 생각할는지 모르겠으나, 만약 그들로써 이존異存('반대 의사, 이의'란 뜻의 일본식 한자어)을 제출하는 자 있을지면, 나를 큰길의 곁에 묻어 주소서. 그리하여 나는 무덤가를 지나는 사람들의 가엾이 여기는 정을 받고자 하노라. 나의 혼백은 기꺼이, 영영히, 그 근측近側(옆, 가까운 곳)을 방황하리로다.

나는 원하노니, '챠―롯' 양이여, 나를 묻을 때 내가 지금 입고 있는 의복 그대로 장사지내어 주소서. 어째서냐 하면 이것은 평소에 내가 그대의 면전에서 항상 입던 것인 까닭이로라. 그리고 또 아무나 나의 주머니를 열게 하지 말지어다. 그 속에는 내가 처음으로 그대가 아이들에게 싸여 있음을 보았을 때 그대가 달고 있던 물빛의 리본이 들어 있으므로서이라. 생각하건대 그 사랑스러운 아이들은 지금도 아마 그대의 주위에서

---

33 묶음표 안의 낱말 풀이는 필자(김동소)가 붙인 것이다.

놀고 있으리로다. 원컨대 나를 위하여 천백번千百番의 접문接吻(입맞춤)을 저들에게 주소서. 아ー, '챠ー롯' 양이여, 처음으로 그대와 만난 후로부터 나는 얼마나 그대를 사모하였는가. 그때로부터 나의 마음은 한시도 그대를 떠나지 아니하였도다.

권총은 알을 먹였도다. 시계는 열두시를 보報하는도다. '챠ー롯' 양이여, 나의 정신은 확실하도다. 나의 마음은 결코 헷갈리지 않았노라. 아ー 그러면ー.

이튿날 아침 6시경 '웰텔'의 시종은 촛불을 들고 그 방에 들어간 즉, 그 주인이 피투성이가 되어 자빠져 있음을 보았다. 시종은 즉시 '알벨트'의 곳으로 달려갔다. '챠ー롯' 양은 돌연히 그 문을 두드리는 소리가 남을 듣고 공구恐懼(몹시 두려움)의 염念이 곧 그 심두心頭(생각하고 있는 마음. 또는 순간적인 생각이나 마음)에 번쩍였다. 그녀는 '알벨트'를 깨운 후 같이 일어났다. 시종은 눈물로 이 두려운 변괴사變怪事를 고하였다. '챠ー롯' 양은 깜짝 놀라 기절하며 그 남편의 발아래 엎드려 넘어졌다. '알벨트'는 그 의복을 바꾸어 입고 수레를 몰아 그 집으로 갔다. 그러나 여러 가지의 구호는 아무 효험도 없었다. 그 책상 위에는 '애미리아, 가롯테'의 책 한 권이 펴있는 대로 빗겨 있을 뿐.

'알벨트'의 비탄悲歎과 '챠ー롯' 양의 가련한 경우는 필자의 붓대 놀림을 기다릴 것 없이 독자의 상상에 일임하는 편이 가할 듯하다. 장례는 엄격히 질박質朴하게 행하였다. 그 영구靈柩는 노집사老執事가 그 아이들을 데리고 따라갔다. 보는 사람마다 이 가석可惜한 청년의 가련한 최후를 슬퍼하지 않는 자가 없었다 한다.

우선 인용된 부분에 나오는, 이 책의 여주인공이라 할 수 있는 '챠ー롯'이라는 이름이 흥미롭다. 이 소설의 원문에는 Charlotte샬로테라는 이름이 맨 처음에 단 1회 나오고 그 밖에는 전부 Lotte로테로만 기록되어 있는데, 소암의 이 번역에는 시종일관 '챠ー롯'으로 표기된다. 소암이 참조한 일본어 번역본이 현재로서는 어느 것인지 알 수 없지만 아마도 초기의 일본어 번역에 그런 식의 표기가 나온 데에 영향 받은 듯하다.[34]

---

34 『젊은 베르테르의 슬픔』의 일본어 번역은 1891년에 『산케이 닛포山形日報』 신문에 연재된 다카야마 초규高山樗牛의 번역에 의해 처음 본격적으로 소개되었다 한다. 이 다카야마의 번역은 원작의 4/5 정도를 역출譯出한 것이고, 최초의 완역完譯은 1904년 한시인漢詩人이기도 한 구보 텐즈이久保天隨가

1924년 7월에 소암은 개성학당 상업학교로부터 경성京城 수송유치원壽松幼稚園 원감으로 직장을 옮긴다. 이 유치원은 1924년 6월에 일본인 오쿠무라 사토코奧村 敏子에 의해 설립된 사설 유치원으로[35] 이 무렵 서울 문화계 인사들의 사교장처럼 사용되었던 듯하다.[36] 이 유치원에서의 소암의 생활에 관해서 거의 알려진 바가 없고, 다만 '丙寅晚春병인 만춘'(1926년 음력 3월)이라는 소암의 머리말 기록 날짜와, '前壽松幼稚園 園監 金泳俌 先生 編전 수송유치원 원감 김영보 선생 편'이라는 편자 표시가 붙은 책 『作曲 附 童謠・童話集작곡 부 동요・동화집 꽃따운 선물』이 1930년 4월 15일 삼광서림三光書林에서 출판된다(화보 〈사진8〉).[37] 이 책은 아마도 소암이 수송 유치원에서 유치원 원아들에게 읽어 주거나 이야기하고 노래 불러주기 위해서 만든 책인 듯하다. 이 책이 한국 아동문학사에서 어떤 의미가 있는지 아직 전혀 연구되지 않았다.

수송유치원 원감 시절인 1925년 9월 14일자 『동아일보』 2면에는 다음과 같이 극문회劇文會 창립 총회 기사가 실려 있다.[38]

극문회 창립

연극문학과 무대예술을 연구코자

번역한 『베르테르ゑるてる』이다. 소암이 읽은 일본어 번역은 아마도 다카야마의 것이 아닐까 한다.

35 『동아일보』 1926년 6월 12일자 기사 참조. 다시 이 수송유치원은 1925년 4월에 개성 갑부로 유명했던 최선익崔善益이 인수한 것으로 알려져 있다. 『동아일보』 1926년 2월 1일자 다음 기사도 참조할 것. "유치원 방문기. 수송동 유치원. 수송동 유치원은 작년 4월에 최선익崔善益씨가 설립한 것인데, 설립한 지 얼마 아니 되지만 설비가 완전하다. 눈이 눈코 뜰 수 없이 퍽도 퍼붓는 날, 동 유치원을 방문하였다. 문안에 턱 들어서니 노랑 저고리, 파랑 두루마기, 다홍 저고리를 입은 아이들이 눈 장난을 하고 있다. 그 빛이 흰 눈과 조화되어 흰 마당에는 꽃 천지를 이룬 것 같았다. 동원을 경영해 나아가시는 김영보金泳俌씨의 말씀을 들건대, 현재 아동 수효는 33인인데, 사내가 열여섯, 계집아이가 열일곱이며, 아동의 가정 직업별로 보아 일종 특색이 있는 것은 동 유치원장이 조선일보를 경영하시는 관계상 신문기자의 자녀가 많은 것이라 한다." 이 최선익은 연극 운동에도 관심이 많아 소암과 함께 녹파회・극문회 등에도 참여하였다.

36 1920년대 조선일보 기자 생활을 했던 한국 최초의 여기자 최은희崔恩喜씨의 회고록에 다음과 같은 것이 있다. "무당이나 기생이 아니면 춤을 벌일 줄 모르는 그 시절에 몇 명의 청년들과 함께 그룹을 지어 수송유치원에서 비밀히 사교춤을 배웠다." 「남성 밀림에서 특권 누린 여기자」, 『언론 비화50편―원로 기자들의 직필 수기直筆手記』, 한국신문연구소. 1978, 48면.

37 이 『꽃따운 선물』에 관해서는 김동소, 「김영보의 『꽃따운 선물』에 대하여」, 『근대서지』 제2집, 근대서지학회, 2010, 282~291면 참조.

38 현대어로 번역하여 싣는다.

지난 팔일 오후 다섯 시에 시내에서 무대예술舞臺藝術을 연구하는 청년 남녀 십여 인이 시내 수송동壽松洞 66번지 김영보金泳俌씨 방에 모여서 극문회 창립총회劇文會創立總會를 열고 임시 좌장 심대섭沈大燮군 사회 하에 회의가 진행되었는데, 그 회의 목적은 연극계의 동지들이 결합하여 영리를 떠나서 순전히 연극문학演劇文學과 무대예술을 연구함에 있다 하며, 1년에 4, 5차 공연公演도 하리라는데, 오는 10월 하순경에 제일회 시연第一回試演을 공개할 예정이라 하며, 동인同人과 간사의 성명은 아래와 같다더라.

고한승高漢承, 김영보金泳俌, 김영팔金永八, 임남산林南山, 이경손李慶孫, 이승만李承晩, 심대섭沈大燮, 안석주安碩柱, 최선익崔善益, 최승일崔承一.

간사幹事 : 김영보, 심대섭.

또 『조선문단』 12호(1925년 10월 1일자)에 '글쓰는 이들의 주소'라는 기사에 '金泳俌 京城府壽松洞壽松幼稚園경성부 수송동 수송유치원'이라는 기록도 있어, 이 기사들을 종합해 보면, 소암은 1925년 10월 무렵까지는 수송유치원의 일을 보며 서울에서 거주하였음이 분명하다.

소암이 수송유치원 재직 시절인 1925년에, 당시의 대표적인 문예 종합지인 『조선문단』(1925년 7월호)에 「失題錄실제록」이라는 수필을 발표한다. 6월 3일자의 날짜가 적힌 이 글은 '연애지상주의 선언'과 같은 성격으로, 연애의 아름다움과 아울러 연애의 숭고함을 주장하고 있다. "하늘의 별들이여, 힘껏 뛰어라. 땅 위의 꽃들이여, 힘껏 웃어라. 그리하여 붉은 피 뛰노는 젊은이의 사랑에 고조高調된 높고 굳센 노래를 축복하자"라는 말로 끝내고 있는데, 이 글이 독자들에게 어떤 반향을 일으켰는지에 관해서는 알 길이 없다.

이 수송유치원에는 불과 2년밖에 봉직하지 않고, 1926년 6월 소암은 일본 도쿄의 불교 조선협회佛敎朝鮮協會 주간 및 도쿄 조선 여자 동포원朝鮮女子同胞園 주간의 직책을 맡아 가족(부인과 딸)을 데리고 일본으로 간다.[39] 이 일본 불교 조선협회와

---

39 이 연도와 기록 사실은 소암의 자필 이력서에 의한 것이다. 그러나 자필 이력서에는 일본으로 간 것이 1925년 6월로 되어 있고, 이 이력서에 바탕한 다른 많은 기록에도 그렇게 되어 있으나, 위의 각 주에도 나오는 『동아일보』 1926년 2월 1일자 기사에 의하면 소암은 1926년 2월에 여전히 수송유치원에서 근무하고 있음을 알 수 있는 것으로 보아 자필 이력서의 연대에 착오가 있는 듯하다. 즉 기억에 의한 이력서 작성으로 인한 착오라고 보이고, 소암의 일본행은 '1926년 6월'이 옳은 듯하다.

조선 여자 동포원이 어떤 단체로서 소암이 여기서 무슨 일을 하였는지는 지금껏 알려진 바가 없었는데, 최근 일본의 『요미우리讀賣 신문』 검색 사이트에서 이에 관한 사항을 찾을 수 있었다. 조선 여자 동포원은 일본에 유학 온 조선 여학생 및 고학생苦學生의 기숙사였고, 이를 운영하는 기관이 불교 조선협회인 것이다.[40] 그 운영자들과 기숙 여학생들이 아마도 1926년 가을, 또는 겨울 어떤 때에 찍은 사진을 앞에 제시한 바 있다. 사진 속의 앞 줄 왼쪽에서 세 번, 네 번째 남녀가 이 동포원 원장(?) 부부인 듯하고(이분이 혹시 다음 신문 기사에 나오는 요코이 세이오橫井誠應 스님일까?), 소암은 맨 뒷줄 왼쪽에서 네 번째 서 있다. 여자 동포원이라 했지만 남학생들도 8, 9명 있었던 듯하므로 사실은 남녀 학생들이 함께 기거하는 학숙學塾의 성격을 띠고 있었던 듯하다. 이 기간 중에 소암은 와세다早稻田 대학 정치학과 전문부에서 공부하였다고 한다.[41]

그런데 1926년 8월, 희곡 작가인 김우진金祐鎭과 가수 윤심덕尹心惠의 동반 자살 사건이 있었고, 1927년 5월에 이 조선 여자 동포원에 있던 여학생 3명이 동반 자살한 사건이 일어났다.[42] 이 여학생들의 자살이 소암과 어떤 관계가 있었다는 말도 있는데, 어쨌든 이 사건으로 인해 소암은 경찰로부터 조사를 받았다고 전해진다.[43]

---

40 1927년 3월 29일자 『요미우리讀賣 신문』 3면에 다음과 같은 기사가 실려 있다.
"새롭게 출발한 여자 동포원 / 조선 여자 고학생을 구하는 사랑의 동산
시오 벤쿄椎尾辨匡 박사, 요코이 세이오橫井誠應씨 등의 불교 조선협회에서는 주사主事 김영보金泳備씨 등의 노력으로 이번 요쓰야미나미四谷南 초町에 조선 여자 동포원 임시 숙사宿舍를 열고, 현재 공장 노동에 종사 중인 도쿄 주재 조선 여자 고학생 12명을 이에 수용하여 편물, 재봉, 가사 심부름, 차茶·약 팔기 등의 일을 주고 있는데, 다음 달부터는 다시 본관 신축 계획을 세우고 대지를 아자부 히로오麻布廣尾 초町에서 구해 조금씩 확장할 방책을 강구하고 있다. 동협회 최근의 조사에 의하면 도쿄에는 조선 여자 고학생의 실수가 62명에 달하리라 하는데, 장차 그들 전부에게 도움의 손을 펼치기 위한 새로운 시도로 서울·평양 등으로부터 소학교를 나온 조선 아동 약 30명을 불러 양가良家의 가정교사·현관지기 등으로 주선하여 그들의 고학의 목적을 달하게 하려고 계획 중이다.
41 『慶北大觀』(해방 13주년 기념 출판), 대구 신생문화사, 1958, 603면 참조.
42 당시 신문에 다음과 같은 기사들이 실려 있다. "조선인 여학생 마에바시前橋에서 3명 동반 자살 / 병든 친구를 동정해서 / 도쿄의 여자 동포원 학생." 『오사카 아사히大阪朝日 신문』, 1927.5.6. "조선 여학생 3명 투신 / 2개월이나 찾지 못한 시신이 떠오르다(女子同胞園 橫井誠雄方에서 기숙하는 여자 대학 부속 櫻楓會夜間學校).", 『고베 신문神戸新聞』, 1927.7.20.
43 아마도 이 여학생들이 소암을 짝사랑한 끝에 비관 자살한 것이라고 소암의 장녀인 김혜순이 말한 바 있다. 그러나 1927년 7월 20일자의 『요미우리』 신문 기사는 다음과 같이 신병과 입시 지옥의 스트레스 때문이라고 말한다.
"시험지옥의 희생 / 3인이 동반 자살했던 / 조선인 여학생의 사인死因

김우진과 소암의 교유에 관해서는 알려진 것이 없다. 그러나 이들은 같은 시기의 극작가였고, 소암과 함께 만든 녹파회 및 극문회라는 연극 동인의 한 명이었던 고한승高漢承이 개성 출신이며, 또 그가 김우진과 사돈 관계임을 감안할 때, 소암과 김우진은 서로 잘 알고 있었다고 보아 틀림없을 것이다. 어쨌든 김우진의 자살 사건, 그리고 여자 동포원의 여학생들의 자살 사건은 소암에게 큰 충격을 주었던 듯하고, 이후 소암은 연극계 및 문학계와 영원히 작별하고 귀국하여 신문기자로 변신하게 된다. 소암의 일본에서의 마지막 자취라고 할 수 있는 글이 1927년 2월 20일자『매일신보』에 실려 있다. 「오해 받기 쉬운 우담愚談 두어 편」이라는 짧은 수필로 200자 원고지 7장 분량만 신문에 게재되어 있고, 끝에 '이하 삭제'라는 말이 붙어 있음을 보아 일부만(두어 편 중 1편만) 발표된 것임을 알 수 있다. 그러나 이 글이 말하고자 하는 뜻을 정확히 알 수 없어, 수수께끼 같은 전문全文을 띄어쓰기만 고치고, 약간의 문장 부호를 붙인 후, 원문 그대로 여기 게재한다.

誤解오해 밧기 쉬운 愚談우담 二三

在東京 金泳俌재동경 김영보

(마에바시前橋 전화) 19일 오후 3시경 마에바시 공원 아래 도네가와利根河 강변에서 3구의 여자 시신이 떠올랐는데, 마에바시 경찰서에서 조사한 바로는, 이는 요쓰야四谷 구區 미나미南 초町 42번지 여자 동포원에 기숙하는 조선인 학생 전상진全相鎭(20살), 배소득裵小得(20살), 고귀봉高貴鳳(22살)의 3명으로 판명되었다. 젊은 3인의 조선인 여학생이 수수께끼의 동반 자살을 한 일은 당시 세인의 이목을 모았는데, 이에 대해 여자 동포원 원장 시야시오四谷鹽 초町의 조안지長安寺 주지인 요코이 세이오橫井誠應 스님을 찾으니, "지금 사체 발견의 소식을 들었는데, 20일 첫 기차로 여자 동포원의 사감舍監인 김영보金泳俌씨에게 마에바시前橋로 가게 하겠습니다. 여자 동포원은 조선인 여자를 위해 금년 2월말에 창립했고, 죽은 3인은 3월 1일을 전후해서 입원入園했는데, 사인死因에 대해서는 유서에도 분명히 씌어 있지 않지만, 고귀봉은 폐를, 전상진은 치질을 앓고 있었고, 배소득은 금년 봄 후카가와深川의 나카무라中村여고를 졸업하고 오모리大森의 여자 의전醫專의 입학시험을 보았지만 결국 낙방했습니다. 함께 동숙同宿하던 임봉숙林鳳淑은 금년 봄 오쓰마大妻 여고를 졸업하고 훌륭히 동양 치전東洋齒專에 합격하여 배소득은 이것을 심하게 비관하고 있었는데, 이런 사정을 종합하면 3인의 동반 자살 원인도 대략 추측되고, 이 밖에 남녀간의 문제 등은 전연 없는 것 같습니다. 가출하고 마에바시前橋에서 유류품이 발견되었을 때 우리는 1주일이나 그 주변인 도네가와利根川 일대를 찾았지만 끝내 헛수고로 끝나 죽은 것으로 체념하고 추도회도 가지고, 7월 13일에는 첫 추석 제사도 행했습니다. 나는 만약 가족이 오면 그들과 함께 마에바시前橋에 가서, 조선에서는 화장을 싫어하니까, 우선 동사무소에서 가매장假埋葬해 둘 생각입니다. 이것도 근래 유행하는 시험지옥의 한 예로 딱한 일입니다"라고 어두운 얼굴로 차분히 말했다. 또 당시 고귀봉·전상진 양인은 여대 부속 오후카이櫻楓會여고 야간부에, 배소득은 세이소쿠正則 영어 학교에 통학하고 있었다."

"他人이 自己를 誤解할 째 늣기는 不快보다 自己가 自己 스사로를 誤解하엿슬 째 늣기는 不快가 더 크며 더 견듸기 어려운 것이다" 하고 부르지즐 째 聽衆은 잠잠하엿다. 그날 밤 잠들기 前에 오늘 한 말을 고요히 싱각하고 나는 쏘 한 번 '自己가 自己 스사로를 誤解한 것'을 쌔다라 極度의 慙愧를 늣기엿다. 더욱이 그 일이 溫順한 公衆의 압헤 죠금의 붓그럼도 업시 得意揚揚히 暴露식혓다는 點에서 더욱 쓰리엿다.

自己가 남의 誤解를 바들 째 그 友人은 그를 爲하야 慰勞하엿고 남을 爲하야 釋名의 勞까지 取하엿다. 攻擊자는 다시 그 毒矢를 그 友人에게 向하얏다. 그째 自己는 그 友人이 얼마나 괴로워할 것을 누구보다 가쟝 알앗다.

그러나 友人이 誤解케 되엿다는 事實로써 이째까지 自己의 誤解는 가쟝 完全히 싯처내리게 된 것을 싱각할 째 自己는 自己를 爲하야 마음으로 그 友人을 팔앗다. 마지막에는 그 友人을 무들 墓穴까지 自己의 손으로 準備함을 사양치 안엇다. 그리고 友人을 보내는 輓歌의 대신으로 堂堂한 長論文의 審判書를 닑혀 주엇다. 友人은 잠잠히 바다 닑고 잠잠히 돌녓다. 그리고 死後에 바들 審判에 比하야 이 詳細를 極한 審判書의 얼마나 權威잇는가에 友人은 歎服지 안을 수 업섯다.

그러나 友人의 葬禮費用까지 自擔하라는 判決에는 友人은 물그럼이 判官의 쏏족한 코가 치여다보일 쑨이요, 아모 말도 나오지를 안앗다.

甲과 丙 사이에 關係된 誤解를 풀기 爲하야 甲은 매우 괴로워하엿다. 그러나 그 誤解를 풀 길이 업슴을 쌔닷고 甲은 丙에게 말하엿다. "우리의 온갓 誤解는 時間이 解決을 쥬리라" 하고 마즈막으로 이갓치 말하엿다.

"우리의 誤解를 풀 길이 오직 한아가 잇스나 그로 하여금 나는 나와 乙과의 秘密을 公開하지 안으면 안 된다" 하엿다. 그리고 甲은 셜마 丙이 그갓치 殘酷치 안으리라 싱각하엿다.

果然 丙은 눈물을 흘넛다. 그러나 그 눈물에 빗나는 丙의 眼彩에는 무엇을 哀怨하는 빗이 歷歷히 흘는다. 甲은 一時 興奮을 늣겻스나 다시 고요히 눈을 감고 마음으로 乙에게 謝罪를 하엿다.

丙에게 對한 義理를 세우기 爲하야 甲은 乙에게 對한 義理를 죽엿다. 그러나 그後 甲은 乙에게 對하야 一層의 愛着을 늣기는 한편에 丙에게 對하야 젼여 敵視에 갓가운 感情을 가지게 되엿다.

나는 지금까지 各自의 損得이 엇더케 되엿는가를 아무리 計算하려 하여도 結局 알 수가 업섯다.

"나의 兄弟여 차라리 健全한 肉體의 노리를 드릴지어다. 이것이야말노 보담 正直하고 또 보담 純粹한 노리니라. 보담 正直하고 보담 純粹하게 健全한 肉體는 말하는도다. 完全하고 또한 方正한 肉體는 말하는도다. 그리하야 그는 地의 의미를말하는도다" 하고 늬一체는 말하엿다. (이하 삭제)

3. 『매일신보每日申報』 시절 (1928년~1945년)

소암은 2년도 안 되는 일본 생활을 접고 귀국하여 1928년 3월부터 당시 조선총독부 기관지를 발행하는 경성일보사京城日報社에 입사하여 『매일신보』 편집국에서 근무하게 된다. 널리 알려진 대로 그 당시 『경성일보』는 일본어로 발간되고 있었으며[44] 한국인 기자들은 주로 『매일신보』의 일을 맡고 있었다. 소암의 정확한 경성일보사 입사 날짜와 처음 맡은 부서는 알 수 없다. 소암의 자필 이력서에 '1927년[45] 3월 경성일보사 입사, 매일신보 편집국 근무'라고 기록되어 있는 것이 전부이고, 매일신보사 측의 당시 발령 자료는 아직 찾지 못하였다. 그러나 위의 삭주 43)에서 제시한 당시의 일본 신문 기사도 보아 늦어도 1927년 7월까지 소암은 일본에 있었던 듯하다. 따라서 소암 자필 이력서의 '1927년 3월'을 '1928년 3월'의 잘못으로 볼 수 있다.

『매일신보』 입사 후의 소암의 행적은 신문에 나와 있는 것 외에 크게 알려진

---

[44] 1906년 9월에 이토 히로부미伊藤博文가 『한성신보漢城新報』와 『대동신보大同新報』를 합병하여 한국통감부韓國統監府의 기관지機關紙로 『경성일보』를 창간했는데 당초는 국한문판國漢文版과 일본어판을 병행하여 발행하였지만, 1907년 4월부터 국한문판은 폐지했다. 1910년 일본의 강점이 이뤄진 후 조선총독부의 기관지로 되었다. 조선총독부는 『경성일보』가 경영을 계속하였던 『대한 매일 신보』를 『매일신보』로 개편한 후 이를 『경성일보』의 조선어판 자매지로 발행했다. 일본 패전 직후 폐간되었다.

[45] 이 '1927년'은 '1928년'의 잘못이라고 추정된다.

것이 없다. 먼저 신문(『매일신보』)의 발령 및 인사 사항을 전부 뽑아 보면 다음과
같다.[46]

1930년 8월 24일 金泳俌 씨(본사 기자) : 모범 농촌 시찰차 19일 함경남도로 가서 도道
당국을 방문하고 같은 날 야행夜行으로 이원利原에 이르러 남면南面 수항리壽巷里를 시찰.

1931년 3월 10일 金泳俌 씨(본사 기자) : 8일 오후 10시 개성 향저鄕邸에서 부친[47] 별세.

1934년 11월 26일 金泳俌 씨(본사 사원) : 금25일 대구 남산정 190의 3호 향제鄕第에
서 부친[48] 별세. 李基世 씨(빅타-문예부장) : 레코드 취입吹込 용무로 오늘 오전 10시 50
분 발 도동渡東.

1937년 9월 25일 崔南善 씨(中樞院參議) : 25일 오전 7시 50분 경성역 출발, 만주와 북
중국 여행. 金泳俌 씨(본사 사원) : 24일 오전 6시반 시내 체부정體府町 61번지 자택에서
부인 별세.

1940년 10월 3일 洪鍾仁 : 명 사회부장 겸 정치부장, 李昌洙(조사부원) : 명 조사부장,
徐承孝(교열부 주임) : 명 교열부장, **玉峰和夫**(광고부원)(옛이름 金泳俌), **명 지방부장**, 白
鐵(학예부원) : 명 학예부장, 徐廷檍(사회부원) : 명 체육부 주임, 李貞濠(사회부원) : 명
사회부 차장, 李吉相(정치부원) : 명 정치부 차장, 崔一浚(교열부원) : 명 교열부 차장, 李
煥雨(교열부원) : 명 교열부 차장, 成仁基 : 명 지방부 차장.

1941년 4월 7일 **玉峰和夫**(본사 지방부장) : 자택 전화 개통, 광화문 2635번.

1941년 4월 8일 본사 지방부장 **玉峰和夫** 씨 자택 전화 광화문 2536번(어제 신문의
2635는 잘못임).

1941년 7월 27일 朴尹錫(社員) : 명 체육부장, 사회부 겸무, 中里文治(社員) : 명 서무
부장, 廣瀨四郎(囑託) : 명 교열부장, 金正一(延吉支社長) : 명 지방부장, 松山兼治(社員) :
명 연길延吉 지사장, 金山箕範(大阪支社長) : 명 도쿄東京 지사장, **玉峰和夫**(地方部長) : **명 오
사카**大阪 **지사장**, 益山濂藏(社員) : 명 판매부·발송부 주임, 徐承孝(校閲部長) : 면 교열부
장, 長島龜喜(경리부장 겸 서무부장) : 면 서무부장 겸무, 徐承孝(校閲部長) : 편집 사무 촉

---

46 참고로 함께 발령된 다른 이들의 사항도 적어 둔다.
47 이 부친은 양아버지 종업鍾業이다.
48 이 부친은 친아버지 종립鍾岦이다.

탁. 玉井徹男 : 명 통화通化 지국장, 新井永一 (통화 지국장) : 의원 해임.

1942년 10월 10일 玉峰和夫氏(본사 오사카 지사장) : 지사장 회의 참석차 경성京城 도착, 숭인정崇仁町 72의 76에 투숙.

1942년 11월 26일 宮村允鍾(編輯局次長 兼 整理部長) : 논설위원 전임에 명함, 趙容萬 (寫眞旬報主任) : 논설위원 전임에 명함, **玉峰和夫**(大阪支社長) : **『寫眞旬報』 주임에 명함**, 朴尹錫(體育部長) : 오사카大阪 지사장에 명함, 鄭寅翼(編輯局長) : 정리부장 겸무, 洪鐘仁(社會部長) : 체육부장 겸무.

1945년 3월 14일 玉峰和夫(본사 경북지사장) : **14일 부임차 경성역 출발.**[49]

소암이 1928년 매일신보사에 입사한 후 기자를 거쳐 지방부장(1940년 10월), 오사카 지사장(1941년 7월), 『寫眞旬報사진순보』 주임(1942년 11월), 경북 지사장(1945년 3월) 등을 역임한 것을 알 수 있는데, 다른 많은 신문인들의 회고록을 보면 소암은 매일신보사의 학예부장을 맡았던 것으로 전하고 있다.[50] 그러나 『매일신보』의

---

49 정진석, 『언론 조선 총독부』, 커뮤니케이션북스, 2005, 442면에는 소암의 간단한 연보가 다음과 같이 되어 있다. "金泳俌 29년 3월 경성일보 편집국 기자, 36년 3월 통신부장, 38년 5월 대판지사장, 39년 10월 광고부, 42년 11월 경북지사장." 또 이정수, 『한국 언론 인물 사화史話—8·15후편』 상, 1993, 136면에는 "29년 3월 『경성일보京城日報』 입사 / 동년 『매일신보每日申報』 편집국 기자 / 36년 3월 동 통신부장 / 38년 5월 동 오사카大阪 지사장 / 42년 11월 매일신보 경북지사장"으로 되어 있다. 이렇게 차이가 나는 것은 앞으로 더 규명해야 할 일이라 본다. 『매일신보』의 인사 발령 난에 의하면 소암이 『매일신보』 지방부장에 임명된 것이 1940년 10월 3일이고, 다시 오사카 지사장이 된 것이 1941년 7월, 『매신 사진순보』 주임 발령은 1942년 11월 26일, 경북지사장에 임명된 것은 1945년 3월이었다. 소암의 호적등본에 의하면, 1943년 8월 차남 동소가 서울 숭인정에서 출생한 것, 1945년 4월 대구 남산동 581의 6번지로 주소 이전한 것 등으로 미루어 정진석과 이정수의 기록에 착오가 있는 것 같다.

50 예컨대 다음 기록 참조. "1950년 6·25동란이 일어나서 또 한 번 영남일보의 성가가 올라가는 계기를 마련했다. 피난지 대구에서 문인들은 전원 영남일보사를 찾아왔다. 그것은 김영보 사장이 서울의 『매일신보』의 학예부장을 지냈기 때문에 안면이 있었다. 김팔봉金八峯·김소운金素雲·마해송馬海松·장덕조張德祚·최정희崔貞熙·최인욱崔仁旭·최태응崔泰應·유주현柳周鉉·구상具常·박목월朴木月·조지훈趙芝薰·박두진朴斗鎮 등 그야말로 『영남일보』는 중앙 문인들의 살롱이 되었고 그들은 『영남일보』의 정서 속에서 원고를 많이 써 주었다."(李禎樹, 「물자 부족 속 정신만 살아 있어」, 『영남일보 50년사』, 영남일보사, 1996, 176면) "먼저 『영남일보』는 피난 온 서울의 많은 문인들을 입사시키거나, 그들의 작품을 실었다. 이것은 김영보 사장이 『매일신보』의 학예부장을 지낸 관계로 이전부터 문인들과 친교가 있었고, 그리고 그는 넉넉한 심성으로 어려운 처지의 문인들을 푸근히 감싸주었기 때문이다. 그래서 『영남일보』는 언제나 문인들로 북적대었고, 이러한 인연으로 여류 소설가 장덕조張德祚씨가 1950년 12월 16일 입사한 것을 시작으로, 시인 구상具常씨와 김요섭金耀燮

인사 발령 사항이나 직원 명부에서 학예부장 발령 기록을 찾을 수 없다. 뿐만 아니라 소암의 『경성일보』, 또는 『매일신보』의 입사 발령 기사도 찾을 수 없어 자료가 더 나올 때까지 이 학예부장 문제는 좀 보류해야 하겠으나, 아마도 학예부장 근무를 했다면 1930년 후반에서 1940년 사이, 또는 1943년이나 1944년에 했을 것으로 생각된다.

매일신보사로 직장을 옮긴 이후 최초로 『매일신보』에 실린 소암의 글은 1929년 4월 13일자의 「忙餘斷想망여단상」[51]이란 짧은 수필이다.[52] 이 글은 '名船長명선장'과 '到處淸風滿胸襟도처 청풍 만흉금, 곳곳의 맑은 바람이 가슴에 가득하네'라는 두 편의 글을 합해 놓은 것인데, 앞의 글은 위태한 상황에서 유능한 지도자가 꼭 필요함을 말하고 있고, 뒤의 글은 속되지 않고 깨끗하게 살아가는 삶이란 어떤 것인지 말하고 있다. 이 수필에서 소암은 필자의 본명을 밝히지 않고 처음으로 '蘇巖소암'이란 호를 쓰고 있다. 소암이 정확히 언제부터, 그리고 왜 이 호를 썼는지 분명히 알 수 없지만, 현재까지 발견된 것으로는 이것이 처음인 듯하다.[53] 이 호는 아마도 소암이 존경해서 자기의 첫 저서인 『황야에서』를 헌정獻呈했던 그의 조부 김정규金廷圭, 1818~1897의 호가 '蘇園소원'이었음과 어떤 관계가 있을지도 모른다.

이후 1945년 8월 광복으로 인해 매일신보사가 폐쇄될 때까지 소암이 『매일신보』에 발표한 글은 전부 다섯 편인데, 이 다섯 편의 글은 모두 탐방기 또는 수행기 등과 같은 르포르타주로서, 길게는 7회, 짧게는 3회 연재된 것이다.

발표된 글의 제목과 발표 일자는 다음과 같다.

「모범 농촌 순례기―수항리를 찾아 (1~4)」, 1930년 9월 11일~14일자.

「승원僧院 생활 보고―금강산 순례기 (1~5)」, 1931년 8월 14일~18일자.

「누대樓臺 순례기―감개 깊은 촉석루 (1~4)」, 1932년 7월 26일~29일자.

씨 등이 입사했다. 그리고 많은 문인들이 『영남일보』의 지면을 통해 활동을 했다."(『영남일보 50년사』, 177면)

51 '바쁜 중의 짧은 생각'이란 뜻임.

52 200자 원고지 12장 정도의 분량이다.

53 당시 『매일신보』 지면에는 '蘇巖'으로 되어 있으나, 소암이 사용하던 장서인에는 사진에서 보듯이 '蘇嵒'으로 되어 있다.

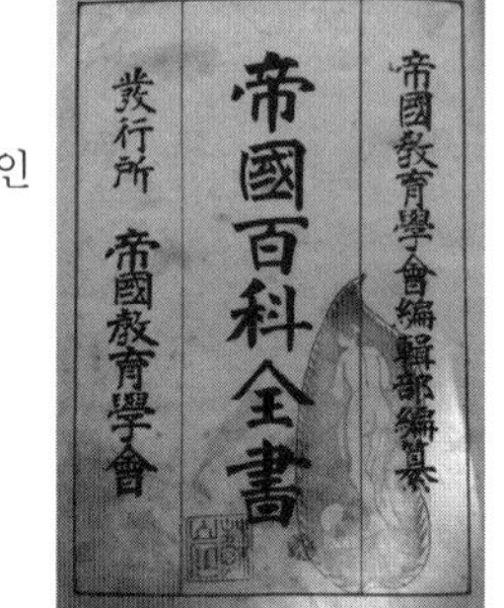

소암의 장서인 3가지

「총독 수행기 (1~7)」, 1932년 11월 6일~14일자.

「연기燕岐의 공사장을 시찰하고 (1~3)」, 1933년 6월 11일~17일자.

「모범 농촌 순례기」는, 원래 강姜씨들의 양반촌으로 알려졌으나 후에 퇴락했다가 다시 중흥한, 함경남도 이원군 남면 수항리利原郡南面壽巷里를 방문해서 취재한 글이다. 당시 조선에서 가장 성공한 모범 시골 마을로 이렇게 발전된 이 수항리를 자세히 소개하고 있다. 4회 연재된 이 글의 제목들만 뽑아 보면 "배산 임야背山臨野의 유곡幽谷 / 거족巨族 강姜씨 문중 은둔처로 / 3백 년 전에 개척한 세거지世居地 (1회) / 자작농이 대부분, 소작농은 불과 10호 / 이상적 향토 건설에 정진 중 (2회) / 부녀자의 저축계, 근검 절약 미풍 함양 / 조석마다 밥쌀 한 술씩 모아 (3회) / 이들 종교는 근로, 금주, 색의色衣, 미신 타파, 경로, 체육 장려, 교육 보급 (4회)" 등으로, 인상적인 것은 "풍기 숙정風紀肅正과 소비 절약의 미풍을 함양케 하기 위하여 농사 개량 계를 설치하자 곧 일반 촌민 전부가 금주 단행을 맹세하였는데, 만약 이 맹세를 깨뜨리는 자를 발견하는 경우에는 즉시 수항리로부터 축출을 시킨다는 엄격한 제재도 있고, 또한 촌민 자신이 자진하여 이를 엄수한 결과 지금은 이 동리에서는 술이라고는 그림자도 볼 수 없는, 술 모르는 동리가 되고 말았다. 또 술을 먹지만 않을 뿐 아니라 어떠한 구실로든지 이 동리 구역 안으로는 술이라 명색한 물건은 일체 들이지를 못하게 하였으니 관혼 상제의 대사 때에도 물론 술이라고는 쓰지 못하게 되어 있다. 이로 밀미암아 동민이 받는 이익은 물질상, 정신상으로 막대한 바 있어, 첫째 그만큼 불필요한 비용이 없어지게 되고 한편으로는 범죄가 완전히 소멸되고 말았다. 모범 동리가 된 뒤로 이 동리에서 한 사람의 범죄자도 나지 않았다는 것을 보아도 그들이 잘 살기 위하여는 어떠한 곤란이라도 무릅쓰겠다는 굳은 결심이 있었음을 알 수 있다. 선조의 제사 때에는 의식상 제주祭酒를 쓰지 않을 수 없으나 그렇다고 술을 쓰게 한다 하면 규율이 문란될 염려가 있고 또 술이라는 것을 직접 보게 되면 그만큼 그 유혹이 있기 쉬우리라는 견지 아래에 제주 대신에 단술이라는 알코올 분이 없는 일종의 음료수를 만들어 쓴다 한다. 어떻든 금주 단행이 말로만 되는 것이 아니라 실지로 이같이 완전히 금주 단행이 된 것에는 듣는 자와 보는 자로 하여금 일종의 경의와 만강滿腔의 감격을 금치 못하게 한다"라 하였으니, 믿기 힘들 만큼 대단한 결행 과정을 거쳐온 마을이라 할 수 있다. 이와 전후하여 『매일신보』에는 퍽 오랜 기간 동안 여러 지역에 걸쳐 「모범 농촌 순례」 기사(각각 다른 기자들이 씀)를 실었는데, 1930년대의 시골 농촌 상황을 잘 보여주는 소중한 기록들이라 평가된다.

1931년 8월 14일부터 18일까지 5회에 걸쳐 게재되었던 「승원僧院 생활 보고— 금강산 순례기」는, 신문사에서 기자를 금강산으로 파견하여 유람기를 쓰게 한 일종의 기행문이다. 역시 신문에 실린 제목만을 뽑아보면 '송풍 나월松風蘿月 벗 삼아 / 정토淨土의 길을 닦는 이들 / 참선 수도參禪修道, 각행覺行 구만俱滿의 생활 (1 회) / 명경대明鏡臺의 유경幽境과 / 마의태자麻衣太子가 쌓은 석성石城 / 곳곳마다 걸 승傑僧의 끼친 자취 (2회) / 헐성루愒惺樓 상의 조망眺望 / 일모지리一眸之裡에 일만 이천 봉 / 수도승 염불성念佛聲도 반가울사 (3회) / 냇가에서 발을 씻는 / 젊은 여승 은 보살의 현신現身 / 옥황玉皇의 청풍과 용왕의 수성水聲 (4회) / 전세 인연 짧음을 / 한하는 나그네의 마음 / 천계만곡千溪萬谷에 사무친 모종성暮鍾聲 (5회)'인데, 이 역시 당시의 금강산의 한 모습을 보여주는 소중한 자료로 생각된다. 5회 연재될 때마다 삽화(548면 참조)가 들어있음이 특징적이다.

「누대樓臺 순례기」는 신문사에서 저명한 문필가를 선정하여 전국의 유명한 누 대를 찾아보고 기행문을 쓰게 한 것인데, 소암은 진주의 촉석루矗石樓를 맡아 4회 연재하였다. 역시 신문의 중간 제목만 뽑아보면 '강산은 의구依舊하건만 / 그를 알 사람 몇인가? / 냇가에서 빨래하는 무심한 표모漂母의 / 방망이 끝에서 헛되이 세 월만 늙어 / 감개感慨 깊은 촉석루 (1회) / 천공불락千攻不落 진주성도 / 필경에는 함 락되어 / 9만 2천여의 대병大兵을 움직여서 / 8주야晝夜 동안 시산혈해屍山血海의 일대 격전 / 귀갑차龜甲車 활동 주효奏效 (2회) / 임진壬辰의 난亂을 장식한 / 장壯 홉 다, 논개論介의 최후 / 장대將臺의 촉암矗岩을 탕탕 치는 물결 소리 / 원한 깊은 의기 義妓의 추추啾啾한 하소인 듯 / 의암義岩아, 옛 일을 기억하는가? (3회) / 옛일을 추억 하는 듯 / 의암義岩은 남강南江을 묵시默視 / 망진산望晋山 대밭에 빗소리는 나직하 고 / 촉석루 다락 위엔 음풍陰風이 습습習習하니 / 의기義妓 논개의 하소인가? (4회)' 와 같다. 촉석루와 진주에 얽힌 실화와 전설을 박진감 있게 서술한 풍물기로서, 임 진란 때 일본과의 전투를 꾸밈없이 기록한 점이 독자들의 큰 관심을 불러일으켰으리라 짐작되며, 그 시대에 비록 과거의 일이라고는 하나 이렇게 일본과의 전쟁 이야기를 조선 사람의 처지에서 솔직히 적어 낸 용기가 놀랄 만하다.

1932년 11월 6일자부터 14일자까지 7회 연재한 「총독 수행기」는 당시 제6기 조선 총독이었던 우가키 가즈시게宇垣一成(1931년 6월 17일부터 1936년 8월 5일까지 총독 재임)가 평안도 일대를 시찰할 때에, 총독부 기관지인 『매일신보』의 기자로 소암 이 유일하게 동행하면서 취재한 것이다. 7일간 3천여 리를 함께 여행하면서, 관 공서 방문기뿐 아니라 방문한 곳곳(신의주-의주-삭주-창성-벽동-초산-위원-강계-개 천-안주-평양-강동-성천-양덕-곡산-신계-남천-평산)의 생활상과 지역 사정, 심지어 는 그곳의 역사와 전설까지 모은 것으로 현재의 시각으로 볼 때 소중한 기록이 아닐 수 없다. 특히 1945년 조선총독부에서 일본어로 발간한 관광 안내서『동룡 굴蝀龍窟과 묘향산妙香山』을 제외하면, 유일하다고 할 만한 동룡굴 탐사기가, 그것 도 한국인 기자의 눈으로 취재한 기록이 제5회에 들어있다. 역시 신문의 글 제목 에서 뽑은 내용은 '통군정統軍亭에서 고사古事 회상 / 제1선의 경관警官을 위로 / 삭주朔州 온천에서 여진旅塵을 세척洗滌 (1회) / 삭주朔州와 초산楚山 사이의 / 최전 선을 시찰 / 초산楚山 와인동瓦仁洞 모범 촌락 방문 (2회) / 유劉 집안현장輯安縣長과 회견 / 일만日滿 친선 역설 / 위원渭原 용문동龍門洞 모범 촌락 시찰 (3회) / 독로강 반禿魯江畔에 흘립屹立한 / 인풍루仁風樓 위의 가조佳眺 / 묘향산妙香山 승방僧房의 고요한 하룻밤 (4회) / 조화造化의 일대 괴작怪作 / 동룡굴蝀龍窟의 기관奇觀 / 이를 담험한 최완규崔完圭군의 공직 (5회) / 육전어 생도에게 / 총독의 대연설 / 군국君國 에 충실하고 전도前途에 희망 가지라 (6회) / 모범 청년 김지우金志宇군 / 총독 친방 親訪에 감격 / 장구長驅 3천리 서선西鮮 순시巡視 무사 종료 (7회)'이다. 소암의 이러 한 기록은 7회 전부 이 신문 1면에 실려 있다.

동룡굴에서 총독 일행과 함께 찍은 사진 몇 장이 남아 있다(〈사진 2〉·〈사진 3〉).

소암은 총독 일행과 함께 7일간의 여행을 했으나, 총독의 동향에 관해 철저히 객관적인 서술만 할 뿐 조금도 총독이나 일본을 미화하거나 찬양하는 표현은 쓰 지 않고 있다. 신문기사인 까닭도 있겠지만, 이런 귀중한 기회에 얼마든지 아부 하는 말을 쓸 수도 있겠지만 그런 흔적은 전혀 보이지 않는다. 비록 몸은 총독부 기관지 신문사에서 일하고 있지만 일제에 대해 필요 이상의 접근을 하지 않으려

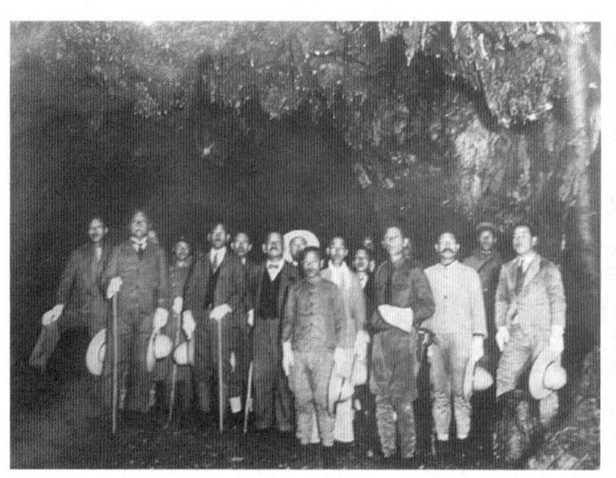

〈사진 2〉 1932년 10월 30일 동룡굴 안에서.
왼쪽에서 다섯 번째(뒷줄의 안경 쓴 이)가 소암,
한가운데 키 작은 이가 우가키[宇垣] 총독.

〈사진 3〉 일본 총독을 수행하고 동룡굴 관광.
왼쪽에서 아홉 번째가 우가키[宇垣] 총독.
여덟 번째가 김영보(1932년 10월).

는 소암의 마음가짐을 엿볼 수 있다.

『매일신보』에 실린 소암의 마지막 글은 1933년 6월 충남 연기군燕岐郡 남면南面의 사방공사砂防工事 현장을 시찰하고 3회에 걸쳐 쓴 「독산禿山 황야의 구주救主, 사방공사砂防工事의 일모一貌―연기燕岐의 공사장을 시찰하고」(6월 11일자에서 17일자까지)이다. 전국의 사방공사가 시급한 시절이라, 이를 독려하기 위한 정책적인 글인 셈이다. 사방 사업이 시급히 필요한 전국 농토의 분포와 그 구체적 대책, 사방사업으로 인해 얻어지는 이익 등, 비교적 상세한 통계 수치를 제시해 가며 쓴, 아주 실제적인 문장이라 할 수 있다.

소암의 매일신보사에서의 생활을 다시 정리해 보면 다음과 같다.

1928년 3월에 편집국 기자로 입사하고, 1936년 6월에 편집국 통신부장으로 임명된다〈사진 4〉. 이 사이 1931년 3월에 개성에 있던 양아버지 김종업金鍾業이 별세한다. 서울에서 근무하던 소암은 부친이 위독하다는 말을 듣고 말미를 얻어 개성의 본가로 갔는데, 와병중인 부친의 병환에 차도가 없어 퍽 난처해하고 있을 때에 부친이 소암을 불러 소암의 손에 '明日死명일 사'라고 쓰고, 과연 다음날 임종하였다고 한다. 다시 3년 후인 1934년 11월에 대구에 있던 친아버지 김종립金鍾岦이 별세한다. 1936년 6월 통신부장에 임명되고 다음해 9월에 부인 구용업이 별세

〈사진 4〉 통신부장 시절의 매일신보사 편집국 모습. 맨 오른쪽이 소암 김영보이다.

하자, 이제 개성과의 연고가 아주 없어졌기 때문에 본적 및 주거지를 서울 체부정體府町 61번지로 이전한다. 외동딸인 혜순은 그 직전인 1937년 8월에 출가해서 서울에서 살고 있었고, 소암은 1938년 4월 한만천韓萬千(청주 한씨)과 재혼하여 숭인정崇仁町 72번지에서 생활하며 이곳에서 장남 동수東秀(1970년 사망)를 얻는다〈사진 5〉.

1940년 1월 당시 조선 총독이었던 미나미 지로南次郎의 창씨개명령에 따라 소암은 일본식 이름 다마미네 가즈오玉峰和夫로 개명하고 이후 광복 때끼지 『메일신보』의 인사란 등에 소암의 이름은 이것으로 표기된다. 그러나 이후 광복까지 5년여 동안 이 일본식 이름으로 소암이 글을 발표한 일은 없는데 이것이 우연의 일인지, 아니면 의도적인 것인지 정확히 알 수 없다. 또 소암이 일본어로 발표한 글도 아직 발견된 것이 없다. 다만 소암의 일제에 대한 태도를 엿보게 하는 증언이 한 가지 있어 그것을 소개하기로 한다.

〈사진 5〉 한만천과의 혼인 사진

『매일신보每日新報』오사카大阪 지사장으로 있다가 김영보金泳俌가 경북지사장으로 전임되어 대구에 온 것은 1942년 11월이었다.[54] 이때 태평양전쟁은 한 고비를 넘기고 있었다. 41년 12월 진주만에서 기습 전과를 올린 일본은 42년 6월의 미드웨이 해전에서 대패하여 해군 전력의 태반을 잃었고 8월에는 미군이 카탈카날 섬에 상륙하여 일본군을 구축하고 있을 때였다.

당시의 대구 언론계의 상황은 총독부의 일도일지一道一紙 정책에 따라『대구일일신문大邱日日新聞』이 있었고『경성일보京城日報』·『매일신보』·『조선상공신문朝鮮商工新聞』·『부산일보釜山日報』의 지사가 있었다. 이 외에『오사카 아사히大阪朝日』·『오사카 마이니치大阪每日』·『후쿠오카 니치니치福岡日日』의 통신원이 주재해 있었는데, 일본인 기자들도 전쟁의 앞날에 대하여 불안을 느끼고 있었고, 조선인 기자들은 치안 유지법을 무릅쓰고 독립 투쟁을 하지 않는 이상은 그 총독부 기관지 내지는 준기관지의 직장에서 징용徵用을 겁내면서 질식 상태에 있었던 것이다.

그러한 조선인 기자들에 있어서는 김영보는 믿음직스러운 존재였다. 유일한 한글 신문이라는 형태가 오히려 중압이 되어 김영보는 앙앙불락怏怏不樂의 나날을 보냈으며, 술을 즐기지 않았지만, 일본의 패전을 예견했고, 모여드는 기자들에게 때를 기다리라고 역설했다. 나는 그때『대구일일』의 기자였었는데 43년 봄에[55]『경성일보』·『매일신보』·『부산일보』의 조선인 기자들과 선산 금오산善山 金烏山에 놀러가서 한바탕 반일 기세를 올렸다. 우리는 술김에 '한낱 천황폐하'라는 말로 일본인 재향군인과 다투어 구미 경찰서에 붙들린 일이 있었다. 다행히 구속은 면했으나 이때 김영보는 잘했다고 우리를 격려했다.

45년 8월에 해방이 되었다. 나는 꿈을 안고 중앙 언론계에 투신할 작정이었는데 김영보는 이때 중앙보다 지방지의 중요성을 역설, 나는 대구에 눌러앉았다.

—이정수,『한국 언론 인물 사화史話―8·15후편』상, 사단법인대한언론인회, 1993, 136면.

54　이 기록은 착오인 듯하다. 위에서 말했듯이 소암은 1941년 7월 27일 매일신보사 오사카 지사장 발령을 받아 일본에 머물었고, 1942년 11월 26일에는 매일신보의『每新 寫眞旬報매신 사진순보』주임으로 임명되어 서울로 돌아온다. 대구로 온 것은 1945년 3월 14일 경북지사장으로 임명됨으로써였다.

55　따라서 이 연도도 잘못일 가능성이 크다. 소암이 대구로 온 것은 1945년 3월이었다.

4. 『영남일보嶺南日報』 시절 (1945년~1956년)

광복 후 소암은 고향인 서울로 가지 않고 대구에 그대로 머물렀는데, 그 이유는 아마도 윗글에 있듯이 지방지의 중요성을 느꼈기 때문인 듯하다. 그러나 그런 이유만으로 상경하지 않은 것은 좀 이해하기가 어렵다. 어쨌든 소암은 대구에서 일제 시기의 신문인들과 함께 동인지 형식의 『영남일보』를 창간하게 된다. 그 창간사에서 소암은 다음과 같이 일제 시대에 언론인들이 민족을 배반하고 일제에 아부한 것을 사죄하며 조국의 새 언론 창달을 말하고 있다.[56]

원시元始에 우리들은 찬연燦然히 빛나는 태양의 국민이었다. 그리고 세계에서 누구에게도 뒤떨어지지 아니한, 숭고하고도 아름다운 문화에서 훈육 받아온 고결하고도 진정한 백성이었노라.

그러하나, 8월 15일 전에 우리들은 일본 제국주의의 요운妖雲에 가리어, 자기의 본성을 발휘하지도 못하고, 타력他力에서 살고 압제의 가혹한 채찍 아래 생명조차 보장하기 어려운 빈사瀕死의 병자같이 창백한 얼굴의 소유자이었음이다. 그 무시무시하고, 생각만 하여도 전율戰慄의 몸서리가 나는 일본 제국주의의 기반羈絆에서, 사형의 가시관을 쓴 동물처럼 도살장의 문을 두드리게 되던 위기일발의 시간을 두고, 비로소 우리의 생명은 우리 조선의 선배와 세계 각제국의 힘으로써 훌륭히 구제되어, 건전한 자주 생명을 창조하려는 열과 역량을 가지고 무궁화 삼천리 강산을 새로이 건국하려는 참다운 일꾼이 되고자, 우리는 강호첨위江湖僉位 앞에 일간 『영남일보』를 여기에 창간하여 널리 동포 앞에 보내게 되었다.

처음 세상에서 고고呱呱의 첫 소리를 낸 이 작은 문화 기관은 산모의 무제한한 모성애로 판정하여 본다 하더라도 너무도 비건강체이며 저능아이며 기형아이며 조생아早生兒 같이도 보인다.

그러나 우리들은 일치단결하여, 정성스러운 열과 역량을 결속하여, 과거에 일본 제

---

56 현재의 철자법으로 바꾸었다.

국주의의 요운妖雲을 헤치고, 우리 조국의 절대의 광명을 이 결성아缺性兒에게 영양소로 공급시켜 소생蘇生의 거보巨步를 힘차게 내어 딛게 될 때까지 고민, 곤태困怠, 난심亂心, 손실, 파멸, 모든 장애물 앞에서, 모성애로써 굳센 투쟁을 계속하게 되리라.

상기하여 보라.

'하늘에 두 태양이 없는 것과 같이 땅에 어찌 충성을 다할 2종의 민족이 있을 사실이 있으랴?'는 알렉산더의 말처럼 과거 일본 제국주의 압정 아래에 충식蟲息의 생명을 계속하려고, 협소한 자아에 몰각하여 익찬 총독정치翼贊總督政治에 주구적走狗的 행동과 함께 필첨筆尖으로써 동포 대중을 위만僞瞞하며, 아름다운 우리 동포의 민족성을 해독으로써 전파시킨, 미균黴菌 제조자의 일역을 감히 행한 우리 과거 신문인의 죄상은, 양심적으로 삼천만 동포 앞에 엎드려 어떠한 규탄과 질책이라도 받을 용의가 있음을 여기에서 참회의 눈물을 머금고 새삼스럽게 맹서하여 두는 바임이다.

그러나, 청류淸流도 정지성停止性을 가짐에 부식腐蝕됨과 같이 과거의 전비前非를 진정으로써 반성한 우리들의 앞에 갱생과 속죄의 역할을 발견하였으니, 현하 조선 독립의 역사적 성업聖業 앞에 공수방관空手傍觀이 어찌 조상의 혈통을 이어받은 우리들의 태도로서 만족할 것인가?

무릉武陵의 길이 묘연杳然하며 봉래도蓬萊島를 어디에서 찾으리요? 신국가 건설의 도상에 있어 공연히 춘면적春眠的 태도는 결코 현하 우리 조선민족으로서는 취할 바가 아님을 발견하자, 궐연蹶然히 일어서서 건국 성업聖業의 초석礎石이 되어, 당파와 알력軋轢을 초월하고, 삼천만 동포에게 진실한 보도 전사報道戰士가 되려고 하는 바임이다.

강호江湖의 삼천만 동포여! 미력微力이나마, 갱생更生의 도생 과정渡生過程에 있어 기유忌由 없는 지도와 편달鞭達을 삼가 엎디어 희구希求하여 마지아니하는 바이다.

—『영남일보』, 1945.10.11.

이 영남일보사가 처음은 동인제로 출발하였으나,[57] 곧 자금 조달의 필요에 따라 주식회사로 체재를 바꾸어 현재에까지 이르렀다. 이 영남일보사에서 소암은

---

57 영남일보 창간 동인은 다음과 같다. 김문운金文檻 · 김성오金省吾 · 김영보金泳俌 · 박충희朴琉熙 · 변태봉卞台奉 · 석보石輔 · 이호래李浩來 · 조약슬趙若瑟 · 최재진崔在璡 · 한응렬韓應烈 · 허무열許武烈 (『영남일보 50년사』, 81면).

1956년 7월까지 11년간 봉직하게 되는데, 이 기간 중의 소암의 직책을 영남일보 사고란社告欄과 『영남일보 50년사』에서 뽑아 보면 다음과 같다.

> 1945년 11월 13일 초대 편집국장
>
> 1945년 12월 13일 출판국장 겸무
>
> 1946년 2월 1일 제2대 사장
>
> 1946년 5월 22일 취체역取締役 사장[58]
>
> 1955년 9월 15일 상임고문
>
> 1956년 7월 26일 상임고문 사퇴

영남일보사 시절 10여 년간 소암은 많은 글을 쓰지 않았다. 특히 짧은 수필 몇 편을 제외하고는 문학적인 글은 거의 쓴 일이 없다. 이 시기에 발표한 비교적 긴 글로 「사색당쟁四色黨爭의 전말顚末」(『영남일보』, 1947년 1월 14일~2월 3일, 13회 연재)과 「영광록靈光錄」(『영남일보』, 1954년 2월 6일~11월 7일, 41회 연재)이 있다. 앞의 글은 역사적인 논설인데 순수 창작은 아니고 일본인 사학자 오다 세이고小田省吾의 논문 「이조 정쟁 약사李朝政爭略史」를 줄여서 재편집한 것이다. 뒤의 글 「영광록」은 소암의 말년에 그가 심취하였던 일본인 종교사상가 다니구치 마사하루谷口雅春, 1893~1985의 영향을 크게 받은 종교철학적 논술이다.

소암은 한국 역사에 많은 관심을 갖고 있었는데, 그것은 이미도 어린 시절 한영서원韓英書院에서 받은 교육의 영향일 것으로 생각된다. 이 무렵 소암은 『한국 역사 인명 대사전』을 편찬할 계획을 가지고 많은 한국 역사 관계 문헌을 수집하였으며, 이와 관련된 소암의 장서로 현재 남아 있는 한문 전적에 『삼국사기』, 『삼국유사』, 『동국통감』, 『해동역사』, 『조선 고금 명현전』, 『동국역사』, 『국조 인물지』, 『해동 명장전』, 『해동 고승전』 등이 있다. 그러나 이 사전 편찬은 계획으로만 끝나고 그 원고는 남아 있는 것이 없다.

1945년 12월 13일에 영남일보사는 『영남교육』, 『영남부녀』, 『영남춘추』 등의

---

[58] 동인세에서 주식회사로 제제를 바꿈에서 오는 인사 밀령이다. 취체역은 주식회사의 이사理事라는 말의 일본식 용어이다.

잡지를 발간하기 위해 출판국을 신설하면서, 편집국장이었던 소암이 출판국 국장을 겸하였고, 1946년 2월 사장에 취임하고부터 이 신문이 정상 궤도에 오르게 되었다. 또 무엇보다 대구 시민들의 관심을 끈 것이 영남일보사 주최로 대구의 공설 운동장에서 해마다 개최되었던 시민 대운동회였는데, 1946년 5월 5일 일요일 제1회 운동회를 가졌고, 이때 소암의 연설은 오래도록 시민들의 기억에 남았다고 한다〈사진 6〉).

개회식에는 김성곤金成坤 영남 체육회 이사장의 개회사와, 대회장인 김영보『영남일보』사장의 축사가 있었다. 지금도 축사 내용 중에 기억이 남는 구절은 "건강한 육체에서 건전한 정신을 기를 수 있다"라는 말이었다.

— 김집金潗, 「제1회 시민 대운동회의 추억」, 『영남일보 50년사』, 1996, 191면.

후덕한 김영보는 창간 한 달만에 사장에 추대되었다. 언론인을 경원하던 사회 인사들도 영남일보에 모이게 되어 영남일보는 급격히 부수를 늘렸고, 다음해 46년 5월에 주최한 제1회 대구시민 대운동회는 참으로 전 시민이 모인 것 같은 대성황을 이루었다. 이날의 개회사를 맡은 김영보는 명연설로 관중들의 갈채를 받았다.

— 이정수, 앞의 책.

〈사진 6〉 제1회 시민 대운동회에서
개회사를 하는 소암.

『영남일보』는 6 · 25전쟁을 계기로 크게 발전하였다. 정부가 대구와 부산으로 천도한 시기에 『영남일보』는 전국 최대의 신문으로 인기를 모았다. 많은 문인들이 대구로 피난 와서 『매일신보』 시절에 인연을 가졌던 소암을 찾아 왔고, 소암도 이들 문인들을 후대하였는데, 어렵던 피난 시절을 영남일보사에서 보낸 많은 이들의 증언이 있다. 대표적인 몇 가지 기록을 보이면 다음과 같다.

내가 6·25동란 중 1·4후퇴로 대구에 내려가 국방부 기관지『승리일보』(주간으로 있었음)의 피난 보따리를 푼 곳이 바로 영남일보였다. 즉『승리일보』는 영남일보의 호의로 그 시설과 사무실을 함께 쓰게 되었는데, 나는 사장실, 바로 **김영보 사장** 옆자리에서 집무를 하는 과분한 대접을 받았다. 그 뒤『승리일보』는 무슨 사유로 폐간되고 나는 전 사원의 요청으로 빌려 쓰던 사장실 그 책상 그 자리에서 영남일보 주필 겸 편집국장이 되었다. (…중략…)『영남일보』는 한국 굴지의 신문으로서 저 6·25동란 시초서부터 휴전 후 제2차 수복 때까지 대한민국 판도 내에서 가장 발행 부수도 많고 그 권위도 평가되던 신문이었다면 오늘의 사우社友들부터가 놀랄 뿐 아니라 더러는 아마 미심쩍어 하는 이가 있으리라고 여긴다. 그때 함께 일하던 편집국 동인은 역시 이미 작고하였거나 퇴역 언론인들이 된 이정수李禎樹·정대용鄭大溶·김진화金鎭和·배석원裵錫元·이목우李沐雨·김기현金基顯·박영돈朴英敦·전경화錢慶華·한승우韓承愚 씨 등이었고, 피난 문인 중에도 소설가 장덕조張德祚 여사나 시인 김요섭金耀燮씨 등이 문화부에서 일했다. 그리고 이때 특기할 것은 영남일보가 피난 문인의 총집결지요 집회소가 되었다는 사실이다. 이것은 앞서 말한 대로 내가『승리일보』제작을 영남일보에서 하게 됨에 따라 고문이셨던 아동문학가 마해송馬海松 선생을 역시 신문사의 호의로 뒷문 입구 전화 교환실을 옮기고 거기에 책상을 놓아 드렸는데, 그 방이 서울 수복까지 피난 문인뿐 아니라 범문화인 족속들의 사랑방이 되었던 것이다. 이곳서 육·공군의 종군 문인단이 탄생되었고, 문인들의 일선 시찰이나 전시 후방 활동의 거점이 되어 있었다. 당시 이곳에 드나들던 문인으로는 이들 역시 대부분 세상을 떠났지만 최독견崔獨鵑·김팔봉金八峯·최정희崔貞熙·장덕조張德祚·조지훈趙芝薰·박목월朴木月·정비석鄭飛石·김영수金永壽·최태응崔泰應·이한직李漢稷·이상로李相魯·장만영張萬榮·박영준朴榮濬·최인욱崔仁旭·방기환方基煥·박두진朴斗鎭·곽하신郭夏信·유주현柳周鉉·양명문楊明文·김이석金利錫·이덕진李德珍·박귀송朴貴松 등으로 …….

— 구상具常,「자유 수호 투쟁에 과감」,『영남일보 50년사』, 1996, 119면.

내가 영남일보에 일자리를 얻게 되자 갈 곳 없는 피난 문인들은 날마다 영남일보사로 몰려들었다. 이 무렵 그들은 아담다방에서도 밀려나 갈 곳이 없어졌다. 그들은 내가 근무하는 영남일보사에 와서 신문도 읽고 담배도 피우고 밤이 되면 편집국 의자를 맞붙여 놓고 그 위에서 잤다. 마해송馬海松 선생도, 최인욱崔仁旭씨도 영남일보사 책상 위나 의자에서 새우잠을 자던 사람들이었다. 그러나 이들보다 더 불우한 사람도 있었다. 가족을 거느린 문인들이다. 이들은 내 월급날만을 손꼽아 기다리다 신문사 간부에게 직접 찾아가 내 월급을 선불해 달라고 조르는 사람까지 나타났다. 나는 어떤 때는 묵인을 했고, 어떤 때는 아이들을 생각해서 화를 냈다. 그러나 김영보金泳俌 사장이나 편집국장인 이홍로李興魯씨는 단 한 번도 싫은 기색을 나타낸 적이 없었다. 들어앉을 방 한 칸 없어 편집실에서 밤을 새우는 피난 문인들을 위해 밤새 난로를 피워 주고 밥도 사 주고, 더러는 술도 사 주었다.

— 장덕조張德祚, 「피난 문인들과의 애환」, 『영남일보 50년사』, 1996, 155면.

전쟁이 일단 끝나고 피난 왔던 사람들은 거의 모두 상경하게 되었는데, 아마도 소암은 이때 상경 문제를 두고 또 한 번 많은 고민을 하였으리라 짐작된다. 일제 말부터 영남일보사에서까지 소암을 가까이서 보아 온 이정수씨의 다음과 같은 기록이 있다. 다소 길지만 언론인인 소암의 대구에서의 생애를 거의 담고 있는 글이라 전문을 인용한다.

45년 8월에 해방이 되었다. 나는 꿈을 안고 중앙 언론계에 투신할 작정이었는데 김영보는 이때 중앙보다 지방지의 중요성을 역설, 나는 대구에 눌러앉았다.

김영보는 개성 출신이라 서울에 갈 것으로 예상했는데 그는 그해 11월에 대구에서 창간된 『영남일보嶺南日報』의 편집국장으로 취임했다. 『영남일보』는 그 창간사에서 우리 동인들이 일제 시대에 협력한 것을 깊이 뉘우치고 사과드리며 앞으로 건국에 이바지하겠다고 썼었다. 사과는 참으로 의외의 것이었으며 독자들에게 감명을 주었다.

후덕厚德한 김영보는 창간 한 달만에 사장에 추대되었다. 언론인을 경원하던 사회 인사들도 『영남일보』에 모이게 되어 『영남일보』는 급격히 부수를 늘렸고, 다음해 46년 4월에 주최한 제1회 대구시민 대운동회는 참으로 전시민이 모인 것 같은 대성황을 이루었다. 이날의 개회사를 맡은 김영보는 명연설로 관중들의 갈채를 받았다. 그는 그로부터 사장을 그만둘 때까지 대구의 명사 중의 명사로서 대접받았고 주례의 청탁이 쇄도하고 그 주례사 또한 대구의 명물로 평가되었다.

미군정 시대 김영보는 군정 당국의 착오로 미군에 피검된 일이 있었는데 풀려나와서

"미군 애들이 장난을 하고 있어" 하고 웃었다. 그는 위기에 처할수록 침착했었다. 유명한 대구의 10·1사건 때였다. 시가는 순식간에 치안 부재의 상태에 이르렀고 순경이 도처에서 맞아 죽었다. 미군정하에서 공산당은 합법적이었고 주먹은 법에 앞섰다. 금속 인쇄 노조는 신문 인쇄를 거절했다. 그러나 시민과 도민은 신문이 사건을 보도해주기를 갈망했으며 더욱이 그 사건에 대하여 명백히 시시비비를 가려주기를 바랐다. 이 경우 신문사의 전 직원의 시선은 사장에게 집중되는 것이다. 김영보 사장은 "프린트 업자에게 부탁해서라도 신문을 발행하자"고 단안을 내렸었다. 그러나 노조에서 프린트 업자를 압박하여 그것은 실현되지 않았다.

이런 일이 또 있었다. 여순麗順 반란 사건 때였다. 대구의 부대에서도 반란이 발생하여 군대가 시내에 진입한다는 소문이 퍼졌다. 대구경찰서는 습격의 대상이었고 경찰서와 30미터 거리에 있는 영남일보사 앞에 바리케이드를 구축하여 경찰관들이 배를 깔고 응사應射의 태세를 취했다. 신문사의 전 직원이 불안에 떨고 안절부절못하고 있을 때 김영보 사장은 "직장을 지키고 신문을 내자" 하고 고독한 판단을 내렸다. 이때 다행히 반란 부대는 경찰서를 습격하지 않고 북쪽 교외로 빠져나갔다.

6·25 때 최후까지 지킨 『영남일보』

위급할 때 신문사 사장은 항상 고독하다.

50년, 6·25전쟁이 발발하여 북한 인민군이 낙동강 교두보에까지 밀어닥쳤다. 이때는 이미 서울의 중앙지가 소멸되었기 때문에 대구와 부산의 신문들이 중앙지의 역할을 했었고 특히 대구의 『영남일보』와 부산의 『국제신보』가 성가를 높이고 부수를 늘렸다. 그러나 9월 상순에 접어들어서 대구는 절망 상태에 빠져들었다. 낙동강 교두보를 뚫고 들어온 인민군은 다부동多富洞에서 대구를 향하여 야간 포격을 가했고 그 포탄은 『영남일보』 사옥에서 직선 거리로 30미터의 지점에 낙하하여 사상자를 내었다. 또 적진은 영천永川에 침입하여 대구의 옆구리를 찔렀다. 나는 매일 새벽에 일어나면 골목을 빠져나가 거리를 훑어보았다. 밤새 인민군이 들어왔느냐 살피기 위해서였다. 대구에는 소개령이 내려졌었고 육군본부도, 신문사가 믿음직스럽게 생각하고 있던 정훈부도, 부산으로 떠났다. 누란累卵의 위기란 바로 이런 것이다. 이때 김영보 사장은 단안을 내렸다. 폐사의 선언을 한 것이다. 이리하여 나는 퇴직금을 받았다. 6·25 발발 당시 서울에 도강파渡江派와 잔류파가 생겼듯이 영남일보사에서도 향부파向釜派와 잔류파가 생겼다.

나는 잔류파였다. 우리는 아직 신문용지가 있고 잉크가 있고 독자가 있으니 만큼 신문을 내자고 김영보 사장에게 간청했다. 그랬더니 김사장은 기다렸다는 듯이 말했다. "바로 그것입니다. 대구가 떨어지면 부산도 떨어져요. 최후의 날까지 신문을 냅시다." 이리하여 신문사 없는 신문이 발행되어 인천 상륙 때까지 버티어 나갔던 것이다. 서울 수복 후에 향부파였던 편집국장과 기타 간부가 사임했다.

1·4후퇴 때 김영보 사장은 중앙 인사들을 많이 맞이했다. 개성 출신의 그는 과연 서울 사람이었다. 김소운金素雲·마해송馬海松·김팔봉金八峰·정비석鄭飛石·최정희崔貞熙 등 수십 명이 영남일보사의 김사장을 내방했으며 김사장은 사정이 허락하는 한 대접에 성의를 다했다. 시인 구상具常을 편집국장으로, 소설가 장덕조張德祚를 문화부장으로 맞이했다. 김사장은 지방 언론인이, 일본말을 빌자면 소위 '이나카 사무라이(촌뜨기 무사)'가 되어서는 안 된다는 생각으로 중앙 인사를 영입한 것이다. 이러한 현상은 대구의 다른 신문사에서는 일어나지 않았다.

전쟁이 끝나자 『영남일보』는 다시 지방 신문으로서의 본연의 자태로 돌아갔는데 이 때부터 우리 신문들은 서서히 상업 신문으로서의 길을 걷기 시작했다. 그것은 우선 증자增資 형태로 나타났고 대주주大株主의 입김이 강해졌다.

김영보는 신문사장으로서, 명사로서 지내다가 56년에 『영남일보』의 고문에 취임하여 청렴결백한 일생을 대구에서 끝마치었다. 일제 시대 때 『대구일일신문』 사장과 『경성일보』·『부산일보』의 경북지사장은 물론 일본인이었으나 『매일신보』 지사장인 김영보는 그들과 어울리는 일은 없었고 일본말을 쓴 일도 없었다. 일본 오사카 지사장으로 근무하면서 일본인의 모든 것을 간파한 그는 일본인을 경멸하고, 조선 사람으로서의 자존심이 강했다. 당시 대구에는 「빼앗긴 들에도 봄은 오는가」의 항일시인 이상화李相和가 병 요양 중이었는데 그는 1901년 생이어서 1900년생인 김영보와 친교가 깊어 상화 시인이 43년 3월에 별세하자 김영보는 크게 슬퍼하였다.

결점이 없는 사람은 없다고는 하지만 김영보는 결점이 없는 후덕한 인물이었다. 그가 사장 재직시에 사원들은 자부慈父를 모시듯 하면서 즐거운 사내 생활을 했으며 그때를 생각하면 오직 그리움이 있을 뿐이다.

—이정수, 앞의 책.

소암이 광복 직후 지방지의 중요성을 열심히 주장했고, 자신도 연고지인 서울로 가지 않고 대구에서 지방지를 발간하며 지냈지만, 6·25전쟁이 끝나고 정부가 환도還都한 이후 주위 인사들에게 "국가가 지방지를 위해서 특단의 대책을 세우지 않는 한, 앞으로 중앙지 때문에 지방지는 고사枯死할 수밖에 없을 것이다."란 말을 자주 했다고 한다. 그 예언은 그대로 적중하여 현재의 지방지 상황이 되어 버린 셈이다.

소암의 『영남일보』 사장 시절, 소암의 일상생활(남산동 자택에서의 생활)을 그 자녀들로부터 들은 바를 재구성해 보면 다음과 같다.

소암은 아침에 눈을 뜨면 자리에 누운 채 큰 소리로 천주경天主經('주님의 기도'의 옛 이름)과 관음경觀音經·바라밀경婆羅密經을 암송했다. 그래서 한 방에서 함께 자던 자녀들은 이 기도문들을 거의 욀 지경이었다. 기도문 암송이 끝나면 잠자리에서 간단한 도인 체조導引體操를 하고 일어나 단정히 앉아 5분 내지 10분 정도 묵상默想을 한다. 그리고는 자녀들을 일으키고, 방과 마루를 쓸고 닦는 청소를 혼자서 했다. 다시 마당으로 나가 뜰과 집 밖의 마당에 물을 뿌리고 비질을 한 후, 집 안팎에 있는 화단에 물뿌리개로 물을 준다.[59] 그리고는 자녀들과 함께 아침 식사를 하는데, 식사 전에 반드시 '주여, 우리에게와, 네 은혜로 주신 바 이 음식에 강복降福하소서'라는 천주교 식사 전 기도와 '이 식사로 우리의 지은 모든 죄를 깨끗이 사하여 착한 마음이 되게 하소서'라는 기도를 한다. 식사 후 걸어서 영남일보사로 출근하는데, 당시 대구시 북성로에 있던 영남일보사까지 도보로 30분가량 걸렸다. 신문사가 전성기일 때 지프차를 신문사에서 제공하여 이 차로 출퇴근하기도 했다.

퇴근 후이거나 휴일일 때 자녀들을 데리고 옛 이야기나 동요를 불러 주어, 자녀들과 나이 차가 많았지만 자상한 아버지로 주위에 알려졌다. 아마도 수송 유치원 시절 아이들과 지냈던 경험에서 동요·동화를 많이 알고 있었던 듯하다.[60]

영남일보 사장 재임시의 공직 활동으로, 대구 국제 로타리 클럽 부회장, 문총文

---

59 소암은 개성 사람들이 흔히 그랬듯이 뜰에 많은 화초와 과실나무를 심고 정성껏 가꾸었다. 그의 집에는 겨울철을 제외하고는 늘 꽃들이 가득하였고, 과실나무로는, 앵두, 무화과, 감, 석류, 호두, 포도 등이 있었다.
60 자녀들에게 불러주고 이야기해 주었던 동요와 동화 중에 소암이 1930년 간행한 『꽃다운 신물』에 들어 있는 것들도 있었다.

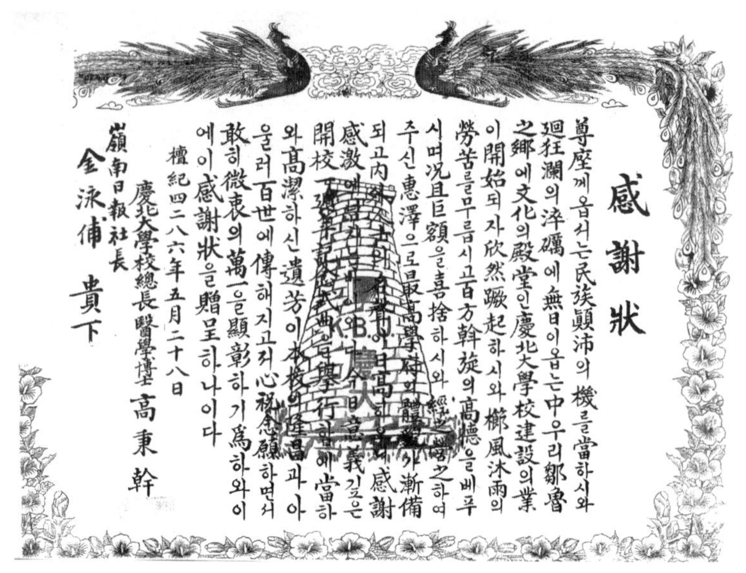

感謝狀

尊座께옵서는民族顯沛의 機를當하시와
廻狂瀾의淬礪에 無日이옵는中우리鄒魯
之鄕에文化의殿堂인慶北大學校建設의業
이開始되자欣然蹶起하시와 櫛風沐雨의
勞苦를무릅시고百方斡旋의高德을베푸
시며況且巨額을喜捨하시와 經...之하여
주신惠澤으로最高學府의體...가漸備
되고內 ... 感謝
開校 ... 當하
와高潔하신遺芳이本校의隆昌과아
울러百世에傳해지고 心祝念願하면서
敢히微裹의萬一을顯彰하기爲하와이
에이感謝狀을贈呈하나이다

檀紀四二八六年五月二十八日
慶北大學校總長醫學博士 高東幹
嶺南日報社長
金泳佩 貴下

〈사진 7〉 영남일보』 사장 시절 경북대학교 총장으로부터 받은 감사장.

總 경북 연합회 부회장, 적십자사 경북지사 상임위원, 경상북도 선거위원회 위원, 동방 신문학원東邦新聞學院 원장, 경대사대부중 사친회 회장, 경북대학교 기성회장, 경북 문화사업협회 최고위원, 경북대학교 문리과대학 후원회장, 대한소년단 경북지구연맹 실행위원, 경대사대부고 사친회 회장 등의 직책이 자필 이력서에 기재되어 있다(〈사진 7〉).

5. 은퇴 생활과 별세 (1957년~1962년)

1956년 7월 소암이 영남일보사 상임고문직을 사퇴하고 나자 가계가 상당히 어려워졌다. 장남 동수東秀(1939년생)는 어렸을 때부터 병약하여 대학을 중퇴한 채 병원과 요양원을 전전하고 있었고, 차남 동소東昭(1943년생), 차녀 혜인惠仁(1946년생), 3녀 혜란惠蘭(1949년생) 모두 어린 나이이며 노후 준비가 전혀 되어 있지 않아,

소암은 1957년 8월부터 거주지인 대구시 남산동에서 작은 문방구점을 차려 3년 간 이를 운영하며 생활한다. 그러다가 1960년 5월에, 광복 직전부터 15년간 살던 남산동 한옥을 처분한 후 대구시 동구 범어동泛魚洞에 농지 300여 평(약1,000㎡)을 구입하여 이곳으로 이사하고. 여기에서 양계업과 채소 농사를 하게 된다. 이 양계업은 당시로서는 상당히 규모가 큰 것이었고, 채소 농사는 무·배추 등 가족들의 부식에 쓰고 남을 만한 정도였다고 한다. 그리고는 우연히 얻은 병으로 약 4개월간 투병하다가, 간질환과 패혈증 진단을 받고 1962년 9월 28일 이곳 범어동 자택에서 갑자기 사망한다. 별세 당시 유가족은 부인 한만천韓萬千 여사 외 2남 3녀였다.[61] 소암의 묘소는 현재 대구시 수성구 범물동 천주교 신자 묘원에 있다. 자녀들이 소암의 창작 희곡집『황야에서』의 비문扉文을 넣은 문학비를 묘소 앞에 세웠다(화보〈사진 12〉).

소암의 친아버지가[62] 고향인 개성을 떠나 부산으로 온 후에 소암의 형제들과 그 가족 모두가 천주교를 믿게 되었는데(그래서 소암의 조카와 조카딸 중에 천주교 신부와 수녀들도 여럿 나왔다) 소암은 경기도에서 기독교와 불교에 탐닉했었고, 광복 후 대구에서 천주교에 입문하여 '아오스딩(아우구스티누스Augustinus의 포르투갈어 식 이름)'이라는 세례명을 갖게 된다. 소암의 영결永訣 미사는 1962년 10월 1일 오전 9시 천주교 범어동 교회에서 엄수嚴修되었다.

위에서 언급한, 각종 신문 및 잡지 등에 발표한 글들 수십 편(희곡 5편, 소설 1편, 시 1편, 기타 논설 및 수필·기행문·보고문 등)이 전해지고, 미발표 유고로 다음 3편의 글이 있다.

① 「심령학心靈學 상으로 본 생전生前과 사후死後—부록 : 광명 철학光明哲學의 주장」

　 (200자 원고지 502장)

② 「양계 일기養鷄日記」(대학노트 1권)

③ 「성도聖道를 찾아」(중형 노트 1권)

61　이미 출가한 상녀 혜순惠順은 서울에서 살고 있었다.
62　이름 김윤혁金胤奕, 족보 이름 종립鍾효.

또 1954년부터 1957년까지 소암이 결혼 주례를 맡은 남녀 250여 쌍의 꼼꼼한 신원 명세 기록(결혼 날짜, 예식장 이름, 신랑 신부 이름, 나이, 학력, 직업, 출생지, 부모 이름 등)과,[63] 1954년도 수첩에 기록된 개인의 비망록이 남아 있다.[64] 1965년 삼성 재벌의 이병철 회장이 『중앙일보』를 창간하려 할 때, 대구와 인연이 있던 그가 이 신문을 맡아 줄 사람으로 소암을 지목하고 찾았으나 이미 소암은 별세한 후였다.

---

[63] 한 예를 들면 다음과 같다. 1954년 1월 16일, 대구예식장, 신랑 윤봉두, 27세, 윤봉각의 아우, 거창 출생, 서울 보성중학 졸업, 대구의대 3학년, 신부 강귀자, 21세, 강성찬의 장녀, 신명여고 졸업; 1954년 12월 12일, 문화예식장; 신랑 이우성, 28세, 이갑성의 아우, 대구사대 교육과 졸업, 오성고교 이사, 신부 최순자, 24세, 최준기의 딸, 경북대 영문과 재학.

[64] 몇 개 인용하면 다음과 같다. [1월 1일] 정오 신년 교례회. 2시 도지사 관저, 3시 미 대사관, 6시 도지사 관저. [1월 12일] 부산 중형仲兄 작고, 창준昌俊 제弟가 부상赴喪, 오후 3시 차 출발, 역까지 전송. 김용준金龍俊 사원 송별회에 참석於 古梅園. [1월 13일] 내자內子가 넘어져 앞 이빨을 상하다. 권연구權淵龜씨 초대로 해옥가海玉家에서 지방 교정청장과 회식. [12월 31일] 大哉여 心이로다. 하늘의 高함은 不可極이나 心은 天의 上에 出하며, 땅의 厚함은 不可測이나 心은 地의 下에 出하며, 日月의 光은 不可蹂나 心은 日月光明의 表에 出하며, 大千沙界는 不可窮이나 心은 大千沙界의 外에 出하도다. 太虛인가, 元氣인가, 心은 能히 太虛를 包하여 元氣를 孕한 者이니, 天地가 我를 待하여 覆載하고, 日月도 我를 待하여 運行하고, 四時가 我를 待하여 變化하고, 萬物이 我를 待하여 發生하나니, 大哉여 心이도다, (크도다, 마음이여. 하늘의 높음은 끝이 없으나 마음은 하늘의 위에 나며, 땅의 두터움은 헤아릴 수 없으나 마음은 땅의 아래에 나며, 해와 달의 빛은 넘을 수 없으나 마음은 해와 달의 광명 표면에 나며, 무한한 세상은 다할 수 없으나 마음은 무한한 세상 밖에 나도다. 태허인가, 원기인가, 마음은 능히 태허를 싸안으며 원기를 잉태한 것이니, 천지가 나를 기다려 덮어 싣고, 일월도 나를 기다려 운행하고, 4시가 나를 기다려 변화하고, 만물이 나를 기다려 발생하는 것이니, 크도다 마음이여! ─ 영서 선사塋西禪師

1900년(광무 4년) 1월 28일 경상남도 부산 사중(沙中) 북부면(北部面) 초량리(草梁里) 산막동(山幕洞) 46통 3호에서 김윤혁(金胤奕, 본관 : 順天, 다른 이름 종립[鍾岦])과 이씨(본관 : 전주)의 3남으로 출생. 이후 어느 때에 계부(季父) 김종업(金鍾業, 字 윤기[胤基])에 입양되어 개성부(開城府) 경정(京町) 311번지로 옮겨 삶. 양어머니 韓씨(본관 : 양주[楊州])에 의해 양육됨.

1911년 6월 1일 이 무렵 구용업(具嫆業, 본관 : 능성[綾城])과 혼인.

1912년 3월 경기도 개성군의 한영서원(韓英書院) 초등과 졸업.

1915년 3월 한영서원 중등과 졸업.

1916년 9월 조선총독부 시행 보통문관 시험에 최연소자로 합격.

1918년 3월 한영서원 고등과 졸업.

1918년 11월 27일 개성부(開城府) 경정(京町) 311번지에서 장녀 혜순(惠順) 출생.

1921년 2월 개성학당(開城學堂) 상업학교 교유(敎諭)에 임명됨.

1924년 7월 경성(京城) 수송유치원(壽松幼稚園) 원감에 임명됨.

1926년 6월 일본 도쿄 불교조선협회(佛敎朝鮮協會) 주간 및 도쿄 조선 여자 동포원(東京女子同胞園) 주간에 임명됨. 이 무렵 와세다[早稻田]대학 정치학부에서 수학.

1928년 3월 총독부 기관지 경성일보사(京城日報社) 및 매일신보사(每日申報社) 편집국 근무.

1931년 3월 8일 오후 10시 개성 향저(鄕邸)에서 부친(양부) 별세.

1934년 11월 25일 대구 남산정(南山町) 190의3호 향제(鄕第)에서 부친(친부) 별세.

1936년 6월 매일신보사 편집국 통신부장에 임명됨.

1937년 9월 24일 경성시 체부정(體府町) 자택에서 부인 구용업 별세.

1938년 3월 12일 개성부(開城府) 경정(京町) 311번지에서 서울 체부정(體府町) 61번지로 본적 및 주거지 이전.

1938년 4월 28일 한만천(韓萬千, 본관 : 청주[淸州])과 혼인 신고.

1939년 2월 19일 경성 숭인정(崇仁町) 72번지의 76 자택에서 장남 동수(東秀) 출생(1970년 7월 사망).

1940년 3월 13일 창씨 개명령(創氏改名令)으로 그 이름을 다마미네 가즈오(玉峰和夫)로 개명.

1940년 10월 3일 매일신보사 지방부장에 임명됨.

1941년 7월 27일 매일신보사 오사카(大阪) 지사장에 임명됨.

1942년 7월 15일 차녀 경자(京子) 출생(1946년 4월 12일 사망).

1942년 11월 26일 매일신보사의 〈사진 순보(寫眞旬報)〉 주임에 임명됨.

1943년 8월 6일 경성 숭인정(崇仁町) 72번지의 76 자택에서 차남 동소(東昭) 출생.

1945년 3월 14일 매일신보 경북지사장에 임명됨.

1945년 4월 10일 대구 남산동 581의 6번지로 주소 이전.

1945년 8월 15일 광복. 매일신보 폐간.

1945년 10월 11일 영남일보 동인제로 창간. 박충희(朴珫熙)・석보(石輔)・조약슬(趙若瑟)・한
　　　　　　　　응렬(韓應烈) 제씨와 함께 창간 동인이 됨.

1945년 11월 1일 영남일보 초대 편집국장에 임명됨.

1946년 2월 1일 영남일보 2대 사장에 임명됨.

1946년 5월 22일 영남일보사가 주식회사로 바뀜에 따라 취체역(取締役) 사장으로 임명됨.

1946년 9월 15일 3녀 혜인(惠仁) 출생.

1949년 7월 7일 4녀 혜란(惠蘭) 출생.

1955년 7월 영남일보사 사장직을 사퇴하고 상임고문에 취임.

1956년 7월 20일 영남일보사 상임고문직 사퇴.

1957년 8월 27일 대구 남산동 자택에서 문방구점 개설, 3년간 운영.

1960년 5월 17일 대구시 동구 범어동(泛魚洞) 1구 712번지로 이사. 이곳에서 양계업과 채소 농
　　　　　　　　사에 종사.

1962년 9월 28일 대구시 동구 범어동 자택에서 별세. 당시 유가족 : 부인 한만천 여사 외 2남 3녀
　　　　　　　　(이 중 장녀 혜순은 출가하여 서울 거주).

・**공직 경력** 대구 국제 로타리 클럽 부회장, 문총(文總) 경북 연합회 부회장, 적십자사 경북지사
　　　　　　상임위원, 경상북도 선거 위원회 위원, 동방 신문 학원(東邦新聞學院) 원장, 경북대
　　　　　　학교 사대부중 사친회 회장, 경북대학교 사대부고 사친회 회장. 경북 문화사업협회
　　　　　　최고위원, 경북대학교 문리과대학 후원회장.

제목	장르	실린 곳	쓴 날짜 또는 실린 날짜	설명
시인의 가정	희곡	『荒野에서』	1920.9.17	전1막
정치삼매(情痴三昧)	희곡	『荒野에서』	1920.10.9	전1막
민원식 씨의 죽음을 울며 추도함 (泣悼閔元植氏之死)	시	『每日申報』 4761~4762호	1921.2.27~28	추도시
구리 십자가	번안 희곡	『荒野에서』	1921.3.8	·한국 최초의 빅토르 위고 원작 희곡 번안 · 전5막
새 문화 창조의 이상과 종교	논설	『樂園』 창간호	1921.6.20	
연(戀)의 물결	희곡	『荒野에서』	1921.9.7	전3막
나의 세계로	희곡	『荒野에서』	1922.1.8	전2막
어떤 자의 선언	소설	『時事評論』 제6호	1922.11.15	
한국 최초의 창작 희곡집 『荒野에서』 출판(1922.12, 조선도서주식회사)				
웰텔의 비탄(悲歎) (1~5)	번역 소설	『시사평론』 제1권 제2호~제2권 제5호	1923	한국 최초의 『젊은 베르테르의 슬픔』 번역
가을	희곡	녹파회(綠波會) 동인 합작집 『星群』 제2호	1924	작품은 현재 전해지지 않음
엇던 夫婦	소설	녹파회(綠波會) 동인 합작집 『星群』 제2호	1924	작품은 현재 전해지지 않음
황금의 무도	희곡		1925.1.25~27	·극장 개성좌[開城座]에서 개성 고려 청년회 회관 건립 기금을 모금하기 위해 공연된 문사극[文士劇] ·작품은 현재 전해지지 않음
실제록(失題錄)	수필	『朝鮮文壇』 10호	1925.7	
오해 받기 쉬운 愚談 두어 편	수필	『每日申報』	1927.2.20	
忙餘斷想(바쁜 중의 짧은 생각)	수필	『每日申報』	1929.4.13	
작곡 붙은 동요·동화집(作曲附童謠童話集) 『꽃다운 선물』 출판(1930.4.15, 京城 三光書林)				
모범 농촌 순례기 -수항리를 찾아 (1~4)	수필	『每日申報』	1930.9.11~14	
승원(僧院) 생활 보고 -금강산 순례기 (1~5)	수필	『每日申報』 8587~8591호	1931.8.14~18	
누대(樓臺) 순례기 -감개 깊은 촉석루 (1~4)	수필	『每日申報』 8928~8930호	1932.7.26~29	
총독 수행기 (1~7)	수필	『每日申報』 9028~9036호	1932.11.6~14	
연기(燕岐)의 공사장을 시찰하고 (1~3)	논설	『每日申報』 9240~9246호	1933.6.11~17	
『영남일보』 창간사		『영남일보』	1945.10.11	

제목	장르	실린 곳	쓴 날짜 또는 실린 날짜	설명
해중(奚仲)의 차륜 염각(車輪 拈却)	수필	『嶺南日報』 33호	1945.11.13	영남일보 입사의 말
조국애와 민족 의식	논설	『嶺南日報』 52호	1945.12.2	
사색 당쟁의 전말 (1~13)	논설	『영남일보』	1947.1.14~2.3	
정치와 도덕	강연 논설	『국민 도덕 강연집』 제1집	1947.5.25	
李沐雨 사회 단평집 『時代風』 서문		『時代風』	1952.1	
오보(誤報)와 책임	수필	『영남일보』	1952.9.24	
본지 창간 7주년에 즈음해	논설	『영남일보』	1952.10.11	
전장(戰場)에도 정서를	수필	『戰線文學』 제2집	1952.12.5	
불굴의 투혼	수필	『코매트』(空軍旬報) 2호	1953.1.15	
영광록(靈光錄) (1~41)	논설	『영남일보』	1954.2.6~11.7	

미발표 원고

제목	분량
심령학(心靈學) 상으로 본 생전과 사후 (부록 : 광명 철학의 주장)	200자 원고지 502장
양계 일기(養鷄日記)	대학노트 1권
성도(聖道)를 찾아	중형 노트 1권